J.G. Koh

Die Völker Europa's

J.G. Kohl

Die Völker Europa's

1. Auflage | ISBN: 978-3-75251-610-4

Erscheinungsort: Frankfurt am Main, Deutschland

Erscheinungsjahr: 2020

Salzwasser Verlag GmbH, Deutschland.

Nachdruck des Originals von 1868.

Die Völker Europa's.

Von

J. G. Kohl.

Mit Vignetten und Farbendrucktafeln,

nach Aquarellen von A. Kretschmer.

Hamburg, 1868.

Vereinsbuchhandlung.

Vorwort.

Der vorliegende Versuch, die Völker Europa's in kurzer und populärer Weise zu schildern, entstand aus einer Reihe von Vorlesungen, die ich im Verlaufe von zwei Wintern vor einem kleinen Publikum von Herren und Damen aus den gebildeten Ständen in meiner Vaterstadt Bremen hielt.

Mein Plan bei diesen Vorlesungen war folgender: Nach einer allgemeinen Schilderung unseres Continents, so wie nach einem Hinblick auf die benachbarten Welttheile Afrika im Süden und Asien im Osten und die Einwirkung ihrer Bevölkerung auf Europa, gruppirte ich die Völker Europa's in zwei große Abtheilungen, eine östliche und eine westliche.

An die Spitze der östlichen Gruppe stellte ich die Betrachtung der Griechen, ihrer Nachbarn und Nachfolger, ging dann zu den Slavischen und weiterhin den Finnischen Völkern über, indem ich dieser östlichen Gruppe zugleich die Juden und Zigeuner anschloß.

An die Spitze der westlichen Gruppe stellte ich die Bewohner Italiens, ließ ihnen die anderen Romanischen Völker folgen, und schloß das Ganze mit einer Charakterschilderung der Deutschen, des Herzens und der Mitte Europa's, um die ich mich gleichsam im Kreise herumbewegt hatte.

In jedem der einem besonderen Volke gewidmeten Abschnitte bemühte ich mich zuerst, nach einer kurzen Schilderung der Natur und Begränzung des Wohnsitzes, die frühesten Urbewohner, über die wir mit unserer mangelhaften Geschichte nicht hinaus können, nachzuweisen, — dann die wichtigsten der geschehenen Einwanderungen, welche gleichsam die Bestandtheile oder Elemente zu der mit ihrer Hülfe sich ausbildenden Nationalität hergaben, hervorzuheben, — und endlich das aus diesem Werde-Processe fertiggewordene Volk selbst zu porträtiren, — dabei seine Grund-

und Haupt-Anlagen und die ihm anerzogenen Eigenschaften anzudeuten, und endlich die Rolle, welche es in Folge davon in unserer Culturgeschichte gespielt hat und die Stellung, welche es in unserm Europäischen Concerte behauptet, in den wichtigsten Momenten zu bezeichnen.

Bei diesem Unternehmen, über dessen Schwierigkeiten ich hier nichts weiter sage, benutzte ich zum Theil die eigenen Beobachtungen, die ich auf verschiedenen Reisen gesammelt hatte, und die Ansichten, die sich in mir von Land und Leuten gebildet hatten. Weit nützlicher aber noch waren mir dabei die Werke anderer Schriftsteller, Geographen, Historiker und Reisenden, deren Aussprüche ich, wenn sie mir treffend schienen, meinen Auslassungen einverleibte. Das Werk gehört daher kaum zur Hälfte mir selber an. Es kann größtentheils nur als eine Zusammenstellung der Meinungen Anderer gelten, bei der ich mich indeß bestrebte, nicht unkritisch zu verfahren. Häufig habe ich meine Gewährsmänner genannt. Wenn es nicht immer geschehen ist, so mag dieß darin eine Entschuldigung finden, daß es mir hier kaum möglich war, alle Werke, denen ich etwas entlehnte und verdanke, auch nur dem Titel nach zu bezeichnen.

Bremen im October 1867.

Der Verfasser.

Europa.

„Dies alte Europa langweilt mich!" soll einmal Napoleon gesagt haben. Und viele „Europamüde" haben es ihm später nachgesprochen.

Jener große Mann that seinen berühmten Ausspruch vermuthlich auf der Höhe seiner Triumphe, als er den ganzen Welttheil sich zu Füßen sah, und ihm nichts zu erstreben übrig schien. Und die Europamüden sagten es, weil sie hoffnungslos in dem alten Lande nichts mehr zu gewinnen und zu verlieren hatten.

Es ist ein trübsinniger Spruch, der entweder von der Uebersättigung oder von der Verzweiflung erzeugt und eingegeben war. Weder die Geschichte noch eine kühle Erwägung der Verhältnisse lädt uns ein, ihm beizupflichten, vielmehr ermuthigen uns beide zu der erfreulichen Annahme, daß unser gutes Europa weder langweilig, noch, wie die Amerikaner es so gern nennen, altersschwach sei.

Auf dem ganzen Erdenrund giebt es bis auf die neusten Tage herab, kein für Herz und Geist unterhaltenderes Schauspiel, als die Betrachtung des Lebens und Treibens der rührigen Europäischen Nationen, nirgendswo sonst mehr Hoffnung auf Jugend, auf Fortschritt und stets neue Gestaltungen, als auf unserem kleinen Continente, der zwar schon alt ist, aber stets noch lebensfrisch blieb. —

Von den Zeiten der Athenienser an war das große Leben der Welt in Europa. „Mit dem Christenthum," sagt unser alter Arndt, „sind alle Geister dahingezogen. Es ist das Herz der Weltgeschichte geworden. Columbus nahm es und setzte es ein in den Mittelpunkt des Erd=Organismus, und seitdem kann man fast mit Gewißheit sagen, es werde für alle Zeiten das geistige und leibliche Centrum unseres irdischen Sternes bleiben."

Diese Gewißheit befestigt sich in uns bei einer Betrachtung des wundervollen und auf Erden einzigen Planes, nach welchem der Schöpfer unsern Continent gebaut hat, so wie bei einer Erwägung der glücklichen Naturanlage, welche den europäischen Völkern seit den ältesten Zeiten her eigen gewesen und in der Hauptsache auch geblieben ist.

Wenn die Griechen dem Gotte des Regens und der Wolken und seinem Bruder dem Erderschütterer Poseidon, dem Gotte des Meeres, das oberste Regiment zutheilten, und die Göttin des Erdreichs nur als empfangende leidende Frau darstellten, und wenn ihr großer Dichter Pindar eine seiner Oden mit dem berühmten Spruche begann: „Das Wasser aber ist das Beste," so zeigt ein Blick auf die Erdkugel, von wie richtiger Erkenntniß dieser wie jene dabei geleitet wurden. —

Alle alten und jungen Culturländer der Welt haben unfern des Wassers gelegen. Von China über Indien nach Persien, Arabien, Egypten und Europa bilden sie einen langen Gürtel von meerumschlungenen Halbinseln. Im tieferen Innern der großen Continental-Massen, fern von dem munteren Anhauche des Meeres, außerhalb des Bereichs seiner befruchtenden Wolken, abseits von den schiffbaren Strömen, hat überall die Barbarei gethront.

Das in zahllose Landstückchen aufgelöste und stets barbarische Oceanien, wo die Insel-Brocken mit kleinen wilden Völkerstämmen sich in der Wüste des Meeres verlieren, beweist zwar, daß es auch in dieser Hinsicht des Guten zu viel geben könne.

Es scheint, daß bei der Vermählung zwischen Festland und Flüssigem beide wie Eheleute mit etwas gleichartiger Kraft sich gegenüber stehen müssen. Im Innern der unermeßlichen Oceane, wo Gaea (die Erde) wie eine Zwergin lebt, sieht es eben so unheimlich aus, wie im Innern gränzenloser Ländermassen, zu denen Neptun's elektrischer Dreizack nicht hinaufreicht.

In keinem Welttheile aber ist das Flüssige und Feste so günstig und vortheilhaft gegen einander abgewogen, wie in Europa.

Auf drei Seiten vom Wasser umspült, wird es von breiten Meerbusen in eine Menge kräftig entwickelter Länder zerschnitten. Es ist, so zu sagen, aus lauter großen Halbinseln zusammengesetzt. Es hat einen sehr zierlichen und doch compakten Gliederbau, eine schlanke proportionirte Gestalt, mit deutlich entwickeltem Kopfe, wohlgeformter Brust, knapper Taille und stark gebildeten Armen.

Mit Recht hat man daher Europa's Physiognomie der menschlichen Figur verglichen und seinen Namen von dem einer göttlichen Jungfrau entlehnt, als ob die Natur selbst schon die hohe Bestimmung dieser Weltpartie vorbildend habe andeuten, als ob sie habe sagen wollen: Du sollst der Mensch sein unter den Menschen, die Königin der Erde!

Die Gestaltung der anderen Welttheile Asien, Africa &c. erscheinen im Vergleich mit unserem Europa als breite, plumpe ungeschlachte Massen, die man nie mit menschlicher Form, höchstens, wie die indischen Sagen es bei Asien thun, mit den Gehäusen mächtiger Schildkröten, oder mit auf dem Welt-Ocean schwimmenden riesigen Pflanzenblättern verglichen hat.

Die glatten, kühlen, salzigen, länderverknüpfenden Wogen, in denen Europa sich badet, umspülen der Jungfrau in Spanien und Frankreich das Haupt und die Brust, sie kräftigen in England und Italien ihre nervigen Arme. Sogar tief im Schwarzen Meere und nordwärts im Weißen netzen sie ihr den Fuß, und gleich wie die Liebesgöttin geht sie munterer, gesunder und schöner aus diesem Bade hervor.

Der Altvater Ocean, in dessen Schooße Europa liegt, hat, so beweglich er ist, doch einen gewissen Gleichmuth als Grundstimmung seines Charakters. Da er unähnlich der leidenschaftlichen Frau Gaea nicht leicht von der Sonne erhitzt wird, und selbst im Winter auch noch eine gewisse Wärme im Blute bewahrt, so mäßigt er überall, wo er nahe hinzutritt. Er bricht den Pfeilen des südlichen Sonnengottes die Spitzen ab, und zugleich schmeidigt sein milder Anhauch die steifen Glieder des nordischen Boreas.

In Europa thut er dies in Folge einer ganz besonderen Gunst ausnahmlicher und zusammentreffender Umstände mehr als in irgend einer andern Erd-Partie. —

Unser Erdtheil kehrt nämlich sein Angesicht jener merkwürdigen oceanischen Strömung zu, die als ein heißer Fluß unter dem Namen Golfstrom aus dem Meerbusen von Mexico hervorbricht und, von Amerikas Küsten zurückgeworfen, als ein sanft gewärmter Strom aus südwestlicher Richtung sich zu uns heranbewegt.

Mit feuchten Wolken beladen und von milden Westwinden, den blüthentreibenden Favonius und Zephyr der Alten, begleitet, dringt er durch die Säulen des Herkules (Gibraltar) in das Mittelmeer ein, das uns von dem Glühofen Afrika trennt. Wie im Süden kühlend, so erscheint er im kalten Norden wärmend. Er circulirt in dem Biscaischen Golf, er erhöht die Temperatur der Großbritannischen Inseln, er führt längs Norwegens Küsten streifend eine Masse von Wärmestoff bis zum Nord-Cap hinauf, und hält Jahr aus Jahr ein die Meere bis nach Spitzbergen offen.

Diesem wohlthätigen Golfstrom, unter dessen (bis auf die neueste Zeit herab verkannten) Einflusse das gesammte Europa und seine Civilisation lagen und liegen, haben die Skandinavier es zu verdanken, daß sie wie Europäer zu leben vermögen, daß sie mit großen Schiffen aus ihren Häfen, in denen er das Eis schmilzt, fast eben so bequem, wie die Italiäner aus den ihrigen hervorschiffen können, daß ihre Wiesen, die des Golfstroms Dünste netzen, fast so schön, wie die von Deutschland ergrünen, daß selbst bei ihnen noch Ackerbau und Wälder gedeihen, in einer Polnähe, wo sonst auf Erden — in Amerika, wie in Asien und wie im Australlande — überall schon der Eiskönig sein rauhes Scepter schwingt oder höchstens noch Esquimos oder Päschceräs ein kümmerliches Leben fristen.

Von den nördlichsten Birkenwäldern Norwegens bis zu den südlichsten Pinien-Hainen Griechenlands und Italiens ist ein Abstand von fast 40 Breitengraden. Auf der ganzen Erdkugel läßt sich außerhalb Europas sonst nirgends in den gemäßigten Zonen ein Erdabschnitt finden, wo in einer gleich großen Entfernung die climatischen Verhältnisse so wenig wie in dem bezeichneten verschieden wären.

In Asien wie in Amerika, auch im Südlande contrastiren die Enden einer solchen Linie wie Leben und Tod. Am hochnördlichen Tornea-Strom ist noch eine der fruchtbarsten, anmuthigsten und bevölkertsten Gegenden Schwedens, wo Kornfelder mit lieblichen Triften wechseln, auf denen das Gras dicht gedrängt und ellenhoch wächst. Ja am eben so nördlichen Alten-Elf schießen noch Fichten von 60 Fuß Höhe empor, wo auf demselben Breiten-Cirkel außer Europa nur noch Moose und krüppelhafte Gesträuche dürftig gedeihen. Im Osten an den Europäischen Gehängen des Ural längs der Oka und Wolga ziehen sich die schönsten und fruchtbarsten Landschaften des Russischen Reichs hin, treffliche Weiden, reiche Getreidefluren, jetzt die Kornkammern Ost-Europas und die prächtigsten Eichenwälder wechseln dort mit einander ab. Auf den östlichen oder Asiatischen Abhängen des Ural bricht dies Bild schnell ab. Dort hört auch alsbald der echt Europäische Baum, die männliche, königliche Eiche auf, der bei uns überall gedeiht, den die Europäischen Völker heilig hielten, und den sie sich alle, Griechen, Celten, Germanen, wie im Wetteifer als ihren National-Baum, als das Symbol lange dauernder Kraft, erkoren.

Vielleicht müssen wir in jener oceanischen Strömung das allerwesentlichste und entscheidenste Moment der Weltlage Europas erkennen, denn vielleicht ist auch eben diese Stromrichtung aus Südwesten, die in früheren Epochen der Erdbildung viel heftiger fließen mochte, eben diejenige Gewalt, die unsere Küsten so busenreich, unser Festland so bunt gestaltet, so aufgeschlossen und zugänglich gemacht, mit einem Wort jene Jungfraugestalt gleichsam herausgemeißelt hat. Man könnte daher vielleicht den Golfstrom, als einen der höchsten unter den physikalischen Einflüssen bezeichnen, welche die Geschicke der Europäischen Menschheit bestimmt haben. Da durch ihn unserem Erdtheile die Eigenschaften eines Treibhauses verliehen wurden, so hat man ihn wohl auch geradezu den eigentlichen Erzeuger der abendländischen Civilisation genannt.

West- und Südwest-Winde, die mit dieser Strömung ziehen, sind die vorherrschenden in Europa. Sie führen die Dünste und Nebel des Oceans über den ganzen Continent hin, feuchten ihn überall an, speisen reichlich seine Brunnen und Flüsse, und lassen ihn als eine wohl bewässerte und quellenreiche Regenzone erscheinen, namentlich im Gegensatze zu jenem breiten wasserlosen Erdgürtel, der sich im Süden durch Persien, Arabien und Afrika um ihn herumzieht.

Schiffbare, befruchtende, munter arbeitende Flüsse, diese Bilder und Vorbilder energischer Thätigkeit, pulsiren wie ein Netz lebendiger Adern in allen Winkeln und Gliedern unserer großen Europäischen Heimath. Sie treiben selbst im hohen Norden noch die Mühlen und Kunsträder der Schotten und Skandinavier und tragen ihre Barken das ganze Jahr hindurch, wo sie unter derselben Polhöhe in anderen Continenten, mit ewigem Eise gepanzert, fast nur als Bilder der Trägheit und Grabesruhe erscheinen.

Der Regen und die Flüsse befruchten auch noch die südlichsten Ausläufer Europa's, die Länder am Mittelmeer, während in dem nahen Gürtel der Wüste Sahara mit dem verrinnenden und vertrocknenden Wasser alles Leben, auch das des Menschen, abstirbt. —

Dort in jenen regenlosen Zonen hat die Bodencultur eine viel schwächere natürliche Grundlage. Sie konnte nur durch künstliche Bewässerung und durch zeitweilige Ueberanstrengung der Bewohner gedeihen. So wie man in diesem Fleiße nachließ, mußte alsbald, wie dies in neuerer Zeit geschehen ist, die künstlich getriebene Culturpflanze verwelken.

In dem stets genetzten, stets vom Himmel begossenen Europa wird es so leicht keine alternden und absterbenden Länder und Culturen geben, wie dort. Es hat das Element einer ewigen Jugend in sich. Es wird so lange frisch bleiben, als der Ocean, der Golfstrom und die rückkehrenden Passatwinde ihm erfrischendes Naß zuführen.

Wie das heilbringende Naß der Wolken, so entfaltet sich auch ein ackerbarer Boden allverbreitet über den ganzen Welttheil. Die Decke der fruchtbaren Ackerkrume verzweigt sich bis in die innersten Thäler der Gebirge.

Europa ist der einzige unter den großen Abschnitten der Erde, der keine dem Menschen unerobertliche Wüstenstriche birgt, an denen Nord- und Südamerika, Afrika und Asien einen so großen Ueberfluß haben. Die Steppen Rußlands, die man so genannt hat, verdienen diesen Namen großentheils nur ihrer Einförmigkeit wegen. Sie, wie auch selbst die Sümpfe Polens, zeigen sich bei einiger Nachhülfe fruchtbar und dankbar. Und wenn man in den Sandebenen Preußens von einer natürlichen Wüste sprach, so war es eine, die, mit dem Beistande des Regens, Fleiß und Industrie in einen Garten zu verwandeln vermochten.

Eine nur sporadisch, d. h. hie und da — durch Eis, kahlen Fels, oder Moräste von geringer Ausdehnung — unterbrochene Pflanzendecke überzieht das ganze immergrüne Europa, in dessen Gemälde die Farbe der Hoffnung den Grundton bildet. —

Die gesammte Bodenmasse Europas fällt in den Gürtel der gemäßigten Zone. Nur mit einem unbedeutenden Zipfel beim Nordkap taucht sie in die kalte hinein und von der heißen wird sie durch ein schönes Meer in ihrer ganzen Länge geschieden.

Auch darin stehen wir einzig da unter den fünf Welttheilen. Alle übrigen ragen theils, wie Afrika und Süd-Amerika, mit ihrer ganzen Körpermasse in die Gluth der Aequatorial-Gegenden hinab, theils legen sie, wie Asien und Nord-Amerika, ihre breite Brust dem unbarmherzigen Norden weit offen.

Mit Recht hat man auch in diesem Verhältniß einen Hauptgrund der munteren Entwickelung der Europäischen Nationen gefunden.

Wo, wie bei den Erdpolen, den härtesten Anstrengungen gar kein, oder ein nur sehr dürftiger Lohn zu Theil wird, da verfällt der Geist wie die Natur in ewigen Winterschlaf.

Wo, wie zwischen den Tropen, ein Dutzend Brodbäume hinreichen, eine Familie zu ernähren, da erstirbt im Ueberfluß die Energie des Menschen, „der nichts schwerer erträgt, als eine Reihe von glücklichen Tagen."

Wo aber, wie in unserer gemäßigten Zone, eine sparsame und doch nicht undankbare Natur zum strebsamen Kampfe aufruft, dieser Kampf aber nicht zu hart ist, da wird die Seele geweckt, da blüht die Arbeit, die Mutter der Aufklärung.

Wie poetisch, wie anregend, wie ergreifend ist nicht schon die unserer gemäßigten Zone eigenthümliche Naturerscheinung des Wechsels der Jahreszeiten. In den Gegenden, wo der liebliche Sonnengott nimmer in seinem vollen Glanze erscheint, — wie in denen, wo er in eintöniger Pracht ewig lächelnd strahlt, trägt er kaum dazu bei, den Menschen wach zu erhalten. Mit uns Europäern aber spielt er ein stets anregendes Scheiden und Wiedererscheinen.

Welch bedeutungsvolles Bild des eigenen Lebens führt uns nicht dieser reizende Tanz der Horen (Stunden-Göttinnen) vor die Seele. Wenn der junge Frühling naht und mit ihm das erneute Licht, wenn die erweckten Vögel zwitschern und die Erde frohlockt, „wem schweiften da nicht immer wieder die alten Jugendträume und Paradieses-ahnungen um's Herz"?

Und nicht bloß das wiedererwachende Leben des Frühlings oder des voll entfalteten Sommers, auch das allmählich versinkende Finale des Herbstes ergreift unser innerstes Empfinden in anregender Weise.

Wie belebend, wie bildend muß das Schauspiel eines so zauberischen Wechsels auf das Gemüth unserer Völker gewirkt haben, die einen steten Krieg und Sieg der Elemente vor Augen hatten, die dadurch gleichsam in Stand gesetzt wurden, auf der Scholle ihrer Heimath, und ohne zu reisen, alle Zonen der Erde zu durchleben und von allen Klimaten zu kosten.

Sommer-, Herbst- und Frühlings-Gedichte bilden wohl die Hälfte der Poesie der Europäischen Völker. Ja, wenn man bedenkt, wie die Griechen den im Schmucke des Lenzes wiederkehrenden Apollo zum Beschützer der Dichter machten, und wie auch im Norden Europas die Gesänge der Landeskinder im Mai gleich dem Liede der Lerche von Neuem erschallen, so mag man wohl geneigt sein, eben in diesem Wechsel der Jahreszeiten eine Urquelle und einen Hauptanlaß zu aller unserer Dichterei zu erkennen.

Die schönsten und rührendsten Sagen und Ideen nicht nur der Römisch-hellenischen, sondern auch der Slavisch-germanischen Götterlehre beziehen sich auf den Wechsel der Jahreszeiten, der alle Europäer zum Nachdenken, zu Vergleichungen und zur Erkenntniß des menschlichen Lebens und ihrer selbst anregte.

Und die Bibel selber spricht das Lob des Einflusses des Zeiten-Wechsels aus, wenn sie verheißt: „so lange die Erde steht und so lange die Menschen auf ihr leben, soll nicht aufhören Säen und Ernten, Frost und Hitze, Sommer und Winter, Tag und Nacht."

Ist nicht selbst der Stifter der Religion, welche wesentlich die Europäische geworden ist, stets mit der Erwägung dieser Dinge beschäftigt, hat er nicht von ihnen viele der uns verständlichsten Bilder und der eindringlichsten Lehren genommen?

Es sind lauter Bilder und Vergleiche und Lehren aus dem Schooße der gemäßigten Zone, dieses launenvollen Erdgürtels, der seine Kinder bald in Feuer, bald in Wasser badet, der die Gemüther derselben stets in Spannung erhält, ewig ihre Neigungen, ihre Sehnsucht oder ihr Bedauern rege macht, ihnen jetzt Trauer, dann Jubel und Freude einflößt, und der daher allein mit solchen Phönix-Völkern erfüllt ist, wie es die europäischen sind, die gleich jenem Vogel stets von Neuem sich ihr zerstörtes Nest erbauen, und bei denen man nie an einer Wiedergeburt zu verzweifeln braucht.

Wie in den äußeren Umrissen des Continents und ihrer der Belebung des Verkehres günstigen Verschmelzung mit dem Meere, wie in dem den Extremen abholden Klima, in der wüstenlosen, überall ziemlich anbaufähigen Bodendecke, so zeigt sich auch sonst in der ganzen übrigen Natur Europas, in seinen ursprünglichen Produkten, in seiner Pflanzen- wie in seiner Thierwelt, ein gewisses Nützlichkeits-Princip, eine gewisse, äußerst heilbringende Mäßigung. Nirgends ist Indischer Ueberfluß, Asiatische Pracht und Tropische Fülle. Aber fast überall ist das Nothwendige und Brauchbare zu haben oder doch zu erzielen.

In andern Welttheilen, z. B. in Süd-Amerika, giebt es Länder, in denen auf einem Flächenraum, fast so groß wie ganz Europa, kein einziger fester Stein gefunden wird, in denen Pflaster- und Bausteine so rar wie Diamanten sind. In Europa steht das alte Knochenwerk der Erde überall reichlich aus dem Boden hervor oder ist doch in Trümmern über seiner Oberfläche verstreut, damit die europäischen Völker ihren Witz daran üben und, Steine brechend, dauernde Werke daraus gestalten.

Von Haus aus sind wir arm an Perlen, Edelgesteinen, Gold und Silber. Dagegen sind wir reich an dem mächtigen Metall, mit dem sich diese Schätze am sichersten erwerben lassen. Das Eisen ist allverbreitet in unserm Welttheile. Es steckt in den Sümpfen Finnlands, wie in den Gebirgen Skandinaviens und Großbritanniens und in den Felsen und Inseln der Mittelmeerländer.

Aus ihnen zogen die Europäer ihren Grabscheit, ihre Pflüge, ihre Schwerter, ihre Maschinen hervor, mit denen sie sich den Erdball unterthänig machten.

Mit diesen seinen Eisenstufen, die sie ihm überall entgegenbringt, spricht Europa zu ihren Kindern: „Arbeitet und herrscht!"

„Arbeiten ist königlich", das war der berühmte Ausspruch eines eisenbekleideten Europäischen Herrschers; „eine ächt Europäische Königsidee, ein Bonmot, welches kein asiatischer Nebukadnezar dem Macedonischen Alexander vorweg nahm. Es steht in grellem Contraste mit dem in Asien ersonnenen und verbreiteten Wahlspruch: „Ruhen ist besser als gehen, schlafen ist besser als wachen, und der Tod ist das Beste von Allem."

Wie das Eisen, so findet sich auch das Salz in allen Theilen unseres Continents. In Afrika wird das Salz mit Gold aufgewogen und als Geld gebraucht. In dem salzarmen Amerika giebt es viele Völkerstämme, die des Salzgenusses so wenig gewohnt sind, daß sie erkranken, wenn sie es nach dem Maaße eines Europäers genießen. In unserem Erdtheil ist das Salz gemeiner, als irgend wo. Wir schöpfen es aus unseren Quellen, wir brechen es in den Gebirgen, wo es in großen Krystallmassen aufgespeichert liegt. Es ist, als wenn die Natur schon von Haus aus angedeutet hätte, daß Europa das Salz der Erde sein sollte.

Auch der Charakter der Thierwelt entspricht der angedeuteten Physiognomie des Continents im Großen. Wie in der Weise des Gliederbaues desselben ein schönes und behendes Maaß gehalten ist, keine solche lähmende Zerstückelung wie in Oceanien, keine solche colossale und unbehülfliche Massenhaftigkeit wie in Afrika und Asien, so fehlen auch in der Thierwelt ungeheuerliche Bildungen und Formen gänzlich. Elephanten, Rhinoceros und andere wilde Thiere gab es in unserem Europa in nachsündfluthlichen Zeiten nie. Die wenigen Löwen und Tiger, die einst Griechenland genährt haben soll, hat der Europäische Hercules bald erwürgt.

Weder in ihren Gattungen, noch in ihren Individuen sind die dem Menschen furchtbaren Geschöpfe bei uns je zahlreich gewesen. Der Wolf, der Luchs, der Bär, nebst einigen anderen kleineren sind die einzigen, die wir als einheimisch bezeichnen könnten, während in anderen Gegenden der Welt der Mensch sich kaum des reißenden und raubenden Wildes erwehrt und einen steten und erfolglosen Kampf mit ihm führt.

Die Gifte sind fast ganz aus unsern gesunden Wäldern verbannt: die anderswo so zahlreichen giftigen Pflanzen, wie die giftigen Schlangen und schreckhaften und monstruösen Kriechthiere.

Unsere Vögel stehen denen der anderen Zonen an Größe und Farbenpracht nach, dagegen zeichnen sie sich mehr als anderswo durch liebliche Stimmen aus.

Kein Welttheil ist so reich an Singvögeln, wie Europa. Zwitschernd durchziehen die kleinen gefiederten Minnesänger unsere Berge und Gehölze und erfreuen durch das Ohr den Geist, während die Flamingos und Kakadus der

Tropen durch ihr Farbenfeuer das Auge blenden. Es ist, als wäre die Natur selber in Europa schon geistiger und weniger auf körperlichen Luxus und Prunk erpicht, als anderswo.

Auch in der Pflanzenwelt geht das Anmuthige dem Prachtvollen, das Nützliche und das den menschlichen Zwecken Dienende dem Glänzenden vor.

Die brodgebenden Nährpflanzen, den erfreulichen Wein, viele erfrischende und heilsame Obstsorten, die der Schöpfer in Adam's Paradies setzte, hat Europa willig angenommen, und sie sind in dem großen Treibhause des europäischen Kunstfleißes mit der Hülfe unseres gemäßigten Klimas, noch in so hohem Grade veredelt, daß schwerlich ein gebildeter Geschmack dem Bouquet unseres Rebensaftes, dem zartgefärbten Aroma unserer Aepfel, Birnen, Pflaumen und Citronen die übersüßten, starkgewürzten und leckern Früchte des Südens vorziehen möchte.

Die bei uns von Haus aus einheimischen Wald- und Wiesenblumen prangen und spreizen sich freilich nicht, wie die Ziersträucher anderer Welttheile, gleich üppigen Schönen in allen Farben des Regenbogens.

Unsere echt Europäischen Nachtviolen und Vergißmeinnicht, unsere Myrthen, Resedas, unser Lavendel, unsere kleinen Rosmarin, Schneeglöckchen und Maiblumen verstecken sich fast. Sie müssen entdeckt, ihre bescheidenen Reize müssen erkannt und können fast nur mit Ueberlegung genossen werden. Sie haben nicht das sinnberauschende Aroma Arabiens. Doch begeistert ein Europäisches Veilchen oder ein lieblich hauchendes Jelängerjelieber einen Dichter wohl eher, als eine prunkende Kaktus-Glocke oder eine grob duftende Magnolie.

Kurz, überall, wohin wir blicken, zeigt sich, daß die goldene Mittelstraße mitten durch Europa sich hinzieht. Die Natur hat es nirgend gänzlich vernachlässigt, aber sie hat auch nirgend ihr Füllhorn darüber verschwenderisch ausgeschüttet. Und gerade in diesem Maaßhalten der Europäischen Schöpfung besteht ihre eigentliche Kraft. Einen kleinen Anfang hat die Natur überall gemacht, eine Anlage hat sie allenthalben gegeben, den Eingebornen die Benutzung und die Ergänzung der Arbeit überlassend.

Den Stickrahmen und den Stickgrund hat sie sehr vortheilhaft gestaltet, die Stickerei selbst aber nur vorbereitet. Der Europäische Mensch mußte sie erst vollenden.

Sem, der Asiate, war Noah's Erstgeborner, gleichsam der große Majorats-Erbe der Schöpfung, der auf dem Erbhofe sitzen blieb und der alten Ueberlieferung der Vorfahren folgte. Japhet aber, der Europäer, war der jüngere Sohn, der wenig erbte, der hinaus mußte ins Leben, der sich aber das Königreich in der Welt eroberte.

Südliche Nachbarn Europa's.

(Phönizier, Araber, Mauren, Berber.)

Die lange Kette anbaufähiger Landschaften, die sich nördlich zwischen der Wüste Sahara und dem Mittelländischen Meere hinzieht, sondert sich vielfach, sowohl in physischer, als in kulturhistorischer Hinsicht von dem breiten Welttheile Afrika, dessen nördlichen Küstensaum sie bildet, ab. Es gab vielleicht eine Zeit, wo sie gänzlich davon geschieden war, nämlich, als das jetzt gehobene Becken der Wüste Sahara noch Meerwasser füllte.

Sie schließt sich in vielen Beziehungen den Ländern des südlichen Europa an, mit denen sie vielleicht einst auch zusammenhing, als die Straße von Gibraltar noch nicht durchbrochen war. Jetzt liegt sie mit ihnen wenigstens längs desselben Meeresbeckens — theilt mit ihnen ein ähnliches Klima und dieselbe Vegetation und ist mit ihnen dann auch häufig denselben Eroberern und Königreichen und derselben Herrschaft anheimgefallen, und hat mit ihnen bis auf unsere Tage herab — bis auf das Erscheinen der afrikanischen Turcos unter französischem Banner in Ober-Italien im Jahre 1859 und bis auf das erneuerte Eindringen der Spanier in Marocco im Jahre 1862 — Krieger, Colonien, Bevölkerung und Kultur ausgetauscht.

Aus diesen Verhältnissen entwickelt sich die für unsern Gegenstand zunächst so wichtige Frage: welche Volks-Elemente, welche Einflüsse auf ihren Charakter und ihre Kultur, welche Wandlungen in Sitte, Wesen und Sprache haben die Europäer von dieser Seite her empfangen und erlitten, und welche Eindrücke und Ueberreste davon besitzen wir Europäer unter uns noch heutigen Tages?

Die Länder des nördlichen Afrika fallen noch, wie Europa, in die gemäßigte Zone und gehen, durch dieselbe wie unser Erdtheil, lang hingestreckt von Osten nach Westen. Sie stehen noch, obgleich in nicht so hohem Grade, wie dieser, unter dem Einflusse des über den Atlantischen Ocean zurückkehrenden Südwest-Passats, und sie sind daher — zum großen Theil wenigstens — wie Europa ein Regenland.

Sogar die südliche Grenzlinie des in gleicher Höhe mit der Meeresoberfläche fallenden Schnees streicht durch einige Zipfel des nördlichen Afrika. Hie und da gehen diese Erscheinungen bis an den Fuß des Atlas und der andern Gebirge des Innern und bis an den Rand der stets regenlosen und dem heißen Gürtel angehörigen Sahara, des großen Sand=Meeres ohne Wasser.

Wie der Charakter des Klimas, so ist daher auch die Physiognomie der Vegetation Nord=Afrikas derjenigen von Europa weit ähnlicher, als der des Innern von Afrika selbst.

Ja, dieses Nord=Afrika bildet geradezu mit dem südlichen Europa eine und dieselbe botanische Provinz. Es theilt mit ihm die wichtigsten Laubhölzer und Fruchtbäume, unter andern den nützlichen Oelbaum, die saftigen Citronen, Pomeranzen und andere europäische Südfrüchte.

Es ist auch noch ein Weinland, doch streicht die südliche Grenze des Weinstocks hart an der südlichen Grenze dieser Küstenlandschaften hin. —

Vor allen Dingen ist es auch noch ein dankbares Getreideland, und die Kornarten, welche wir vorzugsweise die Europäischen nennen, finden hier noch so günstige Verhältnisse, daß Nord=Afrika, welches sich im Angesichte Europas entfaltet, zu Zeiten eine der vornehmsten Kornkammern unseres Welttheils gewesen ist. Theilte Nord=Afrika mit uns unsere Getreidearten, so konnte umgekehrt das tropische Zuckerrohr, die Baumwollenstaude und die Dattel=Palme nach Spanien und Sicilien hinübergepflanzt werden, und an den Sümpfen einiger Flüsse dieser Insel wuchert noch heutiges Tages die am Nil heimische Papyrus=Staude.

Wie mit der Vegetation, so ist es in gewissem Grade auch mit der Thierwelt, obgleich in dieser Beziehung beide Länder weiter auseinandergehen. Manche Thiere und Thierchen bewohnen den Nordsaum von Afrika in gleicher Weise, wie die südlichen Spitzen Europas. So, um nur aus den vielen Beispielen einige zu wählen, der Dammhirsch, das Kaninchen, der Kranich, mehrere Raubvögel und noch zahlreichere Reptilien, Insekten, Schmetterlinge. Und dabei ist wohl zu bemerken, daß dieselben südwärts nicht über den Südrand dieser Mittelländischen Küstenlandschaften Afrikas hinaus flattern und wandern.

Daß wir Europäer jährlich viele zwitschernde Wanderzüge von Singvögeln und auch die uns so heimathlichen Störche mit Nord=Afrika austauschen, ist allbekannt und ebenso, daß eine Colonie Afrikanischer Affen auf den Felsen von Gibraltar angesiedelt ist, sowie, daß in alten Zeiten wenigstens — der Afrikanische Löwe in Europa brüllte, wo ihn in Griechenland die Keule des Herkules traf.

Im Hinblick auf alle diese Verhältnisse haben daher sogar manche alte griechische Erdbeschreiber keinen Anstand genommen, das nördliche Afrika unter dem Namen Libyen geradezu noch mit zu Europa zu rechnen und es von dem übrigen Afrika, das sie vorzugsweise Aethiopien (das Land der Schwarzen) nannten, gänzlich zu scheiden.

Die menschlichen Urbewohner Afrikas, die schwarzen Kinder Ham's, die von der Sonne an Haut und Hirn versengten Negerstämme, obwohl sie unserm Erdtheil auf langen Strecken in eben so hohem Grade benachbart sind, wie die mongolischen Nomaden Asiens, haben es sich nie in den Sinn kommen lassen, Europa zu bekriegen, zu verwüsten oder sich hier zu ansiedeln.

In uralte Barbarei tief versunken, haben diese unzählbaren energielosen Völker nichts für die übrige Menschheit geleistet, nichts für sie erdacht oder erfunden. Gleich den Fluthen eines großen finsteren Binnenmeeres wogten seit dem Anbeginn der Welt die Volks=Wellen bei ihnen einförmig auf und ab. Jede Woge, wie sie stieg, verlief sich auch innerhalb der Grenzen dieses Beckens, und nirgends schäumten sie unternehmungslustig über.

Die wollhaarigen Neger haben keine Geschichte. Wir erblicken nichts bei ihnen, als zahllose gleichartige Veränderungen und stets in derselben Weise wiederholte grausige Umwälzungen. Nie ein fröhliches Wachsthum, nie großartige Bildungen und einen umfassenden Fortschritt. Sie sind unserm Welttheil weder gefährlich, noch nützlich geworden.

Ja, sie haben, so weit das Licht der Geschichte uns zu blicken erlaubt, nicht einmal auf dem von uns hier ins

Auge gefaßten Nordsaume ihres eigenen Continents festen Fuß gefaßt. Auch hier erscheinen sie nur (wie dann und wann in Europa), als Sklaven in Begleitung kräftigerer Rassen, und von diesen geknechtet.

Wir mögen die Neger-Völker in einer Schilderung der Bewohner Europas mithin völlig ignoriren.

Nord-Afrika hat von jeher seine Herren, seine Bebauer und Einwohner theils von Europa, theils von den Gegenden von Hasch oder Asch, d. h. dem Lande der Sonne — Asien — aus erhalten, vornehmlich und am häufigsten von diesem, insbesondere in der Urzeit, wo alle Verbreitung des Menschengeschlechts und der Cultur von dort her aus Osten nach Westen gerichtet war.

Wenden wir uns daher dem Verhältnisse Nord-Afrikas zu Asien zunächst zu.

Beide sind durch eine höchst merkwürdige Brücke, den die Landenge von Suez und deren Fortsetzung in Syrien, mit einander verknüpft. Sie sind auch auf der ganzen Strecke der schmalen Kluft des Rothen Meeres, das leicht zu durchschiffen ist und sogar, der biblischen Sage nach, von Völkern durchwatet wurde, nur schwach auseinander gehalten. Afrikanische und Asiatische Natur mischen und verschwistern sich hier mannigfaltig.

Durch Arabien, eine östliche Fortsetzung der Sahara und durch Persien und Beludschistan dringt diese Verschwisterung bis zum Indus, bis an die ostindische Halbinsel vor.

Alte Schriftsteller haben daher auch oft gefragt, ob man nicht einen Theil von Nord-Afrika, namentlich Egypten und das ganze Nilthal, noch zu Asien rechnen müsse, und andere haben wieder umgekehrt Theile von Asien, namentlich Arabien, zu Afrika gezogen.

Und wir unserer Seits mögen hier auch diese Gegenden und diese Völker gleich mit in den Kreis der Betrachtung ziehen und den Begriff der Nordküste Afrikas auch auf Syrien, Phönizien, Arabien und ihre Nachbarländer ausdehnen.

Die beglaubigte Geschichte zeigt uns das nördliche Afrika zu wiederholten Malen von dorther überfluthet und colonisirt, und es ist höchst wahrscheinlich, daß Alles, was an Bevölkerung die Nordküste Afrikas unserm Europa gegeben hat, ursprünglich aus Arabien und andern nachbarlichen asiatischen Gegenden gekommen ist, und daß der nord-afrikanische Länderstreifen dabei nur die Rolle eines Vermittlers, eines Passage-Landes oder einer Völkerbrücke spielte.

Dies scheint zugleich sehr wohl zu passen auf das östlichste Afrikanische Küstenland, auf welches dabei unsere Blicke zunächst fallen, auf die älteste Wiege westlicher Cultur, auf das räthselvolle Land der Sphinxe und uralten Ruinen, aus dessen Tempeltrümmern und Gräbern 5 Jahrtausende zu uns reden.

Die Aehnlichkeit der Gebäude, welche die alten Egypter aufführten, mit denen der noch älteren Hindostanen, ihre Priesterherrschaft und Kasteneintheilung, so wie andere charakteristische Züge ihrer Volks- und Staatsverfassung scheinen es mehr als bloß wahrscheinlich zu machen, daß sie als Colonisten aus dem asiatischen Osten betrachtet werden müssen.

Vermuthlich kamen diese Colonisten zu Schiff zunächst nach dem Süd-Ende Arabiens, zu dem sogenannten glücklichen Arabien, und durch die Straße von Bab el Mandeb Thor des Todes), die in Bezug auf die Einwanderung östlicher Kultur besser Thor des Lebens getauft worden wäre, zunächst zu den nahen östlichen Partieen des mittleren Nilthals.

Von diesen mittleren Gegenden, wohin uns alle ältesten Ueberlieferungen der Egypter als den Anfangspunkt ihrer Cultur weisen, schwenkten sich ihre Colonien und ihre Reiche nordwärts längs des ganzen Nil hinab bis zum Mittelländischen Meere, wo im üppigen Delta des Stromes der egyptische Palmbaum seine Krone entfaltete, und dann wieder südwärts bis tief in Abyssinien und und Aethiopien hinauf.

In das Nilthal eingekastet, an seiner Ader haftend, blühte die egyptische Kultur — eine abgeschlossene Welt für sich — ungemessene Zeiträume hindurch. Endlich wurden einige ihrer Gesäme und Ableger über das Mittelmeer nach Europa hinübergeführt, wo sie auf einen höchst fruchtbaren, nämlich auf griechischen Boden fielen.

Ein Egypter (Kekrops) gründete Athen, ein Egypter (Danaus) baute die Königsburg von Argos. Der Gesetzgeber Creta's, Minos, hatte vielleicht mehr als blos seine Namensverwandtschaft mit dem alten egyptischen Staatenordner Menes gemein. Ja, ein egyptischer König, Sesostris, soll kriegend und erobernd einmal die ganze griechische Halbinsel bis zur Donau und bis ins Skythenland durchzogen haben.

Durch Griechenland — dessen alte Kunst, so lange sie sich noch nicht auf eigenen Fittigen in freiere Räume geschwungen hatte, offenbar aus der egyptischen Wiege genommen war, dessen denkende Männer zu den Egyptern wanderten, an den alten Quellen dortiger Weisheit zu schöpfen — (Plato unter andern, der, wie Herodot, Solon und Pythagoras, Egypten besuchte und dort studirte, räumte den Egyptern ohne Rückhalt den höheren Rang ein, nannte sie die Erfinder der Rechnenkunst, der Meß- und der Sternkunde; nach Diodor stammt die ganze Religion der Griechen, ihre Götter- und Heroen-Sagen aus Afrika von den Egyptern her, nur daß sie Alles, was in Egypten geschehen, so darstellten, als ob es sich in Griechenland zugetragen hätte) — durch diese Griechen, welche anfänglich von den Egyptern: „Kinder", ganz junge Völker und ungeschulte Barbaren gescholten wurden, ward die empfangene Kultur dann dem übrigen Europa weiter mitgetheilt, und so kommt es, daß wir neueren Europäer, deren heutige Jahresrechnung egyptischen Ursprungs ist — die wir die Sternbilder jetzt noch mit egyptischen Namen benennen — noch heutiges Tages ein wenig den egyptischen Stempel an uns tragen, und daß unsere Gedanken auf Bahnen rollen, an Telegraphenschnüren sich bewegen, deren Anfänge am Nil liegen.

Alexander der Große und nach ihm die Römer brachen später dem alten austernartig verschlossenen Egypten den Busen ganz auf und ließen es fast mit Europa verschmelzen. Egyptische Priester bauten ihre Tempel in Italien, und europäische (griechische und römische) Philosophen errichteten ihre Schulen am Nil, so wie ihre Handelsleute und Krieger bis tief in Aethiopien hinein im Lager standen.

Durch die Byzantinischen Kaiser und darauf durch die Türkischen Padischas, welche noch später Egypten und ganz Nord-Afrika, eben so wie es Alexander und Rom gethan hatten, eroberten, sind denn wiederum die Nil-Anwohner, wie zu Sesostris' Zeit, bis an die Donau geführt worden, und an diesem Flusse kann man unter dem Halbmonde noch heutiges Tages die Gesichter brauner Egypter und dunkler Aethiopier unsern deutschen Truppen gegenüber stehen sehen.

Mit den Einwirkungen der Egypter auf Europa stehen sowohl der Zeit, als der Art nach, in einem gewissen Gleichheits-Verhältnisse die eines andern merkwürdigen Volks, die der sogenannten Purpur-Leute (oder Phönizier), der Bewohner der Küste Syriens, das sich gleichsam als ein östliches Anhängsel, als ein Seitenflügel Egyptens und Afrikas darstellt, und das einen der interessantesten Abschnitte der hier in Betrachtung gezogenen südlichen Küste des Mittelmeeres ausmacht.

Die seekundigen und handelslustigen Kinder Syriens, Schüler des alten weisen Babylons, haben frühzeitig das Mittelmeer durchsegelt und dort auf Afrikanischer, wie auf Europäischer Seite Cultur und Colonien durch das ganze große Wasserbecken verbreitet, welches auch jetzt noch bei den Orientalen von ihnen den Namen trägt und das Syrische Meer (Bahr el Scham, das Wasser von Scham) genannt wird.

Schon 1500 Jahre vor Christo kamen Phönizische Schiffer, Colonisten, Handelsleute, Pflanzer und Eroberer nach Griechenland. Ihr Führer (Kadmus) baute Theben in Böotien und brachte die Phönizische Buchstabenschrift nach Griechenland, von der nachher alle andern Europäischen Alphabete abgeleitet sind. Auch führten die Phönizier, was mindestens eben so wichtig ist, zuerst den Gebrauch des Eisens und der eisernen Instrumente im südlichen Europa ein.

Creta, Rhodus, Cypern wurden von ihnen besetzt, ja fast alle Inseln des später erst griechischen Inselmeeres. Sie drangen noch viel weiter nach Westen vor und bauten in der Gegend des jetzigen Tunis ihr weltberühmtes „Kart chadata“ (Neustadt), welches die Römer „Carthago“ nannten. Mit den siegreichen Flotten und Heeren der Phönizier und ihrer mächtigen Pflanzstadt drangen der Semitische Volksstamm, und in seiner Begleitung auch andere unterworfene Bewohner Afrikas, in Spanien ein. Sie überschwemmten und eroberten fast die ganze Pyrenäische Halbinsel, bebauten sie und beuteten sie aus, und wie sie, so auch die europäischen Inseln Sicilien, Sardinien und Corsika, auf denen sie mehre Städte gründeten.

Ihre Wanderungen und Seefahrten gingen sogar weit über die Säulen des Hercules hinaus nördlich bis nach Großbritannien, wo ihr Name sich den Bewohnern so mächtig eingeprägt hat, daß noch heutiges Tages viele Irländer wähnen, ihr Volk stamme direkt von den Puniern oder Phöniziern ab.

Punische und Afrikanische Völker durchzogen unter Hannibal sogar das südliche Frankreich und Spanien, wie wir denn noch in unsern letzten Tagen unter der Fahne eines Napoleon aus denselben Gegenden in denselben Ländern dieselben wilden Afrikanischen Krieger gleich den Soldateu Hannibals mit den Franzosen über die Alpen marschiren sahen.

Daß auf diese und andere Weise durch die Vermittelung der Phönizier und ihrer Sprößlinge Europäische und Nord-afrikanische Bevölkerung vielfach durch einander gemischt wurde, ist unter anderm auch daraus ersichtlich, daß sie einen großartigen Sklavenhandel durch das ganze Mittelmeer hin organisirt hatten, und dabei, wie behauptet wird, die in Europa geraubten Sklaven gewöhnlich nach Afrika, die Afrikanischen aber nach Europa zu verhandeln und zu verpflanzen pflegten.

Daß die Phönizier in Europa spurlos verschwunden, daß sie bei uns ganz todt und völlig abgestorben seien, läßt sich nicht behaupten; zum Beispiel schon um deßwillen nicht, weil die zwar bedeutend umgestalteten Buchstaben jener Schreibmeister Europas noch jetzt unter unserer Hand und Feder sich erneuern. Blicken doch die Manen dieser Erfinder des Glases sogar noch täglich, so zu sagen, durch unsere Fensterscheiben in unsere Häuser hinein!

Von den Egyptern und Phöniziern gehe ich nun zu den weiter westlich gelegenen Ländern und Völkern auf der Südseite des Mittelländischen Meeres über.

Die Jahrbücher Egyptens berichten uns von mehreren Einfällen der alten Landesfeinde aus Osten, der Hirten-Völker, die sie „Hyksos“ nennen. Es sind aller Wahrscheinlichkeit nach die Vorväter unserer Araber. Sie überschwemmten Egypten und einen großen Theil der Nordküste Afrikas — ein Mal nachweislich schon 2000 Jahre vor Christi Geburt. Die Perser und Meder und mit ihnen auch wieder Arabische Nomaden-Stämme rückten, unter Cambyses, in's Land, unterjochten Egypten und auch andere Theile der afrikanischen Nordküste.

Wir haben in späteren Zeiten ein ähnliches Hereinbrechen aus denselben Gegenden erlebt, über das wir wohl unterrichtet sind. Andere Einfälle mögen vor den mohamedanischen Arabern und vor dem Cambyses und auch vor den sogenannten „Hyksos“ stattgefunden haben, von denen die Geschichte und auch selbst die Sage schweigt.

So lange wir die Völker kennen, welche Nord-Afrika im Westen Egyptens bewohnen, und welche die Europäer Nasamonen, Getuler, Numidier, Berber, Mauritanier oder Mauren nannten und nennen, so lange sehen wir in ihnen eine von den südlichen Afrikanern, den Negern, völlig verschiedene Rasse, verschieden von ihnen in Körperbildung, Farbe, Haarwuchs, in geistigen Anlagen, in Sprache und Sitte.

Sie gleichen in allen diesen Dingen weit weniger den Schwarzen als den Arabern und den andern Rassen des südwestlichen Asiens, die, wie gesagt, vermuthlich schon in den allerfrühesten Zeiten ihre Bewegung nach dieser Erdgegend hin begonnen haben.

Bereits die alten Griechen behaupteten diesen Ursprung der Eingeborenen Nord-Afrikas aus Asien. Hercules, so sagten sie, dieser gewaltige Wanderer, dieser Halbgott, dem sie alle großen

Dinge zuschreiben, habe die Asiaten aus Indien über Arabien nach Afrika geführt. Auch der Römer Sallust, der lange Zeit Proconsul im westlichen Afrika war und die historischen Bücher des Hiempsal, eines alten Königs der Numidier, übersetzen ließ, meinte, daß die Mauren und Numidier Nachkommen eingewanderter Armenier, Perser, Meder und Araber seien.

Der Name „Mauritanier" oder „Mauren", mit dem die Römer und nach ihnen die Spanier und Portugiesen wohl alle Nordafrikaner, ohne Unterscheidung der Rasse, zu bezeichnen pflegten, soll aus Asien stammen, und selbst der alte Name des ganzen Continents „Afrika" und die schon von den Griechen erwähnten einheimischen Benennungen des mächtigen nordafrikanischen Gebirges des „Atlas" lassen sich aus der Arabischen Sprache herleiten.

Freilich sind jene in der Urzeit in Afrika einziehenden Asiaten nachher, wie die frühesten Asiatischen Einwanderer in Europa, zu sehr verschiedenartigen Stämmen und Völkern ausgeartet und umgewandelt worden. Wir mögen in ihnen die über und durch einander gewälzten Niederschläge und Ueberreste vieler Einwanderungen und Colonienstiftungen aus Asien zu erkennen haben.

Der letzte und auch für uns jetzigen Europäer bedeutungsvollste Völkereinbruch aus Asien nach Nord-Afrika war der, der von Mohamed in Bewegung gesetzten und zum Islam bekehrten Araber. Sie ergossen sich seit dem Ende des 7. Jahrhunderts über die Küsten in ihrer gesammten Ausdehnung, über das ganze Land hin, welches sie ihr Westland (Magreb davon Marocco) nannten. Sie kamen mit ihrer Herrschaft bis an den atlantischen Ocean, bis an die Straße von Gibraltar, über die sie in das nahe Spanien einbrachen. Es war eine ähnliche Bewegung, wie es einst die der Hyksos und der Vorväter der alten Libyer und Berber gewesen war.

Die Araber und in ihrem Gefolge die Mauren und andere Afrikanische ihnen von Alters her verwandte Völker eroberten, ebenso wie es einst ihre Vorgänger, die Phönizier und Karthager, gethan hatten, fast die ganze Pyrenäische Halbinsel. Zur Zeit der höchsten Blüthe und Ausdehnung ihres Kalifats, besaßen sie auch wieder alle vornehmsten Inseln des Mittelländischen Meeres, Cypern, Kreta, Sicilien, Sardinien, Korsika und die Balearen, von denen schon die Griechen behauptet hatten, daß sie in ältesten Zeiten Einwohner aus Afrika empfangen hätten, und die auch, wie ich sagte, einst die Phönizier und die Karthager bewältigt hatten. Ueber diese Europäischen Inseln wie über Spanien ist daher gar manche Völkerfluth aus dem nördlichen Afrika dahingegangen.

Sehr merkwürdig ist es, daß die mohamedanischen Araber und Mauren zur Zeit ihrer weitesten Ausdehnung ziemlich genau gerade so viel von Europa inne hatten, wie die Phönizier und Karthager zur Zeit ihrer größten Macht. Beide kamen bleibend nicht über die Pyrenäen hinaus. Beide wurden in Gallien und Italien von den Europäern geschlagen; die Punier von den Römern unter den Scipionen, die Araber von den Germanischen Franken unter Karl Martell. Bei beiden Gelegenheiten schien Europa in Gefahr, von Afrika aus übermannt und afrikanisirt werden zu sollen.

Die Einwirkungen, welche dieser Afrikanisch-asiatische Einbruch unter der Fahne Mohameds auf die modernen Europäischen Völker hatte, sind viel bedeutender gewesen, als die irgend einer früheren Völkerwanderung aus denselben Gegenden. Schon deßwegen, weil sie uns der Zeit nach weit näher stehen, und auch der langen Dauer der Arabischen Herrschaft wegen. Auch lassen sich jene Einwirkungen, über die wir besser unterrichtet sind, deutlicher nachweisen.

Die trockenen und lebhaften, magern und leidenschaftlichen Araber, nachdem sie nach allen vier Windrichtungen die schönsten und reichsten Länder der Welt in wilder Hast durchstürmt hatten, „nachdem sie mehr Feinde geschlagen als sie zählen, mehr Land unterjocht, als sie beschreiben konnten", fingen an bei größerer Ruhe die Künste und Wissenschaften zu cultiviren. Sie bemächtigten sich der von den Griechen und Römern aufgespeicherten Gedankenschätze, sammelten die Schriften ihrer berühmten Weisen, übersetzten sie in's Arabische, bauten auf dieser Grundlage weiter und zeigten darin mehr Talent und Schnelligkeit als die langsamen Indogermanischen Völker, bei denen eine Durchdringung mit dem classischen Geiste des Alterthums und seiner Wissenschaft erst viel später eintrat.

Die Araber, indem sie die Fackel der Gelehrsamkeit, die bei den übrigen Völkern nur noch kümmerlich leuchtete, an sich rissen, führten die erste weitgreifende Renaissance oder Wiedergeburt der Wissenschaften und Künste herbei. Sie hatten das merkwürdige und großartige Sprichwort: „Die Menschen sind entweder Gelehrte oder Lernbegierige. Alle übrigen Menschen sind geringe Mücken." Bis in die Tatarei und die Mongolischen Länder hinaus, ja bis in das abgeschlossene China verbreiteten sich durch sie die edelsten Kenntniß- und Ideen-Schätze des menschlichen Geistes. Und eben so entzündete ihr Beispiel die Europäer, unter denen sie in Spanien, in Sicilien und anderswo weitleuchtende Schulen des Geschmacks und der gelehrten Bildung stifteten.

Diese Arabischen Akademien, in denen sie den Musen eine neue Heimath bereiteten, z. B. die von Cordova, Sevilla und Granada in Spanien, die Schule von Salerno in Italien, welche Arabische Gelehrte, die alle todten und lebenden Sprachen der Welt lesen und schreiben konnten, auf den Gipfelpunkt ihres Glanzes und Ansehens brachten, wurden im elften und zwölften Jahrhundert nicht blos von Mohamedanern aus allen Theilen Afrikas sogar aus dem Innersten von Fez und Marocco, sondern auch von Christen aus allen Gegenden Europas, selbst von Männern, die einst die dreifache Krone des Papstthums zu tragen bestimmt waren, in ähnlicher Weise besucht, wie später das Italiänische Bologna und dann Paris oder die Deutschen Universitäten. Die, welche von den Arabern gut geschult und mit reichen Kenntnissen und Geistesgaben zurückkehrten, wurden unter den unwissenden Europäern Magier genannt und zuweilen als Hexenmeister verfolgt. Im Anfang des 14. Jahrhunderts errichtete man in verschiedenen Europäischen Städten, in Paris, Bologna, Oxford und Rom Lehrstühle der morgenländischen Sprachen, zur Ausbeutung der gelehrten Fundgruben der Araber.

Die entschiedensten Verdienste erwarben sich die Araber in der Mathematik, den Naturwissenschaften und der Arzneikunde, in welchen Gegenständen sie wohl in noch höherem Grade die Lehrer Europas geworden sind, als die Griechen und Römer es gewesen waren.

Die Algebra und die Chemie nennen wir noch heutiges Tages mit Arabischen Namen. Jene hat den ihrigen von Geber, einem der größten Arabischen Mathematiker. In der Astronomie, einer Wissenschaft, die unter dem klaren Himmel in der brillanten durchsichtigen Atmosphäre Nord-Afrika's, Egyptens und Arabiens ihre Wiege hatte, brauchen wir noch täglich die Arabischen Worte: „Nadir", „Zenith", „Azimuth", „Almanach" und andere.

Die Rechnenkunst haben wir fast ganz von den Arabern, und so vor allen Dingen auch die vielleicht in Indien erfundene Bezeichnung der Zahlen, die so viel zweckmäßiger, als die bei den alten Römern und Griechen übliche war, daß sie von allen Europäern adoptirt wurde. Auch der Name „Cipher" ist arabischen Ursprungs, so wie die Zeichen selbst von der Figur des Kamels hergenommen sein sollen. Auch in den chemischen Wissenschaften sind uns als Zeugen ihres Arabischen Ursprungs die Worte: „Alkohol", „Alkali", „Elixir" und viele andere Arabische täglich von uns gebrauchte Ausdrücke geblieben.

In vielen Künsten waren den Arabern durch die Satzungen Mohameds zwar die Hände gebunden, wie z. B. in der Malerei und Skulptur, wo ihnen der höchste Vorwurf der Darstellung, — die Nachbildung des Antlitzes, der Hülle des menschlichen Geistes versagt war.

Doch leisteten sie auch auf diesem Gebiete, wo sie sich frei entfalten durften, wie z. B. in der Baukunst viel Schönes und Großes. In den von ihnen und nach ihren Ideen gebauten Tempeln in Asien (z. B. der großen Moschee von Damascus) — in Afrika (z. B. der prachtvollen Moschee von Kairwan) und in Europa (z. B. der berühmten Moschee von Cordova) fügten sie den sieben Wundern der alten Welt noch einige ganz neue hinzu.

Durch Spanien wirkten ihre bewunderten Baumeister auch auf das übrige Europa ein und Manches in Dem, was wir gothischen Baustyl und Geschmack nennen, ist eigentlich nur Arabische Idee und Erfindung.

Die Sprache der Araber wurde, wie das bei diesen Bestrebungen nicht anders sein konnte, für alle Zweige des menschlichen Wissens und Könnens höher ausgebildet und verfeinert, als irgend eine andere jener Zeit. Nur wieder in der Musik, die weder aus ihren religiösen Satzungen noch aus ihren National-Anlagen fördernde Einwirkung empfing, scheinen sie wenig geleistet zu haben. Von jeher waren die Araber mehr Redner und Dichter als Sänger, Musiker und Künstler.

Für Classicität, Rhythmus und Melodie in der Sprache hatten die Araber, deren Volkspoesie höchst originell und uralt war, die mit dem Glanz der Landschaften Yemens leuchtete, und von den Wohlgerüchen des Orients duftete und das eigenthümliche Gepräge ihres glühenden und phantastischen National-Temperaments trug, stets die feinste Empfindung und darin machten sie denn auch das noch rauhe Ohr der Europäer zuerst wieder empfänglich.

Die limosinische oder provenzalische Dichtkunst, welche als die erste Morgenröthe neu-europäischer Poesie und Literatur im 12. und 13. Jahrhunderte aufblühte, „wurde den europäischen Nachbarn der Araber von diesen ihren Feinden gleichsam aufgedrungen und aufgesungen.“ Wie jene so entzündeten sich die catalonischen und die sicilischen Dichter-Schulen, die Quellen der andern spanischen und italienischen Poesie an den Berührungspunkten der christlichen mit der arabischen Welt.

Und wie in dieser „gaya ciencia“ (der heitern Kunst), wie in ihrem Baustyle, wie in der Mathematik, Medicin und Chemie, so wurden die Araber auch in manchen der bei ihnen entwickelten Volks-Anstalten zum Muster genommen.

Sie brachten nicht blos die schönsten Pferde-Raffen nach Europa, — sie waren nicht nur selbst die gewandtesten Reiter und Ritter, — sie, die damals durch die ganze Welt, Heldenthaten verrichtend, abenteuerten, sie förderten auch vielfach in Europa jenen abenteuerlichen, thatenlustigen, ritterlichen Drang. Bei ihnen entwickelte sich (zum Theil wenigstens) das, was wir den romantischen Geist nennen, was wir aber fast eben so gut als den Arabischen bezeichnen könnten.

Die Satzungen unseres Europäischen Ritterthums waren mehrfach Nachahmungen von Dingen, die längst bei den Arabern Geltung gehabt hatten. Und wenn auch unser Ritterthum in der Hauptsache ein Germanisch-romanisches Institut gewesen sein mag, so wurde es doch erst vervollkommnet, als nordische Mannhaftigkeit sich mit der glühenden Begeisterung, mit dem Glanze und der Höflichkeit orientalischer Verfeinerung vermählt hatte.

Selbst die Kriege, welche die Europäer auf ihren Kreuzzügen im Occidente und Oriente mit den Arabern führten, zwangen sie, unwillkürlich Vieles von der Kriegsweise, den militärischen Sitten und der Kriegskunst der Araber anzunehmen. Alle unsere christlichen Ritterorden sind zuerst an dem Rande der weiten Grenzlinie des Kampfes mit den Saracenen in Spanien, in Egypten oder im Heiligen Lande aufgekeimt. — Die Tempelherren bekannten es offen, daß sie ihre Ordens-Vorschriften von den Muselmännern entlehnt hätten. Auch die Wappenkunst ist uns von den Arabern und Mauren zugekommen, und unter andern soll nach des Vicomte de Beaumonts Forschungen selbst die berühmte Lilie in Frankreichs Wappen morgenländischen Ursprungs sein.

Die von den Orientalen ersonnenen Märchen, jener in „Tausend und eine Nacht“ geerndete Schatz höchst poetischer und phantasievoller Dichtungen, wurde auch schon damals den Europäern, deren erste sogenannte Romane nur etwas umgewandelte Nachbildungen Arabischer Muster zu sein scheinen, erschlossen, und er ist noch jetzt ein Quell, in dem sich unsere Phantasie wie in einem köstlichen Bade, erfrischt und erlabt.

Fast nicht weniger merkwürdig und

weitgreifend waren die von den Arabern ausgehenden Einwirkungen auf den Handel und die Industrie der Europäer. Arabische Seefahrer, Handelsleute und ihre Flotten segelten und verkehrten im 9. und 10. Jahrhunderte durch alle drei Theile der Erde, auf der einen Seite in dem Atlantischen Ocean und auf der andern bis nach Ostindien und China hinaus.

Sie verknüpften die Enden der Welt, und tauschten die Produkte der entlegensten Länder von Volk zu Volk. Sie waren die Führer der Karawanen im Innern von Afrika, sie geleiteten auch die Karawanen in's Herz von Asien.

Die Handelsbranchen fast aller anderen Völker der Erde, namentlich auch der Europäischen waren gleichsam nur Zweige dieses großen Arabischen Welthandels. Ihm waren die Gennesische, die Venetianische Handlung gleichsam aufgepfropft.

Auch der Handelsverkehr durch Rußland längs der Wolga bis nach dem alten Nowgorod und dem in der Nachbarschaft der Samojeden blühenden „Biarmien" war ein Ableiter dieser mächtigen Strömung, und dort an den Ufern des Eismeeres und der Ostsee lesen wir zum Zeugniß davon noch jetzt Arabische Münzen auf.

Wie einst diese Münzen, so cursiren noch jetzt unter uns, als bei allen Europäern durchweg angenommene Bezeichnungen, eine Menge kaufmännischer und Schifffahrtsausdrücke, welche die Araber in Gang gebracht haben, und die unseren Sprachen durch die Vermittelung der Italiäner und Spanier zugeführt worden sind: „Admiral", „Arsenal", „Tarif", „Magazin", „Karawane", „Bazar" sind einige der hieher gehörigen Wörter, so wie unter andern auch die Namen der berühmten Winde: „Monsun", „Scirocco", „Samum", mit denen die Arabischen Schiffe segelten.

Auch viele der allgeläufigsten Waaren und Produkte haben für alle Zeiten Arabische Benennungen erhalten, so der Zucker (al zucar), den zunächst die Araber zu krystallisiren uns lehrten, der Kaffee (Kawe), den sie seit uralten Zeiten im glücklichen Arabien bauten, der Kampfer und der Lack, die ihre Kaufleute aus Indien herbeischafften, so auch der „Safran", die „Artischocke", der „Jasmin", die „Tamarinde", die „Baumwolle" (cotton ooten) und die aus ihr gewebten Stoffe „Muslin" und „Calico".

Desgleichen sind die „Gazelle", die „Giraffe", die „Zibetkatze" und noch einige andere Thiere in den Europäischen Wörterbüchern unter Arabischen Namen verzeichnet.

Auch in mehreren Industriezweigen sind die Araber Vorbilder und Lehrer der Europäer geworden. So waren sie namentlich während eines Theiles des Mittelalters die vornehmsten und geschicktesten Verarbeiter der Seide. Die Arabischen Seidengewebe aus Almeria in Spanien, zu denen Marocco den Rohstoff lieferte, waren hoch berühmt.

Es ist bekannt, daß schon die Alten ihre kostbarsten purpurgefärbten Gewande aus Phönizien bekamen. Und so war es denn auch wieder im Mittelalter. — Goldtressen und Borden, schön gefärbte Teppiche, Gold- und Silber-Brokat, kostbare Gewebe, in die mit Goldfäden zierliche Muster eingewebt waren, kamen fast nur von den sogenannten Saracenen d. h. den Arabern und ihren Genossen.

Die Normännischen Könige in Unter-Italien und ihre Hohenstaufischen Nachfolger hatten große und weitberühmte Musterfabriken in Palermo. Die zeichnenden Künstler und die Arbeiter in diesen Fabriken waren Saracenen. Der Orientalische Geschmack in den Verzierungen, die eingewebten Arabischen Sprüche geben dies genugsam zu erkennen.

Aus diesen Fabriken gingen die Prachtgewänder für die Könige und Großen Europas hervor. Aus ihnen stammt unter anderm auch ein Theil des Krönungs-Ornats unserer Deutschen Kaiser, der noch heutiges Tages in Wien bewahrt wird. Auf eben solche zart und künstlich gewirkte Brokat-Stoffe, in welche sie die Könige Europas hüllten, stickten sie mit goldenen Lettern die gekrönten Werke ihrer Dichterfürsten und hingen sie in diesem Schmuck in dem Tempel zu Mecca auf.

Die arabischen Anstalten von Palermo wurden die Musterschulen für Seiden- und Teppich-Webereien von Ober-Italien.

Und von hier aus kamen diese ursprünglich arabischen Künste im fünfzehnten Jahrhundert nach den Niederlanden, wo sie zu außerordentlicher Blüthe und Vollendung gelangten.

Auch mit der Kunst, Wohlgerüche anzufertigen, mit der Destillation der Weine haben die Araber uns Europäer beschenkt, und Jedermann weiß, daß die erste mechanische Uhr, welche nördlich vom Mittelländischen Meere gesehen wurde, aus Arabien stammte, so wie vermuthlich auch die erste Einführung des Schießpulvers und des Compasses, diese in der Culturgeschichte so außerordentlich wichtigen Erfindungen, den Arabern zugeschrieben werden.

So sieht man aus diesem Allen, daß, wie die damaligen Dichter Europas arabische Märchen und Rittergeschichten in ihre Romane verwebten, so auch unsere Künstler und Arbeiter in ihren Produktionen arabische Phantasien zum Thema nahmen, daß, wie in den Versen der Provenzalen und Troubadours arabische Bilder und Reime wiederhallten, so auch unsern Kaisern und Königen arabische Stickereien und Schmucksachen um Schultern, Brust und Gürtel glänzten, und daß, wie die Ritter und Krieger, so auch die Gelehrten und Weisen Europas von den aus Afrika hevorgebrochenen Eroberern Sitte und Gesetz empfingen.

Die Europäer haben sich aber bei dieser, durch alle Zeiten wiederkehrenden Verschmelzung der beiden im Süden benachbarten Continente nicht immer blos passiv verhalten. Sie haben die Punier, die Egypter, die Saracenen nicht blos bei sich erwartet. Zu allen Zeiten sind sie selbst an vielen Punkten in das weite Vaterland derselben eingedrungen und haben sich dadurch, daß sie wiederholt verschiedene Abschnitte der nord-afrikanischen Küstenlandschaften mit ihren europäischen Stammländern verbanden, mit ihnen in noch innigeren Zusammenhang gebracht und afrikanisches Wesen und Blut sich von da herübergeholt.

Die lang nach Süden gestreckten europäischen Halbinseln von Griechenland, Italien, Spanien, waren vorzugsweise die Brücken, auf denen ihrerseits die Europäer nach Afrika hinüberkamen.

Man könnte diese Halbinseln und die Inselkette Sardinien, Corsika und Sicilien gewissermaßen mit großen Tropfsteinen vergleichen, die von dem Hauptkörper Europas in die weite Höhle des Mittelländischen Meeres hinabhangen. Die einförmige geradlinige Küste Afrikas wäre dann der flache Boden dieser Höhle. Wie nun das Kalkwasser an den Tropfsteinen herabtröpfelt, und wie sich auf dem Höhlenboden dann entsprechende Figuren bilden, so haben auch stets die Völker Europas längs jener Länderzacken hinausgestrebt, und unter den Spitzen an ihrem Fuße hat sich dann ein afrikanisches Griechenland, ein afrikanisches Italien oder Spanien gebildet.

So kamen gleich in den ältesten Zeiten, bereits nach der Zerstörung Trojas, Hellenen auf die afrikanische Halbinsel Barca hinab, die gerade unter ihrem Lande liegt und gründeten hier ihre berühmte Pflanzstadt Cyrene. So kamen auch die Römer schon bald in den ersten Zeiten ihres mächtigen Wachsthums mit dem Stücke von Afrika in Collision, das gerade unter ihrer Halbinsel Italien lag. Ueber Sicilien hinwegschreitend, griffen sie nach Afrika hinüber, zerstörten Carthago und machten sich dies afrikanische Land unterthänig. So sind ebenfalls die Spanier — auch in unseren Tagen wieder — über die Meerenge von Gibraltar in die ihnen zunächst liegende Partie von Afrika, die sogenannte tingitanische Halbinsel, eingerückt, und haben sie oft als ein Zubehör ihres Stammlandes besessen, das auch wohl den Namen Hispania Transfretana (das Spanien jenseits der Meerenge) trug.

Hatten die Europäer erst an einem solchen benachbarten Punkte festen Fuß gefaßt, so breiteten sie sich dann, gleich den aus Asien kommenden Eroberern, über die ganze Nordküste oder doch über große Abschnitte derselben hin aus. Die Griechen stifteten von Cyrene aus viele andere Colonien längs dieses Küstensaumes hin, und diese afrikanischen Griechen, die nach dem ausdrücklichen Zeugniß der alten Schriftsteller alle doppelsprachig waren und neben ihrer europäischen Muttersprache auch eine afrikanische sich angeeignet hatten, die auch in ihren Sitten und Wesen zwitterhafter Natur, halbe Europäer und halbe Afrikaner, wurden, bildeten lange ein bedeutsames Mittelglied zwischen den beiden Welttheilen.

Nach den Griechen unterwarfen sich die Römer die gesammte Nordküste des Festlandes von Egypten bis Marocco, erfüllten sie mit einer Reihe blühender Colonien und theilten sie in eine Menge nach europäischer Weise verwalteter und bebauter Provinzen. Sie machten sich dort so heimisch, daß fast kein Unterschied war zwischen den römischen Provinzen auf der nördlichen und denen auf der südlichen Seite des Mittelländischen Meeres. Sie drangen auch tief ins Innere des Landes ein und holten von da die getulischen und numidischen Reiter, die sie ihren Armeen inkorporirten, hervor, schifften sie nach Europa hinüber und kriegten mit ihnen in allen Theilen unseres Continents.

Ihre afrikanischen Legionen, ihre Zuaven-Regimenter, in denen afrikanische Römlinge und afrikanische Eingeborene gemischt waren, bewiesen in vielen auf europäischem Boden gefochtenen Schlachten eine vorzüglich wilde Tapferkeit und ein besonderes Geschick, die sie sich auf den Löwenjagden und in den ewigen Guerillaskriegen der Wüstenstämme in den Felsengebirgen Getuliens angeeignet hatten.

Nach den Römern, in den Zeiten der Völkerwanderung, mischten sich mit den Afrikanern sogar, wenn auch nur vorübergehend, die Bewohner des Nordens von Europa, die Germanen. Die Vandalen wurden von der Oder über Spanien bis nach Mauritanien hinausgeworfen, und sie beherrschten einmal sowohl die europäischen Länder im Norden der Säulen des Herkules, als die afrikanischen Reiche im Süden derselben, ostwärts bis über Carthago hinaus.

Unter ihrem Könige Genserich kehrten sie, von Afrikanern begleitet und selbst vermuthlich zum Theil afrikanisirt, nach Europa zurück, indem sie der Hauptstadt unseres Welttheils von demselben Hafen aus (von Carthago) Verderben brachten, dem einst die Europäer von Rom aus ein so hartes Schicksal bereitet hatten. Noch in späten Zeiten hat man in einigen blondhaarigen Bergvölkern Afrika's einige Kabylen-Stämme, Nachkommen dieser Germanen, erkennen wollen.

Zur Zeit der Blüthe der arabischen Macht, die der deutschen Völkerwanderung auf dem Fuße folgte, war die Herrschaft der Europäer mehr als je von Afrika ausgeschlossen.

Nachdem aber das große arabische Kalifat, wie das Römerreich, in Trümmer zerfallen war, zur Zeit der Kreuzzüge, im zwölften und dreizehnten Jahrhundert, stürzten sich, so zu sagen, die Völker Europa's wieder mitten in den Süden und in den Orient hinein. In Syrien, Palästina, auch auf der eigentlichen Nordküste von Afrika, in Egypten, in Tunis und Marocco, erschienen sie, unter dem Banner Ludwig's des Heiligen und anderer Könige, bis auf die Zeiten Kaiser Karl's V. und Sebastian's von Portugal, unzählige Male und brachten von da aus, heimkehrend, südliche Gewohnheiten, Ansichten, Sitten, Natur- und Kunst-Produkte nach Europa.

Unter der lange dauernden Türkenherrschaft verfiel dann wieder die ganze Kette der schönen nord-afrikanischen Länder, deren Kultur einst sowohl unter den Carthagern, als unter den Griechen und Römern und dann später auch unter den Arabern so europäisch, und selbst zum Theil schöner, als Europa, geblüht hatte, wieder in die Zustände der alten Barbarei. Es bildeten sich die Reiche der sogenannten Raubstaaten aus, und Europäer betraten mehrere Jahrhunderte hindurch den Boden von Afrika nur als Sklaven und Kriegsgefangene. Dies hat sich endlich erst in unserem neunzehnten Jahrhunderte wieder gewendet, denn jetzt haben die romanischen Völker abermals angefangen, sich über diese ihnen gegenüber liegenden Küsten von Neuem zu ergießen.

Seit den dreißiger Jahren sind die Franzosen, die sich zuweilen wie die Erben der Römer geberden, in's Land gerückt und haben dort ein europäisch-afrikanisches Colonien-Reich begründet. Sie haben dahin, wie jene, die Nachkommen jener einst hier furchtbaren Germanen eingeführt, den industriösen deutschen Ackerbauer, der in Algerien nun durch Fleiß und Wohlthaten die Uebelthaten seiner vandalischen Vorfahren vergessen macht.

Seit einigen Jahren sind den Franzosen, auch die Spanier, desselben Weges gefolgt. Sie haben mit Begeisterung den alten Hader und die selten unterbrochene Eifersucht zwischen Europa und Afrika wieder aufgenommen, und scheinen, eingedenk der früheren Ueberlieferungen ihres Landes, ihr afrikanisches Spanien zurück erobern zu wollen.

Napoleon hat von dort seine afrikanischen Legionen, die Regimenter der Zuaven oder der afrikanisirten Europäer und die Horden der wilden Turcos, der eingebornen Löwenjäger des Landes, nach unserem Welttheil herübergeführt und mit ihrer Hülfe im Jahre 1859 seine raschen Siege in Italien errungen.

Dies etwa ist eine kurze Uebersicht der großen Reihe von Ereignissen, welche zu Verflechtungen und Verschmelzungen europäischer und afrikanischer Volks-Elemente geführt haben. Die Resultate mancher dieser Verschmelzungen sind zwar wieder verwischt, oder doch, so zu sagen, in der Atmosphäre Europas so ganz zerflossen, daß sie sich nicht mehr aufsummiren und genau nachweisen lassen. Es giebt aber auch Striche in unserem Welttheil, in denen die Einwirkungen jenes langedauernden Verkehrs mit Afrika noch mehr oder weniger handgreiflich sind und die wir gewissermaßen wie ein Stück Sarazenenland mitten in unserm Welttheile oder wenigstens wie einen sichtbaren afrikanischen Farben-Anflug auf der Physiognomie unserer Bevölkerungen betrachten können.

Ich will es zum Schlusse versuchen, diese noch jetzt mehr oder weniger afrikanisch heraus geschminkten Partien Europas anzudeuten.

Bei unseren europäischen Türken ist die arabische Sprache das Organ der Religion und der Gelehrsamkeit. In dem türkischen Stamm selbst lebt noch viel verkapptes arabisches Blut und in ihren Armeen am Hellespont wie an der Donau dient mancher Araber, Egypter und Maure. Auch erscheinen in ihren Handelshäfen nicht selten arabische Kaufleute, sowie auf ihren Galeeren Sklaven und Gefangene aus allen den Ländern im Norden der großen Wüste.

In dem übrigen außertürkischen Europa giebt es einige Punkte, wo die Sarazenen noch heutiges Tages, so zu sagen in Person, obwohl mit bedeutend veränderter Nationalität und Sitte existiren. Auf Malta z. B. herrscht unter dem Volke bekanntlich ein arabischer Dialekt, und Aehnliches läßt sich von den Balearischen Inseln bemerken, die so oft in den Händen der Afrikaner waren und deren Wesen und Sprache noch immer ein wenig arabisch gefärbt ist.

Die Bevölkerung Süd-Italiens und auf den großen Inseln Sicilien, Sardinien, Corsika, welche im Laufe der Zeiten so oft und so lange unter dem Einflusse der afrikanischen Rassen standen, weist noch jetzt manche arabische und afrikanische Elemente auf.

„In der Provinz Calabrien an der äußersten Grenze Italiens" sagt ein deutscher Geschichtschreiber, „leben Menschen, dem übrigen Europa nur wenig bekannt und fast so wild, wie die Bewohner der gegenüber liegenden Küste Afrikas, voll eines ungebildeten Genies, mit natürlichem Verstande begabt, muthig, aber zügellos, und rachsüchtig gegen ihre Feinde, wie die Kinder des Südens."

Manches bei den heutigen Bewohnern Siciliens und der benachbarten Abruzzen mahnt eher an den Orient, als an Europas christliche Lande. Halbbarbarische Stammhäuptlinge, Palikaren und Klephten kommen hier unter verändertem Namen vor.

Die Bewohner der Berge des Innern von Sardinien beschrieb zur Zeit der Römer Strabo ungefähr so, wie wir jetzt die Kabylen von Nordafrika kennen. „Kultur," sagt er, „ist in Sardinien bloß auf der Küste zu finden. Die Bergbewohner aber leben nur von der Viehzucht und vom Raube und sind roh und scheu, wie das Wild." Und was dieser Römer von der halb-afrikanischen Natur der alten sardinischen Bergbewohner vor 2000 Jahren sagte, das gilt von ihnen mehr oder weniger noch heutzutage.

Auch die Corsikaner, mit deren Volksnamen man die Benennung des Gewerbes der „Corsaren“ in Verbindung gebracht hat, waren im Innern ihrer Insel von jeher nicht viel kultivirter, als die alten Urbewohner des nördlichen Afrika. Raubsucht, Blutrache, Hirtenrohheit, Haß und Verachtung aller Neuerungen und Reformen, herrschen bei ihnen noch zu dieser Zeit, obgleich sie nun schon seit einem Jahrhundert wieder einem sehr civilisirten Staate angehören, und obgleich Frankreich Alles gethan hat, ihre Verhältnisse nach demselben Zuschnitte zu regeln, wie die der übrigen Franzosen. Der bräunliche Gesichtsteint, die Haarfarbe, die Physiognomie und das ganze körperliche Wesen aller dieser genannten italienischen Insulaner scheint darauf hinzudeuten, daß sie in gewissem Grade ein Uebergangsglied aus Afrika nach Europa darstellen.

Und was endlich die Völker von Spanien und Portugal betrifft, so sind sie, namentlich in ihren südlichen Partien, noch heutiges Tages mehrfach mit afrikanischen (maurischen) Elementen geschwängert. „Wie viel von dem Araber, wie viel Orientalisches in den ritterlichen Ernst des Spaniers hinübergeflossen ist, das wird man zwar nicht mehr einzeln herauslesen können, aber gewiß liegt doch in der adlichen Gravität, womit auch der ärmste Mann dieses Landes sich gelegentlich in die Brust wirft, viel von der orientalischen Färbung. Es scheint dieselbe Gravität, derselbe persönliche Unabhängigkeits-Sinn zu sein, mit welchem der arabische Scheich vor sein Zelt tritt und sich als Herr und König des von seinem Wüsten-Horizonte umschlossenen Gebietes präsentirt.

Trotzdem, daß die späteren christlichen Könige von Spanien die härtesten und grausamsten Verfolgungen über die Mauren und Moriscos ihrer Lande ergehen ließen und obwohl es ihnen gelang, ihr Reich von denen, welche ihrem Glauben treu blieben, wie sie es nannten, zu „säubern“, so haben sie doch den maurischen oder afrikanischen Charakter in den Bevölkerungen von Andalusien, Granada, Murcia, Valencia nicht zerstören können. Es ist ein zum Theil uralter und schon seit den Zeiten der Phönizier und Carthager hier eingewurzelter Charakter. Arabische Industriezweige, wenn auch kümmerlicher, als zur Zeit der Abderhamans, blühen dort noch jetzt, und unter der tiefen Verschleierung und Umhüllung der schönen Damen von Cadix und Sevilla, die im Schnitt und Façon arabischen Ursprungs ist, blitzt dieselbe Gluth der dunklen Augen hervor, welche schon arabische Dichter besangen.

Sehr Vieles in der Lebensweise, der Tracht, den Sitten, den Tänzen und den Volksliedern der Bewohner des südlichen Theiles der pyrenäischen Halbinsel hat seinen Ursprung in Afrika. Viele noch heute geltende geographische Namen in jenen Gegenden sind arabische Bezeichnungen, die von den Spaniern verunstaltet wurden. Solche Namen haben dort die Flüsse, z. B. der Guadalquivir, arabisch Wad et Kebir (das große Wasser); die Städte, z. B. Gibraltar, arabisch Dschebel Tarif (der Fels des Tarif); Provinzen, z. B. Algarve, arabisch El Tagar; Gebirgszüge, z. B. die Alpujarras, arabisch Alboscharrat. Ein sehr berühmtes Gebirgsland heißt noch jetzt das Maurische, die „Sierra Morena“.

Am Ende finden wir sogar solche geographische Spuren und Monumente der Völkerwanderungen aus Afrika nach Europa noch viel weiter nach Norden hinauf, z. B. in einem Thale der helvetischen Alpen. Im Canton Wallis ist noch heutzutage eine ganze Reihe von Namen für Bergpfade, Höhlen, Gebirgsmauern und Dörfer in Gebrauch, die ihren arabischen Ursprung an der Stirn tragen. Piz del Moro (die Spitze des Mauren), Monte Moro (der Mauren-Berg), Fontane Moro (die Mauren-Quellen) und die Orts-Benennungen Allalie, Alangel, Algabi, sind einige dieser arabischen Namen jenes Landes. Zur Zeit, als die Araber und Mauren in Spanien und Süd-Frankreich mächtig waren, so sagt man, habe sich eine Partie Sarazenen aus Nord-Afrika in den Engpässen der Alpen und namentlich in den Schluchten des St. Bernhard niedergelassen, von wo aus sie den Süden und Osten der Schweiz unablässig bekriegten, bis 954, in welchem Jahre sie sogar

St. Gallen bedrohten. Von ihnen sollen jene arabischen Namen dieses abgeschiedenen Erdstücks herrühren, dessen schwarzhaarige Bewohner, von bräunlichem Teint, nach den Bemerkungen eines Reisenden, noch jetzt ihre arabische Abstammung verrathen, obwohl sie sonst in Sitte, Sprache und Lebensweise von ihren hellfarbigen deutschen und französischen Nachbarn nicht mehr abweichen. Ja, bei dem wallisischen Dorfe Saas benutzen diese Thalbewohner noch jetzt zur Bewässerung ihrer Alpenmatten eine alte Wasserleitung, welche die Sarazenen dort hoch über dem Dorfe und über seinen Baumgruppen in dem Felsen ausgehauen haben.

Dies wäre dann wohl einer der am weitesten in's Innere unseres Welttheils eingedrungenen Vorposten jener merkwürdigen Wanderungen, Eroberungen und Einflüsse aus Afrika, — die unserm Deutschland nächste Spur jener Verschmelzung und Verflechtung zwischen den beiden Welttheilen und ihren Bevölkerungen, welche ich hier nachweisen könnte. Und mit ihr schließe ich daher dieses Capitel.

Oestliche Nachbarn Europa's.

Tataren, Mongolen ꝛc.

Es ist eine wohlbegründete Vermuthung, daß einst nicht nur der Kaspische und der Aral-See eine zusammenhängende Wassermasse bildeten, sondern daß dieses große Binnenmeer sich auch im Norden vom Kaukasus herumschwenkte und mit dem Asowschen und Schwarzen Meere vereinigte, indem es im Westen die Ränder der Fruchtebene des östlichen Europa und im Norden den südlichen Fuß des Ural bespülte. Im Osten reichte es bis an die Vorhügel der central-asiatischen Hochgebirge.

Hätte dieses vorhistorische Mittel-Meer Bestand gehabt, so wäre unser Welttheil durch eine mächtige, den nomadischen Reitervölkern fast unüberwindliche Naturgrenze von dem Innern Asiens geschieden gewesen.

Die uns unbekannten Naturereignisse, in Folge deren das Schwarze, Asowsche, Kaspische und Aralische Meer sich in gesonderte Bassins auflösten und innerhalb der engen Grenzen, die sie jetzt haben, sich zurückzogen, haben bewirkt, daß seitdem Europa in seinem Süd-Osten mit Asien vielfach verkettet und verschmolzen war.

Vom Kaukasus her konnten nun die Gebirgsvölker trockenen Fußes zum Westen hinabeilen. Vor allem aber stellte sich dadurch ein großer, breiter, offener Eingang zwischen dem nördlichen Ende des Kaspischen Meeres und dem südlichen Fuße des Ural her, und derselbe ist von jeher eines der merkwürdigsten Völkerthore für Europa gewesen.

Die Caspische See, indem sie ihren tief eingesenkten Meeresboden entblößte, hinterließ ein weites und ödes Land, das in seiner Beschaffenheit noch heutiges Tages seine ehemalige Wasserbedecktheit bezeugt.

Es ist ein gleichartig weitausgestreckter, baumloser, salziger Steppenboden, überzogen mit Sand, Kiesschutt, Muschelbänken und zahllosen Salzseen, den Ueberresten der ehemals hier waltenden Meereswogen. Und diese unwirthliche Steppen-Natur zieht sich südlich fort bis zu den Ebenen Persiens, östlich bis an die Vorkette der hohen Bergmauer des

Belortagh, von dem zwei große Ströme herabkommen, die berühmten Fruchtland-Oasen des alten Baktriens zu netzen.

Im Nord-Osten dehnt sich diese unerquickliche Boden-Gestaltung ohne bestimmte Grenze weit und breit nach Sibirien aus, und im Norden endet sie am Südfuße des bewaldeten Ural. Im Westen dringt sie zwischen Ural und Kaspi-See durch das Gebiet der unteren Wolga in Europa ein, wo der wüsten Tiefebene ein fruchtbares Land entgegentritt, das wenigstens etwas über der Meeresoberfläche erhaben ist.

Jenes ganze, weite Becken, in dessen Mitte der Aral-See liegt, und in welches das Kaspische Meer sich vom Kaukasus her hinüberkrümmt, ist eine der eigenthümlichsten Tiefbildungen des Erdbodens. Es liegt mit allen seinen Seen und Flüssen noch jetzt merklich unter der Oberfläche des Schwarzen und Mittelländischen Meeres.

Alexander von Humboldt und andere Gelehrte haben daher von einem „Schlunde" des Caspischen Meeres gesprochen und haben das ganze unserem Europa gleichsam ins Schlepptau gegebene Wüstengebiet als einen colossalen, weit aufgeschlossenen „Krater" bezeichnet. Sonst pflegt man es nach den beiden Hauptgewässern, die noch jetzt seine tiefsten Stellen bedecken, auch wohl das „Aralo-Caspische Bassin", oder endlich nach einem alten persischen Worte, das so viel bedeutet als „das Land der Finsterniß", im Gegensatz zu Persien oder Iran selbst, d. h. zu „dem Lande des Lichts", die „Tiefebenen von Turan" zu nennen.

Aus dem „Schlunde" des Kaspischen Meeres erheben sich zu bestimmten Zeiten des Jahres verschiedene Arten von Fischen: Schaaren von Lachsen, Belugen, Hausen und anderen großen Wasserbewohnern, und steigen durch die mächtigen Kanäle des Wolga-Stromes tief in den Westen und Norden Ost-Europas hinauf, wo sie sich in den Nebenzweigen dieser Länder vertheilen.

Eben so zieht aus jenen südlichen Niederungen beständig eine ungeheure Menge von Land- und Wasservögeln nach Westen und Norden durch. Sie kommen aus der Nachbarschaft des Kaspischen und Aralischen Meeres, passiren das bezeichnete große Länderthor zwischen diesem See und dem Ural und verbreiten sich im Frühling durch ganz Rußland, von wo sie im Herbste zu denselben Gegenden zurückkehren.

Auch die verheerende Wanderheuschrecke, die mit anderen minder zu fürchtenden Heuschrecken-Arten dort ihr Vaterland hat, fliegt, Verderben bringend, häufig und in rauschenden Zügen durch jenes Thor aus Asien nach Europa hinüber.

Mit einem Worte, ein großer Theil der lebendigen Natur scheint hier auf einer Wanderung aus Süd-Osten nach Nord-Westen und Westen begriffen zu sein.

Wie die Thiere, so waren es auch von jeher die Menschen.

Mit Ausnahme einzelner fruchtbarer Fluß-Marschen und oasenartiger Ackerstriche im Osten und Süden, die schon in alten Zeiten die Kultursitze seßhafter Völker waren und in denen die Städte Taschkent, Samarkand, Buchara, Chiwa und ihre alten Vorgängerinnen blühten, war das Ganze stets von dem Gewoge beweglicher Nomaden erfüllt.

Schon in ältesten Zeiten, im Jahrhundert des Cyrus, werden uns als solche die Massageten genannt, und nach ihnen unzählige andere Stämme, die längs ihrer südlichen Grenze mit den Culturvölkern von Iran oder Persien in unvordenklichem Hader lagen.

Jenseits der hohen Gebirge im Osten, nach dem Innern von Asien zu, giebt es andere wüste Bassins, die dem Aralo-Kaspischen ähnlich sind und die auch, wie sie, seit den frühesten Zeiten von Nomaden bewohnt waren: die Wüste „Gobi", die von „Schamo" oder die von den Chinesen so genannten „Sandmeere".

Oft ritten die Nomaden dieser östlichen „Sandmeere" durch die Pässe der trennenden Gebirge in das westliche Bassin am Kaspischen See hinüber, den dortigen Bewohnern neue Zufuhr an

Bevölkerung und neue Herren bringend. Oft machten sich umgekehrt die westlichen Nomaden auf, ihre Nachbarn im Osten heimzusuchen.

Noch häufiger aber geschah es, daß sie sich beide vereinten und durch das uralisch-kaspische Völkerthor, gleich jenen wandernden Vögeln, in Europa einzogen und gleich den Heuschrecken-Zügen dort verheerend sich verbreiteten.

Es ist, als wenn die Menschen auf diesem entwässerten Meeresgrunde, die unruhige Natur der einst hier tobenden Salzwogen angenommen hätten. Wie das Meer, so wüthet und stürmt ihr Geist Jahrhunderte hindurch und lächelt nur dann und wann einmal in arkadischem Frieden, — wie zuweilen allerdings auch das Meer.

Der kleinen Ueberfluthungen und Einbrüche sind hier seit dem Beginn der Geschichte zahllose gewesen.

Aber dann und wann sehen wir es, wenn wir den Lauf der Jahrhunderte überblicken, anschwellen, sich aufthürmen und losbrausen, wie eine zweite Sündfluth, die civilisirten Länder überschwemmend, die ganze Welt von China bis Rom erschütternd, als sollte, wo nicht das Menschengeschlecht vertilgt, doch alle Blüthe der Bildung von dem Erdenrund abgestreift werden.

In Folge solcher gewaltigen Aufregungen ist China zu wiederholten Malen von einem Ende zum andern den aus dem Innern von Asien hervorbrechenden Nomaden in die Hände gefallen, hat sich aber immer wieder durch die unverwüstliche Jugendkraft und Zähigkeit seines Characters und seiner Verfassung aus dem Schutt hervorgearbeitet und, indem es die fremdartigen Stoffe umwandelte, sich in seiner Eigenheit wieder hingestellt.

Eben so haben auch die andern Cultur-Halbinseln Asiens, Indien, Persien, Klein-Asien, zu wiederholten Malen neue Bevölkerung und neue Tyrannen aus jenen vulkanischen Nomaden-Gebieten empfangen, sind durch sie für lange Zeiträume in ihren inneren Verhältnissen zerrüttet worden und haben nur nach großen Kämpfen ihre Unabhängigkeit und die ihnen eigenthümliche Bildung, wie China, wieder herstellen können.

Unser Europa, dem selbst unsere Naturforscher zuweilen nicht einmal den Rang eines eigenen Welttheils zugestehen, das sie vielmehr nur als ein großes Anhängsel Asiens, eine der asiatischen Halbinseln, — („so wie die Bretagne ein Anhängsel von Frankreich ist," sagt Humboldt) — betrachten wollen, dieses Europa scheinen jene Nomaden ebenso von jeher nur als ein Stück von Asien angesehen und behandelt zu haben, und sie sind darin eben so oft ein- und ausgezogen, wie in die Halbinseln von China und Indien, als bildete es nur einen Theil ihres Stammlandes und Weidegebietes.

Gewöhnlich haben diese Einbrüche zwar nur die östlichen Partien unseres Welttheiles, insbesondere die Völker der weiten Ebenen des jetzigen Rußlands, die den Nomaden besonders bequem sein mußten, betroffen.

Nur zweimal haben sie, ausnahmsweise, so tief in das Herz unseres Continents eingegriffen, daß es schien, als würden sie dort Alles, wie in Asien, mongolisiren.

Einmal, im Anfange des 5. Jahrhunderts unserer Zeitrechnung, als in Folge eines an den Grenzen von China ausgebrochenen Gezänkes unter den Hirten, Rom mit Verderben überzogen wurde, als Attila, die Gottes-Geißel, die Völker bis nach Frankreich und Italien hinein in Aufruhr brachte und sie, wie ein Sturm die Wolken, vor sich her jagte, indem er sie wie Spreu- und Blätter-Haufen bis nach Spanien und Afrika hinein aufeinander trieb.

Und ein zweites Mal, am Anfange des 13. Jahrhunderts, als Dschingis-Chan und seine bluttriefenden Nachfolger durch alle Wolga- und Donauländer hinauf tobten und noch an der Grenze von Deutschland die Ackerfelder von den Hufen ihrer Pferde zertreten ließen.

In beiden Fällen haben deutsche Anstrengungen unseren Welttheil vor der drohenden Mongolisirung bewahrt. Das erste Mal die Westgothen unter Aëtius auf den Ebenen von Chalons, und das zweite Mal die deutschen Ritter, unter Heinrich dem Frommen, von Schlesien, auf dem Kampfplatze am Fuße der Sudeten bei Wahlstatt, wo noch jetzt jährlich in einem Kirchlein die vor 620 Jahren den Barbaren gelieferte und für die Bevölkerung so merkwürdige Schlacht gefeiert wird.

Da jene beiden Einbrüche der Asiaten, die der Zeit nach beinahe ein Jahrtausend aus einander liegen, für Europa die folgenreichsten und berühmtesten geworden waren, so sind auch die Namen, unter denen die Nomaden in diesen beiden Epochen erschienen, die dauerndsten und am weitesten verbreiteten.

Die Reiter des Attila nannten sich Hunnen. Es war ein Name, den sie von der chinesischen Grenze mitbrachten, wo sie auch von den Geschichtsschreibern des Himmlischen Reiches „Hungnu" oder „Hiongnu" genannt wurden, und da sie unter diesem Namen der Schrecken der von ihnen erschütterten römischen Welt und der von ihnen aufgeregten Germanen wurden, so hat man lange nachher alle von Asien herkommenden ähnlich gesitteten Barbaren unter dem Namen hunnische Völker zusammengefaßt, eben so wie in älteren Zeiten die Griechen dieselben wilden Geschlechter mit dem allgemeinen Namen Skythen bezeichnet hatten.

Aehnlich machte man es wieder bei dem zweiten großen Einfalle der Nomaden unter Dschingis-Chan. Damals war in Asien der Name „Tata" oder „Tatar" sehr berühmt unter ihnen geworden.

„Tata" war ursprünglich nur die alte Special-Benennung eines kleinen Nomaden-Stammes, breitete sich aber mit dem Ruhm und der Macht dieses Stammes immer mehr aus, wurde zuerst bei den Chinesen, dann bei den Persern und Arabern gebräuchlich und kam endlich, als, wie gesagt, die Nomaden sowohl das russische Kiew, als auch die polnische Königsresidenz Krakau erstürmten und als, das heisere Geschrei ihrer häßlichen Kameele sogar an der Oder vernommen wurde, auch in Europa in Schwung.

Hier schob man dem Namen, der ächt asiatisch bloß „Tata" lautet, der aber die Europäer in Laut und Bedeutung an den Tartarus erinnerte, noch ein „r" ein. „Seid getrost," hatte der König Ludwig IX. von Frankreich zu seiner Mutter Blanche gesagt, die, um Beistand flehend, im Namen der von den asiatischen Unholden geplagten Christenheit zu ihm kam: „Seid getrost, denn des Himmels Gnade wird in allen Fällen mit uns sein, sei es, daß wir diese Uebelthäter in den Höllenschlund des Tartarus, aus dem sie hervorgingen, zurückwerfen, sei es, daß sie selbst uns vernichtend zum Paradiese empor senden." Und man nannte sie seitdem Tartaren, — dehnte diesen Namen auf alle Völker aus, die mit dem Dschingis-Chan kamen, so verschiedenartig dieselben auch in Sprache und Herkunft sein mochten, und bezeichnete seitdem auch wohl noch bis auf unsere Tage herab, sämmtliche Nomaden Mittel-Asiens mit dieser zusammenfassenden Benennung, in der Weise, wie die Orientalen den gesammten Europäern, welches Landes sie auch sein mögen, den Namen „Franken" geben. Später erkannte man, daß es unter jenen Nomaden zwei sehr verschiedene große Geschlechter mit ganz abweichenden Sprachen und National-Physiognomien gäbe. Eine mehr westliche Rasse, für die der Name der Türken aufkam, und eine mehr östliche Gruppe, die den Namen der Mongolen erhielt. Diesen letzteren Namen brachte Dschingis-Chan selbst in Schwung, anfänglich nur als einen Ehrentitel der Elite seiner tapfern Begleiter. „Ich will," sagte er, „daß dieses mein, einem edlen Krystall vergleichbare Volk, welches mir in jeder Gefahr so treu war, Mongol, d. h. die Trotzigen oder Unerschrockenen, heiße und von Allem, was sich auf Erden bewegt, das erhabenste sei."

Bald nachher rühmte sich ein jeder der östlichen Tartaren dieses ehrenvollen Titels, der durch die neue Gottes-Geißel verherrlicht ward. Mongolen und Mongolei wurden die Namen, weitverbreiteter Völker und Reiche, und man hat damit am Ende sogar eine der fünf Haupt-Rassen des Menschengeschlechts bezeichnet.

Wenn man dem Gange dieser gewaltigen Völkerbewegungen und mächtigen Monarchien, die weiter und breiter geschwollen, als je die römische, und dem Ursprunge der zahlreichen berühmten Gesetzgeber, Länderbezwinger und Völkervernichter, die aus dem asiatischen „Tartarus" hervorbrachen, nachfolgt, so gelangt man, wie bei den Riesenströmen der Erde, die viele Landschaften durchziehen, gewöhnlich zu einer in entlegenen Gegenden versteckten kleinen Quelle, zu einer sehr unbedeutenden Veranlassung des Aufruhrs.

In dem räucherigen Filzzelte eines tatarischen Edelmannes, mitten auf öder Steppe, wird ein Knäblein geboren, das, wie tausend andere, seine Mutter im einfachen Hirtenleben nach der Väter Sitte erzieht. Da Mutter und Vater sterben und der Jüngling ihre Heerden erbt, werden einige Knechte und Vasallen seiner Familie ihm widerspenstig. Er bändigt ihren Ungehorsam, geht triumphirend aus dem mit der Faust entschiedenen Kampfe hervor, und hiebei erwacht in dem gereizten und siegestrunkenen jungen Pferdehirten ein weiterstrebender Heldengeist.

Er findet in seiner Nähe noch mehr streitige Fragen über Weidegerechtigkeiten und Heerdengebiete zu berichtigen.

Er berichtigt sie, — sammelt die Auserlesensten seines Volks um sich. Sie fangen an, ihn in ihren Liedern zu besingen.

Bald bringen die Häuptlinge der Hirtenstämme von nah und fern ihre Angelegenheiten vor sein Tribunal. Er entscheidet sich für die eine Partei, erklärt die Gegenpartei für Rebellen und rottet sie, wenn sie Widerstand leisten, aus mit Feuer und Schwert.

Freiwillig und aus Furcht unterwerfen sich dann viele andere Stammhäupter diesem Hirten-Jüngling, Temudschin mit Namen, der ursprünglich wie ein Lamm in seinem Gehege aufwuchs und dessen Stimme bald wie die eines Löwen auf dem Gefilde erschallt.

„Das Volk steht auf, der Sturm bricht los," und die auf den Grassteppen erregten Leidenschaften und angefachten Begierden setzen, alle Grenzen überschreitend, den Erdboden in Flammen.

> Ein Regenstrom aus Felsenrissen,
> Er kommt mit Donners Ungestüm,
> Bergtrümmer folgen seinen Güssen,
> Und Eichen stürzen unter ihm.

Temudschin bewegt sich bald wie ein junger Aar in weiteren und immer weiteren Kreisen. Er streift bis an die chinesische Grenze, durchzieht mit seinen Tartarus-Söhnen die wundervollsten Thäler, plündert mit ihnen die reichsten Städte, führt sie zu unbekannten Strömen, läßt sie unter imposanten Feierlichkeiten von dem Wasser dieser Ströme trinken und schwören, daß sie, wie er sich zierlich ausdrückt, „das Herbe wie das Angenehme dieses Lebens mit ihm theilen wollen."

Ein heiliger Einsiedler, ein Sohn der Wüste tritt hinzu und verkündet dem in einem großen „Kuraltai" (einem mongolischen Reichstage) versammelten Volke, daß die Götter diesem Temudschin alles Land gegeben haben, welches längs des Stromes liegt, und daß er von nun an Chakan (Fürst der Fürsten) oder Dschingis-Chan, (großer Chan) heißen solle.

Bald trinkt nun dieser Dschingis-Chan perlenden Wein aus den Hirnschalen seiner Feinde, (der Könige von Asien), die er, als Denkmäler seines Zornes und seiner Strafgerichte, in Silber und Gold gefaßt mit sich führt.

„Ich will meinen Bügel nicht verlassen," so schwört er, da er abermals zu Pferde steigt, „bis daß ich ganz Asien wie einen Hand-Mühlenstein um mich herum drehe."

Die halbe Welt macht er sich unterthan. Alte, durch Waffenmacht berühmte, durch Künste und Wissenschaften und weise Gesetzgebung verherrlichte Reiche, werden in den aus jener dunstigen Filzjurte entsprungenen Wirbel mit hineingezogen, und sechs Millionen Menschen, so hat man nachher berechnet, sinken dabei, wie das Gras hingemäht, in die Grube.

Aehnlich wie diese Erzählung vom Dschingis-Chan (aber mit mancherlei Variationen), lauten auch die Traditionen von den Entstehungsweisen anderer jener welthistorisch gewordenen Nomaden-Tumulte.

So schnell, wie die von ihnen gestifteten Reiche zusammenkamen, so rasch sind sie auch gewöhnlich wieder zerfallen. Gleich Gebirgsströmen sind sie mächtig und schrecklich angewachsen, haben eine Zeit lang gedräut und getobt, und gleich Staublawinen sind sie wieder zerstoben. Die Attilas und Dschingis-Chans haben keine Nachfolger gehabt.

Es hat bei ihnen keine solche Reihenfolge von Gewaltigen gegeben, wie sie die langen Verzeichnisse römischer Kaiser oder chinesischer Himmelssöhne darbieten.

Die großen Hirten-Kaiser stehen wie einsame Kolosse mitten in der Wüste da. Plötzlich gipfelte sich die erregte Völkerwoge zu ihnen empor, und bald nachher war die Fluth wieder „wie gewonnen, so zerronnen.“ Sie errichteten keine Gebäude auf der dauernden Grundlage tief wurzelnder Grundsätze und fest geregelter Gewohnheiten.

„Ihre Geschichte bietet keinen Stoff dar, aus welchem ein Tacitus oder Gibbon ein den Verstand fesselndes Werk bereiten könnte.“ Thatsachen sind zwar in Masse vorhanden, aber sie gruppiren und verketten sich kaum. Es findet kein organisches Wachsthum statt; auch kein naturgemäßes Absterben. Höchstens ein Steppendichter mag ein wildes Lied darauf singen. Nur über die Cultur-Reiche, in denen sie schon solche alte Grundlagen vorfanden, und wo sie sich ihnen allmälig anpaßten dauerte die Herrschaft ihrer Nachfolger länger.

Auf den Heimathssteppen brach, nachdem das Alles überschattende Genie, der große Comet, mit dem über das halbe Himmelsgewölbe hinziehenden Schweife, verschwunden und wie z. B. Dschingis-Chan unter einem einsamen Baume mitten auf nackter Steppe ohne Denksäule und Monument beerdigt war, alsbald unter den widerspenstigen Elementen wieder Zwietracht aus. Schon unter den nächsten Nachfolgern trat Hordenspaltung ein, und die alten chaotischen Zustände stellten sich wieder her.

Wie ein zusammenbrechender Krater stürzten jene Weltreiche von selbst in den Tartarus zurück, in den König Ludwig von Frankreich sie mit Gewalt bannen zu können verhofft hatte.

Sämmtliche einander so ähnliche Völkerergüsse aus Osten durch den Lauf der Jahrhunderte hier der Reihe nach zu verfolgen und dem Leser alle die Stämme, die, unter vielfach auftauchenden und wieder verschwindenden Namen, durch jenes Kaspisch-Uralische Völkerthor bei uns Europäern einrückten, einzeln zu schildern, kann hier nicht meine Absicht sein.

Für uns, die wir hauptsächlich nur das jetzt noch unter uns in Europa Existirende ins Auge fassen wollen, würde wenig dabei gewonnen werden, denn fast keiner jener zahllosen Stürme greift mit seinen Folgen zu uns herab. Davon macht nur die letzte gewaltige Ausschüttung unter Dschingis-Chan eine Ausnahme. Durch sie hat die Bevölkerung des östlichen Europa eine bleibende, noch jetzt nicht unwichtige tartarische Beimischung erhalten, weil nach dem Zerfall des großen Dschingis-Chan'ischen Reichs seine europäischen Besitzungen noch Jahrhunderte lang unter besonderen tartarischen Gewalthabern blieben.

Zur Zeit seiner größten Ausdehnung umfaßte dieses europäische Tartaren-Reich oder das von ihnen sogenannte „Chanat von Kiptschak“ die größere Hälfte des jetzigen Rußlands, vom Kaspischen Meere an der Wolga hinauf bis nach Nischnei-Nowgorod und Moskau, und westwärts bis an den Dniepr, an die Grenzen von Litthauen und Polen. Es war ein Stück von Europa, vier bis fünf Mal so groß als Deutschland. Es wurde auch wohl das Reich der goldenen Horde genannt, weil das fürstliche Zelt des Chans, das in dem Hauptlager „Sarai“ an der unteren Wolga bei dem jetzigen Astrachan stand, mit goldenen Brokatstücken überzogen oder geschmückt war.

Diese Ausdehnung hatte die Tartarenherrschaft in Europa ungefähr während 200 Jahre, vom Jahre 1224, in welchem in der Schlacht an der Kalka die Russen aufs Haupt geschlagen wurden, bis gegen das Ende des 14. Jahrhunderts, in welchem die Russen sich wieder ermannten und die ersten großen Siege über die Tartaren auf dem Kulikowschen Felde am Don unter Dimitri Donskoi (im Jahre 1380) erfochten.

Nicht daß während dieser langen Zeit das gesammte südöstliche Europa innerhalb der angegebenen Grenzen gänzlich von Tartaren erfüllt und bevölkert gewesen wäre. Seine rein tartarische Bevölkerung mochte sich auf die südöstlichsten und östlichsten Partien beschränken, aber was es an finnischen und slavischen Bewohnern in diesem Reiche gab, war den Tartaren unterthan und mischte sich vielfach mit ihnen. Tartarische Mursen, Beamte und Tribut-Einnehmer, durchzogen das Land in allen Richtungen, wohnten auch unter den unterworfenen Völkern, und europäische Fürsten mußten in jenes goldene Lager an der Wolga reisen, um dort vor dem die Peitsche schwingenden Chane als Vasallen den Rücken zu beugen.

Als Hülfstruppen finden wir die Tartaren sogar häufig unter den Polen und Litthauern, mit denen sie oft gegen die Russen verbündet waren und mit denen sie sich auch theilweise als Ansiedler und Nachbarn vermischt haben.

Auch erhielten die europäischen Tartaren während dieser Zeit noch zuweilen wieder Zuzüge aus der großen Tartarei in Asien.

Das letzte bedeutende Tartaren- und Mongolen-Heer, welche durch das Kaspisch-Uralische Völkerthor einzog, war das des „hinkenden Mannes mit dem eisernen Fuße," oder des Tamerlan oder Timurlenk, der sich von einem Eisenschmiede und Räuber, anfangs nichts besitzend, als ein mageres Pferd und ein hinfälliges Kameel, zum Herren von Asien aufgeschwungen hatte.

Indeß kam dieser Tamerlan nicht weit in das ihm arm und kalt erscheinende Europa hinein. Er begnügte sich, die Tartaren von Kiptschak, die sich ihm widersetzt hatten, zu demüthigen, rückte nur eine Strecke weit längs der Wolga hinauf und kehrte bald nach Asien zurück, wo er, der Plünderer des von Fülle triefenden Indiens und Persiens, in seiner Hauptstadt Samarkand, die in der Mitte jenes Kaspisch-Aralischen Schlundes lag, weit größere Schätze gesammelt hatte, als ihm Rußland und Europa gewähren konnten.

Dieser Zug des Tamerlan nach Europa hat aber eher dazu gedient, die Macht der Tartaren in unserem Welttheile zu brechen, als sie zu stärken. Denn die europäischen oder kiptschaker Tartaren wurden dabei zu Tausenden hingeschlachtet und nach Timurs Abzuge und wenige Jahre darauf erfolgtem Tode löste sich das große Reich der goldenen Horde in mehrere kleinere Chanate, in die Fürstenthümer von Kasan, von Astrachan und von der Krim auf.

Doch machten diese kleinen tartarischen Reiche, obwohl unter sich in Fehden verwickelt, den Russen noch ein Jahrhundert lang viel zu schaffen. Ihre wilden Reiterschaaren ängstigten Moskau und andere russische Städte noch häufig. Aber endlich, nach einer Reihe gewaltiger Kämpfe im Sommer des Jahres 1552, fiel die tartarische Königsstadt Kasan an der Wolga in die Hände der Christen. Und nur zwei Jahre nach dem Falle Kasan's, im Jahre 1554, segelte zum ersten Male ein russisches Kriegsheer die ganze Wolga hinab und unterwarf, Astrachan erobernd, die tartarischen Länder bis an die Mündung des Stromes, bis an die Ufer des Kaspischen Meeres. Dadurch war die Hauptpulsader des Lebens im Osten unseres Welttheils für Rußland und für die Europäer gewonnen.

Das tartarische Chanat der Krim bestand noch fast zweihundert Jahre länger, als Kasan und Astrachan. Und von jener Halbinsel aus wurde dann auch noch ein Mal im Jahre 1571 die Stadt Moskau von nomadischen Reiterschaaren überfallen, eingenommen und verbrannt. Es war dies aber die letzte Zerstörung der russischen Hauptstadt durch die Nomaden.

Von nun an dehnte Rußland seine Kosaken-Linien, seine Landbefestigungen und Militär-Grenzen stets weiter gegen die Asiaten aus und beschränkte diese auf ein immer engeres Gebiet.

Nach Peter's des Großen Plan, wurde endlich im Jahre 1738 die Uralische Linie gerade quer durch jenes oft genannte Völkerthor zwischen Asien und Europa gezogen und die Stadt Orenburg, in der Mitte jener Lücke, als Wächter unseres Continents und seiner Kultur gebaut.

Das Entstehen und Emporkommen dieser Stadt und Festung, mit der gleichsam jenes unheilvolle Loch verstopft wurde, bezeichnet die Begründung der europäischen Herrschaft an jener Pforte, deren Schlüssel jetzt Rußland in die Hand bekam. Von da an hatte Europa — zum ersten Male in der Geschichte — eine feste Grenze gegen Asien.

Seitdem hat kein neuer zerstörender Erguß asiatischer Hirten nach Europa statt gehabt, die große tausendjährige

Nomadenwanderung aus Osten hörte auf, der kleine isolirte Rest derselben in der Krim, der keine Zufuhr und Hülfe mehr von dort erhielt, fand sich bald, kurz nach der Mitte des 18. Jahrhunderts, unschädlich gemacht und dem russischen Scepter unterworfen.

Manche der auf die oben geschilderte Weise in Europa hineingedrängten Tartaren wurden in Folge der russischen Eroberungen zum Christenthum bekehrt, selbst einige ihrer Fürsten wurden im Verlaufe der Ereignisse getauft, und diese gingen daher in der Russischen Nationalität unter.

Die Mehrzahl aber behielt ihre mohamedanische Religion, ihre Sprache und Sitte, und verlor nur ihren alten kriegerischen Sinn und ihre Unabhängigkeit. Als Gegenden, in welchen sie noch jetzt die mehr oder weniger überwiegende, nun aber mit Russen vielfach untermischte Grundbevölkerung bilden, mögen wir 1) den Länderstrich am linken Wolga-Ufer, zwischen der Wolga und der Ural-Kette und 2) die Gebirgsthäler und Steppen der Krim bezeichnen, die man sonst auch wohl die kleine Tartarei zu nennen pflegte.

Nach den Berichten des Barons von Herberstein und anderer alter Reisenden scheint es, daß ehemals (vor etwa 300 Jahren) der unschöne mongolische Typus in der leiblichen Bildung bei den höheren Klassen dieser kasanschen, astrachanschen und krimschen Tartaren noch ziemlich stark hervortrat.

Damals waren noch viele ihrer Mursas (Edelleute) und ihre Chane mongolischen Geblüts. Alle ihre Fürsten wollten von Dschingis-Chan abstammen. Dies ostasiatische oder mongolische Element hat sich aber allmälig verwischt und verloren. Spätere Reisende schildern jene Tartaren als von den Mongolen viel merklicher verschieden, und jetzt zeigen sie einen sehr edel und schön gebildeten türkisch-tartarischen Menschenschlag.

Man wird diese Umwandlung, diese Türkisirung der europäischen Mongolen leicht begreifen, wenn man bedenkt, daß bei dem ganzen sogenannten Mongolen-Einbruche nur der Anstoß von den Mongolen ausging. Schon in denjenigen Heeren, mit denen Dschingis-Chan, Batu und Tamerlan über Europa herfielen, bildeten vielleicht von Anfang herein die türkischen oder westlichen Tartaren die Mehrzahl. Mongolisch oder osttartarisch waren nur die Prinzen, die Heerführer, die Elite der Truppen.

Da die Ursitze der Mongolen unserem Welttheile sehr fern sind, das von jeher mit türkischen Stämmen erfüllte Turan, jenes Aralo-Kaspische Tief- und Kraterland demselben aber nahe zur Seite lag, so mußten die neuen Mannschaften, Rekruten und Kolonisten, welche ihm beständig zuflossen, immer mehr türkisch-tartarischer Herkunft sein.

Wie das mongolische Geblüt, so hat sich auch (zum großen Theil wenigstens) der nomadische Sinn bei diesen Rußland unterworfenen Tartaren verloren.

In den Mittelpunktsorten des Wolga-Lebens, in Kasan, Astrachan, Simbirsk, die sie gemeinsam mit den, jetzt neben ihnen dort eingewanderten Russen, bewohnen, betreiben sie nunmehr allerlei städtische Gewerbe und sind namentlich berühmte Lederarbeiter. Aber auch selbst in den kleinsten tartarischen Dörfern fehlt es nicht an den nöthigen Handwerkern, Gerbern, Schmieden, Zimmerleuten.

Ihre fleißigen Weiber spinnen Wolle, Hanf und Flachs, auch werden die tartarischen Bauern, wo sie Land erwarben, als sorgfältige Ackersleute gerühmt. Vor allem aber ist Bienenzucht ihre Liebhaberei. Ueberall trifft man unter ihnen geschickte und wohlhabend gewordene Bienenväter.

Es würde wohl kaum richtig sein, zu glauben, daß die Tartaren alle diese Künste des Friedens sich erst seit der Unterwerfung unter Rußland angeeignet hätten.

Uns Europäern haben diese Völker früher, so zu sagen, nur die rauhe Kehrseite zugewandt. Aber im Rücken ihrer Reiterschaaren, die unsere Städte in Wüstenstaub und Rauch hüllten, trieben auch immer wieder, — es versteht sich dies, ich möchte fast sagen, von selbst — nachrückende Kaufleute und Handwerker ihr Wesen. Die Russen veränderten darin weiter nichts, als daß sie den Reitern und Bogenschützen der Tartaren die Kriegsfackel aus der Hand nahmen und das auch ihnen innewohnende friedliche Element herauskehrten und conservirten.

Da die Tartaren nach ihrer Unterwerfung als mit den Uebrigen gleichberechtigte Unterthanen in den russischen Reichsverband eingetreten sind, da sie, wie die Russen selbst, in allen Theilen dieses großen Reichs handeln und wandeln können, so findet man denn nun auch fast in allen großen russischen Städten, in Moskau, Petersburg, Nowgorod, kleine Colonien von ihnen, die dort in jenen christlichen Residenzen sogar ihre mohamedanischen Bethäuser besitzen. Sie greifen daselbst als Dienende in mancherlei Lebensverhältnisse ein, und namentlich sind sie, diese alten Pferde-Liebhaber, als Fuhrleute vielfach beim Waarentransport des Reichs und in den Häusern der Vornehmen als sehr beliebte Kutscher und Stallmeister beschäftigt.

Es giebt selbst auf dem flachen Lande im Innern von Rußland, mitten in einer sonst ganz slavischen Bevölkerung, kleine von Tartaren bewohnte Distrikte, die vereinzelt östlich von Moskau versprengt sind. Vermuthlich sind es die Nachkommen tartarischer Kriegsgefangenen, welche die Zaaren hie und da unter ihren Leuten im Reiche ansiedelten.

Eine ziemlich dichte Bevölkerungs-Gruppe tartarischen Namens fand sich wie erwähnt noch bis auf den heutigen Tag in der Krim. Dort bewohnen sie vor allen Dingen alle die reizenden Thäler des kleinen Gebirgsstrichs, der die südliche Hälfte der taurischen Halbinsel erfüllt und der mit dem schönen von den Russen hochgepriesenen, sogenannten „Süd-ufer" in's schwarze Meer hinabfällt. Dort haben die Tartaren an allen Bergabhängen ihre kleinen Dörfer mit flachen Dächern und ihre fleißig besuchten Moscheen und Minarets gebaut, in denen sie mit einem bewundernswürdigen und höchst gewissenhaften Eifer die Gebete und die oft schweren Pflichten ihrer Religion verrichten. Dort ziehen sie in ihren Gärten die schönsten Obstgattungen, die weit nach Moskau und Petersburg versandt werden. Dort treiben sie ihre Schafheerden friedlich wie unsere Aelpler auf die Hochweiden des „Tschatirdag" und der andern hohen Gipfel des taurischen Gebirges.

Dort steht auch noch, von Gärten und Gräbern umgeben, in der malerischen Hauptstadt Baktschisarai der alte Palast, das sogenannte „Raubnest," der einst von den Russen so gefürchteten Krimschen Chane aus dem mongolischen Geschlechte des Dschingis-Chan.

Es ist merkwürdig, wie das ganze Leben und Treiben in diesen kleinen Ortschaften der krimschen Tartaren so sehr dem gleicht, was man in Constantinopel und in den Städten der Osmanen in Kleinasien und Europa sieht. Der Häuserbau, die Waaren-Läden, die Handwerker-Butiken, die Kleidung, die Umgangsweise, Sitten und Physiognomie der Leute, Alles ist ganz wie in der Türkei. Und doch sind diese tartarischen Türken im Norden des schwarzen Meeres auf einem ganz andern Wege, in Folge ganz anderer Ereignisse, zu einer ganz andern Zeit in ihre jetzigen Sitze gelangt, als die im Süden dieses Meeres, haben auch mit ihnen nie denselben Reiche angehört und haben in der Verbindung mit den Mongolen ganz verschiedene politische Schicksale gehabt. Sie haben mit den Osmanen nur die Ur-Abstammung gemein, die sie einst vor vielen hundert Jahren in den Steppen Turans verknüpfte. Aber die asiatischen Völker haben eben das Merkwürdige, daß sie in Rasse und Sitte unwandelbar, wie die Felsen, scheinen, während ihre politischen Schöpfungen Sand und Staubhügeln gleichen.

Fast alle Turk-Tartaren innerhalb der Grenze des europäischen Rußlands, sind jetzt ansässige Städte- und Dörferbewohner. Von der nach einem ihrer Anführer sogenannten Nogaischen Horde, giebt es nur noch einige bewegliche und wandernde Ueberreste auf den Steppen im Norden des Kaukasus und der Krim.

Was die Vettern der Turk-Tartaren, die ächten Mongolen, betrifft, so blicken auch diese noch jetzt ein wenig in Europa hinein, aber gleichsam nur mit einem Auge durch einen ihrer vielen Stämme, die sogenannten Kalmücken oder Kalimik, d. h. die Abtrünnigen. Es sind indeß diese europäischen Mongolen, die sich selbst „Deloeth" nennen, nicht eigentlich als zurückgebliebene Trümmer der frühern mongolischen Einbrüche zu betrachten, vielmehr sind sie eine ganz junge Erscheinung. Sie gelangten erst im Anfange des 18. Jahrhunderts, zur Zeit Peter's des Großen, in unsern Erdtheil, und zwar nun nicht mehr mit Weltzerstörungs-Gedanken, sondern als schutzsuchende Flüchtlinge. Es scheint, daß es unter den asiatischen Nomaden jedes Mal, wenn die großen Culturreiche an ihren Grenzen wieder erstarkten und um sich griffen, Aufruhr, Bedrängniß und Bewegung gab. Die Horden, um der mit der Cultur kommenden Abhängigkeit zu entgehen, flohen dann nicht selten in entlegene Gebiete. Eine solche Bewegung, eine solche Flucht trat unter den Mongolen im 17. Jahrhundert, in Folge der Erstarkung der chinesischen Mantschu-Kaiser, ein.

Da aber gleichzeitig mit dieser Macht im Osten auch im Westen das große europäische Cultur-Reich der Russen gewaltig gegen Asien vorschritt, so wurde den Nomaden das eigentlich freie Gebiet im Innern immer enger, und wir sehen daher seit dieser Zeit die versprengten Horden wiederholt von einem jener Reiche zum andern, von China nach Rußland oder von Rußland nach China ziehen, je nachdem sie glaubten, bald hier oder dort mehr von ihrer alten Freiheit retten zu können.

Diesen Umständen verdankt denn nun auch Europa seine heutigen Mongolen, die besagten Kalmücken oder Deloeth. Auf dem Rückzuge vor dem Mantschu-Kaiser und im Kampfe mit andern Völkern auf ihrem Wege, waren sie immer weiter westwärts zum uralischen Völkerthor hinausgeschoben und kamen dort endlich im Jahre 1703 in der Nähe des russischen Gebietes an.

In dem Zustande der Schwäche, in welchem sie sich befanden, ergaben sie sich der russischen Oberhoheit. Peter der Große wies ihnen ein Weidegebiet an der untern Wolga an, und seitdem haust diese mongolische Colonie an den Pforten und Scheiden Asiens und Europas und streift noch innerhalb der natürlichen Grenzen unsres Welttheils.

Ihre Anzahl war anfänglich bedeutend, wurde aber im Jahre 1771 durch ein sehr merkwürdiges Ereigniß wieder verringert und fast auf die Hälfte reducirt.

Die dem indischen Buddhadienste ergebenen Kalmücken fühlten sich nämlich auch in Rußland nicht befriedigt, hatten ihr Heimathland in Asien nicht ganz vergessen und wurden endlich auch durch geheime Botschafter der Kaiser von China zur Rückkehr nach ihren Gebieten aufgestachelt und überredet.

Plötzlich, als ihr Entschluß gereift war, thaten sich die Familien von 50,000 Kalmückischen Kibitken, — an Zahl, wie sie sagen über 300,000 Mäuler, — zusammen, erhoben ihre Standarten und flüchteten mit ihren Weibern und Heerden wieder ostwärts nach China, um, wie der chinesische Kaiser Khienlong, der diese Heimkehr in einem von den Kritikern klassisch genannten Gedichte besungen hat, sagt — „nicht achtend der „Noth und Gefahren einer großen Reise, „der Ueberfälle und Kämpfe auf dem „weiten Zuge, die Klarheit des Himmels „in der Nähe des Reichs der Mitte und „das Glück der Vasallenschaft des größten Monarchen des Universums zu genießen."

Diese große Kalmückenflucht ist deswegen interessant, weil sie eine der wenigen asiatischen Völkerbewegungen ist, die wir in ihren Motiven und nähern Umständen etwas genauer kennen, und weil sie uns daher auch die Ursachen und Vorgänge bei anderen alten Völkerwanderungen dieser Art verständlicher macht.

Jene ostwärts geflüchteten Kalmücken hausen noch jetzt am Altai in Abhängigkeit von China.

Die in Europa (Rußland) Zurückgebliebenen, denen man, um sie zu fesseln, nun auch mehr Raum und Gunst zu Theil werden ließ, sollen noch jetzt eine Volksmenge von 300,000 Seelen darstellen. Da sie in wüsten und für den Ackerbau fast nutzlosen Gegenden eine blühende Viehzucht treiben und einige tausend wald- und wasserlose Steppen in einen reichen Pferde- und Viehhof für das russische Reich verwandelt haben, so sind sie sehr werthvolle und nützliche Unterthanen geworden. Das Talg und die Wolle ihrer Heerden hilft den Europäern des nördlichen Rußlands ihre dunkeln Winternächte erhellen und erwärmen.

Die Wolgaschen Kalmücken am Südost-Ende Europas zeigen ganz den Charakter und das Wesen der unverwüstlichen mongolischen Natur. Sie sind von mittler Statur, mager und breitschultrig. Ihr Gesicht ist so flach, daß man den kalmückischen Schädel auf den ersten Blick von jedem andern unterscheiden kann. Die Augen sind schmal mit langen spitzen Augenwinkeln. Sie haben dicke Lippen, eine kleine aufgespitzte, bei der Wurzel eingedrückte Nase, hervorstehende Backenknochen, ein kurzes Kinn, dünnen Bart, regelmäßige und weiße Zähne wie Perlen, abstehende und große Ohren und durchgängig schwarzes Haar. Ihre Gesichtsfarbe ist rothbräunlich, die Haut der Weiber von hellerem Teint und sehr zart. Ihre Beine sind krumm, weil sie von Jugend an auf dem Pferde sitzen, wie denn diese Krummbeinigkeit schon von den ältesten griechischen und römischen Schriftstellern als eine auffallende Eigenthümlichkeit aller nomadischen Reiter aufgeführt wird.

Als in der Neuzeit ihre wilden auf zottigen Rossen berittenen Bogenschützen, in Begleitung der russischen Heere, sowohl während des siebenjährigen Krieges, als auch während der Napoleonischen Kriegswirren in Deutschland und im übrigen Europa erschienen, erregten sie dort fast eben so viel Aufsehen, wie einst ihre Vorfahren unter Dschingis-Chan und Attila.

Man beschrieb sie, wie Unholde, man gab ihnen schuld, sie äßen rohes Fleisch, sogar Menschenfleisch, und sie hätten keine andere Kochkunst, als die, ihre Braten unter dem Sattel mürbe zu drücken.

Solche schreckhafte Dinge zerfließen in Dunst, wenn man diese guten Leute in ihren eigenen Lägern besucht. Da entdeckt man, daß sie wohl ein wenig Fleisch und Fett unter ihre Sättel zu legen pflegen, um etwaige Wunden ihrer Pferde zu heilen, aber so wenig Freunde des rohen Fleisches sind, daß sie sich weit mehr darüber verwundern, wie die Europäer rohen Schinken essen können.

Da findet man weiter, wie diese Barbaren von ihrem Religionsstifter Buddha ein so schönes, mildes und verständiges Gesetzbuch empfangen haben, daß es fast mit unserer christlichen Sittenlehre wetteifern könnte. Leider aber hat ihr Gesetzgeber Dschingis-Chan, recht im Gegensatz zu dem für Reinlichkeit so besorgten Mohamed, ihnen verboten, sich mit dem Waschen ihrer Kleider und Kochtöpfe aufzuhalten. Und leider beobachten die Kalmücken auch diese Verbote sehr gewissenhaft.

Sie bedienen sich einer Sprache, der alten Mongolischen, deren Malerei der Töne, deren Kraftausdrücke und eigenthümliche Schönheit in andern Sprachen wiederzugeben, man sich vergebens bemüht hat. „Die melancholischen Dichtungen und Gesänge der Räuberhirten," sagt ein chinesischer Schriftsteller, „wenn sie in den stillen Stunden der Nacht auf den weiten Steppen ertönen, pressen den Zuhörern Thränenströme aus, so einfach und unkünstlich sie auch sind."

Obwohl von alten Zeiten her bloße Hirten, haben sie doch eine sehr eingewurzelte Aristokratie und Classificirung des Ranges und der Stände und ein sehr ausgebildetes System von Umgangs-Ceremonien. Sie sind so große Etiketten-Menschen, daß dies sogar auf ihre Sprache und Grammatik einen bedeutenden Einfluß geübt hat. Sie bauen nach ihren Umgangs-Vorschriften auch die Perioden ihrer Rede und classificiren die Wörter, wie die Menschen, nach ihrer Wichtigkeit, nach Stand und Rang, so daß das vornehmste Wort immer zu Anfang ihrer Sätze kommt; das weniger Gewichtige folgt später, und das ganz Unbedeutende bleibt zu allerletzt.

Hinter diesen merkwürdigen Kalmücken, schon ganz in das Caspisch-Uralische Tiefland hinein, wohnen die räuberischen Kirgisen in drei zahlreichen Horden, in weit ausgestreckten Gebieten. Da sie mit ihren Kibitken (kleine Fuhrwerke) nur selten bis an die europäische Grenze heranstreifen, so will ich von ihnen hier bloß bemerken, daß sie als ein aus Mongolen und Türken gemischter Volksstamm betrachtet werden; sie sollen aber einen reineren türkischen Dialekt sprechen, als die Osmanen in Konstantinopel. Theilweise erkennen sie die Oberhoheit des Zaaren, theilweise die des Himmelssohns zu Peking an und berauben, wenn sich Gelegenheit dazu bietet, die Unterthanen beider großen Reiche. Wegen ihrer blonden Haare haben einige Geschichtsschreiber diese Kirgisen für Verwandte unserer gothischen Vorfahren gehalten.

Außer den genannten türkischen und mongolischen Stämmen, welche die Völkerstürmer aus Asien auf europäischen Boden verpflanzten, haben sie zu Zeiten auch noch Proben und Trümmer anderer asiatischer Völker mit sich geführt, nicht wenige von den Grenzen Persiens und sogar eine kleine Colonie aus dem entfernten Hindostan.

An den nördlichen Grenzen Persiens in den Acker-Land-Oasen des südlichen Turans gab es von jeher mitten unter den Nomaden ein ansäßiges, städtebewohnendes und cultivirtes Volk, die alten „Sogdianer" und „Baktrianer", bei denen Handel, Künste und Gewerbe blühten. Ihr Verkehr mit den nomadischen Steppenvölkern, an die sie ihre Kunstprodukte verhandelten, ist uralt. Sie begegnen uns in der Geschichte des asiatischen Handels unter verschiedenen Namen.

Von den roheren Mongolen, die unter Dschingis-Chan ihre alten Städte und Fürstenthümer eroberten und ihre Bibliotheken verbrannten, wurden sie „Buckhar" d. h. die unterrichteten Männer genannt, und unter diesem von den Mongolen eingeführten Namen sind sie noch heutigen Tages unter uns bekannt.

„Bochara" heißt noch jetzt eine ihrer Hauptstädte, und ihr ganzes Land nennen wir „die Bucharei." Als ihre Krämer, ihre Karawanenführer und zum Theil als ihre Finanzmänner und Fabrikanten, zogen die Bucharen mit den Mongolen in die Welt hinaus und verbreiteten sich, als eine merkwürdige Kaste wandernder Kaufleute, auf allen Kriegswegen ihrer Oberherren, bis nach China hinein, kamen auch mit ihnen nach Kiptschak oder Europa.

Noch heute nach dem Verschwinden des Mongolen-Reichs besuchen sie — jetzt unter russischem Schutze — dieselben Gegenden an der Wolga und am Don, die großen Jahrmärkte von Nowgorod, Charkoff, Kasan, und kommen auch nach Moskau und Petersburg, ja sind sogar auf unserer Leipziger Messe wohlbekannte Gäste.

Diese Bucharen sind von Körperbau ein schlankes gutgebildetes Volk, von frischer und lebhafter Gesichtsfarbe, mit großen schwarzen und sprechenden Augen, edel gebogener Habichtsnase, mit feinen schwarzen Haaren und dichtem Barte, von Temperament gelassener, biegsamer und weniger stolz, als die türkischen Tataren, der Viehzucht und dem Nomadenleben abgeneigt, zu den Künsten des Friedens aufgelegt, durch Industrie und Handel wohlhabend.

Sie nennen sich selbst „Tadschiks", und dies ist der uralte Name der Perser. Da sie auch allgemein die persische Sprache reden, so sind sie wohl ohne Zweifel nicht, wie man sonst sagte, türkischer, sondern persischer Herkunft.

Gewöhnlich erscheinen sie in Europa nur auf flüchtigen Besuch und kehren nach Abmachung ihrer Geschäfte in ihr Heimathland, im Süden des Aral-Sees, zurück. Doch giebt es in Astrachan, Kasan und einigen andern russischen Städten auch reich gewordene Bucharen, die sich dort angesiedelt haben.

Endlich, wie gesagt, sehen wir sogar die ferne hindostanische Völkerwelt, — so zu sagen, mit einer äußersten Fingerspitze — unsern Welttheil berühren. Es existirt an der Wolga in Astrachan eine kleine Colonie der dem Brahmadienst ergebenen Hindus. Man glaubt, daß sie erst am Schlusse des 14. Jahrhunderts, in Folge des Mongolen-Einfalls unter Timur, dahin gekommen seien, demselben Timur, dessen nächster Nachfolger auch die Zigeuner aus Indien aufgescheucht und nach Europa geführt haben soll.

Die Summe sämmtlicher, als Nachkommen der durch das Uralisch-Kaspische Völkerthor eingeflutheten mittelasiatischen Völker und noch jetzt unter uns lebenden Menschen, der Hindus, der Bucharen, der Kalmücken, der Kasanschen, Astrachanschen und Krimschen Tataren, mag sich höchstens auf 2 Millionen belaufen.

Wir würden aber den Einfluß dieser Völkerbewegung auf europäische Verhältnisse zu gering anschlagen, wenn wir ihn bloß nach dieser Summe, im Vergleich mit der Gesammt=Bevölkerung des Welttheils, abschätzen wollten.

Die Tataren und Mongolen haben noch viel weitgreifendere Reste und Spuren ihrer Anwesenheit bei uns zurückgelassen, als es jene direkten kleinen Bluts=Nachkommenschaften sind. Abgesehen davon, daß sie mehrere unserer ursprünglich finnischen Nationen, die Bulgaren, die Tschuwaschen, die Baschkiren, mehr oder weniger durch Beimischungen türkisirt oder mongolisirt, ihnen auch zum Theil ihre Sprache und selbst ihre Religion, den Islam, aufgedrängt haben, — (von diesen türkisirten finnischen Völkern werde ich bei der Betrachtung des finnischen Volksstamms reden) — abgesehen hiervon, haben die Tataren und Mongolen auch eines unserer größten europäischen Völker und Reiche, das der Russen, in gewissem Grade beeinflußt und sind mit demselben verschmolzen. Die einst den Tataren unterworfene russische Nation offenbart sowohl in ihrer politischen Verfassung, als in ihrem physischen und psychischen Typus manche Züge, Tendenzen und Institutionen, deren Vorbilder wir wahrscheinlich im Innern von Asien bei den Nomaden der Moggolei und des kaspischen Tieflandes suchen müssen.

Die völlig unumschränkte Herrschaft ihrer Zaaren gleicht vielfach der Regierungsweise jener asiatischen Befehlshaber. Die Härte der bei ihnen üblichen Strafen erinnert an die Handhabung des Bambusrohres bei den chinesischen Mongolen. Die Geringschätzung und verschwenderische Aufopferung des menschlichen Lebens auf Kriegszügen und bei anderen Gelegenheiten ist bei ihnen nicht viel geringer, als sie es bei den Kriegszügen der Mongolen war. Ihre peinliche Rangordnung, ihr sogenannter „Tschin," scheint in That und Name eine Copie mongolischer und chinesischer Etiketten=Muster zu sein. Ihre melancholisch=rührenden Volksgesänge vermögen auch dem Zuhörer Thränen auszupressen, wie jene ähnlich gefärbten der Mongolen.

Viele Tataren, Mongolen, Kalmücken und andere Asiaten wurden von jeher, wenn man sie taufte, wenn man sie als Kriegsgefangene im Innern von Rußland ansiedelte, wenn die Zaren sie mit russischen Ehren belohnen oder gewinnen wollten, in den Schooß der russisch=slavischen Nationalität aufgenommen. Selbst unter den vornehmsten Familien des Reichs entdeckt man noch Namen, die uns auf den ersten Blick die tatarische Abkunft des Geschlechts verrathen; so, um nur eines anzuführen, der Name der bekannten jetzt russischen Fürsten Kotschubey d. h. „der kleine Bei." Vielleicht mag dem Leser auch der Name der Fürsten=Familie Dundukoff=Korsakow zuweilen vorgekommen sein. Es sind jetzt russische Magnaten, deren Stammbaum ursprünglich aber in einer kalmückischen Jurte keimte.

Die Schädelform und die Gesichtszüge des mongolischen Typus, der viereckige Kopf, die hervorstehenden Backenknochen, die kleine aufgestülpte Nase, die langgezogenen Augen, das flache Angesicht, wenn sie auch nicht so auffällig wie bei den eigentlichen Mongolen sind, schimmern auch bei den russischen National=Zügen unter den sonst mehr rundlichen und ovalen Linien des indo=europäischen Stammes sehr bemerkbar durch.

Und wenn man nun endlich bedenkt, daß dieselben Formen des Angesichts auch bei allen Stämmen des chinesischen Reichs, die ganz entschieden den mongolischen Typus zur Schau tragen, wiederkehren, daß ferner auch selbst die Indianerstämme Nord=Amerika's in ihrer körperlichen Beschaffenheit wiederum nur ein etwas gemäßigter Aus= und Abdruck desselben Modells zu sein scheinen, so muß man über die außerordentliche Ausbreitung dieses Typus auf dem Erdboden in der That erstaunen, und man kann fast sagen, daß wohl ein Drittel des ganzen Menschengeschlechts der tatarisch=mongolischen oder mongolenartigen Rasse angehöre.

Ja, sogar in den inneren Gebirgen des mittleren Europa, in dem südöstlichen Zipfel unseres Deutschlands, hat man, — und mit dieser Bemerkung will ich diese Betrachtung schließen, — Spuren von Mongolen und mongolischem Typus finden wollen. Am Fuße des Orteles, in den oberen Thälern des Etsch-Thales, im sogenannten Vintsch-Gau, ist nach Dr. Goldrainer's Untersuchungen der Schädelbau der dortigen jetzt deutschredenden Bewohner Mongolisch. Man hat geglaubt, es sei hier in den Gebirgen einst ein verstreuter Trupp der Soldaten des Attila zurück geblieben, und man hat versucht, die dortigen wunderlichen und undeutschen Ortsnamen „Tschars, Tartsch, Latsch, Compatsch" ꝛc. aus den asiatischen Sprachen zu erklären. Die Schweizer glauben, dasselbe von einem fremdartigen Völkchen in Anniviers, einem Thale des oberen Wallis, sechs Stunden von Sitten, welches sie „Hunnen" (d. h. Mongolen) nennen, von dem aber freilich slavische Alterthumsforscher glauben, daß es von Slaven (vielleicht aber doch wenigstens von Slaven, die dem Attila folgten und sich von seinen Heeren in den Bergen trennten?) abstamme.

Ich habe schon in dem vorigen Capitel darauf aufmerksam gemacht, daß man in diesem selben Kanton Wallis auch die östlichsten Spuren saracenischer oder arabischer Völkerzerstreuung nachweist.

Und so wäre denn dort eine sehr merkwürdige Lokalität, in welcher sich noch heutiges Tages die äußersten erkennbaren Spitzen und Ausläufer zweier großer Völkerströmungen im Herzen Europas einander gegenüberständen, der einen, welche von Arabien und West-Asien und von der Nordküste Afrika's, dem Glühofen Europa's, her über Spanien heranfluthete und sich in Frankreich und gegen die Alpen verlor, und der andern, die aus den Eingeweiden Asiens, aus jenem Europa im Osten angehängten Tartarus sich ausschüttete, das uralische kaspische Völkerthor passirend, zu wiederholten Malen das ganze östliche Europa überschwemmte und ebenfalls gegen Frankreich und die Alpen hin erstarb, wo sie mitten in den Bergverstecken jene Fußstapfen zurückließ.

Die Hellenen und Neugriechen

Zwischen Kleinasien, der griechischen Halbinsel und der Insel Creta ist das viereckige Becken eines kleinen Binnen-Meeres von der übrigen Masse der mittelländischen Wasserwelt abgeschlossen.

Dieses Wasser-Viereck läßt sich als ein großer Salzsee mit verschiedenen Ausgängen, die nach größeren Meeres-Partien führen, betrachten.

Das Innere des Beckens ist mit einer Menge bergiger Inseln vulkanischen Ursprungs bestreut und erfüllt, denen sich in Bezug auf Naturreize, Fruchtbarkeit und sonstige Vorzüge wenige andere Inselgruppen Europa's gleichstellen können.

Ein glänzender Himmel wölbt sich über ihnen. Sie haben einen milden Winter und werden durch die Seeluft vor übermäßiger Hitze bewahrt. Sie sind sämmtlich bewohnbar, bieten liebliche Thäler und zwischendurch bequeme Flächen zum Anbau für Trauben-Gelände, Oliven- und Citronen-Haine, und von süßem Honig träufelnde Bienen-Gärten dar. Und fast alle haben sichere Häfen, wie man deren sonst selten so zahlreich nebeneinander findet.

Wie die Inseln, so sind auch die Küsten des Festland-Kreises umher sehr buntgestaltet.

Von Norden, Osten und Westen her ragen die Länder mit vielen schönen Halbinseln in das Meeresbecken hinein. Tiefe schutzreiche Buchten und Busen und unvergleichliche Häfen dringen in's Innere des Landes und laden überall zur Schifffahrt ein.

Fast möchte man das ganze Aegäische Meer wegen seines Reichthums an Ankerplätzen und Rheden als einen einzigen großen Hafen betrachten. Und recht wohl könnte man das gesammte Griechenland ein Europa im Kleinen nennen.

Wie Europa durch seine vielfache Gliederung, durch seine wundervolle Verkettung des Flüssigen und des Festlandes allen anderen Theilen der Erde überlegen ist, so ist es Griechenland dem übrigen Europa.

Und wie die europäischen Völker, nachdem sie einmal erwacht waren, es allen andern Völkern der Welt in Schifffahrt, Handel, Verkehr, Thätigkeit, Energie,

Cultur und Wissenschaft zuvorthun mußten, so war, scheint es, das Aegäische oder Griechische Meer von Haus aus dazu bestimmt, die erste Wiege und Schule dieser europäischen Thatkraft und Blüthe zu werden.

Wann und wie sich die erste menschliche Bevölkerung in dieses wundervolle Becken, über jene anmuthigen Inseln und Halbinseln hin, ergoß, ist in ein undurchdringliches Dunkel gehüllt.

Doch ist aus der Sprache der Hellenen so viel ersichtlich, daß sie und ihre Stammväter oder Vorfahren, als welche man die „Pelasger" zu nennen pflegt, aus Osten über Kleinasien gekommen sind und dem großen indo-germanischen Völkerstamme angehören, der unserm Europa alle seine vornehmsten und geistreichsten Völker gegeben hat.

Ihre Sprache zeigt sie uns innig verwandt mit den keltischen, romanischen, germanischen und slavischen Völkern. Wie diese, so haben die Griechen ihre Ur- und Herzwurzeln in Indien und am Himalayah.

Unter welcher Anführung, unter welchen nähern Umständen und Begebenheiten, sich die Altvordern der Hellenen, die sogenannten Pelasger, von dort ablösten, wie sie sich schon in dieser ihrer Urzeit hervorthun und auszeichnen mochten, und wie sie sich dann durch die Asiatischen Westländer und durch Kleinasien hindurchschlugen, dies Alles hat uns Niemand so genau überliefert, wie z. B. ein Moses die ersten Anfänge und Ursprünge der Israeliten.

Gerade die beiden Völker, welche im Alterthume die größte Bildung und Bedeutung errangen, die Griechen und Römer theilen das Schicksal, daß über ihre Ur-Geschichte und über die frühesten Bewohner ihrer Länder noch größere Ungewißheit herrscht, als über manche andere minder cultivirte Rassen, und dies ist zum Theil eine natürliche Folge eben ihrer frühzeitigen gereiften Cultur und Blüthe, die Alles vorgefundene und vor Alters gewesene Barbarische verdunkelte, überstrahlte, verachtete und bald in Vergessenheit brachte.

Ja wir haben sogar eine höchst unklare und zweifelhafte Vorstellung von der Art und Weise, wie sich die Hellenen, in Sprache und Geist, aus dem größeren Mutterstamme ihrer pelasgischen Großväter oder Vorgänger hervorhoben und sich als ein selbstständiges Volk hinstellten und fühlen lernten.

Solche Dinge sind in der Menschengeschichte oft so wenig zu ergründen, wie z. B. in der Natur die Art und Weise, wie und mit welchen chemischen Qualitäten aus der Wurzel des Rosenstocks der Tropfen, der bestimmt ist, die Knospe zu bilden, emporsteigt, sich festigt, und wie sich aus dem Knöspchen die schöne Blume entfaltet. Alsbald steht die volle Centifolie duftend da, ehe wir noch zu zeigen vermögen, wie und warum sie so und nicht anders wurde. —

Alles was wir sagen können, ist: daß die sogenannten Pelasger, namentlich aber ihre Nachfolger oder Kinder, die „Hellenen", ein von vornherein mit trefflichen Anlagen versehenes Barbaren-Geschlecht gewesen sein müssen, und daß sie durch ihr gutes Glück in ein Vaterland, in ein Haus eingeführt wurden, welches zur Entwickelung solcher trefflichen Grundeigenschaften so günstig, wie möglich, eingerichtet war, nämlich in jenes bunt gestaltete Becken des Aegäischen Meeres, das ich mit einigen Zügen charakterisirte. —

Trotz dieser Gunst und Gaben scheint es nichts desto weniger, daß selbst auch bei den Griechen, wie bei allen andern europäischen Völkern, die zündenden Funken von außen kommen mußten.

Die Sagen der Hellenen weisen auf Einwanderungen hin, als auf solche Ereignisse, welche ihnen die Anregungen zum sittlichen Leben gaben: auf eine aus der Fremde kommende Lehrerin des Ackerbaues, die Demeter, welche die Ehe stiftete, den Feigenbaum nach Griechenland brachte, wie Minerva den Oelbaum, — auf einen ausländischen Prometheus, der den Griechen die mit Feuer zu betreibenden Künste lehrte.

Selbst den Gebrauch des Eisens empfingen sie aus der Fremde. Die Einführung des Pferdes, der Kunst des Spinnens und Webens, werden dem Poseidon, dem Gotte des Meeres, zugeschrieben, d. h. wohl nur: sie kamen zu Schiff übers Wasser zu dem noch unkundigen Inselvolke.

Eben so gelangten zu ihnen zu Schiffe aus Phönizien und Egypten durch Kadmus, Danaus, Pelops, die ersten Gesetzgeber, Staatenbegründer und die Erbauer von Burgen und Städten, ihre Orakel, ein großer Theil ihrer Götternamen und ihrer religiösen Fabeln und Satzungen.

Alle Anfänge der Gesittung brachten den Griechen Schiffer und Handelsleute zu.

Ihre Cultur war mit einem Worte aus dem Meere geboren. Der Lage und Beschaffenheit Griechenlands gemäß wuchs sie dann auch bei ihnen durch Hülfe des Meeres weiter. Von vornherein wurden die Griechen selbst ein Volk von Seefahrern und Handelsleuten. Der älteste Name der Landeskinder „Pelasger" soll auch (wenigstens nach der Meinung Einiger) vom griechischen Pelagos (Meer) abzuleiten seien und nichts anders als „Seeleute" bezeichnen.

Nach dem großen Gotte des allumfassenden Himmels, dem eingebornen Zeus, war Poseidon, der Gott der Gewässer und Winde, bei ihnen der erste. Er waltete über ihre Schicksale mächtiger und eingreifender als die andern. Zu ihm stiegen in den zahlreichen auf den Inseln und Vorgebirgen errichteten Tempeln ihre eifrigsten Gebete empor. Aus den Salzwogen tauchte ihnen die Göttin der Schönheit, Aphrodite, auf, und im Meere hatte selbst der Sonnengott Helios seinen Palast, wo er in den Armen der unter dem Wasser waltenden Thetis ruhte.

Die ersten bedeutenden gemeinsamen Unternehmungen der Griechen, in denen sie sich als ein einiges Volk bethätigten und empfinden lernten, der Argonautenzug, der Trojaner-Krieg, waren große Flotten- und See-Expeditionen, und wie damals zur Zeit des Agamemnon sich ganz Griechenland aus dem Aegäischen Meere erhob, so hat es aus diesem selben Meere, seinen Inseln, seinen Häfen, seinen Schiffen noch oft wieder frische Kräfte gezogen, — eine Wiedergeburt zu Wege gebracht.

Wie jener vom Herkules zu Boden geworfene Antäus, der stets von seiner Mutter, der Erde, neues Leben empfing, so ist Griechenland, wenn es niedergeworfen war, (selbst wieder in unseren Tagen) aus seiner Mutter, der See, wieder erstanden.

Ihre ältesten und bei ihnen am meisten volksthümlich gewordenen Gesänge, die Dichtungen Homers, haben Seeräubereien, Seeabenteuer und Schifffahrt zum Gegenstand. Es sind Poesien, die noch heutigen Tages, wie vor 3000 Jahren, beim griechischen Volke am besten verstanden werden, ebenso wie bei dem Nomadenvolke der Araber die Traditionen von ihren Hirtenpatriarchen Abraham und Ismael.

Einmal von außen her angeregt, entwickelte der fruchtbare und wie das Wasser bewegliche Genius der Griechen eine wunderbar vielseitige Thätigkeit in allen Richtungen des menschlichen Schaffens.

Zum Enthusiasmus — es ist ein schönes Wort griechischer Erfindung! — geneigt, mit Phantasie und einem lebhaften Ahnungsvermögen begabt, erkannten sie auf den weitschauenden Gipfeln ihrer Berginseln, in den Hainen ihrer Küstenthäler, auf den blumengeschmückten und von lieblichen Quellen und Flüssen berieselten Fluren ihrer kleinen Uferlandschaften, überall die Spur einer Gottheit. Jedes Versteck ihres Landes wurde von der Dichtung verherrlicht und verewigt.

Sie lernten die Götter verehren, und in allen Gegenden Griechenlands blühten Orakelstätten, Tempel und Wallfahrtsorte empor. Jeder Zoll des Landes wurde classisch und geheiligt. —

„Alle Höhen füllten Oreaden,
Eine Dryas lebt' in jedem Baum,
Aus den Urnen lieblicher Najaden
Sprang der Ströme Silberschaum."

Wie ihr Land, so bot auch ihr Leben die stärksten Contraste. Das Schifferleben war reich an Wechsel und bunten Begebenheiten und hätte allein schon hingereicht, den Erzählern, den Rednern, den Dichtern den Mund zu öffnen. Im Hintergrunde dieses wildbewegten stürmischen Seelebens aber lagen die kleinen reizenden und friedlichen Heimathen in den Inselverstecken, die häuslichen Heerde an den Abhängen der Berge, die fruchtbaren Ackerfluren längs der klaren Flüsse und das idyllische Hirtenleben auf den Bergen Ida, Pelion, Helikon und im Innern von Arcadien.

Natürlich mußten sich die Griechen unter solchen Naturverhältnissen und Contrasten dichterisch erregt fühlen. Sie griffen in die Lyra, und sie haben gespielt und gesungen, wie keine Anderen nach ihnen.

Nach dem Muster der von den Egyptern und Phöniziern bei ihnen gegründeten Gemeinden, stifteten und ordneten sie blühende Städte, Republiken und Staaten in Menge, rings um den Archipelagus herum.

Dort erstarkt, segelten sie weiter auf den nassen Pfaden des Meeres, erfüllten Italien und Sicilien mit ihren Colonien, steckten Leuchthürme der Bildung an allen barbarischen Küsten des schwarzen Meeres aus, umfaßten auch damit, wie mit einer goldnen glänzenden Verbrämung, den ganzen Nordsaum von Afrika, impften von Massilia aus dem fernen Gallien die ersten Anfänge der Cultur ein, ja segelten sogar aus den Säulen des Herkules in den Ocean hinaus.

Indem sie auf diese Weise die Größe der Welt kennen lernten, fingen sie, deren Geist eben so idealer, als praktischer Natur war, an, über das Weltall zu spekuliren, und es traten mitten auf ihren mit Waaren erfüllten Märkten und in ihren von Geschäften und Völkern wimmelnden und lärmenden Häfen eben so scharfe, als tiefsinnige Denker, Naturforscher und Philosophen auf, die je nach den Standpunkten ihrer Weltanschauung, eine Fülle von Systemen, Schulen und Sekten begründeten.

Der Handel mit den verschiedenartigsten Völkern erzeugte bei ihnen Reichthum und Luxus, ließ ein Streben nach der Ausschmückung des Altagslebens erwachen und die schönen Künste sich entfalten. Ein Apelles, ein Praxiteles und unzählige ihrer Schüler fanden sich ein, unter deren Händen der Marmor sich gestaltete und belebte, die herrlichsten Tempel und Hallen erwuchsen und die Schöpfung auf der Leinwand sich frischfarbig abspiegelte.

Wie es in dem Vaterlande der Griechen keinen monarchischen Alles ausschließlich bedingenden Nil, keinen kolossalen gebieterischen Ganges, kein unermeßlich weit gestrecktes und einförmiges Mesopotamien gab, wie da im Gegentheil Alles zerklüftet, bunt und zierlich gegliedert war, eine leicht zuhandhabende und den Menschen nicht überwältigende Natur, kleine Thäler, schmale Ebenen, zahlreiche mäßig hohe Berge, und dabei doch Alles durch den glatten Spiegel des Meeres eng verbunden und verschmolzen, so ist auch dem entsprechend die Natur des griechischen Volksgeistes selbst eine vielgliederige, ein auf allen Seiten geschliffener Edelstein geworden.

Ganz im Gegensatze zu anderen Nationen, z. B. zu der einförmigen und ungegliederten Masse, welche der russische Land- und Volksgeist uns heutzutage bietet, stellen die Hellenen einen in sehr viele Zweige auseinandergegangenen Baum mit gefälliger Gruppirung der Partien dar.

Ihre Sprache spaltete sich in mehrere Dialekte, ihr Stamm in zahlreiche Geschlechter, die alle sehr verschiedene Eigenschaften und doch alle aus gezeichnete Grundtugenden besaßen, und die auch alle trotz ihres Hinausstrebens in oft sehr entgegengesetzten Richtungen doch, wie ihre Inseln durch das dazwischen ausgegossene Meer, von dem Bande gemeinsamer Sympathien und Zwecke unter einander umschlungen und verknüpft wurden.

Dieselben Verhältnisse, welche die verschiedenen Dialekte, Baustyle und Philosophenschulen der dorischen, der jonischen und äolischen Griechen hervorbrachten, erzeugten bei ihnen auch eben so eine ungemeine Mannigfaltigkeit der politischen Verfassungen und bürgerlichen Zustände.

In dieser Hinsicht haben sie innerhalb ihres Lebenskreises so zu sagen alles Denkbare erschöpft. Demokratien, Monarchien, Oligarchien und Aristokratien, Geld- und Pöbelherrschaft, Militärdespotie und Priestergewalt wechselten unter ihnen je nach Abstammung, Zeit und Ort.

Die ganze übrige große Welt bietet keine Form des Staates, wofür die kleine Griechenwelt nicht ein Muster geliefert und für welche auch die griechische Sprache nicht bestimmte Ausdrücke ausgeprägt hätte, die noch jetzt bei allen civilisirten Völkern der Erde gelten.

Der Grieche Aristoteles, obwohl er nichts als die politischen Schöpfungen seiner Landsleute und ihrer nächsten Nachbarn kannte, philosophirt über die unzähligen *möglichen* Formen der Staatsverfassungen, als hätte er, *wie wir*, alle politischen Verfassungen der Welt vor Augen gehabt.

Vergleicht man die Verfassung, das bürgerliche Wesen und die politischen Tendenzen nur zweier griechischer Staaten, z. B. des ernsten, harten, kriegerischen, monarchischen oder aristokratischen, so zu sagen etwas britischen Sparta's und des feinen, witzigen, industriellen, brillanten, luxuriösen, demokratischen ein wenig französischen Athens mit einander, so hält man es fast für unmöglich, daß Erzeugnisse von so grell contrastirendem Charakter aus dem Geiste und Herzen von Leuten hervorgehen konnten, welche dieselbe Sprache redeten und sich dieselbe Nationalität zuschrieben.

Man glaubt vielmehr das Fremdartigste — Südpol und Nordpol so zu sagen — in Steinwurfsnähe neben einander hausen zu sehen. Die Extreme der Zustände, zügelloseste Freiheit und unbarmherzigste Tyrannei unter dem Joche eines Einzigen, scheinen sich unter den Griechen fast die Hände zu reichen, und zwischen beiden Extremen in der Mitte giebt es dann wieder eine Fülle von Staatsschöpfungen, die aus der umsichtigsten Ueberlegung, aus der allseitigsten und sorgfältigsten Berücksichtigung der menschlichen Natur und der verschiedenen Elemente der Gesellschaft, hervorgingen.

Die Revolution und der Wechsel der Herrschaft waren bei diesen rastlosen und neuerungssüchtigen Leuten permanent. Und man sieht sich in ihrer stets stürmenden Geschichte fast vergebens nach einem solchen ruhigen sonnigen Zeitpunkte um, wie ihn z. B. die Geschichte Roms zur Zeit des Augustus und seiner Nachfolger darbot, in welchem die Künste des Friedens und die Wissenschaften nach unsern Begriffen gemächlich hätten blühen können.

Mit dem Schwerte umgürtet, schrieben die energischen Hellenen Geschichte in einer Weise, wie sie später so markig nie wieder geschrieben worden ist

Den Giftbecher trinkend, den die unduldsamen Mitbürger ihnen reichten, gaben die griechischen Weisen moralische Lehren der Toleranz und Liebe, die noch jetzt nicht vergessen sind.

Mitten im irdischen Getümmel der Straße, unter den Aufregungen des Forums, spekulirten ihre Philosophen ruhig und unbeirrt über die überirdischen Dinge. Mitten in dem ewigen Parteiengezänke und blutigen Waffengeklirre huldigten ihre Dichter und Künstler den Grazien und schufen so vollkommene wohlklingende und harmonische Sprachgebilde, wie sie keinem friedlichen Volke wieder gelungen sind. Zwischen ihren Lippen wurde die griechische Rede zu der schönsten, stattlichsten, mannhaftesten und zugleich geschmeidigsten Sprache ausgebildet, in der je Menschen gedacht, und gedichtet haben, zu einer überaus reichen, deren Wortcompositionen so leicht gefügt, so gut geölt sind, die für die Zunge so angenehm zum Gebrauch ist, für den Verstand so bezeichnend und so eng zusammenfassend, und die allen jetzigen Sprachen theils mittelbar, theils unmittelbar zum leuchtenden Muster gedient hat. — Wenn man das Thun und Treiben der Griechen im Ganzen überschaut, so glaubt man tollkühne geniale Männer zu sehen, die es verstanden, Blumen zu ziehen in den feurigen Schlünden von Vulkanen und die den Musentempel gebaut haben am Rande stets tobender Lavaströme.

Ebenso, wie in dem Mutterlande Hellas, ging es auch in den Colonienländern her. Die griechischen Tochterstädte entstanden meistens in Folge innerer Zwietracht und leidenschaftlicher Parteiausbrüche, und diese Colonien selbst, mit denen sie die barbarischen Gestade des Mittelmeeres civilisirten, scheinen ebenso viele Krater gewesen zu sein, die das Land umher, wie der Aetna, zugleich verwüsteten und wundervoll befruchteten.

An dem einzigen kleinen Meerbusen von Tarent in Großgriechenland hatte ein halbes Dutzend solcher feuer- und blumenspeiender Vulkane: das stolze Crotona, das üppige Sybaris, Heraclea, Hexapontos, Tarentum und noch einige andere Städte unvergeßlichen Namens, Wurzel gefaßt. Wie Athen und Sparta in Hellas, wie Ephesus und Milet auf der Küste von Kleinasien, wie die volkreichste und mächtigste aller griechischen Colonien, Syracus, und das stets vom Aetna zerstörte und stets wieder blühende Catana auf Sicilien, lagen diese Städte in ewigem Hader, und ihre Bürger zogen, so lange sie sich rühren konnten, gegen einander zu Felde und führten gegenseitig die unbarmherzigsten Razzias in ihren Gebieten aus. Man glaubt zuweilen, es müßten diese griechischen Republiken ebenso viele halbwilde Montenegros gewesen sein. Nichts von Dem, was später Türken gegen Christen verübt haben, blieb von diesen Hellenen in der fast nie gestillten Parteienwuth unversucht. Mord, Brand, Verwüstung, harte Sklaverei, ja Vertilgung bis auf den letzten Mann und Stein.

Und dennoch waren diese Städte zu Zeiten reich, groß, ja schwelgerisch-luxuriös, zählten ihre Bürger nach Hunderttausenden, und steckten voll von Dichtern, Malern, Bildhauern und Schülern des Pythagoras.

Es lag vermuthlich in der merkwürdig heftigen und feurigen Natur der Griechen begründet, daß die ganze Zeit ihrer höchsten Blüthe, ihres schönsten Schaffens, nur kurz war, und daß sich alle ihre schöpferische Kraft nur in einem, wie ein flüchtiger Traum vorüberschwebenden Augenblick zusammenfaßte.

Zur Zeit des Perikles, im 5. Jahrhunderte vor Christi Geburt, standen sie auf dem Gipfel. Um die Person dieses „hellenischsten aller Hellenen" gruppiren sich die ausgezeichnetsten griechischen Namen, die durch ihre Leistungen in der ganzen Welt herrlich geworden sind.

Man hat die Griechen eine Jünglingsnation genannt. Ja, unser Hegel bezeichnet ihr ganzes nationales Dasein und Treiben „als eine einzige Jünglingsthat." Man könnte ihr nationales Gesammtleben mit der eigenartigen Existenz anderer genialer hochstrebender Jünglingsnaturen vergleichen, z. B. mit der eines Raphael, der sich in der heißblütigen Entwicklung seiner Thatkraft frühzeitig aufrieb, dann aber den Nachkommen eine Erbschaft von Werken vermachte, an welchen sie sich für alle Zeiten erfreuen können.

Mit einer solchen Erbschaft in der Hand, welche ihnen die Zeitgenossen des Perikles hinterließen, hat der Nationalgeist der alten Griechen sich stets bis auf uns herab mächtig und einflußreich erwiesen, obgleich seit Perikles Tode bei ihnen nur eine fremdartige Eroberung der andern folgte, und obwohl sie nie wieder zu einer so kraftvollen Selbstständigkeit gelangten, wie in den kurzen Jahren, da sie ungestraft unter einander streiten und nach der Palme ringen durften.

Zuerst kamen Philippus und Alexander mit den Macedoniern über sie. Doch hellenisirten sich diese barbarischen Könige des Nordens, huldigten dem Geiste der Griechen, nahmen ihre Sprache an und verbreiteten dieselbe und jenen Geist mit ihren Eroberungen über den ganzen Orient.

An den Grenzen von Indien und der Mongolei und dann wieder am Nil gründeten sie Reiche, die man, der in ihnen vorherrschenden Sprache und Kultur nach, als griechische Stiftungen betrachten muß.

Die Macedonier wurden, wie in der Weltherrschaft, so auch in der Obergewalt über Griechenland von den Römern abgelöst, und wie jene, so wurden auch diese die Schüler ihrer hellenischen Unterthanen.

Wenn die Römer auch nicht, gleich den benachbarten Macedoniern, ganz die Sprache und Sitte der Griechen annahmen, so mußten sie dieselben doch, da sie selbst nichts Besseres zu erzeugen vermochten, in allen höheren menschlichen Bestrebungen als Meister und Muster betrachten.

Das gefangene Griechenland nahm selbst seine wilden Gebieter gefangen und brachte die Künste in das bäuerische Land der Lateiner. Bei griechischen Rednern gingen die römischen in die Lehre. Ihre Dichtungen waren nur ein Nachhall der griechischen Gesänge, ihre Musiker, ihre Pädagogen waren griechische Sklaven. Ihre Tempel, ihre Städte, ihre Markthallen schmückten und belebten sich mit dem aus dem Ruin Griechenlands hervorgegangenen, ewiges Leben athmenden Statuenvolke.

Auf den Flügeln des römischen Adlers verbreitete sich griechische Civilisation über den ganzen Occident, wie der macedonische Phalanx ihr bis zum Indus und Himalayah, bis zu dem Urquell alles hellenischen und indogermanischen Lebens, Bahn gebrochen hatte.

Mit dem geistigen Golde, das sie aus Griechenland holten, haben die Römer, so zu sagen, die ganze Welt vergüldet, und die Griechen sind so im Gefolge der über die Erde marschirenden macedonischen und römischen Infanteristen auch in das Innere aller Länder gekommen, wohin sie, als ein altes Schiffer- und Küstenvolk, allein vielleicht nie gelangt wären.

Die den Griechen von Haus aus benachbarten und stammverwandten Macedonier waren, wie ich sagte, mit Sprache, Geist und Sitte in den Griechen, so zu sagen, aufgegangen. Wo sie geboten und blieben, geboten auch die Griechen selbst. Die Römer dagegen, Leute aus einer andern großen Halbinsel und von einem fremden Geschlechte, obgleich in allen den angedeuteten Rücksichten die Zöglinge der Griechen, blieben dabei doch immer Römer und verbreiteten das Empfangene auf ihre Weise.

Daher wohl kam es, daß die Griechen im Occidente, wo sie fast nur als Diener erschienen, doch nie in der Weise sich heimisch machten, wie im Oriente, dem Schauplatze der macedonischen Thaten.

Ja, die Römer romanisirten dort sogar ganze Gebiete, in denen früherer Zeit griechische Sitte, Sprache und Blut vorgewaltet hatten, z. B. Süditalien, Sicilien.

Und daher geschah es denn auch, daß, als das römische Weltreich sich in zwei große Hälften spaltete, von diesen beiden Hälften, West-Rom und Ost-Rom, die eine am Ende ein völlig romanisirtes, die andere ein vorherrschend gräcisirtes, mit macedonisch-griechischen Bildungselementen geschwängertes Ländergebiet darstellte. —

In dem oströmischen Reiche, in welchem Neu-Rom oder Byzanz die Hauptstadt wurde, gewannen bei der Trennung griechische Sprache, griechischer Volksstamm, griechischer Geschlechtsadel, griechische Bildung alsbald wieder die Oberhand, und man kann diese Theilung des Reichs gewissermaßen als eine politische Wiedergeburt der Griechen betrachten, obwohl das wiedergeborene Kind von da an doch fast immer nicht nur bei den orientalischen Völkern den Namen Rom, (Rum, Rumili) trug, sondern sogar die Griechen selber Jahrhunderte hindurch sich „Romaier", ihre griechische Sprache die romaiische nannten.

Da das Griechische im ganzen Oriente damals vorzugsweise die Sprache der Literatur und der Gebildeten war, so wurde sie denn auch von vornherein die Trägerin des zur Zeit der Blüthe der römischen Macht aufkeimenden N e u e n G l a u b e n s. Das Christenthum, sobald es Jerusalem verließ, wurde in der Welt zuerst durch die griechische Sprache verbreitet.

Das Becken des Archipelagus mit seinen Inseln und Länderzacken, gleichsam wie ein nach Osten geöffnetes Netz ausgespannt, fing die ersten von Phöniziens Küsten ausschiffenden Apostel des Christenthums auf, wie es einst tausend Jahre früher eben so die von da aussegelnden Professoren altägyptischer Weisheit für Europa empfangen hatte.

Das griechische Volk bot dem großen Säemann z u e r s t ein Terrain dar, wo seine Körner n i c h t auf steinigten Boden fielen, wo sie vielmehr alsbald in Corinth, Thessalonich, Ephesus und anderen Städten gedeihliche Wurzel schlugen. Auch in den asiatischen Städten bestanden die ersten christlichen Gemeinden fast durchweg aus Griechen. In i h r e r Sprache wurde überall zu einem Gott gebetet, das Evangelium verkündet, und die ersten Predigten der Missionäre gehalten. In i h r e r Sprache wurden unsere heiligen Bücher geschrieben. Auch wurde s i e die Sprache der ersten christlichen Concilien.

Griechen brachten das Christenthum nach Rom und verbreiteten es in dem übrigen Europa, und daher sind denn auch noch bis auf den heutigen Tag in ganz Europa die meisten Ausdrücke für kirchliche Gegenstände, der Name der K i r c h e selbst und auch der des Buchs der Bücher, der B i b e l, ebenso griechischen Ursprungs, wie die für P o l i t i k, A e s t h e t i k und P o e s i e.

Von allen christlichen Kirchen ist die griechische die älteste; von Griechenland aus wurde die heidnische Welt vom Christenthum zuerst unterminirt und am Ende zu der Zeit der Stiftung Neu-Roms oder Constantinopels gänzlich über den Haufen geworfen.

In den Barbarenstürmen, welche der Theilung Roms bald folgten, erhielt sich das östliche Kaiserreich der Griechen viel länger, als das der westlichen Römer. Die starren, spröden Römer, die ihr Reich in der Hauptsache auf Tapferkeit und physische Uebermacht begründet hatten, mußten zusammenbrechen, als ihnen jene Tapferkeit zu fehlen, eine noch größere physische Uebermacht entgegenzutreten anfing.

Die Griechen, die in der Zeit ihrer Blüthe neben ihrem patriotischen Muthe von Haus aus sich auch eine hohe Geistescultur, eine ungemeine politische Gewandtheit und andere verwandte Qualitäten angeeignet hatten, bewahrten, nachdem der unbändige Uebermuth und Freiheitssinn verraucht war, doch diese nachhaltigeren Eigenschaften und blieben, wie die Chinesen in ihren Kämpfen mit den Mongolen, noch selbst nach ihren Niederlagen vielfach die Sieger.

Während der ganze Westen-Europas von den Barbaren des Nordens überschwemmt und auf Jahrhunderte lang in tiefe Finsterniß gestürzt wurde, empfingen freilich auch die Griechen viele weit in ihr Land eindringende Horden. Doch wußten sie, gleich geschmeidigen Kämpfern, den Stößen auszuweichen und sie häufig von sich abzuleiten, oder, wenn sie ihnen zu Zeiten erlagen, so standen sie doch, gleich dem von Stürmen gepeitschten Krummholze der Hochgebirge, mit immer neu ausschlagenden Zweigen wieder auf.

Seit dem 5. und 6. Jahrhundert zog die große Slavenfluth mit Uebermacht in die griechische Halbinsel ein. Sie drang in alle europäischen Festland-Provinzen des griechischen Reichs, bis nach Athen und bis in den Peloponnes hinab. Die Slaven kamen dahin nicht etwa nur als Soldaten und Gebieter. Mit Weibern, Kindern und Heerden ließen sie sich in den Ländern heimisch nieder, fingen nach einiger Zeit an, den Boden zu bebauen, stifteten eine Unzahl von slavischen Dörfern und Flecken und benannten die Länder, die Gebirge, die Thäler, die Flüsse, jedes Bächlein, jede Schlucht, mit einem slavischen Namen.

Aber an den Küsten blieben in dieser ziemlich allgemeinen slavischen Ueberschwemmung überall rings um das Aegäische Meer herum, selbst in den schlimmsten Zeiten, doch die Städte und Häfen im Besitz der griechischen Bürger und der byzantinischen Besatzungen.

Da die Slaven keine Schiffe hatten, so ließen sie die Inseln im Innern des Aegäischen Meeres größtentheils unberührt. Selbst in den Momenten der größten Bedrängniß, wenn Avaren, Bulgaren und Serben Constantinopel bestürmten, und dazu wohl auch noch die Perser auf der asiatischen Seite des Bosporus bei Scutari im Lager standen, selbst in solchen Momenten, in denen Alles verloren schien, behaupteten die Griechen sich doch auf ihrer Flotte, mit deren Hülfe die Verbindung zwischen dem Reichsmittelpunkt und den Inseln und Küsten kaum einen Augenblick unterbrochen, und somit auch in den verzweifelten Umständen die äußern Umrisse und das rohe Gezimmer dieser uralten Hellenen-Wiege, des Archipelagus (d. h. des Hauptmeeres), mit seinem Zubehör gerettet wurde. — Um diese Wiege herum erhielt sich also stets ein Rest des Hellenenthums, und von dieser alten Heimath und Geburtsstätte aus, das heißt von den Schiffen aus, von den Hafenorten Korinth, Thessalonich, Patras, Monembasi und vielen anderen, verbreitete sich dieses Hellenenthum abermals im 9. Jahrhundert.

Nachdem die Einwanderung der Slaven ihren anfänglich so stürmischen Charakter im Laufe von 200 Jahren verloren hatte, nachdem sie aus Räubern, Zerstörern und Plünderern, Ackerbauer und Besitzer geworden waren, zeigten sie sich empfänglich für die von den griechischen Küsten landeinwärts dringende Kultur.

Auch die griechischen Waffen, namentlich unter der Regierung des Kaisers Basilius I. in der zweiten Hälfte des 9. Jahrhunderts, waren wieder glücklich gegen sie, und viele von den Slaven besetzte Provinzen und Landschaften wurden damals von den Griechen zurückerobert.

Eine tausende und griechisch redende Klerisei zog in die neu bekehrten Provinzen ein. Man baute Klöster und Kirchen, legte neue Städte und feste Plätze an, in denen sich vorzugsweise wieder Griechen niederließen.

In Folge dieser und anderer Umstände geschah es, daß ein großer Theil der eingewanderten Bulgaren bald sowohl Slavisch, als Griechisch verstanden und sprachen, und daß im Peloponnes und an den Küstenstrichen von Thessalien, Macedonien und Thracien die slavischen Namen wieder entweder verdrängt, oder doch hellenisirt wurden. Das neue von Griechen oder griechisch redenden Leuten bevölkerte Griechenland, das sich auf diese Weise wiederherstellte, zeigte in der Hauptsache ungefähr dieselben Umrisse, wie das einst von den alten Hellenen besetzte Land.

Es ist damals in Griechenland etwas ganz Aehnliches vorgegangen, wie zu derselben Zeit (nach Karl d. Gr.) in Deutschland. Auch in Deutschland, wie in Griechenland, hatten die Slaven in der Periode ihres ersten wilden Auf- und Ueberschäumens eine Menge uraltdeutscher Gegenden, fast die ganze Osthälfte des alten Germaniens besetzt und mit ihren Stämmen erfüllt. Aber auch dort gab es einen Rückschlag. Karl der Große und die ihm nachfolgenden deutschen Kaiser stellten, indem sie die eingedrungenen Slaven unterjochten, tauften, und zur Annahme deutscher Sitte und Sprache zwangen, die Grenze des alten Germaniens ebenso wieder her, wie Basilius und die ihm nachfolgenden griechischen Kaiser den Bezirk des alten Griechenlands.

Gegen die weiten Landschaften im Innern der byzantinischen Halbinsel zeigte sich das von den Küsten ausgehende Gräcisirung minder erfolgreich.

Dort blieben die großen Massen barbarischer Ansiedler bei ihrer Sprache und Eigenthümlichkeit. Nur hin und wieder saßen bei ihnen die Griechen in den Städten und Festungen. Auch dies war wieder ganz so, wie zu der Zeit der alten Hellenen, nur daß jetzt, statt der damaligen Macedonier, Thracier, Illyrier, die slavischen Bulgaren, Serben und Kroaten ꝛc. die alten stets barbarischen Sitze einnahmen, die nie von den griechischen Schiffen und Küstenleuten in Masse erfüllt worden sind.

Im Grunde ist denn dies auch mit geringem Wechsel der Stand der Dinge bis zu der folgenden großen Völkerüberschwemmung, welche Griechenland betraf, bis zum Einbruche der Türken geblieben.

Die zwischen beiden großen epochemachenden Invasionen, der slavischen seit dem 6. Jahrhundert und der türkischen seit dem 14. Jahrhundert, in der Mitte liegenden Einbrüche der westlichen Völker Europa's, die unter dem Namen der Kreuzzüge bekannt sind, können in einer solchen Geschichte des griechischen Volksstammes, wie ich sie hier zu skizziren versuche, eigentlich nur als eine Episode betrachtet werden. Denn sie haben auf Sprache, Sitte und Blut der Nation verhältnißmäßig einen nur geringen Einfluß geübt.

Man muß in dieser Hinsicht die allgemeine Bemerkung vor Augen haben, daß die Griechen überhaupt als die Orientalen Europa's zu betrachten sind, und daß sie als solche von jeher weniger von den Westeuropäern haben annehmen wollen, als selbst von den Asiaten.

In den ältesten Zeiten waren die Westeuropäer, die Italer ꝛc., rohe Barbaren, und die griechische Kultur stand mit der der damals hochkultivirten Asiaten in viel näherem Rapport.

Die Bewohner Italiens, obwohl sie Griechenland zu verschiedenen Zeiten ganz oder theilweise beherrschten, haben die Nationalität dort nur sehr wenig gemodelt. — Selbst die Römer nicht, die in Griechenland über 400 Jahre lang die Zügel des Regiments in Händen hatten, die dort doch ganze volkreiche Städte, z. B. Corinth, ausrotteten und wieder mit italischen (römischen) Bürgern bevölkerten. Man findet jetzt, und man fand schon bald nach dem Aufhören ihrer Oberherrschaft kaum ihre Spur mehr in Griechenland.

Sie haben keinen Strich des Landes bleibend italienisirt oder romanisirt. Kein Rest ihrer Sprache läßt sich in Hellas nachweisen, wie dies doch im Lande der Daken oder jetzigen Wallachen bis auf den heutigen Tag der Fall ist. Alle römischen Colonisten in Griechenland wurden schnell beseitigt oder zu Griechen.

Dasselbe nun läßt sich auch von der Invasion jener kreuzfahrenden Italiener und der andern Westeuropäer behaupten, die im Anfange des 13. Jahrhunderts das byzantinische Reich zertrümmerten und auf eine Zeit lang unter sich theilten.

Venetianer, Genuesen, Franzosen und Adelsgeschlechter aus andern westeuropäischen Völkern haben in Folge dieser Ereignisse sich in Griechenland freilich niedergelassen, haben auf den Inseln und an den griechischen Küstenorten viele kleine Fürstenthümer gegründet und dieselben mehr oder weniger lange inne gehabt.

Ja, die Venetianer brachten sogar in der Zeit ihrer größten Macht, den ganzen Peloponnes, die meisten Inseln des Aegäischen Meeres, mehrere Küstenstriche in Nordgriechenland, auch Cypern und Creta, mit einem Worte also, so zu sagen, das ganze Stammgebiet der Griechen unter ihre Herrschaft Und nichts desto weniger ist die Herrschaft auch dieser Westeuropäer in Griechenland an dem Charakter, der Sprache und dem Blute des Volks ohne bedeutende Nachwirkungen vorübergegangen.

Nur auf den jonischen Inseln zeigt sich der Volksdialekt allerdings durch viele italienische Beimischungen verderbt, und auf den Cykladen haben sich noch bis auf den heutigen Tag einige Nachkommen italienischer und französischer Familien erhalten, die der römisch-katholischen Kirche treu geblieben sind.

Auch diese römisch-katholische Kirche der West-Europäer hat eben so, wie die Sprachen und Sitten derselben, trotz aller außerordentlichen Anstrengungen der Päpste nie bei den Griechen Wurzel fassen wollen. Und bei dieser Gelegenheit mag ich denn auch noch gleich die Bemerkung nachholen, die einer weiteren Ausführung fähig wäre, daß eben so die Germanen, so oft sie auch in Griechenland zu verschiedenen Zeiten erschienen sind, zuerst als Gothen, welche ganze Provinzen der Halbinsel inne hatten, dann als Normannen, die oft als kaiserliche Trabanten, als Seeräuber, als Bedräuer Constantinopels unter den Griechen weilten, endlich in der Neuzeit, als Baiern, die das junge Königreich Griechenland des 19. Jahrhunderts organisirten, gar keine sehr bedeutende Spur im Volksschlage und National-Charakter zurückgelassen haben.

Nach den ersten Einfällen der Türken in Griechenland, im 14. Jahrhundert, und nach der Eroberung Constantinopels durch die Osmanen, im Jahre 1453, erlagen die Griechen wie gesagt abermals der Obergewalt eines fremden Stammes und zwar eines Volkes asiatischer Herkunft.

In Bezug auf politische Unabhängigkeit war dies eine so vollständige Niederlage, wie die Griechen sie nur erst ein Mal, nämlich von den Römern, erlitten hatten.

Die Türken brachten in Asien wie in Europa, fast ohne Ausnahme, sämmtliche Gegenden und Lokalitäten, wo nur irgend Griechen ansässig waren, unter ihre Füße.

Das türkische Reich umfaßte ungefähr Alles, was das oströmische oder byzantinische Kaiserthum zur Zeit seiner größten Blüthe umfaßt hatte. Und der erste Akt bei der Einnahme Constantinopels schien die Griechen als ein völlig vernichtender Schlag treffen zu sollen. Kurz nach der Uebergabe der Stadt ließ der Eroberer Muhamed II. alle Würdenträger und Primaten des von ihm zu Boden gestreckten Reiches der Griechen, die er noch zusammentreiben konnte, unbarmherzig niedermachen, und er stellte überall Osmanlis auf die Plätze der Gemordeten. Es schien damals, und auch später, wenn bei Freiheitsversuchen die Griechen niedergemetzelt wurden, schien es noch oft so, als seien die beklagenswerthen Griechen in die Höhle des Cyklopen gerathen, und als sollten sie alle vertilgt und ausgerottet werden, wie die Gefährten des Odysseus. Allein wie dieser gewandte Held, so ist auch das geschmeidige Griechenthum lebendig aus dieser Höhle wieder hervorgegangen.

Kaum hatte jener türkische Sultan Muhamed hinterdrein beschlossen, daß Constantinopel doch kein Schutthaufen, daß auch die Griechen wenigstens als Sklaven und Gehülfen geduldet und daß ein neues Staatsgebäude auf den Grundlagen des alten aufgeführt werden sollte, da sah er bald ein, wie sehr er dazu der mit den Verhältnissen des Landes vertrauten, in Regierungskünsten erfahrenen Griechen nöthig habe.

Griechische Dollmetscher zur Verständigung mit dem neuen Volke waren gleich ein erstes und wesentliches Bedürfniß. Der Reichs-Oberdollmetscher wurde daher alsbald ein sehr bedeutsames Amt, das natürlich in die Hände der Griechen kam.

Von eben solchen einflußreichen griechischen Dollmetschern, Sekretären und Zwischenhändlern waren allmählich die türkischen Paschas in den Provinzen umgeben. Von der innern Verwaltung der christlichen Kirche verstanden die mohamedanischen Türken noch weniger als anfänglich von der Lenkung der Staats-Angelegenheiten in den ihnen neuen Gebieten. Sobald die Sultane entschlossen waren, die griechische Kirche neben dem Islam zu dulden, ja sogar sie gegen den Papst und gegen das katholische West-Europa in ihrem eigenen Interesse zu unterstützen, mußten sie auch die Leute hervorziehn, welche fähig waren, diesen mächtigen und weit verbreiteten Körper in Bewegung zu setzen.

Sie stellten den griechischen Patriarchen und die obere griechische Geistlichkeit, in deren Angelegenheiten sich zu mischen, die Türken sogar für eine verächtliche Sache hielten, so frei hin, wie sie vermuthlich von keiner erobernden katholischen Macht hingestellt worden sein würden. Die Griechen besetzten daher selbst unter der Herrschaft der Türken nach eigenem Gutdünken aus ihrer Mitte nicht nur alle die obern Aemter der Kirche in den eigentlich griechischen Städten und Landstrichen, sondern auch bei den unterworfenen Völkern nichtgriechischen Stammes. Die Erzbischöfe und Bischöfe der Albanesen, Serbier und Bulgaren waren fast immer und sind noch heutzutage meistens aus griechischen Familien, während nur die niedere Geistlichkeit aus den slavischen Landeskindern selbst besteht.

Eben so wenig konnten die Griechen, die von uralten Zeiten her das Meer auszubeuten äußerst geschickt waren, auf der türkischen Flotte entbehrt werden. Sie bildeten dort ein sehr wesentliches Element. Der Großdragoman der kaiserlichen Flotte, ein sehr wichtiges Amt, war fast immer ein Grieche. Die Handels-Marine blieb natürlich von selbst in ihren Händen. Aus allem diesen mag man schließen, daß die Griechen stets sogar in der türkischen Abhängigkeit ein sehr einflußreiches Volk darstellten.

Ja man kann gewissermaßen behaupten, daß mit der fortschreitenden Vergrößerung des osmanischen Reichs sich auch das Gebiet des Einflusses der Griechen und ihrer Sprache sogar noch erweitert habe, in ähnlicher Weise, wie sie sich einst in Begleitung der Triumphzüge des macedonischen Alexanders ausgedehnt hatten.

Die Türken fanden unter den Griechen in Byzanz manches für Politik und Intrigue sehr geeignete Talent, das sie auch in ihren asiatischen Angelegenheiten benutzen konnten, und als sie die großen Donaufürstenthümer Moldau und Walachei gänzlich von sich abhängig gemacht hatten, da wurden alsdann die Fürstenkronen dieser Länder, länger als ein Jahrhundert hindurch, griechischen Familien aus dem sogenannten Phanar, d. h. aus dem Theile von Constantinopel, wo alle die angesehenen griechischen Familien bei einander wohnten, ertheilt. Das Griechische wurde in Folge dessen sogar die gewöhnliche Sprache des Hofes und des Adels in dem ganzen alten Dacien, und als solche drang sie nördlich bis in die Bukowina hinauf bis in das jetzt Oesterreich gehörende polnische Königreich Galizien hinein, wo sie auch noch heutzutage geschrieben und geredet wird.

So weit war die griechische Sprache als Umgangssprache eines Volks (oder doch einer Klasse) selbst zur Zeit Alexander's nicht in's Scythenland hinaufgekommen.

Als endlich die Pforte allmählig mit Europa etwas mehr verwuchs und in gewissem Grade als ein Glied der europäischen Staatenfamilie betrachtet wurde, da boten sich sehr häufig auch wieder die Griechen als die gewandtesten diplomatischen Agenten an den Höfen von Paris, London und Wien dar.

Auf vielen Gruppen der griechischen Nation lastete das türkische Joch in gewöhnlichen Zeiten nichts weniger als schwer. Mehre der griechischen Inseln, so die, welche nur den Frauen des kaiserlichen Harems einen leichten Tribut als Nadelgeld zahlten, verwalteten sich im Uebrigen selbst nach altem griechischen Herkommen. Die griechischen Klephten mit ihren Palikaren lebten hie und da in den Gebirgen Thessaliens und Böotiens so frei, wie Könige. Andere griechische Gemeinden, wie z. B. die Nachkommen der alten Spartaner, die Mainoten, sind den Türken nie ganz unterwürfig geworden.

Da die Osmanen, wie man sich auszudrücken pflegt, in Stambul, wo sie ihr Lager aufgeschlagen hatten, nur „campirten", da sie in dem Innern der Länder nur vereinzelt als Soldaten, als Beamte, als Besatzungen in den Festungen und allenfalls als Spahis oder Gutsherren erschienen, da sie sich nur als stolze Eroberer betrugen, selten sich dazu herabließen, städtische oder Ackerbaugeschäfte zu betreiben, da sie mit einem Worte durchaus nicht mit dem friedlichen, die Völker am gründlichsten unterjochenden Ackerwirthschaftsapparate in alle Verstecke des Landes eindrangen, und immer nur gleichsam wie die Klammern oder Nägel in dem ganzen Bauwerke der Völker ihres Reiches erschienen, während das Gebäude selbst aus dem ursprünglichen Material aufgeführt blieb, so kann man sich dem Allen nach denken, daß durch sie die Ursitze der Griechen in ihren Hauptumrissen wenig verändert wurden.

Und in der That, vergleicht man diese Umrisse, wie sie heutzutage existiren, mit denen, wie sie sich etwa 400 Jahre vor Christus, zur Zeit des Perikles, darstellten, so findet sich, daß beide noch jetzt fast völlig mit einander übereinstimmen, und daß alle die Türken- und Slavenkriege, alle die Wanderungeu, Revolutionen, theilweisen Bevölkerungs-Ausrottungen und Verpflanzungen, darin eine kaum merkliche Veränderung hervorgebracht haben.

Noch jetzt — man kann auch sagen jetzt wieder — wie damals umzingelt ein Saum griechischer Dörfer und Städte das Aegäische Meer. Griechen oder doch Griechen gewordene, also griechisch redende Menschen erfüllen den ganzen Peloponnes, fast das ganze Livadien oder die Provinzen Attika, Böotien, Euböa rc., und weiterhin Thessalien. Als ein schmaler Streifen umzieht griechisches Bevölkerungsgebiet den ganzen Küstenrand von Macedonien und Thracien. Bei Konstantinopel erfüllen sie einen ziemlich bedeutenden Abschnitt des thracischen Länderdreiecks bis Adrianopel hinauf, und wohnen auf beiden Seiten der Propontis, des Hellesponts und des thracischen Bosporus.

Von hier aus ziehen sie sich, freilich überall mit türkischen Colonien vermischt, einerseits ostwärts über Sinope hin bis Trapezunt, längs des Nordrandes von Kleinasien, und andererseits über Troja, Smyrna, Ephesus nach Rhodus zu, von wo aus sie auch wieder ostwärts den Südrand von Kleinasien einrahmen.

Ferner bewohnen sie, als die vorherrschende Bevölkerung, alle Inseln des griechischen Archipelagus, auch Creta und Cypern, wo ihre Anzahl sich auf hunderttausende beläuft, und endlich bilden sie auch im Westen auf den jonischen Inseln den Hauptstoff der Bewohnerschaft.

Nur in der westlichen Hälfte des Mittelländischen Meeres, in Sicilien, das einst fast so griechisch war, wie Cypern und Creta, in Süditalien, wo einst ein blühendes griechisches Colonienland, das sogenannte Großgriechenland, existirte, und weiter hin in Corsica und Südfrankreich, Spanien rc. haben sich die alten griechischen Volkselemente verloren. Doch glaubt man in den Dialekten und Sitten einiger Ortschaften des Königreichs Neapel, so wie auch in einem armen verkommenen Stadtquartiere von Marseille noch selbst heutigen Tages einige Spuren des dorischen und jonischen Wesens zu erkennen.

Dagegen haben nun in neueren Zeiten wieder die Griechen, wie ihre Vorfahren vom Handels- und Wandergeiste beseelt, in vielen andern Gegenden Eurapas, wenn auch nicht solche mächtige freie Republiken, wie ihre Vorfahren, doch wenigstens Handelsniederlassungen, Comptoire und Faktoreien gestiftet.

Diese im ausländischen Europa verstreuten Niederlassungen der Griechen datiren zum Theil schon aus den Zeiten der Kreuzzüge, welche einen lebhaften Verkehr der Griechen mit dem Abendlande veranlaßten. In Venedig gab es zu allen Zeiten seiner Existenz griechische Schiffer und Kaufleute.

Seit dem 17. Jahrhundert begründeten sie Niederlassungen in Moskau, und bald auch in Wien, wo noch jetzt einige der bedeutendsten Banquiers dieser Nation angehören, und bis wohin sich durch ganz Ungarn und Siebenbürgen ein weitläufiges Netz griechischer Comptoire hinzieht.

In den Häfen Südrußlands, Odessa und Taganrog, spielen griechische Häuser noch jetzt oder jetzt wieder so sehr eine Hauptrolle, daß man meinen sollte, es sei in diesen Städten nur das alte griechische „O[illegible]a" mit verändertem Namen wieder auferstanden, das einst vor Christi Geburt hier im Skythenlande blühte.

Auch giebt es seit Chatharina's Zeiten in der Krim griechische Dörfer, sowie eine ausschließlich von Griechen bewohnte Stadt, das in dem letzten russischen Kriege sooft genannte Balaclava, und endlich am Asowschen Meere einen kleinen Landstrich, der mit ackerbauenden Colonien von Griechen besetzt ist.

Daß seit der Erhebung des griechischen Volks und seit der Neubelebung seines Handels und seiner Bildung Griechen auch in anderen Gegenden Europas häufig erschienen sind, in London und Paris, selbst in unserm deutschen Leipzig und auf andern großen Märkten und Punkten des Verkehrs, als Vermittler des Handels mit dem Oriente, so wie in den französischen und deutschen Musen-Sitzen als Schüler und Zöglinge, darf ich als eine allgemeine bekannte Thatsache betrachten.

Wie in der Umgränzung ihres ursprünglichen Wohngebiets am Aegäischen Meere, dessen Häfen im Laufe von 2000 Jahren weder verengt, noch verschüttet wurden, und noch jetzt die schönsten des Morgenlandes sind, wie in ihrem Schifferleben und Handelsgeiste, der sie stets in die Welt hinaustrieb, so sind die heutigen Griechen auch in vielen andern Beziehungen in ihren Sitten und Gebräuchen, in ihren körperlichen und geistigen Anlagen, in ihrer Sprache und ihren Charakter-Eigenheiten vielfach die Alten verblieben.

Noch heute finden wir, und zwar nicht bloß bei den deßwegen so oft gepriesenen Insel-Griechen, die schönsten Gestalten und Körperformen, und sehen unter ihnen nicht selten den echt hellenischen viel gelobten Grundzug gerade so erscheinen, wie die Werke des Praxiteles ihn uns zeigen. Jene „tiefe Lage der Augen in gewölbten Augenhöhlen" der „edle Schnitt und hohe Bogen der Augenlider, die kurze aufgebogene und aufknospende Oberlippe, das vollrunde feste Kinn, die geradwinklige Senkung der Stirn und Nase, der breite feste Nacken, über dem Allen der von Aphrodite selbst gescheitelte und gelockte Haarschmuck" — dies Alles ist noch jetzt keine außergewöhnliche Erscheinung.

Nicht weniger Antikes giebt es bei den Neugriechen in dem Costüm, mit welchem sie die schlanke Form ihres Leibes einhüllen. Denn alte Gemälde und Bildwerke beweisen uns hinlänglich, daß, was wir jetzt orientalische oder neugriechische Kleidung nennen, in manchen Punkten nichts anderes ist, als die auch schon bei den alten Hellenen übliche Costümirung.

Die zottigen Wollenmäntel der heutigen Epiroten und Palikaren scheinen mit den zottigen Chlamyden der Alten identisch zu sein.

Die rothen Käppchen der heutigen Griechen und der Feß der Türken stammen von den antiken Schiffermützen her, die eben so geformt und mit derselben rothen Farbe gemalt auf alten Vasen vorkommen. Die uralte sogenannte Phrygische Mütze tragen annoch die Hirtenknaben in Arkadien.

Die aus schuppenartig über einander genähten Silbermünzen gebildeten Brustlatze, welche die bräutliche Aussteuer der Jungfrauen in Livadien bilden, erinnern lebhaft an den Brustpanzer der Minerva, der uns aus unsern Museen bekannt ist.

Die Form der Ohrringe, der Halsbänder und Armspangen der neugriechischen Weiber, ihre Sitte, das dunkle Haar der Braut mit Goldpuder zu bestreuen, dies Alles und noch sonst Vieles in dem weiblichen Putz nähert sich in hohem Grade dem Antiken. Auch färben sie noch jetzt die Spitzen ihrer zierlichen Finger mit einem röthlichen Stoffe, ohne daran zu denken, daß schon Homer die „rosenfarbenen Finger" der Aurora besungen hatte.

Die alte Phrygische Tracht, die bei den griechischen Colonisten in Kleinasien vorherrschte, gleicht zuweilen, selbst in den kleinsten Details, dem, was wir jetzt Türkisch oder Neugriechisch nennen, z. B. kommen schon auf alten Gemälden, welche das Thun und Treiben des Achilles darstellen, die noch jetzt üblichen gelben und rothen Farben der türkischen Pantoffeln vor. Selbst die bekannte aus Tüchern und Shawls gebildete Kopfbedeckung, der sogenannte Turban, war bei den Griechen schon lange vor Ankunft der Türken bekannt. Die heftige und plötzliche Einwirkung der Sonne in jenen Ländern hat von jeher die Hauptbedeckung mit Zeugstoff auch bei Männern nothwendig gemacht.

Nicht minder, wie in den Trachten, lassen sich auch in anderen Gebräuchen und Sitten der Neugriechen so bedeutende Ueberreste aus dem Alterthum nachweisen, daß man oft glauben möchte, es habe sich in vieler Beziehung seit 2000 Jahren bei ihnen kaum etwas geändert.

Sogar kirchliche und religiöse Handlungen wie z. B. Hochzeits- und Begräbnißgebräuche, die man bei dem Wechsel der Religion doch gerade vorzugsweise verwischt und umgewandelt zu finden erwarten sollte, enthalten mehrere solche Ueberreste aus dem Heidenthum.

Wie in alten Zeiten, so wird noch jetzt dem Brautpaare, als Symbol des Familienglücks, eine Granate überreicht, und, wie ehemals, so werden sie noch jetzt beim

Eintritte ins Haus mit Reiß bestreut, zum Zeichen, daß ihrer glücklichen Jahre so viele werden möchten, wie die Zahl der Körner.

Wie ehemals, werden, bei dem jährlichen Feste zur Feier der Verstorbenen, Gerste, getrocknete Weinbeeren, Backwerk und Wein als Todtenopfer dargebracht und auf die Gräber hingestellt. An den Kopfenden werden kleine Kerzen befestigt, dergestalt, daß der ganze Gottesacker in der Nacht von vielen zum Himmel aufstrebenden Flämmchen illuminirt erscheint.

Der alte Charon ist noch jetzt, wie sonst, die Personificirung des Todes. Auch sind noch die alten Ausdrücke „Hades" und „Tartarus" in gewöhnlichem Gebrauche, und finden sich häufig in den Klageliedern der einfachen, poetischen und abergläubigen Hirten, welche im Sommer die Hochthäler des Parnassos durchziehen.

Die Ansicht der Neugriechen über das Leben nach dem Tode, weit entfernt der christlichen Lehre vom Paradiese und der Hölle gänzlich gewichen zu sein, zeigt sich vielmehr in der Poesie jener Naturkinder als vollkommen antik, und dies Alles läßt sich nur aus einem direkten, mit seinen Ueberlieferungen durch die Jahrhunderte herabreichenden Zusammenhange mit dem heidnischen Alterthum erklären.

Die alten hellenischen Tänze werden noch jetzt fast alle geübt, sowohl die kriegerischen Waffentänze, als auch der Chortanz der Hirten und der Tanz der Ariadne oder der sogenannte „Geranos".

Dieser letztere, jetzt „die Romaika" genannt, ist einer der merkwürdigsten Ueberreste althellenischer Schaustellung. Die Tanzfiguren, die von Gesang begleitet werden, erinnern noch heute, wie vor Christi Geburt, an die Irrgänge des Labyrinthes, in welchem Theseus, am Faden der Ariadne geleitet, gegen das Ungeheuer loszog. Die Angst der Geliebten des Theseus giebt sich lebhaft kund in den sprechenden Pantomimen der jungen Vortänzerin, welche ein weißes Tuch schwingend die lange Reihe ihrer Genossinnen anführt und die Blumenkette der Mädchen, deren Haupt und Blüthe sie ist, bald auseinander, bald zusammen wickelt. Homer beschreibt diesen Tanz in herrlichen Versen, als einen der Gegenstände, welche auf dem Schilde des Achilles bildlich dargestellt waren.

Wie die Tänze der Jungfrauen, so sin[d] auch noch die Spiele der Knaben dieselben z. B. das sogenannte Astragalus-Spiel bei dem es derbe Schläge setzte, und bei welchem einst Patroklus, als er es mit dem Sohne des Amphidamas spielte, das Unglück hatte, diesen zu erschlagen, weßhalb er flüchtig werden und im Hause des Königs Peleus Schutz suchen mußte, wo er dann seine so berühmte Freundschaft mit dem Achilles, dem Sohne des Königs, schloß. Nach dem Zeugniß unsers vielbetrauerten Landsmannes, Professor Ulrich, spielen die neugriechischen Kinder am Helikon noch heutzutage dieses in den Dichtungen verherrlichte Spiel, nach denselben Regeln und mit denselben harten classischen Stößen und historisch gewordenen Püffen.

Zaubermittel bereiten die alten griechischen Weiber noch jetzt wie ehemals, und wie sonst sind die Thessalierinnen als besonders geschickt in dieser Kunst berühmt oder berüchtigt. Der Knoblauch, den schon Hermes in Homers Odyssee als Gegenmittel gegen die Zaubereien der Circe anwendet, wird auch griechischen Kindern unserer Tage in Form eines Amulets um den Hals gehängt, um das verhexende Auge gegen sie unschädlich zu machen.

Die Ackerbau-Instrumente und häuslichen Geräthschaften der Neugriechen haben so ganz die antiken Formen, daß die jetzigen griechischen Bauerhütten unsere Museen mit den echtesten Mustern derselben versehen könnten.

Und selbst die Schäferhunde dieser neugriechischen Bauern gleichen den berühmten molossischen Heerdenwächtern, die wir in den Galerien von Florenz und des Vatikan von alter Meisterhand nachgeahmt und dargestellt erblicken. Die Wassergefäße der jetzigen Thessalierinnen ähneln auffallend den antiken Vasen und tragen zum Theil auch noch dieselben Namen.

Wie diese Dinge, so ist unter anderm der runde Handspiegel mit Griff, den wir in den Händen so mancher marmornen Venus erblicken, unverändert geblieben. Ebenso die Handmühlen, deren sich die Griechinnen auf den Inseln, indem sie ihre Arbeit mit Gesang begleiten, zum Mahlen des Getreides bedienen, und noch unzählige andere Dinge des Alltagslebens.

Was aber noch wichtiger und interessanter als dieß Alles ist: Auch das Echo der alten Sprache tönt uns aus diesem Lande hell und deutlich entgegen, jenes wundervollen, männlichen zugleich und wohltönenden Idioms, des schönsten, edelsten und reichsten, das sich je zwischen menschlichen Lippen gebildet hat.

Freilich hat die jetzige neu-griechische oder romaiische Sprache gleich einer schönen Statue, die Jahrhunderte lang im Boden vergraben lag und von den Elementen zerfressen wurde, mancherlei Veränderungen erfahren; sie hat auch einige Beimischungen aus dem Slavischen, Türkischen und auch aus dem Italiänischen aufgenommen.

In ihrer Syntax ist sie verbildet und umgebildet. Auch wird sie mit einem fremdartigen Accente — vielleicht nach Weise der Slaven — ausgesprochen. Sie hat, bemerkenswerth genug, alle Spuren der alten Dialekt-Verschiedenheiten verloren. Sie soll sich nach der Ansicht einiger Gelehrten bloß aus dem Aeolischen Dialekte entwickelt haben. Nichtsdestoweniger aber ist sie im Wesen dieselbe geblieben, und zwar kann sie in weit höherem Grade die alte Griechische genannt werden, als z. B. das jetzige Italiänisch dem alten Römischen gleich genommen werden darf.

Unser jetziges Deutsch steht dem alten Gothischen, und das heutige Russische dem alten Slavischen merklich entfernter, als der Dialekt der heutigen Athener der Sprache der Zeitgenossen des Homer.

Sie wird noch mit denselben Buchstaben geschrieben, wie ehemals. Ja die griechischen Dorfschreiber bringen sie noch in derselben Manier zu Papier — auf dem Knie — auf langen Streifen, die sie zusammenrollen, wie die Alten.

Es werden noch jetzt in dieser schönen Sprache Volkslieder gedichtet und gesungen, von denen unser Goethe gesagt hat, „daß keine andere Nation ein Gleiches aufweisen könne". Die Freiheitshymnen, welche am Anfange des jetzigen Jahrhunderts ein Rigas sang, sind ihrer Zeit weithin berühmt geworden. Neroulos, Panagos, Soutzos sind einige im Auslande bekannt gewordene neugriechische Dichter.

In dem Dialekt vieler neu-griechischen Thalbewohner haben sich nicht nur alt-griechische Worte erhalten, welche die Umgangssprache der byzantinischen Griechen nicht mehr kennt, sondern es finden sich auch bei ihnen sogar manche Wurzelwörter, welche älter sind, als die uns bekannte alt-griechische Schriftsprache selbst.

Die griechische Sprache steht in allen diesen Beziehungen fast einzig in Europa da. Sie ist in ihrer reichen Ausbildung älter und weniger verändert, als irgend eine andere. Denn während derselben Zeit, in welcher das Griechische sich in so hohem Grade dauerhaft gleich blieb, haben viele der anderen europäischen Sprachen nicht nur mehrere Male ihre Alphabete abgelegt, sondern sich auch sonst erstaunlich umgewandelt, und manche von ihnen haben sich unterdessen erst gebildet. —

Dieser Umstand allein beweist hinreichend, daß die Griechen durch ihre Bildung und Sprache immer wieder die zu ihnen hereingewanderten Barbaren überwältigten, und daß auch zu allen Zeiten immer noch genug echte Griechen übrig sein mußten, um diese Ueberwältigung möglich zu machen.

Selbst die Sagen, Mythen und Märchen, welche sich das Volk in seiner Sprache erzählt, der ganze dichterische Stoff, den es mit ihr auskleidet, sind noch heutiges Tages vielfach die alten. Im Peloponnes z. B. tragen sich die Bauern noch jetzt mit den Geschichten von den Thaten und Verrichtungen des Herkules herum, die sie an die Höhlen und Sümpfe ihrer Nachbarschaft knüpfen, und die aus ihrem Munde noch jetzt ein griechischer Dichter als Thema für eine „Herakleide" eben so gut sammeln könnte, wie die alten Mythendichter sie aus dem Munde ihrer Vorfahren gesammelt haben. Den Namen des Herkules vertauschen sie dabei freilich mit dem eines christlichen Heroen, nämlich mit dem des heiligen Johannes. Am wenigsten will man den hohen, enthusiastischen, patriotischen, der schönsten Tugenden fähigen Nationalgeist der alten Hellenen in dem Charakter der jetzigen als verschmitzt verschrienen, im Handel und Wandel übelberufenen Neu-Griechen wieder erkennen.

Allein auch hierin giebt es wohl weit mehr Aehnlichkeit mit dem Antiken, als die allgemeine Stimme es zugeben will.

Verschlagenheit, List, Gewandtheit und Verstellungskunst, die dem Neu-Griechen Jeder beilegt, und die man gewöhnlich dem Türkendrucke und Slavenjoche zuschreibt, waren nach Homers Zeugnisse auch schon den alten Hellenen im hohen Grade eigen, und der erfindungsreiche Odysseus war mit allen jenen Anlagen, und dazu noch mit betrügerischem Diebessinn, Raublust, hinterlistiger Ueberredungskunst, und je nach Umständen schmeichlerischer Höflichkeit reichlich begabt. Also auch diese Untugenden der Neu-Griechen sind schon althergebracht.

Auf der anderen Seite sind trotz Türkendruck und Slavenjoch die Neu-Griechen noch jetzt durch Lebhaftigkeit des Gefühls und der Phantasie, Beweglichkeit des Gemüths, Schärfe des Geistes und Frohsinn, wie die Alten, ausgezeichnet.

Liebe zu ihrer Berg- und Insel-Heimath und dabei doch ein damit verbundener großer Wandertrieb, wie die Wellen des Meeres, bewegt sie, gleich ihren Altvordern, und an glorreichen Beispielen patriotischer Hingebung und heldenmüthiger aufopfernder Vertheidigung des Vaterlandes hat es weder in alten, noch in neueren Zeiten gefehlt, eben so wenig wie an Antrieben zur größten Eifersucht, Parteienwuth und zur leidenschaftlichsten Racheübung.

„Neben den größten Intriganten findet man zuweilen noch im jetzigen Griechenland die biedersten und geradesten Männer, neben der ärgsten Charakter- und Tugendlosigkeit den reinsten festen Willen, ja sogar den großherzigsten Heldenmuth". Andreas Miaulis, dessen Gebeine neben dem Denkmale des Themistokles ruhen, Lazarus Konduriotti, sind Namen, die noch vielen von uns aus unsrer Jugend als die Namen von festen, tapferen, treuen und gerechten Männern verehrungswürdig sind.

Einen Johann Kolettis haben selbst seine Feinde für den edelsten Charakter Griechenlands erklärt, so wie einst in alten Zeiten den Perikles. Ja in der Asche fast jeden neu-griechischen Stammes, wenn er von einem großen Unglück ergriffen wurde, ist ein Funke von Heroismus aufgeglüht, der deutlich genug bewies, daß der alte Geist noch keineswegs verraucht war.

Für Gelehrsamkeit und Wissenschaft ist bei den Griechen der Sinn zu keiner Zeit völlig erstorben, und es hat, selbst in den schlimmsten Zeiten des Türkendrucks in Constantinopel, immer ein Häuflein Griechen-Abkömmlinge gegeben, unter denen Bildung und Kenntnisse traditionell waren, und aus deren Mitte dann und wann große Gelehrte hervorgegangen sind, hellsehende Köpfe, weitleuchtende Lichter, die selbst im Occident die Aufmerksamkeit auf sich zogen. Es haben sogar in der Finsterniß türkischer Oberherrschaft alle Reisende bei der dürftigen Anwohnerschaft der Akropolis einen Nachklang und einen Nachgeschmack des berühmten alten attischen Salzes und Witzes entdeckt.

In neuester Zeit hat sich die ganze Nation, so weit sie frei wurde, wieder dem Studium, der Lern- und Lehrbegierde hingegeben, und Hoch- und Volksschulen, wie ehemals, in ihrem Schooße erzeugt. — In allen Ländern der großen griechisch-illyrischen Halbinsel, selbst wo man noch nicht zu politischer Unabhängigkeit gelangte, üben jene einen mächtigen Einfluß auf die Cultur. Sie verbreiten dort Kenntnisse, und durch sie erhält der Handel der dortigen slavischen Bewohner seinen Schwung.

Auch in Bezug auf die Künste ist in den Volksanlagen die Bildsamkeit nie ganz ausgestorben. Die Neu-Griechen haben auf diesem Gebiete alsbald nach ihrer Freiwerdung sich einigen neuen Ruhm erworben.

Als die geschicktesten Stickerinnen der Türkei waren die Griechinnen stets anerkannt, und als Kunstgärtner weit berühmt ihre Männer, die aus ihren sorgfältig gehaltenen Obstpflanzungen wahre Gärten der Armide zu gestalten und damit mancher orientalischen Stadt schöne Spaziergänge zu verschaffen wußten.

Die aristokratische Kunst des Praxiteles, die einst der Ruhm und das Entzücken der alten Griechen war, ist den Nachkommen nie völlig fremd geworden.

Ein Zweig der Skulptur wenigstens, der in Griechenland stets in Ehren gehalten wurde, ist die Kunst, in Holz zu schneiden. Die Muse der griechischen Malerei hat im Schatten der Kirche zwar nur ein kümmerliches Dasein gefristet. Dennoch aber war sie im Mittelalter begabter, als ihre Schwestern in allen übrigen Landen der Christenheit, und als am Anfange des dreizehnten Jahrhunderts die Franzosen, die Venetianer und die andern das Kreuz führenden westlichen Barbaren ein Mal für kurze Zeit das griechische Byzanz eroberten, da fingen sie bald darauf an, mit Farben zu dichten. Die brillanten italiänischen Malerschulen des 14. und 15ten Jahrhunderts, verehren jene griechisch-byzantinische Muse als ihre Mutter. Und jetzt wieder in der Neuzeit, seit dem Freiheitskampfe, werden mehrere griechische Jünger dieser Muse selbst im Auslande mit Ehren genannt. Sogar eine Griechin, die Tochter eines Primaten der Insel Spezzia, Bukuris, hat in Italien für ihre Gemälde Bewunderer gefunden, und in der Musik hat unter andern der Grieche Chalkiopulos Compositionen geliefert, die auf allen griechischen Inseln gesungen werden.

Allerdings jedoch mag man diese Leistungen und Talente der Neu-Griechen in Vergleich mit dem, was ihre Altvorderen uns hinterließen, vorläufig noch als sehr gering bezeichnen und nur als neue Keime betrachten auf dem Boden, auf welchem einst ein so imposanter und so blüthenreicher Garten und Musenhain stand.

Sehr begreiflich ist es daher auch, daß die heutigen Neu-Griechen in ihren Ueberlieferungen von den Verrichtungen ihrer Vorväter, wie von den Thaten eines Titanengeschlechtes reden, und daß sie in ihren Sagen alles Das, was ihnen von diesen überkam, mit den Mythen von den weltstürmenden Cyklopen und Riesen vermischen.

Die Neu-Griechen zeigen auf einem ihrer Vorgebirge das Grabmal eines solchen alt-griechischen Titanen, den sie „Hellenos" nennen. Der Geist dieses Hellenos, ich meine der gewaltige Riesengeist des alten Hellas, — auf den uns hier zum Schlusse die Betrachtung noch ein Mal zurückführt — der so unvergänglicher und ewig jugendlicher Natur zu sein scheint, wie die Götter Griechenlands selber, ist bis jetzt auf Erden noch immer nicht ohnmächtig verweht.

Vielmehr ist er Herkules-Thaten, größer und schöner als Alexander verrichtend, wie ein Held, im Auslande umhergezogen, und hat überall, selbst während sein eigenes Volk schlummerte, die Nationen, wo sie ihm ein Asyl bereiteten, und wo sich ihr Sinn mit dem Seinigen verbündete, erquickt, erfreut, beglückt und gestärkt.

War doch die ganze Blüthe der Weisheit und Cultur der Araber im Mittelalter vorzugsweise aus einer Vermählung mit jenem alten hellenischen Geiste hervorgegangen. Die alten Griechen waren die Lehrer der Araber, welche die Werke derselben in den von ihnen eroberten Provinzen auf dem Wege fanden, sie lasen, in ihre Sprache übersetzten und in ihre Schulen einführten.

Und war doch das Licht, welches damals von dem maurischen Spanien her auf das barbarische Europa fiel, nichts als ein reflectirter und entlehnter Abglanz der hellenischen Sonne.

Wie bei der arabischen Cultur, so war bei der europäischen sogenannten Wiedergeburt der Wissenschaften im 15. Jahrhundert jener ins Ausland vertriebene Titane Hellenos der Geburtshelfer, oder selbst der Erzeuger und Vater.

Denn als die Türken im Jahre 1453 Constantinopel eroberten, und als der flüchtige Grieche Laskaris von dort die Werke des Hesiod, des Euripides, des Sophokles, des Aeschylus, des Aristophanes, des Plato, die das ungelehrte Europa fast nur aus arabischen Uebersetzungen kannte, in der reinen Ursprache nach Italien brachte, woselbst sie bald gedruckt wurden, da entzündete sich endlich auch in Europa ein ganz neues strahlendes und wärmendes Licht.

Die Menschheit, die nun aus dem Urborn des griechischen Gedankens schöpfte, warf das Mittelalter bei Seite, und es begann, abermals mit Beihülfe des Sokrates, des Plato und ihrer Landsleute, diese gebildete, diese sanftere, diese viel christlichere Neuzeit.

Seitdem hat uns jener Geist des Hellenos nicht wieder verlassen. Seitdem sind die Griechen, die das Göttliche im Menschen tiefer, als irgend ein anderes Volk, empfunden und dargestellt haben, in so vielen Dingen wieder ein Muster geworden, und das alt-classische, griechische Wesen ist so sehr mit unserm ganzen Leben verwachsen, „daß es den Anschein hat, als wenn wir es gar nicht entbehren könnten und nur zum Nachtheil für uns entbehren würden."

Wir müßten Gefahr laufen, Rückschritte zu thun, wenn wir mit dem griechischen Alterthume nicht in steter Verbindung blieben. Um von unsern Historikern, denen Thukydides stets ein unerreichtes Vorbild war, um von unsern Philosophen, die von Plato und Pythagoras die Impulse zu ihren neuen Ideen und Systemen erhielten, um von unsern Astronomen, für die schon ein Grieche, Aristarch, 300 Jahre vor Christus das copernikanische Sonnensystem, mit der Sonne in der Mitte, als Hypothese hingestellt hatte, um von unsern Naturforschern, die alle ihre Kunde lange und fast ausschließlich aus Aristoteles und Ptolemäus bezogen, und noch jetzt von ihnen Neues und Unbeobachtetes lernen, — um, sage ich, von allen diesen und andern zu geschweigen, steht nicht der Griechen Geist selbst unsern Politikern, unsern Staatslenkern, unsern Parlamentsrednern mit seinen Inspirationen zur Seite, und versichern uns nicht täglich, um ein recht schlagendes Beispiel zu wählen, die besten und allerpraktischesten und mächtigsten dieser Redner, die des britischen Parlaments, daß sie im Bade der griechischen Hippokrene erstarkten, und im Streite für Freiheit und Recht kampflustiger wurden?

Doch die größten Wunder hat der wandernde und rastlos Thaten verrichtende Hellenos, dieser ewige Grieche, dieser himmlisch strahlende Bruder des finsteren Ahasverus, des ewigen Juden, dieser stets reichen Samen und Segen ausstreuende Lebenswecker für die Neubelebung der Künste bereitet.

Ja, in dieser Beziehung, auf diesem ihnen so ganz eigenen Felde, sind die alten Hellenen fast noch großartiger, aber leider auch noch unerreichter geblieben, als auf irgend einem andern. Sie haben in Wort und Farbe, mit Pinsel und Meißel eine solche Fülle schöner Werke erzeugt, daß, wenn wir sie alle besäßen, wir unsern ganzen Welttheil damit schmücken und reichlich befruchten könnten. Was ihr Pinsel schuf, was ihre Lyra melodisch gestaltete, ist fast Alles verblichen und verhallt, und selbst von ihren steinernen und ehernen Werken sind uns nur wenige Brocken, Säulenknäufe und Torsos geblieben.

Und dennoch spricht aus diesen Trümmern ihrer Schöpfungen eine so vollendete Schönheit, ein so mächtiger Geist, daß fast jede Entdeckung und Ausgrabung eines solchen Brockens, eines einzigen Torso's, einer Venus von Milos, eines Apollo von Belvedere, oder eines Laokoon jedes Mal eine ergreifende Sensation in der ganzen gebildeten Welt bewirkt, ja, man könnte fast sagen, einen Abschnitt, eine Epoche in unserer Kunstentwicklung bezeichnet oder gemacht hat.

Die gesammte und so erfreuliche neueste Blüthe europäischer Kunst ist in der Wurzel eben so, wie die macedonische, die römische und arabische Geistesblüthe, wie auch jene italiänischen Malerschulen des dreizehnten Jahrhunderts, wie die Wiedergeburt der Wissenschaften im funfzehnten Jahrhunderte es gewesen sind, weiter nichts, als abermals ein Produkt des aus seinen Gräbern gestiegenen Geistes der Hellenen.

In der That, die Größe der Leistungen dieser Griechen muß uns wahrhaft in Erstaunen setzen, wenn wir die Summe dessen betrachten, was sie insgesammt zur Ausbildung des Menschengeschlechts beigetragen haben, und unsere Bewunderung wird um so größer, wenn wir erwägen, wie sie selber dabei von außen zwar einige, aber doch im Ganzen so wenige Hülfe hatten, wie sie vielmehr, da sie die Helfer und Retter von uns Allen wurden, fast Alles ursprünglich aus sich selber, aus ihrer eigenen Seele schöpften und alsbald rasch und energisch, den ganzen Olymp gleichsam im Sturmschritt erobernd, bis zur höchsten Vollendung brachten.

In Wahrheit mögen wir es aussprechen, während wir zum Schluß unserer

Betrachtung noch ein Mal auf jenes kleine Meeresbecken, an dessen Ufern ich dem Leser die Wiege und die alten Sitze der Griechen zeigte, hinblicken: dort am Archipel, da begann unser Europa, da liegen die Wurzeln unserer Bildung, von diesem, ich möchte sagen, heiligen Meere (Agio-Pelagos), wo für uns Geistes-Leben, Freiheit, Sittlichkeit, Wissenschaft und Kunst aufgegangen, sind die Gesäme der Humanität hinausgeweht bis in den äußersten Norden und Westen unseres Welttheiles, und dann weiter hinaus bis über die neue Welt und über unsern ganzen Stern.

Und in neuerer Zeit, in unserm Jahrhundert sind nach einem weiten Umkreise die Manen der Hellenen wieder in ihre Urheimath eingezogen, um von da aus neuerdings, wie einst zu Alexanders Zeiten, auch in den jetzt so verkümmerten Orient leuchtend wieder einzudringen.

Die Südslaven und die Albanesen.

Alle die langgestreckten Uferlandschaften auf der Südseite der mittleren und unteren Donau, ferner das südliche Ungarn, der südwestliche Zipfel von Deutschland, und die nördlicheren und mittleren Provinzen der europäischen Türkei, sind jetzt von einer Reihe von Völkern slavischen Stammes besetzt.

Sie haben das sieggekrönte Vaterland Alexander des Großen (Macedonien), das sangreiche Land des Orpheus (Thracien), die ehemaligen römischen Provinzen, das von steten Truppenmärschen erbebende Mösien, Illyrien, Pannonien und einen Abschnitt des von den letzten Ausläufern der Alpen erfüllten Noricum (Steiermark und Krain) inne.

Sie bilden einen wichtigen Theil der Bevölkerung von Ungarn und Oesterreich und stellen die bei weitem überwiegende Mehrzahl der europäischen Unterthanen des türkischen Sultans dar.

Sie formiren eine geschlossene durch keine fremde Nationalität gespaltene compakte Gruppe Slavischer Stämme, die sowohl geographisch durch ihre Nachbarschaft, und ethnographisch durch eine gleichartige Abstammung, als endlich auch historisch durch Gemeinsamkeit der Geschicke mit einander zusammenhangen.

Sie sind dagegen von dem übrigen großen Körper der Slaven durch einen langen Streifen dazwischen geschobener Völker geschieden.

Von den Russen im Osten sind sie durch die Walachen oder Rumänen getrennt, von den Polen und karpathischen Slaven durch die Magyaren oder Ungarn, und von ihren westlichen Brüdern, den Mähren und Tschechen, durch einen breiten Keil der Deutschen Bevölkerung in Oesterreich.

Nicht nur in Bezug auf ihre geographische Stellung sondern auch in Raçe und Naturell bilden sie mit den übrigen Slaven einen ziemlich starken Contrast, obgleich sie sich allerdings den nördlichen Slaven (den Russen) mehr anschließen, als den westlichen (den Polen und Tschechen).

Da sie auf diese Weise in vielen Beziehungen eine vollkommene isolirte Bevölkerung-Masse für sich bilden, so hat man auch eine eigene Bezeichnung für sie zu finden getrachtet.

Weil sie die am weitesten nach Süden vorgeschobenen aller Slaven sind, nennt man sie gewöhnlich die Süd-Slaven.

Doch lassen sich alle Stämme dieser Süd-Slaven nach Dialekt und Volkscharakter in der Hauptsache wieder unter zwei große Namen zusammenfassen. Nämlich unter die der Bulgaren und der Serben.

Der Name Bulgaren bezeichnet die östliche Abtheilung der Süd-Slaven an der untern Donau und am Schwarzen und Aegäischen Meere, mit den Provinzen Mösien, Thracien, Madeconien.

Der der Serben dagegen die westliche Hälfte von der mittleren Donau und am Adriatischen Meere oder die Bewohner der alten illyrischen Lande.

Beide große Abtheilungen der Süd-Slaven, die bulgarische und die serbische, sind sowohl in Bezug auf Volkszahl, als in Bezug auf die Größe des Bodens, über den sie sich ausbreiteten, fast gleich stark.

Es wird ziemlich allgemein angenommen, daß die Hauptmasse dieser südlichen Slaven erst zur Zeit der großen Völkerwanderung, ganz insbesondere im 6ten Jahrhundert, während der Regierung des Kaisers Justinian, in ihre jetzigen Sitze einzogen.

Und für eben so ausgemacht hält man es, daß sie hier großen Theils ganz andere, ihnen fremdartige Bewohner, die Nachkommen der alten „Thracier", „Macedonier", „Illyrier" vorherrschend fanden.

Eine andere Frage, über welche die Stimmen nicht so einig sind, ist es aber, ob nicht doch einige Slavenstämme schon längst und von uralten Zeiten her in den Gebirgen des Hämus, des Rhodope, am macedonischen Strymon, an der thracischen Maritza und in dem illyrischen Gebirgslabyrinthe mitten unter jenen Ureinwohnern hausten.

Mehrere uralte schon von den Hellenen dort genannte Namen von Bergen, Städten und Flüssen, die ganz slavischen Ursprungs sind, scheinen dies anzudeuten.

Eben so weisen die jetzigen Sitten, Gebräuche und die Lebensweise dieser Slaven darauf hin. Vieles darin stimmt vollkommen mit dem überein, was die Alten von ihren nördlichen Nachbarn, jenen „Thraciern" und „Illyrern" berichten.

Man kann es kaum glauben, daß ein ganz fremdartiges, völlig neues und aus fernen Gegenden frisch eingewandertes Volk sich mit Beibehaltung seiner Sprache so völlig in die Lebensweise und Sitte des Landes hinüber- und eingelebt habe. Es dürfte wahrscheinlicher sein, sich vorzustellen, daß die sogenannte Einwanderung der Slaven im 6ten Jahrhundert nichts vollkommen Neues in's Land brachte, daß sie daselbst vielmehr schon homogene verbrüderte, aber unterdrückte Bevölkerungsbestandtheile vorfand, diese nur stärkte und unter der vorherrschenden Masse der nicht Slavischen Thracischen und Illyrischen Völker zur Geltung brachte.

Wie immerhin wir uns das so plötzliche und gewaltige Hervortreten der Süd-Slaven in den Ländern im Süden der Donau zu denken haben, sei es als den Einbruch eines völlig neuen Elements, sei es als eine innere, von außen her verstärkte Ausfluthung aus längst existirenden Quellen, so viel ist gewiß, daß bei dieser Slavenfluth andere eben so lange existirende Völker, decimirt, strichweise vernichtet wurden, in der mächtigen Slavenmasse zerschmolzen, oder in die Gebirge getrieben und auf ein engeres Gebiet beschränkt wurden.

Von diesen ehemals entweder einzigen oder wenigstens dominirenden Urbewohnern der griechisch-türkischen Halbinsel haben wir jetzt nur noch in dem alten Epirus einen bedeutenden Rest: das Volk der sogenannten Arnauten oder Albanesen. Da ihre Geschichte und Geographie dem Gesagten zufolge mit der der „südlichen Slaven" innig verflochten ist, so können wir ihre Schilderung am bequemsten gleich mit der dieser ihrer Nachbarn und National-Feinde verknüpfen.

Und diesem nach werde ich Alles, was ich in diesem Abschnitt über die Süd-Slaven vorzutragen habe, unter folgende drei Haupt-Abtheilungen gruppiren:

1) Die Bulgaren.
2) Die Serben.
3) Die Albanesen oder Arnauten.

Bulgaren.

Von allen südlichen Slaven sind die sogenannten Bulgaren die am weitesten verbreiteten.

Ihre Anzahl beläuft sich wohl auf 5 Millionen, und sie bewohnen jetzt, als Grundbevölkerung, fast das ganze alte Macedonien, den größten Theil von Thracien oder Rumilien, und die alte Donau-Provinz Mösien, die jetzt ausschließlich Bulgarien genannt wird.

Nach dem, was ich sagte, ist es möglich, daß in diesen Gegenden slavische Stämme schon seit urältesten Zeiten gesessen haben, ohne sich indessen besonders hervorzuthun. Erst nach der großen Völkerwanderung, seit dem 5ten Jahrhundert, regten sie sich, und da viele ihrer slavischen Stammesgenossen aus dem Norden zu ihnen stießen, so wurden sie unter dem Namen „Sklabänen", „Slaven" oder „Anten" den Ost-Römern gefährlich; sie machten im 6ten Jahrhundert verheerende Einfälle in's byzantinische Reich, auf denen sie sogar bis nach Athen und in den Peloponnes herabkamen.

Diese „Sklabänen" kamen über die Donau-Mündungen aus dem weiten Gebiete der Russen herbei, und so erscheinen denn auch noch heutiges Tages ihre Nachkommen in Sprache, Wesen und Sitte als wahre Zwillingsbrüder der Russen und namentlich der Kleinrussen aus der Gegend von Kiew und der Ukraine.

Der Name Bulgaren war anfänglich unter ihnen unbekannt.

Wie häufig alle andere Slavenstämme, so fielen auch die Slaven des Balkans sehr bald unter die Herrschaft eines anderen kräftigen Volkes. Es waren die finnisch-tatarischen Bulgaren, die am Ende des 7ten Jahrhunderts vom Ural und der Wolga her den Slaven folgten, wie sie über die Donau gingen, und daselbst am Fuße des Balkan in ähnlicher Weise ein großes Reich stifteten, wie etwas später ihre Brüder, die Magyaren es in Ungarn thaten. — Ihr Name Bulgaren soll vom Namen des großen Flusses Wolga abstammen und so viel als Wolgaren, Wolga-Anwohner, bedeuten.

Die größere Masse der Unterthanen dieses Bulgarenreichs bildeten jene Slaven, die Könige und der Adel aber waren finnisch-tatarischen Stammes.

Unter der Anführung der fremden Herrscher, in deren Heeren sie die gemeinen Soldaten abgaben, haben die Balkan-Slaven fast alle Urbewohner macedonischen und thracischen Stammes in jenen Gegenden vernichtet oder in sich aufgenommen und sich überall bis nach Thessalien hin an deren Stelle gesetzt.

Das Reich der Bulgaren, die vierhundert Jahre lang mit den byzantinischen Kaisern fast ununterbrochen blutige Kämpfe führten, umfaßte zur Zeit seiner größesten Ausdehnung nicht nur die obengenannten Provinzen im Süden der Donau sondern auch das alte Dacien (Siebenbürgen) und einen großen Theil von Ungarn, welches letztere sie aber bald an die Magyaren verloren. Wie Siebenbürgen an die Magyaren, so fielen die südlichen Provinzen Macedonien und Thracien zuweilen an die byzantinischen Kaiser, wenn sie sich einmal ermannten, zurück, ohne daß dabei jedoch die eingedrungene fremde Bevölkerung ausgerottet wurde. Am dauerndsten behaupteten sich die bulgarischen Könige in der Donau-Provinz Mösien, wo sie in ihrer Königstadt Tirnowo, dem Moskau der Bulgaren, residirten. Daher ist diesem Striche bis auf den heutigen Tag vorzugsweise der Name Bulgarien geblieben.

Die finnisch-tatarischen Bulgaren am Balkan haben ein anderes Schicksal gehabt, als ihre in Ungarn einrückenden Brüder, die Magyaren.

Während diese sich mitten unter Slaven bis auf unsere Zeit herab als ein eigenthümliches Volk erhalten haben, gingen die Bulgaren nach und nach in der Masse ihrer slavischen Unterthanen auf. Sie nahmen die Sprache, die Lebensweise und auch die griechisch-christliche Religion der Slaven an und verwandelten sich in Slaven.

Dies geschah während des 8ten und 9ten Jahrhunderts.

Nichts blieb von ihnen, als der Tatarische Name „Bulgaren", den alle die einst dem großen Reiche ihres Chans im Süden der Donau unterworfenen Slavenstämme als ihren allgemeinen National-Namen adoptirt haben, in ähnlicher Weise, wie die alten Gallier den germanischen Namen der Franzosen von ihren in ihrer Nationalität aufgegangenen Gebietern, den Franken, annahmen.

Seit dem 10ten Jahrhundert erinnert bei den Bulgaren nur noch Weniges an die Finnen und Tataren. Sie erscheinen vielmehr in Sitte und Wesen als ziemlich entschiedene Slaven. Ihre Sprache zeigt nur noch im Bau und der Syntax einige tatarische Spuren. Auch scheerten sie sich wie die Tataren den Kopf und ließen, wie diese, nur auf dem Scheitel einen langen Haarbüschel stehen. Die bulgarischen Slaven rühmen sich unter allen Slaven die ersten gewesen zu sein, welche das Christenthum annahmen, eine Schriftsprache und eine Literatur entwickelten. Ohne Zweifel ward ihnen dieser Vorzug in Folge der Nachbarschaft ihrer Wohnsitze bei der alten Cultur-Stadt Constantinopel. Die Bibel wurde zuerst unter allen slavischen Dialecten in das Bulgarische übersetzt. Das Altbulgarische, von dem indeß das jetzige Neubulgarische etwas abweicht, hatte die Ehre, die heilige Kirchensprache der Russen und aller anderen nichtkatholischen Slaven zu werden.

Es scheint aber, daß mit der Auflösung des kräftigen fremden tatarisch-finnischen Elements, mit der Slavisirung des bulgarischen Adels und der Könige und mit der Annahme des Christenthums, auch die wilde Energie des Volkes schwand.

Zwar bestand noch das alte bulgarische Königreich zu Tirnowo in Mösien innerhalb beschränkter Grenzen einige Jahrhunderte lang fort, führte auch noch manche Kriege mit den Byzantinern mit den Serben und anderen Nachbarn.

Doch war die Mehrzahl der slavischen Bulgaren meistens diesen Nachbarn unterworfen und wurde endlich auch seit dem 15ten Jahrhundert eine leichte Beute der osmanischen Türken. Von allen Europäern haben die Bulgaren das Türkenjoch am längsten getragen, und sie sind seit dieser Zeit die verhältnißmäßig friedlichsten, treuesten oder doch geduldigsten Unterthanen der Türken gewesen, denen sie nie so viel Noth bereitet haben, wie ihre Brüder, die kecken Serben, und ihre Nachbarn, die tapferen Albanesen.

Sie sind in eine viel vollständigere Abhängigkeit von den Türken gerathen, als jene. Es giebt unter ihnen keine solche unabhängigen Berg-Republiken, wie es die Montenegriner unter den Serben, wie es die sogenannten Mirditen (d. h. die tapferen Männer) und andere unter den Albanesen sind.

Alle Bulgaren sind unter sogenannte Spahiliks, das heißt Lehngüter, vertheilt, und sie frohnen und zollen dem Spahi, d. h. dem Lehnsherrn, der immer ein Türke ist, — wie die russischen Leibeigenen ihrem Edelmann.

Sie bilden in allen von ihnen besetzten Landstrichen die eigentlichen Landwirthe und Arbeiter. Alle Bodenkultur und Handarbeit wird von ihnen verrichtet. Der Pflug, das Grabscheit, der Bienenkorb, der Viehstall, der Jahrmarkt, das sind die Dinge, die sie vor Allen lieben. Sie ziehen auch, wie unsere sogenannten Hollandsgänger, in Schaaren zu entfernten Provinzen aus, um dort als Tagelöhner die Saat zu bestellen oder die Ernte einzuheimsen. Sie verbreiten sich wie das befruchtende Gewässer über die von den Türken vernachlässigten Landstriche und schaffen in der Wüste blühende Oasen.

Ganz anders, als die kriegerischen Serben und Albanesen, haben die Bulgaren, seit dem Verschwinden ihrer nicht unglorreichen Vergangenheit, d. h. seit mehr als 500 Jahren, das mörderische Kriegsgetümmel über ihren Rücken geduldig hin und her rollen lassen, ohne daran viel activen Antheil zu nehmen.

Sie fürchten Kampf und Krieg, und ihre Soldaten haben selten Heldenthaten verrichtet. Ja der stolze Osmanli hat sie sogar oft verächtlich von seinem Heere, in welchem Bosnier und Albanesen den vornehmsten Platz einnehmen, ausgeschlossen.

Die Bulgaren haben in der Neuzeit nur noch eine Art von Helden gehabt, ihre sogenannten Haiducken, ihre Räuber, die zu allen Zeiten in den Bergen des Balkans zu finden waren und sind, deren Zahl aber in unruhigen Perioden, bei patriotischer Aufregung sich oft zu mächtigen und gefahrdrohenden Schaaren vermehrt hat.

Wenn der Bulgare, die ihm oft von seinen osmanischen Herren zugefügte Unbill nicht mehr zu ertragen vermag, wenn ihm seine Braut entführt, oder sein Grund und Boden geraubt, wenn ihm, wie dem Schweizer Melchthal, von einem brutalen Gewalthaber sein Vater geblendet oder erschlagen wurde, wenn er sich in Verschwörungen zur Befreiung des Vaterlandes eingelassen hat, oder sonst mit dem Gesetze seiner Gebieter zerfallen ist, dann spricht er: „ich mache mich zum Haiducken", d. h. er geht in die öden und entlegenen Theile des Balkan, und führt dort mit Gleichgesinnten, den türkischen Behörden trotzend, ein wildes, freies Räuberleben. Aus dem Schooße dieser patriotischen und rebellischen Haiducken-Genossenschaften sind zuweilen, wenn sie um sich griffen, wenn sie Zugang aus einflußreichen Familien bekamen, große Erschütterungen des Landes hervorgegangen.

Sowohl unter tatarischer, byzantinischer, als unter türkischer Hoheit, unter dem härtesten Drucke und unter hundertjährigen Drangsalen haben die Bulgaren sich ihre angestammten Sitten, ihren slavischen Nationalcharakter und ihre Sprache bewahrt.

Sie sind, wie ich sagte, ein zwar friedliches, aber zähes Volk, geduldig, aber ausdauernd, geschmeidig aber arbeitsam. Ueberall, wohin sie gekommen sind, z. B. auch im südlichen Rußland, das seit Catharina's Zeiten viele Tausende bulgarischer Auswanderer empfing, genießen sie des Rufes als fleißige und industriöse Bodenbebauer und als sparsame Hauswirthe, die sich zuweilen selbst nicht weniger mit Arbeit plagen, als der deutsche Colonist.

Dort in Rußland kann man am besten wahrnehmen, wie sehr sie einerseits in Sprache und Wesen den Russen gleichen, wenn sie auch sonst in politischer Beziehung nicht immer mit dem großen Zaaren sympathisiren.

Die Wohnsitze, die Dörfer und Häuser, welche die Bulgaren auf beiden Abhängen des mit Wäldern verwilderter Kirsch- und Pflaumenbäume bedeckten Balkan, und des alten Rhodope-Gebirges, ja in allen Bergen und Thälern bis an den Fuß des Olympus, bis an die Grenze von

Thessalien gebaut haben, gleichen in hohem Grade denen der Kleinrussen und Kosacken im südlichen Rußland.

Wie dort sind die Wohnungen halb in die Erde hineingegraben und bestehen im übrigen aus Lehm, Schilf und Flechtwerk. Wie der Kosack, flicht der bulgarische Hauswirth eine besondere Behausung für seine Pferdchen, eine andere für die Ochsen, eine andere für die Schafe, oder Ziegen, oder Hühner oder Hunde. Und das Ganze eines solchen bulgarischen Bauern-Gehöftes steht — gleich denen der Kosacken — aus, wie eine bunte Sammlung von großen Körben aus Weidenzweigen von verschiedener Größe und Gestalt.

In dem Innern dieser Wohn- und Wirthschaftskörbe ist übrigens nach ihrer Weise alles zuweilen ganz schmuck und ordentlich gehalten, wie sie denn auch auf ihrem Acker und in ihrem Gärtchen jedes Plätzchen benutzen, bebauen, und jedes Fleckchen mit irgend einer fruchtbringenden Pflanze versehen.

Wie die Russen und wie fast alle Slaven, suchen auch die Bulgaren durch Gesang ihr vielfach getrübtes Dasein zu erleichtern. Früh, wenn sie ausgehen, und Abends, wenn sie in Prozessionen vom Felde heimkehren, singen die Männer und Weiber ihre melancholischen, eintönigen Lieder, die weit über das Gefilde hinmurmeln, und oft auch noch die Nächte mit schwermüthigem Getöse erfüllen.

Auch an der Spitze ihrer Heerden, die ihren Melodien folgen, ziehen sie mit Gesang aus. Das Instrument, mit dem sie ihre Lieder begleiten, scheint ein Abbild der Flöte zu sein, auf welchem die Hirten des Theokrit bliesen. Die alte griechische Doppel-Tibie ist bei den Bulgaren, wie überhaupt auch bei allen diesen südlichen Slaven, noch von derselben antiken Gestalt. Man erlebt im Innern der von ihnen bewohnten Thäler, Fluren und Gehügel, Momente und Scenen, die an das Leben der Schäfer und Schäferinnen Arkadiens erinnern.

Doch ist unter ihren antiken, noch bis jetzt erhaltenen Sitten eine der bewundernswürdigsten, die sogenannte „Probatimstwo" (die Verbrüderung). Wie die alten Thracier, bei denen schon die Griechen diese Gewohnheit fanden, und von denen die Bulgaren sie vermuthlich erbten, nehmen sie häufig eine geliebte Person an Bruder- oder Schwesterstatt an. Ein Priester segnet ein solches Bündniß, wie die Ehe, ein. Den beiden liebenden Freunden wird dabei über dem Grabe ihrer Eltern ein Kranz auf's Haupt gesetzt. Sie geben sich dann den Brüderkuß und sind nun als „Pobratim" (Bundesbrüder) für das ganze Leben in Glück und Trübsal aneinander gekettet. Zuweilen verbinden sich auf dieselbe Weise auch ganze Familien. Indeß ist diese idealisch schöne Sitte nicht blos ausschließlich bulgarisch. Man findet sie auch bei anderen Südslaven.

Die bulgarischen Frauen gehören zu den schönsten der Türkei. Es sind hohe, wohlgebildete, kräftige und doch äußerst zart geformte Gestalten, die man oft, wenn sie mit wallendem Haupt-Haar, mit frischen Blumen geschmückt, vorüberschweben, mit Bewunderung in diesem Barbarenlande erblickt.

Mehr als ein Mal, wenn von einem Osmanli eine solche bulgarische Helena entführt wurde, ist das ganze Land in Aufregung gerathen, wie einst Griechenland bei dem Raube der Gattin des Menelaus, und es haben sich Ereignisse daraus entwickelt, die man für eine Wiederholung des Trojanisches Krieges im Kleinen halten könnte.

Die Mythe von Orpheus, der 1250 Jahre vor Christi Geburt die Thiere des Waldes bezauberte, und andere solche poetische Sagen, welche die Griechen bei den alten Thraciern schöpften, kann man auch unter den heutigen Bulgaren wiederfinden, und zu solchen idyllischen Genrebildern, wie sie Homer und Theokrit uns entwerfen, hätten bulgarische Dorfscenen Veranlassung geben können, wie die Alltagsereignisse im Lande der Prinzessin Nausicaa oder unter den sikelischen Hirten.

Ein deutscher Gelehrter hat bekanntlich unsere Philhellenen dadurch auf eine grausame Weise aus dem Traume geweckt, daß er ihnen zu beweisen suchte, die jetzigen Griechen seien durchaus keine Nachkommen der alten Hellenen, sondern in der Hauptsache nur Slaven.

Wenn man aber im slavischen Bulgarien Dinge, wie die obigen betrachtet, sollte man fast umgekehrt glauben, daß sogar diese anderen genannten Slaven noch dieselben antiken und unveränderten Zeitgenossen des Homers seien. Es scheint fast, als habe dieser alte Sänger dieselben Leute nur unter anderem Namen vor sich gehabt. Mag dieß auch nur ein Schein sein, so ist doch in Thracien wie überhaupt vielleicht in jeder andern Erdregion, ein gewisser Geist, nicht ein Volks-, sondern ein Landes-Geist zu Hause, der sich daselbst so einheimisch gemacht hat, daß er alle die Raçen, welche in seine Heimath einziehen, ergreift und bewältigt.

Auch in den großen Städten, welche sie im Lande vorfanden, in Sophia, Varna, Philippopolis rc. sind die Bulgaren eingedrungen, obgleich sie darin nicht so vorherrschend wurden, wie auf dem Flachlande, wo sie Alles überschwemmten.

Keine dieser Städte haben sie selber gebaut. Es sind uralte griechische und römische Stiftungen, die in der allgemeinen Slavenfluth wie stehengebliebene Bäume hervorragen, und in denen als Kern noch jetzt griechische Bürger, und neben ihnen Juden und Armenier, und als Haupt über alle ein türkischer Pascha mit seinen Spahis und Trabanten, hausen.

Selbst in den Städten, welche, wie Adrianopel und Gallipoli, schon ganz im griechischen Bevölkerungsgebiete liegen, sind die Marktkrämer, die Handlanger und die kleinen Leute Bulgaren. Und sogar Constantinopel hat eine sehr bedeutende slavisch-bulgarische Bevölkerung.

Hier in Constantinopel war natürlich von jeher, wie für alle Völker der großen Halbinsel, so auch für die Südslaven, ein weites Feld zur Erlangung von Reichthümern, Einfluß und Macht. Viele Slaven wurden hier zum Islam bekehrt, und stiegen dann oft als Renegaten zu hohen Würden auf. Einige der in der Geschichte der Osmanen ausgezeichnetsten Minister oder Großvezire waren slavischen Ursprungs, so z. B. Chosrew-Pascha unter Murad IV., so auch der gewaltige Mehemed Sokoli, der als armer bulgarischer Sklave nach Stambul geschleppt und dann in den Dienst des Staates gezogen wurde, dessen Stütze er werden sollte.

Ja schon in der Zeit der byzantinischen Kaiser haben sich nicht selten solche Slaven von Sklaven oder gemeinen Soldaten zu gekrönten Souveränen aufgeschwungen.

Mehr als ein berühmter oströmischer Kaiser war von slavisch-bulgarischem Blute. Auch Belisar, der gefeierte Held und Feldherr Justinians, war der Geburt und dem Namen nach ein ächter Slave. Noch jetzt würde in Rußland jeder Bauer das Wort Belisar (Beloi Zar, der weiße Fürst) zu deuten wissen.

Wie nach Rußland, so sind auch viele Bulgaren bei verschiedenen Gelegenheiten nach Ungarn ausgewandert, und endlich sind von Constantinopel aus die Bulgaren auch zuweilen zu Hunderttausenden nach Kleinasien verpflanzt worden. Doch haben wir ihre dortigen Schicksale hier in einer Uebersicht Europa's nicht zu verfolgen. —

Die Serben.

Merklich verschieden in Geist und und Wesen von den Bulgaren sind ihre Brüder und Nachbarn im Westen, die Slaven, serbischen Stammes, welche man die Illyro-Serben oder die illyrischen Slaven zu nennen pflegt.

Dieselben haben unter sich im Gegensatz zu den geduldigen, friedlichen, arbeitsamen Bulgaren einige der kriegerischesten und unternehmungslustigsten Stämme des türkischen Reiches entwickelt, die zugleich die schlechtesten Bodenbebauer und Gärtner desselben sind. —

Aus den Slaven dieses Stammes gingen zuerst die Bewohner des Fürstenthums Serbien hervor, die in der Neuzeit durch eine Reihe blutiger Kämpfe ihre Unabhängigkeit errungen haben, — die tapferen Bosniaken, die einst die besten Rekruten für das Janitscharencorps lieferten, — die ungebeugten Montenegriner, ein Häuflein von Bergbewohnern, die von jeher der Macht der Osmanlis Trotz boten.

Auch die Morlaken und Dalmatier, welche zuweilen als Seeräuber der Schrecken des adriatischen Meeres und gewöhnlich auch die besten Matrosen der Dogen von Venedig gewesen sind, gehören diesem kernvollen Slavenstamme an, und endlich die Kroaten, deren Regimenter unter ungarischen und österreichischen Fahnen sich in fremden Landen oft so furchtbar gemacht haben.

Der Name „Serben" war einst einer der großen National- und Gesammt-Namen aller Slaven. Und auch jetzt noch begegnen wir ihm häufig in slavischen Landen. Serben oder Sorben nennen sich auch heute noch unsere Wenden in der Lausitz. Gleich wie bei uns Deutschen der Name „Allemannen", der bei den Franzosen noch jetzt unser Gesammtname ist, ist er nur einer Unterabtheilung der Slaven eigen geblieben.

Die Ursitze der Serben und der ihnen von jeher verbrüderten und benachbarten Kroaten sollen am Nordfuße der Karpathen in dem jetzigen Königreiche Galizien gewesen sein, und sie sollen von den dortigen Ruthenen oder Kleinrussen abstammen.

Noch jetzt weist auf jene nördlichen Gegenden ihre Sprache hin, die der der Ruthenen nahe verwandt ist. Auch die zahlreichen finnischen und lithauischen Ausdrücke, die sich in der serbischen Sprache erhalten haben, beweisen, daß sie vom Norden der Karpathen, aus der Nachbarschaft der lithauischen und finnischen Bevölkerung herkamen.

Sie sollen in ihre jetzigen Sitze, in die ehemalige große römische Provinz Illyrien, am Anfange des 7. Jahrhunderts, als damals dort die finnisch-tatarischen Avaren herrschten, eingerückt sein. Die Serben vernichteten in diesen Gegenden die Herrschaft der Avaren und die ihnen unterworfene Urbevölkerung, und slavisirten das ganze Land. Hier und da glaubt man jedoch unter ihnen z. B. in den Sitten und im Aussehen der serbischen Morlaken Dalmatiens noch jetzt Spuren der tatarischen Avaren zu erkennen.

Von der Donau und den Gebirgen Illyriens aus, wohin sie zuerst kamen, drangen diese serbischen Slaven bis zum adriatischen Meere in die Gegend von Venedig vor, und wuchsen dann längs der Drau und Sau, bis an die Grenzen von Tyrol, Salzburg und Ober-Oesterreich in alle die östlichen Alpenthäler hinauf.

Sie verbreiteten sich also von der nördlichen Grenze Macedoniens und Albaniens bis in Deutschland hinein, durch ein langgestrecktes Gebiet, das fast so groß ist, wie das Königreich Preußen, und in welchem sich noch jetzt etwa 6 oder 7 Millionen dieser Slaven vorfinden.

Kein anderes slavisches Volk ist in so viele kleine Unterabtheilungen, Nebenstämme und Dialekte zersplittert und so bunten Schicksalen anheimgefallen, wie das illyrische oder serbische, und es begegnen uns auf ihrem weiten Gebiete eine Menge verschiedener Volks- und Provinz-Namen. Ihnen allen ist eine merkwürdig zähe und mannigfaltig gegliederte Familien- und Stammverfassung eigen. Wenn ihre Töchter sich verheirathen, so ziehen, nach einer alten, bei ihnen herrschenden Sitte, die Schwiegersöhne und auch die Söhne mit ihren Frauen womöglich unter dasselbe Dach in verschiedene Stübchen vertheilt. Geht dies nicht mehr an, so siedeln sie sich wenigstens um das Haus des Familienvaters herum an. Breitet sich das Geschlecht noch weiter aus, so nimmt es die Aecker in der Nähe des alten Stammsitzes in Besitz, dessen Aeltester das Haupt des ganzen Geschlechts bleibt.

So bildet bei ihnen gewöhnlich jedes Dorf eine einzige sich selbst regierende Familie, die mit der übrigen Welt und mit den Reichsbehörden nur durch ihren Geronten, ihren Alten, ihr patriarchalisches Oberhaupt, in Beziehung steht. Auch die größeren politischen Abtheilungen und Districte fallen gewöhnlich mit Geschlechterverbindungen und Blutsgenossenschaften zusammen. Jedes Dorf, jeder District, hat gemeinsame Blutrache und gemeinsames Eigenthum. Fast jede Familie, jeder Stamm hat sein Flußthal, seinen Bergkessel, seine abgeschlossene Hochebene für sich. In entlegenen und versteckten Winkeln des Landes haben diese Geschlechter oft seit alten Zeiten, den Römern, Byzantinern und Türken getrotzt und haben sich als freie Männer ihre Unabhängigkeit gewahrt. Wie tief das Sippschaftswesen in der Natur dieser Völker steckt, mag man daraus entnehmen, daß bei denen, welche die See befahren, sogar jedes von ihnen bemannte Schiff, so zu sagen, eine fahrende Sippe, ein schwimmender Clan ist. Vom Capitain bis zum Schiffsjungen herab, besteht die ganze Mannschaft aus vornehmen oder armen Vettern.

Aus diesen Verhältnissen und Tendenzen, sage ich, mögen die zahllosen Stamm- und Volksnamen der illyro-serbischen Slaven hervorgegangen sein.

Doch mag man, um in dem daraus entstandenen Namen-Wirrwarr einen Ueberblick zu gewinnen, folgende Haupt-Gruppen annehmen: 1) Die Serben im engeren Sinne, zu denen die Slavonier, die Bosnier, die Montenegriner, die Dalmatier und die Unterthanen des jetzt sogenannten Fürstenthumes Serbien zu zählen sind; 2) die Kroaten in der Türkei und Oesterreich; 3) die sogenannten Slovenen oder Wenden in Istrien, Steiermark und Krain. Verschiedene Umstände beweisen, daß sie allesammt einer einzigen großen Abtheilung der Slaven angehören, die sowohl in sich gleichartig, als auch von den andern großen Slaven-Zweigen, den Bulgaren im Osten und den Czechen und Polen im Norden, sehr verschieden sind. Auch ist es kein Zweifel, daß alle die genannten Stämme dieser Abtheilung unter einander sympathisiren und sich selber zusammengenommen als eine große Nation betrachten. Selbst der gebildete österreichische Officier, der an der Drau unter deutscher Herrschaft geboren und erzogen ist, begrüßt die halbwilden Montenegriner, wenn er zu ihnen in ihre Felsennester kommt, als seine Brüder und fühlt bei ihren patriotischen Gesängen sein Herz gehoben.

Von jenen drei Abtheilungen der slavischen Illyrier haben sich von jeher die erstgenannten, die Serbier im engeren Sinne, als ein lebhaftes, tapferes, poetisches und freiheitliebendes Volk am meisten hervorgethan. Sie besetzten die Länder der Dardaner, Triballer und anderer wegen ihres unbändigen Sinnes im Alterthume viel genannten Völker, und erbten etwas von den Sitten und dem Geiste derselben, wo sie nicht gar schon mit ihnen von Haus aus verwandt waren.

Der berühmte Name der Triballer und der nicht weniger weltbekannte der Dalmatier blieb auch unter diesen Slaven bestehen. —

Die ganze Gegend, welche sie bewohnen, von der Donau bis zum adriatischen Meere ist mit wilden und schroffen Gebirgen und den schönsten, an mannigfaltigen Bäumen reichen Urwäldern erfüllt, in denen noch jetzt Wölfe, Bären und andere wilde Thiere hausen.

Zwischen den von Kastanien-Wäldern umkränzten Höhen, in der Sprache des Landes „Planina" (so viel als Alpen) genannt, liegen hie und da lieblich bewässerte, grüne, fruchtbare Thal- und Wiesenkessel oder Campagnen, in der Sprache des Landes „Livada" genannt.

Diese beiden Worte „Planina" und „Livada", die dem Reisenden überall wiederkehren, bezeichnen erschöpfend den Charakter der von den serbischen Stämmen bewohnten Gefilde.

Gleich den alten Triballern und Dardanern, stiegen die Serbier in früheren Zeiten von ihren Bergen herunter und machten, wie die Bulgaren, verwüstende Züge nach dem Süden bis zum Peloponnes hinab. Die ersten Jahrhunderte ihrer Geschichte wurden von ununterbrochenen Kämpfen mit den benachbarten Bulgaren und mit den byzantinischen Kaisern erfüllt, denen sie oft Noth und Gefahr brachten, von denen sie aber zeitweise in Abhängigkeit geriethen.

Die Blüthezeit ihrer Macht fällt in das 14. Jahrhundert. Damals hatten sie die ganze östliche Hälfte Illyrien zu einem Königreiche vereinigt.

Ja für eine kurze Zeit (1336—1356) gehörten zu diesem serbischen Königreiche sogar Macedonien und mehre Provinzen von Griechenland. Dies war unter dem serbischen Kraal (König) Stephan Duschan, der daher auch den pomphaften Titel „Kaiser des Morgenlandes" annahm.

Aber von diesem Gipfel ihrer Macht stürzten die Serben alsbald einem jähen Falle entgegen.

Die Türken brachen in Europa ein, schlugen gegen die Serben und die mit ihnen verbündeten Ungarn nnd Wallachen im Jahre 1389 die Schlacht auf dem Amselfelde, einem jener anmuthigsten „Livadas" oder Thalkessel im obern Serbien, der so oft mit Blut gedüngt ist. — Und seitdem waren die Serben die — freilich nie sehr gehorsamen — Unterthanen der Türken.

Noch jetzt ist bei ihnen die Erinnerung an jene Schlacht auf dem Amselfelde, in welcher ihr König, ihr Adel, ihre Geistlichkeit, die Blüthe ihres Volkes, ihr ganzes kaum erstandenes Reich von den Türken vernichtet wurden, wunderbar frisch und gegenwärtig. Es bildet dieses tragische Ereigniß das große National-Unglück des serbischen Stammes. „Ihre ganze volksthümliche Poesie irrte seitdem traurig und klagend um den einstigen Grabhügel des Amselfeldes", so wie umgekehrt die Aufgipflung zu ihrer einigen Macht unter jenem genannten Kaiser Stephan Dusham, den Glanzpunkt bildet, zu dem die Nation getröstet, triumphirend und sehnsüchtig aufblickt, wie zu dem Ziele, nach dem sie wieder hinsteuert.

Bisher aber ist ihnen auf diesem Wege noch weiter nichts gelungen, als die Gründung des kleinen Fürstenthums Serbien in dem Thal-Labyrinthe des Flusses Morawa und die Erstehung jenes merkwürdigen kleinen Räuberstaates auf den unzugänglichen düsteren Felsengipfeln von Tschorna-Gora oder Montenegro (Schwarzenberg), wo ein kriegerischer Bischof in einer aus Despotie und Republikanismus gemischten Regierungsweise eine heldenmüthige Gemeinde lenkt und mit den Seinen ein Leben führt, das fast in allen Einzelheiten schon Homer gekannt und in seinen Schilderungen der räuberischen Phaeaken und ihres Königs besungen zu haben scheint.

Die Serben, als sie nach Illyrien kamen, waren Heiden. Doch wurden sie bald von den Byzantinern, wie fast alle südlichen und östlichen Slaven, getauft und für die griechische Kirche gewonnen.

Die Mehrzahl des Volks hängt diesem Glauben, der sie auch wieder mit ihren Stammesgenossen, den Russen und Bulgaren, verknüpft hat, noch jetzt an.

Nur bei einem Stamme der Serben, den Bosniaken, ist es den Türken gelungen, Anhänger für den Coran zu gewinnen. Die slavischen Bosnier hatten von jeher einen sehr stolzen Adel, und dieser Adel ging bei der türkischen Eroberung zum Islam über, um sich unter der neuen Herrschaft seine Privilegien und seinen Landbesitz zu erhalten. Sein Beispiel wurde von den Zünften und Kaufmannschaften der bosnischen Städte aus demselben Grunde nachgeahmt.

Und so stellen denn zur Betrübniß der serbischen Patrioten die Bosnier mitten in Illyrien einen slavischen Stamm dar, der in allen seinen höhern Schichten, wenn auch nicht türkisirt, doch mohamedanisch und zwar, wie alle Renegaten, besonders fanatisch mohamedanisch geworden ist.

Alle von den türkischen Kaisern in jüngster Zeit beliebten Neuerungen und Reformen sind bei diesen bosnischen Anhängern des Propheten auf den hartnäckigsten Widerstand gestoßen.

Obwohl sie ihre alte slavische Sprache durchaus beibehalten haben, obwohl ihr Mohamedanismus noch mit etwas Christenthum gemischt ist, — die Muselmännischen Edelleute Bosniens feiern noch in ihren Familienkreisen die alten Feste der von ihren christlichen Vorfahren erkorenen Schutzheiligen, ein St. Elias-, ein St. Georgs- und ein St. Peters-Fest, lassen zuweilen vom christlichen Popen an den Gräbern ihrer Väter beten, bezahlen auch noch Messen für ihre kranken Kinder, — obwohl ferner ein eigentlicher Osmane kaum in ihrem Lande zu finden ist, — (die Sultane mußten gewöhnlich eingeborne slavische Edelleute zu Gouverneuren der Provinz machen; war aber der von Stambul gesandte Vezier ein Osmane, so mußte er sich hüthen, seine Citadelle bei Trawnik zu verlassen, und durfte selbst in der Hauptstadt des Landes Bosna Serai nicht länger als drei Tage weilen), — so haben doch diese fanatischen und kriegerischen Bosniaken oft sogar gegen den Sultan selbst im Namen Mohameds und der alten türkischen Institutionen ihre Fahne erhoben.

Man hat sie als die Vendéer der Türkei bezeichnet.

Sie haben von jeher dem Sultan

einige seiner besten Truppen geliefert, und die Janitscharen, welche Sultan Mahmud in den zwanziger Jahren dieses Jahrhunderts mit dem Schwerte und Beile verfolgte und ausrottete, waren zum großen Theile slavische Bosniaken.

Sie sind auch bis auf die neuesten Tage herab mehr als ein Mal gegen ihre christlichen, aber von ihnen verachteten und mit Hochmuth behandelten Stammesbrüder im Fürstenthum Serbien zu Felde gezogen, und haben die vom türkischen Kaiser diesem Reiche zuerkannten Freiheiten zu vernichten gedroht.

Bis zum Adriatischen Meere, zu dem seit alten Zeiten Dalmatien und Liburnien genannten Küstenlande, drangen die genannten serbischen Geschlechter und Stämme vor, und sie haben sogar alle die zahllosen Felseninseln und Klippen, welche längs der langgestreckten Ostseite jenes Meeres liegen, mit ihren Familien besetzt. Dort fanden sie eine Reihe alter blühender römischer Handelsstädte: Raustum oder Ragusa, Salona und andere.

Auch in diese Städte, selbst in den alten großen Palast des Kaisers Diocletian, der in seinen verfallenen Mauern eine ganze Gemeinde, die Stadt Spalatro, aufnahm, drangen die serbischen Slaven ein und erfüllten sie sowohl mit ihren Bürger- als Adelsgeschlechtern.

Jene im Mittelalter so blühende und berühmte Republik von Ragusa war eine serbische Commune. Man hat sie das serbische Athen genannt, und die Patricier-Geschlechter derselben suchen noch jetzt die Wurzeln ihrer Stammbäume in den Planinas und Livadas von Bosnien und Serbien.

Von jeher aber war diese längs des Adriatischen Meeres hingestreckte Küste den Einflüssen Italiens ausgesetzt. Zur Römerzeit waltete hier natürlich römische Sprache und Sitte vor. Seit dem 10. Jahrhundert bis auf die Neuzeit stand sie unter der Oberhoheit des Dogen von Venedig.

Die dortigen Slaven wurden daher ein wenig italiänisirt und mit herbeigezogenen italiänischen Familien gemischt.

Die Gebildeteren unter ihnen sprechen, jetzt unter österreichischer Herrschaft, meistens beide Sprachen, so wohl die italiänische Handels- und Literatur-, als die slavische Bauernsprache.

An diesen Meeresufern setzten sich dann auch die serbischen Bergvölker, wie ich schon andeutete, zu Schiff.

Sie wurden hier so eifrige und geschickte Matrosen, — erst Seeräuber, dann im Dienste der Republiken Venedig und Ragusa Handelsfahrer, — wie es ihre Vorgänger, die bei den Römern berühmten Liburnier gewesen waren. Die Riva dei Schiavoni (das Ufer der Slaven) in Venedig hat von ihnen den Namen.

Auch erscheinen dort diese Slaven noch jetzt wie ehemals im Hafen und auf dem Markte von Venedig, so wie auch noch jetzt die Mehrzahl der Schiffs-Commandeure und Matrosen der österreichischen Kriegsflotte vom Stamme der Küsten-Serben oder wie sich selbst nennen Morlacken (von mora, das Meer) ist.

Manche der serbischen Familien drangen auch in den venetianischen Adel ein und ihre italiänisirten slavischen Namen stehen in dem libro d'oro dieser Republik verzeichnet. Wie unter den Nobilis der Republik, so fanden sich auch unter den Malern der venetianischen Schule manche Künstler slavischer Herkunft. Ich will an den bekannten Nicolo Dalmata (Niklaus den Dalmatier) und Meldullo oder Medola Schiavoni, gewöhnlich nur Schiavone, (der Slave) genannt, erinnern.

Auch verstreuten sich die Serben vom Adriatischen Meere aus sonst noch in viele Theile der Welt. Sie kamen als Matrosen in den Dienst der neapolitanischen Könige, und man findet sie noch jetzt neben den Italiänern in allen Häfen des Mittelländischen Meeres; ja es haben sich von ihnen sogar in Amerika, z. B. in New-Orleans am Mississippi, kleine Colonien gebildet.

Die nordwestlichen Brüder und Nachbarn der eigentlichen Serben, die Kroaten, tauchten noch mehr in die Welt der europäischen Westvölker hinein.

Sie wurden alle, selbst diejenigen, welche in dem sogenannten türkischen Kroatien, dem westlichsten Ende des türkischen Reiches wohnen, für die römisch-katholische Religion gewonnen. Es giebt unter ihnen weder Mohamedaner, noch griechische Christen, oder doch nur sehr wenige.

Auch die Kroaten hatten ein Mal, wie die Serben, eine Zeit der Blüthe, und bildeten im 10. Jahrhundert unter ihren

Nationalfürsten ein eigenes, nicht ganz kleines Königreich.

Doch dauerte diese kroatische Herrlichkeit noch weniger lange, als die der eigentlichen Serben. Schon im Jahre 1091 wurden die Kroaten von den Magyaren überwältigt, und seitdem folgten sie fast immer den Schicksalen dieses Volkes, als ein Anhängsel von Ungarn. Nur eine kleine Partei wurde den Türken unterwürfig und ist es bis heute.

Der Name ihres Königreichs figurirt noch jetzt unter den Titeln des Kaisers von Oesterreich und Königs von Ungarn. Man kann sagen, daß sie die Janitscharen Ungarns und Oesterreichs sind, wie die Bosnier die der Türkei waren.

Kroaten und Serben mochten gleich von vornherein von ihren gebirgigen Stammländern in Illyrien aus nordwärts an der Donau hin und durch die Ebenen Pannoniens sich verbreiten und festsetzen.

Später aber gab es in ihrer unruhigen, von den Türken stets bedrängten und an blutigen Rebellionen reichen Heimath Veranlassung genug zur Auswanderung. Schon im Jahre 1427 trat der Despot von Serbien, Georg Brankowitsch, dem König Sigismund von Ungarn die Hauptstadt von Serbien, das berühmte Weißenburg (Belgrad), ab und erhielt dafür in Ungarn mehrere Landstriche, wohin seine bedrängten Landsleute zu Tausenden auswanderten. Diese Auswanderung wiederholte sich auch bei mehreren folgenden Gelegenheiten, und selbst in den letzten zwei Jahrhunderten sind während des Aufblühens der österreichischen Macht zu wiederholten Malen große Schaaren von Serben, Bosniaken und türkischen Kroaten auf das österreichische Gebiet übergetreten, und wurden dort in den weiten Gebieten des Magyaren=Landes angesiedelt, besonders in denjenigen Gegenden an der südlichen Theiß und Donau, welche unter der türkischen Herrschaft von ihren andern ursprünglichen Bewohnern entblößt waren.

Außerdem aber hat auch selbst in Friedenszeiten eine fortgehende Uebersiedlung aus dem Serbenlande nach Ungarn stattgefunden.

Wir sehen daher nicht nur Slavonien und die österreichische Militärgrenze, sondern auch das sogenannte Banat, die egyptisch fruchtbare Landschaft an der Theiß, und verschiedene andere Striche längs der mittleren Donau mit serbischen Ansiedlungen erfüllt.

Das äußerste etwas größere Colonistenland der Serben liegt an der Donau theils oberhalb, theils unterhalb Pesth.

Ein Kranz kroatischer Dörfer zieht sich längs der Westgrenze Ungarns und am Fuße der steirischen Alpen weit nach Norden hinauf, und die äußersten kroatischen Colonien liegen in einer kleinen Gruppe am Neusiedler=See nicht weit von der deutschen Kaiserstadt Wien beisammen.

Wie am Adriatischen Meere, so haben diese Abkömmlinge des serbischen Stammes auch an der mächtigen Donau sich zu Schiffe gesetzt und sind hier eins der wichtigsten Donau=, Schiffs= und Handelsvölker geworden.

Sie haben fast auf dem ganzen Strome von Pesth bis Belgrad den für Handel und Schifffahrt wenig aufgelegten Magyaren dieses Gewerbe abgenommen. Sie verführen hier weit nach Ungarn hinein die Producte ihres eigenen Vaterlandes, namentlich diejenigen bei den Mohamedanern und Juden so wenig beliebten Thiere, welche den verstorbenen Fürst von Serbien, Milosch, so reich gemacht haben.

Deßgleichen sind sie natürlich die Hauptschiffer auf der Save und Drau. Man nennt die aus Serbien eingewanderten Schiffer und Handelsleute in Ungarn gewöhnlich Razen, so wie ihre großen Donauschiffe „Razinas", nach dem Lande der Raizen oder Raszier, welches der Name einer Provinz von Serbien ist. Aus diesem und anderen serbischen Elementen hat sich nun fast jede der ungarischen Donaustädte eine von serbischen Schiffs= und Arbeitsleuten, Krämern und Handwerkern bewohnte, sogenannte Razen=Stadt angehängt, wie unsere Städte wohl ein Juden=Quartier haben.

Das letzte solcher Razen= oder Serben=Quartiere in nordwestlicher Richtung befindet sich in Wien, so wie das äußerste in umgekehrter oder in südöstlicher Richtung in Constantinopel zu suchen sein dürfte.

Die gesammte slavische Bevölkerung des südlichen Ungarns von Pesth abwärts ist als eine vorwiegend serbische zu betrachten, und ihre Anzahl in Oesterreich mit Einschluß der Slavonier, der Kroaten und der serbischen Bewohner der Militärgrenze und der sogenannten Woiwodina beläuft sich wohl auf nahe an 3½ Millionen.

Die westlichste Partie des großen Stammes der Süd-Slaven bilden die Slowenzen oder Winden, in Kärnthen, Krain und Steiermark.

Obgleich die Geschichte der Einwanderung dieser Winden dunkel ist, so ist doch so viel gewiß, daß ihre Sprache einen Dialekt der serbischen und kroatischen bildet, und daß sie diesem südlichen, nicht aber jenem nördlichen Slavenstamme der Czechen und Polen zugezählt werden müssen.

Dies bestätigt auch der Ton und Charakter ihrer Volks-Poesie, die mit der der Czechen wenig Aehnlichkeit hat. Sie verräth eine ganz andere Ausdrucks- und Anschauungsweise als diese. Sie besitzt, wie die der Serben, etwas Tragisches und Dramatisches. Manches an ihr ist ganz und gar serbisch, besonders in den Liedern, die in das Gebiet der Geschichte und der nationalen Vergangenheit streifen, und die auf Volkssagen schmerzlich verhängnißvollen Inhalts beruhen.

Schon Karl der Große überzog im 9. Jahrhundert diese allzuweit in das germanische Gebiet vorgedrungenen Slaven mit Krieg, unterwarf sie und theilte ihr Land in Grenzmarken; sie sind seitdem fast beständig den Deutschen unterworfen gewesen.

Ihr Adel ging in dem der Deutschen auf und die Bürgerschaften ihrer Städte Gratz, Laibach 2c. haben sich ganz aus deutschen Elementen entwickelt; sie selbst sind nur noch die friedlichen Hirten, Acker- und Weinbauer des Landes.

Jetzt reichen diese westlichsten der Süd-Slaven nur bis an's Venetianische, bis zum Isonzo und der hohen Alpenspitze des Terglon oder Triglowa, eines slavischen Namens, welcher „Dreikopf" bedeutet, und bis über Klagenfurt hinaus.

Anfänglich aber hatten sie sich noch viel weiter vorgedrängt, bis in die Thäler am Groß-Glockner herum und bis nach Tyrol und Ober-Oesterreich hinein.

Allein hier hat der Rückschlag aus Deutschland ihnen die Spitze abgebrochen. In Tyrol, Salzburg, Ober-Oesterreich und den nördlichen Theilen von Steiermark und Kärnthen sind alle slavischen Elemente vom siegenden Deutschthum wieder völlig ausgemerzt.

Wahrscheinlich hat die geographische Stellung sämmtlicher Süd-Slaven, der Umstand, daß sie bis zu der Spitze des Adriatischen Meeres, dieses merkwürdigen historischen und geographischen Wendepunktes in dem Gliederbau Europas, hinaufgeschoben wurden, das meiste dazu beigetragen, daß sie so verschiedenartigen Geschicken anheimfielen.

Wie die Slaven, so strebten auch die Italiäner, die Deutschen, die Ungarn und die Türken zu diesem natürlichen und wichtigen Grenz- und Angelpunkte hin, und die Schwächeren, die von Haus aus schon zersplitterten Slaven, wurden dabei völlig zerrissen und zertreten.

Einige wurden, wie ich sagte, von den Deutschen germanisirt, andere von einem italiänischen Anfluge überzogen.

Einige wurden den Ungarn annectirt und andere mit tatarischen und türkischen Elementen gemischt.

Auch spalteten sie sich, was eine besondere Verschiedenheit und Zwietracht unter ihnen erzeugt hat, in drei Religionen. Einige folgten, wie ich zeigte, dem Islam, andere dem Papste und wieder andere dem griechischen Patriarchen.

Zum Schlusse will ich hier, wie ich schon andeutete, nun noch ein Volk vorführen, welches zwar in Sprache und Abstammung wenig mit den genannten Süd-Slaven gemein hat, dessen Schilderung aber dennoch mit dem ihrigen deßwegen am bequemsten verbunden werden kann, weil es diesen Slaven benachbart, mit ihnen dasselbe Schicksal theilte, weil es wenn auch nicht in seinem Blute, doch in seinen Sitten ihnen sehr ähnelt, und endlich, weil es ein Ueberrest derjenigen weit verbreiteten alten illyrischen Völkerstämme zu sein scheint, die ehemals einen großen Theil der jetzt von den Süd-Slaven bewohnten Ländern anfüllten, und in deren Sitze die Slaven einrückten. Ich meine die ihres kriegerischen Sinnes wegen in aller Welt berühmten Albanesen

9*

oder Arnauten, die sich selber aber Skypetaren (die Felsenkinder) nennen.

Die Albanesen oder die weißen Männer (d. h. im Sinne der Orientalen, welche alles Königliche und Selbstständige weiß nennen: die freien unabhängigen Leute), jetzt etwa anderthalb Millionen Seelen an der Zahl, haben, als alte Ureinwohner die nordwestliche Hälfte der griechischen Halbinsel inne, oder ein Stück des südlichen Illyriens und die alte Landschaft Epirus, die von der nordöstlichen Hälfte (Thessalien und Macedonien) durch die Bergkette des Pindus geschieden wird.

Wie Thessalien zwischen dem Pindus und dem Archipelagus liegt, so erstreckt sich Albanien oder Epirus zwischen dem Pindus und dem Jonischen Meere.

Das Land ist voll von wilden, steinigen und oft mit Schnee bedeckten Gebirgen, dazwischen befinden sich die anmuthigsten und üppigsten mit Orangen, Trauben und Feigenbäumen gefüllten Thäler und einzelne Seebecken; hie und da längs der Felsengräthe die fettesten Weiden und Triften, und höchst fruchtbare, schöne Ebenen, von denen eine am Fuße des Pindus noch jetzt, wie im Alterthume, die elyseischen Gefilde genannt wird.

An einem jener Seen lag der bei den Griechen gepriesene heilige Eichenhain von Dodona.

Doch contrastiren mit diesen kleinen lächelnden Paradiesen auf furchtbare Weise die viel zahlreicheren schreckhaften Landschaftspartien, die finsteren Thalschluchten, die dem Lande, wie Runzeln, eingerissen sind, und in welche die Griechen den Eingang zur Unterwelt, den Erebos und Acheron verlegten, und die unbeschreiblich rauhen, zerfressenen und durchhöhlten Fels-Labyrinthe, von denen eins auch schon im Alterthume mit Fluch belegt war: „infames scopuli Acrokeraunii“, die mit drohenden Klippen in's Adriatische Meer hinausspringen.

Die Stämme, welche diese Bergwildnisse, Thäler und Seeküsten bewohnten, waren von den ältesten Zeiten her ihres wilden Sinnes und ihrer kriegerischen Sitten wegen berühmt.

Der Mirmidone Achilles, der unbändigste der trojanischen Heroen, ging aus der Nachbarschaft dieses Landes hervor. Nach der Zeichnung, die Homer von seiner Kraft und rauhen Tapferkeit giebt, scheint er ein echter Albanese gewesen zu sein.

Zu einer späteren Zeit kam der heldenmüthige König Pyrrhus mit seinen Palikaren von dort nach Italien, die Römer zu erschrecken.

Ein ähnlicher Palikaren-Chef, der vielgepriesene Georg Kastriota oder Skanderbeg, erhob sich aus jenen acherontischen Schluchten, im 15. Jahrhundert, als die Türken dies Bergvolk unterjochen wollten, was ihnen nie völlig gelungen ist.

Und wieder zu unserer Zeit haben wir dort einen dritten Pyrrhus, den furchtbaren Ali Pascha von Janina, aus dem Geschlechte der albanesischen Tokziden, der Macht des Sultans trotzen sehen.

Von Achilles bis auf unsere Tage hat derselbe finstere Geist in diesem von ewigem Waffengerassel erklirrenden Lande, dieser, wie Lord Byron es nennt, „rugged nurse of savage men“, und stets hat dort derselbe uralte Volksstamm, derselbe National-Typus, dieselbe Sprache geherrscht.

Selbst die breite wuchernde Völkerfluth der Slaven, die doch slavisirend bis an den Peloponnes kam, ist bei diesem harten Felsenmänner-Stamme vorübergeschäumt, und hat ihn, wie den alten Wurzelknorren einer einst weit verzweigten Eiche, wie die Trümmer eines großen Hauses, in den Gebirgen sitzen lassen.

In ihrer äußern Erscheinung sind die Arnauten von allen ihren Nachbarn, von den Slaven, den Walachen und den Neu-Griechen sehr verschieden.

Sie sind meistens Leute von hoher Statur und kräftigem nervigen Körperbau, mit langem Halse und hochgewölbter Brust. Ihre Gesichtszüge schon verrathen die kühnen, nie durch Sclaverei gezähmten Männer, die sie sind. Sie zeigen durchaus den Typus der indogermanischen Race, der sie, wie neuerdings ein Gelehrter, (Xylander) auch aus ihrer Sprache nachgewiesen hat, angehören, obgleich dies früher oft bezweifelt worden ist: ovale Gesichter, rothe Wangen, ein frisches, belebtes Auge, einen wohlproportionirten Mund, und tragen große buschige Knebelbärte. Ihre Frauen stehen in schöner und ausdrucksvoller Bildung den Männern nicht nach. Der Wuchs und Gang dieser Amazonen haben etwas Stattliches und Gebietendes, und ihre reiche, geschmackvolle Kleidung trägt nicht wenig dazu bei, ihrer Erscheinung etwas Malerisches und Imponirendes zu verleihen. Es ist dies dieselbe Kleidung, jene aus hundert Ellen weißer Leinwand zusammengefaltete Fustanella, die über die Brust geworfene, knappanliegende, goldgestickte Sjelleck (Weste), die rothe mit wallenden Seiden-Quasten versehene Kopfbedeckung (Fes), die in neuerer Zeit als die neu-griechische in ganz Europa jedem so bekannt und geläufig geworden ist. Sie mag bei den Arnauten uralt und von ihnen auf die Neu-Griechen und Türken vererbt sein.

In ihrem Heimathslande leben sie wie die Serben in zahlreiche Clans und Geschlechter zersplittert, die in nie endender Blutrache unter einander verfeindet sind, und die nur zuweilen, wenn ein mächtiger Feind von außen dräute, als ein einiges Volk sich erhoben. Mehrere von diesen Stämmen, z. B. die herzhaften Chimarioten in den keraunischen Gebirgen, und ihre Nachbarn, die Mirditen (d. h. die Tapferen), haben zu allen Zeiten, gleich den Montenegrinern, ihre Unabhängigkeit von den Türken behauptet. Auch die durch die heldenmüthige Vertheidigung ihres heimathlichen Felsenthales in aller Welt berühmten Sulioten waren ein albanesischer Stamm. Diese nie unterjochten Stämme tragen den stolzen Namen der Armatolen.

Weil sie stets für den Tod bereit sein müssen, entweder ihn zu empfangen oder ihn zu geben, so sind sie für beständig selbst bei ihren friedlichsten Beschäftigungen und Verrichtungen bis an die Zähne bewaffnet, und Ceres schreitet in ihrem Lande mit dem Speere und Schilde der Minerva und selbst Endymion in dem Panzer des Mars einher.

Wie die kaukasischen Völker, hausen diese Leute, die eben so gewandte und unerschrockene Bergkletterer, wie unsere Schweizer und Tyroler Alpenschützen sind, in finstern, höhlenartigen und festungsmäßigen Wohnungen, die eher aus Steinblöcken zusammengeworfen, als gebaut zu sein scheinen, und die statt der Fenster mit Schießscharten versehen sind. — Auch ist ihr Land mit einer Menge kleiner einsamer Wartthürme bedeckt, die auf allen Felsenriffen hervorschauen, und von denen aus, wie von Adlerhorsten, die Insassen jede Bewegung und Regung im Gefilde überwachen.

Auf den Bergen sind sie Schaf- und Ziegenhirten und haben auch vortreffliches Hornvieh. In den Thälern bauen sie Weinreben, Mais und andere Getreidearten. Schweigt hie und da ein Mal in einem Thale oder auf einer Alp das Kriegsgebrüll und rastet die Rache und die sie begleitende Furcht, so kann man zu Zeiten auch in diesem wilden Lande mit Lust die Reize idyllischen Landlebens genießen, zumal wenn die schönen epirotischen Bäuerinnen, mit Mairosen geschmückt, in das Gehölz ziehen, um dort die Hochzeit der Flora und des Frühlings mit Tänzen zu feiern.

Wenn aber der Sultan oder ein Pascha Soldaten bedarf und goldenen Lohn verheißt, so steigen alsdann die arnautischen Bulukbaschis (oder die Stammchefs) von ihren Bergen herunter, werben, jeder nach seinen Kräften und nach der Menge des Handgeldes, das er bieten kann, eine größere oder kleinere Rotte junger Hirtenburschen zusammen und führen diese ihre „Buren“ oder „Pflegekinder“, wie sie sie nennen, außer Landes in den Kampf.

Wem sie sich verkauft haben, gleich viel wer es sei, dem dienen sie mit Tapferkeit und Treue.

Und so findet man denn diese Landsknechte des Ostens unter den Fahnen des Sultans, wie in den Serails von Bagdad und Kairo, in den Hallen der moldauischen Hospodare, auch unter der päpstlichen Leibwache, im königlichen Schlosse zu Neapel, sogar unter den Trabanten der Gebieter von Tunis und Tripolis, wo sie mehr als einmal die Deys entthronten und einsetzten, und endlich auch vor den Palast-Pforten des Kaisers von Marocco.

Von Kindheit auf mit Waffen spielend und mit dem Gebrauch ihrer langen Flinte, des Dolches, des Yatagan und der Pistolen vertraut, sind sie schon ausgebildete Schützen und Fechter, wenn sie ihr Dorf verlassen, und daher überall als Söldlinge willkommen.

Muthig und unter lautem Zuruf, obwohl in ungeordneten Haufen, stürzen sie sich auf den Feind und sind des Sieges gewohnt.

Ihr Kriegesmarsch, Brokovalas genannt, den schon die Gefährten Skanderbegs beim Beginn der Schlacht sangen, und der vielleicht noch aus Königs Pyrrhus Zeiten stammt, soll einen wahrhaft niederschmetternden Eindruck machen und ist oft genug der Schrecken des Orients und Occidents gewesen.

In ihrem eigenen Vaterlande an ein mühseliges Leben und an wenige Bedürfnisse gewöhnt, achten sie die Beschwernisse der Märsche und des Kriegslebens gering. Leicht befriedigt, nüchtern und rührig sind sie auf Reisen mit etwas gekochtem Reis oder Getreide zufrieden

Gesang und Tanz sind ihre Erholungen, und man sieht fast nie eine Truppe albanesischer Soldaten ohne einen Mandolinen-Spieler oder Sänger. Und außerdem haben sie auch noch öfters einen geschickten Erzähler unter sich. Bei außerordentlichen Gelegenheiten und an hohen Feiertagen wird ihnen eine Kotsche, das heißt eine gebratene Ziege, oder ein Schaf aufgetischt, die noch genau so zubereitet und verzehrt werden, wie Homer es in seinen Gesängen geschildert hat. Das heißt das ganze Thier wird in seiner Haut, an einem aus dem Busche geschnittenen Bratspieße gebraten, ungetheilt aufgetragen. Dann zerstückelt es Orpheus (ich meine den Bulukbascha), vertheilt die „dampfenden Stücke" und das „blühende Fett" je nach Würden an die herumsitzenden „Buren". Diese spießen es mit ihren Dolchen und verzehren es mit ungezwungener Fröhlichkeit.

Uebrigens ist die Kriegerkaste nicht der einzige Stand bei diesem Volke. Die etwas hellenisirten Albanesen in den Städten des Landes widmen sich mit Fleiß und Erfolg den Gewerben. Viele von ihnen ziehen häufig als Maurer weit in der türkischen Welt umher und helfen die Ortschaften wieder aufbauen, die ihre Landsleute, die kriegerischen Hirten zerstörten. Auch als Schlächter sind die Albanesen weit und breit in der Türkei bekannt.

Sie haben aber eine Kunst, die ihnen ganz eigenthümlich zu sein scheint. Die in der Türkei berühmte Zunft der Suterazzi (Brunnenmeister) stammt aus Albanien.

Diese Wasserkünstler wandern aus den Thälern Albaniens hervor, um die Städte des Orients mit frischem Quellwasser zu versehen, Brunnen zu graben, Aquaducte zu bauen, Bäder einzurichten.

In Constantinopel, das sie mit solchen Aquaducten umgeben haben, hatten sie einst große Zunftvorrechte und Privilegien, und in allen Provinzen der Türkei findet man die Spur ihres Wirkens.

Ohne eigentliche wissenschaftliche Bildung zu besitzen, verstehen die Albanesen die Höhe der Berge, die Entfernung der Orte, die Terrainvortheile jeder Lokalität sehr richtig und schnell zu beurtheilen. Sie üben dabei gewisse technische Verfahrungsweisen, die sie von ihren Vorfahren überkommen haben und die sie stets unverändert und ohne sie weiter zu vervollkommnen beibehalten.

Ihre oft 5 bis 10 Meilen langen Wasserleitungen, deren Gefälle sehr geschickt berechnet sind, sehen einander so vollkommen gleich, daß man die von gestern kaum von den vor 2000 Jahren errichteten unterscheiden kann, fast so wenig wie die verschiedenen Werke, welche die Biber seit dem Anbeginn der Schöpfung bauten.

Auch als Ackerbauer haben sich viele Albanesen in benachbarten Provinzen verbreitet. Sie haben an den Abhängen des Helikon in Böotien kleine Dörfer gebaut. Man findet sie bei Athen und Attika und selbst auch im Peloponnes verstreut, wo sie sich schon am Ende des Mittelalters als Hülfstruppen der vielen kleinen Tyrannen und Herzöge, unter denen Griechenland nach der Eroberung Constantinopels durch die Kreuzfahrer, seufzte, verbreiteten, und wo sie auch später oft wieder bei verschiedenen Gelegenheiten Eigenthum erwarben, wenn sie auf Anstiftung der türkischen Pascha's die Revolten der Griechen unterdrückten und den eroberten Grundbesitz unter sich vertheilten.

Und obwohl viele von ihnen, die dem Islam anhingen, in den griechischen Revolutionen aus Arkadien und Lakonien vertrieben wurden, so soll doch jetzt noch über ein Drittel der bäuerischen Bevölkerung des griechischen Königreichs skipetarisch oder albanesisch sein.

Ja bei einem großen Theile der griechischen Landleute (nicht der Städter) ist das Albanesische die eigentliche Haus- und Familiensprache.

Sie sind auch auf einige Inseln des Archipels eingedrungen und so namentlich rühmen sich die heldenmüthigen Hydrioten und Spezzioten, die in den griechischen Revolutionen so berühmt wurden, arnautischen Geblüts zu sein. Die sogenannte griechische Erhebung, der das neu-griechische Königreich seine Existenz verdankt, ist in gewissem Grade auch eine albanesische gewesen.

Dagegen sind auch umgekehrt wieder viele Griechen in dem alten Stammlande der Skipetaren verbreitet. Man findet sie dort in allen Städten, namentlich in dem südlichen Theile des Landes, dem alten Akarnanien und Epirus im engeren Sinn.

Das südliche Epirus ist im hohen Grade gräcisirt, und hat unter andern auch den Glauben und Ritus der griechischen Kirche angenommen, während die Arnauten in der Mitte des Landes zum Islam übergetreten, und die im nördlichen Theile durch römische Missionäre für die katholische Kirche gewonnen sind.

Auch die jetzige kirchliche Spaltung der Arnauten scheint auf sehr alten Unterschieden und Verhältnissen zu beruhen. Denn man kann wahrnehmen, daß die griechische Kirche jetzt etwa gerade so weit herrscht, wie auch schon im Alterthume von den klassischen Schriftstellern das alte Epirus als halb gräcisirt, als ein Mischland von Hellenen und Barbaren bezeichnet wurde.

In den nördlichen Partien der Türkei, in den illyrischen Provinzen, Serbien, Bosnien 2c. findet man von den alten Illyriern, den Vorfahren der Albanesen, jetzt nichts mehr, als einige alte Namen von Lokalitäten, Benennungen von Flüssen, Bergen 2c., welche noch jetzt die ehemalige Verbreitung dieses Volkszweiges bezeugen.

Wie der alte epirotische König Pyrrhus, so sind auch seine spätern Nachkommen öfters wieder über das Adriatische Meer nach Italien hinüber gegangen. Der obengenannte Albanesen-Chef, der berühmte Skanderbeg, unternahm einmal einen Zug nach Italien, der ganz dem des Pyrrhus ähnlich sah. Und wir haben auch noch einen italiänisch geschriebenen Brief dieses Skanderbeg, in welchem er sich selbst mit Pyrrhus und Alexander dem Großen vergleicht, und sich bemüht, zu beweisen, daß die Albanesen nicht den Scheltnamen „wilde Thiere" und „Gebirgswölfe", welche die Italiäner ihnen gaben, verdienten, sondern vielmehr die edlen Nachkommen der edlen Vorfahren der Macedonier und Epiroten seien. Die Kriege und Einfälle der Türken in Albanien haben bei verschiedenen Gelegenheiten viele der akrokeraunischen Felsenbewohner auf's Meer hinausgetrieben, und diese haben dann beim Papste in Rom, besonders aber im Königreich Neapel, ein Asyl gefunden, wo sie in Calabrien und Sicilien noch jetzt in mehreren Dörfern als fleißige Ackerbauer hausen.

Manche der nach Italien geflüchteten Familien gelangten dort auch zu Ruhm und Auszeichnung, so z. B. die erlauchte Fürstenfamilie Albani, welche im 15. Jahrhundert nach Rom kam, und dem päpstlichen Hofe so viele Cardinäle, der Welt den Papst Clemens XI., und den Künsten den berühmten Maler Franz Albani und die wundervolle Villa Albani lieferte.

Türkische und innere Wirren führten endlich auch eine Colonie dieses merkwürdigen Volkes nach Oesterreich. Im Jahre 1740 wanderten mehre Tausend Albanesen vom Stamme der sogenannten Clementi im Gefolge des serbischen Patriarchen Arsenius Jvannowicz nach Ungarn aus. Sie bauten dort an der Save unweit Belgrad mehre große schöne Dörfer, und leben daselbst noch jetzt unter dem Namen „Clementiner" mitten unter Magyaren und Serben, ihren alten Sitten und Gebräuchen getreu, unter der Schutzherrschaft eines deutschen Fürstenhauses.

Die Magyaren.

Im Südosten von Europa, in den Gebieten des mächtigsten Stromes unseres Welttheiles und seiner Nachbarschaft, hat die Natur eine Reihe weiter Gebirgskessel ausgebildet, die sowohl in ihrer physikalischen Gestaltung, als in der Art und Weise ihrer Bevölkerung einige Aehnlichkeit unter einander haben.

Böhmen, Mähren, Ungarn, Walachei (mit Bulgarien), sie gleichen sich alle darin, daß es weite Tiefländer sind, die nach allen Seiten hin von großen Gebirgszügen umgeben werden, während in der Mitte sich flache und meistens äußerst fruchtbare Ebenen zeigen, die in den Urzeiten vermuthlich von großen Binnen-Seen erfüllt waren, deren Gewässer jetzt aber zu mächtigen Flußadern zusammengeronnen sind.

Von allen diesen merkwürdigen Bassins ist Ungarn das großartigste und war auch stets das in volksthümlicher und historischer Beziehung interessanteste.

Im Norden und Osten ziehen sich die Karpathen mit einem gewaltig geschwungenen Halbbogen um dasselbe herum, und im Westen und Süden ist es von den Alpen und ihren Auszweigungen umgeben. Im Nordwesten, wo Alpen- und Karpathenzweige gegen einander stoßen, ist ein Durchbruch, durch welchen in dem Thore von Preßburg die Donau in das Bassin hineinströmt, das sie als ein mächtiger Canal in schräger Richtung durchzieht.

Im Südosten, wo die Gebirge Serbiens und Siebenbürgens zusammenstoßen, ist ein zweiter Durchbruch, das seit alten Zeiten sogenannte „Eiserne Thor", wo die Donau in wilden Wirbeln und Strömungen sich durch eine viele Meilen lange Galerie hoher Felsenwände wieder zum Lande hinausarbeitet.

Von allen Seiten her fallen aus den Gebirgen die Gewässer herab und ziehen sich, zu großen Stromadern vereinigt, dem

Innern und der Donau zu. Aus Westen die langgestreckten Systeme der Drau und Sau, aus Norden und Osten das weit ausgreifende Gezweige der Theiß, des fischreichsten Stromes in Europa.

Der Wall der Karpathen im Norden und Osten trennt das Land von der sarmatischen Ebene und bewirkt zwischen Ungarn und Polen fast einen eben so markirten klimatischen Abschnitt, wie die Alpen einen solchen zwischen Deutschland und Italien machen.

Bei seiner Ueberschreitung aus Norden gelangt man alsbald aus den Fichtenwaldungen und den während 6 Monate beschneiten und regnerischen Sumpflanden Polens in ein fruchtbares Weinland, und zwar sogleich in ein Land südlicher, feuriger Weine, unter einem viel heiterern und trockneren Himmel.

Die zahlreichen Aeste der Karpathen erfüllen das nördliche Ungarn mit einer Menge anmuthiger Hügellandschaften. — Sie sind reich an Gebirgsschätzen aller Art, an Heilquellen, Mineralwassern, an Eisen, Silber, Kupfer, sogar auch an Gold, und zwischen den erzreichen Bergadern breitet sich ein Netz fruchtbarer unter einander verketteter Thäler aus, unter ihnen auch der „goldene Garten Ungarns" die große Insel Schütt in den Armen der Donau.

Die Ausläufer und Zweige der Alpen im Süden und Westen sind zwar an metallischen Naturproducten ärmer; doch sind sie voll von großartigen und lieblichen Landschaften, und längs ihres Fußes hat die Natur ihr ganzes Füllhorn ausgeschüttet.

Die sämmtlichen Gewässer des Landes, das nach Süden hin schief abgedacht ist, haben sich dort seit alten Zeiten aufgestaut und wie im Nil-Delta, wie auch in der Walachei, einen fetten Schlammboden abgelegt, der sich durch die ihrer Fruchtbarkeit wegen so berühmten Landschaften des Banats, der Ratschka und des Drauthales 50 Meilen weit hinzieht, wo sogar Mandel- und Oelbäume und selbst die Baumwollenstaude heimisch geworden sind und die zahmen Kastanien in prächtigen Wäldern gedeihen.

Die Centralgegenden Ungarns bilden ein großes Flachland, welches von den Revolutionen, die unsere Erdrinde durchwühlten, so vollkommen unberührt und undurchfurcht geblieben ist, daß seine Oberfläche auf weiten Strichen dem glatten, wellenlosen Spiegel eines Binnenmeeres gleicht.

Es existirt in dem ganzen gebirgigen Europa diesseits der russischen keine zweite so weite Ebene.

Ueberall, wo man von den Grenzgebirgen kommend diese Ebene betritt, glaubt man einen andern Welttheil zu erblicken.

Es ist, als wenn sich unser Europa hier ein Stück des asiatischen Steppenlandes noch mitten in seinen Gebirgsnetzen einverleibt hätte.

Alles ist frei, offen und schrankenlos, mit einem unbegrenzten Horizonte. Sandhügel oder ehemalige Dünen sind die einzigen Höhen. Die Oberfläche ist durchweg kahl, holz- und waldlos, größtentheils wasserarm, begrast oder mit unermeßlichen Heiden bedeckt.

Einzelne Partien sind fruchtbar und des Anbaues fähig. Beide Striche längs der Ströme Donau und Theiß sind einen großen Theil des Jahrès von stehendem Wasser bedeckt, und bilden weit ausgedehnte Moräste.

Andere Abschnitte sind der Frucht-Erd-Decke und Gras-Narbe fast ganz beraubt und gleichen kahlen, wasser-, baum- und schattenlosen Sandwüsten. Sie werden seit alten Zeiten „Pusten" d. h. Wüsten genannt, welcher Name dann aber auch über die gesammte Binnen-Ebenen Ungarns — Einöden, wie Ackerstriche — ausgedehnt wird. Wie in den russischen Steppen findet man in diesen ungarischen Pusten als Reste des ehemaligen Binnen-Meeres zahlreiche Salz- und Natron-Seen. Wie diese sind sie der Schauplatz zum Theil schreckhafter, zum Theil prächtiger Naturschauspiele, namentlich auch der häufig erscheinenden Fata Morgana.

Auch das Klima dieser Wüsten gleicht in den Hauptzügen dem der asiatischen Steppen. Es hat eine in hohem Grade trockene Temperatur. Im Sommer glüht über den ungarischen Pusten die Sonne, wie über der Sahara. Monate lang ist der Himmel oft wolkenlos, die Luft zum Ersticken heiß und still.

Im Winter dagegen wüthen scharfe Winde über das Blachland hin, obwohl sie vielleicht in Folge des gegen Norden und Osten schützenden Bergwalls nicht so rauh und kalt sind, wie in den östlichen Schwesterländern.

Meistens darf man es wagen, die Heerden Sommer und Winter draußen zu lassen. Ausnahmsweise aber brechen aus dem Osten sehr harte Winter hervor, und dann gehen die Rinder, ähnlich wie in den Steppen der Tataren und Kirgisen, zu Tausenden zu Grunde.

Alle allgemeinen und speciellen Züge der Natur und des Lebens in diesen ungarischen Pusten harmoniren in so hohem Grade mit dem, was man am Kaspischen Meere und am Pontus sieht, daß man glaubt, es sei dasselbe Land, derselbe Urboden, der diesseits der Karpathen wieder zum Vorschein komme, derselbe ehemals zusammenhängende Teppich, von dem jene später aus den Eingeweiden der Erde auftauchende Gebirgsmauer nur gleichsam zufällig ein Stück abschnitt und einschloß.

Es ist kein Zweifel, daß dieser Zustand einer Steppennatur des Kernes von Ungarn das wesentlichste Charaktermerkmal des Landes und für sein ganzes Schicksal das Entscheidendste geworden ist.

Wäre Ungarn, wie das übrige Europa, von Hügeln und Gebirgswällen durchkreuzt gewesen, so hätte es eine andere Geschichte gehabt. Es hätte sich dann dem Westen gleichartiger angeschlossen.

Als eine unermeßliche von Gebirgen eingeschlossene triftenreiche Weide, als ein von den Karpathen umzäunter wundervoller Viehhof, mußte es von jeher bei den Asiaten berühmt sein und von ihnen wie ein gelobtes Land erstrebt werden.

Die asiatischen und nomadischen Volkselemente, die sich von den frühesten Zeiten an in dieses weite Herz von Ungarn ergossen, haben von da aus dem Lande und Volke stets das Gepräge und den vorherrschenden Ton gegeben.

Wir sehen jetzt dort in der Mitte jenes Viehparks eine Nation östlichen Ursprungs herrschen, die nach allen Seiten hin über die anders gearteten Gebirgsvölker Druck und Herrschaft ausübt, und so ist es fast in allen Epochen der Geschichte gewesen.

Schon im Jahre 50 nach Christi Geburt, zur Zeit des römischen Kaises Claudius, zog aus den östlichen Steppen am Schwarzen Meer ein nomadisches Volk, die Jazygen genannt, herauf, brach über die Karpathen in Ungarn ein und setzte sich in den Niederungen im Herzen des Landes fest.

Diese Jazygen schildern uns die Römer als ein wildes und kühnes Reitervolk, die, ohne Dörfer und ohne Städte, ununterbrochen zu Pferde in beweglichen Lagern lebten und, ihre Wagen und Heerden mit sich führend, nach Belieben und Bedürfniß hin- und herzogen.

Sie waren freie Leute und behaupteten ihre Unabhängigkeit lange gegen die Römer. Dagegen hatten sie sich selbst die umwohnenden Bergvölker unterthänig und tributpflichtig gemacht.

Man glaubt in diesen wenigen, von römischen Schriftstellern mitgetheilten Zügen die Andeutung von Zuständen zu erkennen, wie sie noch jetzt im Lande existiren.

Unzählige ihnen ähnliche Reitervölker kamen nach den Jazygen in's Land, und wer weiß wie oft schon vor ihnen ähnliche Wogen und Stürme in gleicher Weise hereingebraust waren.

Welche Sprache jene Jazygen redeten, zu welchem der großen asiatischen Nomadenstämmen sie gehörten, wissen wir nicht, und ebenso wenig, welcher Familie die Ursassen und Gebirgsbewohner des Landes, die sie hier vorfanden, beizurechnen seien.

Slavische Autoren aber glauben, daß die letzteren Slaven gewesen seien. Und war dies, wie es wahrscheinlich ist, der Fall, so hätten wir also hier schon in den ältesten Zeiten ein Bild des noch jetzt in Ungarn fortdauernden Kampfes zwischen ansässigen, ackerbauenden, unterworfenen Slaven und den viehzuchttreibenden, freischweifenden, im Innern des Landes gebietenden Eindringlingen aus Osten. —

Zunächst nach den Jazygen, deren Macht um die Mitte des 4. Jahrhunderts in einem allgemeinen Aufstande ihrer (slavischen?) Unterthanen gebrochen wurde, deren Namen aber noch heutigen Tages in der Geographie Ungarns in dem sogenannten Distrikte „Jazygien" an der Theiß verewigt ist, brachen die Horden der sogenannten Hunnen in's Land herein, und Attila, der Gebieter derselben, schlug, wie vor ihm die Stamm-Chefs der Jazygen, sein Hauptlager mitten in den Ebenen der Donau und Theiß auf.

Seine Erscheinung war nicht das kühne und vereinzelte Unternehmen eines abgeschlossenen Stammes, sondern die Folge großer Staatsumwälzungen und Völkerbewegungen im Osten.

Er kam an der Spitze einer mächtigen Lawine, mitten in einer aufgeregten Fluth von Nationen.

Die nationalen Elemente, welche diese Fluth in Ungarn ausschüttete, waren natürlich sehr verschiedenartig. Es waren darunter sowohl mongolische als finnische, türkische und vielleicht auch tungusische Krieger, obwohl die ersten die Anführer sein mochten.

Zu Attila's Zeit, in der Mitte des 5. Jahrhunderts spielte Ungarn zum ersten Male eine große aber furchtbare Rolle in der Weltgeschichte, und es ist ihm von daher für immer bei den West-Europäern der Name „Hunnenland" oder „Hungarn" (Ungarn) geblieben.

Von den ungarischen Pusten, von den Reiterlagern an der Theiß aus, wurden damals die ersten erschütternden Streiche ausgeführt, welche gegen das Römer-Reich gerichtet waren, die Germanenwelt in Aufruhr versetzten und ganz Europa revolutionirten.

Von dort ritten Attila und seine Schaaren nach Deutschland, nach Frankreich und Italien aus, dorthin zogen sie wie ein zerstörender Golfstrom, die Alpen umkreisend, mit der Beute des Westens beladen, zurück. Daselbst in seinem Lager an der Theiß empfing Attila die Gesandten der Kaiser des Westens und Ostens und den Tribut unzähliger Völker.

Nach dem Verfall des Hunnenreichs, der theils durch innere Zwietracht der Nachfolger Attila's, theils durch den Aufstand ihrer slavischen und germanischen Unterthanen herbeigeführt wurde, fiel die Herrschaft über Ungern deutschen Stämmen der Reihe nach, den Longobarden, Gepiden und Gothen zu.

Doch nicht für lange. Denn es brachte nun fast jedes neue Jahrhundert einen neuen Völkersturm aus Osten. Zunächst im 6. Jahrhundert kamen die Avaren. Sie folgten der Spur der Hunnen, um deren arges Spiel auf dieselbe aber noch schlimmere Weise zu wiederholen.

Wie Attila setzten sich ihre Chakans (Horden-Chefs) in den Ebenen an der Theiß und Donau fest und fielen von da aus, wie die Hunnen, das übrige Europa verwüstend an.

Man zeigt noch jetzt in Ungarn die Spuren der sogenannten Avaren-Ringe, große kreisrunde Verschanzungen, innerhalb deren die Avaren mit ihren Reitern und Heerden im Lager standen.

Ihre Raub-Züge gingen, wie die der Hunnen, hauptsächlich in drei Richtungen, südlich nach Constantinopel, westlich die Donau hinauf nach Deutschland, südwestlich zum Adriatischen Meere nach Italien.

Sie behaupteten sich in ihrer Stellung fast 200 Jahre lang, bis zuletzt Karl der Große am Ende des 8. Jahrhunderts gegen sie die Donau hinunterzog, ihre Macht in einer großen Schlacht an der Raab brach und mit deutschen Colonisten seine „Avaren-Mark" (das jetzige Oesterreich) gegen sie aufrichtete.

Den Avaren war schon längst vom Ural her ein anderes finnisch-tatarisches Volk, die Bulgaren, auf dem Fuße gefolgt. Wie gewöhnlich nahmen sie ihren vorschreitenden Vorgängern im Rücken die verlassenen Provinzen weg, und so kamen sie, nach der Niederlage der Avaren, auch nach Ungarn und herrschten über dieses Land von Osten her, bis an die Donau bei Pesth.

Die Hauptmacht dieser Bulgaren hatte sich indeß zu der unteren Donau und nach Constantinopel hin gewendet, und ihre Herrschaft in Ungarn war weder sehr ausgebreitet, noch dauerte sie sehr lange.

Sie erlagen in jenen ihren nördlichsten Besitzungen an der Theiß und Donau — den Magyaren.

Die Magyaren brachte das Ende des 9. Jahrhunderts in's Land. Wie ihre Vorgänger, die Bulgaren, die Avaren, die Hunnen, die Jazygen, hatten sie sich an den Grenzen Asien's und Europa's auf's Pferd gesetzt, waren kämpfend, Schlachten gewinnend und verlierend, bald siegreich, bald von ihren Feinden decimirt, und vor ihnen auf der Flucht, lange den Chazaren unterthänig, auf derselben großen Völkerstraße im Norden des Pontus, auf der alle ihre Vorgänger gekommen waren, westlich gezogen, hatten in denselben Engpässen der Karpathen, im Norden von Siebenbürgen, die Gebirge überstiegen, und machten endlich wie ihre Vorgänger in dem bequemen Heerden-Pferch an der Theiß und Donau Halt.

Daselbst mitten in der Ebene schlugen, wie einst Attila, ihre ersten Heerführer und Herzöge Almus und Arpad ihr Lager auf, und sie und ihre Nachfolger ergossen sich von da aus auf ihren unzähligen kleinen Rossen, wie die Hunnen und die Avaren, auf den seit Alters hergebrachten Wegen und Wanderzügen in das übrige Europa und durchzogen plündernd und verwüstend das byzantinische Reich im Süden, Italien bei der Spitze des Adriatischen Meeres, und Deutschland längs der Donau aufwärts.

Wenn man die Gleichförmigkeit dieser Jahrhunderte hindurch fortgesetzten Märsche und Wanderungen und ihre Uebereinstimmung in fast allen Stücken in Bezug auf ihr Ziel, wie in Bezug auf die Wege dahin betrachtet, so könnte man fast zu glauben geneigt sein, daß von Volk zu Volk eine Verabredung, oder doch eine Tradition stattgefunden habe, als hätte das Ungarland, der bergumkränzte paradiesische Viehhof an der Donau, weit nach Asien hinein eine große Berühmtheit genossen, und als hätte sich dort von vornherein jedes Reitervolk mit dem Plane eingeschifft, dieses Ziel zu erreichen.

Es mag dies zum Theil wirklich so gewesen sein. Andern Theils aber erklärt sich auch die Aehnlichkeit und Regelmäßigkeit jener Bewegungen ziemlich leicht und natürlich aus der physikalischen Beschaffenheit der Länder.

Der ganze Süden von Rußland ist ein flaches grasbedecktes Weideland, das den Nomaden sehr bequem für ihre Bewegung und fortschreitende Ausbreitung sein mußte. Das rauhe Klima und die dichten Waldungen des mittleren Rußlands waren ihnen hinderlich beim Vorrücken gegen Norden. Südwärts lag aber das Schwarze Meer im Wege.

Sie zogen also am liebsten westwärts. In dieser Richtung trafen sie auf die Karpathen, die in Siebenbürgen einen hohen, breiten und schwer überwindlichen Knoten bilden, die aber von den Quellen des Dniester und Pruth, zu denen der Theiß hinüber, niedrige, schmale Rücken und bequeme Pässe darbieten. Im Norden dieser Gegend steigen die Karpathen wieder zu höheren Massen empor, so daß sich bei der Theiß also gewissermaßen eine niedrige Einsattlung, ein Uebergangspunkt, eine sehr natürliche Einbruchsstation befindet, weit bequemer und natürlicher, als jenes von mir schon oben genannte Eiserne Thor im Süden, durch welches die Donau entschlüpft. Noch jetzt geht dort von Rußland und der Bukowina her einer der hauptsächlichsten Reisewege und Chausseen nach Ungarn hinein.

Die Jazygen, die Avaren, die Magyaren, die, wie gesagt, keineswegs immer als triumphirende Sieger ihre Bahn zogen, vielmehr oft wohl als von andern Horden bedrängte Flüchtlinge am Fuße besagter Karpathen ankamen, wagten dann den Uebergang über die Gebirge, wenn sie von den lockenden Ebenen jenseits hörten.

Hinter den Bergen konnten sie vor ihren Verfolgern wenigstens eine Zeit lang sicher sein, und in jenen Ebenen, wo sie die Reiche ihrer asiatischen Vorgänger oder der dort seit Alters einheimischen Slaven in Zwietracht und Auflösung fanden, mochten sie mit frischem Nomaden-Muthe als Eroberer und Gebieter auftreten.

Daß sie meistens alle an der Donau schließlich Halt gemacht haben, als wären sie nun an ihrem Ziele, in ihrem gelobten Lande angelangt, erklärt sich eben so leicht aus der weiteren Beschaffenheit des westlicheren Europa. Hätte es da noch ferner endlose Ebenen, Weideplätze, Schaftriften, Reitbahnen gegeben, so wären die Nomaden bis an's Ende der Welt gezogen.

Auf ihren Spür- und Raubzügen von den öden Pusten aus entdeckten sie aber allmählig, daß es jenseits nichts als Wald- und Gebirgsländer, voll von Menschen, Städten, Mauern und durchschnitten von Meeres-Armen gab. Sie wurden dort oft mit blutigen Köpfen zurückgeworfen, und sie blieben daher in ihrem Weide-Bezirk, in welchem Niemand sie aufsuchte und der das letzte Stück des Welttheils war, das ihrer asiatischen Heimath glich. Noch heutzutage pflegt wohl in dieser Hinsicht ein Magyar, wenn man ihm die Gebirge und ihre engen Thäler beschreibt, schaudernd zu sagen: Das ist ja schrecklich! Da muß ein Ungar wohl ersticken.

Wie in dem Wege, auf welchem sie im Donaulande einzogen, und wie in den Umständen, unter denen sie sich daselbst niederließen, so gleichen sich jene Völker — bis auf die Magyaren herab — auch alle in ihrem schließlichen National-Schicksale.

Unter weit und breit gefürchteten Kriegsführern und schrecklichen Gewalthabern lagerten sie alle eines nach dem andern wie finstere Gewitterwolken an der Donau, und blitzten von da aus eine Zeit lang nach allen Seiten hinaus. —

Doch faßte kein festes Princip, keine Erblichkeit des Fürstenthrones, keine Fortschritts- und Bildungstendenz unter ihnen Wurzel und jene Gewitterwolken lösten sich daher alle wieder in Nebel auf.

Der ungestüme Unternehmungsgeist verrauchte. Solche große und talentvolle Anführer, wie die Attila's, kehrten nicht wieder, die Horden zersplitterten sich in Uneinigkeit, und so wurden sie denn immer wieder die Beute einer andern neu heranrückenden Horde, die noch von so frischem Muthe und von so jugendlicher Einigkeit beseelt war, wie sie Räubern beim Beginn ihrer Expedition eigen zu sein pflegen.

Die Magyaren waren die ersten und blieben die einzigen, welche das Talent oder Glück hatten, diesem gewöhnlichen Geschicke aller politischen Stiftungen der Asiaten in Europa zu entrinnen.

Sie allein sind nicht wieder in Nebel verstoben, sie allein sind mitten unter uns stehen geblieben, und haben sich als ein festes Glied dem Kranze der andern europäischen Völker angeschlossen.

Kaum diesseits der Karpathen angekommen, begründeten sie unter sich eine Monarchie mit erblichem Fürstenhause, und erzeugten eine Reihe von heldenmüthigen Herrschern.

Bald nachdem sie wie die Hunnen, und wie die Avaren, von den westlichen Völkern für ihre Plünderzüge in blutigen Schlachten bestraft und zurückgeworfen waren, gaben sie nicht wie diese nach asiatischer Weise rasch flüchtend das Feld auf, kamen vielmehr ziemlich schnell zur Besinnung, und entschlossen sich, indem sie die westliche Cultur und das Christenthum — und zwar glücklicher Weise das abendländische und nicht, wie die Russen das orientalische Christenthum — annahmen, als Europäisirte in Europa zu bleiben, da sie es als Asiaten nicht mehr zu terrorisiren vermochten.

Sie legten die schwere Rüstung der westlichen Völker an, riefen Deutsche und Italiäner in's Land, errichteten mit Hülfe derselben Städte und Festungen, griffen zum Pfluge und lernten von Deutschen und Slaven den Ackerbau.

Das unerschöpfliche Asien fuhr zwar fort, noch neue Reitervölker wie zuvor westwärts zu entsenden. Zuerst im 10. Jahrhundert die Petschenegen oder Bassen, die immer den Ungarn auf dem Fuße waren, dann im 12. die wilden Kumanen oder Polowzer, beide von türkischer Herkunft, und endlich im 13. Seculo die gewaltige Völker-Woge der Tataren des Dschingis Chan.

Wie ihre Vorgänger klopften auch diese alle an die Karpathen-Mauer an, ja sie überstiegen dieselbe zum Theil. Aber die stark gebliebenen und noch stärker gewordenen Magyaren leisteten ihnen eben so geschickten als kräftigen Widerstand. Die türkischen Petschenegen und Kumanen gelangten nach Ungarn nur in einzelnen Trupps, und auch diese nur als Trabanten und Unterthanen der ungarischen Könige, die bald in der Masse des ungarischen Volks, mit dem sie zusammenwuchsen, verschwanden.

Selbst die Tataren des 13. Jahrhunderts wurden in Ungarn, freilich erst nachdem sie das ganze Land verwüstet hatten, schließlich überwunden und mußten sich mit der Herrschaft der weiten Länder im Osten der Karpathen begnügen lassen, wo dann erst zu einer viel späteren Epoche das zu Kraft sich erhebende Rußland im Stande war, dieser asiatischen Einwanderung in ähnlicher Weise einen Riegel vorzuschieben, wie die Magyaren es vor ihnen bereits an der Donau gethan hatten.

Von Deutschland aus, das nach der Zeit Karl's des Großen und Heinrich's des Vogler's sich fest gestaltete, mit Städten und Mauern rüstete, durch Ungarn und Rußland hin kann man während des Laufs der Jahrhunderte einen langsamen Krystallisations- und Consolidirungs-Prozeß der Völker Europa's verfolgen, der mit Anbau, Cultur, Städtegründung, mit Militärgrenzen, Kosackenlinien u. s. w. allmählig immer weiter nach Osten rückt, gleichsam wie das Eindeichungs-System unserer Marschbauern, den wogenden Völker-Ocean Asiens in immer knappere Grenzen einengt und der den Klüften und Spalten der von ihm ausgehenden politischen Erschütterungen immer weniger tief in den Continent einzuschneiden erlaubt.

Ursprünglich als die Magyaren über die Karpathen in ihr Land einwanderten, soll das ganze Volk nicht mehr als 300,000 Köpfe betragen haben.

Sie vermehrten sich an der Donau zu einigen Millionen und ohne wie die Franken und Gothen in Gallien und Spanien in der vorgefundenen Bevölkerung aufzugehen. Indem sie vielmehr immer bei der Sprache und Volksthümlichkeit ihrer Vorfahren blieben und diese zum Theil auch sogar noch anderen aufzwangen, errichteten sie daselbst ein Reich, das lange bestand und zur Zeit seiner größten Blüthe im 14. und 15. Jahrhunderte fast alle mittleren und unteren Donaulandschaften von den Karpathen bis zum Adriatischen Meere und unter Ludwig dem Großen sogar auch Polen bis zur Ostsee umfaßte.

Unter diesem Ludwig aus dem Hause Anjou und dann unter ihrem gefeierten Mathias Corvinus, der nicht bloß auf den Schlachtfeldern glänzte, der auch Wissenschaften und Künste pflegte, der eine so große und kostbare Bibliothek besaß, wie seiner Zeit kein zweiter Monarch in Europa, und von dem noch jetzt die ungarischen Bauern sprüchwörtlich sagen: „König Mathias ist todt und Gerechtigkeit,“ — erhoben sich die Ungarn auf die höchste Stufe ihres nationalen Ruhms und Ansehens.

Das Glück und der Fortschritt der Nation wäre vielleicht einer noch größeren Stetigkeit entgegengegangen, wenn nicht von einer andern Seite ein neuer und furchtbarer Abgrund sich eröffnet hätte, ein Abgrund, der so viele europäische Völkerblüthen verschlungen hat. Während die Ungarn sich auf den Gipfel ihrer Macht erhoben, hatten die Türken alle Vormauern der Christenheit im Süden niedergeworfen und standen endlich an der Donau-Grenze.

Jene großen ungarischen Könige, die eine Zeitlang die heroischen Vorkämpfer der Christenheit gegen die Muselmänner waren, hatten unwürdige Nachfolger, welche Krone, Reich und Leben in unglücklichen Kämpfen gegen die Türken verloren.

Mit den verhängnißvollen Schlachten bei Varna (1444), wo König Wladislaus mit seinen Helden erschlagen wurde, und bei Mohacz (1526), wo König Ludwig II. mit den Seinen in einen Sumpf versank, endete die nationale Größe und Unabhängigkeit der Magyaren.

Als Unterthanen oder Verbündete der Türken versanken die **Ungarn selbst** in einen Sumpf von Ohnmacht und Verwilderung.

Die Türken haben von Ungarn vorzugsweise den eigentlich magyarischen Kern des inneren Pustenlandes fast 200 Jahre lang besessen. Die slavischen Anlande der Karpathen haben sie nie bleibend in ihre Hände bekommen.

Die Magyaren vertürkten unter dem Halbmonde auf merkwürdige Weise, fingen an, sich wie die Türken den Kopf zu scheeren, bedienten sich der orientalischen Bäder, bauten Moscheen in ihren Städten und nahmen auch sonst noch in Sprache, Sitte und Gewohnheit vieles von den Osmanen an. Manche sogar traten zum Islam über, dienten den Muselmännern als Vasallen, stickten auf ihre Fahnen den Halbmond und schrieben darunter: „Für Allah und Vaterland.“ —

Daß es ihnen nicht **ganz** so erging, wie den Albanesen und Bosniern, und daß sie doch am Ende auch aus **dieser** Gefahr die Hauptzüge ihrer National-Eigenthümlichkeit retteten, daß sie, wie einer ihrer Historiker sich ausdrückt, allmählig wieder ein ordentliches Christen-Angesicht zeigen konnten, verdanken sie zum großen Theil den Siegen eines Karl von Lothringen, Prinzen Eugen und ihrer Verbindung mit dem österreichischen Kaiser-Hause, mit dessen Hülfe sie sich im Laufe von drei Jahrhunderten gemeinsamen Kämpfens und Ringens zu neuen Hoffnungen und zu neuer Entfaltung ihrer Nationalität wieder erhoben haben.

Woher jene magyarische Urthümlichkeit und kraftvolle Nationalität eigentlich entsprossen, was sie gewesen sei und welchem größeren Völkerstamme die Magyaren beizuzählen seien, darüber hat man sich bis auf den heutigen Tag viel gestritten.

Die russischen Schriftsteller, bei denen wir die ersten Nachrichten über die Ungarn niedergeschrieben finden, leiteten sie aus dem Lande Ugrien, dem alten Stammlande der Finnen am Ural ab. Ein ungarischer Gelehrter, Sainovicz, der im Jahre 1769 mit der berühmten wissenschaftlichen Expedition zur Beobachtung des Durchgangs des Planeten Venus, zum hohen Norden in's Land der Lappen geführt wurde, bestätigte diese Ansicht und schrieb ein Buch, in welchem er bewies, daß die lappische und finnische Sprache im Wesen dieselbe sei mit der ungarischen. Und es ist auch jetzt noch die Ansicht der meisten Gelehrten, daß die Magyaren ursprünglich die nächsten Verwandten der finnischen Ostjäcken, Wogulen und Baschkiren gewesen seien, deren Land im Mittelalter lange Zeit „Groß-Ungarn" genannt wurde. Der berühmte französische Reisende und Gesandte Rubruquis versichert, daß zu seiner Zeit im 13. Jahrhunderte die Sprache der Bewohner dieses „Groß-Ungarn", der Baschkiren, dieselbe gewesen sei, wie die der Magyaren.

Sowohl eine große Verwandtschaft beider Sprachen, als auch die alten Traditionen der Ungarn selbst weisen auf die Gebiete an der mittleren Wolga und der Kama, als derjenigen Gegend hin, von welcher sie zu ihrem Zuge nach dem westlichen Europa ausgegangen seien. Auch lebt daselbst noch heutzutage ein finnischer Volksstamm, der beinah denselben Namen hat, wie die Magyaren, die Metscherjaken nämlich. Und endlich finden sich südlich von jenen Gegenden und südlich von der Wolga am Flusse Kilma die Ruinen einer Stadt, die bis auf den heutigen Tag Madschar genannt wird, und die man für einen der Ursitze oder Stationsplätze der Magyaren hält.

Die bei aller Verwandtschaft existirende große Verschiedenheit der jetzigen ungarischen Sprache von allen finnischen Dialekten, so wie auch die wesentlichen Unterschiede in der körperlichen und geistigen Beschaffenheit beider Völker hat daher Andere bewogen, den Ursprung der Ungarn anderswo zu suchen, und jene Aehnlichkeiten nur aus ihrem mehr oder weniger langen Aufenthalte unter den Finnen zu erklären.

Die byzantinischen Schriftsteller nannten die Ungarn von vornherein gewöhnlich „Tourkoi" (Türken). Und da nun die ungarische Sprache nicht bloß viele Worte, sondern auch viele Eigenthümlichkeiten in ihrem Bau und Mechanismus mit den Sprachen der zahlreichen türkischen Stämme gemein hat, da auch ferner die Körper-Bildung des ungarischen Volksschlages mehr südasiatisches als finnisches oder gar lappisches verräth, so haben daher viele Gelehrte sie den Türk-Tataren zugerechnet. Andere wieder haben sie den alten Hunnen und Mongolen beigezählt.

Weil endlich aber noch sehr vieles sowohl in der Sprache, als auch in dem ganzen Wesen der Magyaren übrig bleibt, was weder finnisch, noch türkisch, noch mongolisch ist, und weil namentlich die ungarischen Patrioten selbst, denen eine Verwandtschaft mit den Ostjaken oder Lappen, für deren wissenschaftliche Begründung der Kaiser von Rußland Orden vertheilte, nicht schmeichelhaft genug, oder sogar gefährlich erscheinen mochte, sich immer am liebsten an dies ihr Eigenthümlichstes, dieses Etwas, was sie „Mag" d. h. „den Kern des Volkes" (daher „Magyaren") nannten, hielten, so hat sich in neuerer Zeit endlich einer von ihnen, der junge enthusiastische Herr Czoma von Körös, aufgemacht und ist mitten zwischen den Finnen, Türken und Mongolen durch nach dem Ursitze des ganzen europäischen Menschengeschlechts, nach den indischen Hochgebirgen gereist, um dort an den Quellen aller asiatisch-europäischen Völkerströmungen die Gebirgsthäler zu entdecken, aus denen der Kern-Block des Magyarenthums entnommen sein möge.

Doch die Unternehmung dieses gelehrten ungarischen Patrioten, der darüber sein Leben verlor, hat wenig zur Entscheidung der Frage beigetragen, obwohl er selber persönlich überzeugt war, daß das Stammland der Ungarn ober dem Himalaya bei Tibeth herum zu suchen sei.

Das wahrscheinlichste Resultat, zu dem man indeß, wenigstens außerhalb Ungarns, so ziemlich allgemein gekommen ist, und das man wie gesagt, vornehmlich auf jene Urverwandtschaft der magyarischen und finnischen Sprache gegründet hat, ist dieses, daß die Magyaren in ihren ersten Anfängen als ein finnisches Heldengeschlecht zu betrachten sein mögen, dann aber alsbald viel Fremdenartiges sich beigemischt haben, und in dem dann gleichsam durch chemische Mischung und Zersetzung der Elemente, ebenso wie in dem heutigen Mischvolke der Engländer ein ganz eigenthümlicher Geist sich herausbildete und ein ganz eigenkräftiger und selbstständiger Organismus vorwaltend wurde, den wir in keiner der Beimischungen, deren Produkt er ist, wiederfinden und durch keine derselben völlig auflösen und erklären können.

Ohne Zweifel schon ehe sie über die Karpathen stiegen auf ihrer langen Wanderung und ihrem in Absätzen stoßweise erfolgenden und mit Perioden der Ruhe untermischten Fortschreiten vom Ural durch die Steppen Rußlands, haben sie viel Fremdenartiges in sich aufgenommen.

Türkische, slavische Stämme lagen auf dem Wege dieses Häufleins Krieger. In der Knechtschaft der Chazaren und in den Kämpfen mit den Fremdlingen associirten sie sich mit ihnen und rissen Viele von ihnen mit sich hin.

In Ungarn selbst setzte sich derselbe Prozeß noch weiter fort. Denn auch dort fanden sie, wie ich zeigte, sowohl slavische Völker als auch Ueberreste von asiatischen Stämmen.

Von den Avaren, von den alten Hunnen, von den noch älteren Jazygen waren bei ihrem Untergange in dem Innern der ungarischen Pusten immer einige Trümmer geblieben, die unter allen den Revolutionen und dem Herrscher-Wechsel im Lande einen nomadischen Urkern der Bevölkerung conservirten.

Die Magyaren gesellten sich diesem ihnen am meisten zusagenden asiatischen Sauerteige bei. Als sie von den Großthaten der Avaren und der Hunnen hörten, und als darnach sie selber ganz eben solche Großthaten ausführten, da verschmolz denn in dem Volksbewußtsein der Magyaren die Vorzeit ganz mit ihrer eigenen derselben so ähnlichen Gegenwart.

Sie eigneten sich so zu sagen selber den Ruhm und Ruf des ganzen von ihnen eroberten Landes zu. Sie nahmen die Traditionen der Avaren und Hunnen als die ihrigen an. Sie indentificirten sich mit Allem, was von jeher erobernd und zerstörend von Osten her in ihrem Donau-Becken erschienen und von da wieder ausgegangen war.

Attila wurde so ein ungarischer National-Held, dessen Thaten die magyarischen Schriftsteller noch mit größerer Vorliebe und mit mehr Zusätzen von ihrer Erfindung ausgeschmückt haben, als die Deutschen und Franken die Thaten ihres Großen Karl's.

Attila und seine Hunnen, Bajan und seine Avaren waren nach ihrer Ansicht gewissermaßen nur die Avantgarde desselben großen und lange dauernden Völkerzuges gewesen, von dem nun die Magyaren den Nachtrab und Schluß bildeten, indem sie dem ganzen Werke gleichsam die Krone aufsetzten und die schließliche und dauernde Unterjochung und Consolidirung des Landes vollendeten.

Aber bei weitem die Mehrzahl der Bewohner des Landes, in welches die Ungarn wie in ihrer Väter Erbe einrückten, bestand aus Slaven, die, wie ich sagte, rings umher im Süden wie im Norden, im Osten wie im Westen zu finden waren. Größtentheils auf Unkosten dieser Slaven wuchs der neue Sprößling aus Osten zu einem starken Baum empor.

Es konnte nicht fehlen, daß er dabei Vieles auch von diesem Elemente, in dessen Mitte er sich versetzt sah, annahm: fast ein Drittel der Worte in der Sprache der Ungarn ist slavischen Ursprungs, so auch viele ihrer Familien-Namen, z. B. selbst der Name des berühmtesten Magyaren der Neuzeit, Ludwig Kossut, und ebenfalls wuchsen viele ihrer politischen Institutionen, z. B. ihre Landesabtheilungen oder Comitate, ihre Königlichen Hof-Aemter, ihre bäuerlichen Verhältnisse aus dem slavischen Untergrunde hervor.

Die Deutschen endlich bilden ein drittes Element, das modificirend an dem Charakter der Magyaren gearbeitet hat. Die alten germanischen Herren Pannoniens, die Longobarden, Gothen, Gepiden waren zwar bald wieder verschwunden.

Aber schon mit den Colonisten Karl's d. Gr. in seiner avarischen Mark faßte deutsche Bevölkerung in Ungarn bleibende Wurzel.

Als die Magyaren selbst mit den Deutschen kriegten, und als sie dann von ihnen überwunden und getauft wurden, als nach dem Jahre 1000, — von dem bekehrten Könige Stephan gerufen — deutsche Missionäre und Apostel, und bald nach ihnen deutsche Ritter, Hofleute, Colonisten und Stadtbürger zahlreich in's Land kamen, und als dann diese Einwanderung Deutscher seit dem Jahre 1000 bis auf den heutigen Tag nur mit wenigen Unterbrechungen fast nicht wieder aufhörte, da mußte denn wohl auch viel deutsches Blut, wie deutsche Denkweise, Sprache und Sitte in das magyarische Wesen übergehen. — König Stephan hatte den auf den ersten Blick etwas sonderbaren, aber für Ungarn's Geschichte so charakteristischen Grundsatz aufgestellt: Unius linguae uniusque moris regnum fragile est. (Ein Reich von einer Sprache und von derselben Sitte ist hinfällig). Aber seine Nachfolger achteten diesen Grundsatz fast wie eine heilige Vorschrift, und die Ungarn haben daher immer äußerst gastfrei allerlei Völker bei sich zugelassen. Und es ist demnach wohl ein Wunder zu nennen, daß dieser kleine Haufe von Magyaren, mitten unter so vielen auf ihn eindringenden und von ihm herbeigerufenen fremdartigen Einflüssen, trotz der slavischen Mehrzahl, trotz des deutschen moralischen Uebergewichts, trotz türkischer Unterjochung, sich doch bis auf den heutigen Tag in dem Kern seines National-Geistes so viel specifisch Eigenthümliches, das ihn auf den ersten Blick von allen andern Völkern unterscheidet, bewahrt hat.

Sehr begreiflich dagegen ist es, wie sich dabei zugleich doch auch so Vieles in ihrer Raçe und ihrem Wesen änderte, daß wir in den von den alten Urmagyaren uns überlieferten Porträts kaum die jetzigen wiedererkennen.

Die Chronisten der Deutschen, Slaven und Byzantiner scheinen darüber einig, daß jene Vorfahren der Ungarn an Geist und Körper wahre Mißgestalten gewesen seien. „Von Angesicht", sagt einer dieser Alten, „sind die Ungarn abscheulich, sie haben tiefliegende winzige Augen, winklige und eckige Züge, sie gleichen mit der Axt zugehauenen Schanzpfählen, von Natur sind sie klein und niedrig, in ihrem Benehmen und in ihren Sitten wie wilde Thiere." „Man muß", setzt ein anderer hinzu, „die Geduld und Nachsicht der göttlichen Vorsehung bewundern, welche es zugelassen hat, daß dies so garstige Geschlecht ein so paradiesisches Land für sich hinnehmen durfte." Die Franzosen gaben sogar einem gewissen imaginären Ungeheuer, von dem man voraussetzte, daß es Menschenfleisch fräße, einen von der National-Benennung der Ungarn entlehnten Namen. Sie nannten es „Ogre."

Merkwürdig kontrastiren damit die Aussprüche und Erfahrungen der Reisenden von heute.

Unter den ihr Land bewohnenden Raçen, darin stimmen fast Alle überein, ragen jetzt die echten Magyaren — die Kernmänner — besonders hervor und behaupten durch ihre körperlichen wie moralischen Eigenschaften eine gebieterische und imponirende Stellung.

Ihr Körper ist häufig hoch und in der Regel wohlgestaltet, lang gespalten, ihre Muskulatur stark. Sie sind fast immer von einem derben und dabei gewandten Gliederbau. Ihre Haltung ist männlich. In Bewegung und Gang spricht sich Entschiedenheit und kriegerischer Trotz aus. In allen ihrem Thun und Lassen zeigen sie so etwas von dem, was sie selbst „vitéz" (einen Helden) nennen.

Ihre Gesichtsbildung ist edel und fest, ihr Auge groß, dunkel, feurig, wie das Auge der benachbarten Osmanen. Starke buschige Augenbraunen wölben sich orientalisch über dasselbe, und ein reicher Bart, auf den sie, wie auf ein ihnen ausschließlich eigenes National-Attribut halten, ziert die Oberlippe, unter der fast immer eine Reihe großer blendend weißer Zähne hervorschimmert.

Man kann schwerlich irgendwo eine pittoreskere Vereinigung männlich schöner, ausdrucksvoller, martialischer Physiognomien und wohlgebildeter Gestalten gewahren, als man sie in ungarischen Regimentern beisammen findet, und unter dem weiblichen Geschlecht entdeckt man bei Hohen wie bei Niedrigen nicht selten eben so viel Reiz und Schönheit. Die ungarischen

Damen der höheren Stände haben sich berühmt gemacht durch ihre bezaubernde Grazie, ihre natürliche und ungezwungene Liebenswürdigkeit. Kaiser Alexander von Rußland soll, als er sich einmal von einem Kreise solcher Magyarinnen umgeben sah, ausgerufen haben: er glaube inmitten einer Gesellschaft von Königinnen zu sein.

Der Schrecken, den die rauhen Vorväter dieser so fein gebildeten Schönen als Krieger und Länderverwüster einflößten, mag den Blick der alten Portraitmaler etwas getrübt haben. Doch haben auch Manche eine Erklärung des Widerstreits in dem Wechsel der Sitten gesucht, der im Laufe der Jahrhunderte eingetreten ist, so wie in dem Einflusse, den ein südliches Klima auf die Raçe ausgeübt haben mochte.

Die Ungarn, so sagt man, vertauschten ihren heimathlichen Aufenthalt, in dem rauhesten Klima des alten Continents, mit einem Wohnort im Süden Europa's auf fruchtbaren Ebenen, in denen eine Fülle von Korn und Wein gedeiht. Sie legten die Gewohnheiten wilder ärmlicher Jäger ab und nahmen eine civilisirte Lebensweise an. Daher wurden sie, so sagt man, im Laufe von tausend Jahren von einem garstigen zu einem schönen Volke, mit regelmäßigen kaukasischen Gesichtszügen, und besitzen nun auch statt des gelblichen Nordasiatischen Teints die anmuthig röthlich weiße Complexion, welche in Europa vorherrscht.

Vielleicht trug dazu auch, wie bei den Briten und Amerikanern, die Raçen-Vermischung das Ihrige bei. Daß die Magyaren von vornherein viele Frauen von der echten finnischen Raçe mit sich gebracht hätten, ist kaum denkbar. Lange Zeit hindurch haben sie sich immer mit slavischen und deutschen Frauen verheirathet. Man hat in Sibirien die Beobachtung gemacht, daß auch die Ehen der Russen mit Mongolinnen, beide für sich nicht durch große Schönheit ausgezeichnet, mit auffallend schönen Kindern gesegnet sind.

In moralischer Hinsicht scheint die Umwandlung dieses Volks keineswegs so vollständig gewesen zu sein.

Vielmehr stimmen in dieser Beziehung die alten Berichte mit dem, was wir später und zum Theil selbst heute noch sehen, etwas mehr überein.

Rohheit, einen wilden schwer zu zähmenden Sinn, Raubsucht und Härte hat man den Magyaren von jeher vorgeworfen. Die Züge unbarmherziger Grausamkeit, welche die Geschichte der inneren Bewegungen unter den Magyaren, selbst die der Revolutionen unserer Zeit, darbietet, sind oft entsetzlich, und selbst das, was sich alltäglich bei ihnen ereignet, ist nur zu oft damit in Einklang.

Auch in dem furchtbaren Straf-Codex, den sie entwarfen und der lange bei ihnen Geltung hatte, offenbart sich ein gewisser ihnen angeborner harter Sinn, und eine große vielleicht echt asiatische Mißachtung des menschlichen Lebens.

Raublust ist im Kriege immer ihre hervorstechendste Leidenschaft gewesen, und selbst im Frieden ist Räuberei bei ihnen fast ein Handwerk, „ein zwar gefährliches", sagen die Ungarn, „aber ein durchaus nicht entehrendes."

Denn Muth, Kraft und Tapferkeit, so meinen sie noch heute, ziemt dem Manne mehr, als peinliche Moralität. Die berühmten Räuberbanden-Chefs werden beim gemeinen Manne in Ungarn in Liedern und Bildern fast eben so gepriesen, wie ihre Nationalhelden und wie der an der Spitze derselben stehende alte König Etzel.

Mit der heroischen Härte ihres Sinnes ist eine arge Derbheit ihres ganzen Wesens verschwistert. Berühmt sind sie in der ganzen Welt wegen ihrer sprüchwörtlich gewordenen Flüche, „mit denen ein Magyar in einem Tage alle Sitte häufiger mordet, als ein Franzose während seines ganzen Lebens."

Die Ungarn selbst leiten diese und andere Schwächen, oder wenn man will Ueberkraft, ihrer Leute „aus dem noblen, feurigen, aufbrausenden Temperament" her, das sie sich, besonders den von ihnen als phlegmatisch und matt gescholtenen Deutschen gegenüber, zuschreiben.

Sie vergleichen den Deutschen oder wie sie ihn nennen „den Schwaben" mit seinen kalten sauren Weinen; sich selbst aber mit dem feurigen Tokaier. Als überkräftige, derb sinnliche Naturen, lieben sie wie bei ihren Getränken so auch in ihrer Küche das Gepfefferte, Gewürzige, das

Solide, Essentielle und das Starkriechende und Scharfe, was kein ausländischer Gaumen zu überwinden vermag. Süßlichen und weichlichen Leckereien sind sie abgeneigt. Und darin hat ihre Küche etwas Aehnliches mit der der kräftigen Briten.

Wenn nur mit jenem Feuer, das bei gewissen Gelegenheiten so leicht in ihnen hervorblitzt, nicht wieder in anderer Beziehung eine so schwer in Bewegung zu setzende Indolenz, eine so tief wurzelnde Abneigung gegen alle Neuerungen und Verbesserungen verbunden wäre! Schon ein altes deutsches Sprüchwort sagt von ihnen: „Der Ungar tritt nicht einen Schritt, aus seiner ungarischen Sitt." Darin verrathen sie am meisten ihr orientalisches Naturell und erinnern ein wenig an die Osmanen.

Wie die Orientalen wurden auch sie von jeher sehr gemessen, in ihren Aeußerungen sehr schweigsam genannt. Schon ihr erster deutscher Schilderer, der Abt Regino vom Kloster St. Prüm, nennt sie „natura taciti." „Man beobachte den magyarischen Bauer, wenn er müßig vor seiner Thür sitzt und raucht. Er träumt und raucht und schweigt. Er würde etwas von seiner Würde zu verlieren glauben, wenn er häufig spräche. Er öffnet den Mund blos nach langen Pausen, und wenn er seinem Nachbar etwas durchaus Nothwendiges zu sagen hat." Die Rührigkeit des mittheilsamen gesprächigen Deutschen erscheint dem Magyaren als das haltlose Benehmen eines Schwätzers, dem es an Würde fehlt, und der Slave ist neben dem Magyaren ein wahrer Spektakelmacher.

Allerdings giebt es Gegenstände, bei denen auch der Ungar sehr gesprächig werden kann z. B. wenn von Prozessen die Rede ist. Wie alle kriegerischen Nationen fürchtet er sich vor nichts weniger als vor einem gerichtlichen Streite. Selbst bei den Römern waren die Rechtsstreite nicht zahlreicher als in Ungarn, wo Jurisprudenz sogar einen Gegenstand der gewöhnlichen Erziehung bildet, und wo fast jeder ein Stück von einem Advokaten vorstellt. —

Schweigsamkeit pflegt häufig eine Eigenthümlichkeit stolzer Charaktere zu sein. Und in der That sieht der Magyar auf alle die in seinem Lande neben ihm hausenden Raçen mit einem selbstbewußten Stolze hinab, der nicht selten in blinden Dünkel und zuweilen in ziemlich lächerliche Eitelkeit ausartet.

In seinem hochfahrenden Muthe verübt er oft die größten Härten. Von seinem slavischen Mitbürger pflegt er sogar sprüchwörtlich zu sagen: „Der Slave sei kein Mensch."

Eine Kritik seiner Nation und seines Landes verträgt er nicht. Einen Bewunderer derselben aber macht er bald zu seinem Freunde. „Wer seiner Eitelkeit schmeichelt, der wird leicht sein Meister und Herr. Schlaue Fremdlinge wissen diese Schwäche, indem sie ihn mit Schmeicheleien blind machen, geschickt zu ihrem Vortheil zu nützen." Sie leiten den stolzen Magyaren dabei wie den Stier am Horn.

Mehr als ein Mal verfiel gerade durch seinen Nationalstolz das ganze Volk in Abhängigkeit. Maria Theresia gängelte sie mit einigen Schmeicheleien nach ihrem Willen. Der arme Kaiser Joseph dagegen, der die Ungarn beglücken, bereichern, civilisiren wollte, der aber ihre Nationaleitelkeit verletzte, scheiterte bei ihnen mit seinen Plänen, und den Mann, der ihr größter Wohlthäter zu sein wünschte, schelten sie noch jetzt ihren ärgsten Feind.

„Außerhalb Ungarn", sagen sie sprüchwörtlich, „ist kein Leben." („extra Hungariam non est vita et si est vita non est ita," und giebt's da Leben, so ist's doch nicht so wie hier.) Sie sind daher auch als Colonisten fast gar nicht aus ihrem von den Karpathen umzäunten gelobten Lande herausgekommen. Sie haben sich, in ihre Pusten zusammengedrängt, in einer sehr compacten Masse bei einander gehalten.

Davon machen nur die sogenannten Szekler in den südöstlichsten Thälern Siebenbürgens eine Ausnahme. Diese Abtheilung der Magyaren hat sich immer mit einer eigenthümlichen politischen Verfassung von dem Hauptkörper der Nation mehr oder weniger abgesondert gehalten.

Ueber den Ursprung dieses merkwürdigen Volks der Szekler, das zu den Magyaren Ungarn's ungefähr in demselben Verhältnisse steht, wie die Kosaken zu den Russen, ist man sich nicht einig. Einige glauben, daß sie von den türkischen

Cumanen abstammen, welche in die Gebirge verpflanzt und selbst magyarisirt wurden. Die Szekler selbst leiten sich direct von Attila und den Hunnen her, und glauben, daß einer der Sprößlinge aus Attila's Geschlecht, der sich beim Untergange des hunnischen Reichs mit einem Reste der Hunnen in den dacischen Gebirgen festgesetzt und gehalten habe, der Stifter ihrer Nation gewesen sei. —

Andere wiederum glauben, daß bevor noch die Hauptarmee der Magyaren selbst unter Arpad nachgekommen sei, ein verstreuter und vor ihren Feinden flüchtender Trupp Magyaren sich in die Gebirge gerettet und daselbst seine Selbstständigkeit behauptet habe. — Der Umstand, daß ihr Name Szekler im ungarischen so viel als Flüchtlinge bedeutet, scheint diese letztere Ansicht zu unterstützen. Eben so auch, daß die Szekler sich in Raçen-Typus und Sitte als echte Magyaren zeigen. Sie sprechen eine ganz unvermischte ungarische Sprache und haben die alten magyarischen Gebräuche und Verfassung am reinsten bewahrt.

Außerhalb ihrer Pusten und Karpathen findet man sonst die Ungarn nirgends in Europa ansässig und verstreut. Die fast einzige Ausnahme davon bilden mehre merkwürdige kleine Colonien magyarischer Auswanderer in der Moldau und Bessarabien, wohin die hussitischen Religions-Unruhen sie versprengten, wohin denn auch häufig bei vielen anderen Gelegenheiten wieder Magyaren ausgewandert sind, auch in neuester Zeit wieder die Szekler, und wo sie sich vor den indolenteren walachischen Landeskindern durch Thätigkeit, Reinlichkeit und Intelligenz hervorthun.

Selbst die geringsten Magyaren, voll von Grandezza, wie sie Alle sind, kommen sich einem Walachen oder Slaven und auch einem bescheidenen Deutschen gegenüber wie Edelleute vor. Sie stehen zu diesen Völkern wie der Wehr- zum Lehr- und Nährstand.

Die Könige folgten diesem Zuge ihrer Nation und erhoben zuweilen bei geringfügigen Veranlassungen und oft sehr zweifelhaften Verdiensten, ganze Dorfbevölkerungen, ja ganze Landdistrikte mit allen darauf wohnenden Bauern, Schafhirten und patriotischen Räubern (Haiducken) ausdrücklich in den Adelstand, und ertheilten ihnen alle weitläuftige Privilegien eines ungarischen Edelmann's, die Wählbarkeit zu hohen Aemtern, die Abgabenfreiheit, die Unantastbarkeit der Person, und im Gefolge dessen eine fast ungebundene Straf- und Pflichtenlosigkeit.

Sie verschafften dadurch den dünkelhaften Einbildungen des Volks und allen damit zusammenhängenden Uebeln ein noch breiteres Feld, auf welchem Bequemlichkeit und deren Schwestern üppig gewuchert haben.

Man kann sich denken, welche Hindernisse des Fortschritts einer Nation im Wege standen, bei welcher bis auf unsere Tage herab ganze Gemeinden von Schaf- und Kuhhirten, Bauern und Fuhrleuten, adlige Rechte besaßen und mit weit gehenden Ansprüchen eine eben so weit gehende Unwissenheit paarten.

Wie wir Alle, so besitzen natürlich auch die Ungarn Tugenden neben Schwächen, und es stehen daher bei ihnen jenen auffallenden Fehlern eben so viele lobenswerthe Qualitäten, wie Licht dem Schatten zur Seite. Ist der Ungar etwas plump und derb, so ist er dabei auch geradezu und bieder. Hinterlist ist nicht wie bei dem Slaven ein wesentliches Element seines Charakters.

Ist er schweigsam und ernst, kein munterer Gesellschafter, entschieden sogar sehr zu Trübsinn und Schwermuth neigend, so ist er dabei auch nicht zudringlich, nicht neugierig, sehr zurückhaltend, kein Schreier, kein Raisonneur, Qualitäten, in denen sein Nachbar der Walache excellirt.

Sein Nationalstolz entspricht seiner Freiheitsliebe. Wie er ein Feind der neuen Verbesserungen ist, so ist er auch ein Freund des alten Gesetzes und Herkommens.

Mit großer Zähigkeit, mit vieler Widerstandskraft schloß er sich stets an die ehrwürdige Verfassung seines Landes, an die historische Vergangenheit seiner Nation an.

Getreu bewahrte er, trotz aller Beimischungen und Einflüsse von außen, deren er immer wieder Herr wurde, Alles, was die Physiognomie, was das eigenthümliche Charakter-Gepräge seines Volkes ausmachte. Wie ein Granitfels hat er sich von Anfang herein mitten in die von

Völkerstürmen bewegten Donaulande hingestellt. Wie des größten Hochmuths, so ist er auch der Großmuth fähig. Er spielt gern den Großen, aber er läßt auch andere Theil daran nehmen. Gastfreiheit ist in Ungarn eine der verbreitetsten Tugenden, die durch den Reichthum und die Fülle des Landes unterstützt wird.

Und nicht allein in den Schlössern wird der Besuch der Reisenden mit Dank aufgenommen, auch in der Hütte des Arbeiters klopft der Pilger und Arme nicht vergebens an, und wenn man ihre besoldeten Gastwirthe, bei denen man gewöhnlich auf die Frage: „Was können wir haben?" als Antwort die Gegenfrage erhält: „Was haben Sie denn mitgebracht?" als ungewandt und undienstfertig getadelt hat, so zeigen sie sich als Wirthe, welche die Kosten selbst bezahlen, desto galanter, desto mehr in ihrem Elemente.

Ihre unbefangene Zutraulichkeit, ihre arglose und naive Offenheit ist dann, wenn sie sich einmal erschlossen haben, so groß, daß sie dem, der ihnen die Ehre anthut, bei ihnen vorzusprechen und mit ihnen ein Glas Wein zu trinken, ihre ganze Lebensgeschichte und die größten Geheimnisse ihrer Seele eröffnen.

Im Großen hat sich ein edelmüthiger und ritterlicher Sinn der Nation in ihrer Geschichte bei vielen Veranlassungen offenbart. Wenn eine Maria Theresia, ihr Söhnlein in den Armen, hülfeflehend in die Versammlung der Ungarischen Magnaten tritt, so vergessen und vergeben diese allen vorgängigen Hader mit Oesterreich, rufen begeistert: „Es lebe unser König!" und retten durch ihre Tapferkeit und Selbstaufopferung das bedrängte Herrschergeschlecht, das sie doch eigentlich nur als ein ausländisches betrachten.

Diese Eigenthümlichkeit des ungarischen Charakters, diese ihre aufopferungswillige Hochherzigkeit liefert einen der vornehmsten Schlüssel zur Lösung des Räthsels ihrer wechselvollen Geschichte. Ihm verdankte Oesterreich mehr als ein Mal seine Erhaltung, so wie umgekehrt dann Ungarn wieder durch den eben so glühenden Patriotismus seiner Nation gerettet wurde.

Beide ausgezeichnete Eigenschaften der Magyaren, Patriotismus und Großmuth, haben sich auch in den letzten Jahren, in welcher die Magnaten sich entschlossen, als Apostel und Vorkämpfer der Neuzeit aufzutreten, wieder mehrfach bekundet.

Die Ungarische Aristokratie hat auf mehreren Reichstags-Abschieden nicht nur der niederen Klasse ausgedehnte Rechte gewährt, sondern hat auch ihre Privilegien aufgegeben, die sie seit einem Jahrtausend besaß, hat sich ohne äußeren Zwang erboten, die Steuern zu zahlen, denen sie nie gesetzlich unterworfen war, und mit eigener Hand die Schranken vernichtet, welche sie vom Volke trennten. Es gelang bei den Ungarn, dem aristokratischesten Volke der Welt, in Folge einer beifallswürdigen Aufwallung der Gemüther, eine Reform, die selbst in Rußland, dem despotischesten Lande der Erde, trotz des Ausspruchs des Kaisers, wegen des Widerspruchs der selbstischen Aristokratie, noch nicht durchgeführt werden konnte.

Auch die Stellung, welche der Ungar dem schwächeren Geschlechte anweist, bezeugt, daß ihm die Großmuth des Starken inne wohnt. Er betrachtet sich zwar als den unbeschränkten Gebieter in seiner Behausung und Familie. „Uram" (mein Herr) nennt ihn sein Weib und dutzt ihn nicht. Nie aber mißhandelt er wie der Slave seine Frau, die er oft seine „Rose", seinen „Stern" nennt, und die sicher ist, in ihm einen Freund, eine Stütze, einen Beschützer zu haben.

Wie alle Starken, ist er auch nach dieser Seite hin sanftmüthig, und die, welche er „seine Leute", d. h. seine Familie nennt, behandelt er mit größter Nachsicht und Güte; was ihn aber wieder nicht abhält, in seiner Kindererziehung recht pünktlich und strenge zu sein, oft strenger, als der Deutsche. Zeitig werden die Kleinen zur Uebernahme eines Theils der häuslichen Arbeiten erzogen und auch zur Frömmigkeit angehalten.

Es steckt in ihm durchweg ein guter Keim und Kern, obwohl in einer rauhen Hülle, eine natürliche und naive Frische, obwohl in nicht immer genießbarer Schaale. Man glaubt im Magyarenthum einen Stoff vor sich zu haben, aus dem sich viel Tüchtiges und Gutes gestalten ließe.

Dies spricht sich auch in ihrer höchst originellen, eigenthümlich organisirten und reichen Sprache aus. Die von ihnen mit großem Recht geliebte Sprache der Magyaren strotzt von Lebensfülle und Energie. Sie ist sehr deutlich, sehr scharf und bestimmt. Sie ist reich an Metaphern und Bildern und äußerst anschaulich, und besitzt nach dem Urtheil der Kenner einen prachtvollen und männlichen Wohllaut. Eine ihrer merkwürdigsten Eigenschaften, die für die Einheit des Kerns der Ungarischen Nationalität sehr bezeichnend ist, besteht aber darin, daß sie fast gar keine Dialekte und Patois besitzt. Der Bauer spricht sie so rein und gut, wie der Magnat, oder noch reiner, denn er mischt ihr nicht so viele deutsche und lateinische Ausdrücke bei, und verändert nichts an ihrem poetischen und bilderreichen Charakter.

Das Magyarische ist jetzt die cultivirteste aller Sprachen finnischen Stammes. Durch eine zahlreiche Reihe von Schriftstellern, Dichtern und Gelehrten ist seit Ludwigs des Großen Zeiten ihr Stoff in allen Richtungen aus- und durchgebildet worden. Die Ungarische Literatur-Geschichte weist eine Fülle von Namen auf, die freilich außerhalb der Grenzen ihres Vaterlandes wenig bekannt sind. Von jeher haben sie, darin den Römern und überhaupt allen erobernden Völkern etwas ähnlich, einen besonders großen Ueberfluß an — Rednern, Rechtsgelehrten und Geschichtschreibern gehabt. Es gereicht der ganzen Ungarischen Nation zu vorzüglicher Ehre, daß es ihr nie an Männern gefehlt hat, welche das Ganze und Einzelne ihrer vaterländischen Geschichte durch Herstellung historischer Denkmale und durch kritische Untersuchungen zu begründen und das Gebiet historischer Wahrheit zu bereichern suchten. Herr von Engel, der deutsche Geschichtschreiber Ungarns, nennt eine ganze Reihe Magyarischer Namen, die ihm in dieser Hinsicht ehrwürdig erscheinen.

Der Umstand, daß das Ungarische Volk einen so merkwürdigen abenteuerlichen und wechselreichen Heldenzug ausführte, auf dem es wie ein Komet aus Asien nach Europa heranflog, um sich an der Donau fest zu setzen, scheint ihnen schon frühe einen epischen Schwung, eine Vorliebe für die Heldensage gegeben zu haben. Deutsche und Ungarische Chronisten erwähnen Lieder, in welchen die Magyaren ihre alten arpadischen Fürsten verherrlichten und der Erinnerung an nationale Heldenthaten pflegten. Darin wurden die sieben Hordenführer besungen, unter denen das Volk in's Land rückte, und die ersten wilden und heroischen Streifzüge ihrer Lehel und Botonds nach Constantinopel, Italien und sogar nach Spanien. — Die Attila-Sage ist ebenfalls ein Gegenstand der alten Ungarischen Poesie gewesen.

Eigentlich große kosmopolitische Dichter, einflußreiche Weltlichter, haben aber die Ungarn bisher noch nicht geliefert. Die Lyra nur einiger weniger ihrer modernen Sänger tönte stark genug, um auch zuweilen jenseits des Karpathengebirges in West-Europa vernommen zu werden. Die Namen der beiden Brüder Kisfaludy und des genialen Alexander Petöfi kennt man auch in Deutschland.

Mit demjenigen Literaturzweige, der in neuerer Zeit allen Völkern Europa's ein so großes Bedürfniß geworden ist, und der jetzt in ihrem Leben eine so einflußreiche Rolle spielt, mit der Journalistik, sah es in Ungarn noch vor drei Jahrzehnten sehr traurig aus. Noch im Jahre 1830 gab es in Ungarn kaum ein paar politische oder literarische Tageblätter, die Uebersetzungen aus deutschen Zeitungen und dann und wann ein Magyarisches Gedicht oder eine Charade mittheilten. Seit diesem Jahre aber ist, wie anderswo, so auch in Ungarn ein ganzer Wald von politischen, belletristischen, pädagogischen und industriellen Tage-, Wochen- und Monatsblättern aufgesproßt, die alle in jener eigenthümlichen finnischen Sprache geschrieben werden, und in denen eine Menge Talente und Geister der verschiedensten Art sich hervorthun.

Von andern Musensöhnen, z. B. von Leuten, die sprechen dürfen: „anch io son' pittore“ ist indeß bei den Ungarn auch jetzt noch selten die Rede.

Sie haben auch das mit den Römern gemein, daß sie die Musik und andere Künste bei sich von Fremden pflegen lassen. Wie die Römer die Griechen als Flötenbläser in ihre Dienste nahmen, so hatten die Ungarn von jeher die Zigeuner als Barden und Musiker bei ihren Schlachten und Tänzen.

Ja sogar die geringen Künste des Alltags-Lebens, für welches der Slave doch ein sehr gewandtes und vielseitiges Talent mitbringt, treibt der Magyar weder mit Vorliebe, noch Geschick.

Fast durchweg werden bei ihnen die technischen Gewerbe von Deutschen oder Slaven betrieben.

Für den Handel hat er gar keinen Sinn, und er überließ ihn von jeher den Deutschen, Italiänern, Juden oder anderen Fremden. Auf Erwerbsamkeit und auf die Industriellen sieht er ungefähr mit derselben Verachtung hin, die ein Zögling des Mars auch anderswo wohl dafür hegt.

Das einzige bürgerliche Gewerbe, das bei ihm in hoher Achtung steht, ist der Ackerbau, und das, was er mit angeborener Vorliebe betreibt, ist die Viehzucht.

Doch auch seinem Ackerbau sieht man es wohl an, daß er ihn erst in Europa lernte. Seine Ausdrücke für alle ackerbaulichen Geräthschaften sind deutschen oder slavischen Ursprungs.

Dabei hat er aus dem Füllhorn der Ceres nur immer noch das Nothdürftigste, das nackte Getreide, herausgegriffen. Gemüsezucht, Obstbau und Gartenkunst sind ihm noch mehr oder weniger fremd geblieben. Seine Dörfer liegen so recht kahl und unheimlich mitten in der Getreide-Flur, ohne die anmuthige Abwechselung der Fruchtgärten, ohne die Zierde angepflanzter Bäume, ohne die Einfassung von Blumen- und Gemüsebeeten.

Wo man in Ungarn solche kleine heimliche Oasen mit allem Apparate und Schmucke einer vielseitigen Boden-Cultur gewahrt, da findet man auch immer mitten in dem blühenden Gebüsche den deutschen Colonisten, den Träger der Gesittung des Landes, unter dessen fleißigen Händen die Wälder niederstürzen, die Moräste sich entsumpfen, die Einöden in Weingärten verwandeln, der auch überall zuerst der Gebirge mineralische Schätze erschloß.

Die Magyarischen Dörfer stehen mit denen der überall unter ihnen verstreuten „Schwaben" im auffallendsten Contraste und gewähren noch heute den Anblick von frisch auf dem Blach-Felde aufgeschlagenen Soldaten-Lagern.

Noch lange nach ihrer Ankunft in Europa wohnten die Ungarn in Zelten. Allmählich erst verwandelten sich die Zelte in kleine hölzerne, weiß angestrichene Häuser, für die sie das Wort der deutschen Baumeister „ház" (Haus) beibehielten. Dabei blieb aber nach wie vor der Plan des Lagers, die überflüssig breiten, unter geraden Winkeln sich kreuzenden Straßen, wie für einziehende Kavallerie gemacht, und in der Mitte, wo ehemals das Hauptzelt des Rittmeisters stand, liegt jetzt das Kirchlein. Es ist sprichwörtlich geworden, daß der Magyar, wie jeder Reitersmann, den Wohnort groß, die Kleidung knapp liebt. Mit Ausnahme dieser Kleidung will er Alles bequem, gemächlich, weit und reichlich haben. Beschränkung ist ihm sonst überall zuwider, und sich zu behelfen, wie der Deutsche, versteht er nicht.

Nach demselben weitläufigen Plane, wie ihre Dörfer, sind auch ihre größeren Ortschaften, ihre sogenannten Städte gebaut, in deren lockeren und unsoliden Gefüge sich kein fester Anschluß der „polgars" (Bürger), kein einiges und organisches Verwachsen kund giebt.

Feste steinerne Städte, mit architektonisch.m Schmuck und mit einer geschlossenen Gemeinde, wie die Häuser eng verbundener städtischer Genossen, haben erst die Deutschen in Ungarn gebaut, und solche sind auf den ersten Blick von den ächt Magyarischen Schöpfungen dieser Art zu unterscheiden. Die Hauptstadt Ofen-Pesth, die schon im 13. Jahrhundert von den Chronisten eine „magna et ditissima Teutonica villa" genannt und die jetzt den schönsten Städten Europa's beigezählt wird, kann als ein großartiges Denkmal deutschen Fleißes und deutscher Industrie mitten im Magyaren-Lande betrachtet werden. Das Mobiliar in den kleinen Wohnungen der Magyarischen Bauern ist meistens sehr dürftig. In der türkischen Zeit fand sogar die orientalische Mode wieder Eingang, manche Möbeln durch bloße Teppiche und Polster zu ersetzen. Und damals (es ist noch kaum 200 Jahre her) war zuweilen das bewegliche Besitzthum, selbst der Magnaten, auf einige kostbare Teppiche, mit denen sie statt der Tapeten und Bilder ihre Zimmer und Speisesäle behingen, ein paar Kleinodien, einige Edelsteine und viele Kleider und Waffen beschränkt.

Bei aller mageren Dürftigkeit ihrer Ausstattung haben aber doch diese Magyarischen Dörfer in Vergleich zu dem elenden Wesen der Walachen ein recht wohlhäbiges und reinliches Aussehen, wie denn überhaupt Reinlichkeit in seiner Hauswirthschaft eine Haupttugend des Magyarischen Bauern ist, durch die er häufig sogar über dem Deutschen steht.

An Handwerkern und Professionisten fehlt es in allen, selbst den größten Ungarischen Orten. Nur Schneider und Schuster, welche sich auf das Ungarische National-Costüm verstehen, und Schmiede, die ein Pferd beschlagen können, sind stets in Fülle da; daher auch die Einwohner gezwungen sind, selbst die Edelleute, die auf ihren Gütern leben, alljährlich ein Mal die großen Märkte und Städte des Landes zu besuchen, um da die nöthigen Vorräthe für den ganzen Winter zu kaufen, wie zu einer Reise in die Wüste.

Ist aber der Sommer da, so merkt man in der Ungarischen Wirthschaft erst recht das nomadische Wesen, aus dem sie hervorgegangen. Dann zieht der Magyar, den die Wände seines Häuschen den langen Winter über schon gedrückt haben, ganz zu seinem Vieh hinaus, in die Pusten, diese schrankenlosen Ebenen, in denen die Sonnen-Auf- und Untergänge von so unvergleichlicher Pracht sind, auf denen die Gewitter und Stürme sich so frei und imposant entladen, auf denen die Nächte einen so reinen, frischen und einen so unvergleichlich hellen Sternenglanz darbieten, nach denen der Ungar verlangt, wie der Schiffer nach dem Meere, und die er in seinen Volksliedern eben so, wie der Araber seine Sandwüsten feiert. Oder thut er dies nicht, so verlegt er doch wenigstens, um sich eine Illusion zu bewahren, seine Bettstelle in's Freie auf den Hof seiner Wohnung und schläft daselbst mit seiner ganzen Familie unter einer kleinen, seiner Hütte angehefteten Galerie.

Alle ländlichen Verrichtungen im Dienste der Ceres geschehen ebenfalls unter freiem Himmel. Speicher, Dreschtennen, Scheuern giebt es nicht. Das Getreide wird im Felde von den Ochsen ausgetreten, das Korn häufig noch blos in Gruben bewahrt.

Den Pflug führen sie auf dem Felde herum, als wäre es die Procession einer asiatischen Gottheit mit 4 oder 6 Paar weißen Ochsen, und vor jedes Wägelchen spannen sie ein halbes Dutzend muthiger Klepper. Im Fluge stürmen diese Thierchen mit dem angebundenen Appendix von Wagen hinter sich über Sumpf und Stein dahin. So, selbst auf ihren schwerbeladenen Erntewagen mit einander wettrennend, langen auch in aufgeregten Staubwolken die Ungarischen Bauern mit ihren Produkten auf den Märkten an, als wäre es ein Platz, den sie mit ihrer Reiterei im Sturm gewonnen hätten.

Am liebsten aber, wie gesagt, wandert der Ungar im Sommer, wie seine Stammgenossen am Ural, ganz in die Steppe, in die Puste, auf die Heide zu seinem Vieh hinaus. Denn wie Lenau denkt er:

> Ich zog durch's weite Ungarland,
> Mein Herz fand seine Freuden,
> Als Dorf und Baum und Busch verschwand
> Auf wüster, freier Heiden.

Dort findet er noch Alles, wie im Osten: unbegrenzte Räume, meilenweit keinen Zaun, keine Verrammelung irgend einer Art, endlose Triften, zahllose Vieh- und Pferde-Heerden. Selbst die großen zottigen, weißen, ungarischen Schäferhunde sollen noch aus Asien stammen und Abkömmlinge derjenigen Thiere sein, welche die alten Magyaren von dort mitbrachten. Sie gleichen noch jetzt den Hunden der Baschkiren.

Auch seine Pferde sind von tatarischer Raçe, klein, mager, aber gewandt, unermüdlich und flink, „aus lauter Athem zusammengesetzt."

Sie sind ihm bei allen seinen jetzigen friedlichen Verrichtungen, bei dem Hüten und Zusammentreiben seiner weit verstreuten Heerden, bei seinem Hinausreiten auf das entlegene Feld, auf seinen Besuchen bei weit entfernten Nachbarn so nöthig, wie ehemals bei seinen Plünderzügen nach Deutschland.

Der Ungar handhabt das Roß von Jugend auf. Er ist ein geborener Reiter, ein Centaur. „Der Magyar kommt zu Pferde zur Welt", sagt ein ungarisches

Sprichwort. Schon im 4. Lebensjahre hebt ihn der Vater auf den kleinen langhaarigen Renner, der in der Mähne noch die Dornen, Distelköpfe und Aestchen von dem Gebüsche, durch das er streifte, sitzen hat, und spricht zu dem Kinde, wenn es den ersten weiten Galopp ausführte, ohne herunter zu fallen: „Du bist ein Mann!“

> Schönes Leben, Reiterleben.
> Das ist Leben, das allein!

singt Lenau aus der Seele des Ungarn heraus. — Während Schwermuth, wie man beobachtet hat, den Ungarn beim Wein überwältigt, steigert sich sein froher Sinn und Muth im Bügel eines kühnen Pferdes. Daher denn auch das beste und heldenmüthigste Truppen-Corps der Ungarn stets das der leichten Kavallerie war. Als Infanteristen haben sie wenig große Thaten ausgerichtet, dagegen ihre gewandten „Husaren“ — eine magyarische Erfindung und ein magyarisches Wort, — in allen Ländern Europas nachgeahmt wurden. Wie der Name Husaren selbst, so sind auch mehrere andere militärische Ausdrücke der Ungarn, z. B. die Worte „Tschako“, „Dolman“, „Haiduk“ u. s. w. in alle Sprachen Europa's übergegangen.

Die Husaren-Uniform, wie wir sie bei unseren Heeren noch jetzt sehen, ist die eigentliche alte ungarische Volkstracht. Sie ist wohl ohne Zweifel eins der schönsten und reichsten National-Costüme, die wir in Europa besitzen, und stammt vermuthlich wie alle geschmackvollen Costüme aus Asien, das sich von jeher besser zu kleiden verstand, als Europa.

Wie sehr das Thun und Treiben der rossebändigenden Magyaren ursprünglich nomadisch ist, beweist auch wieder ihre Sprache. Denn während diese, wie ich sagte, die meisten auf den Ackerbau, die Gewerbe und Künste Bezug habenden Ausdrücke den Deutschen und Slaven entnommen hat, sind alle technischen Ausdrücke der Hirten ächt magyarisch.

Und dazu ist diese magyarische Hirtenterminologie eine äußerst weitläufige und ausgebildete. So hat z. B. jede Gattung von Heerden ihren besonderen Namen. So auch jede Art von Hirt. Ein Ochsenhirt heißt „Gulyas“, ein Schweinehirt „Kanasz“, ein Schafhirt „Juhasz“ und der kühne Rossebändiger und Pferdehirt „Czikos“, als wenn es lauter besondere Kasten oder Gesellschaftsklassen wären.

Und jede Kaste hat wieder eine zahllose Menge von Ausdrücken, wofür wir anderen gar keine besonderen Worte erfunden haben. Auch dies haben die Ungarn mit den Tataren, Kosaken, Walachen und sämmtlichen jetzigen Bewohnern des einst nomadischen oder skythischen Europa's gemein, bei denen allen, wenn gleich sie jetzt auch Ackerbauer geworden sind, das alte Lieblingsgeschäft, die Heerden-Wirthschaft, eine ungemein reiche Sprache besitzt.

Es ist wunderbar, ich muß es wiederholen, ja man hat es oft ein wahres Räthsel genannt, daß ein solches ursprünglich bloß für die rohesten Beschäftigungen, für das Hirtenleben, geeignetes asiatisches Volk, das so wenig Geschick für die andern bunten Geschäfte, Gewerbe und Künste des bürgerlichen Lebens mitbrachte und entwickelte, das so unendlich Vieles von andern Völkern, in deren Mitte es sich niederließ, entbehren mußte, sich dennoch bis auf den heutigen Tag bei seiner Eigenthümlichkeit hat erhalten und in seiner Stellung behaupten können.

Mehr als ein Mal waren die Magyaren von fremden Elementen so überschwemmt, so zertreten, daß man sie fast schon vergessen, aus dem europäischen Völkerkreise gestrichen hatte, und doch sind sie immer wieder als Magyaren aus dem Gewirr hervorgegangen.

Selbst am Ende des vorigen Jahrhunderts war die ungarische Nationalsprache wieder so weit herabgekommen, daß sie kaum noch unter den Niederen gebraucht wurde, und daß in fast allen Zweigen des gebildeten Lebens das Lateinische vorherrschte.

Joseph II. glaubte ihr leicht den letzten Stoß geben zu können. Aber seit dem letzten Tage, an welchem dieser Kaiser decretirte, daß die lateinische Sprache abgeschafft und binnen drei Jahren das Deutsche in ganz Ungarn eingeführt, gelernt und verstanden sein sollte, hat sich der Volksgeist wieder mit einer so mächtigen Reaction erhoben und von Neuem seine Kräfte der Art entfaltet, daß er, als würde ein neuer Arpad oder ein zweiter Mathias Corvinus erwartet, wieder die Augen von ganz Europa auf sich gezogen hat, und daß die Ungarn jedenfalls in Ost-Europa, — in Hinsicht auf Freiheitsliebe, Mannhaftigkeit und andere intellectuelle Eigenschaften als das erste Volk dastehen. —

Sie stehen in diesen Beziehungen hoch über ihren Nachbarn, den Walachen, den Russen, Bulgaren und anderen Slaven. Sie haben ihre Nationalität besser gewahrt als die Polen. Sie gehören nicht, wie die Osmanen, zu den kranken Völkern Europas, von denen man mit Sicherheit voraussagen kann, daß sie verschwinden werden.

Ob es ihnen aber gelingen wird, sich in dem Völkerkreise Europas einen ganz selbstständigen Sitz zu erringen und wieder, wie sie träumen, den Lebens-Mittelpunkt eines mächtigen magyurischen Staates in die Mitte ihrer Pusten an die Theiß zu verlegen, dafür giebt die Geschichte ihrer letzten drei Jahrhunderte keine Bürgschaft. Denn von dieser Geschichte hat man wohl mit Recht bemerkt, sie schäume zuweilen mit wunderbarer Lebenskraft auf und brause daher, wie ein Bergstrom, als wolle sie etwas Gewaltiges erzeugen. „Aber schnell auch verschwindet wieder die Aufregung dieser stolzen, pomphaften, ritterlichen und großherzigen Magyaren und verläuft sich auf steinichten und unfruchtbaren Gefilden."

Die Juden.

Es giebt kaum ein zweites Volk, dessen Ursprungsgeschichte wir so genau bis zu ihren ersten Anfängen verfolgen können, wie die Juden, die selber mit einem klaren und von vornherein so zu sagen äußerst historischen Geiste die Traditionen ihres Stammes niedergeschrieben und ihre uralten Schriften auf eine bewunderns-würdige Weise der spätesten Nachwelt erhalten haben.

Zweitausend Jahre vor Christi Geburt lebte jenseits des Jordans auf den Steppen Mesopotamiens unter der Leitung seines Emirs Abraham (d. h. des Vaters der Menge), ein kleiner Nomadenstamm, wie es deren in Arabien unzählige gab.

Der Hirtenfürst Abraham und die Seinigen unterschieden sich anfänglich weder in ihren Sitten, noch in ihrer Sprache, noch auch in ihrem physischen Typus von den übrigen arabischen Hirtenvölkern.

Ihre Sprache wurde in vielfachen verwandten Dialecten, Zweigen des jetzt sogenannten semitischen Stammes, in weiten Räumen des westlichen Asiens gesprochen, und ihre Nationalität war über alle Länder zwischen Persien, dem indischen und dem mittelländischen Meere verbreitet.

Nur in Bezug auf ihre religiösen Anschauungen und Sitten fingen Abraham und die Seinigen alsbald an, sich von ihren Nachbarn auszuscheiden und abzusondern.

Abraham muß ein frommer und denkender Mann, von tief religiösem Gemüthe und von prophetischem Geiste und darin über alle seine Landsleute und Zeitgenossen erhaben gewesen sein.

Er erkannte einen einzigen und unsichtbaren Gott. Er errichtete einen Bund mit ihm, verwarf die Mehrzahl der Götter und alle bildliche Darstellung der Gottheit.

Er bekehrte auch die Mitglieder seines Stammes zu dieser Ansicht, und führte bei ihnen zum Zeichen ihres Bekenntnisses gewisse Ceremonien oder eine Art Taufe ein.

Und demnach waren also die Israeliten ursprünglich eigentlich nicht sowohl ein besonderes Volk, als vielmehr nur eine religiöse Secte unter den Arabern.

Wäre Abraham, gleich Mohamed, heldenmüthig und siegreich ausgezogen und hätte er mit dem Worte und Schwerte alle andern Hirtenvölker seines Vaterlandes bekehrt, so würden wir keine eigenthümliche und gesonderte Nation der Israeliten erhalten haben.

Aber es genügte ihm, sich und den Seinen die monotheistische Religions-Ansicht in ihrer Reinheit zu bewahren, und den himmlischen Funken auf seine eigenen

Nachkommen und Stammglieder zu überliefern.

Dadurch traten diese alsbald in Gegensatz zu den übrigen semitischen Stämmen, schlossen sich von ihnen aus, lernten es, auf sie, als nicht zu dem auserwählten Geschlechte gehörig, mit Stolz herabzusehen, wurden von ihnen wieder mit Feindschaft behandelt, und da sie so, in sich ein geschlossenes Ganze bildend, auch gesonderten Schicksalen anheim fielen, so gestaltete sich in ihnen denn allmählich ein eigner physischer Typus, eine besondere Sprache, veränderte Sitten, ein eigenthümlicher National-Charakter.

Die Nachkommen und Stammgenossen Abraham's wurden in Folge ihrer religiösen Ueberzeugungen von einer Secte zu einem von allen ihren semitischen Verwandten, den Arabern, Phöniciern, Chaldäern verschiedenen Volke, dem zuerst der Name Hebräer, d. h. der Jenseitigen, zu Theil wurde, weil sie erst jenseits des Jordans gehaust hatten.

Freilich war dies natürlich ein sehr langsamer und lange dauernder Proceß. Denn längere Zeit nach Abraham lebten sie noch nach der Väter Sitte als ein Hirtenstamm in dem weidenreichen Thal des Jordan, und zogen auch noch als Nomaden nach Egypten, wo ihnen von den Pharaonen im Lande Gesen am rothen Meere besondere Weide-Districte angewiesen wurden.

Die Einwanderung der Hebräer nach Egypten, und ihr vierhundertjähriges Verweilen daselbst hat wohl zunächst viel dazu beigetragen, dies Volk seinem alten arabischen Ursprungslande und den nomadischen Sitten desselben zu entfremden.

Als mithin Moses sie dahin zurückführte, fühlten sie sich daselbst unter den Beduinen nicht mehr zu Hause, wurden sogar vom Heimweh nach dem stillern und bürgerlichen Leben Egyptens, oder wie sie dies ausdrückten, nach den Fleischtöpfen Egyptens ergriffen und gaben bald darauf das nomadische Leben auf, indem sie unter Josua's Anleitung den südlichen Theil von Syrien, das Land Canaan, besetzten.

Sie vertheilten dasselbe unter sich, vermischten sich mehrfach mit den nach der blutigen Eroberung noch übrig gebliebenen Resten der Ureinwohner, und trieben daselbst Ackerbau, Weinbau, Gewerbe und Künste, die sie zum Theil in Egypten gelernt, zum Theil den vorgefundenen Canaanitern nachgeahmt haben mögen.

Von Moses, ihrem nächsten großen Glaubenshelden, religiösen Reformator und Gesetzgeber nach Abraham, hatten sie eine auf diese neuen Verhältnisse, für welche er sie bestimmte, berechnete Verfassung erhalten, eine Verfassung, deren Kern die alte monotheistische Religions-Anschauung Abraham's bildete, und die daraus sich zu einer festen Hierarchie mit vielfachen ganz eigenthümlichen Satzungen entwickelte. —

Fast 400 Jahre lang lebten sie im Lande Canaan unter rüstigen und kriegerischen Häuptlingen, welche gemeiniglich „die Richter" genannt werden, und wuchsen stets an Zahl, Macht und Reichthum. Es war die erste Heroen-Zeit der Nation. Um das Jahr 1080 erwählten sie sich — in Folge einer Revolution gegen die Priester — Könige, die sich alsbald, wie die Gebieter anderer orientalischer Völker, mit Glanz, unumschränkter Gewalt und Waffenruhm umgaben.

Unter den Königen David und Salomo, etwa 1000 Jahre nach Abraham, erreichte die israelitische Nation den Gipfel ihrer Macht und Blüthe.

Sie herrschte damals über einen großen Theil von Syrien und Arabien bis zum Euphrat ostwärts, und westwärts bis nach Egypten und zu den Küsten des mittelländischen und rothen Meeres.

Auf beiden Meeren bauten sie Flotten und wurden, mit den Phöniciern rivalisirend, zum ersten Male auch im Welthandel bedeutsam.

Aus den reichen Städten Phöniciens fanden Luxus und die feinen Künste bei ihnen Eingang, und mit Hülfe phönicischer Werkmeister erbaute Salomo in Jerusalem seinen Tempel, eines der Wunderwerke des Orients.

Unter David und Salomo machten sich die Israeliten berühmt und gefürchtet im ganzen westlichen Asien, und unter der Anführung dieser beiden ausgezeichneten Könige, die selbst von Gott begeisterte Dichter und Weise waren, hat ihre alte Sprache und Literatur den größten Reichthum und die classischeste Reinheit entfaltet.

Vermuthlich hat daher damals auch der Geist und Charakter der Nation selbst am höchsten gestanden.

Doch dauerte diese Periode der Blüthe nicht lange, — etwa 60 oder 70 Jahre. Es ist der kurze Sonnenblick des Lebens dieses nachher so unglücklichen und stets hart bedrängten Volkes. Denn nie hat es später wieder eine solche Höhe des Glücks, der Kraft und Einigkeit erreicht. Nie hat es, obgleich noch Perioden des Ruhmes und der Freiheit wiederkehrten, eine solche Fülle nationaler Selbstständigkeit genossen.

Die glorreiche Zeit David's und Salomo's ist gewissermaßen das verlorene Paradies der Israeliten geworden, nach dem sie sich stets aber vergebens zurücksehnten, mit dessen Erinnerungen sich immer ihre Phantasie beschäftigte, und dessen Wiederherstellung, wie sie meinten, die Aufgabe eines von ihnen gehofften Messias sein werde. Schon gleich nach Salomo spaltete sich das Reich in zwei Theile, in das von Israel und das von Juda, die unter einander oft in blutige Zwiste und Bürgerkriege verfeindet waren, und die am Ende eines nach dem andern die Beute ihrer mächtigeren Nachbarn (der sich am Euphrat erhebenden Monarchieen der Assyrer und Babylonier) wurden.

Trotz der inneren Spaltung der Nation fanden die Eroberer aus Ninive und Babylon die Unterjochung dieses patriotischen, gottbegeisterten und unnachgiebigen Volkes nicht leicht. Sie entrissen daher nach jedem ihrer Siege ganze Geschlechter und Stämme desselben ihrem heimathlichen Boden und versetzten sie in die Gegenden am Euphrat und Tigris.

Auch hatten sich bei der Eroberung Jerusalems durch Nebukadnezar (im Jahre 585 vor Christi Geburt) manche Theile der Bevölkerung nach Egypten gewandt und sich in den Städten dieses Landes niedergelassen.

Hiermit hatte also die merkwürdige Zerstreuung der Israeliten begonnen, die später bei wiederholten Umwälzungen noch viel weiter gedeihen und am Ende Flüchtlinge aus Palästina durch die ganze Welt führen sollte.

Natürlich trafen jene Vertreibungen oder die sogenannten assyrischen oder babylonischen Gefangenschaften nur die Spitzen der Nation, die Patrioten, die Anführer, die hartnäckigsten Kämpfer.

Eine Masse ruhiglebender Ackerbauer blieb immerhin dabei im Lande zurück. Aber ebenso blieb denn auch wieder ein bedeutender Theil der Ausgewanderten in der Fremde zurück, als der persische König Cyrus um das Jahr 500 ihnen zur Heimkehr in ihr Vaterland und zum Wiederaufbau des Tempels Erlaubniß gab.

Eine nationale und politische Gesammtheit aller Stämme des Volkes, die nach David und Salomo vollständig gebrochen worden war, stellte sich nicht wieder her. Weil nur in dem Königreich Juda, nicht aber in dem von Israel, dessen Einwohner (die sogenannten zehn verlornen Stämme) sich ganz unter der übrigen Masse der orientalischen Bevölkerung aufgelöst hatten, eine Art von Wiedergeburt eintrat, so hießen die Hebräer von nun an Juden.

Die Könige des Ostens hatten die Weggeführten nicht durchweg mit Härte behandelt. Sie waren nicht gezwungen worden, die Sitten ihres Vaterlandes mit den Landessitten zu vertauschen, oder die fremden Götter anzubeten. Wie es denn überhaupt in den allgemeinen Verhältnissen der asiatischen Welt liegt, daß die Völker sich, selbst in der Unterjochung, sehr rein und eigenthümlich erhalten, sich nicht gegenseitig zu bekehren und zu vermischen trachten, vielmehr fremde Götter und Sitten neben sich dulden.

Ja mehrere der fähigeren Juden waren von den Eroberern sogar in den Staatsdienst genommen und zu hohen Aemtern befördert.

Die Schönheit der jüdischen Frauen, wie das Talent der Männer hatte sie oft zu Einfluß und Reichthum geführt, und viele derselben begnügten sich daher beim Wiederaufbau des Tempels zur Zeit des Cyrus, ihr Scherflein beizutragen, fuhren aber fort, den fremden Boden, der sie ernährte, als ihr Vaterland zu betrachten.

Demnach also — sage ich — blieb seit der assyrischen und babylonischen Eroberung der Körper des jüdischen Volkes für immer ein in hohem Grade versprengter, wenngleich sich auch im Heimathlande noch für lange eine mehr oder weniger compacte Masse zusammenhielt und unter günstigen Umständen zeitweise auch wieder zu politischer Unabhängigkeit gedieh.

Das große Handels-Genie und der leidenschaftliche Speculations-Trieb, der die Juden in so hohem Grade kennzeichnet, mag schon in ihnen gesteckt haben, da sie noch als Hirten am Jordan nomadisirten.

Alle arabischen und semitischen Völker sind ausgezeichnet durch dies Talent und diesen Trieb, den sie alsbald entfalten, so wie sie in eine dazu günstige Stellung kommen.

Die Phönicier, die nächsten Verwandten und Brüder der Juden, die auch mit den Juden zu den „Hebräern" gerechnet werden, hatten bereits längst die großartigste Handelsthätigkeit der damaligen Zeit entwickelt.

Dann aber auch, so glaube ich, werden fast alle Völker, die ihrem heimathlichen Boden mit Gewalt entrissen und in die Fremde verstreut wurden, immer von selbst dieser commerciellen und speculativen Thätigkeit zugetrieben.

Den Ackerbau, den Grundbesitz finden solche Vertriebene in dem fremden Lande schon in anderen festen Händen, und es wird ihnen schwer, sich dahinein zu drängen.

Die über weite Gebiete verstreuten Colonien oder Factoreien ihrer Stammgenossen, die sie kennen, denen sie Credit geben, mit denen sie durch Correspondenz und gegenseitige Besuche in Zusammenhang bleiben, bieten eine große Leichtigkeit dar, die Producte entlegener Länder zu verschreiben und sie den Eingebornen zuzuführen.

Solche unter mehreren Völkern verstreute Ansiedler müssen daher, sage ich, fast von selbst die Verkehrs-Vermittler der Leute, unter denen sie leben, werden. Es muß sich eine Neigung und ein Talent für den Handel bei ihnen bilden. Wie an den Juden, so sehen wir dies z. B. auch an den Armeniern, die, ursprünglich blos ein industrieloses Berg-Hirten-Geschlecht, nach ihrer Zerstreuung aber eines der merkwürdigsten Handelsvölker Asiens und Europas geworden sind. Wir sehen es, um ein Beispiel aus neuerer Zeit zu wählen, an unsern Herrnhutern, die ursprünglich nur in Folge ihrer religiösen Differenzen in alle Welt verstreut wurden, und die dann nachher von ihren Missions-Plätzen aus angefangen haben,. einen sehr merkwürdigen Waaren-Austausch zu betreiben und neben ihrem religiösen Eifer zugleich einen so großen und sicheren kaufmännischen Tact sich angeeignet haben.

Hinausgeworfen aus den engen Kreisen ihres kleinen Vaterlandes, wo sie bisher nur Wein-, Oel- und Getreide-Bauern, Hirten und Viehzüchter, Priester und Krieger gewesen waren, mußten demnach die Juden in der Fremde und auf den Bahnen des großen Weltverkehrs nothwendig zu den Gewerben und dem kaufmännischen Wesen hingedrängt werden.

Und war diese Tendenz einmal erwacht, so mußten denn dieselben Impulse auch von selbst weiter wirken. Auch ohne neuen Zwang griff dann der aufstrebende Speculations-Geist um sich und gab zu ferneren freiwilligen Wanderungen, Ansiedlungen und Gründungen von Factoreien Veranlassung.

So ist es denn kein Wunder, daß wir bereits zur Zeit der großen persischen Monarchie und trotz der Erlaubniß des Cyrus, in's Vaterland zurückzukehren, in allen medischen und persischen Städten Juden bleibend ansässig finden, daß wir ihre Colonien schon in den östlichen Provinzen dieses weiten Reiches erblicken, ja daß sie damals, 500 Jahre vor Christi Geburt, wahrscheinlich auch bereits in Indien, und sogar nicht sehr lange darauf in China eingedrungen waren, ohne daß sie ein Zwang, eine neue Vertreibung so weit hinausgeführt hätte. Es wird uns berichtet, daß schon lange vor Christi Geburt Juden-Colonien in China existirten. Schon damals standen die Juden bei den Chinesen in hohem Ansehen, und mehrere von ihnen sollen sich unter den Kaisern des himmlischen Reichs zu Mandarinen und zu Statthalterwürden emporgeschwungen haben.

Mit den Europäern kamen die Juden in bedeutsamer Weise zuerst durch die Macedonier und Griechen in Berührung. Zwar ist es wohl außer Frage, daß schon lange vor Alexander d. Gr. einzelne Juden den Boden von Europa betreten hatten. König Salomo soll ja seine Flotte mit denen der Phönicier vereint, und an ihren Handels-Speculationen nach Westen Theil genommen haben, und es mag daher in den phönicischen Colonien Afrikas und Spaniens schon damals jüdische Agenten gegeben haben.

Auch ist es wohl ziemlich wahrscheinlich, daß unter den 100 Völkerschaften, mit denen die persischen Könige Darius und Xerxes in Griechenland einfielen, auch Krieger aus dem Lande Canaan waren Allein diese Erscheinungen der Juden in Europa sind theils in ihrer Geschichte sehr dunkel, theils waren sie sehr vorübergehend und von keinen bleibenden Folgen.

Erst der Einbruch der Macedonier und Griechen in Asien, der unter andern das Handelsvolk der Phönicier vernichtete, brachte die Juden unserem Welttheile um ein gutes Stück näher.

Sie schlossen sich den Griechen an, sie lernten, wie andere Asiaten, ihre Sprache, sie traten mit den Griechen an die Stelle der Phönicier.

Namentlich bevölkerten sie mit ihnen das große, mächtig aufblühende Handels-Emporium Egyptens, das von den Macedoniern gestiftete Alexandrien, die Nachfolgerin von Tyrus, woselbst sie unter den Ptolemäern eine sehr zahlreiche Colonie bildeten, und von wo aus sie mit der übrigen Welt in Verbindung traten.

Von da aus gewannen sie namentlich Anknüpfungspunkte über Cyrene durch das nördliche Afrika hin, in welchem sich ihre Religionsgenossen, Stammverwandte und Geschäftsfreunde verbreiteten. Von Egypten aus kamen sie nach Nubien und Abyssinien und südwärts über die Wüste Sahara bis in das Innere von Afrika hinein, wo noch jetzt in Nigritien schwarze Judenstämme existiren sollen.

Ja wir sehen zu jener Zeit auch schon in den griechischen Küstenstädten Kleinasiens, also gleichsam im Angesichte Europas, eine Reihe blühender Handels-Factoreien der Juden.

Durch die Griechen und Macedonier, so kann man also sagen, wurden die Juden, die Asien schon längst erfüllten, gewissermaßen ringsumher bis an die Thürschwellen Europas vorgeschoben.

Das zweite große europäische Eroberer-Volk, die Römer, sollten sie endlich ganz in unser Welttheil hereinschaffen.

Unter den Nachfolgern Alexander's hatte außer den weit verstreuten Handels-Colonien noch immer im alten Heimathslande ein bedeutender Kern jüdischer Staatsgenossen, Städtebewohner, Grund-Eigenthümer, Ackerbauer existirt, die zu Zeiten noch einen ganz bewundernswürdig heroischen Patriotismus, Kampfesmuth und Unabhängigkeitsdrang entwickelten, und z. B. unter ihren Nationalhelden, den Makkabäern (d. h. den Hämmern), im zweiten Jahrhundert v. Chr. G., vorübergehend sogar ein dem Salomonischen ähnliches, glorreiches und gefürchtetes Reich Juda wiederherstellten, — die meistens aber von Statthaltern oder Unterkönigen der mächtigen Nachbarreiche regiert waren.

Die Heldenthaten, welche jene einheimischen mit erstaunenswerther Begeisterung für Freiheit und Vaterland kämpfenden Juden bei allen Eingriffen von außen her verrichteten, — die Aufopferungs-Freudigkeit, mit der sie bei den häufigen Zerstörungen ihres heiligen Jerusalem jedes Mal ihren Jehovah-Tempel wieder herstellten, — die unverwüstliche Regenerations-Kraft, mit der sie, wenn sie in sich selbst zerfielen, wenn Zucht und Sittenlosigkeit vorübergehend einriß, — wenn sogar, wie dies einmal geschah, die alten Mosaischen Bücher und Satzungen gänzlich verloren und vergessen waren, — sich dennoch wieder aus sich selbst gebaren und den Tempel so wie äußerlich, so auch in sich von Neuem erbauten, — die ganz ungemeine Energie, mit der sie den gegen sie eindringenden Göttern der Römer widerstanden, — die furchtbaren Schlachten, die sie den Legionen der gewaltigsten römischen Feldherren, einem Pompejus, einem Crassus, einem Vespasian lieferten, — die Art und Weise ihres schließlichen Untergangs, das letzte Auflodern ihrer Kraft gegen den Kaiser Titus, dessen Uebermacht sie nur Schritt vor Schritt und gleichsam bis zum letzten Mann und Hause wichen, — dies Alles erfüllte die ganze Welt stets und wiederholt mit Bewunderung für sie und mußte ganz vorzugsweise bei den im Auslande verstreuten Stammgenossen die Vaterlandsliebe mächtig stärken, und indem es ihre Mitleidenschaft beständig wach hielt, ihren gemeinsamen Nationalstolz immer anregte, ihnen überall, wo sie auch sein mochten, ein erhebendes Selbstgefühl einflößen.

Diese furchtbaren Catastrophen der Vernichtung Jerusalems unter Titus im Jahre 70 n. Chr. G. und schließlich nach erneuten Empörungen die entsetzlichen Blutbäder und die völlige Verwüstung Palästinas im zweiten Jahrhundert n. Chr. G. unter Trajan und Hadrian mußten sich tief und als unvergeßliche Erinnerungen in das Gemüth aller Juden senken.

Die letzten der alten Tempelsteine wurden damals aus ihren Fundamenten gerissen. Auf der heiligen Stätte ließ man pflügen und Bäume pflanzen. Das Götzenbild des Jupiter wurde an die Stelle der Gesetzes-Tafeln Jehova's gesetzt.

Das alte heilige Hierosolyma wurde bis auf den Namen ausgerottet, mit neuen Colonisten bevölkert und zu Ehren des Kaisers Aelius Hadrianus „Aelia" gegenannt, zu welchem „Aelia" sogar allen Juden den Zutritt versagt wurde.

Die von Josua einst vor 1500 Jahren an die Israeliten vertheilten Aecker des gelobten Landes wurden von den Römern verkauft und kamen in fremde Hände. Die meisten der nach den Gemetzeln noch übrigen Einwohner brachte man an Bord der Schiffe und führte sie nach Westen ab.

In dem Lande selber blieb nur ein kleines Häuflein, das aber von nun an trotz aller seiner Träume von Herstellung der alten jüdischen Herrlichkeit und auch einzelner schwacher Versuche dazu bis auf unsere Zeit herab dort nie wieder als gebietende Nation auftreten konnte, sondern daselbst nur als verstreute, geduldete und heutzutage höchst bedrückte und armselige Colonisten eben so, wie die Brüder in der Fremde, wohnte.

Daß bei dieser durch die Römer bewirkten völligen Verstreuung der Juden durch die Welt auch die jüdischen Colonien im ganzen Oriente wieder neue Zufuhr erhielten, versteht sich natürlich von selbst.

Für uns aber ist es hier wichtiger zu erfahren, wie die alten jüdischen Factoreien in Macedonien und Griechenland dadurch bedeutend verstärkt wurden, und daß nun die Juden mit den Römern auch in einige andere Länder Europas, in Italien, in Spanien, in Gallien, sogar schon in die germanischen Rheinlande eingezogen, die sie mit den Griechen und Macedoniern noch nicht hatten erreichen können.

Die heidnischen Römer bereiteten den in ihre Provinzen eingewanderten Juden ein ziemlich erträgliches Loos.

Sie verfolgten sie nicht — wenigstens nicht so consequent und bis auf's äußerste, wie dies später z. B. im christlichen Spanien geschah* — ihres Glaubens wegen, sie ließen ihnen ihre Religion, sie gewährten ihnen am Ende sogar das römische Bürgerrecht und alle die darin eingeschlossenen Gerechtsame und Privilegien.

Manche Juden gelangten bei den Römern zu Ansehen, Amt und Würden. Ein jüdischer Dichter, Fucus Aristäus, ist durch seinen Umgang mit Horaz unsterblich geworden. Ein römischer Statthalter von Sicilien war ein Jude.

Nichts destoweniger aber verschmolzen die Juden mit den Römern so wenig, wie mit andern Völkern. Ihre Religions-Satzungen, ihre unerschütterliche Treue an den Gott Abraham's und Moses, ihre alten Gebräuche, an denen sie unter allen Umständen fest hielten, ihre eigenthümlichen Gesetze in Bezug auf Speise und Kleidung, bewirkten es, daß sie auch unter den Römern wie anderswo als eine gesonderte Kaste bestehen blieben.

Sie selbst hielten sich mehr eigenwillig von den Römern getrennt, als daß diese sie zurückgestoßen hätten. Sie erschienen daher auch schon den Römern, die oft den Kopf über sie schüttelten, als eigensinnige, rechthaberische, absonderliche und unverbesserliche Leute und wurden als solche, wie bei uns, oft das Stichblatt des Witzes und Spottes bei Kaisern, bei Schriftstellern und beim Volke.

Dennoch hätten sich vielleicht die Juden bei ihrer unbeschränkten bürgerlichen Freiheit doch wohl am Ende, wie so manche andere orientalische Volks-Elemente, welche die Römer in ihre europäischen Besitzungen verpflanzt hatten, im Laufe der Zeiten völlig in Europa verloren und mit den

* Allerdings sind unter den Römern einzelne Revolten und Verfolgungen der Juden vorgekommen.

Landeskindern vermischt, wenn nicht das Christenthum dazwischen getreten wäre.

Das Christenthum, dessen göttlicher Stifter im Schooße des jüdischen Volkes selber geboren wurde, dessen geläuterte Ideen zunächst in den gottbegeisterten und erleuchteten Seelen frommer Männer in Juda Anklang fanden, und dessen Vorschriften zunächst durch jüdische Apostel in den kleinen in der Römer-Welt verstreuten Juden-Colonien verkündet wurden, — diese neue Religion erschien anfänglich als eine Spaltung unter den Juden selbst als ein reformirtes Judenthum.

Ueberall stritten die alten Mosaisten mit den Anhängern der neuen Lehre, den Christen, mit der Eifersucht entgegengesetzter Secten und bald mit der Erbitterung verfeindeter Brüder.

Als das Christenthum aus den engen Kreisen der jüdischen Gemeinden hervortrat, da wurde auch auf die bekehrten Heiden, die nun seine Hauptträger wurden, die feindselige Secten-Gesinnung übertragen. Und als die ganze gebildete Welt und endlich die römischen Kaiser selbst sich zu der neuen Lehre bekannten, da kamen die Juden mithin in eine viel gedrücktere Stellung als zur Zeit der Herrschaft des alten heidnischen Götterdienstes.

Bekehrungs-Versuche begannen und, da diese mißglückten, heftige Verfolgungen, durch welche die bedrängten Juden noch weiter verstreut und zersplittert wurden.

Verbote der Ehe zwischen Juden und Christen und andere Beschränkungen wurden verfügt, durch welche denn alle Vermischungen der Juden völlig unmöglich gemacht, und sie noch mehr in die isolirte Stellung hineingetrieben und in ihr befestigt wurden, die sie schon durch sich selbst dem ihnen inne wohnenden Hange gemäß als eigenthümliche Kaste eingenommen hatten.

Nicht lange nach der Annahme des Christenthums sank das Reich der Römer durch Zwiespalt und innern Hader unter dem Schwerte einbrechender Barbaren. Ueberall wurde ihnen die Weltherrschaft aus den Händen gerissen. In manchen Gegenden, wie z. B. in den Griechisch-Byzantinischen Ländern verschwanden sie selber fast völlig.

Ueberall aber blieben die zähen und ausdauernden Juden an den aus den Trümmern neugebildeten Reichen haften, gleichsam wie eine elastische, schwer zerstörbare und vielverzweigte Epheu-Ranke an den Theilen eines zusammenstürzenden Gebäudes.

Ja trotz Drangsal und Noth wuchsen sie sogar hie und da ganz üppig und mit neuen Zweigen, aus tausend Wunden blutend und doch unbeschädigt, durch alle Welt verstreut und doch gleich Felsen unter einander zusammenhaltend, unsäglich bedrückt, gleich dem schwachen Frauen-Geschlechte tyrannisirt, und doch, wie die elastischen Frauen, Herrschaft übend, mitten durch das grausige Gewoge der Völkerwanderung hin.

Wir treffen sie gleich von vornherein in allen den von den Barbaren neugestifteten Reichen Europa's, und sehen sie in günstigen Zeiten zuweilen zu nicht geringer Kraft und Anzahl gelangen.

Vor Allem traten sie auf der pyrenäischen Halbinsel, dem alten Colonien-Lande ihrer Brüder, der Phönicier, das den Westgothen zugefallen war, einflußreich und bedeutungsvoll hervor.

Ihre Anzahl und ihr Ansehen wuchsen in Spanien unter den barbarischen Königen der Westgothen, denen sie sich mit ihrer alten Bildung, mit ihren weitreichenden Verbindungen, mit ihrer Schmiegsamkeit und Gewandtheit nützlich machten, und von denen sie vielfach im Staate und bürgerlichen Leben gefördert wurden.

Erst als die Westgothen sich civilisirten und dann auch von dem arianischen Ketzerthum zum orthodoxen Katholicismus übergingen, kamen die Juden dort in eine gedrücktere Lage und wurden dann am Ende des 7. Jahrhunderts zum ersten Male in Spanien proscribirt, verfolgt und durch die härtesten Maßregeln und drakonische Droh-Gesetze zur scheinbaren Annahme des Christenthums gezwungen. Das Vermögen aller Juden in Spanien sollte zum Vortheil des Königsschatzes confiscirt werden. Sie selbst sollten als Sklaven im Lande vertheilt, ihre Kinder ihnen aber abgenommen werden, um sie christlich zu erziehen.

Diesem katholischen Westgothischen-Drucke wurden sie durch die Mauren, die seit 711 Spanien zum Theil mit Hülfe der Juden eroberten, entzogen. Unter der Herrschaft der duldsamern maurischen Könige verbreiteten sie sich wieder über die ganze pyrenäische Halbinsel und blühten an Bildung und Zahl.

Spanien wurde damals im 9. und 10. Jahrhundert die Zufluchtstätte aller anderswo in Europa bedrängten Juden. Sie waren dort wohlhabend, hatten ihre selbstständige Gemeinde-Einrichtung, entschieden ihre bürgerlichen und religiösen Streitigkeiten selbst, saßen nicht selten den maurischen Königen als Rathgeber zur Seite, kämpften in den arabischen Heeren, und pflegten mit den Mauren gemeinsam die schönen Künste und Wissenschaften.

Viele der sogenannten arabischen Gelehrten und Dichter waren geborene Juden, die allgemein die arabische Sprache reden und schrieben. Der größte der arabischen Gelehrten in Spanien, der berühmte Averroes und das größte Licht unter den spanischen Juden, der hochgepriesene und weltbekannte Maimonides waren Zeitgenossen und persönliche Freunde (in der Mitte des 12. Jahrhunderts). Mit des letztern nachgelassenen Werken beschäftigen sich die denkenden Juden noch jetzt, wie wir uns mit denen des Aristoteles.

Als die neugestifteten christlichen Königreiche Castilien und Arragonien um sich griffen, und den Mauren allmählich eine der von ihnen besetzten Landschaften nach der andern — und damit zugleich auch eine Menge jüdischer Unterthanen, die dort einflußreich und grundbesitzlich waren, abnahmen, wagten die spanischen Könige es nicht, diese alsbald nach Altgothischer Weise zu bedrücken und zu verdrängen.

So lange es in Spanien neben den christlichen noch maurische Königreiche gab, hätte der Druck nur zur Auswanderung in des nahen Feindes Lager geführt.

Wie groß die Anzahl der Juden in beiden Lagern gewesen sein muß, beweist am besten der Umstand, daß, als einmal zwei spanische und maurische Heere an einem Sabbath auf einander stießen, der Schlachttag verschoben wurde, weil dies die zahlreichen jüdischen Streiter in beiden Heeren verlangten.

Wie bei den Mauren, so blühten daher gleichzeitig die jüdischen Angelegenheiten bei den christlichen Königen der Halbinsel, deren Finanzen gewöhnlich in den Händen von Juden waren, und die zuweilen schwierige wissenschaftliche Aufgaben, (z. B. König Alfons der Weise von Castilien — seine berühmten astronomischen Tafeln —) durch jüdische Gelehrte lösen lassen mußten.

Namentlich erhob der Grundbesitz, der ihnen gestattet war, die spanischen Juden überall zu patriotischen und wehrhaften Söhnen des Landes. Sie nahmen Theil an der Welt und den Weltereignissen. Sogar von den ritterlichen Uebungen der Spanier waren sie nicht ausgeschlossen, und sie wurden in Wesen, Sprache und Haltung den Spaniern fast gleich, gleich fein und edel gebildet.

Dies änderte sich erst allmählich. Und zwar um so mehr, je weiter die Gebiete der christlichen Könige sich ausdehnten, je weniger die Mauren zu fürchten waren, je größere Triumphe das Kreuz feierte. Mit der Zahl andersgläubiger Unterthanen, die man mit den neuen Eroberungen aufnehmen mußte, wuchs die Aengstlichkeit und Strenge gegen sie.

Die Geistlichkeit verlangte ihre Bekehrung und beim Widerstande dagegen entstanden schon am Ende des 14. Jahrhunderts einige blutige Verfolgungen.

In der That haben bei solchen Veranlassungen die Juden in Spanien zuweilen in großer Anzahl ihren Glauben verläugnet und das Christenthum angenommen, was sie in andern Ländern selbst in den ärgsten Drangsalen fast nie gethan haben, was sich aber eben daraus erklärt, daß sie, wie gesagt, sonst so ganz den Spaniern gleich gestellt waren, und so viel bei einer Weigerung in diesem schönen, ihnen so günstigen Vaterlande zu verlieren hatten.

Die Mehrzahl aber blieb nichts destoweniger auch in Spanien dem Glauben ihrer Väter treu, und gegen diese schleuderte nun, als die Sachen allmählich reif geworden waren, — als die entsetzliche und verruchte Inquisition tiefe Wurzel gefaßt hatte, in demselben Jahre, in welchem der letzte maurische Staat in Granada erdrückt war, (im Jahre 1492) König Ferdinand seine furchtbaren Verbannungsbefehle.

Dieser König vermeinte, er könne dem Schöpfer für seinen Sieg über die Mauren keinen würdigeren Dank sagen, als indem er die Juden entweder zur Abschwörung des Glaubens ihrer Väter nöthigte oder sie aus Spanien vertreibe.

Dreimal hunderttausend spanische Israeliten entsagten einem Lande, in dem sie weit länger gewohnt hatten, als die Vorfahren König Ferdinand's, und in welchem ihr Leben glanzvoller und hoffnungsreicher gewesen war, als sonst irgendwo in Europa. Sie verkauften ihre schönen Besitzthümer an die gierigen Spanier für Spottpreise, der eine seinen Weinberg für ein Saumroß, der andere sein Haus für einen Reisemantel

Viele flüchteten unter unsäglichen Drangsalen übers Meer und suchten eine neue Heimath in Afrika, in Italien und im Orient.

Zwanzigtausend Familien fanden eine vorübergehende Zufluchtsstätte in Portugal. Da jedoch Portugals Könige und Geistlichkeit bald der spanischen Politik folgten, da auch dort die spanische Inquisition eingeführt wurde, da die Juden auch dort von Bekehrungsbefehlen und Verbannungs-Edicten getroffen wurden, so mußten sie alsbald ihr schweres Kreuz wieder aufnehmen und ihren dornigen Wanderstab weiter setzen.

Wie grausam man sie auch in Portugal behandelte, beweist eine Aeußerung des damaligen Königs Emanuel, die er bei einem tragischen Vorfalle that. Man hatte einer schönen und wohlhabenden Jüdin ihr Vermögen und ihre Kinder weggenommen. Dieselbe warf sich in ihrer Verzweiflung auf offener Straße dem Könige zu Füßen, um Schutz und Erbarmen flehend. Der König schützte sie zwar vor den Schlägen und Mißhandlungen seiner Begleiter, die sich alsbald über die zudringliche Creatur hergemacht hatten, indem er, um ihre Dreistigkeit zu entschuldigen, sagte: man pflege doch auch einer Hündin das Winseln zu erlauben, wenn man ihr ihre Jungen entreiße. Der König glaubte etwas recht Christliches gesagt zu haben. Es fiel ihm aber nicht ein, daß er viel christlicher gehandelt hätte, wenn er die arme Frau erhört hätte. Er überließ sie im Uebrigen ihrem Schicksale. — Manchen Juden brach in ihrem Jammer und Elende der Muth und sie ließen sich in Lissabon zurückbleibend, taufen. Aber auch diese verstreuten sich bei späteren Anfechtungen, die ihres Glaubens wegen über sie kamen, (denn sie pflanzten insgeheim das Judenthum auf Kinder und Kindes-Kinder fort) nach Bordeaux und Bayonne, nach Frankreich und besonders nach den mit den Elementen und den Tyrannen kämpfenden Niederlanden, wo die Vorsehung im 16. Jahrhunderte allen Verfolgten und Unterdrückten einen Hafen eröffnet hatte, und später nach Hamburg und andern nordischen Städten.

Man nannte sie dort portugiesische Juden und nennt sie noch jetzt so, obgleich die Mehrzahl von ihnen nur über Portugal aus Spanien kam und das Spanische als ihre Muttersprache betrachtete.

Diese seit Karl's V. und der Philippe Zeiten im Norden und im Orient weit verstreuten sogenannten portugiesischen Juden, die noch jetzt überall ihrer spanischen Sitte und Sprache als einer süßen Erinnerung an das Land ihrer Väter anhängen, bilden einen der achtungswerthesten Zweige der jüdischen Nation.

Sie zeichnen sich namentlich vor den deutschen und polnischen Juden durch einen männlichen und geraden Charakter und durch eine edle Haltung aus. Man sieht es ihnen an, möchte ich sagen, daß sie einst Privilegien, einflußreiche Verbindungen, eine unabhängige Stellung genossen, und daß sie einmal Grundbesitz unter den Füßen gehabt haben.

In dem östlichen Nachbarlande Spaniens, in Frankreich, haben die Juden nie eine so große Zahl und Bedeutung erreicht, wie auf der pyrenäischen Halbinsel, obwohl sie auch dort schon seit der Römer Zeiten in vielen Städten ansässig waren. Lyon war einer ihrer bedeutendsten Plätze. Sie machten sich durch ihre Kenntnisse, in denen sie den damaligen Christen überlegen waren und durch ihre weit reichenden Verbidungen den ersten Königen der Franken oft nützlich. Karl der Große schickte als Gesandten an den Califen Harun al Raschid einen Juden. Ludwig der Fromme versetzte den Juden zu Liebe die Märkte in vielen Gegenden Frankreichs vom Sabbath auf einen andern

Wochentag. Karl der Kahle machte die Abgaben der Juden denen der Christen fast gleich. Allein je mehr das Feudal-System um sich griff, je mehr sich die Macht der Kirche und der Bischöfe ausdehnte, desto häufiger wurden die Juden dem Schutze der Könige entrissen, und erlagen der Gewalt eingebildeter Machthaber und eines sie verfolgenden Clerus. Sie wurden von der in Frankreich sehr hierarchischen und einflußreichen Geistlichkeit angefochten, und von dem zuweilen aufflammenden Schwärmergeiste der Franzosen hart bedrängt.

Judenverfolgungen wiederholten sich in Frankreich nach den Karolinger Zeiten aller Orten. Mehr als einmal confiscirten die nun vom Clerus beeinflußten französischen Könige das gesammte Vermögen ihrer Juden, überfielen und plünderten sie im ganzen Reiche und trieben sie aus.

Einmal that dies Philipp August im Jahre 1182 und ein anderesmal Philipp der Schöne, derselbe eitle und habsüchtige Despot, der die grausame Verfolgung der Tempelherren anordnete, im Jahre 1306.

Die Juden sprechen von den Güter-Confiscirungen und Verfolgungen unter diesem letztern Könige als von den schrecklichsten, die sie erlebt haben. Alle ihre Synagogen wurden in christliche Capellen verwandelt. Die von Paris schenkte der König seinem Kutscher Jean Truvin. — Seitdem kamen die Juden in Frankreich, obwohl sie noch einmal wieder zurückberufen wurden, nie zu einer ruhigen Existenz.

Das eigentliche königliche Frankreich war damals noch klein und sie fanden zuweilen Schutz in den mehr oder weniger unabhängigen französischen Nebenlanden. Doch wurden sie dann zu Zeiten auch wieder von einem Herzogthum zum andern vertrieben. Im Jahre 1320 erging über sie im südlichen Frankreich die monstruöse sogenannte Hirten-Verfolgung. Inspirirte Schafhirten waren im südlichen Frankreich als Propheten aufgestanden und hatten das Volk zu einem Kreuzzuge nach dem gelobten Lande begeistert. Nach dem Ausspruche: „das Himmelreich gehöre den Einfältigen", glaubten und decretirten sie, das heilige Land, das so viele Könige und Kaiser vergebens zu erobern getrachtet hätten, könne nur von simplen Hirten und Bauern zurückgewonnen werden. Sie brachten eine ungeheure Anzahl von Hirten, Bauern, Gesindel und Räubern auf die Beine, die sich in Bewegung setzten, aber nicht einmal Kenntnisse und Mittel genug besaßen, um den Ausweg aus Frankreich zu finden. Der Sturm verlief sich mit einer allgemeinen Plünderung und theilweiser Ausrottung der Juden in den Städten der Languedoc und Provence.

Carl VI., derselbe meistens tiefsinnige König, der auf einen berühmten Maskenballe als Satyr verkleidet in Brand und Lebensgefahr gerieth und in Folge dessen seinen Verstand verlor, machte endlich den Juden in Frankreich ganz das Garaus, indem er sie im Jahre 1394 auf ewige Zeiten aus dem Reiche verbannte.

Erst mit der Erwerbung der deutschen Provinz Elsaß unter Ludwig XIV. erhielt Frankreich auch eine bedeutende Anzahl Juden wieder. Unter Heinrich II. im Jahre 1550 hatte es nur einige wenige der sogenannten portugiesischen Juden in Bayonne und Bordeaux aufgenommen, und diese, so wie noch einige andere seitdem wieder eingewanderte Juden, sind dann endlich in Folge der neuesten französischen politischen Reformen und namentlich mit Hülfe ihres großen Protectors Napoleon, ihres Wohlthäters und Befreiers, ganz den übrigen Bürgern gleich gestellt und als volle Franzosen anerkannt.

Das englische Judenthum war fast immer nur ein Zweig des französischen, denn von Frankreich erhielt England vermuthlich zugleich mit dem Christenthum seine ersten noch wenig zahlreichen Juden, und wiederum mit den Normannen unter Wilhelm dem Eroberer eine bedeutendere Anzahl.

Sie errangen sich unter den Engländern anfänglich durch ihre Industrie und namentlich, wie überall, durch ihre geschickt geleiteten Geldgeschäfte, Wohlleben und Reichthum, wurden aber von den Königen bald so gebrandschatzt und vom Volke zur Zeit der Kreuzzüge so häufig geplündert, mißhandelt und decimirt, daß ihre Angelegenheiten völlig in Verfall geriethen und ihre hart besteuerten Gemeinden verarmten.

König Eduard I., ein gewaltiger Krieger und Held, der Eroberer von Wales und

Schottland, befahl im Jahre 1290 plötzlich, daß sämmtliche elende und völlig ausgeraubte Juden das Königreich räumen sollten, vermuthlich weil er den Nutzen, den er von ihnen ziehen konnte, nicht mehr bedeutend genug fand, um deßhalb dem Judenhasse seiner christlichen Unterthanen und den Aufhetzungen seiner Geistlichkeit noch länger zu widerstehen.

16,000 armselige Flüchtlinge schifften darauf fort von der grünen Insel, auf der sie nichts als die Urkunden ihres Elends, einige Ortsnamen und ihre Grabsteine zurückließen.

Auf diese Weise gab es also im 16. und 17. Jahrhundert eine Periode, wo in Folge einer Reihe von Verbannungs-Edicten der Könige von Spanien, Frankreich und England im ganzen Westen von Europa gar keine Juden mehr zu finden waren, eine Erscheinung, die seit der Zerstörung Jerusalems durch Titus einzig in ihrer Art war.

Cromwell, in welchem manche Juden einen Messias erblickten und seine Independenten, die sich Glaubensfreiheit errangen, fingen schon an, die Juden nach England zurückzuführen und seitdem haben sie dann in diesem nun allmählich toleranter gewordenen Lande von dem fanatischen Hasse und von den zahlreichen in anderen Ländern noch fortgesetzten Juden-Quälereien weniger gelitten und man hat dort nun bis auf unsere Tage herab an ihrer immer größeren Entfesselung und ihrer völligen Gleichstellung mit den andern Bürgern sehr erfolgreich gearbeitet.

Vielleicht hat kein Volk sich im Mittelalter mit Juden-Verfolgungen blutigen Charakters weniger befleckt als die Italiener, die den Papst selber in ihrer Mitte hatten und die sich vielleicht eben daher religiöse Intoleranz und Fanatismus weniger zu Schulden kommen ließen, als die entfernten Nationen der Christenheit.

Der alte römische Geist der Duldung der Juden ist in Italien nie völlig untergegangen, — weder in Sicilien, so lange es nicht unter spanische Botmäßigkeit fiel, wo die Juden sich rühmen, die Stadt Palermo blühend gemacht zu haben, noch in Neapel, wo sie seit den Zeiten des römischen Kaiserreichs in allen Landschaften wohnten, wo sie im Mittelalter in Bari eine berühmte Hochschule hatten, und von der sie erst durch die spanische Herrschaft vertrieben wurden. — Noch selbst in Rom, wo die Juden ebenso, wie die Christen bei einer Papst-Wahl mit großen Freuden, mit Gesang und Preisliedern, mit ihren Fahnenträgern, Schreibern und Richtern, — nach altem Brauch ihre Thora (Gesetzbuch) unter dem Arm haltend, — dem neuen Kirchenhaupte entgegen zogen, das sie in hebräischer Sprache anredeten, indem der Papst ihnen in lateinischer Sprache gnädig antwortete, freilich hinderte dies nicht, daß nicht manche Päpste ausnahmsweise sich hinterdrein den Juden sehr ungnädig zeigten und sie zuweilen haufenweise vertrieben oder gar verbrannten. Einer dieser judenfeindlichen Päpste, der fromme Eiferer Gregor XIII., ließ einmal (es war im Jahre 1584) in Rom eine schöne neue Kirche bauen und machte es den Juden zur Pflicht, alle Wochen daselbst einmal eine christliche Predigt anzuhören. Die Kirche war besonders für den Geschmack der Juden eingerichtet und z. B. alle Altäre und Heiligenbilder in ihr weggelassen. Die Juden gingen hin, stopften sich aber während des Vortrags die Ohren zu, räusperten, husteten, flüsterten und plauderten. Und obwohl der Papst Büttel mit Stöcken zwischen ihnen umhergehen ließ, um die Ruhestörer durch Schläge zurechtzuweisen und ihnen die Ohren zu öffnen, so mißglückte doch auch diese Maßregel, sie für die Religion der Liebe zu gewinnen.

Im 13. und 14. Jahrhundert standen die Juden im innigen Zusammenhange mit allen italienischen Geistes-Arbeiten, und besonders war Rom der Sitz eines regen, selten behinderten jüdischen Gemeindelebens.

Damals erhielten die Juden in Deutschland, wie die in Frankreich, ihre Bildung und literarischen Werke von den italienischen Juden, und aus Deutschland, wie aus Frankreich, wurden häufig flüchtige Israeliten dort aufgenommen.

Den aus Spanien Vertriebenen bereiteten die dem Lichte holden Mediceer ein Asyl und machten hauptsächlich durch sie ihr Livorno zu einer weltberühmten Seehandelsstadt. Livorno war immer, wie später Amsterdam, ein leuchtender Central-Punkt jüdischen Lebens.

Von dem in den venetianischen Landen herrschenden regen und ungestörten Leben und Wirken der Juden haben wir unzweifelhafte Beweise.

Es gab in Venedig drei Classen von Juden, die sogenannten Ponentini (die Westlichen) aus Spanien, die Levantini d. h. die Orientalischen und die Deutschen aus dem Norden, welche letztere die ärmsten waren.

Sie standen dort an der Spitze der Geldgeschäfte, hatten übrigens auch ihre eigenen See-Schiffe. Sie wurden von der hochweisen Regierung der Republik stets mit unerschütterlicher Consequenz behandelt, benutzt und in ihren — freilich sehr beknappten — Rechten auch gegen die Inquisition geschützt.

Die Schwesterstadt Genua hat sich dagegen den Juden viel weniger günstig gezeigt und auch nie viele in ihren Mauern zugelassen.

In neuerer Zeit hat sich Italien, freilich wie in andern Dingen, so auch in Bezug auf die Fortschritte der Juden-Befreiung, von andern Ländern überholen lassen.

Ein sehr trauriges Bild bietet die Geschichte der Juden in Deutschland dar, wo sie auch schon seit der Römer Zeiten in den Rhein- und Donau-Städten sich eingenistet hatten und selbst auf diesen Flüssen in Schiffen den Waarenverkehr betrieben haben sollen.

Bei der Entstehung eines gesonderten deutschen Reichs nach Carl dem Großen wurden sie von hieraus durch dieselben Verhältnisse und Mittel, wie einst zu der assyrischen Könige Zeiten, nämlich durch Verfolgung und gewaltsamer Versetzung weiter nach Osten und Norden verbreitet. Während des Mittelalters sind sie bald in dieser, bald in jener deutschen Stadt, in der sie Wurzel gefaßt hatten, ausgerottet, bald hier, bald dort des Landes verwiesen und in Gefangenschaft abgeführt worden. Bald wurden ihnen in Baiern, bald in Sachsen, Feuer und Wasser versagt.

Sie zogen dann in entlegenere Landschaften, und da nach dem wankelmüthigen Sinne der Gewalthaber und der Volksstimmung einem Verbannungs-Edikte — wie unter Nebukadnezar — fast immer wieder eine Rückberufung, — wie unter Cyrus — erfolgte, dabei auch immer, — wie bei Esra's und der Seinen Rückkehr — ein Theil in der Fremde zurückblieb, so waren sie denn allmählig in allen Kreisen und Marken Deutschlands zu Hause.

Die schrecklichste und für ihre Verbreitung folgenreichste Zeit kam in Deutschland wie auch anderswo, über sie mit den Kreuzzügen, „als der ganze Boden des mittlern Europa's und namentlich des tief religiösen und mächtig ergriffenen Deutschlands, von christlichem Feuereifer wie Lava glühte.“

Die Kreuzritter glaubten, ihre äußere Mission auch gleichsam mit dem Werke einer innern Mission gegen die Nicht-Christen im Heimathlande anfangen zu müssen.

Die Juden, theils als Christenfeinde, theils auch als Asiaten, waren der Sympathie mit dem Oriente verdächtig. Sie waren beschuldigt worden, die Mauren nach Spanien gerufen zu haben, sie wurden angeklagt, es mit den ungläubigen Saracenen zu halten, sie sollten später auch die Mongolen nach Europa gelockt haben.

Die Kreuzfahrer begannen daher die Eroberung Jerusalems am Rhein und an der Donau, wo Grausamkeiten gegen die armen Kinder Israels verübt worden, wie ihre Vorväter sie kaum von Salmanassar und Nebukadnezar erlitten hatten, und wo zugleich die Verzweifelnden bei Schützung ihrer Juden-Quartiere, ihrer Synagogen und ihres Glaubens einen Heldenmuth und einen Duldersinn entwickelten, wie einst zur Zeit der Makkabäer bei Vertheidigung ihrer heiligen Urstätten. Seit der Zeit der Kreuzzüge waren blutige Juden-Verfolgungen in Deutschland eine ganz gewöhnliche Erscheinung und sie kehrten im Laufe der Zeiten so regelmäßig und häufig wieder, wie Gewitter und Hagelschlag im Laufe des Jahres.

Die wichtigste Wirkung aller der Leiden, welche mit den Kreuzzügen in Deutschland über die Juden kamen und die sich durch die finsteren Zeiträume des 12., 13. und 14. Jahrhunderts hinzogen, war wohl ohne Zweifel die häufige Auswanderung der deutschen Juden nach Osten, zu den slavischen Ländern, nach Mähren, Schlesien und Polen, wo unter den dort für sie anfänglich äußerst günstigen Verhältnissen ihre Gemeinden zu einer bedeutenden Größe anwuchsen.

Freilich waren die Juden auch schon von jeher mit den frühesten Siegen der Deutschen über die Slaven und mit dem Eindringen deutscher Bürger in die slavischen Städte in diese östlichen Länder gekommen. Deutschland war eine große Juden-Pflanz-Schule für die Ostländer. Und daraus erklärt es sich, daß noch jetzt in fast allen Juden-Colonien in Ungarn und Polen weit und breit die deutsche Sprache herrscht.

Aber auch Deutschland selbst mußte stets eines der hauptsächlichsten Juden-Länder Europas bleiben, denn es empfing immer neue Einwanderung aus dem Westen, wo, wie ich sagte, die Inquisition und die mächtig gewordenen Monarchen die Juden gänzlich austrieben.

In Deutschland, wo weder die Inquisition, noch der durchgreifende Wille eines einzigen erblichen Souverains so allgewaltig wurde, wo sich bei einem Exodus in dem einen Winkel immer wieder ein Asyl in dem andern darbot, — konnte man die Juden nicht wie Frankreich, England und Spanien durch einen Gewaltstreich los werden.

Demnach sehen wir noch jetzt bei weitem die Mehrzahl aller Juden des christlichen Europas unter den Deutschen und Slaven zerstreut.

Vorzugsweise aber, wie gesagt, bei den letzten und namentlich in allen den weitläufigen Provinzen, welche einst zum Königreiche Polen gehörten.

Fast die Hälfte der gesammten Juden unseres Welttheiles wohnen bei den Polen an der Weichsel, an der Düna und am Dniepr, wie einst die Mehrzahl aller asiatischen Auswanderer Palästinas am Euphrat und Tigris.

Neben den bereits angeführten Veranlassungen von außen haben auch die innern Verhältnisse der Polen und einiger ihrer Nachbarvölker dazu beigetragen, die Juden bei ihnen in so großer Menge zusammenzuhäufen.

Weder das Christenthum selbst, noch auch die Macht der christlichen Hierarchie feierte bei diesen spät bekehrten Völkern solche Triumphe, wie sie der romanische und germanische Westen gesehen, und die Antipathien gegen das jüdische Wesen entsprangen dort mehr nur aus den eigenthümlichen nationalen als aus Glaubens-Verschiedenheiten.

Religiöser Fanatismus hat selten in Polen gewüthet. Von Kreuzrittern und Consorten haben die Juden in Polen wenig zu leiden gehabt, obgleich sie allerdings auch in diesem ihrem Paradiese nicht vor einzelnen blutigen Verfolgungen und einer allgemeinen Racen-Verachtung verschont geblieben sind.

Die socialen und politischen Verhältnisse der Polen waren den Juden ungemein günstig. In Polen gab es keinen dritten Stand, und die industriösen und handelslustigen Juden konnten diesen gewissermaßen ersetzen. Sie sind die Handelsleute, Handwerker und Künstler der Polen geworden und haben sich überall diesen westlichen Slaven wie die Klette der Wolle angehängt. Sehr bald kam dieses Polen daher in die Lage, daß es die Juden gar nicht hätte vertreiben können, ohne sich selbst fast zu verwüsten.

Die höhern polnischen Stände bildeten eine Art von republikanischer Adels-Aristokratie. Jeder Edelmann, der zum König gewählt werden konnte, lebte auf seinen Besitzungen so unabhängig, wie ein Monarch, und wie die spanischen Monarchen einst am liebsten die Juden zu ihren Finanzministern machten, theils weil sie für die Behandlung der schwierigen und complicirten Geld-Angelegenheiten die feinsten Finger hatten, theils weil sie als Fremdlinge durch keine Partei- und Standesrücksicht gehinderte Diener und den Unterthanen gegenüber treue Anhänger ihrer Herren waren, so haben dies aus demselben Grunde auch immer die polnischen Edelleute gethan und haben ihre Juden oft entschieden genug gegen ihre Bauern, gegen die Geistlichkeit, gegen die Regierung in Schutz genommen.

Die Juden kamen nach Ungarn schon frühzeitig mit dem Christenthum aus Italien und Deutschland. König Ludwig d. Gr. wollte sie einmal alle wieder vertreiben. Doch sind sie im Ganzen auch dort nie systematisch verfolgt und geplagt worden.

In den vielen politischen Stürmen des Landes haben sie sich meistens auf Seiten des orientalischen Elements seiner Bewohner gehalten. Sie kämpften heldenmüthig an der Seite der Türken, als diese aus Ofen vertrieben wurden. Und sie hielten es fast immer mit den Magyaren gegen die Deutschen.

Ganz anders war dies Alles wieder bei den östlichen Nachbarn der Polen, den Russen.

Die Juden hatten zwar auch auf dem Boden des jetzigen russischen Reichs einstmals ein goldenes Zeitalter erlebt. In dem während des 9. und 10. Jahrhunderts blühenden Reiche der Chazaren an der Wolga waren eingewanderte Juden zu solchem Einflusse gelangt, daß sie sogar den König des Landes zum Mosaismus bekehrt hatten. Dieses ganze damals mächtige Chazaren-Reich wurde länger als dritthalb Jahrhunderte von einer Reihe von Juden-Königen beherrscht. Ein von Juden gestiftetes oder regiertes Königreich außerhalb Palästina ist vielleicht manchem Leser noch etwas Neues. Ich mag es daher zur ferneren Charakteristik der Juden — und um ihre politischen Fähigkeiten und staatsmännischen Talente zu bezeichnen, — hier noch erwähnen, daß es mehr als eins solcher jüdischen Königreiche gegeben hat. Die berühmte Königin Zenobia, die Herrscherin von Palmyra, war eine durch Schönheit, Tapferkeit und Bildung ausgezeichnete Jüdin. In Cochin in Indien sollen die Juden schon vor Christi Geburt ein eigenes Königreich begründet haben. Die Bagraditen, ein berühmtes Königsgeschlecht der Armenier, aus dem die bekannten russischen Fürsten Bagration abstammen, waren jüdischer Herkunft. In Jemen, im glücklichen Arabien blühte mehrere Jahrhunderte hindurch, bis zum Jahr 522, ein von jüdischen Königen beherrschtes Reich. Und selbst jetzt noch giebt es in Arabien verschiedene, von jüdischen Emirs beherrschte jüdische Nomaden-Stämme.

Aus dem jüdischen Chazaren-Reiche in Rußland erschienen sogar im Jahr 1000 Abgesandte vor Wladimir, dem heidnischen Großfürsten der Russen und machten einen Versuch, ihn ebenfalls für das Judenthum zu gewinnen. Doch verwarf Wladimir der Russe ihre Anträge eben so wohl, wie die der vor ihm erschienenen Mohamedaner und katholischen Missionäre und entschied sich für die griechische Kirche, die nun die National-Kirche der Russen wurde.

Diese alte griechische Kirche aber ist von jeher sowohl in Byzanz, als in Rußland der abgeneigteste Feind der Juden gewesen. Die ersten Kämpfe der griechisch gewordenen Russen waren mit den judaisirten Chazaren und dann mit den den Juden freundlichen Polen.

Die Juden drangen immer mit den Polen in Rußland ein. So weit wie diese mit dem Schwerte in Rußland kamen, so weit haben sie sich mit ihren Künsten und Gewerben dort eingenistet.

Aber die eigentlichen Kern-Moskowiten haben, indem sie ihren Polenhaß auch auf die mit denselben associirten Juden übertrugen, die letzteren immer von sich gestoßen.

Dazu gab es in Rußland nie so viele Freiheit der judenbedürftigen Edelleute und Fürsten, wie in Polen und Deutschland. Es herrschte dort stets ein völlig unumschränkter Autokrat, der dann zugleich auch der Chef der Kirche wurde.

Die monarchische und kirchliche Einheit des Staates mußte daher den Juden eben so hinderlich und verderblich werden, wie in Spanien zur Zeit Ferdinand's und Isabella's.

Die russischen Kosaken verfolgten in ihrem berühmten Aufstande gegen ihre polnischen Gebieter im 17. Jahrhunderte mit derselben Erbitterung wie die Polen, so die Juden, die ihnen von den polnischen Königen als Steuereinnehmer gesetzt waren und einige der russischen Landschaften, welche damals den Polen abgenommen wurden, gingen zugleich auch den Juden verloren, die nun nach Polen zurückgeworfen, daselbst noch mehr zusammengedrängt wurden.

So ist es denn gekommen, daß der ganze Kern des Moskowiter-Landes von Juden frei geblieben ist, wozu denn freilich auch noch der bekanntlich von Peter d. Gr. einst gegen die Juden in Amsterdam hervorgehobene Umstand das Seine beigetragen haben mag, daß die Großrussen in allen den kleinen Gewerben und Geschäften, in denen die Juden sich so sehr auszeichnen, eine eben so große Gewandtheit besitzen und der Juden daher gar nicht so sehr bedürfen, wie die bloß dem Ackerbau ergebenen Polen.

Selbst die Freiheiten, welche in neuer Zeit der Kaiser Alexander den Juden in ganz Rußland gab, haben wenig zur Vermehrung ihrer Anzahl beigetragen.

Im südlichen Rußland aber hat sich mit den Tataren eine sehr merkwürdige, obgleich leider wenig zahlreiche Sekte der Juden, nämlich die sogenannten Karäer oder Karaiten verbreitet. Ein gewisser Anan soll um die Mitte des 8. Jahrhunderts, also bald nach dem Auftreten Mohameds diese Sekte gestiftet haben. Sie haben sich auch, wie es scheint, mit dem Mohamedanismus und durch ihn in der Welt verbreitet, sind mit den Muselmännern nach Egypten, nach Spanien, nach der Türkei und wie gesagt auch nach Rußland gekommen. Auf europäischem Boden sind sie jetzt in einer einigermaßen bedeutenden Anzahl nur noch in Constantinopel und im südlichen Rußland, namentlich in der Krim zu finden. — Diese Karaiten sind unter den Juden, was die Protestanten unter den Christen. Denn sie verwerfen die Zusätze und Traditionen des Talmud, und berufen sich, wie die Protestanten, allein auf den Buchstaben und den Geist der Schrift. Daher sie auch von einem semitischen Worte, das so viel als Schrift bedeutet und von dem auch das arabische Wort „Koran" abstammt, ihren Namen „Karaim" d. h. die Schriftgetreuen empfangen haben. Sie sind daher frei von allen dem Satzungs-Wuste und den Cabalistereien der talmudistischen oder rabbinitischen Juden, einfach und schlicht in ihrem Glauben und Wesen. — Dies war es vielleicht, was sie den Mohamedanern achtungswerth machte, und ihnen daher überall bei denselben einen höhern Grad von bürgerlicher Freiheit verschaffte. Demzufolge zeigen sich die karaitischen Juden überall, im großen Gegensatze zu den übrigen Juden, sehr umgänglich, einfältig, redlich, ordnungsliebend, reinlich, den Wucher- und Trödelgeschäften ihrer Brüder abgeneigt. Man will kein Beispiel wissen, daß ein Karaite wegen Diebstahls, Betrugs oder sonstigen Verbrechens peinlich verurtheilt sei. Arme und Bettler giebt es nicht unter ihnen. Sie nähren sich alle ehrlich und fleißig. — Sie bieten zu den talmudistischen Juden einen ähnlichen Gegensatz dar, wie die protestantischen Irländer zu den katholischen Irländern, und sie beweisen, daß viele der unliebsamen Eigenschaften, die wir den Juden als Volksstamm zuschreiben, ihnen nur in Folge ihrer Verfassung, und ihrer gedrückten Stellung eigen geworden sind, und daß dieselben durch Reform am besten gehoben oder doch gemildert werden könnten. — Natürlich hat es einen bittern Streit gegeben zwischen den Anhängern der Tradition und den Schriftgetreuen. Doch haben auch dabei die letztern sich immer am mäßigsten gezeigt. In Jerusalem, wo die Karaiten ihren Hauptsitz hatten, pflegten sie am Laubhüttenfeste, wie die anderen Juden, am Oelberge unter Laubhütten zu wohnen. Sie nahmen den einen Bergrücken, die Rabbiniten, ihre Gegner, den andern ein. Die letztern pflegten an diesem Feste der Freude eine Gesetzesrolle emporzuheben, eine Stelle darin aufzuschlagen und dann über ihre Brüder jenseits des Berges den Bann auszusprechen. Die klügeren Karaiten aber pflegten dazu verachtungsvoll zu schweigen. Die ganze Zahl der Karaiten in Rußland beläuft sich auf einige Tausend. Ihre Kleidung wie ihre Sprache ist die tatarische.

Neben Großrußland haben keine christlichen Reiche in Europa sich so frei von Juden gehalten, wie die skandinavischen.

Einzelne aus Deutschland geflüchtete oder des Handels und anderer Geschäfte wegen hinüberziehende Juden hat es dort freilich immer gegeben. Selbst schwedische Monarchen (z. B. die Königin Christine) haben zuweilen geschickte Juden in ihren Diensten gehabt und sie in diplomatischen Angelegenheiten verwendet.

Aber eine eigentliche Geschichte der skandinavischen Juden beginnt erst da, wo die Geschichte der Juden im Westen, in Spanien und Portugal aufhört. Wie die Niederlande, England und Hamburg, so ist auch Dänemark für die flüchtigen sogenannten portugiesischen Juden ein Asyl geworden, und sie haben sich dort von Hamburg aus in einigen Städten Jütlands verbreitet, stets viele Freiheiten genossen, sind dennoch aber immer in geringer Zahl geblieben.

Schweden hat — erst seit kurzer Zeit — nur eine geringe Anzahl von Juden in Stockholm und Gothenburg aufgenommen, etwa tausend. — Daneben mag man auch noch die Schweiz als ein Land bezeichnen, in welchem es den Juden von jeher sehr wenig geglückt ist. Auch in allen helvetischen Staaten giebt es nicht viel mehr als 1000 Juden.

Norwegen aber darf nach einem noch jetzt Gültigkeit habenden Gesetze kein Jude betreten.

Im Ganzen kann man sagen, daß der gesammte Norden von Europa von den Juden wenig ausgebeutet worden ist. Vielleicht auch drängten sie als ein südliches Volk nicht sehr dahin.

Im Lande der Griechen, welches einst zur Zeit der Apostel die ersten Juden-Colonien in Europa empfangen hatte, waren am Ende nicht viele übrig geblieben.

Die rechtgläubigen byzantinischen Kaiser und die griechischen Patriarchen sind ihnen dort so wenig geneigt gewesen, wie die Czaren-Päpste in Rußland. Neue Kräfte erhielt dort das entschlummerte Leben der Juden durch die Entstehung des Reichs der Osmanen, die, wie alle turktatarischen Nationen, für Religion nie in so hohem Grade haben fanatisirt werden können, wie andere mehr südliche Asiaten.

Der große Osmane, der Sultan Suleiman der Prächtige soll einmal einem seiner auf Ausrottung aller fremden Religion und auch der Juden antragenden Minister eine schöne Blume mit mehrfarbigen Blättern gereicht haben, indem er eins dieser Blätter ausriß und dann seinen Vezier fragte, ob diese so verstümmelte Blume noch schön sei. „Warum," sagte Soleiman, „soll von den Menschen nicht dasselbe gelten, was von der Blume gilt. Je mehr Farben der Meinung ein Staat umfaßt, desto vollständiger ist er."

Obgleich die Juden bei den Türken in socialer Beziehung nicht in höherer Achtung standen als bei den Christen, so blieben sie doch, wenn sie nur den ihnen aufgelegten Tribut bezahlten und die ihnen anbefohlene blaufarbene Kleidertracht trugen, im Uebrigen in ihren Gemeinde-Angelegenheiten sehr unabhängig. Die nationalen Antipathien führten freilich zu häufigen Excessen gegen sie. Aber nie ist unter den Türken so allgemein die ganze Leidens- und Sorgen-Büchse der Pandora über sie geleert und ausgeschüttet worden, wie zur Zeit der Kreuzzüge im übrigen Europa. Nie sind sie von den Türken so allseitig beschränkt, geplagt, gebrandschatzt, gehetzt, hingewürgt worden, wie zu Zeiten in Deutschland, in Spanien und bei den byzantinischen Kaisern.

„Die ganze Geschichte des osmanischen Reiches in Europa," sagt ein jüdischer Schriftsteller," ist in Vergleich zum Mittelalter des Christenthums eine blühende Oase in den jüdischen Erinnerungen."

Mehrere türkische Sultane bedienten sich der Juden vorzugsweise gern in Staats-Angelegenheiten. Ihre Münz-Beamten waren gewöhnlich Juden und so auch fast immer ihre Leibärzte. Sultan Selim ernannte einen Juden zum Herzoge der cykladischen Inseln. Und die großen Judengemeinden in den Städten des Reiches waren in ihrer innern Verwaltung fast so unabhängig wie Republiken.

Der Halbmond, der dem übrigen Europa, wie ein unheilvolles Meteor erschien, ging daher den Juden fast wie eine erwärmende Sonne auf. Von allen Seiten strömten nach der Eroberung Constantinopels durch die Türken, Rabbiner in die großen Städte des türkischen Reichs. Sie flüchteten aus allen christlichen Landen vor der spanischen Inquisition, vor dem Hepp-Hepp-Geschrei der Deutschen, vor der Pike der russischen Kosaken nach der Türkei, wo sie sich noch jetzt nach ihren Ursprungs-Ländern in sogenannte Aschkenasen oder deutsch redende Juden,. in spanisch redende, in ungarische, italienische, polnische und altgriechische Juden abtheilen. Jüdische Druckereien wurden frühzeitig in Constantinopel, Saloniki, Damaskus angelegt, zu einer Zeit, als den mohamedanischen Türken selbst noch das Drucken verboten war, und den Juden wurde daher auf diesem Wege, Kenntniß, Einsicht, Bildung in höherm Maße zu Theil, als den von der Presse ausgeschlossenen Türken.

Bei den Kämpfen des Christenthums mit dem Mohamedanismus finden wir daher auch die Juden meistens auf der Seite der Türken und Saracenen. Sie standen z. B. mit den Muselmännern auf den Mauern Jerusalems, als die Kreuzritter es angriffen und wurden von diesen mit den Muselmännern niedergehauen. Auch im Jahre 1686, bei der Belagerung Ofens durch die Deutschen kämpften die Juden neben den Türken und duldeten mit ihnen.

Freilich sind in der neuen Zeit die in türkischen Städten aufgehäuften Juden vor der fortschreitenden Entwickelung und Entfesselung ihrer Brüder im Westen wieder sehr zurückgeblieben. Und derjenige Rest von Juden, der unter türkischer Herrschaft in dem gelobten Lande ihrer Väter wohnt, gehört zu den unglücklichsten Juden der Erde.

Das übrige Europa erwachte endlich aus seiner langen mittelalterlichen Nacht, und sein Geist fing an, sich allmählich aus alten Banden zu befreien. Es unterminirte die Gewalt seiner rohen Ritter- und Lehnsfürsten. Es stellte die Wissenschaften und Bildung aus den Gräbern der Griechen und Römer wieder her. Es schuf die Verfassungen der Staaten um. Es arbeitete an der Reformirung der Kirche und so endlich auch an der Emancipirung der Juden, eine Aufgabe, die aber erst seit der französischen Revolution überall einer befriedigenderen Lösung näher gebracht worden ist.

Die größten Schwierigkeiten, die gröbsten Vorurtheile, tief eingerostete Antipathien waren dabei zu überwinden, uralte Gesetze abzuschaffen, die widerstreitendsten Interessen auszugleichen, und seit ältesten Zeiten eingenistete Gewohnheiten zu beseitigen.

Jahrhunderte lang hatte man sich gewöhnt, die Juden als die Mörder des Heilandes, als die Todfeinde der Christen zu betrachten und zu behandeln.

Seit den Zeiten der Kirchenväter, auf die man sich berief, hatte man ihnen Verbrechen schuld gegeben, die sie vermuthlich nie begangen hatten; z. B. die Einfangung von Christenknaben, die sie am Osterfeste peinigen und kreuzigen sollten. Man hatte sie für Zauberer und für Leute von übermenschlicher Kenntniß gehalten.

Damit sich jeder vor ihnen schon von weitem hüthen könne, hatte man ihnen überall gewisse Kennzeichen aufgezwungen, z. B. in Deutschland spitze Hüte, in Spanien und Italien gelbe Flecken auf dem Obergewande. Anderswo mußten es grüne, oder auch blaue Flecken sein. Ein alter egyptischer Tyrann (Ptolemaeus Philopator) hatte einmal befohlen, allen Juden die Figur des dem Bacchus geweihten Epheublattes vor die Stirn zu brennen. Ein anderer orientalischer Despot hatte sie einmal alle in der Hand brandmarken lassen. Wieder ein anderer hatte befohlen, sie sollten alle das Bild eines Kalbskopfes zum Andenken an das goldene Kalb um den Hals tragen. Nur mit großen Summen konnten sich die Juden von solchen ihnen angehäuften Schandflecken loskaufen.

Wie den furchtbaren Mongoleneinfall, so schrieb man überhaupt auch jede die Christenheit treffende Calamität den Juden zu, und strafte sie dafür, als wären sie in der That schuld daran. Seit den Kreuzzügen wurde fast jedes Ereigniß, das der Gesammtheit Schrecken oder Einzelnen Schaden brachte, jede Epidemie, ja jede Feuersbrunst an den Juden durch Raubmord gerächt.

Wenn die Pest aus dem Oriente hereinbrach, so schrie man, die Juden hätten die Milch der Erde, die Brunnen, vergiftet. Aus Hostie und Christenblut, so sagte man, wüßten sie ein furchtbares Elixir zu bereiten.

Wenn irgendwo ein heftiges Gewitter mit Hagelschlag und Wolkenbruch ausbricht, so heißt es, die Juden hätten während dessen ein Wachsbild des Erlösers in ihren Synagogen gekreuzigt, und mit dem furchtbaren Hepp = Hepp = Geschrei fällt dann der rasende Pöbel in die armen Juden-Quartiere ein. Auch eine Königskrönung oder sonst eine große Feierlichkeit, die viele Christen zusammenführte, war gewöhnlich von einem Juden-Spektakel begleitet, als gehöre dies mit zu den christlichen Festen.

Wenn selbst Könige in ihren Parlamentsreden die Juden als ein pestartiges Wesen bezeichneten, von dem sie ihr Land befleckt sähen, so war es kein Wunder, daß außerhalb der Parlamente und der Königsresidenzen solche Männer, wie der berüchtigte Ritter Rindfleisch im Jahre 1290, sich erhoben, und indem sie erklärten, sie seien von Gott gesandt, um den Erdboden von der Pest dieser Christenfeinde zu reinigen, an der Spitze wüthender Horden das Land durchzogen, die Juden wie wilde Thiere erschlugen und sie auf den Märkten in Haufen verbrannten.

Gräßliche und unerhörte Verbrechen sind da von Seiten derer verübt, die sich Christen nannten. Zu rührenden, bewundernswürdigen und heroischen Thaten hat sich dann aber der Geist der geängstigten Kinder Israels entflammt.

Man setzte ihnen das Messer auf die Brust und rief ihnen zu: Schwöre deinen Glauben ab, Jude, oder stirb! Sie riefen: „Höre uns, Gott Israels!“ und starben wie fromme Märtyrer.

Um ihren Glauben zu retten, gaben sie sich oft selbst den Tod. Väter erdolchten ihre Töchter, und diese hauchten ihren Geist aus, indem sie seufzten: „Wohlgethan! Vater!“

„Solche Todesverächter,“ ruft selbst ein christlicher Chronist damaliger Zeit aus, „kann man mit Recht den gepriesensten Helden der Geschichte vergleichen!“

Aus den christlichen Schulen waren die Juden natürlich fast durchweg ausgeschlossen, ebenso waren ihnen seit den Kreuzzügen die Zünfte, alle Aemter, alle und jegliche Ehren-Stellen im Staate, fast jedes ehrliche Gewerbe versagt worden. Sie hatten beinahe aufgehört, der Gesellschaft anzugehören. Mitten unter lauter Bürgern lebten sie wie Verworfene, wie Gebannte. Unbewegliches Eigenthum durften sie fast in keinem Lande besitzen, und das Bewegliche ließ man ihnen nur eine Zeit lang, um es ihnen gelegentlich rauben zu können.

In den meisten Staaten hatten die Juden kein anderes Grundeigenthum, als das Stückchen Erde, auf dem sie ihre Todten sammelten, ihren Gottes-Acker.

Zur Grausamkeit fügte man den ärgsten Schimpf und Hohn. Ueberall gab es alte, wie Gesetze gleichsam heilig gehaltene Mißbräuche, um die Juden herabzuwürdigen. In der Reichsstadt Worms in Deutschland war es herkömmlich, daß jedes Jahr an gewissen wiederkehrenden Tagen eine Anzahl Juden der Stadt, wie Maulesel aufgeschirrt, vor eine Roßmühle gespannt und von Treibern gepeitscht, so lange die Maschine bewegen mußten, bis 8 Malter Weizen gemahlen waren, von dem der christliche Magistrat sich Kuchen backen ließ, um sie indessen zechend und schwelgend mit Wein zu verzehren.

In der Stadt Toulouse in Frankreich hatte eine lange Zeit hindurch die Sitte bestanden, daß an gewissen christlichen Festtagen der Syndicus der Juden auf öffentlichem Markte hervortreten mußte, um eine feierliche Ohrfeige zu empfangen. Und diese Sitte wurde manchmal so barbarisch geübt, daß dabei einmal ein christlicher Kaplan die oberste Magistratsperson der Juden zu Boden schmetterte. — Dennoch drängten sich fromme Juden zahlreich zu dieser Ceremonie heran, um, wie Märtyrer, dieses Schimpfes, — den sie als eine Ehre annahmen, — theilhaftig zu werden.

Wie die Schafe pferchte man diese geschmähten, verhaßten, mit Schande gestempelten Juden überall in enge, finstere von den Christen gesonderte Stadtviertel ein, die man in Deutschland Juden-Gassen, in Italien Ghettis, in Spanien Juderias nannte, die an christlichen Sonn- und Feiertagen und auch sonst an jedem Abende verriegelt und verrammelt wurden, und wie das Schlachtvieh mußten die Juden bei dem Thore jedes christlichen Ortes einen Leibzoll per Kopf bezahlen, welcher schmachvolle Leibzoll hie und da selbst in Deutschland neben vielen andern drückenden Mißbräuchen bis auf die neueste Zeit bestanden hat.

Natürlich hatten nun wohl die Juden in jenen Ghettis, jenen Judenpferchen, in denen sie nur mit sich selbst lebten, nur unter sich heiratheten, in denen sie mit ihren stets geängsteten Familien eingemauert waren, und in denen sie gemeinschaftliche und versteckte Rachegebete anstimmten, das werden müssen, was sie geworden sind.

Sie mußten verdumpfen und verstumpfen. Selbstsucht, Verstocktheit, Christen- und Menschenhaß mußte in sie eindringen. „Starre Abgeschlossenheit, wie große Insichgekehrtheit,“ so sagt ein deutscher Schriftsteller, „scheint den Haupt-Charakterzug der Juden im Allgemeinen zu bilden. Nie sieht man sie mit heiterer und unbefangener Laune Lebenslust genießen und verbreiten. Nie leihen sie der Phantasie liebliche Worte, nie bauen sie tändelnd kunstreiche Verse, nie ergehen sie sich behaglich und jubelnd in Tanz und Spiel. Nur den kalten berechnenden Verstand glaubt man bei ihnen in seiner Werkstatt zu erblicken. Ein tiefer Ernst, eine düstere Aengstlichkeit ist über ihr ganzes Wesen ausgebreitet." — Vielleicht sehr wahr, mein Herr, gewiß sehr natürlich!

Denn wäre dies Alles auch nicht schon von jeher bei den orientalischen Juden so gewesen, wie hätte es wohl je im europäischen Mittelalter anders werden sollen! Da sie sich des Umgangs mit ihren Mitmenschen nicht erfreuen konnten, da sie mit keinen, auch nicht mit den geringsten Ständen der Christen sich auf gleichem Fuße bewegen konnten, da sie so zu sagen, die Parias von Europa waren, wie sollte da nicht Verdrießlichkeit und Engherzigkeit sich ihres Gemüthes bemächtigen?

Das Judenthum selbst und seine Satzungen mußte wohl ihr vornehmstes Studium werden, in das sie sich vertieften, das sie stets discutirten, aus dessen Quellen sie alle ihre geistige Nahrung zogen. Daher sie so viele darin tief gelehrte Rabbiner und Rabbiner-Schüler mit so erstaunlich viel unnützer Wissenschaft, solche große Wortklauber und spitzfindige Denkler erzeugten.

Großartige, freiblickende, geistige und künstlerische Schöpfungen konnten sich aus jenen Ghettis begreiflich nicht entwickeln, so viele Talente auch in ihnen schlummern und jährlich absterben und verderben mochten.

Da ihnen hundert andere Wege, auf denen der Christ zu Verdiensten, zu Auszeichnung gelangte, versperrt waren, so mußten sie sich wohl auf das Einzige werfen, was ihnen blieb, und was die Christen nicht mochten, auf die kleinsten und verächtlichsten Gewerbe, auf Geldwechsel, Wuchergeschäfte und auf vielfache andere, Gewinne verheißende und das liebe Leben fristende, Kreuz- und Quer-Wege. Sie mußten wohl nothgedrungen die Krämer, Trödler und Schacherer des Welttheils werden, wozu sie freilich auch schon von Haus aus und von Alters her so viel Neigung gehabt zu haben scheinen. Denn ein großer Theil von ihnen schacherte schon bei den Römern. Im Mittelalter hat es wenige Pretiosen, Gold und Edelsteine gegeben, die nicht ein oder mehrere Male durch die Hände der Juden gegangen, ja sogar wenige Monstranzen und werthvolle Kirchengefäße, die nicht einige Male bei den Juden in Versatz gewesen wären. Sollen doch die Juden sogar den Türken den Coloß von Rhodus abgehandelt, das werthvolle Metall davon in Stücke zerschlagen und auf 300 Kamelen zum Vertrödeln transportirt haben!

Da sie gezwungen wurden, Hohn und Schmach zu dulden, so gewöhnten sie sich daran, sie ohne Widerstand auf sich zu nehmen und mußten unempfindlich werden gegen die Anforderungen der Ehre. — Da sie sich überall vor der Uebermacht zurückziehen mußten, da sie schon als Kinder ihre Väter das Ihrige stets verheimlichen und sich verstecken sahen, so wurden denn diese Nachkommen jener löwenartigen Makkabäer schüchtern und feigherzig, gedrückt und kriechend. Sie eigneten sich alle diejenigen Talente an, mit denen allein der Schwache und Geknechtete sich zu vertheidigen oder zu rächen vermag, schlangenhafte Gewandtheit, listige Verstellungskunst, pfiffige Wortseligkeit, umsichtigen und spitzfindigen Verstand, und einen sie alle im höchsten Grade auszeichnenden sarkastischen und satyrischen Witz, der sie auf dem Felde der Literatur und Kunst zu sehr pikanten Leistungen dieser Gattung befähigt hat.

Es ist demnach, sage ich, sehr natürlich, daß die Juden, wenn sie auch von Anfang herein schon etwas so waren, doch so bleiben mußten und nicht anders werden konnten, wie sie sind.

Es ist vielmehr ein großes Wunder, daß bei dem unmenschlichen Drucke, unter welchem sie Jahrhunderte lang seufzten, nicht völlige Unheiligkeit, Verwilderung und Sittenlosigkeit unter ihnen einriß. Aber so tief war dem Geiste dieses Volkes das alte ehrwürdige Gesetz Abraham's und Mose's eingegraben, daß sie, wie einst in Egypten und Babylon, so auch in dem tausendjährigen Märtyrerthum am Rhein und an der Weichsel ihren frommen Sinn, ihren Glauben an eine Erlösung, an ihren Gott nie verloren.

Fast alle Völker des Erdbodens haben seit Abraham's Zeiten ein oder mehrere Male ihre Religion geändert, — Heiden sind zu Christen oder Mohamedanern geworden. Ganze große und glänzende Religionssysteme, so das der Feueranbeter, die der Griechen und Römer sind innerhalb dieses Zeitraums unter den Geistern der Menschheit aufgetaucht und wieder verschwunden.

Der Glaube der Juden allein hat sich mitten unter unsäglichen Zerrüttungen, Convulsionen und Katastrophen unverändert und unerschüttert, wie die Pyramiden Egyptens, erhalten.

Und eben so unverwüstlich sind unter ihnen die alten patriarchalischen Sitten geblieben, die ihnen von jenen begnadigten mit Gott und den Engeln persönlich verkehrenden Menschen überkommen waren. Elternliebe, Kinderehrfurcht, Keuschheit und Reinheit des Umgangs, Innigkeit der Familienbande, dazu Barmherzigkeit und ein zur Hülfe bereitwilliger Sinn, dies sind lauter preiswürdige Eigenschaften, die sich die Juden unter allen Umständen in hohem Grade bewahrt haben. Ueberall, wohin sie gewandert oder geschleudert worden sind, haben sie ihr geistiges und körperliches Gepräge wunderbar fest erhalten. Ich sage, auch ihr körperliches Gepräge. Denn nicht ohne Erstaunen kann man wohl die Juden-Physiognomien betrachten, welche viele Jahrhunderte vor Christi-Geburt egyptische Künstler auf ihren Monumenten zeichneten und welche in Form, Ausdruck und allen Details so völlig den Juden gleichen, die wir noch täglich um uns her sehen.

Man möchte die Juden in ihren alten, vermauerten Ghettis jener Prinzessin unserer Märchen vergleichen. Wie Dornröschen waren sie in jenen Verstecken verwachsen, hinter einem Dickicht von Gestrüpp und Unkraut.

Wie durch Zauberschlag belebend haben die Ritter der Neuzeit, die Förderer der Juden-Emancipation, zuerst die Niederländer und Engländer, bei denen alle Befreiung der Europäer aus politischen Banden ihren Anfang nahm, dann Friedrich II. und Joseph der Gütige, dann die französische Revolution und Napoleon, als sie in diese Dornenhecke befreiend eindrangen, auf den Geist der Juden eingewirkt und haben die Abgestumpftheit zu Leben und reger Theilnahme erweckt.

Wie neugeboren hat sich das unverwüstbare Israel erhoben, und es haben sich Kräfte und Talente unter ihnen entfaltet, deren ungeahnte Fülle uns nun fast überwältigt.

Und jetzt, da dieses Werk in allen Ländern schon große Fortschritte gemacht hat, kann man nur wenige Zweige der menschlichen Geistesthätigkeit nennen, denen dies merkwürdige Volk nicht ausgezeichnete Genies geliefert hätte.

Den philosophischen Wissenschaften haben sie Männer wie Spinoza, den großen Denker von Amsterdam, und Mendelssohn, den so wohlwollenden, wie charakterfesten Philosophen von Berlin, gegeben, deren unsterbliche Namen neben denen eines Des Cartes und Kant genannt werden.

Die mathematischen Wissenschaften empfingen von ihnen außer dem berühmten Meyer Hirsch noch viele andere geschickte und scharfsinnige Köpfe, und als Rechtsgelehrte haben unter ihnen ein Asher in Holland, Cremieux in Frankreich und viele in Deutschland geglänzt.

Die Arzneikunde war von jeher ein Erbtheil der Juden, und es würde ein endloses Register geben, wenn wir alle ihre großen Aeskulape der alten und neuen Zeit nennen wollten. Der Jude Bloch ist als Naturforscher bei uns allgemein bekannt. Geschichtschreiber aus dem Volke Israels könnte man eine Menge nennen. Friedländer ist der Name einer jüdischen Familie, von der sich viele Mitglieder als Aerzte, Philosophen und Schriftsteller berühmt gemacht haben.

Für staatsmännische und diplomatische Künste haben sich die Anlagen der Juden zu allen Zeiten groß gezeigt, sobald man sie dazu nur benutzen wollte. Selbst als sie hart bedrückt waren, haben, im Orient wie im Occident, immer einzelne Juden aus den Cabineten der Könige die Schicksale der Völker gelenkt und ihre Beziehungen vermittelt. Jüdische Großveziere, die, wie Joseph in Egypten, die rechte Hand weitgebietender Herrscher waren, führt uns die alte Geschichte in Menge auf.

In der Neuzeit, seit dem Fortschritt der Emancipation haben wir die Redner-Bühne, die Präsidentenstühle unserer Parlamente, ja die Ministersitze in England, wie in Frankreich und Deutschland von beredten, gewandten, umsichtigen, patriotischen Sprößlingen aus dem Stamme Israels besetzt gesehen.

Mit Eifer haben sie wie die Feder, so die Lyra in die Hand genommen, und wir brauchen uns nur zu erinnern, daß unsere Dichter Michael Beer in Berlin, daß Heinrich Heine, daß unsere Componisten Meyerbeer und Moscheles, welche die deutsche Nation zu rühren wußten, von jenem Stamme waren, um uns von dem Geschick zu überzeugen, mit welchem sie den Musen zu dienen verstanden.

Musik namentlich gehörte seit des königlichen Harfenspielens Zeiten zu den Künsten, denen die Juden leidenschaftlich ergeben waren, und jetzt seit ihrer Entfesselung ist fast kein Instrument zu finden, auf dem nicht jüdische Virtuosen uns, wie David den Saul, entzückt hätten.

Ja es giebt Länder, in denen sie, so zu sagen, die ganze Musik, wie die Literatur, wenigstens die Tagesliteratur, in Händen haben und in Folge dessen, so wie aus andern Gründen sind alle Sprachen Europas voll jüdischer Worte, Redensarten und Gedanken, ebenso wie es, — dieß mag ich nebenher bemerken, — unter unsern jetzt deutsch oder französisch oder englisch oder spanisch genannten Familien immer noch viel jüdischen Anflug in ganz Europa verstreut giebt. Die bei vielen Gelegenheiten früher oder später zu uns übergetretenen Juden haben schneller ihre Religion als ihren unzerstörbaren Raçentypus und National-Charakter abgelegt. Namentlich steckt z. B. in dem spanischen Adel noch immer viel jüdisches Geblüt. Was die Juden bei einzelnen Uebertritten und Zwischenheirathen von der indo-germanischen Raçe empfangen haben, haben sie immer viel schneller zersetzt. Man hat sogar bemerkt, daß Christen, die lange unter Juden verkehrten, diesen schnell ähnlich wurden.

Weniger haben die Juden, wie alle Orientalen, in den bildenden Künsten geleistet. Es gab eine Zeit in Deutschland, — und sie liegt noch nicht weit zurück, — wo fast nur eine bildende Kunst vorzugsweise von den Juden geübt wurde, nämlich die Petschier-Kunst. Darin waren sie aber ausgezeichnet. Ich darf nur eines berühmt gewordenen kleinen Diamanten erwähnen, auf dem ein Jude mit unsäglicher Mühe für den König Friedrich I. von Preußen das königliche Wappen nebst Krone und allen Attributen gebildet hatte. Jüdische Maler und Bildhauer gab es fast gar nicht. Doch hat die Neuzeit auch darin mehrere erzeugt. Ich brauche unter Andern nur an unsern Bendemann zu erinnern, dessen trauernde Juden und andere Werke wohl Alle kennen. Mit großem Erfolge haben die Juden auch die Bretter betreten, welche die Welt bedeuten, und einige Schauspieler, welche Frankreich und Deutschland in der Neuzeit am meisten bewunderten, z. B. die Rachel, Dawison sind aus den geöffneten Thoren der Juden-Quartiere unserer Städte hervorgeschritten.

Was an beglückenden Talenten und erfreulichen Gaben aus diesen an Genie und Geist reichen Quartieren in der Zukunft noch ferner hervorblühen mag, läßt sich nicht bestimmen.

Manche Völker Europas haben nur, so zu sagen, erst angefangen, die alten Bande, in welche ihre Vorfahren die Juden schlugen, zu lösen, die dichte Finsterniß, in der man sie schmachten ließ, zu zerstreuen. So die Polen. Die polnischen Juden, auf die ich hier noch einmal zurück komme, weil sie bei weitem die Hauptmasse aller europäischen Juden bilden, verweilen noch in der Barbarei des dunkelsten Mittelalters. Mitten in der Kluft, zwischen einem übermüthigen Adel und einem geknechteten Bauern stehend, und zwischen beiden vielfach als Unterhändler und Vermittler dienend, hat sich ein äußerst kriechender Sinn gegen die Großen und ein unüberwindlicher Eigensinn gegen Alles, was ihnen unterworfen ist, bei ihnen entwickelt. Zwischen den Bauern, der sie fürchtet und dem Adel, der sie verachtet, haben sie sich dort noch mehr in sich abgeschlossen und stehen dem Christenthum noch schärfer gegenüber als in Deutschland. Als Reiche sind sie dort herrschsüchtig, als Rabbiner unerbittlich streng, als Volk unbeugsam.

Ihre geringen Classen aber sind mit den Bauern in tiefes Elend versunken. Man erblickt kaum irgendwo solche jämmerliche und unheimliche Zustände, wie unter den armen Juden von Krakau, Warschau, Wilna und Lemberg. Obgleich die Juden nach Polen aus vielen anderen Gegenden zusammenflossen, so hat sich doch bei ihnen, weil sie in der Hauptsache aus Deutschland kamen, eine eigenthümlich jüdisch-deutsche Sprache ausgebildet, die etwas mit hebräischer gemischt ist und mehrere Dialekte zählen soll. — Im übrigen sind sie in Kleidung, Sitten, Bildung und Charakter so vielfach verschieden von den übrigen Juden, daß man sie fast als einen eigenen jüdischen Volksstamm betrachten könnte. Die sogenannten deutschen, die polnischen und die portugiesischen Juden bezeichnen die hauptsächlichsten ethnographischen Abtheilungen der Juden Europas. Sie tragen in ihrem Gepräge alle etwas von der Geschichte, die sie durchzumachen hatten, von den Gesetzen und Schicksalen, die an ihnen arbeiteten, zur Schau. Auch haben sie alle etwas von dem Wesen des Volkes, unter dem sie lebten, angenommen. Aehnliches ließe sich von den englischen, italienischen, türkischen, &c. Juden bemerken. In den tropischen Ländern haben mehrere Judenstämme, wie ich schon sagte, sogar die dunkle Farbe von den Negern, Hindus und Arabern angenommen. Sie mögen von unsern Juden sehr verschieden sein. Nichts desto weniger aber sind sie wie die weißen, gelben und rothen Rosen nur Varietäten derselben Species. Merkwürdig ist es, wie sich bei den polnischen Juden, die so ganz auf sich beschränkt waren, der orientalische Ausdruck in ihrer körperlichen Form so rein erhalten oder wieder herausgebildet hat. Man sieht dort namentlich in Lithauen und der Ukraine unter den Männern ehrwürdige Abrahams-Gesichter, oder Josephs- und Apostel-Antlitze, und unter den Frauen Rahels und Judiths, wie ein Maler sie sich nicht schöner, ausdrucksvoller und orientalischer wünschen könnte. — Sie üben auch noch viele alte jüdische Gebräuche, die bei unsern Juden längst ausgestorben sind. Sie hängen auch noch mit mehr Zärtlichkeit und Sehnsucht als die unsrigen an dem alten Lande ihrer Väter. Es ist nichts Ungewöhnliches unter ihnen, daß ein alter Mann, wenn er seinem Lebensende nahe steht, alle seine Habe unter die Seinigen vertheilt und sich nur so viel Baares zurückbehält, als er nöthig hat, um nach Jerusalem zu reisen, um dort auf dem heiligen Boden zu sterben. Man sagte mir in Odessa, daß in diesem Hafen allein wohl jährlich an hundert solche nach einem seligen Ende im Lande der Väter verlangende Greise aus den polnischen Provinzen sich einschifften. Diejenigen, welche dazu nicht die Mittel besitzen, suchen sich wenigstens ein bischen ächter Erde, das Pilger aus dem Lande Israels zurückbrachten, zu verschaffen, thun es in ein Beutelchen und legen es sich unter ihr Sterbekissen.

Es würde mich hier zu weit führen, wenn ich einen Versuch machen wollte, den Grad der Befreiung und den Stand des Fortschritts der sogenannten Juden-Emancipation, d. h. der gesetzlichen Bestimmungen, durch den sie zur Ausübung bürgerlicher Rechte und Pflichten, zur Theilnahme an dem allgemeinen Rechte und zum Besitz eines Vaterlandes zugelassen werden sollen, in jedem Lande zu bestimmen. Im Hinblick aber auf das Wenige, was ich hier anzudeuten vermochte, so wie im Hinblick auf die wohlthuenden Resultate, die jenes Werk der Neuzeit schon hie und da errungen hat, möge uns die zuversichtliche Hoffnung erfüllen, daß es allmählich überall gelingen werde, die schwierige Aufgabe zum Frommen der Interessen beider Parteien, der Christen, wie der Juden, zu lösen.

Jedenfalls aber, so scheint es mir, ist nichts mehr, als ein Rückblick auf die schauerlichen Juden-Bedrückungen des harten und doch von Manchen noch so unbedingt bewunderten Mittelalters geeignet, uns mit Liebe für unsere großherzigere Neuzeit zu erfüllen, die sich bestrebt hat, die Juden und neben ihnen dann auch noch andere Geknechtete aus einer babylonischen Sklaverei zu erlösen.

Die Spanier.

Wie herausgeschnitten aus dem Rumpfe Europas, von diesem durch eine hohe Bergmauer getrennt, ringsumher in die Brandung des Oceans getaucht, das äußerste Haupt und Antlitz unseres Welttheiles, mit einer ihm ganz eigenthümlichen Physiognomie, so liegt das wunderreiche Land da, welches die Alten, weil ihnen der Abendstern über ihm leuchtete Hesperien (das Westland) nannten.

Wie mit Europa, so war es vermuthlich auch einst durch den erst in einer späteren geologischen Periode durchgebrochenen Isthmus von Gibraltar mit Afrika verwachsen, und es nimmt Theil an dem Wesen und Charakter beider Continente.

Dieselben Revolutionen der Erdoberfläche, welche die Terrassen des afrikanischen Atlas gestalteten, haben auch an den mächtigen Felsen-Plateaus der pyrenäischen Halbinsel gewirkt, und es scheint oft, als hätten sie nach demselben Muster gearbeitet, und in Spanien gewissermaßen ein Afrika im kleinen, ein europäisches Afrika, hinstellen wollen.

Erst als der Ocean in dem einst völlig geschlossenen mittelländischen See einbrach und das Thor des Herkules ausgrub, fiel dieses Miniatur-Afrika in Bezug auf Länder-Continuität ganz auf die Seite von Europa, kam in physikalischer, ethnographischer und anderer Beziehung vorherrschend unter seine Einflüsse, blieb zugleich, jedoch stets auch vielfach in Gemeinschaft mit dem benachbarten Südlande, nach dem es beständig so zu sagen seine Hand ausstreckte.

Die ganze Natur der pyrenäischen Halbinsel scheint demnach ein Gemisch von Süden und Norden.

Es hat südlichere, heißere Striche, als irgend ein anderer Theil von Europa. Sein Klima vermag hie und da das Zuckerrohr, die Palme und andere Südfrüchte zu reifen, und auf einem seiner Vorgebirge haben sogar, was ihnen sonst nirgends möglich war, die frostscheuen Thiere der Wendekreise, die Affen, und neben ihnen die afrikanischen Chamäleons ihren Wohnsitz aufschlagen können.

Im grellsten Contraste damit giebt es wieder spanische Gebirgsstriche, die von so rauher Temperatur sind, wie keiner in Afrika, und in denen sogar unser nordischer Waldbruder, der Bär, sich behaglich fühlt.

In weiten Gebieten ist der Anblick der großen Halbinsel so düster und öde, wie in den melancholischen Wüsten der Sahara, oder in unseren Haiden von Lüneburg. Und wiederum giebt es Partien, die an Anmuth und Naturreiz Alles übertreffen, was unser Continent sonst darbietet.

Die Sierras, die zackigen, wild ausgezahnten Felsen-Sägen von Andalusien und Granada, auf denen nie ein Baum gewurzelt hat, starren von riesigen Granitblöcken und Marmormassen von allen Farben und ihre unzugänglichen Gipfel gleichen spitzen Kegeln, die sich in das stets klare Blau des Himmels-Gewölbes hineinbohren.

In dem Schooße dieser Sierren aber sind fruchtbare Thäler verborgen, deren Pflanzenwuchs und üppige Schönheit sich die Einbildungskraft nicht zauberischer träumen könnte.

Diese herrlichen Thalmulden, in denen die würzigste Flora die Lüfte durchduftet, scheinen, nach dem poetischen Volksausdruck der Spanier, von den Engeln des Himmels als ihre Wiegen in den Busen der Felsen eingesenkt zu sein.

Das Ernste, Traurige, Düstere überwiegt zwar im Ganzen. Unendliche, baumlose, verbrannte Flächen voll Einsamkeit und Grabesstille, „wie geschaffen für die Andacht büßender Anachoreten," ziehen sich weit und breit durch das Innere von Spanien hin.

Die Luft ist da hart und trocken, überheiß während einer Jahreszeit, schneidend rauh während der andern. Vergebens sucht man da die weichen Gefilde, die stets von lauen Zephyren angehauchten Gartengelände Italiens, vergebens die frische Herrlichkeit, das sanfte Grün der deutschen Wälder mit ihrem heitern Vogelgesange.

Diese sanfte friedliche Heiterkeit des grünen Wald- und Wiesenteppichs ist nicht über Spanien ausgebreitet, dessen Natur zwar überall (selbst in ihren finsteren Partien) erhaben, doch nicht durchweg ansprechend, wohl hie und da brillant, nicht überall wohnlich und gemüthlich ist. — Sie hüllt sich so zu sagen in einen groben aber malerisch drapirten Ueberwurf, der zwar aus einem harten Gewebe besteht, aber mit goldnen Tressen, Edelsteinen und Perlen besetzt ist.

Das herrliche Thal von Granada (die berühmte fruchtbare Vega) — das reizende Wiesen-Blumen-Plateau von La Serena, das jetzt die Merino-Schafe beweiden, — das üppige Andalusien, über welches ein Füllhorn von Naturgaben ausgegossen ist, und das schon die Alten als das glücklichste Land der Erde priesen, — der zauberische Garten der Huerta, in dessen Schooße Valencia, wie eine Königin, auf Rosen gebettet daliegt, — sind einige wenige dieser vielen Paradiese, die dem Fuße der Berg-Plateaus des Pyrenäen-Landes eingefügt und angehängt sind, mit denen auch das Innere hie und da durchwebt ist, und in denen die krystallreine Luft, der kräftige Strahl der Sonne, und der reichliche Thau dieses zauberischen Himmelsstriches allen Pflanzen und Produkten eine üppige Frische, eine unbeschreibliche Feinheit und Zartheit der Farben, einen Glanz geben, der die Sinne entzückt und sich der Einbildungskraft dauernd bemeistert.

Fast indem man diese wenigen so scharf contrastirenden Züge seiner Heimath zusammengestellt, glaubt man schon das Porträt des Bewohners selbst zu entwerfen und die Merkmale seines Charakters, so wie auch den Wechsel der Schicksale, die ihn bildeten, zu erkennen.

Wie in dem Klima und in der Natur, so offenbart sich auch in der Geschichte des Landes ein steter Kampf, eine fortgehende Vermischung südlicher oder orientalischer und nordischer oder europäischer Einflüsse.

Wie die kalten Nordwinde, so brausen nördliche Völker über die Pyrenäen herein, und wie der heiße Sirocco (in Spanien „Solano" genannt), so ziehen ihnen von Süden afrikanische Nationen entgegen.

Und der spanische Volks-Charakter, der sich aus dieser Mischung gestaltet ist wie sein Land, „ein besonders scharf ausgeprägtes Gebilde, ein Wesen ohne Halblichter und Nebelbilder, im höchsten Grade phantasiereich, voll hohen Sinnes, voll glühenden

Stolzes, voll kalter Kühnheit, — auf alles Gemeine und Mittelmäßige herabsehend, Ruhe und Schicksalstrotz im größten Unglück bewahrend, ausdauernde Treue und Haß und Liebe vereinend, reich an schneidenden Contrasten wie seine wilden Sierras mit den angehängten Paradiesen, der bittersten Rache, der schönsten Tugend fähig, großmüthig und dennoch grausam, aus gleichgültiger Unempfindlichkeit zu stürmischer Ausgelassenheit, aus träger Ruhe und starrer Unbeweglichkeit zu ungestümster Thätigkeit überspringend, geistvoll und unwissend, freimüthig und verschlossen, leichtgläubig und zugleich mißtrauisch, wie wechselweise schwärmerische Phantasten es zu sein pflegen."

Die ersten Menschen dieser Art, welche die Geschichte uns in Spanien zeigt, sind unter dem Namen Iberer bekannt.

Die Einwanderung dieser iberischen Urspanier übersteigt alle Tradition und alle Erinnerung. Vor ihnen scheint kein anderes Volk in Spanien gewohnt zu haben, sie scheinen die wahren Urbewohner, die frühesten Besitzergreifer des Landes gewesen zu sein, von denen jetzt nur noch ein kleiner Ueberrest in den sogenannten Basken vorhanden ist.

Diese alten Iberer sind nicht nur in Spanien, sondern neben den finnischen Stämmen vielleicht auch in ganz Europa das älteste Volk. Dafür spricht unter andern schon der Umstand, daß sie das äußerste Westende unseres Continents bewohnten, in das sie durch die später nachrückenden Indo-Germanen, d. h. die Vorfahren der Griechen, Römer, der jetzigen Franzosen und Deutschen hinausgedrängt wurden.

Weil man einige Aehnlichkeit der iberischen Sprache mit Sprachen afrikanischer Völker entdeckte, so hat man zuweilen geglaubt, Spanien habe auch schon diese frühere Bevölkerung aus Afrika empfangen. Dies war namentlich eine Hypothese unseres großen deutschen Philosophen Leibnitz.

Allein weit mehr Umstände weisen darauf hin, daß die Iberer, wie alle andere europäischen Nationen, aus dem Osten längs des mittelländischen Meeres gekommen sind.

Denn auch auf Sicilien und den andern italiänischen Inseln, auch im südlichen Frankreich werden uns die Iberer als die älteste Grundlage der Bevölkerung bezeichnet. Dort wurden sie von nachrückenden Einwanderern überfluthet und mußten von dort in Masse weiter westwärts ziehen.

Ihre dabei unter der Fremdherrschaft zurückgebliebenen Reste bezeichnen noch den Weg, den sie zogen.

Außer dieser Richtung aus Osten, diesem Ursprung aus Asien, der gemeinsamen Mutter der europäischen Menschheit, vermag man aber sonst wenig Gemeinsamkeit der Iberer mit den übrigen Europäern zu entdecken.

Ihre Sprache, die wir noch heut zu Tage bei jenen Basken in den Pyrenäen vernehmen, ist so eigenthümlich, nach den neuesten Untersuchungen unserer Sprachforscher so gänzlich verschieden von allen andern Idiomen Europas, daß sich weder mit den Celten, noch mit den Germanen und Griechen eine Verwandtschaft erkennen läßt.

Man hat in den entlegensten Gegenden der Erde nach Verwandtschaft für diese so äußerst isolirte Raçe und Sprache gesucht. Einige haben Aehnlichkeit bei den Finnen, andere sogar bei den Wilden Nordamerikas gefunden. Möglich bleibt es immer, daß einst Finnen und Iberer, diese Urkinder Europas, sich in den ganzen Continent theilten und nachbarlich neben einander wohnten.

Die Iberer hatten zwar die ganze pyrenäische Halbinsel inne, doch hausten sie daselbst zu der Zeit, da die Geschichte sie zu beobachten und über sie zu berichten anfing, bereits nicht mehr allein.

Schon ein anderer großer Erguß war über sie hingegangen. Ihre östlichen Nachbarn und Dränger, die „Celten“, die Vorfahren der Franzosen, die ihnen aus Asien nach Westen gefolgt waren, die sie bereits in Italien und Süd-Frankreich vertrieben hatten, waren auch, wie einst die Iberer selbst, vom jetzigen Frankreich her über die nördlichen Grenzgebirge gestiegen und hatten weite Gebiete der pyrenäischen Halbinsel, besonders im Innern derselben erobert.

Diese erste Bedrängung Spaniens von Seiten der Bewohner Frankreichs, diese frühste Spur der durch die ganze Geschichte sich hinziehenden und bis auf den heutigen Tag dauernder Rivalität zwischen Spaniern und Franzosen steigt ebenfalls über alle beglaubigte Zeit hinaus.

Es mußte ein uraltes Ereigniß sein, denn als die Römer diese Verhältnisse kennen lernten, waren die Gäste aus Frankreich in Sitte und Sprache bereits in hohem Grade iberisch, d. h. spanisch geworden.

Sie waren schon gänzlich verschieden von den Celten in Gallien, und sie wurden daher auch Celto-Iberer, oder iberisch gewordene Celten genannt.

Neben ihnen wohnten noch in größerer Menge die alten ungemischten Urbewohner, sowohl in den Gebirgen des Nordens und Ostens, als auch an den Küsten des Meeres hin, in viele Völkerschaften vertheilt, von denen einige, z. B. die heldenmüthigen Cantabrer und die Vasconen (die jetzigen Basken) im Norden und die Lusitanier, die Vorfahren der Portugiesen, im Westen einen besonders berühmten Namen erlangt haben.

Es ist nicht wenig zu bedauern, daß uns ein Tacitus nicht, wie die alten Germanen, so auch die Sitten dieser iberischen Vorfahren der Spanier geschildert hat.

Das Wenige aber, was wir von ihnen wissen, deutet darauf hin, daß wir ihren Charakter und ihr ganzes Wesen als die wahre Grundlage und Quelle der nationalen Eigenthümlichkeiten unserer jetzigen Spanier betrachten müssen, daß wir den Ursprung und Anfang der meisten Qualitäten der modernen Spanier bei jenen alten Iberern zu suchen haben, deren ursprüngliche Natur mit ewig jugendlicher Kraft trotz alles des durch spätere Einwanderungen noch darauf geschütteten Stoffes immer wieder, so zu sagen, aus dem Boden hervorgebrochen ist.

Die alten Iberer lebten, der Beschaffenheit ihres durch Gebirge viel zerschnittenen Landes und ihrem National-Genius gemäß, in eine Menge scharf geschiedener Stämme zersplittert. Sie waren durch eine sehr tief wurzelnde und leidenschaftliche Anhänglichkeit für ihre Local-Heimathen, die sie mit Hartnäckigkeit vertheidigten, ausgezeichnet.

Sie waren aber wenig geneigt, sich der Fahne weitgebietender Anführer unterzuordnen und große Unternehmungen in die Fremde auszuführen. Die Hingebung, die Aufopferung, der Patriotismus, mit denen sie eine ihrer Städte (Numantia) gegen die Römer vertheidigten, sind von den Zeitgenossen allgemein gepriesen worden, und man hat diese Vertheidigung des alten Numantia oft mit der Saragossas gegen die Franzosen, die von unsern Vätern bewundert wurde, verglichen.

Wenn man die Geschichte dieser beiden zeitlich so weit entfernten Aktionen liest, glaubt man, oft genau denselben Gang der Ereignisse wahrzunehmen — mit denselben begleitenden Erscheinungen, ja fast mit denselben Persönlichkeiten zu thun zu haben.

Die alten Iberer führten den Krieg nicht in großen Heeren, sondern in kleinen leichtbeweglichen Banden, „nach Art der Räuber", wie schon der Grieche Strabo sagt, der noch hinzusetzt, die Iberer wären nur in kleinen Unternehmungen (wir würden sagen im Guerilla-Krieg) tüchtig.

Wenn man das, was die Römer über diese Kriegsart bemerken, mit dem vergleicht, was wir noch in diesem Jahrhunderte bei den Kämpfen des Don Carlos und bei verschiedenen andern Gelegenheiten erlebt haben, so möchte man behaupten, daß noch jetzt in Spanien an der alten volksthümlichen Kampf- und Kriegsweise sich in der Hauptsache nichts geändert habe.

Die Feldzüge des Don Carlos gegen das neue Königthum, die des alten spanischen Helden Viriathus gegen die Römer, später die des Flüchtlings Pelayo gegen die Araber, gleichen sich nicht nur in Bezug auf die Hauptereignisse, sondern auch in Bezug auf die dabei vorkommenden Episoden in so hohem Grade, daß man glaubt, es sei dies Alles nur Wiederholung desselben nach einem Plane angelegten Dramas. Wir erkennen in den iberischen Patrioten und Kriegern, die Plutarch beschreibt, ganz die spanischen Soldaten des Mittelalters und auch die der Neuzeit wieder. Aber die Geschichte auch solcher wenig wesentlichen Dinge, wie es z. B. Nationaltänze sind, steigt in Spanien in die graueste iberische Vorzeit hinauf.

Die Schilderungen, welche römische Schriftsteller von der Kunst der iberischen Tänzerinnen, von ihren lebhaften Bewegungen und Gestikulationen beim Schalle der Castagnetten, von ihrer graziösen Geschmeidigkeit und ihrer ausdrucksvollen Mimik geben, begünstigen die Annahme, daß diese iberischen Tänze eben nichts anderes gewesen sind als unsere jetzigen Fandangos und Boleros, in deren Ausführung die Spanier heut zu Tage noch eben so unübertrefflich und bewundert sind, wie ihre Vorväter zu der Römer Zeiten.

Wie mit den Tänzen und den Guerilla-Kriegen, ist es auch mit der Aehnlichkeit vieler anderen, den alten und den modernen Spaniern gemeinsamen Dingen und Eigenschaften, die in Summa alle beweisen, daß die gesammte Bevölkerung Spaniens trotz aller fremdartigen Zusätze und Anhängsel, die sie im Laufe der Zeit erhalten hat, noch jetzt im Wesen auf dem primitiven, noch nicht verwitterten iberischen Urgestein beruht, daß man sie in der Hauptsache als iberisch betrachten, daß man daher auch ihrem Lande recht gut noch jetzt den alten Namen „Iberische Halbinsel" belassen kann.

Völlig rein und fast unberührt hat sich dieses Urgebilde jetzt nur noch, wie gesagt, in den interessanten blauäugigen und hellhaarigen Bewohnern des nordwestlichen Gebirgswinkels von Spanien, der sogenannten baskischen Provinzen, erhalten, wohin nur die äußersten Ausläufer und Wellenspitzen der römischen, der arabischen und der anderen Ueberfluthungen des Landes gelangt sind.

Diese Basken geben uns noch heut zu Tage das ächte Bild des „wilden, starren, unbeugsamen, stolzen, zugleich aber auch fröhlichen, gutmüthigen und genügsamen" Urspaniers, und sie rühmen sich, in ihren Thälern die ältesten Adelsgeschlechter der Halbinsel zu haben.

Wie vereinsamte, rings von anderen Völkerwogen umbrandete und zerfressene Klippen, ragen diese alten Geschlechter über die Fluthen empor, welche über ihre übrigen spanischen Mitbrüder hinwegströmten.

Von dem Namen der Iberer zeugt heut zu Tage noch recht offenkundig der Name des bekannten Flusses Ibero oder Ebro. Auch giebt es noch in der heutigen spanischen Sprache manche iberische Elemente; so wie auch noch viele Namen berühmter spanischer Städte nichts als später umgeänderte altiberische Namen sind. — Ich will beispielsweise unter Hunderten nur das berühmte Salamanca nennen.

Es ist im höchsten Grade wahrscheinlich, daß die Iberer wie im Norden mit den Galliern oder Celten, so auch im Süden mit ihren Nachbarn in Afrika in uraltem Hader lagen, und daß sie von dort schon Einflüsse und Einwanderungen erfuhren, von denen unsere Ueberlieferungen nichts mehr wissen.

Als den ersten bekannten Einbruch von daher kann man die Besiedlung des südlichen Spaniens durch die Phönizier und Carthager, die Stammesgenossen und Vorgänger der Araber, bezeichnen.

Die Phönizier bauten daselbst Cadiz, Malaga und einige andere berühmte Städte. Doch scheinen sie als Seeleute, ebenso wie die Griechen, die auch in Spanien einige Colonien, namentlich Sagunt stifteten, ihren Hafen und den Küstenrand wenig verlassen zu haben, und in das Innere nicht tief eingedrungen zu sein. Nichtsdestoweniger erinnern noch heutigen Tages manche Dinge in Spanien an die Anwesenheit der Phönizier, z. B. der Name Spaniens selbst, der phönizischen Ursprungs sein und bei ihnen „Spanija" gelautet haben soll, und auch um noch Eines anzuführen, der Titel der berühmten Herzöge von Medina Sidonia, der mit der alten Stadt Sydon in Phönizien in Verbindung stehen soll.

Die Carthager, die den Fußtapfen der Phönizier, ihrer Väter, folgten, verbreiteten sich weiter im Lande, gründeten dort zahlreichere Colonien, beuteten die Silberbergwerke der Halbinsel nachhaltiger aus, und beschlossen endlich, um gegen ihre Erbfeinde, die Römer, mit denen sie um die Herrschaft der Welt stritten, eine feste Burg zu gewinnen, das ganze Spanien sich zu unterwerfen.

Sie schickten ihre besten Feldherren, die Hamilkar's, die Hasdrubal's und Hannibal's dahin, die in einer Reihe merkwürdiger Feldzüge den größten Theil von Spanien eroberten.

Da die Carthagenienser selbst längst halbe Afrikaner geworden waren, und da sie als Söldner und Begleiter dieselben Völker nach Spanien hinüberbrachten, welche später wieder mit den Arabern kamen, nämlich Mauren, Berbern, Beduinen, so kann man dies als den ersten, von der Geschichte etwas näher beleuchteten großen maurischen oder afrikanischen Einbruch in Spanien betrachten.

Wie sie Afrikaner nach Spanien führten, so versetzten die Carthagenienser auch umgekehrt Spanier nach Afrika hinüber, wie denn solche Versetzungen und Vermischungen der Einwohner beider Continente dort zu allen Epochen der Geschichte stattgefunden haben.

Nach einiger Zeit mußten indeß die Carthager in der pyrenäischen Halbinsel den Römern weichen, die dann nach ihrer Vertreibung sich daran machten, das gesammte Land zu unterwerfen.

Von der Anwesenheit der Carthager in Spanien zeugt unter andern noch heutiges Tages der Name der bekannten, von dem Carthager Hasdrubal gestifteten, Stadt Carthagena. Es ist ein punischer Name, der sogar in seinem afrikanischen Geburtslande jetzt verschwunden ist.

Da die Iberer eben so ausdauernd und heroisch in Vertheidigung ihres Vaterlandes waren, wie die Römer bei ihrem Plane der Welt-Eroberung, so war der Kampf zwischen beiden hartnäckigen Völkern sehr langwierig.

Er währte unter mannigfachen Wechseln und Zuckungen beinahe zwei Jahrhunderte.

Die Eroberungs- und Befreiungs-Kriege in Spanien haben sich unter stets erneuerten Guerilla-Kämpfen fast immer so durch Jahrhunderte hingezogen.

Römische Schriftsteller betheuern es häufig, daß ihren Feldherren keine Unterjochung mühseliger gewesen sei, als die der Spanier. Die von Gallien unter Cäsar war im Vergleich damit, so zu sagen, ein veni, vidi, vici! —

Natürlich aber war zugleich die von den Römern durchgeführte Eroberung nachhaltiger, eingreifender, durchdringender, als alle die von den Celten, Phöniziern, Carthagern ausgegangenen.

Sie incorporirten ihrem Reiche stückweise die ganze iberische Halbinsel und machten sie zu einer Provinz, welche lange einer der blühendsten und volkreichsten Abschnitte des ganzen großen Kaiserreichs war.

Wie überall disciplinirten und schulten sie die Eingeborenen auch in Spanien auf römische Weise, und beherrschten sie mehr als vier Jahrhunderte lang. Doch ging diese Entnationalisirung keineswegs so weit, daß dadurch nun die Iberer in Fleisch und Blut, in Geist und Herz ganz und gar völlige Römer oder Italiäner geworden wären.

Die alte Raçe blieb vielmehr in der Hauptsache dieselbe, die in's Land verpflanzten wirklich römischen Colonisten aus Italien waren verhältnißmäßig natürlich immer wenig zahlreich. Nur der Schulmeister, der Corporal, der Advocat, der Gouverneur waren italiänisch.

Die übrigen blieben römisch redende, römisch gekleidete, mit römischem Bürgerrechte begnadigte, übrigens iberisch oder altspanisch denkende oder empfindende Menschen.

Die spanischen Legionen, welche die Römer auf dem Boden der iberischen Halbinsel rekrutirten, gehörten lange zu ihren Kerntruppen, und nie sind vor der Entdeckung Amerikas die Spanier weiter in die Welt hinausmarschirt, als unter den römischen Fahnen

Daß trotz römischer Erziehung und Bildung die Spanier der Seele und dem Herzblute nach immer Spanier blieben, und daß sie schon damals dieselben Eigenthümlichkeiten besaßen oder beibehielten, die sie früher und später offenbaret haben, läßt sich ziemlich klar nachweisen.

Selbst bei einer flüchtigen Vergleichung ist es unseren Historikern nicht entgangen, wie sehr viel spanische Eigenthümlichkeiten in den Werken, der Schreibweise und der Ideenfärbung der berühmten römischen Dichter und Schriftsteller Seneca, Quinctilian, Lucan, Columella, Martial, die auf der pyrenäischen Halbinsel geboren wurden, zu finden sind.

Vielleicht liegt auch etwas entschieden Spanisches in der Haltung und dem Charakter und Wesen der beiden großen Kaiser Trajan und Theodosius, welche geborene Spanier waren, und die dies Land dem römischen Staate schenkte.

Ein späterer römischer, aus Spanien hervorgehender Dichter, Namens Prudentius, ist nach den Bemerkungen eines unserer Historiker durch und durch ein national spanischer Geist. „Die höchste Schwärmerei des Gefühls, mühsam fortgeschleppte Deductionen, verwegene Absprünge und kühne allegorische Bilder,“ sagt Herr von Schack, dessen Schilderungen ich hier folge, „liegen überall in seinen Dichtungen so nahe bei einander, wie z. B. in den Dramen des modernen Calderon. Bei beiden dieselbe Innigkeit des Gefühls, die erhabenste Pracht der Bilder neben der langweiligsten Weitschweifigkeit und den endlosesten Wiederholungen, — die schönsten und glänzendsten Stellen neben äußerst matten und ermüdenden Ergüssen,“ die überall auf den Gefilden der spanischen Poesie dann und wann eben so auftreten, wie in der Natur des Landes die langgezogenen öden Bergplateaus und Haideflächen zwischen jenen „von den Engeln bereiteten Thälern.“

Besagter Prudentius war sogar, eben so wie sein Landsmann Quinctilian, in derselben Provinz von Spanien geboren, aus welcher später die größten Dichter der Nation, die Calderon's, die Cervantes', die Lope de Vega's hervorgingen, nämlich in Alt-Castilien, dem Herzen des Landes.

Dennoch aber sind die Einwirkungen der Römer auf die Spanier dauernder und entscheidender gewesen, als die irgend eines andern vor oder nach ihnen auf der Halbinsel erschienenen Volks.

Sie haben die Iberer für alle Folgezeit mit demjenigen Zweige der indogermanischen Raçe, welche man die celtoromanische nennt, verknüpft, haben ihnen eine romanische Sprache und Cultur gegeben, welche die alte iberische bis auf wenige Reste verdrängte, und haben sie dadurch zu Verbündeten oder Verbrüderten der Italiener und Franzosen gemacht.

Auf eine wunderbare und noch wenig erklärte Weise hat sich diese wohlklingende, edle, reiche und stolze romanische Sprache durch alle Theile des Landes, — mit einziger Ausnahme des baskischen Winkels, — in mehreren Dialekten verbreitet und hat sich dann selbst unter der Herrschaft der Gothen und Mauren, nur wenig von ihnen beeinflußt, erhalten und weiter gebildet, hat sich zu einem mächtigen Baume mit reichen Früchten der Poesie und Literatur erhoben, wie keine der andern auf spanischen Boden verpflanzten oder dort einheimischen Idiome. — Sie ist in Wortbildung und Biegung ächt romanisch und in manchen Punkten sogar dem Latein näher geblieben, als selbst das moderne Italienische.

Wie ihre Sprache, so haben die Römer auch ihre alten Traditionen, ihre Mythen und ihre Götterlehre den Iberern eingeflößt. Und wie bei allen romanischen Völkern, so hat sich auch bei den Spaniern die Erinnerung an das griechisch-römische Alterthum stets sehr lebendig erhalten.

„Noch heute findet sich der Reisende überrascht, wenn er hört, wie spanische Landleute im Innern des Landes die Venus, den Amor, den Bacchus, den Hercules und andere alte griechisch-römische Götternamen im Munde führen und neben ihren Heiligen, ebenso, wie der Sicilianer dies thut, anrufen.“

Auch nehmen die alten und neuen Dichter Spaniens sowohl ihre Allegorien, als die Themas zu ihren Dramen mit eben so großer Leichtigkeit aus den Stoffen, welche die alte Mythologie, der trojanische Krieg, der Argonautenzug ꝛc. darbieten, daß man wohl sieht, wie dies Alles von den Römer- und Griechen-Zeiten her bei ihnen populär und familiär geworden, und nicht, wie bei uns Deutschen, erst durch die Philologen und Alterthumsforscher unter das Volk gekommen ist.

Wie in andern Ländern, so folgt seit dem fünften Jahrhunderte auch in Spanien der Herrschaft der Römer die der über ganz Europa sich ausschüttenden Germanen.

Zuerst als Vortrab der Gothen brachen die Sueven und Vandalen über die Pyrenäen herein und behaupteten daselbst eine vorübergehende Herrschaft, ein Theil der letzten namentlich in der reichsten und südlichsten Provinz von Spanien, im Thale des Guadalquivir, von wo aus sie indeß bald nach Afrika hinübersetzten.

Die deutschen Vandalen hinterließen in Spanien wenig mehr als ihren Namen, der von da an jenem Paradiese Vandalitia oder Andalusia für alle Zeiten eigen blieb. Auch die Geschichte der Namen hat ihre Capricen. Denn es ist höchst sonderbar und fast unerklärlich, daß der Name der Vandalen in einer Gegend, wie Spanien, in der dies Volk doch kaum heimisch geworden war und viel kürzere Zeit residirte, als irgend welche andere Einwanderer, so unsterblich geworden ist, daß sogar die Araber später lange das ganze Spanien „Vandalenland“ (Andalos) genannt haben.

Den Sueven und Vandalen folgten die West-Gothen, die unter gewaltigen Stürmen inmitten der spanischen Romanen ihre Herrschaft im Lande begründeten und ein 200 Jahre lang dauerndes Königreich stifteten.

Da diese Gothen sich durch Verheirathung und auf andere Weise bald mit den Eingebornen des Landes vermischten, da sie deren Sprache und Sitten und nach einiger Zeit auch ihre rechtgläubige katholische Religion annahmen, — da sie mithin Spanier wurden, da sie ferner ihr unabhängiges Königreich über die gesammte pyrenäische Halbinsel, auch über Lusitanien oder Portugal ausdehnten, so mag man die sogenannte gothische Periode als den ersten Zeitraum betrachten, in welchem die Spanier als ein freies, einiges, compactes Volk unter einem Oberhaupte, — als eine Nation dastanden.

Denn im iberischen Alterthum gab es, wie ich sagte, nur eine Menge nebeneinander wohnender Stämme derselben Race, — nachher waren viele dieser Stämme von Phöniziern, Carthagern, Griechen mehr oder weniger abhängig und mit ihnen gemischt.

Dann war alles nur eine Provinz von Rom gewesen. —

Unter den Gothen aber wurde im ganzen Lande ein Glaube, eine Sprache, ein Staat, ein Volk hingestellt. Ihnen muß man die erste Schöpfung der politischen Unabhängigkeit und Bedeutung der spanischen Nationalität zuschreiben.

Von ihrer Zeit datiren vielleicht auch manche der Eigenheiten und Tendenzen, welche der Natur des spanischen Charakters eigenthümlich geworden und geblieben sind, z. B. ihre ernste Religiosität, ihre strenge Rechtgläubigkeit und ihre „Ketzerfeindlichkeit“, welche die gothischen Könige in einer grausamen Vertreibung der Juden und in andern Maßregeln bethätigten.

Ihr altes gothisches Königreich wieder herzustellen, war auch später in dem Kampfe mit den Arabern, so zu sagen, das Ideal, das der spanischen Nation stets vorschwebte, und als sie es endlich unter Ferdinand und Isabella realisirten, da war gleich derselbe Act, mit dem die alten gothischen Könige vom Schauplatze der Geschichte abgetreten waren — eine grausame Vertreibung der Juden — wieder unter den ersten Maßregeln, mit denen die katholischen Könige die Wiederherstellung und Wiedervereinigung des alten Reichs feierten. Der Geist der Ketzergerichte offenbarte sich in dem National-Charakter der Spanier lange bevor man den Namen Inquisition noch kannte.

Sehr wenig Deutsches oder Gothisches hat sich in ihrer Sprache erhalten. Doch führt man als von daher rührende Einwirkungen an: den rauhen Hauch der spanischen Aussprache, ihre harten Gaumenbuchstaben, namentlich auch die harte Aussprache des „G“ vor e und i, und gewisse den Deutschen und Spaniern gemeinsame Vocalverwandlungen, z. B. die Verwandlung des lateinischen O in einen Diphthong, lateinisch: corpus, spanisch: cuerpo, deutsch: Körper; lateinisch: populus, spanisch: pueblo, deutsch: Pöbel ꝛc.

Weit mehr Germanisches ist in ihrer politischen Verfassung, ihren Rechts-, Sitten- und socialen Zuständen geblieben, was sich unschwer aus dem Umstande erklärt, daß die Gothen lange die Gewalthaber, die Gesetzgeber und der dominirende Adel des Landes waren, während ihre romanischen Unterthanen die römische Bildung, die Schulen und die Literatur in Händen hatten.

Die politischen Verfassungen der spätern Königreiche der Halbinsel behielten noch lange eine gothische Grundlage und eine germanische Färbung. Diese fremdartigen Elemente wurden nur im Laufe der Neuzeit absorbirt und scheinen endlich erst in unserm neunzehnten Jahrhundert völlig beseitigt zu sein.

Daß auch ihr weltberühmter Adelsstolz den Spaniern vom Geiste der Deutschen eingeflößt sei, glauben Einige. „Ser Godo“ (ein Gothe sein) ist in einigen Provinzen

Spaniens noch heute gleichbedeutend mit „von gutem Adel sein".

Manche haben auch den ganzen abenteuerlichen, ritterlichen und romantisch-poetischen Sinn, der besonders die castilischen Spanier ausgezeichnet, aus dem Gothenthum dieser Castilianer herleiten wollen. Doch deutete ich schon an, daß bereits lange vor Calderon die großen spanischen Poeten in Castilien geboren zu werden pflegten, und daß daselbst auch lange vor Don Quixote abenteuerlicher Sinn unter den alten Celtiberen und Cantabrern hinreichend zu Hause war.

Deutsche Schriftsteller und Reisende haben auch die deutsche Raçe, die hohe germanische Gestalt, und sonstige deutsche National-Qualitäten bald hier, bald da in Spanien wiederfinden wollen.

So erklärt z. B. der Eine namentlich alle Castilianer für echte Gothen-Söhne, und glaubt sogar, daß die Spanier und Portugiesen nur in Folge des ihnen von den Gothen eingeimpften deutschen abenteuerlichen Geistes die neue Welt entdeckt hätten, und mit Hülfe dessen, was sie von den Deutschen empfingen, noch lange nachher die vornehmsten und kühnsten Seefahrer geblieben seien.

So erblickt ein Anderer in Catalonien lauter Germanisches und Gothisches, während man bei einem Dritten liest, daß Asturien und Gallicien und das nördliche Portugal, aus welchen die Meister der Kunst und Wissenschaft hervorgegangen seien, und von denen die schönen stark gebauten Leute, die in Spanien sogenannten Gallegos (Gallicier) ausziehen, um dem deutschen Wandertriebe gemäß die südspanischen und südportugiesischen Ortschaften als rüstige, fleißige Arbeiter zu durchpilgern und dann wie deutsche Handwerksburschen mit dem eingesammelten Gewinn und Witze in die geliebte Heimath zurückzukehren, das aller germanischeste Stück von ganz Spanien sei, und daß vorzugsweise von dort aus der wundersame, poetische und phantastische Hauch des germanischen und gothischen Nordens und die übrigen spanischen Lande belebend hingeweht habe.

In der That mag zwar dieser letzten Hindeutung besonders etwas Wahres zu Grunde liegen. Denn in jenem nordwestlichen Winkel haben sich beim Einfalle der Mauren die meisten Ueberreste der germanischen Elemente zusammengedrängt. Die Mauren haben daselbst nur vorübergehende Besuche gemacht; und die ganze Reconstruirung des neugothischen Reichs und der spanischen Nationalität ist von da ausgegangen.

Auch trug gerade diese Partie der pyrenäischen Halbinsel im Mittelalter noch lange den Namen Gothia (Gothenland) und sogar noch bis auf den heutigen Tag nennt man in Südamerika die spanischen Auswanderer und Colonisten aus Asturien und Galicien „Godos" (Gothen).

Im Ganzen aber darf man wohl der Vorstellung, daß noch viele germanische, dem Blute und der Abstammung anklebende Geistes- und Körpereigenheiten in Spanien zu finden seien, trotzdem daß die Spanier selbst zuweilen, wenn sie einem Deutschen in ihrem Lande begegnen, ihrer alten gothischen Vorväter eingedenk, wohl sehr artig zu bemerken pflegen: „Somos Hermanos" (wir sind ja Brüder) nicht zu viel Raum geben.

Die Deutschen haben sich als Raçe nie und nirgends so hartnäckig und fest bewiesen, wie z. B. die Römer oder wie viele asiatische Stämme. Namentlich sind sie in den warmen Klimaten Südeuropa's immer schnell absorbirt worden, weniger im Norden, z. B. in England. Auch kamen sie nach Spanien nicht so zahlreich und nicht so frisch und direct aus Ur-Deutschland, wie sie z. B. nach England gekommen sind, sondern erst nachdem sie schon in vielen römischen Provinzen herumgezogen und ansässig gewesen waren, und nachdem sie daher vermuthlich bereits sehr viel von ihrem einheimischen deutschen Wesen eingebüßt hatten.

Von deutschen Frauen hören wir bei den spanischen Gothen fast gar nichts. Ihre Könige und Vornehmen verheiratheten sich alsbald mit vornehmen Spanierinnen. Hieraus mag es sich namentlich zum Theil erklären, daß das deutsche Element in der spanischen Sprache so schwach vertreten ist. —

Dem Erguß der Gothen aus Norden folgte nach einiger Zeit, im Anfange des achten Jahrhunderts, wieder eine höchst einflußreiche Ueberschwemmung aus Süden, von Afrika her, auf dem Wanderwege der Phönizier und Carthager.

Die damals in Afrika und Asien allmächtigen Araber setzten über die Straße von Gibraltar und stießen das gothische Reich bis auf einen kleinen Rest über den Haufen.

Wie die Carthager brachten sie viele Stämme von dem nordafrikanischen Urvolke, den Berbern, mit sich, und von den Spaniern und Portugiesen wurde dieses afrikanisch-asiatische, zum Islam bekehrte Völkergemisch, die „Moren" oder „Mauren" genannt, weil sie zunächst von der, der Halbinsel benachbarten, berberischen Provinz, welche seit alten Zeiten das Maurenland (Mauritanien) hieß, herüberkamen.

So lange die mohamedanisch-arabische Welt einen mächtigen, wenn auch nicht immer einigen, politischen Körper bildete, in welchem dieselben Säfte hin- und herpulsirten, kamen mit den Arabern auch Theile von vielen anderen asiatischen Nationen nach Spanien. Sie führten Syrier und Perser dahin, und in den letzten Zeiten ihres Dortseins auch Türken.

Alle diese orientalischen Völker verkehrten Jahrhunderte lang aus dem Innern von Marocco und aus dem westlichen Asien nach Spanien hinüber, als wäre dieses Land ganz und gar ein ihrem Oriente verschmolzenes altgewohntes Gebiet, und die prachtvollen Städte, die sie dort bauten, bevölkerten und schmückten: „Korthoba" (Cordova), „Ischbilia" (Sevilla) 2c. waren bei den Patrioten Egyptens oder Yemens eben so gefeiert wie Kairo, Aleppo oder Damascus.

Nachdem diese verschiedenen mit den Arabern gekommenen außereuropäischen Raçen eine Zeitlang daselbst gewohnt, nachdem sie ein eigenes, volkreiches und vom großen Kalifate gesondertes Königreich dort gestiftet hatten, als unter ihnen auf europäischem Boden ein blühende Cultur Wurzel gefaßt hatte, verschmolzen sie mehr oder weniger zu einem Volke, dessen vorherrschender Charakter und Sprache zwar arabisch geworden waren, das sich aber doch von ihren Landsleuten in Afrika und Asien am Ende so unterschied, wie etwa jetzt die europäischen Türken von ihren asiatischen Brüdern.

Es bildete sich eine besondere spanisch-arabische Nationalität aus, die, trotz der allen Asiaten und Afrikanern eigenthümlichen Raçen-Zähigkeit, mehr oder weniger von der europäischen Natur und Völkerfamilie, in und mit der sie lebte, annehmen mußte.

In dem nördlichen gebirgigen Spanien, in den Pyrenäen und ihren Fortsetzungen, in dem alten fast nie eroberten Lande der Cantabrer und Basken, das auch die Carthager nur berührt hatten, in dem auch die Römer nie ganz heimisch geworden waren, erscheinen auch die Araber bloß wie Zugvögel.

Eine Linie, die man von da aus nach Gibraltar zieht, durchschneidet zuerst Striche, welche die Mauren nur etwa 40 oder 50 Jahre inne hatten; — dann solche, in denen sie über ein Jahrhundert wohnten, — ganz im Süden endlich, gleich dicht bei Afrika solche, die sie fast 800 Jahre hindurch als ihre Heimat betrachteten.

In alle die schönen Provinzen der pyrenäischen Halbinsel, die von Lissabon aus durch die Straße von Gibraltar bis nach Barcelona hin ihre Thäler und ihr Küsten-Antlitz nach Afrika gewandt und geöffnet haben, sind sie in größter Menge gekommen, und da haben sie sich erst als unabhängige Herren des Landes, nachher als Unterthanen der spanischen Könige am längsten gehalten.

Da sie während der Dauer ihrer Herrschaft immer mehr Colonisten aus Afrika herüberführten, da sie sich in dem fruchtbaren Lande selber außerordentlich vermehrten, so bildeten sie am Ende in diesen Provinzen, nämlich in Andalusien, Granada, Murcia und Valencia, nicht nur die Mehrzahl der städtischen Bürger, sondern besetzten auch überall als Bauern neben den Eingebornen das flache Land.

Durch die fleißigste Cultur und Industrie gaben sie den fruchtbaren Thälern dieser Gegenden eine so dichte Bevölkerung, einen so sorgfältigen Anbau, einen so lachenden Anblick, wie kein Volk vor oder nach ihnen denselben zu verleihen im Stande gewesen ist.

Manche ihrer mit den prachtvollsten

Moscheen, den zierlichsten Palästen, zahlreichen Anstalten für Bildung und Volkswohl, mit Lustgärten und Aquaducten geschmückten Städte zählten ihre Einwohner nach Hunderttausenden.

Der anfänglich so stürmische Fanatismus, mit dem die Araber aus ihrem Heimathlande in Asien ausgegangen, und zerstörend in Egypten und Nordafrika eingefallen waren, hatte sich bei ihrer Ankunft in Spanien bedeutend gemäßigt.

In Spanien haben sie die Vorschriften des Koran in Bezug auf die ihnen dort begegnenden Fremdgläubigen eine möglichst milde Auslegung gegeben.

Die spanischen Christen, deren Länder sie dort eroberten, wurden nicht mit dem Schwerte ausgerottet, sondern nur zu tributpflichtigen und zwar mit sehr mäßigen Abgaben belegten Unterthanen gemacht. Sie blieben in Masse neben und unter den Arabern wohnend.

Die maurischen Herrscher hemmten die Religionsübung der Ueberwundenen durch keine grausamen Zwangsmaßregeln. Den Christen war ihr Gottesdienst und die Besetzung ihrer geistlichen Aemter freigegeben. Sie behielten anfänglich in allen Städten, sogar in der Residenzstadt des Reichs, in Cordova, ihre Bischöfe, ihre Kirchen und durften sich in den letztern sogar der Glocken bedienen, was bekanntlich bis auf die Neuzeit herab nicht einmal den deutschen Protestanten in einer großen deutschen Residenzstadt deutscher Monarchen gestattet war. —

Die meisten spanischen Unterthanen der Mauren erlernten die arabische Sprache, die viel feiner ausgebildet und literarischer war, als ihr gothisch-romanisches Patois, eigneten sich arabische Weise und Sitte an und wurden vielfach die Schüler der civilisirteren und wissenschaftlicheren Araber.

Viele von diesen spanischen Christen, müde der katholischen Heiligenanbetung und Märtyrer-Vergötterung, gingen zum Islam über. Manche der Mohameda ner auch, wiewohl dies seltener vorgekommen ist, ließen sich taufen. Verheirathung zwischen Christen und Mauren, unter Vornehmen und Geringen, waren sehr häufig.

Und so waren alsbald eine Menge Fäden angesponnen, durch die sich beide Raçen verbanden und vermischten, viele Brücken, Wege und Kanäle, durch die sich arabisches Geblüt in den Körper der spanischen Nation, so weit sie von den Arabern beherrscht war, einschlich.

Die Mauren selbst, wie ich sagte, wurden bei der Länge ihres Aufenthalts in Spanien schon ein wenig hispanisirt. Ebenso wurden ihre christlichen Unterthanen, trotz der Beibehaltung ihres Glaubens, vielfach arabisirt, hatten sogar auch unter sich in ihren eigenen Kirchengemeinden Leute maurischer Herkunft.

Eben so gab es bald eine Bürgerclasse von Mischlingen, die aus den nicht seltenen Ehen zwischen Mauren und Spaniern entstanden. Schon der zweite Statthalter der Kalifen in Spanien vermählte sich mit einer gothischen Prinzessin. Diese Mischlinge wurden anfänglich „Moz-Araber“ genannt. Und am Ende nannte man alle unter den Arabern wohnende Spanier „Moz-Arabische“ d. h. arabisirte Christen.

Hätten die Araber sich auf ewige Zeiten im Besitze der ganzen pyrenäischen Halbinsel erhalten, so wäre auf die besagte Weise wahrscheinlich eine eigenthümliche Nation, mit vorherrschendem arabischen Tone bei romanisch-iberischer Unterlage, entstanden. Da sie aber einen Theil des Landes unerobert ließen und von hier aus sich allmählich die Ur-Nation wieder hervorthat, so entstand das Umgekehrte, eine Nation mit altspanischem Hauptton und arabischem Anfluge. —

Der Befreiungskrieg, den von Asturien und dem alten Lande der Cantabrer her die Spanier gegen die Araber begannen und den sie mit einer in der Geschichte einzigen Ausdauer und Energie fünf Jahrhunderte hindurch bis zu seinem Ziele fortführten, war zwar, wie alle großen National-Kämpfe der Europäer mit Asiaten und Afrikanern, der Christen mit Mohamedanern, ein Kampf auf Leben und Tod. So wie die für ihre Religion begeisterten Könige von Leon, Castilien, Aragonien und ihre von Raçenhaß beseelten Spanier Schritt für Schritt, Stadt nach Stadt, Thal nach Thal erobernd ihr Gebiet nach Süden vergrößerten, wurden auch Schritt für Schritt die maurischen Einwohner der Gegend theils mit der Spitze des Schwertes vertilgt, theils aus dem Boden, in dem sie wurzelten, wie Unkraut ausgerottet.

Bei jeder neuen Gebiets-Abtretung gab es eine allgemeine Austreibung der Araber, die dann südwärts ziehen mußten, und durch christliche Colonisten aus dem Norden ersetzt wurden.

Wie man eine Pomeranze schält, so entledigte und reinigte sich Spanien allmählich Stück für Stück von der über ihm hingewachsenen arabischen Rinde. Doch wer mit einem Müller ringt, — wenn ich mich hier eines trivialen Vergleichs bedienen darf, — der behält, selbst wenn er ihn in die Flucht schlägt, die Spuren des Mehls an sich.

Es ist eine ziemlich allgemeine Erscheinung, daß ein Paar wie Todfeinde sich verfolgende Nationen, sogar mitten im Kampfe unwillkürlich und gegen ihren Willen, einander ähnlich werden.

Schon um den Gegner gewachsen zu sein, muß er manches von seiner Kriegsweise, seinen Waffen und Künsten kennen lernen und annehmen, und muß sich mit ihm in Bezug auf Bildung, Geist, List und Kraft auf dasselbe Niveau stellen.

Dies geschah den Spaniern in ihrem Vertilgungskampfe mit den Arabern. Beide Parteien erglühten von demselben Religions-Eifer, jede für ihren Glauben, von demselben Patriotismus, die Einen für das Land, das ihre Urgroßväter seit unvordenklichen Zeiten besessen, die Andern für den Boden, den sie wenigstens schon seit ihrer Väter Zeiten cultivirt hatten. Da beide Parteien, wenn auch erbitterte Feinde, doch Leute edlen Schlages waren, so gab es oft gegenseitige Bewunderung und Uebung von Großmuth zwischen ihnen und in den, freilich immer nur kurzen Friedensperioden auch gegenseitigen Umgang, sogar zuweilen Freundschafts- und Ehebündnisse.

Wenn auch keine Glaubenssätze, so wurden doch arabische Lieder, Musik und dergleichen in's spanische Lager hinüber verpflanzt. Natürlich gab es auch immer dann und wann Ueberläufer aus einem Lager in's andere.

Nicht selten siedelten die christlichen Könige solche arabische Ueberläufer bei sich an und vertheidigten mit ihnen ihre Grenzschlösser. Umgekehrt hatten mohamedanische Fürsten mitunter christliche Ritter in ihrem Dienste. Der gefeiertste aller spanischen Volkshelden jener Zeit focht selbst zuweilen auf Seite der Mohamedaner, und er ist ja uns sogar unter seinem arabischen Ehrentitel El Cid, (der Herr), noch heutigen Tages besser bekannt, als unter seinem spanischen Namen: Ruy Diaz, el Campeador (Roderich Diego's Sohn, der Kämpfer). Arabische Gelehrte und Künstler, Mathematiker, Astronomen und Aerzte waren an den Höfen der spanischen Könige eine noch häufigere Erscheinung. Bei den Gebäuden, welche sie in ihren Städten aufführten, verwandten sie oft arabische Baukünstler und es entstand unter den spanischen Christen neben dem vorherrschenden ernsten gothischen Baustyle eine Art leichter, eleganter Architektur, die sie „Obra Morisca" (Mauren-Werk) nannten. Die arabischen Dichtungen, mit denen sich die Emire von Granada die Zeit vertrieben, wurden von den Spaniern mit großem Wohlgefallen aufgenommen, nacherzählt, dann freier nachgebildet, und so ging ganz unvermerkt mancher Zug der arabischen Helden in den Charakter der castilianischen Ritter über.

Statt der vertriebenen arabischen Bevölkerung incorporirten sie sich jene Moz-Araber, jene etwas arabisirten spanischen Christen, die sie in den arabischen Städten vorfanden, als deren Befreier sie erschienen, und die alsbald zu der Masse der Nation geschlagen wurden. Durch sie wurden so dem spanischen Volke eine Menge Leute beigemischt, die arabisch zu reden, und auch mehr oder weniger auf arabische Weise zu leben und zu denken gewohnt gewesen waren. —

Man begreift es, daß auf diese Weise, indem sie von Asturien, Leon und Catalonien aus die Eroberung von Alt- und Neu-Castilien, Aragonien, Valencia und Murcia, Toledo und Andalusien, lauter Ländern, in denen Araber mehr oder weniger lange gewohnt hatten, vollendeten, und immer tiefer in das, so zu sagen, afrikanische Spanien hinabkamen, so auch ihr Genius immer tiefer in den arabischen Geist eintauchen mußte.

Völlige Ausrottung und Bannung des arabischen Elements schien zuletzt nicht mehr möglich, wenn man nicht das ganze Land entvölkern und werthlos machen wollte. Auch fürchtete man anfänglich durch ihre Austreibung nach Afrika die dortigen National-Feinde zu stärken.

In den südlichen Provinzen ließ man daher oft die arabische Bevölkerung, namentlich die Bauern, ungestört, indem man sie nur eben so, wie es einst die Araber mit den Christen gemacht hatten, tributpflichtig machte und gewissen Beschränkungen unterwarf.

Auf diese Weise wohnten denn auch wieder unter den christlichen Königen Castiliens und Arragoniens die Spanier und Araber neben einander. Namentlich bestellten lange Zeit die christlichen Großen und Grundherren der Königreiche Valencia, Murcia, Andalusien ꝛc. durch arabische Bauern und Gärtner ihre Aecker. Man nannte diese mitten unter den Christen lebenden Araber „Moriscos“ oder maurische Spanier. —

Nach der Eroberung Granada's, des letzten maurischen Königreichs, am Ende des 15. Jahrhunderts, wurden dann sogar, um die dort stark angehäufte arabische Bevölkerung zu mindern und ihren rebellischen Geist zu schwächen, ganze Massen von Arabern in's Innere von Spanien verpflanzt, eben so, wie in der letzten Zeit ihrer immer mehr bedrängten Herrschaft die maurischen Könige häufig ganze Massen von christlichen Spaniern, um sich dieses immer lästiger werdenden Elements zu entledigen, nach Afrika hinüber gepflanzt hatten, wodurch denn auch auf diese Weise wieder Spanien mit Afrika verwuchs.

Die letzten Zuckungen maurischer Unabhängigkeit und Nationalität in Spanien, und die letzten Kämpfe der Spanier mit ihr hatten einen äußerst blutigen Charakter.

Die Mauren stritten gleichsam um jeden Fußbreit des ihnen theuer gewordenen Bodens, um jedes Dorf, jede Hütte, — um jede Höhle, in der ein Mensch, wenn auch nur wie ein wildes Thier, hausen konnte.

Die Spanier aber verfolgten sie in jedem Versteck, vertilgten sie in jedem Schlupfwinkel und erstickten sie mit Rauch und Feuer in allen Fels-Löchern der Sierra Morena und der Alpujarras, des südlichsten Gebirges von Spanien, in das sich bei verschiedenen Gelegenheiten die letzten Reste der maurischen Unabhängigkeitskämpfer geflüchtet hatten.

Am Ende bemächtigte sich der Spanier sogar die unheilvolle Idee, daß sie sich auch derjenigen maurischen Elemente entledigen müßten, die sie früher in ihren Königreichen begnadigt und als ihre Unterthanen und Arbeiter bisher geduldet hatten.

Diese ihrem Staatswesen incorporirten Maurensprößlinge, diese „Moriscos“, waren zwar längst gewaltsam und dem äußeren Scheine nach zum Christenthume bekehrt worden. Sie lebten unter ihren christlichen Herren in einer immer härter gewordnen Abhängigkeit, in einer am Ende unerhörten Beschränkung.

Das Leben der Christen unter den Arabern war nach dem Zeugnisse eines christlichen Schriftstellers eine leidliche Knechtschaft gewesen, das Leben der Mohamedaner unter den Christen war eine Hölle. Trotz aller Plagen, welche von den Spaniern auf die armen Moriscos um ihres Glaubens und ihrer Nationalität willen gehäuft wurden, waren dieselben doch ihren Erinnerungen, ihrer Vätersitte, ihrer Sprache und auch unter der ihnen angehefteten Maske des Christenthums ihrem mohamedanischen Glauben treu geblieben.

Da die Spanier sahen, daß sie die Moriscos auf keine Weise zu ächten Spaniern und wahren Christen machen konnten, so beschlossen sie dann endlich, sich ihrer gänzlich zu erledigen und sie mit Stumpf und Stiel nach Afrika auszutreiben.

Seit der Vereinigung der Königreiche Castilien und Aragonien unter einem Haupte, unter Ferdinand und Isabella, und dann seit der Eroberung Portugals unter Philipp II. gehörte Alles, was auf der pyrenäischen Halbinsel hauste, zu demselben Staats-Körper.

Die Idee, daß Alles ein Blut, ein gleichartiges Volk, von derselben Sitte und demselben reinchristlichen Glauben bilden müsse, daß das ganze alte Ibererland ein heiliger Boden sei, der durch nichts

Unchristliches befleckt werden dürfe, daß man auch den letzten arabischen Funken zertreten und den letzten mohamedanischen Krankheitsstoff ausmerzen müsse, bemächtigte sich der Nation mit immer mehr Gewalt.

Die langsam heranreifende Nationalüberzeugung der Spanier hatte sich schon längst dadurch bethätigt, daß sie die Einbürgerung eines so furchtbaren, anfänglich bloß gegen Andersgläubige gerichteten Instituts, wie es die Inquisition war, duldeten und daß sie der von ihren Königen und Priestern im Jahre 1492 angeordneten Vertreibung der Juden ihren Beifall gaben.

Im Jahre 1610, unter dem schwachen Könige Philipp III., führte endlich jene Idee zu der beklagenswerthen völligen Ausrottung der Moriscos.

Die furchtbaren Einzelheiten der Ausführung dieser merkwürdigen und grausamen Maßregel brauche ich hier nicht zu schildern.

Genug, die königlichen Officiere und die Inquisitoren der Kirche gingen in Aragonien, Castilien, Catalonien, Andalusien, in allen Landschaften des südlichen und mittleren Spaniens, wie Gärtner umher und rissen überall das, was sie Unkraut nannten, aus dem Boden.

Eine Million der fleißigsten und geschicktesten Unterthanen des Königs, die auch schon längst (bis auf einen fremdartigen Tropfen in ihrem Blute und bis auf die in ihrem Herzen glimmende religiöse Ueberzeugung) ganz gute Spanier geworden waren, wurden bei dieser Gelegenheit unbarmherzig zusammengetrieben, in Schiffe verpackt und in verschiedenen Transporten nach Afrika geschafft.

Vielfach wütheten dabei die Spanier gegen eigenes oder doch mit ihnen innig verwachsenes Geblüt.

Die Wunden, die sie sich selber dabei schlugen, sind noch heutigen Tages nicht ganz vernarbt. Noch zur Stunde liegen die herrliche Vega von Granada, der Bergkessel von La Serena, verschiedene Theile des großen Thales von Sevilla und so viele andere liebliche Landstriche, welche die Mauren mit blühenden Dörfern und Ackergefilden erfüllt und in Blumengärten verwandelt hatten, fast brach und für die Nation unergiebig da.

Manche dieser ehemaligen Gärten werden, wie die Steppen Rußlands, jetzt bloß den Schafheerden und halbwildem Vieh beweidet.

Daß aber dennoch diese harte Austreibung der Moriscos, alle jene strengen Verurtheilungen der arabischen Sprache und sogar die scharf in's Blut und in die Herzen dringende Inquisition alles Maurische, was sich in die Sprache und in die Gesinnung der Spanier eingeschlichen hatte, nicht mehr ausscheiden konnten, wird man nach den obigen Andeutungen leicht begreiflich finden.

Die spanische Sprache, nicht bloß die verschiedenen Provinzialidiome, sondern auch der in Literatur und Schrift zur Herrschaft gekommene castilianische Dialekt, der wie der Volksschlag und Staat der Castilianer von Norden her über arabische Gebiete und Trümmer hinweg sich des Ganzen bemächtigte, ist voll arabischer Ausdrücke.

Von keiner andern nicht romanischen Sprache haben die Spanier so viele Elemente und Eigenthümlichkeiten in sich aufgenommen. Dem Ursprunge vieler derselben muß man von Madrid aus bis zum Atlas in Marocco und bis in die Wüsten des Hedjas nachspüren. Ihre Poesie, namentlich ihre Lyrik und ihre ganze poetische Sitte haben die Spanier von den Arabern entlehnt.

Auch der Umstand, daß die Spanier, ein so historisches Volk, so reich an Geschichtschreibern in Chroniken geworden sind, so wie, daß sie nach der Lyrik keinen Zweig der Poesie und Literatur mehr cultivirt haben als das Drama, erklärt sich zum Theil, wenn auch nicht aus einer Vermischung mit den Arabern, doch aus dem langen Kampfe mit ihnen, der, so zu sagen, ein durch 500 Jahre spielendes Drama mit tausend höchst tragischen Zwischenfällen und Episoden war.

Kein Wunder, daß die Spanier in allen Dingen so ritterlich ernst und so dramatisch wurden, daß ihre größten und ausgezeichnetsten Dichter sich ganz der Tragödie widmeten, daß, wie Klio den Stoff der spanischen Geschichte aus lauter Dramen gewebt hatte, so nun Thalia ihr lauter Tragödien nachmalte, daß ein Molina nicht weniger als 300, ein

Calderon 700, der noch fruchtbarere Lope de Vega anderthalbtausend Schau- und Trauerspiele auf die Bretter, welche die Welt bedeuten, schütteten, und daß, wie ein patriotischer Spanier sagt, das Drama für seine Landsleute das wurde, was die Bibel für die Hebräer, die Iliade und Odyssee für die Griechen gewesen waren, das heißt ein „Archiv des historischen, politischen und religiösen Wissens und Wesens der Nation, welche die mit Lebendigkeit und Leidenschaft geschriebenen Annalen der wechselnden Schicksale, des Ruhms und der Unglücksfälle des spanischen Volks enthielt!"

„Das Bilderreiche und Figürliche in den Dichtungen der Spanier, ihr Hang zu raffinirten Gedanken und Antithesenspielen, die weit hergeholten Gleichnisse und Anspielungen, so innig mit dem Wesen des spanischen Sprach-Genius verwachsen," erinnern in hohem Grade an die Weise der Araber.

„Wem auch, der je mit Spanien verkehrt hat, sollten nicht die seltsamen und übertreibenden, an den Orient erinnernden Ausdrücke aufgefallen sein, die jeden Augenblick eben so wie in ihrer Poesie auch in ihren Alltagsreden zum Vorschein kommen? Wenn z. B. ein junger Mann den Gegenstand seiner Liebe „Clavel de mi alma" (du Nelke meiner Seele) nennt, — oder wenn ein munteres Mädchen sich von dem geschmeichelt fühlt, der sie ein „Salero" (ein Salzfaß von Witz) nennt, oder wie wenn ein anderer bei einem köstlich mundenden Glase Wein entzückt ausruft: es gäbe ihm einen Vorgeschmack des Paradieses."

Ist dies nicht alles, als wäre es dem Hafis und den Dichtern von Schiras entlehnt? Auch in dem hochtrabenden Pathos, in den seltsamen Metaphern, den blüthenreichen Ausdrücken der Prosa der Spanier, selbst in ihren patriotischen Aufrufen, oder in ihren politischen Reden glaubt man Zöglinge der Orientalen zu erkennen.

Auch in den Formen ihres Umgangs scheinen sie viel Arabisches angenommen zu haben. Sie sind große Convenienzmenschen, sehr reservirt und lieben das Ceremoniöse eben so, wie die Orientalen.

Ihre äußere Erscheinung, ihre ausgeprägte Physiognomie, ihre dunklen Augen und Haare, ihr bräunlicher Teint, ihr heißes Blut, dies Alles deutet auf ein Volk hin, das in Geschichte und Geographie einen Uebergang zum südlichen Afrika bildet. Selbst die uns schon sehr warmblütig vorkommenden Franzosen glauben, wenn sie nach Spanien reisen, jenseits der Pyrenäen gleichsam in einen moralischen Glühofen einzutreten. Eine reisende französische Schriftstellerin, nachdem sie das leidenschaftliche Wesen der dortigen Einwohner betrachtet, ruft aus: „Bei uns in Frankreich hat man nie weder Freundschaft noch Liebe gekannt."

In den Volkssitten, in den Tänzen, Spielen und in der Kleidung der Spanier ist ebenfalls sehr viel Orientalisches oder Arabisches zurückgeblieben, in der einen Provinz mehr in der andern weniger. Die Mantille und der Schleier, mit der die schönen Andalusierinnen so graziös zu coquettiren wissen, sind z. B. ganz von Afrika entlehnt. Ja in dem südlichsten Gebirge von Spanien, in den Alpujarras, im Angesichte von Afrika, so wie auch in der Sierra Morena soll es noch heutzutage directe Abkömmlinge der Mauren geben, die sich ganz ungemischt erhalten haben. (Ihren Mahomed und den Koran haben sie freilich vergessen und auch die spanische Sprache gelernt.) —

Nur muß man hierbei nach dem, was ich früher bemerkte, noch die Frage zulassen, ob denn dies Alles bloß und ausschließlich von denjenigen Arabern und Mauren, die im Jahre 711 mit Musa und Tarik über die Straße von Gibraltar kamen, und deren Nachfolgern herzuleiten sei, oder ob wir nicht vielmehr an noch weit frühere, der Geschichte zum Theil entgangene Vermischungen der Nationen auf beiden Seiten dieser Straße glauben müssen, ob da nicht auch etwa eine ursprüngliche Verwandtschaft des Nationalgenius der alten Iberer oder Mauritanier zu Grunde liege, ob es mit einem Worte bei den Spaniern nicht einen Orientalismus giebt, der über alle Geschichte hinausgeht.

Man hat dies allerdings als eine Vermuthung hingestellt, und hat sogar dafür einen Beweis darin finden wollen, daß ne Iberer (die Spanier) sich alles Arabische so leicht und schnell aneigneten. Da uns aber die Geschichte hierbei nicht mit den nöthigen Daten zur Hand geht, so kann dies eben nichts weiter als eine Vermuthung und eine Frage bleiben.

Nach der Ueberwindung der Mauren hat Spanien keine solche tief eingreifende Einwanderung wieder erlebt.

Die spanische Nationalität steht seitdem in der Hauptsache vollendet so da, wie wir sie noch heute kennen, und hat sich in Sprache, Sitte und Politik hauptsächlich nur in und durch sich selbst weiter entfaltet.

Freilich haben die Spanier seitdem noch mehrere Male wieder Fremde bei sich gesehen. Mit dem Niederländer Karl V. kamen bekanntlich viele Belgier in's Land. Die Nachbaren im Norden der Pyrenäen, die Celten (oder Franzosen), kehrten am häufigsten wieder: einmal in bedeutsamer und folgenreicher Weise am Anfange des achtzehnten Jahrhunderts mit den Bourbonen, wieder einmal im Anfange des gegenwärtigen Säculums mit den Napoleoniden, und zwischendurch und nachher noch einige Male in bloß vorübergehenden Kriegszügen.

So einflußreich diese und andere Berührungen mit ihren nördlichen Nachbarn auch auf die politischen Zustände der Spanier und selbst auf das Wesen ihrer Bildung, ihrer Verfassung, ihrer Künste und Literatur gewesen sind — (nach Ludwig XVI. z. B. „zog fast die ganze spanische Literatur ein französisches Costüm an"), — so waren es doch keine Völkereinwanderungen mehr, die auf das Blut, die Raçe, die Sprache, den Grund-Charakter der Nationalität so eingewirkt hätten, wie es einst die celtische, welche Celtiberer schuf, — die römische, welche die Spanier mit den Romanen verkettete, die maurische, welche sie wieder mit Afrika verschmolz, gewesen waren. —

Nachdem ich nun auf diese Weise in Kürze angedeutet habe, welche Elemente das spanische Volk von außen her empfing und wie es dieselben in sich aufnahm, bleibt mir noch übrig, einen Blick auf das zu werfen, was die Spanier der Welt und namentlich unserem Europa zurückgaben, und welche Impulse und Volkselemente von ihnen aus sich bei uns verbreitet, welche cultur-historische Rolle sie unter uns gespielt haben mögen.

Wie das Land Spanien einen ganz eigenthümlichen Abschnitt Europa's bildet, in sich abgeschlossen durch breite Meere und Bergmauern, am westlichen Ende unseres Welttheiles, mit dem es nur durch einen gebirgigen Isthmus verknüpft ist, so hat auch das Volk in der Geschichte eine in hohem Grade isolirte Stellung eingenommen.

Es ist weit mehr als die Völker des mittleren Europa's seinen Gang gegangen, und mehr in der Tiefe mit seinem Charakter als in die Breite mit seinen intellectuellen Kräften beschäftigt gewesen. Es hat in dem Innern seiner Gebirge seine eigenen Revolutionen durchgekämpft, an denen das übrige Europa verhältnißmäßig wenig Antheil nahm, und von denen es gewöhnlich sowohl wenig profitirte, als litt.

Nie ist das Pyrenäenland der Focus einer weitgreifenden Civilisation gewesen, die sich in ihren dauernden Einflüssen und ihrer weiten Verbindung zum Beispiel mit der Cultur-Sonne vergleichen ließ, die aus dem kleinen Griechenland über Europa aufstieg.

Niemals ist eine Eroberung von da in's Werk gesetzt, gleich der der Römer aus der italienischen Halbinsel.

Nie hat sich dort am Ende unseres Welttheiles, weder in alten Zeiten, noch im Mittelalter, ein mächtiger Mittelpunkt europäischen Lebens gefunden, wie ihn Italien zweimal durch seine weltgebietenden Kaiser und Päpste auf lange Zeiten hatte.

Auch keine solche städteverwüstende und länderbevölkernde Strömungen sind von den Spaniern ausgegangen, wie die der Germanen und Slaven aus dem Centralkörper und dem breiten Ostende unseres Welttheiles.

Nie war Spanien, wie Deutschland, eine unerschöpfliche Fundgrube und eine Werkstätte von Nationen und Staaten zur Umgestaltung europäischer Länder. Auch haben die stolzen, wenig mittheilsamen Spanier nie dauernd und wiederholt, wie ihre Nachbarn, die Franzosen, der Welt mit ihrer Sprache, ihren Sitten, ihren Moden, ihren politischen Ansichten voranzuleuchten gestrebt.

Ihre edle Sprache ist nie — nur eine kurze Periode ausgenommen — wie die der Franzosen, der Lateiner, der Griechen, in Aller Munde gewesen.

Sogar die reichen Producte ihrer Literatur sind verhältnißmäßig nur Wenigen bekannt geworden. Auch die schönen Künste haben bei ihnen, ohne Nachahmung zu finden, oft unbeachtet geblüht. Im Großen und Ganzen genommen und in ihrer Beziehung zu Europa könnte man von den Spaniern noch jetzt beinahe gelten lassen, was die Alten von den Iberern sagten, nämlich, daß sie, wenn man sie in ihrem Hause nicht störe, ein harmloses Volk seien. Eine etwas ähnliche Isolirung und Abgeschlossenheit, wie bei den Spaniern, drückt sich bei den Bewohnern der andern beiden Insel- und Halbinselländern aus, mit denen Europa gegen den Ocean ausläuft, bei den Engländern und Schweden.

Auch Großbritannien empfing meist mehr von Europa, als es ihm gab, und auch Skandinavien hat sich gewöhnlich in seiner isolirten Stellung abseits gehalten. Nur vorübergehend, und nur dann und wann, als Hilfstruppen, rückten alle diese Insulaner und Halbinsulaner unseres Welttheils aus ihren Landzipfeln auf die Kampfplätze des mittlern Europa's. Ich meine hier nicht nur die blutigen, menschenmordenden Schlachtfelder, und nicht nur die mit Eisen bewaffneten Hilfstruppen, ich spiele auch auf die geistigen Kämpfe und auch auf die mit der Rede, der Feder, dem Verstande thätigen, Religion und Wissenschaft beherrschenden Genies an.

In ältesten Zeiten war Spanien ein Colonienland der Phönizier und Carthager, es war ihr Peru.

Nachher wurde es eine Provinz von Rom und ein Bisthum des italiänischen Papstes.

In der Völkerwanderung seufzte es unter den von Deutschland ausgehenden Stürmen.

Unter den Arabern fiel es fast ganz aus Europa heraus und wurde, so zu sagen, ein Stück von Afrika.

Darnach, als die Araber wichen, hatte es wieder Jahrhunderte lang so viel mit den inneren Kämpfen seiner Wiedergeburt zu thun, daß es auch da beinahe immer dem übrigen Europa den Rücken kehrte, weder an den Kreuzzügen, noch an den andern großartigen, die Völkerfamilie unseres Welttheiles beschäftigenden Fragen lebhaften Antheil nehmen konnte. Spanien hatte seine eigenen Kreuzzüge gegen den Islam und blieb noch tief in diesem Kreuzzugszeitalter stecken, als das übrige Europa schon Bücher druckte, schon in's Studium des griechischen Alterthums vertieft, mitten in seiner Renaissance begriffen war und sich bereits der Reformation näherte.

Die glückliche Beendigung des wunderreichen National-Kampfes mit den Arabern, die in seinem Gefolge eintretende Einigung aller Bewohner Spaniens, „des Landes der Helden und der Heiligen", wie es damals oft genannt wurde, zu einem einzigen Staate und Volke, gaben aber im 16. Jahrhunderte der Nation einen solchen Aufschwung, daß sie nun auch, und jetzt zum ersten und einzigen Male — über den Rand ihrer Halbinsel gleichsam hinausschäumte, außerhalb der Pyrenäen Länder in Besitz nahm, Colonisten in die Fremde sandte andere Völker mit Hilfe von Eroberungen und Erbschaften an ihren Siegeswagen kettete, auf deren Geist und Sitte mehrfachen Einfluß übte, und dann auch zu einer so großartigen europäischen Machtstellung gelangte, daß eine Zeitlang der ganze Welttheil vor ihr erbebte, für seine Unabhängigkeit gegen die Spanier kämpfte, wie zuvor die Spanier selber für die ihrige gegen die Mauren, und daß die spanische Nation, so zu sagen, während eines Abschnittes des sechszehnten und siebzehnten Jahrhunderts der Angel- und Drehpunct der Politik der europäischen Völker wurde.

Freilich wandten sich auch damals die Blicke und Schritte der Spanier vorzugsweise, wie später die der Engländer, aus Europa hinaus, über den Ocean zu den von ihnen entdeckten Neuen Welten, denen bei weitem die stärkste Strömung ihrer Auswanderung und ihres Unternehmungsgeistes zufloß, wo sie viele Völker verschwinden machten und neue Nationen und Staaten gründeten, deren Schicksale wir indeß hier, wo wir nur mit Europa beschäftigt sind, nicht darzustellen haben.

Doch konnte diese Ausdehnung der

Macht nach dem Westen (nach Amerika) nicht ohne Rückwirkung auf den Osten (auf Europa bleiben, schon auch deßwegen nicht, weil die spanischen Könige sich mit dem mächtigsten Kaiserhause jener Zeit, dem der Habsburger, verschwägerten und identificirten.

Wie ihr Columbus und ihr Cortes zu der neuen Welt, so gingen damals zu der alten Welt der heldenmüthige Gonzalvo de Cordova, der Eroberer Italiens, der furchtbare Herzog von Alba, der Bewältiger der Niederlande, der edle Juan d'Austria, der Schrecken der Türken, und zahlreiche andere weltberühmte Feldherren aus dem Schooße der spanischen Nation hervor.

Wie einst Griechenland vor der Phalanx der Macedonier, so erzitterte nun Europa, was nie zuvor geschehen war, unter dem Fußtritt der spanischen Regimenter, deren Tapferkeit und Manneszucht diesem Welttheil zum Muster diente.

Ganz Neapel, Sicilien, Sardinien, das Herzogthum Mailand, die südlichen Niederlande wurden für längere Zeit, Deutschland und die österreichischen Besitzungen an der Donau, und die an der Rhone, in der Franche Comté, vorübergehend unter die Herrschaft oder doch unter den mächtigen Einfluß der Spanier gebracht. Spanische Truppen siegten damals bei Mühlberg in Norddeutschland, das die Römer nicht hatten besiegen können.

Spanische Flotten schalteten damals auf dem Oceane, wo sie auch England bedrohten, wie auf dem Mittelländischen Meere, wo sie in der Schlacht bei Lepanto der türkischen Macht die Spitze abbrachen.

Die spanische Monarchie wurde damals die größte und glänzendste in Europa und blieb es bis um die Mitte des siebzehnten Jahrhunderts, und wie dann Kunst und Literatur, als treue Spiegelbilder des ganzen Gehalts einer Nation, hinter den Waffen selten lange zurückbleiben, so erhoben sich eben damals auch die Sprache, die Poesie und die Musen der Spanier, trotz der Inquisition und trotz der despotischen Könige, auf den höchsten Gipfel.

Die Cervantes fochten sogar mit in den Schlachten der Feldherren, und die Vega's, die Calderon's, die so viel Phantasievolles gedichtet haben, die Velasquez, die Murillo's und ihre zahlreichen Schüler, die so viele blasse Heiligen- und Mönchsgesichter gemalt haben, waren Zeitgenossen der rauhen Cordova's und Alba's, oder erschienen doch in ihrem Gefolge.

Die Nation passirte damals den Zenith ihrer Bewegung und durchlief das goldene Zeitalter, die reichste Periode ihres ganzen Culturlebens.

Zu der Zeit jener vielbewunderten und vielgefürchteten spanischen Größe wurde die castilianische Sprache für den größeren Theil von Europa in der That vorübergehend beinahe, was später die französische bleibender geworden ist, eine Modesprache der vornehmen Welt.

Da die mächtigen spanischen Familien, wie ihre Könige, sich mit den Familien Italiens, Deutschlands, der Niederlande &c. verschwägerten, da man spanischen Granden, Militärs, Diplomaten, Hofleuten, Gouverneuren überall begegnete, so wurde es endlich an den Höfen von Wien, Mailand, Neapel, Brüssel, London, sogar auch in Paris guter Ton, spanisch zu sprechen.

Wie die sonore, majestätische und pompöse spanische Sprache, so verbreiteten sich damals auch spanische Moden und Sitten in Tracht und Benehmen über ganz Europa.

Besonders in den Residenzen trug das feierliche, stattliche und steife Costüm und Hofwesen der Spanier den Sieg davon. Es schien einen Augenblick, als ob sich das ganze Europa auf spanische Weise uniformiren wolle. Zuerst die höheren Stände, dann auch die bürgerlichen Classen. Deutschland schmachtete lange unter der Herrschaft der spanischen Halskrause und der spanischen Puffen.

Selbst die englischen Herren, die Besieger der spanischen Armada, „liebten den Schnurrbart und Kinnbart stattlich nach spanischer Art."

„Und jeder Stutzer Europa's trachtete dazustehen, zierlich von Kopf zu Fuß, unnatürlich gespreizt, mit straff gespannten Wülsten umlegt, gemessen und absichtsvoll in Benehmen und Bewegung, solid und kostbar geschmückt, selbstzufrieden und stolz wie ein spanischer Hidalgo."

Man kann diese spanischen Einflüsse

sogar in den scandinavischen Norden hinauf, durch Ungarn und Siebenbürgen hin bis nach Rußland verfolgen, und Einiges davon, z. B. in dem Costüm der Patrizier und Senatoren der deutschen freien Städte, hat sich noch bis auf unsere Tage erhalten.

Natürlich ahmte man die Spanier damals auch in wichtigeren Dingen nach, namentlich in ihrer militärischen Organisation und Kriegsdisciplin. Vieles Alte in der englischen Marine ist von den spanischen Schiffen übertragen, selbst noch jetzt manche technischen Schiffsausdrücke.

Auch die spanischen Dichter fanden Bewunderer und Nachahmer in Italien wie in Frankreich. Die Franzosen namentlich, nachdem sie die reichen poetischen Goldminen jenseits der Pyrenäen entdeckt hatten, wie einst die Phönizier die mineralischen, waren unermüdet in der Benutzung und Ausbreitung derselben.

Freilich geschah dies aus begreiflichen Gründen erst etwas nachträglich, nachdem die eigentliche Blüthe in Spanien selbst schon vorüber war. Kleiderprunk und ähnliche Aeußerlichkeiten theilen sich immer schneller und unmittelbarer mit, als literarische Produkte, für deren Genuß und Verständniß es mancherlei Vorbereitungen bedarf. Deutschland hatte längst spanische Mäntel getragen und wieder vertragen, als sein Sinn für spanische Geisteserzeugnisse erwachte, doch haben sich die Deutschen alsdann der edlen, ernsten, keuschen und pathetischen spanischen Muse mit besonderer Vorliebe zugewandt, als erblickten sie in ihr gewissermaßen eine Halbschwester ihres eigenen Genius.

In denjenigen außerspanischen Ländern Europa's, welche die Spanier am längsten beherrschten, sind noch bis auf den heutigen Tag einige Spuren ihrer Anwesenheit zu erkennen. Der reine und eifrige Katholicismus, bei dem die Belgier erhalten wurden, ist zum Theil ein Produkt der Herrschaft der Spanier, deren Könige, Feldherren und Priester mit Rede, Feuer und Schwert bemüht waren, die Vlamingen vor der neuen Lehre ihrer holländischen Brüder zu bewahren. Der stolze belgische Adel, dessen Sprößlinge sich häufig mit spanischen Adelsgeschlechtern verschwägerten, wurde in hohem Grade für spanische Sitte und Denkweise gewonnen und man entdeckt davon bei ihm noch heutigen Tages manche Reste, so wie man auch noch in den belgischen Städten auf manche Dinge und Gewohnheiten stößt, die aus der spanischen Zeit datiren. Am österreichischen Hofe erhielt sich spanischer Geist, spanische Sitte und Sprache bis tief in's achtzehnte Jahrhundert hinein. Auch findet man in Oesterreich noch hier und da einige spanische Familiennamen, die von den unter Karl V. und Ferdinand I. hier eingewanderten Spaniern herrühren.

Auch in Sicilien, einem Wiegenlande der alten Iberer, welches die Neuspanier sehr lange inne hatten, zeigt sich noch mancherlei Verbindung mit Spanien. Spanische Adelsfamilien, seit Jahrhunderten mit denen der Insel verzweigt, haben noch jetzt dort nicht unbeträchtlichen Güterbesitz, und manche spanische Rechtsgewohnheiten gelten dort noch bis auf den heutigen Tag.

Von allen außerpyrenäischen Bevölkerungen Europa's sind aber die Spanier am meisten mit den Bewohnern des südlichen Frankreichs verschwistert. Mit diesen ihren Nachbaren haben sie von jeher mehr zu thun gehabt, als mit irgend welchen andern Europäern.

Das südliche Frankreich, durch die Languedoc und Provençe um den nördlichen Busen des Mittelländischen Meeres herum, ist immer das Land der Vermittelung und des Uebergangs aus Italien oder Frankreich nach der pyrenäischen Halbinsel hin gewesen.

Von da rückte wohl die iberische Bevölkerung in's Pyrenäenland hinein, und iberisches Blut fließt zum Theil noch jetzt in den Adern dieser heißblütigen Südfranzosen.

Die Westgothen herrschten längere Zeit sowohl über das eigentliche Spanien, als über diesen iberischen Theil von Gallien, und die spanischen Souveräne von Catalonien besaßen dort längere Zeit die Grafschaft Roussillon und andere Striche des Landes.

Das Gebiet des einst so blühenden Gartens der provençalischen Dichtkunst und Sprache erstreckte sich gleichmäßig durch das nordöstliche Spanien, wie durch das südliche Frankreich, und noch jetzt wird

17*

dort diesseits, wie jenseits der Pyrenäen der catalonische Dialekt geredet, wie sich denn von Spanien her über Narbonne und Marseille eine Kette verwandter Dialekte in leisen Abtönungen an der Küste des Mittelländischen Meeres bis nach Italien hinzieht.

Nirgends innerhalb der Grenzen seines eigenen Landes fühlt sich der Nordfranzose weniger zu Hause, als bei diesen südfranzösischen Anwohnern der Pyrenäen und des Mittelmeeres, unter denen es gerade den Spanier mehr anheimelt, als sonst wo außerhalb seiner Pyrenäenmauern.

Im Uebrigen begegnet man jetzt, nachdem sie sich wieder hinter ihre Pyrenäen zurückgezogen haben, dem eigentlichen Spanier selten unter den Völkern Europa's. Sie haben sich dort nirgends als ackerbauende Colonisten verstreut wie unsere deutschen Landsleute.

Man kann keinen Industriezweig nennen, den sie in den europäischen Städten so vorzugsweise betrieben, wie deren die Italiäner, die Franzosen, die Deutschen überall auf unserem Continente viele haben. Und während fast jeder Hauptstadt Europa's eine mehr oder weniger zahlreiche deutsche, französische, italiänische Colonie beigefügt ist, kann man in den wenigsten ein kleines spanisches Element in der Zusammensetzung ihrer Bevölkerung entdecken.

Es niebt keine solchen in ganz Europa bekannten und populären Persönlichkeiten aus Spanien, wie z. B. der italiänische Delicatessenhändler, der savoyardische Musiker, der toscanische Gypsfigurenmann, oder die Cantatrice oder Prima-Donna aus der römischen Halbinsel es sind, die bei uns so zu sagen ganz einheimisch wurden.

Sprach- und Tanzmeister, wie sie über den Rhein zu uns zu kommen pflegen, übersteigen die Pyrenäen nie. Auch haben sonst die Spanier weder Gelehrte, noch Handwerker, noch Beamte, noch Staatsmänner mit uns ausgetauscht, während dies doch die mitteleuropäischen Völker unter einander häufig gethan haben. Die Russen, die in neuerer Zeit gern von allen europäischen Völkern angenommen und gevortheilt haben, nahmen deutsche, französische, italiänische, englische, holländische Generale, Admirale und Minister in Menge bei sich in Diensten. Einen spanischen Namen trifft man unter denen, die seit Peter dem Großen Rußland für die Cultur erobert haben, nicht. Eben so wenig begegnen wir weder in Italien noch am Rhein spanischen Grand-Seigneurs, oder spanischen Naturbewunderern, wie Rußland oder England oder Skandinavien uns deren doch beständig senden. Sie belästigen uns mit nichts, sie erfreuen uns mit keinem Talente, sie bringen uns keine Gabe. Man sieht auf den Märkten unseres Innern und unserer Häfen fast häufiger türkische als spanische Handelsleute, obwohl man sie so gern sähe, da sie gewöhnlich ganz ehrenwerthe und zuverlässige Geschäftsmänner sind. Sie sind in unserem täglichen europäischen Verkehrsleben fast unbekannte Erscheinungen. Nur die fleißigen Catalonier, die einzigen Spanier, die der Arbeitsamkeit und Industrie huldigen, machen allenfalls noch eine Ausnahme davon. Die spanische Sprache, die sich seewärts über ganze fremde Continente ergoß, ist in Europa fast nur an einigen wenigen Plätzen durch vertriebene spanische Juden einheimisch geworden, so wie in neuerer Zeit politische Flüchtlinge in London und einigen anderen Städten kleine spanische Colonien gebildet haben.

Die Abgeschlossenheit ihres eigenthümlichen halbafrikanischen Landes und Wesens macht sich, wie gesagt, hierin fühlbar. „Es ist eine eigene Welt, in welcher die Landeskinder sich wie innerhalb der Gartenmauer eines Serails bewegen, ohne Sehnsucht nach der Fremde, ohne Schaulust und Wandertrieb, ohne die Freude und Eitelkeit, sich mitzutheilen, welche ihre Nachbarn, die Franzosen, in so hohem Grade besitzen. Sie klammern sich an die geschmückten Felsen ihrer Heimat, wie südliche Gewächse, die kein anderes Klima vertragen."

Die Zigeuner.

Die vielen kühnen Nomaden aus Asien, welche mit dem Schwerte in der Faust so oft ihre Einfälle in Europa wiederholten, sind auch alle (mit einziger Ausnahme der für die Civilisation gewonnenen Magyaren) durch's Schwert bei uns wieder umgekommen.

Nachdem die Europäer sie in einigen großen Hauptschlachten besiegt hatten, haben sie dann keine Noth weiter von ihnen gehabt. Keine versprengten Trupps von den Horden des Attila oder des Dschingis-Chan haben sich in den Wäldern und auf den Haiden unseres Welttheiles verstreut, und haben dort getrachtet, sich zur fortgesetzten Plage der Völker zu halten.

Sie haben nicht versucht, in den Ländern, welche sie nicht schnell als tapfere Reiterstämme einnehmen konnten, hinterdrein als schleichende Diebesbanden für immer zu bleiben.

Sie erschienen bei uns wie ein Ungewitter und verschwanden wie der Nebel.

Aber es ist oft leichter, sich der Löwen zu erwehren, als der Verbreitung kleinerer Plagegeister zu steuern.

Was den tapfern Reiter- und Hirtenvölkern ihrer ganzen Natur nach in Europa, wo sich eben nicht alle Berge und Städte zu Weideland abrasiren ließen, nicht gelingen konnte, das hat ein Stamm, nichts weniger als heroischer, gar nicht zahlreicher, nie durch Einigung gekräftigter Leute, das haben die Zigeuner zu Stande gebracht.

Trotz alles Widerstrebens der Europäer haben sie sich durch den ganzen Continent hindurch verbreitet, und haben sich darin, ungeachtet aller Verfolgung, nun seit 500 Jahren erhalten.

Kaum eine Spur verwandtschaftlichen Wesens zwischen diesen fremdartigen Geschöpfen und den Europäern läßt sich entdecken, und doch haben sie alle Völker unseres Welttheiles, gleich einer Schmarotzerpflanze — die in den Gipfel des Eichbaums steigt und alle seine Zweige durchflicht — umrankt und umarmt, als wäre dies ihnen so wenig sympathische Europa ihre Auserkorene.

In hohem Grade unempfänglich für Bildung, haben sie sich freiwillig und vorzugsweise den gebildetsten Nationen der Welt angeschlossen, und alle unsere Städte, die Altäre und Sitze der Musen, wie Nachteulen das Licht, umflattert.

Von der Sonne verbrannte, halbnackte Kinder des Südens, sind sie selbst bis in die nördlichsten Enden unseres Welttheils eingedrungen und haben es sogar im kalten Lande der Moskowiter und Finnen kaum gelernt, ihre Blöße zu bedecken.

Von Niemandem eingeladen, wie die Magyaren von Kaiser Arnulph, oder die Türken von den Monarchen Byzantiums, von Allen gemieden und verabscheut, sind sie als ungebetene Gäste doch überall eingedrungen.

Ohne tapfere Anführer, ohne Waffen, jeder Gewalt weichend, scheu wie die Vögel des Waldes, haben sie sich allerwegen in den kleinen Wüsten und Wildnissen, die sie zwischen unseren Ackerfluren fanden, und in denen sie Quartier nahmen, behauptet.

Und doch ist am Ende bei allen diesen Sonderbarkeiten noch die nicht die geringste, daß die Zigeuner nicht schon längst da waren, daß sie, diese Gesetzlosen, in unsern Welttheil erst dann einzogen, gerade als er sich selber aus einem Zustande der Uncultur zu der Höhe moderner Staatsordnung herauszuarbeiten anfing.

In dem ungeordneten und polizeilosen Mittelalter wäre für sie weit mehr Raum bei uns gewesen. Und an solchen Veranlassungen zur Auswanderung aus Asien, wie es die war, welche sie am Ende des vierzehnten und im Anfang des fünfzehnten Jahrhunderts von dort vertrieben haben soll, hat es auch vor dieser Zeit nicht gefehlt.

Man sagt, und es ist dies doch wohl die wahrscheinlichste unter den vielen Hypothesen über den Anfang der Wanderung der räthselhaften Zigeuner, daß die furchtbaren Einfälle der Mongolen in Hindostan unter Timur und seinen Nachfolgern so schwer auf jene Lande gefallen seien, daß viele Mitglieder der bedrücktesten und geplagtesten unter den indischen Bevölkerungs-Classen sich wehklagend erhoben hätten und westwärts in die Welt hinausgepilgert seien.

Die Sprache, welche die Zigeuner nach Europa brachten, ihre Hautfarbe und ihr Körperbau, ihre Neigungen und Lieblingsbeschäftigungen, der ihnen so tief eingeprägte Stempel moralischer Haltlosigkeit, dies Alles führt zu Hindostan und namentlich zu den niedrigsten Kasten dieses Landes hin, so wie ebenfalls die Zeit ihrer Erscheinung in Europa auf jene Ereignisse deutet, welche damals die ganze Menschheit alarmirten.

Viele der Ausdrücke für die einfachsten Begriffe, die Namen für die Glieder des menschlichen Körpers, für die Zeitabschnitte sind im Hindostanischen (Sanscrit) und im Zigeunerischen fast ganz dieselben.

In Bezug auf ihre körperliche Beschaffenheit scheinen sie dem Hindu, so zu sagen, wie aus den Rippen genommen. Sie haben die rundlichen Gesichtszüge, die gebogene Nase, das dunkle Auge, die Haar und Hautfarbe der indischen Völker. Ihr Knochenbau ist wie der der Hindus zierlich und fein, ihr Statue von mittlerer Höhe, die ganze Gliederung und Muskulatur ihres Leibes ungemein gewandt, elastisch und leicht. Sie sind äußerst zäh im Kampfe mit Entbehrungen, aber ohne nachhaltige Körperkraft. Fette Zigeuner giebt es gar nicht. Ihre Extremitäten, Hände und Füße, sind klein und wohlproportionirt.

Manche sehr niedrig stehende Abtheilungen der indischen Kaste der Sudras (der Classe der Handwerker) werden uns als der Auswurf der Gesellschaft geschildert, die von allen übrigen als unrein verachtet werden.

Sie führen dort ein herumziehendes Leben in den Einöden außerhalb der Städte und Wohnplätze, welche von den höheren Kasten in Besitz genommen sind.

Sie treiben Gewerbe, mit denen sich sonst Niemand befassen will. Namentlich sind sie Henker und Scharfrichter des Landes, häufig die Pferde- und Stallknechte der Reichen. Ferner die Schmiede, welches edle Handwerk, wunderbar genug, in Indien zu den niedrigsten gehört.

Da sie stets von den religiösen Satzungen und dem Gottesdienste ihrer Landsleute ausgeschlossen waren, so haben sie fast keine Religion.

„Sie haben eine vorherrschende Neigung, Alles was bei andern Menschen für erhaben gehalten wird, zu bespötteln."

„An die Stelle der Religion ist bei ihnen der krasseste Aberglaube getreten, und da sie stets ein unheilvolles Geschick drückte, so beschäftigten sie sich von jeher viel mit den Schickungen der Zukunft und der ersehnten Verbesserung ihres harten Looses."

Sie treten in Indien überall als Wahrsager auf, und zwar treiben sie speciell die Chiromantie (die Prophezeiung des Schicksals aus den Linien der Hand).

Es wird auch von ihnen berichtet, daß sie einen lebhaften Hang zur Musik haben, und ein entschiedenes Talent für sie, wie für den Tanz besitzen. Die berühmten indischen Tänzerinnen, die Bajaderen, (wenigstens die niederen oder herumziehenden Classen derselben) gehen meistens aus ihrer Mitte hervor.

Ich brauche es kaum zu sagen, in welch hohem Grade alles dies von den niedrigsten unter den indischen Sudra's Gesagte auch auf unsere Zigeuner paßt.

Weder bei den Tataren, noch bei den Kopten in Egypten, noch bei den arabischen Beduinen, noch bei den zehn verlorenen Stämmen Israels, noch bei irgend einem anderen verwilderten oder herabgekommenen Volke der Welt, von dem man wohl die Zigeuner hat ableiten wollen, vermögen wir das Portrait eines Stammes oder einer Classe zu entdecken, das dem Zigeuner so in allen Zügen ähnlich sähe.

Die herumziehenden Classen der besagten Sudra's hielten sich, wie es scheint, von uralten Zeiten innerhalb der Grenzen von Hindostan. Obwohl dort stets gedrückt und verfolgt, wanderten sie, so viel wir wissen, nie oder wenigstens nie in bedeutender Menge vor jenem Einfalle der Tataren aus.

Weder der siegreiche Angriff der Macedonier unter Alexander dem Großen, noch die zahlreichen späteren Einfälle der Araber, der Perser und anderer Nachbarvölker scheinen sie in sehr nachhaltige und weitreichende Bewegung gesetzt zu haben, obgleich allerdings einige Spuren, die wir von ihnen schon frühzeitig in Persien und einigen andern Ländern des Orients finden, auch bei diesen Gelegenheiten auf stattgehabte Auswanderungen hindeuten mögen.

Daß sie nun plötzlich bei dem Einbruche der Mongolen am Ende des vierzehnten und im Anfange des fünfzehnten Jahrhunderts anderen Sinnes wurden, auf einmal die Flügel ausbreiteten und dann gleich so zahlreich und auch so weit hinaus flohen, wie ihre Füße sie trugen, haben Einige als einen Beweis der ganz unvergleichlichen Grausamkeit jenes Angriffs, bei dem die Menschen zu Hunderttausenden hingeschlachtet wurden, betrachtet.

Da der Einbruch der Mongolen hauptsächlich aus Norden und Nordosten erfolgte, so blieben den aufgescheuchten Sudra's nach Westen über den Indus hinaus die bequemsten Ausgänge.

Hier im Westen Indiens, im Delta des Indus, in dem sie kurz vor ihrer Auswanderung zusammengedrängt sein mochten, finden wir auch noch den Namen der Provinz „Sind," nach welchem die Zigeuner einen der bei ihnen üblichen Nationalnamen: „Sinti" d. h. „Leute von Sind" gebildet zu haben scheinen.

Hier am Indus soll auch noch ein alter indischer Volksstamm „die Ziganen" existiren, bei dem sich die Sudra's sammeln, und von denen manche sich ihnen anschließen mochten. Von ihnen ist, so sagt man, der bei den meisten Völkern des Westens übliche Name zur Bezeichnung der Flüchtlinge mitgewandert. Bei den Persern, Türken, Walachen, Ungarn, Italienern, Deutschen heißen sie Tschingenähh, Cyganis, Cigaris, Zincalis, Czigá nys, Zigeuner, was lauter Modificationen jenes für altindisch gehaltenen Namens zu sein scheinen.

Auf den uralten, von der Natur einem Wandervolke, das nicht schiffen kann, vorgezeichneten Wegen, verstreuten sich die Zigeuner, wie der Wüstenstaub, auf der einen Seite über den Isthums von Suez nach Egypten und durch das ganze nördliche Afrika bis nach Marocco, auf der andern Seite durch Kleinasien über den Hellespont und um das schwarze Meer herum bis an die Donau, und von da aus alsdann mitten durch die Wohnsitze aller europäischen Völker.

Als „wildfremde Leute von dunklem Teint, mit rabenschwarzen Haaren, wallend wie Pferdeschweife, von häßlichen schmutzigen Gestalten, wie man dergleichen nie in Europa gesehen, in Stücken groben Wollenzeuges gekleidet, das mit Tuch-Enden und Stricken über den Schultern festgebunden war, auf rauhen mageren Kleppern, wie zottige Bären anzuschauen, geführt von Oberhäuptern, die sich die Titel Herzoge von Egypten und Grafen von Babylonien gaben und mit Fetzen von goldenen Tressen und Borten behangen waren," — so erschien am siebzehnten Tage des August-Monat im Jahre 1427 die erste Horde Zigeuner vor der Stadt Paris. Und, alarmirt, als wäre ein Meteorstein vom Himmel gefallen, liefen die neugierigen Bewohner der französischen Hauptstadt hinaus in's Lager der wunderlichen Fremdlinge, um sie sich anzuschauen.

Sie erzählten diesen guten Bürgern, sie seien Christen aus dem Oriente, aus Egypten, wo sie ihres Glaubens wegen verfolgt und vertrieben worden seien, und sie ernteten daher gleich manch' schönes Geschenk und Almosen.

Eben so wie bei Paris, in einem ähnlichen Aufzuge und mit denselben Klagen und Erzählungen wie dort „ein unerschaffen, schwarz, seltsam, wüst und elend Volk," wie ein alter Chronikenschreiber sagt, waren sie damals auch schon vor den Thoren Basel's, Zürich's und vieler anderen Städte Europa's erschienen. - Und überhaupt fallen fast alle die Daten ihrer ersten Erwähnung in den Chroniken der westlichen Länder unseres Welttheiles in den kurzen Zeitraum zwischen die Jahre 1416 und 1430. Allerdings will man sie im Osten an der unteren Donau in Ungarn und in der Walachei schon früher verspürt haben.

Im Jahre 1422 schlichen sie sich über die Alpen und setzten die Italiener in Verwunderung und nicht lange darauf entdeckten auch die Spanier sie in ihren Gebirgsschluchten und bei ihren Schafhirten auf den Haidestrichen der Plateau's von Castilien. Ja sogar in England und Skandinavien sind nicht sehr lange darnach die Landes-Annalen voll von Anmerkungen über diese wunderlichen und mysteriösen Gäste.

Mit der Behendigkeit des Quecksilbers scheinen sie durch alle Halbinseln und Länderzacken, durch alle Wälder und Oeden dieses Welttheiles hindurchgetröpfelt zu sein. Keine andere Völkerwanderung, von der wir wissen, ist mit solcher Schnelligkeit in Europa hereingefluthet. Sie waren so eilig, als wäre ihnen der Schrecken der Mongolen noch überall auf den Fersen.

Die oben erwähnte Sage oder Fabel, daß sie vertriebene Christenpilgrime aus Egypten (etwa von der Secte der Kopten) seien, die ihnen in den Augen der Christen einen Anstrich von Heiligkeit geben sollte, hatte bei Paris wie auch anderswo als Auswanderungsgrund gut angeschlagen, und sie wiederholten die Erzählung überall, wohin sie kamen.

Sie sollen dies auch dem Papste in Rom vorgespiegelt und glaublich gemacht und von ihm dann Päſſe und Geleitschreiben erlangt haben, in denen der heilige Vater den Fürsten der Christenheit empfahl, diese Leute in ihren Ländern ungehindert umherziehen zu lassen, so lange die vom Himmel ihnen bestimmten Jahre ihrer Pilgerschaft und Buße dauerten, einer Buße, die ihnen zur Strafe dafür auferlegt worden sei, daß ihre Vorfahren der heiligen Maria und dem Jesus-Kinde bei ihrer Flucht nach Egypten Wasser und Brod unbarmherzig verweigert hätten.

Dies, sowie die Neugierde, die sie überall rege machten, mag den Zigeunern wohl den besten Vorschub geleistet und ihre Verbreitung durch die Christenheit gefördert haben.

Als man diesen „büßenden" Pilgern, über die man anfänglich nur höchlich verwundert war, näher in's Gesicht und Herz sah, als man ihren räuberischen Sinn, ihren sittenlosen und unzugänglichen, scheuen Charakter, ihr aller Religion entbehrendes Gemüth erkannte, da fing man bald an, anders über sie zu urtheilen.

Nicht die Märtyrer und Opfer des Mongolen-Königs, sagte man, seien sie, sondern seine Diener und Spione, die gekommen wären, die Länder Europa's zu erforschen, um einen neuen Einbruch der Tataren vorzubereiten.

Vielfach verbreitete sich die Ansicht, sie seien „Kainiten", Kindes-Kinder des Brudermörders Kain, die seit den Tagen der Schöpfung, von dem Fluche ihres Stammvaters getroffen, unstät und flüchtig auf der Erde umherstreifen müßten. Man nannte sie auch „Söhne des Bösen", indem man ihren Namen Gitanos von dem arabischen Sheitan (oder Satan) ableitete. Und man gab endlich ihren Namen „Zigeuner" oder „Zigauner", abgekürzt zu „Gauner", allem Diebs- und Raubgesindel.

Auf das kurze goldene Zeitalter der Zigeuner, in welchem ihnen überall die Wege geöffnet waren, folgte daher schnell ein eisernes, das sie mit Verboten, Strafen, Druck, Sclaverei und Plagen aller Art verfolgte, und welches bis auf die Neuzeit gedauert hat.

In Spanien trat schon König Ferdinand, der Freund des Columbus, gegen sie auf und befahl, die ganze pyrenäische Halbinsel von dem schädlichen Gesindel zu säubern. Aber obwohl es diesem gekrönten Juristen wirklich gelang, Millionen nützlicher Mohamedaner und Juden aus seinem Reiche zu vertreiben, so entschlüpften doch die luftigen Zigeuner seinen rauhen Händen.

Sie flatterten, wie aufgescheuchte Fledermäuse, bald in diese, bald in jene Verstecke und waren nach einiger Zeit in Spanien wieder so zahlreich vorhanden wie vorher.

Auch der mächtige Kaiser Karl V. zog in allen seinen europäischen Staaten gegen die Zigeuner mit schreckhaften Decreten in's Feld.

Allein, obwohl er große Heere der Franzosen vernichtete und ihren König fing, so war er doch machtlos gegen die kleinen Trupps der unvertilgbaren Zigeuner, die überall gleich Eidechsen vor seinen Jägern und Gensd'armen in abgelegene Orte flohen und auf Umwegen aus denselben zurückschlichen.

In Frankreich gab König Franz die ersten Befehle zu ihrer Vertreibung, und auf dem Reichstage zu Orleans wurde allen Obrigkeiten der Städte befohlen, sie mit Feuer und Schwert auszurotten. Aber ihre Vertilgung mußte in Frankreich eben so oft angeordnet werden, wie in Spanien, und war eben so oft wirkungslos, wie dort und auch in anderen Ländern.

Weder die Verbannungs-Edicte der Könige, noch die regelmäßig von Zeit zu Zeit wiederholten Beschlüsse der französischen und englischen Parlamente, noch die zahlreichen Landtags-Abschiede in Deutschland, noch die jenen anfänglicheu Empfehlungsbriefen folgenden Bannbullen des päbstlichen Stuhles verschlugen gegen sie.

Eben so wenig auch die harten Verordnungen der niederländischen Staatsbehörden, die, um sich der Zigeuner zu entledigen, geboten, daß jeder „Heide", — so nannte man sie dort — der sich ertappen ließ, nach blutiger Geißelung aus dem Lande gewiesen werden solle.

Auch nicht die noch härteren Verfügungen der schweizerischen Republiken, daß jeder Zigeuner, der sich nach Erlaß des Verbannungs-Gesetzes auf helvetischem Boden betreten lasse, dem Tode verfallen und dem Scharfrichter überliefert werden solle.

Selbst der Sultan Bajazeth runzelte vergeblich die Stirn, indem er befahl, daß diese schwarzen Kinder Indiens seine Dominien in beiden Welttheilen unverweilt verlassen sollten. Sie spotteten auch dieses Blitzes, dachten: ubi bene, ibi patria, und blieben bis auf den heutigen Tag zahlreich in Syrien, Kleinasien und in der europäischen Türkei, wie Unkraut, das nicht vergeht.

Obwohl die Geringschätzung und Verfolgungswuth gegen die Zigeuner in manchen Ländern Europa's so weit ging, daß man auf sie, wie auf wilde Thiere, Jagd machte, in ähnlicher unbarmherziger Weise, wie dies jetzt die Nordamerikaner auf die armen Californier thun, obgleich man diese unglücklichen Menschenkinder fast den Wölfen gleichstellte, so blieben sie doch überall, und pflanzten sich fort, wie die Füchse in den Sandhöhlen unserer Haiden.

Da man mit Jahrhunderte hindurch ausgeübter Strenge und Gewalt, mit der Peitsche, dem Kerker und dem Galgen die Zigeuner, denen Nachsicht und Fahrlässigkeit überall Einlaß verschafft hatte, nicht wieder los werden konnte, so entschloß man sich endlich in neuerer Zeit in vielen Ländern, sie zu behalten, und sie durch Güte, Schulen und Erziehung zu civilisiren und allmälig zu nützlichen Mitgliedern der Gesellschaft heranzubilden.

Gerade die harte Verfolgung, so fing man an zu denken, hätte die Zigeuner, wie auch andere Verfolgte, nur noch widerspenstiger und verwegener gemacht, und sie hätten sich in diesem Feuer gestählt.

Eben jene Hetzjagden waren für sie die lehrreichste Schule zur Erlernung der Kniffe und Pfiffe, mit denen sie sich der Staatsgewalt entzogen. Ihr Raçenhaß gegen die Europäer wurde noch heftiger, ihr Zusammenhalten innerhalb des eigenen Stammes noch eigensinniger. Wie bei den Juden wurde unter den Leiden ihre zähe Nationalität noch zäher, die Kluft zwischen ihnen und den Europäern noch tiefer.

Statt in dieser Kluft weiter zu wühlen, fing man nun später an, an der Ueberbrückung derselben zu arbeiten. König Karl III. von Spanien, Maria Theresia, Joseph II., Katharina von Rußland und andere Regenten des „Jahrhunderts der Humanität" erließen fast zu derselben Zeit weitläufig ausgearbeitete, wohlwollende und großmüthige Verordnungen zur Ansiedlung, Umwandlung und Beglückung der Zigeuner in ihren Reichen.

In diesen Staaten wurden ihnen Ländereien angewiesen, feste Häuser, Dörfer und Schulen für sie gebaut.

Aehnliche Anordnungen wurden bis auf die jetzige Zeit herab auch in vielen andern Ländern getroffen, häufig erneuert und in mehrfacher Weise bald so, bald so versucht.

In Holland und Großbritannien nahmen sich die Missions- und Bibelgesellschaften der Sache an, und in englischen Städten (z. B. in Southampton) bildeten sich „Comités für die Verbesserung der Lage der Zigeuner." — Man stiftete in England eine Zigeuner-Bildungs-Anstalt. Dasselbe that man auch zu Friedrichslohr bei Nordhausen in Preußen.

Hie und da traten auch gleichsam wie Apostel einige Privatleute auf, die sich das Loos der Zigeuner besonders zu Herzen nahmen, ihre Bedürfnisse und ihren Charakter studirten und Vorschläge zu Reformen vor das Publikum brachten.

Obgleich es wohl keinen Zweifel leidet, daß diese in neuerer Zeit eingeschlagene Bahn zur Bewältigung des unter uns eingenisteten wilden Zigeuner-Elements, nicht nur die christlichste ist, sondern auch die einzige, welche Aussicht auf schließlichen Erfolg gewährt — denn alle Stimmen sind darüber einig, daß Verfolgung die Zigeuner conservirt, daß Toleranz im Großen und Ganzen sie schwächt — so kann man doch auf der andern Seite nicht leugnen, daß *bis jetzt* an jenen wunderlichen und widerhaarigen Leuten auch *Milde* fast vergebens versucht und auch Güte beinahe umsonst verschwendet wurde.

Unsere Versuche zu ihrer Besserung stammen erst aus dem letzten Jahrhundert, ihre Barbarei aber wurzelt in dem Urboden vorgeschichtlicher Zeit.

Die Geschenke an Ländereien, welche man ihnen in Spanien, in Oesterreich und Rußland machte, wußten sie nicht zu schätzen, und nur wenige gingen zu einer seßhaften und ackerbauenden Lebensweise über.

Statt die wohnlichen Häuser, die in Rußland Katharina ihnen baute, zu benutzen, lebten sie lieber, wenn sie nun doch einmal in dem Dorfe bleiben *sollten*, in ihren eigenen Zelten, die sie im Gehöfte der Häuser errichteten.

Die Kinder der Zigeuner in Oesterreich, denen Joseph die Wohlthaten des Unterrichts zufließen lassen wollte, mußten seine Beamten, wie Alpenschützen die Gemslein, einfangen und oft mit Stricken gebunden zum Schulmeister bringen. Ihre Mütter, denen man die gute Absicht vergebens begreiflich zu machen suchte, liefen mit Klagegeschrei nebenher, als wollte man ihre Kleinen zur Schlachtbank führen und nannten den gutherzigen Kaiser einen zweiten Herodes.

Andere erblickten in diesen Civilisirungsversuchen den Untergang ihres Volkes, verschenkten ihr Hab und Gut und gaben sich, um dem Schul- und Ansiedlungszwange zu entgehen, zuweilen gar den Tod wie Cato, der die Freiheit seines Volkes nicht überleben wollte. Nicht viel größere Erfolge haben die Menschenfreunde in andern Ländern errungen, nicht in Preußen, wo die Schule in Friedrichslohr 1837 wieder einging, auch nicht in dem so dicht bevölkerten und sorgfältig angebauten England, wo so wenig Raum für ein wildes Zigeunerleben sich darzubieten scheint.

Hier wurden die sogenannten christianisirten und reformirten Zigeuner, welche jene für sie so thätige Gesellschaft in

Southampton in verschiedenen bürgerlichen Stellungen bei Christen untergebracht hatte, meistens noch schrecklicher und unglücklicher, als diejenigen ihrer Genossen, welche im Zustande ungezügelter Freiheit geblieben waren. Und einige englische Philosophen haben daher in ihrer Verzweiflung diese Raçe einem „Kukuks-Ei verglichen, über das selbst ein brütender Paradies-Vogel vergebens seine Flügel ausbreiten würde".

Sogar die sorgfältigste und liebevollste Privaterziehung hat des wilden Sinnes bei Zigeunern oft nicht Herr werden können, auch wenn man anfing, schon in frühester Jugend ihnen Sitten und Gesinnungen der Bildung einzuflößen. Davon werden viele merkwürdige Geschichten erzählt, z. B. folgende:

Ein kleines Zigeunermädchen, das in dem berühmten von Wilhelm dem Eroberer bei Southampton angelegten Walde mit den Ihrigen bis zu ihrem zehnten Jahre umhergezogen war, gefiel einer vornehmen und kinderlosen Dame so sehr, daß diese sich der kleinen Waise annahm, sie unterrichten ließ und sie endlich ganz in ihr Haus zog und als ihre Tochter hielt.

Charlotte Stanley — so hieß der kleine anmuthige Wildling — empfing die Erziehung einer vornehmen Engländerin und wuchs zu einer schönen, talentvollen und wohl unterrichteten Jungfrau heran.

Ein reicher junger Herr, ein sehr liebenswürdiger Verwandter des Hauses, faßte eine Leidenschaft für sie und ging mit der Absicht um, sie zu heirathen.

Allein je mehr dieser Plan sich der Ausführung näherte, desto stiller und melancholischer wurde die schöne hindostanische Braut, und eines Tages war sie zum Schrecken der ganzen Familie — verschwunden.

Es waren an demselben Tage Zigeuner in der Nähe des Schlosses gewesen. Man forschte ihnen nach und fand die gesuchte, die von allen so geliebte Charlotte mitten unter den Waldkindern am Arme eines langen, schwarzhaarigen Gesellen, des Hauptes der Bande. Sie erklärte, daß sie sein Weib geworden sei und Niemand das Recht habe, sie ihm zu entziehen.

Ihre gütige Pflegemutter und ihr vornehmer Bräutigam waren darüber untröstlich. Doch kam Charlotte später einmal in ihrem völlig veränderten Aufzuge wieder zu ihnen auf vertraulichen Besuch und erzählte dann, wie es ihr in den Räumen des Schlosses allmälig zu enge geworden sei, wie eine unwiderstehliche Sehnsucht nach ihrem freien Wanderleben sie mehr und mehr ergriffen habe, je näher sie den Moment habe heranrücken sehen, der sie auf ewig in feste Mauern habe bannen sollen.

Der Mann, den sie unter ihren halbwilden Landsleuten für sich ausgewählt hatte, soll einer der unbändigsten Burschen gewesen sein und seine zarte und verwöhnte Gattin auf das rücksichtsloseste behandelt haben.

Sie aber erwiderte seine Mißhandlungen mit hingebender Liebe, die er wie den Tribut einer Sclavin empfing.

Sie blieb ihm treu ergeben in allen Wechselfällen seines stürmischen Lebens, das ihn bald in die Gefängnisse von London, bald vor die Criminalgerichte von Schottland führte.

Sie empfand keine Sehnsucht nach ihrem früheren luxuriösen Leben und nach dem Palaste ihrer Pflegemutter. Dort blieb nichts von ihr zurück, als ihr stets verschleiertes Portrait, zu dem ihr verlassener Freund oft trauernd und seufzend aufschaute und das auch mir dort einmal enthüllt wurde, um die reizenden Züge dieser capriciösen Schönheit zu bewundern.

Viele ähnliche Erzählungen und Schilderungen von einer solchen, allen Reformen entschlüpfenden und stets rückspringenden Natur hat man auch aus andern Gegenden vernommen und es ist daher begreiflich, daß nach so vielen Versuchen zu gewaltsamer Vertreibung oder zur allmäligen Civilisation wir noch heutigen Tages die Zigeuner in allen den Ländern, in denen sie schon vor 400 Jahren als Pilger aus Osten eingezogen waren und sich festgesetzt hatten, sehr wenig verändert finden.

In den Donau-Ländern, wo sie vorzugsweise zu Hause sind, hat man ihre Anzahl auf über 300,000 geschätzt. In Siebenbürgen allein auf 75,000, in der Moldau und Walachei auf 150,000. Herr Borrow, der berühmte Schilderer und Beobachter der spanischen Gitanos, schlägt ihre Anzahl dort auf 20,000 an. Herr Crabb, der Freund der englischen Gipsies, glaubt, daß es auf den britischen Inseln noch 18,000 gäbe. Vielleicht eben so viel mögen in Deutschland und Frankreich vorhanden sein. In der europäischen Türkei und Rußland gehen sie wohl ohne Zweifel weit über diese Zahl hinaus.

Bedenkt man, daß es auch in Italien, wo sie in dem Patrimonium Petri am zahlreichsten sind, und dann in der Schweiz, Holland, Dänemark und Schweden, sogar in Finnland noch überall einige Zigeunergeschlechter giebt, so mag die Gesammtzahl für das ganze Europa wohl eine halbe Million betragen. Höher setzt man auch nicht die Anzahl aller der in Nordamerika vorhandenen Indianer, und es zeigt sich daher, daß unser alter cultivirter Welttheil noch immer fast ein eben so starkes Element, der Cultur noch nicht unterworfenen Volksthums in sich trägt, wie jener große Abschnitt der neuen Welt, selbst wenn wir dabei nicht einmal die Lappen, die Samojeden und was sonst noch an Hirten- und Jägerstämmen auf unserm Boden schweifen mag, in Anschlag bringen.

In den genannten Donauländern, in denen sie, von Osten kommend, zuerst sich ausschütteten und wo man sie nie mit strengen Gesetzen geplagt hat, haben sich die Zigeuner auch am meisten vermehrt und ihre stärksten Wurzeln geschlagen.

Sie haben die politische Verfassung und die Natur dieser Länder und ihrer gastfreien Völker ihren eigenen Neigungen so sehr entsprechend gefunden, daß dieselben so zu sagen eine neue Heimath, ein gelobtes Land für sie geworden sind, eben so wie dies die polnischen Provinzen für die Juden wurden. Die Genealogie vieler Zigeuner in den mehr westlichen Ländern weist auf jene Donaulandschaften als die Region ihres Ursprungs hin.

Man könnte fast sagen, die Zigeuner hätten dort an der Donau ihre Burg und Feste, von der, in häufigen Diebes-Expeditionen, in kleinen Banden von Gaunern und Bettlern ausziehend, und immer wieder dahin zurückkehrend, sie bis auf die neuesten Tage herab alle benachbarten Länder, Deutschland, die Schweiz, Italien &c. ausgebeutet haben.

Und wir erblicken darin gewissermaßen eine Nachäffung oder einen Nachhall jener geräuschvollen und kriegerischen Unternehmungen der Hunnen, der Magyaren und anderer von denselben Mittelpunkten zu denselben Strichen ausziehenden Völker.

In jenen Ländern sind sie so sehr mit dem Leben der einheimischen Nationen verwebt und verwachsen, daß sie einen nicht unwesentlichen Theil desselben ausmachen.

Verschiedene Lebens-Geschäfte werden dort vorzugsweise von Zigeunern besorgt, und mehrere Zweige der Industrie sind ausschließlich in ihren Händen. In der Moldau z. B. sind sie in den Häusern der Großen ganz gewöhnlich die Haussclaven, die Kämmerdiener und Lakeien, so wie auch die Bojaren meistens an der Brust und mit der Muttermilch von Zigeunerinnen groß gezogen werden, denn diese sind bei den Vornehmen die gewöhnlichen Ammen.

Mehrere Rollen in dem Drama des bürgerlichen Lebens, die kein stolzer Magyar, die Niemand gern spielt, haben dort die Zigeuner auf sich genommen. So waren sie z. B. in Ungarn von jeher die Scharfrichter und Henkersknechte, und als solche zeichneten sie sich in den finstern Zeiten bei den Torturen der armen Angeklagten durch ihre erfinderische Grausamkeit aus. Auch wird dort sonst alles Schwierige und Widrige, was Keiner gern wagen mag, einem Zigeuner aufgebürdet, der gemeiniglich, wenn ihm nur ein kleiner Gewinn leuchtet, durch Feuer und Wasser geht.

Ein sehr mühsames und wenig lohnendes Geschäft wird ihnen in Siebenbürgen und Ungarn auch allgemein zu Theil, nämlich die Aschenbrödel-Arbeit, die flimmernden Stäubchen edlen Metalls aus den goldführenden Strömen und Bächen jener Gegenden auszulesen.

Man sieht sie in den Donau-Landen, besonders in der schlimmsten Jahreszeit, im Beginn des Frühlings, der Schneeschmelze und der großen Regengüsse, wo der Boden von den wilden Elementen durchfurcht und neuer Goldsand aufgewühlt wird, an den Ufern der Flüsse umherziehen, ihre Zelte aufschlagen, und bald hier, bald dort versuchen, ob nicht etwas von dem blinkenden Stoffe in ihren Widderfellen, die ihre rohen Siebe bilden, hängen bleiben will.

Die Begierde nach einem goldenen

Tressenstück, das sie an ihren Hut hängen, nach Brillant-Ringen für ihre Finger und Ohren, nach kleinen silbernen oder vergoldeten Geschirr, das sie hundertmal unter ihrem Herdfeuer verscharren, beim Lagerwechsel wieder ausgraben, mit ihren Lumpen versteckt mit sich umherschleppen, und so von Urgroßvaters Zeiten her auf ihre Kinder vererben, oder in Ermangelung alles dessen wenigstens nach ein Paar blanken Metallknöpfen, — diese den Zigeunern angeborene Freude an allen glänzenden Dingen, die sie wie die Elstern in ihre Nester zusammentragen, ist wohl die Ursache davon gewesen, daß sie, wie gesagt, auch die Goldsucher und Goldwäscher jener Gegenden geworden sind.

Wunderlich ist es, daß auch das edelste aller Metalle, auf dessen Verarbeitungskunst in so hohem Grade unsere Cultur beruht, das Eisen, allgemein in die Hände dieses uncultivirten Volks gekommen ist.

„So viele Schmiede, so viele Zigeuner", sagt das ungarische Sprichwort. Dasselbe Sprichwort kann man auch vom südlichen Rußland, von der ganzen europäischen Türkei, sowie von Asien und Egypten gelten lassen. Wahrscheinlich wurde den Zigeunern diese Kunst und Last schon in Indien aufgebürdet, wo, wie ich sagte, auch herumwandernde und verachtete Sudra's sie von Alters her betrieben, da doch in anderen Ländern, z. B. bei einigen Völkern Afrika's, der Eisenschmied die vornehmste und nächste Person nach dem Könige ist.

In allen jenen Ländern findet man in den Vorstädten der großen und kleinen Orte die zahlreichen kleinen Feueressen der doppelt geschwärzten zigeunerischen Schmiede.

Als Ambos schleppen sie einen Stein herbei, zum Blasebalg haben sie ein Ziegenfell, zur Feuerung oft weiter nichts, als getrockneten Dünger. Neben dem Stein schneiden sie ein tiefes Loch in den Boden, ihre Beine hinein zu stecken, um das Werk mit möglicher Gemächlichkeit zu verrichten. Die Mutter, die Tabackspfeife stets im Munde, tritt den Blasebalg, die zottigen Burschen langen dem Vater das dürftige Handwerkszeug zu, und daneben liegt, um das Bild zu vervollständigen, ein abgemagerter, lebensmüder Hund mit stoischer Gelassenheit im Grase. Und so sitzend und stets schmauchend, schmiedet der Meister Tage lang aus der Grube heraus, indem er häufig seine wenig geregelte Arbeit unterbricht, bald aus seinem Loche hervorspringt, um sich eine Zeit lang in's Gras zu strecken, bald wieder hineinhüpft, und zwischendurch noch dieses und jenes nach ihrer unsteten Weise betreibt und besorgt.

Sie sollen übrigens manchen schwierigen Kunstgriff ihres Handwerks verstehen, so namentlich bessere und härtere Schärfen hervorbringen können, als andere Schmiede. Ein Zigeuner, der sich eine alte verdrehte Zange, eine Feile, einen Hammer verschafft und dazu einen passenden Steinklotz als Ambos gefunden hat, kann heirathen und sich als Familienvater etabliren.

Es giebt noch eine Menge kleiner Beschäftigungen, die dem seinen Heerden, seinen Aeckern und Weinbergen sich widmenden Magyaren, Walachen oder Türken zu unbedeutend erscheinen, und die daher dem, wie es scheint, auf alles Kleine erpichten Zigeuner zufallen.

Die Besenbinder, Siebmacher, Kesselflicker, Feuerschwammschneider, Korbflechter, Holzlöffel-Drechsler in jenen Ländern sind fast immer Zigeuner, so wie sie auch (wie bei uns die Savoyarden) mit Affen, Bären und andern Schauthieren umherziehen, deren Tanz sie mit Gesang begleiten.

Vor allen Dingen aber ist die Musik eines großen Abschnitts von Ost-Europa ganz unter der Pflege der Zigeuner. Sie haben eine entschiedene Anlage und Leidenschaft für diese schöne Kunst. Bei den Türken, wie bei den Tartaren, bei den Walachen und Ungarn sind sie die National-Musikanten.

Wie den Religionen dieser verschiedenen Völker, so wissen sie sich auch dem nationalen Geschmack derselben in Bezug auf Musik sehr zu accomodiren, lauschen ihnen ihre Lieblingsweisen ab, und reproduciren dieselben, von ihrem Eigenen hinzuthuend, auf eine Alle befriedigende Weise. Die Hof-Capellen der Tataren-Chane waren und die der Moldo-Walachischen Fürsten und vieler ungarischer Großen sind noch heut zu Tage aus zigeunerischen Talenten gebildet.

Schwirrende Geigen, mit Cimbeln und Trommeln, von halbnackten, haarigen Gesellen gestrichen, geschlagen und geblasen, fallen den Reisenden noch jetzt in den schönen Thälern der Krim, wie der Karpathen auf Schritt und Tritt an und fordern Tribut im Namen der Musen. In Ungarn hat jedes Dorf, jedes Comitat sein Zigeuner-Orchester, dessen es sich rühmt.

Ihr Haupt-Instrument ist die Violine, und auf ihr haben sie in Ungarn, wo ihrem Talente am meisten Aufmunterung zu Theil wird, viele bewunderte Virtuosen erzeugt.

Der Magyar ist für die Musik seiner Zigeuner nicht wenig eingenommen. — Sie belebt ihn bei dem Tanze, sie bringt den trauernden Patrioten zu Thränen. Sogar die berühmte ungarische National-Hymne, der Rakoczy-Marsch, kann nur von Zigeunern so echt gespielt werden, daß sie einen Ungar elektrisirt. Wie unsere Vorfahren von ihren Banden, so sind die Ungarn bei ihren National-Kämpfen und Triumphen fast immer von geigenden Zigeunern begleitet gewesen.

Den Urheber jener ebengenannten musikalischen Dichtung kennt man nicht, wie man denn die Geschichte fast keines der schönen Zigeunerstücke authentisch nachweisen kann. „Sie kommen auf unter dem Volke, man weiß nicht wie, werden belauscht wie Töne aus der Geisterwelt, werden als ein guter Fund erkannt, ziehen über das Feld, wie der Hauch der Aeolsharfe, stärker und stärker rauschend, werden zuletzt von Jedem mit Entzücken vernommen, und setzen sich am Ende in allen Winkeln des Landes und in den Ohren und in der Seele des Volkes fest."

Die zigeunerischen Virtuosen sind häufig auch die Componisten der von ihnen vorgetragenen Stücke. Und obwohl sie keine Idee von der Theorie der Musik haben, kaum Kenntniß der Noten, auch nie etwas niederschreiben, und obgleich sie ihre ganze Kunst wie durch Inspiration zu lernen scheinen, so kommen doch hinterdrein nicht selten die gelehrtesten Musiker und Kenner vom Fache herbei und lauschen mit Bewunderung und tiefster Befriedigung den Productionen ihrer schöpferischen Phantasie. In der Auffassung der Compositionen Anderer zeigen sie ein ausgezeichnet starkes musikalisches Gedächtniß. Sie sind im Stande, eine Sonate von Mozart, eine Symphonie von Beethoven, die sie einmal hörten, in ihrer ganzen Länge festzuhalten und nachzuspielen. Herr Kogalnitschan, der walachische Geschichtschreiber der Zigeuner, erzählt, daß er einmal im französischen Theater in Jassy einen dieser ungeschulten Musiker beobachtet habe, wie er auf seiner Violine leise und langsam der Ouvertüre und den anderen Pièçen der Oper der „Weißen Dame" folgte, und wie er dann am Ende des Stücks hinausging und die ganze Musik seinen Leuten in den Höhlen nnd Schenken der Stadt mit mehr Geschick und Ausdauer vortrug, als die Orchester-Violinisten selbst, denen er sie abgelauscht hatte. Gefeierte Naturkünstler dieser Art werden in den ungarischen Annalen schon vor 300 Jahren genannt. Aus dem vorigen Jahrhunderte war ein solcher der Hofmusikus des Cardinals Czaky, der Zigeuner Michael Barnu, der in einem von diesem Prälaten veranlaßten zigeunerischen Wartburgskampfe unter zwölf der ersten Violinisten des Reichs den Pries gewann, und dessen Weisen, durch die Kenner zu Papier gebracht, noch jetzt im Lande coursiren, — dann die eben so gepriesene Violinspielerin Czinka Panna, die während ihres Lebens von den ungarischen Magnaten oft 30 bis 40 Meilen weit begehrt und mit Jubel zu ihren Schlössern geleitet, mit Gold und Pretiosen beschenkt wurde, und der ein ungarischer Bischof auf ihren Leichenstein die Inschrift setzte: „der Magyaren Orpheus", indem man ihr zugleich zahllose lateinische und magyarische Verse in's Grab schüttete. Aber der berühmteste Koryphäe dieser halbwilden Musensöhne war Johann Bihary, einer der Musiker des Wiener Congresses und des österreichischen Kaiserhofes, den Kaiser Franz in den Adelsstand erheben wollte, der aber, originell genug, diese Gnade nur unter der Bedingung annehmen wollte, daß sie auf seine ganze Bande und Sippschaft ausgedehnt würde. Auch in heutigen Tagen, obgleich die Blüthezeit der zigeunerischen Musik vorüber zu sein scheint, fehlt es noch nicht an solchen hervorragenden Talenten, die in Pesth und auch in Wien gesucht und bewundert sind. Auch in der Moldau und Walachei gab es und giebt es solche Namen, wie die eines Barba, Argheluzza, Succawa, die dort allgemein bekannt sind.

Obgleich die musikalischen Compositionen der Zigeuner so eigenthümlicher Art und Färbung sind, daß man nur zwei Takte davon zu hören braucht, um sie sogleich als solche zu erkennen, so lassen sie sich doch mit Worten nicht leicht charakterisiren. Sie sind so schwer nachzuzeichnen, wie die phantastischen Dessins in den Brabanter Spitzen. Man glaubt in ihren Ergüssen ein Ebenbild des wunderlichen Volkes, das sie erfand, sich abspiegeln zu sehen.

Der Takt und die Stimmung dieser Musik wechseln so oft, wie die Laune des beweglichen Zigeuners. Sie macht Sprünge und bewegt sich wie der elektrische Funke in Zickzacklinien. Sie ist arabeskenartig voll ganz unerwarteter Wendungen und wechselnder Tempo's. Sie murmelt und tändelt wie die Waldbäche, an denen die Zigeuner ihre Hütten aufschlagen, sie heult, wirbelt und pfeift, wie der Sturm auf den Haiden und Pusten, in denen sie sich in Erdlöchern bergen.

Sie täuscht, neckt und überrascht dich durch ihre originellen Schönheiten, wie dich nicht selten ein scheues Zigeunermädchen überrascht, durch dessen ungeregelte Coiffüre und armselige Lumpen die schönste Körper-Bildung, die anmuthigste Gestalt und zwei feurige Augen hervorleuchten.

Sie wimmert und klagt, als wäre es helle Verzweiflung, und dann wieder jauchzt sie auf und jubelt, wie die unstäten Zigeunerkinder, die Weinen und Lachen in derselben Tasche haben und von lauter heftigen, aber lauter kurzen Leidenschaften bewegt werden. Dabei aber kehrt sie doch immer in sehr graziöser Weise zu dem dem Ganzen zu Grunde liegenden Thema zurück, das stets wieder erscheint, wie die spielende Forelle im Bach. Wie begeisterte Korybanten rasen die schwarzgelockten Musiker auf ihren Geigen und Cymbeln.

So singt Lenau von der Zigeuner-Musik in Ungarn:

Und rings im Kreise lauscht die Menge.
Es empört das Heldenblut.
„Laß die Geige wilder singen!
Rascher schlag das Cymbel du!"
Lauter immer, immer toller
Ringt der Instrumente Kampf,
Braust die alten Heldenweise,
Die vor Zeiten wohl mit Macht
Frische Knaben, welke Greise
Hinzog in die Türkenschlacht.

Wie in Ungarn, so sind auch unter den Zigeunern in England musikalische Talente häufig. Und in Rußland überreichte einst die große Catalani einer zigeunerischen Künstlerin, der sie gelauscht hatte, einen Shwal, der, wie sie sagte, vom Papste der „größten Sängerin der Zeit" bestimmt gewesen sei.

Der der Musik verschwisterte Tanz ist ebenfalls keine Kunst bei den Zigeunern, sondern eine ihnen angeborene Naturgabe. Ihr gelenker und von Jugend auf geübter Körperbau, den sie von ihren hindostanischen Vorvätern erbten, macht sie zu aller Gymnastik äußerst geschickt.

Ihre Tänze sind an der Donau, wie in Spanien und Rußland berühmt. Sie sind lebhaft und graziös, und dabei fast allerwegen von derselben Art. Was die Russen die „Tziganka" nennen, ist fast dasselbe, was bei den Spaniern die „Gitana" heißt, und jene sind in der russischen Steppe so beliebt und gern gesehen, wie diese auf der spanischen Schaubühne.

Auch als Dichter und Märchen-Erzähler produciren sich die Zigeuner nicht selten unter den Völkern an der Donau. In der Walachei sind sie die vornehmsten Inhaber dieser Kunst, und sie tragen dort ihre Verse, die eben so, wie ihre musikalischen Improvisationen meistens aus dem Stegreife sind, wie die Seguadillas-Sänger in Estremadura, mit Musik und Gesang begleitet vor.

In der poetischen Erzählung entwickeln sie nach den Proben, die uns neuerdings davon zu Theil geworden sind, einen hohen Grad von Geschick und Einbildungskraft. Selbst die heiligen Sagen und christlichen Legenden von dem Erdenwandel des Heilandes und von den Wunderthaten und Reisen der Apostel malen sie zuweilen mit ihren eigenen bunten Farben so bizarr und phantastisch aus, daß sie an

Originalität, überraschender Abenteuerlichkeit und Feenhaftigkeit den Märchen von Tausend und einer Nacht nichts nachgeben.

Man muß die Zigeuner überhaupt, trotz ihres Widerwillens gegen Belehrung und Schule, ein sehr fähiges und talentvolles Volk nennen. „Man überrasche sie bei welcher Handlung man will, überall werden Funken von Geist und Scharfsinn sichtbar werden.“

Völlig bornirte Geister, Blödsinnige und Kretins findet man unter ihnen kaum. Der Aufwand von feiner List und Pfiffigkeit, mit welchem sie sich jedes schwierige Vorhaben — freilich oft nur Diebstahl und Betrug — zu erleichtern wissen, ist von Vielen, die dergleichen näher kennen zu lernen Gelegenheit hatten, bewundert worden. Und doch geht es ihnen mit allen diesen Anlagen, wie auch andern begabten, aber wankelmüthigen — gescheiten, aber leichtsinnigen — poetischen, aber sinnlichen Charakteren. Sie kommen in der Welt nicht so weit, als diejenigen, welche mit geringem Talente eine größere Ausdauer, soliden Ernst und höhern moralischen Sinn verbinden.

Ihre Unbeständigk.it läßt kein mühseliges Unternehmen bei ihnen zur Reife gedeihen. Ihr Wankelmuth, ihre Bedachtlosigkeit ist fast zum Erstaunen. Sie leben, als wenn es keine Vergänglichkeit und Zukunft gäbe. Sie scheinen immer nur von dem Wunsche, der eben in dem gegenwärtigen Augenblicke ihre Seele bewegt, erfüllt. Daher erinnert ihr stürmisches und ungezügeltes Wesen oft an die Manieren der Affen. Das Geschenk, das sie von dir mit Heftigkeit, mit flehentlichen Bitten, auf den Knieen im Staube begehren, schnappen sie weg, wenn du es giebst, wie Raubvögel ihre Beute, und dann, wenn nichts mehr zu erwarten ist, stürmen sie weiter, das Almosen vergeudend und den Geber undankbar vergessend.

Nur in einem Punkte findet man sie fast immer vorsichtig, bedächtig und sparsam. Nämlich in Hinsicht auf ihren Kleiderschmuck, auf den sie, wie ich sagte, so viel halten. Man sieht sie daher bei ihrer Arbeit häufig mit nacktem Oberkörper, indem sie ihr Costüm sorgfältig bei Seite legten. Ja, wenn zwei Zigeuner in ernsten Streit gerathen, der durch handgreifliche Argumente entschieden werden soll, so gewinnen sie noch immer so viel Oberhand über die drohenden Flammen des Zorns, daß sie vor dem Anfange der Feindseligkeiten einen Waffenstillstand von einigen Minuten schließen, um zuvor ihre verbrämten Röcke nnd betreßten Hüte in Sicherheit zu bringen.

Da sie keine Erinnerung pflegen und ihnen Ueberlegsamkeit in hohem Grade mangelt, so kennen sie weder Gram noch Sorge. Wie die Vögel, leben sie in den Tag hinein, unbekümmert um das Woher und Wohin, um das Gestern und Morgen, sind stets munter, launig, leichtsinnig, außerordentlich geschwätzig, plauderhaft. Obwohl scheinbar die Allerdürftigsten und Allergeplagtesten unter den Lebendigen, sind sie doch stets auf das beneidenswertheste zufrieden, immer bei ihrem Schicksale vergnügt.

In den ungarischen, slavischen und walachischen Abtheilungen der österreichischen Armee ist recht häufig der Spaßmacher des Regiments ein Zigeuner, der die Kameraden mit seiner unerschöpflichen Laune erheitert. Auch in den Sagen und Märchen der Siebenbürger wird den Zigeunern gewöhnlich die Rolle des Bruders Lustig zu Theil, und sie könnten darin jedem Christen, der vergebens trachtet, das Gebot: „Sorge nicht für den folgenden Tag“, in Erfüllung zu bringen, zum Muster dienen.

Wie ihr Geistiges nicht an Trübsinn und Mißstimmugen, so leidet ihr Physisches weniger an Krankheit und Unbehagen, als man es nach dem Maße der körperlichen Leiden und Entbehrungen, mit denen sie von der Geburt bis zum Tode überschüttet werden, denken sollte.

Der harte, oft kaum mit etwas Gras oder Heu gepolsterte Schooß der Mutter Erde ist das Lager, auf dem sie geboren werden. Kinderwiegen, die doch selbst die amerikanischen Indianer so sorgfältig zu bereiten pflegen, wie die Schwalben ihre Nester, sind diesen Zigeunern unbekannte Möbeln. So lange sie nicht auf eigenen Füßen stehen können, kauern sie der Mutter auf dem Rücken, wie der Bärin ihre Jungen, und von vornherein wie diese allem Unbill der Witterung preisgegeben. Ohne Mantel und Hülle wachsen sie zu Jungfrauen und Jünglingen heran, und erringen auch dann nur das Allernothwendigste.

In unfreiwilliger Mäßigkeit im Essen haben sie es, wie andere Natur-Kinder, bis zur Virtuosität gebracht. Und wie es mit ihrer Genügsamkeit in Bezug auf warme Bedeckung steht, mag folgender von einem Reisenden beobachtete Vorfall beweisen. Ein kleiner nackter Zigeunerknabe jammerte in der Mitte des Winters über die Kälte. „Da nimm das!“ rief ihm seine Mutter zu, indem sie ihm ein Strick-Ende um die Schulter warf. „Binde es dir um den Leib. Hülle dich drein so gut du kannst. Wärme dich damit und sei getrost!“

Die armseligen Lehm- und Strauchhütten, in denen sie in den entlegensten Quartieren der ungarischen und walachischen Städte hausen, die Höhlen, die sie in der Krim und auch in den Siebenbürgischen Alpen bewohnen, sind das Dürftigste und Unheimlichste von menschlicher Behausung, was man sehen kann, und die sogenannten Spatras (Zelte), in denen sie in den Vorstädten von Kiew und Odessa, bei Bukarest oder Szegedin den Stürmen und den Regengüssen trotzen und die sie bald hier und bald da unter einer Brücke, in den Gräben oder unter dem Schutze einer Mauer-Ruine aufgeschlagen haben, sind nichts weiter als ein alter, mürber und durchlöcherter Segeltuch-Lappen, der über einen Dornstrauch gehängt und mit den vier Enden (noch dazu sehr nachlässig und lose) an wacklige Stangen gebunden ist.

Diese Wohnungen, mit denen verglichen ein Baschkiren-Zelt, selbst der Whigwam eines Indianers ein kunstvolles Gebäude ist, müßten, so sollte man glauben, die Brutstätten zahlloser Uebel und Gebrechen, die wahren Sitze rheumatischer, gichtischer, katharrhalischer und anderer Leiden sein. Die Wahrheit ist aber, daß die Zigeuner von allen diesen und andern Uebeln nie angefochten werden, und daß ihr Schlag zu den gesündesten der Welt gehört.

Sie haben gar keine National-Krankheiten. Aus den spuchtigen, dünnbeinigen, dickbäuchigen, oft halbverhungerten, stets fröstelnden, selten gewaschenen, nie gekämmten kleinen Zigeunerkindern wachsen gesunde, starke und wohlgestaltete Männer und Weiber heran.

„Ihr ganzes Leben hindurch wandelt sie nichts an, bis die Natur das Ihrige zurückfordert und die Maschine im Alter plötzlich stockt.“ Man behauptet sogar, daß der giftige Hauch der Pest und anderer ansteckender Seuchen diese stahlharten Geschöpfe nicht anficht und in den Zigeuner-Colonien ohne Wirkung erstirbt.

Körperliche Verkrüppelungen, Verwachsene, Zwerge kommen unter ihnen selten vor. Viel häufiger dagegen sieht man unter ihnen (die, wie es scheint, der Schönheit so wenig sorgfältige Pflege angedeihen lassen) die reizendsten Frauengestalten, mit dem schlanksten Wuchs und dem zierlichsten Gliederbau, wahre Modelle für eine Pretiosa oder Esmeralda, — Mädchen, die ihr Leben lang von allen denkbaren Zuständen der Witterung gemißhandelt wurden, und die ein Dichter dennoch wohl mit einer im Garten gepflegten Hyacinthe — in Schnitt und Glanz der Augen mit der indischen Prinzessin Damajanti vergleichen möchte — die nie andere als grobe Arbeit verrichteten, und die doch das Wasser und das Futter für die Pferde ihres Vaters und andere Lasten mit einer natürlichen Grazie herbeitragen, als thäten sie es auf einer Schaubühne nach dem Tacte der Musik, wie die geschulten Choristinnen in der Oper der Stummen von Portici. Selbst wenn sie im Alter, was bei ihnen frühzeitig eintritt, häßlich werden, mangelt dieser ihrer Häßlichkeit doch nicht ein gewisser Styl. „Die Erscheinung der alten Zigeunerinnen ist zuweilen erschreckend, hexenhaft, höchst phantastisch, aber fast nie vulgär.“

Werden jene jugendlichen Zigeuner-Schönheiten, wie es in Rußland, zum Beispiel in Moskau, zuweilen geschieht, von vornehmen und reichen Freiern auf der Steppe entdeckt, als Gattinnen ihrem Nomadenleben entführt und in die höheren Kreise der Gesellschaft versetzt, so lernen sie es, wenn sie nicht wie jene Charlotte Stanley ihrem Liebhaber wieder entschlüpfen, bald auch dort, sich zurecht zu finden und entwickeln, des Wasserschleppens enthoben, dieselbe ihnen angeborne Anmuth in dem feineren geselligen Umgange der höheren Stände.

Dort, in Moskau, so scheint es, ist überhaupt ausnahmsweise das Loos der Zigeuner ein glänzendes geworden. Wenigstens zuweilen findet man daselbst reich gewordene Zigeuner-Familien, die in stattlichen Häusern wohnen, im Luxus leben, in eleganten Carossen einherfahren, und in Bildung und geistiger Regsamkeit es den vornehmen Russen gleich thun.

Doch ist die alte Hauptstadt der Russen auch in dieser Hinsicht wohl einzig in Europa. Die Russen, deren Aufgabe es war, das Nomadenthum in unserem Continente zu bewältigen, haben bekanntlich Baschkiren und Tataren in ihrer Weise zu civilisiren gewußt, und der Geist und die Verhältnisse ihrer so wenig ausschließlichen Gesellschaft sind der Art, daß sie auch für die Kalmücken-Fürsten weite Thore haben, und sich sogar dann auch die Zigeuner bequem aneignen können.

Daß auf der einen Seite in der Türkei und auf der andern auch in Deutschland die Zigeuner denen in den Donauprovinzen so ähnlich sehen wie Zwillingsbrüder, ist aus der Nachbarschaft dieser Länder, die, wie gesagt, oft ihre Wanderer und Colonien unter einander tauschen, leicht begreiflich.

Merkwürdiger aber ist es, daß sie auch in solchen entlegenen Insel- und Halbinselländern, wie es z. B. Skandinavien, Jütland, Schottland und Spanien sind, sich in ihrer Eigenthümlichkeit so unverändert erhalten haben.

Die Schweden brachten im dreißigjährigen Kriege mit ihren Armeen ein ganzes Corps von Zigeunern herüber, und die Dänen, bei der Belagerung von Hamburg, nicht weniger als drei Compagnien, die sie benutzten wie die Russen ihre Kosacken und Baschkiren: zu Streifereien, zum Spioniren, zum Fouragiren, zur Ausplünderung und Verwüstung der feindlichen Länder.

Den Nachrichten eines dänischen Schriftstellers zufolge treibt sich in den unangebauten Haiden von Jütland noch heutzutage ein Volk von Landstreichern herum, das von den jütischen Bauern die „Natmänds" genannt wird, und in denen schwerlich Jemand echte Zigeuner verkennen kann.

Alle Versuche, diese halbwilden jütischen „Natmänds" zu einem ordentlichen ansässigen Leben zu bringen, sind bis jetzt mißglückt. Sie haben dunkle Gesichter und scharfe Züge, denen der jütischen Bauern höchst unähnlich. Sie ziehen familienweise in kleinen Trupps von Ort zu Ort umher. Sie verstehen sich auf allerlei kleine Hantierungen, auf's Messerschleifen, Kesselflicken, Fenstereinsetzen, und ihre Frauen auf's Prophezeien und auf's Herbeischaffen entwendeter Sachen durch Zauberei.

Stehlen und Betteln ist ihr vornehmstes Gewerbe. Auch nehmen sie, wie in andern Ländern, manche Verrichtungen über sich, die der Jüte als unehrlich betrachtet. Dieser hält sie fast in hohem Grade für unrein, wie der Bramine die hindostanischen Parias.

„Ein eigenes Geschirr, das außer ihnen nur noch der Hofhund benutzt, ist für den armen auf dem Hofe des jütischen Bauern ansprechenden Natmänd bestimmt, und der Jüte würde lieber hungrig fortgehen, als eine Schale benutzen, aus der ein Natmänd getrunken." Sie bedienen sich einer Sprache, die in Jütland Lumpen-Latein genannt wird, vielleicht aber weiter nichts ist, als die alte corrumpirte sanskritische Zigeuner-Sprache.

Wie in andern Ländern werden auch dort die Kinder dieser Haide-Nomaden getauft, doch, wie auch anderwärts, wird ihnen außer dem Taufwasser wenig vom Christenthum zu Theil.

Denn die Zigeuner zeigen sich eben überall gegen religiöse Dinge so gleichgiltig, wie kein zweites Volk Europa's. Sie schwören, um Verfolgungen zu entgehen, unten den Türken auf den Koran, und sie küssen, wenn sie ein christliches Land betreten, das Kreuz. In jedem neuen Dorfe, in das sie kommen, und in dem sie eine andere Religion antreffen, sind sie alsbald andern Glaubens, bald katholischer, bald lutherischer, bald reformirter oder anglikanischer Confession. Im Uebrigen aber bleiben ihnen Mohamed's wie Christi Lehren, des Papstes Satzungen, wie Luther's Katechismus gleich unbekannt, daher auch die frommen Holländer, wie ich schon sagte, ihnen keinen bessern National-Namen geben zu können glaubten, als den „der Heiden."

Da es bei ihnen nicht ein Mal eine Spur von einer heidnischen Mythe giebt, welche beweisen könnte, daß sie sich mit dem Gedanken an überirdische Dinge beschäftigt hätten, daß nur eine Hoffnung auf ein Jenseits in ihre Seele hineingedämmert wäre, so ist daher auch ihre Liebe zum irdischen Leben unbeschreiblich, und ihre Furcht vor dem Ende dieses Daseins viel größer, als sie bei anderen Geplagten, Gedrückten und Verfolgten zu sein pflegt, die den Tod wohl als einen Erlöser willkommen heißen.

Daher rührt denn auch wohl der ziemlich allgemeine Mangel an moralischem Muthe, die bei allen Völkern zum Sprichwort gewordene Schüchternheit und Feigheit dieser Zigeuner-Race, von denen man in Ungarn sagt, daß man ihrer 50 mit einem feuchten Lappen in die Flucht schlagen könne, obwohl allerdings auch dies nicht ohne Ausnahme ist. Denn unter Umständen hat es sehr tapfere Zigeuner-Soldaten gegeben.

Auf den britischen Inseln sind die Zigeuner, die dort Sir Walter Scott in seinem trefflichen Romane eben so meisterhaft geschildert hat, wie Cervantes in Spanien, Puschkin in Rußland, Spindler in seinem „Juden" in Deutschland, Victor Hugo in seinem „Notre Dame de Paris" in Frankreich, eben so rastlose Wanderer gewesen, wie anderswo und haben dort auch, wie überall, die Reinheit ihres Stammes conservirt. Ja sie haben sich dort nach der Meinung eines englischen Schriftstellers sogar unvermischter erhalten als anderswo.

In England haben sie lange in dem schon von mir erwähnten königlichen Walde Southampton eine Art Rendezvous gehabt. Sie theilen sich dort wie anderswo in verschiedene Tribus oder Clans, die ihre besonderen Oberhäupter und ihre besonderen Namen haben. Einer dieser englischen Zigeunerstämme heißt „die Stanleys", ein anderer „die Levells", u. s. w.

In Schottland haben sie in einer wild-romantischen Gegend des Cheviot-Gebirge ihr Haupt-Quartier bei einem Dorfe, das Kirk-Yetholm heißt und wohl scherzweise „the Metropolis of the Gipsy-Kingdom in Scotland" (die Hauptstadt des Zigeuner-Königreichs in Schottland) genannt wird.

Von den schottischen Zigeunerfrauen sagt ein presbyterianischer Prediger, der sie in einem eigenen Werkchen geschildert hat, „sie seien in ihren Bewegungen so natürlich, anmuthig und graziös, und oft von so guten Manieren, daß man glauben sollte, sie seien an einem europäischen Hofe erzogen worden". Und dies ist ungefähr dasselbe, was ich selbst schon von den tatarischen Zigeunern in Südrußland anmerkte.

Von den Männern unter den schottischen Zigeunern sagt dieselbe Autorität, „sie seien bei ihren Zänkereien unter einander, zu denen man oft gar keine Veranlassung entdecken könne, über die Maßen wild und heftig und sie überließen sich dabei der sonderbarsten Wuth und bedienten sich der phantastischsten Verwünschungen. Selten aber käme es dabei trotz aller leidenschaftlichen Geneigtheit zu ernsthaften Schlägen. Es bleibe beim Kratzen, Kneifen und Haarzupfen".

Auch dies harmonirt ungemein mit dem, was man unter den Zigeunern an der Donau und am Pontus erfahren kann, wo man, wenn in einem Zelte urplötzlich ein Zwist losbricht, unwillkürlich des kreischenden Gezänkes gedenkt, das sich nach der Schilderung der Reisenden oft unter den Geschöpfen der südamerikanischen Wälder ohne erkennbare Veranlassung erhebt und auch ohne sichtbare Ursache wie eine plötzliche Windstille und Versöhnung wieder legt.

Auch bei der rührenden und unbegrenzten Liebe der Zigeuner zu ihren Kindern muß man wieder jener Waldbewohner oder wenigstens vieler anderer roher Nationen gedenken. Die Zigeuner-Mütter hätscheln und plagen sich mit ihren Säuglingen herum, als wären sie das Einzige, was sie anbeteten. Kindermord ist unter ihnen, wie unter den Indianern Amerika's, etwas nie Gehörtes, und wie diese Indianer begegnen sie nur mit Liebkosungen und Schmeicheleien selbst dem ausgelassensten Muthwillen dieser kleinen schwarzen Kobolde, die nie die heilsame Ruthe schmecken.

Diese Liebe zu ihren eigenen Sprößlingen dehnen sie aber auf ihre ganze Race aus, deren Mitglieder gleich den Kindern Israel's an einander hangen wie Kletten. Sie lassen nie von der Art. Während sie im Großen nichts von dem haben, was man socialen Instinct nennt, halten sie in ihren Familien fest zusammen, wie Eisen. Sie nennen sich unter einander Brüder und Schwestern. Sie unterstützen sich gegenseitig, und ein Zigeuner ist nie in Noth, so lange er noch Verwandte oder Stammesgenossen in seiner Nähe hat, die helfen können.

Sie schließen auch selten Ehen mit Leuten, die nicht von dem „echten“, von ihrem eigenen Volke sind. Denn — merkwürdig genug — sie sind andern Nationen gegenüber nichts weniger als demüthig. Vielmehr hegen sie einen tief versteckten National-Stolz und sind, was man bei diesen „Auswürflingen“ am wenigsten erwarten sollte, in seltenem Grade hochmüthig. Sie sind bei Allen verworfen und sie ihrerseits rächen sich damit, daß sie sich über Alle stellen. Sie denken, es stände viel besser auf Erden, wenn es nur Zigeuner auf der Welt gäbe. Wie die Osmanen belegen sie alle übrigen Völker mit dem Scheltnamen: „Gadschi“ oder „Giaur“ oder „Giorgios.“ Sie selbst aber sind die „Rannitschel“ (die Kinder der wahren Mutter, oder Menschen). Es ist, als wollten sie damit gegen alle die ihnen von Anderen angethane Schmach protestiren. „Stolz lieb' ich den Spanier“, hat man gesagt. Man möchte aber auch selbst in den Zigeunern diesen Stolz nicht verachten. Es ist vermuthlich eine, oft zwar verkehrte, Aeußerung des allen Menschen, als von Gott bevorzugten Wesen, innewohnenden originellen und legitimen Gefühls ihrer Würde.

Daher haben sie auch ihr Blut meistens in einer so auffallenden Reinheit erhalten, obwohl sie sich unter allen Nationen in kleine Partien zerstreut, gleichsam zerbröckelt und verweht befinden. Wäre eine halbe Million von Deutschen wie sie in die Welt hinaus zertröpfelt, sie würden ängst wie Schnee zerschmolzen sein.

Von dem Zusammenleben der Zigeuner unter einander und wie sie gleich Brüdern für einander einstehen, erzählt man überall recht rührende Geschichten. In Spanien zum Beispiel folgende:

In Cordova wurde einmal ein Zigeuner, der einen Spanier im Streite erschlagen hatte, zum Tode verurtheilt. Die ganze „Gitaneria“ (Zigeunerschaft) von Cordova kam darüber in Aufregung und machte die größten Anstrengungen, ihren Bruder zu retten. Botschaften an einflußreiche Personen wurden gesandt, Petitionen unterzeichnet, Beredtsamkeit und Geld aufgeboten, um das entsetzliche Todesurtheil in eine simple Verbannung nach Ceuta in Afrika zu verwandeln. Ein reicher Zigeuner bot den Spaniern 5000 Kronen, sein halbes Vermögen, zur Auslösung des Gefangenen. Alle treue Stammesgenossen, selbst die ärmsten, trugen nach ihren Kräften dazu bei, dieses Lösegeld zu vermehren. Aber vergebens! Der gemordete Spanier hatte mächtige Freunde, und es war beschlossen, ein Exempel zu statuiren. Das schwarze Gerüst stieg auf dem öffentlichen Platz empor, das Schwert war geschärft und gezückt. Da, als sie sahen, daß Alles umsonst sei, und noch ehe der Schlag fiel, erhoben sich alle Zincalos der Vorstädte von Cordova, um nicht das Blut ihres Bruders fließen zu sehen, verrammelten ihre Hütten und zogen mit Pferden und Maulthieren und mit allem beweglichen Gute von dannen, indem sie den Richtplatz auf ewig in Bann thaten und beschlossen, ihn nie wieder zu betreten.

Es ist vorgekommen, daß in den blutigen Schlachten, welche die Europäer sich lieferten und bei denen auf beiden Seiten Zigeuner in den Kampf geführt wurden, diese, wenn sie auf einander trafen, sich sofort als Brüder erkannten und dann alsbald die Waffen vor einander streckten.

Einen interessanten Fall dieser Art erzählt der schon genannte Hr Borrow in seinem Werke über die spanischen Zigeuner. „Bist Du je einem von Deinen Leuten begegnet, der nicht aus Spanien war?“ fragte er einen derselben, welcher Antonio hieß. „Ja, das bin ich“, erwiderte Antonio.

„Doch nur einmal in meinem Leben und zwar unter besonderen Umständen unter dem Donner der Kanonen, in einem blutigen Gefechte des spanischen Freiheitskampfes gegen die „Gabinés“ (die Franzosen).

„Ich diente in der englischen Armee mit den Busnés (Spaniern), und wir jagten die Franzosen über die Pyrenäen hinaus. In einem der Scharmützel wurde ich mit einem der Feinde handgemein. Wir stritten und rangen, doch war ich der Schwächere. Mein Gegner warf mich zu Boden, setzte das Knie auf meine Brust und ergriff sein Bajonnet, um mich zu durchbohren. Aber er verlor dabei seinen

Tschako und sein rabenschwarzes Haar fiel ihm wild wie Schlangen über das Haupt. Ich blickte ihm in die Augen, schrie laut auf und rief: „Zincalo! Zincalo!"

„Er war einer von den Unsrigen. Er fuhr zurück, zitterte, rief wie ich: „Zincalo! Zincalo!" und ließ die Waffe sinken. Er richtete mich auf, nahm mich bei der Hand, schüttete mir aus seiner Flasche Wein in den Mund und brachte mich wieder zum Leben, indem er mich hundertmal „Bruder" und „Zincalo" nannte".

„Dann setzten wir uns hinter einen Erdhaufen und da sprachen wir mit einander, während die beiden Parteien um uns her noch weiter stritten und die Kugeln pfiffen. „„Laß diese Giaurs sich raufen"", sagte er, „„mögen sie fechten, bis sie sich gegenseitig zerstört haben. Was geht es die Zincali an. Sie sind nicht von unserm Blute und wir wollen das unsrige nicht für sie vergießen."" So saßen wir ein paar Stunden lang auf dem Steine und redeten von den Angelegenheiten unseres Volks. Mein Freund sagte mir, er sei ein Mayoro (ein Magyar) — Napoleon hatte damals ziemlich viel solcher magyarischer Zigeuner in seiner Armee — und er hatte mir so Vieles mitzutheilen, daß ich ihm für Wochen hätte lauschen mögen: denn er wußte die Geheimnisse unseres Stammes — Geheimnisse, die mein Ohr klingen und mein Herz zittern machten. So saßen wir, bis das Schießen vorüber war und bis in die Nacht hinein. Er schlug mir vor, wir sollten beide fliehen nach seinem Lande an der Donau und dort mit unserm Volke und mit den Mayoros leben. Aber der Kopf fehlte mir damals dazu. Wir mußten scheiden. Wir umarmten uns und er zog den Gabinés nach, ich aber kehrte zu den Busnés zurück. Doch hat mich seitdem immer die Reue gequält darüber, daß ich meinem Bruder nicht zur Donau folgte."

In ähnlicher Weise mag manche nicht belauschte feindliche Begegnung von Hindostans braunen Kindern auf den Schlachtfeldern Europa's in Umarmung geendigt haben. Könnten doch Deutsche, die sich noch viel öfter als die Zigeuner auf Schlachtfeldern begegneten und begegnen, die verachteten Söhne der Wildniß zum Muster nehmen!

Auf welchem Wege die Zigeuner nach Spanien gekommen sind, ist nicht bekannt. Das Volk dort hält sie für einen Theil der Moriscos oder der Abkömmlinge der Mauren. Dies, so wie der Umstand, daß sie in den Thälern der pyrenäischen Halbinsel, welche am längsten in den Händen der Mauren blieben, in Andalusien und Granada am meisten verbreitet sind, und dann auch die bei den Spaniern gewöhnliche Benennung Gitanos, d. h. Egypter, scheint darauf hinzudeuten, daß sie, wie so viele andere orientalische Nationen, vielleicht über Egypten und Nord-Afrika zur pyrenäischen Halbinsel gelangt sind. Hätten die Spanier sie auf dem nördlichen Wege aus Deutschland und über Frankreich erhalten, so würden sie wohl die bei den Franzosen übliche Benennung „Bohémiens" (Böhmen) für sie angenommen haben.

Die den spanischen Gitanos zugeschriebenen Charakter-Eigenthümlichkeiten sind daher für die Vergleichung besonders interessant und beachtenswerth.

Sie stimmen in allen Stücken mit denen, welche man an dem entgegengesetzten Ende von Europa bei ihren Brüdern entdeckte, überein, und beweisen, daß dieses Volk auch bei seiner Wanderung durch Afrika und an den äußersten Zielen, zu denen es gelangte, ganz dasselbe blieb.

Ihre Sprache hat in Spanien dieselben sanskritischen Elemente, wie anderswo, und die Physiognomie dieser alten ehrwürdigen Sprache blickt, so auch bei ihnen, „wie ein Philosoph in Lumpen, unter den ihr angehängten Fragmenten fremder Jargons hervor".

Ihre Beschäftigungen und Neigungen sind ebenfalls dieselben. Sie schließen sich dort der katholischen Religion an, obgleich sie dort — wie anderswo — im Grunde genommen gar kein Gefühl für Religion haben. Heirathen zwischen Spaniern und Zigeunern sind äußerst selten, und die Raçe besteht dort nach Borrow's Zeugniß sehr rein und unvermischt, wie in England, wie in Schottland, wie an der Donau.

Sie zu civilisiren und ansässig zu machen, ist in Spanien dem wohlwollenden Carl III. so wenig geglückt, wie dem humanen Joseph in Oesterreich. Pferdezucht, Pferdehandel und Pferdediebstahl ist dort, wie in Ungarn, in so hohem Grade eines ihrer Lieblingsgeschäfte, daß die Spanier zu der Bezeichnung dieser Gewerbe nur den Ausdruck Gitaneria (Zigeunerei) gebrauchen.

„Der spanische Gitano", sagt ein Schriftsteller, „ist die leichtfertigste, unzuverlässigste, wankelmüthigste und undankbarste Creatur von der Welt. Seinen Wohlthäter verräth er ohne die geringsten Gewissensscrupel, und was er am Morgen erwirbt, vergeudet er noch vor dem Abend."

Dies Alles und mit einem Worte auch alles Andere, was man noch sonst von den spanischen Gitanos angemerkt findet, stimmt in so hohem Grade mit dem überein, was wir von den Zigeunern in andern Ländern hörten, daß es kaum nöthig sein wird, die Portraits noch einmal in allen ihren Einzelnheiten zu vergleichen, um die Ansicht zu bestätigen, daß dieses asiatische Volk durch ganz Europa hin, und man kann gleich hinzusetzen auch in Brasilien und andern Partien der neuen Welt, wohin sie ihr Schicksal in der Neuzeit ebenfalls verschlagen hat, auf eine höchst wunderbare und wohl eben so beklagenswerthe Weise sich selber treu geblieben ist.

Auch bei den Juden hat man oft dieselbe außerordentliche Zähigkeit und Unwandelbarkeit des National-Charakters hervorgehoben. Es ist vielleicht eine den asiatischen Stämmen tief innewohnende Eigenthümlichkeit. Bei den Zigeunern aber ist sie doch noch viel merkwürdiger und weit unerklärlicher als bei den Juden, Türken, Armeniern oder irgend welchen sonstigen Asiaten.

Bei den Türken, denen eine so große politische Macht zur Seite steht, und die in concentirter Masse zusammenleben, läßt sich die Sache unschwer begreifen.

Das andere unter der ganzen europäischen Familie verstreute Volk, die Juden, haben ihre Nationalität auf prachtvollen und festen Fundamenten aufgebaut. Sie haben die großartigsten Traditionen, eine höchst heroische und ganz authentische Geschichte. Sie besitzen eine sehr ausgebildete Sprache und reich entwickelte Literatur. Ihr ganzes häusliches und inneres Leben wird durch die Bande sehr alter, sehr bestimmter Satzungen regulirt und zusammengehalten. Sie sind endlich ein durch und durch religiöses Volk. Ihre Religion, die ihr ganzes Leben durchdringt, ist höchst eigenthümlich. Sie halten sich für das auserlesene Volk Gottes, und jeder Einzelne ist, wie das Ganze, von diesem Glauben beseelt.

Wie ganz anders ist der Fall ihrer Schicksals-Genossen, des, wie sie, in der Welt herumgeworfenen und wandernden Stammes aus Hindostan. Die Zigeuner haben nicht einmal Götter gehabt. Sie haben keine festen Satzungen und Gebräuche, keine Geschichte, fast keine Tradition, ja kaum einen ihnen eigenthümlichen Aberglauben; denn auch die verschiedenen Arten des Aberglaubens der Völker, zu denen sie kommen, eignen sie sich so leicht an, und lassen sie eben so leicht wieder fallen, wie die Religionen derselben. Sie haben auch keine besonderen, sie vor Anderen auszeichnenden äußeren Merkmale beibehalten, keine National-Kleidung, keine Art von Taufe oder ein sonstiges volksthümliches Kennzeichen. — Bei den Tataren kleiden sie sich tatarisch, bei den Spaniern spanisch und überall haben sie sich in die Lumpen gehüllt, welche die andern Völker ihnen zuwarfen. Ihr Wörterbuch hat, wie der gelehrte Pott nachweist, keinen Ausdruck für die Begriffe „haben" und „besitzen", auch keinen für „müssen" oder „Pflicht" und „Gesetz." Sie haben ihre ganze „Sache auf nichts gestellt." Sie sind unter uns aufgewachsen wie jene Luftpflanzen ohne Wurzeln, ohne Boden, ohne Vaterland.

Sie bilden auch nirgends so zahlreiche und compacte Gemeinden wie die Juden. Sie leben ganz locker und lose, kaum stammweise, sondern überall fast nur familienweise, und diese Zigeuner-Familien sind wie jene Unkräuter der Steppen, die man in Rußland „die Windsbraut" nennt, und die ihre Gesäme und ihre Blüthen mit sich führend, vom Boden losgerissen, von den Winden durch die Lüfte und über die Hügel getrieben wird — wie das Wasser in Tropfen und Atomen über Europa ausgespritzt. Sie haben nie erobert, sie haben sich aber auch nie unterworfen.

Es fehlt ihnen mit einem Worte Alles, was eine Nation constituirt, eine dauerhafte und bleibende Nationalität sichert.

Und trotz alledem sind dennoch jene Atome unter dem Gewichte der anderen auf ihnen lastenden Nationalitäten bis jetzt noch nicht erdrückt, trotz alledem besitzt, wie ich zu zeigen versuchte, jedes verspritzte Tröpfchen aus diesem Quell bis auf den heutigen Tag völlig die Farbe, die Temperatur und den Charakter des Ganzen, als wären es nicht Schaum und Blasen, sondern unzählbare Diamantensplitter oder hartnäckige Granitbrocken. „Ihre ganze Existenz und Erhaltung ist in der Geschichte des europäischen Menschengeschlechts ein Problem, das wir fast nur bewundern, aber nicht genügend zu erklären vermögen".

Die Russen.

In den weiten Central-Gegenden des heutigen Rußlands, in den waldreichen Quellen-Gebieten des Don und der Wolga, der Düna und des Dniepr, in dem hügligen und fruchtbaren Moskowiterlande haben von unvordenklichen Zeiten her die slavischen Vorväter der jetzigen Russen den Boden bebaut und das Land mit ihren aus Holz gezimmerten Häusern und Dörfern erfüllt.

Schon der Vater der Geschichte spricht von ihnen unter Bezeichnung der „ackerbauenden oder königlichen Scythen", und spätere Schriftsteller der Byzantiner unter dem Namen der „Anten" (oder Wanten ?), was vielleicht nichts anderes ist, als unser deutsches „Wenden."

Wie und wann sie in diese Gegenden kamen, wissen wir nicht. Vieles aber (selbst auch manche der frühesten von den Griechen uns überlieferten Namen der Ströme, die offenbar Slavisch sind) deutet darauf hin, daß hier ihre alte europäische Heimath war.

Ihre Stämme, die schon die Zeitgenossen Constantin's des Großen als äußerst volkreich bezeichneten, erfüllten das Innerste der „immensa spatia" (die unermeßlichen Räume) des breiten Ost-Endes von Europa.

Von den Meeresbecken, welche die Wiegen der europäischen Bildung gewesen sind, waren sie durch andere ihnen vorgeschobene Völker und Länder ausgeschlossen, im Süden vom schwarzen Meere durch die weiten Steppen, in denen stets Hirtenstämme hausten, im Westen durch die von den Lithauern bewohnten Sümpfe vom baltischen Meere, und im Norden von dem Weißen- und Polar-Meere durch unermeßliche Waldungen und die darin hausenden finnisch-uralischen Völker.

Im Osten hatten sie das weite Asien der Tataren und Mongolen zur Seite. Von dem mittlern germanischen Europa waren sie durch andere slavische Nationen geschieden.

Das Zeitalter ihrer uns völlig dunklen Kindheit mag in ungezählten Kriegen und Reibungen mit diesen ihren Nachbarvölkern verflossen sein, und wie es scheint haben die Russen dabei stets — bis auf die

Neuzeit — mehr eine leidende als eine siegreiche Rolle gespielt.

Wäre ihre Vorzeit besonders ruhmvoll und glänzend gewesen, so würde sie nicht so dunkel sein.

Schon das früheste Dämmerungslicht der Geschichte zeigt uns die russischen Slaven als in wechselnder Abhängigkeit auf der einen Seite von den Germanen, welche von jeher die baltische See beherrschten und auf der andern Seite von den asiatischen Nomaden.

Von beiden Seiten her wurden sie zu wiederholten Malen unterjocht, geknechtet und in ihrem Charakter und Wesen beeinflußt und gemodelt.

Gleich das erste Volk, welches uns schon lange vor Christi Geburt die alten Hellenen als das im Norden des Pontus weithin gebietende nannten, die „nomadisirenden Scythen", bestand vermuthlich aus eben solchen tatarischen Hirtenstämmen, wie deren hier später noch oft erschienen.

Ihre Herrschaft umfaßte einen großen Theil des jetzigen Rußlands und die nordöstlichen Slaven selbst waren unter dem Namen der „Scythen" eben so mit einbegriffen, wie heutzutage unzählige Völker unter dem triumphirenden Namen der Russen verschwinden, obgleich sie von ganz anderm Blute und Stamme sind.

Im dritten und vierten Jahrhundert nach Christo kamen die skandinavischen Germanen, die Gothen über die Ostsee und marschirten erobernd durch die weiten Landschaften bis zum Pontus.

Die in denselben angesiedelten Slaven wurden nun Unterthanen des im Osten Europa's gebietenden Gothen-Königs Hermanrich. Darauf nach Besiegung der Gothen kettete wieder der Hunnenkönig Attila die slavischen Unterthanen der Gothen an seinen eigenen Kriegswagen und führte sie als seine Rekruten und Trabanten zur Schlachtbank auf den von ihm auserwählten Kampfplätzen im westlichen Europa.

Den Hunnen folgten aus Osten ihre Brüder die nomadischen Avaren und die Chazaren, die wieder zur Zeit Karl's des Großen ähnliche Reiche auf Kosten der russischen Slaven stifteten und die Geißel über ihren Häuptern schwangen.

Gegen die Chazaren riefen die geplagten Slaven dann — wieder! — ihre westlichen National-Feinde die skandinavischen Normannen zu Hülfe und diese kamen seit der Mitte des neunten Jahrhunderts abermals über die Ostsee, woher auch einst jener Gothe Hermanrich gekommen war, desselbigen Weges, auf dem noch in neueren Zeiten der Schwedenkönig Carl XII. gezogen.

Unter ihrem berühmten Anführer Rurik (Roderich?) und seinen Genossen befreiten die schwedischen Wäringer oder Waräger (d. h. die Verbündeten) das Slaven-Land von den Asiaten, aber machten es sich selbst unterthänig.

Diesen germanischen Kriegern, die aber auch viele tüchtige Eigenschaften von Staatsmännern und Gesetzgebern gehabt haben müssen, gelang es zum ersten Male, das lockere Gemengsel der slavischen Stämme zu einem festen dauernden Ganzen, zu einem Staate, zusammenzuschweißen, was die Slaven aus eigenen Kräften bis dahin nicht verstanden hatten.

Da die Ruriks und ihre Nachfolger sich ganz von ihrem eigenen Heimathslande lösten, erst in Nowgorod dann in Kiew ihre Residenz aufschlugen und sich den eroberten Fremden assimilirten und anschlossen, eben so wie die Franken es in Gallien, die Westgothen in Spanien gethan hatten, so entstand nun mit ihrer Hülfe ein nationales, großes und mächtiges Rußland, ein einiges Volk der Russen, das diesen seinen nun bis auf die neueste Zeit herab ihm gebliebenen Namen — er soll germanischen Ursprungs sein und zuerst auf der Küste von Schweden gefunden werden — eben so wie seine Einheit, seine frühesten Gesetze und seine ältesten Fürsten nnd Adelsgeschlechter von jenen nordischen Germanen erhielt.

Rußland war damals, wie Schweden, ein skandinavisches Reich; beide standen damals auch immer in gutem Einvernehmen. Bis in's 11. Jahrhundert kamen noch immer neue skandinavische Abenteurer oder Waräger, von den russischen Großfürsten herbeigerufen, in Menge nach Rußland herüber. Wie in Schweden waren die skandinavischen Fürsten auch in Rußland von einer Schaar mitberathender Waffengefährten, der sogenannten Druschina, umgeben; ebenso theilten diese Eroberer auch in Rußland nach einer alten germanischen Sitte das Volk zum Zweck des Kriegsdienstes in Abtheilungen zu 10, zu 100 und zu 1000 Köpfen, die von sogenannten „Hundertmännern" und „Tausendmännern" commandirt wurden. In den russischen Dörfern giebt es noch heutiges Tages diese aus Schweden stammende Volkseintheilung.

Es ist die Meinung mehrerer russischer Historiker, daß auch die alten skandinavischen Sagas nach Rußland verpflanzt wurden, und daß die ältesten Dichtungen der Russen eben so, wie ihre Gesetze aus skandinavischem Grunde hervorwuchsen. Namentlich soll dieß mit dem kürzlich noch in Deutschland durch eine Uebertragung berühmt gewordenen ältesten Epos der Russen, dem sogenannten Liede vom Zuge des Igor gegen die Chazaren, gleichsam der russischen Iliade, der Fall gewesen sein. Es ist ziemlich bekannt, daß auch noch jetzt mehrere der ersten russischen Magnaten-Familien, z. B. die berühmten Fürsten Dolgoruki (d. h. die Langhände) ihren Ursprung auf Rurik und seine Schweden zurückführen.

In diese Periode der frühesten durch Skandinavier geschaffenen Selbstständigkeit Rußland's fällt denn auch das für die gesammte Cultur des Volks und seinen Charakter so entscheidende Ereigniß der Einführung des Christenthums, die Begründung des griechischen Glaubens unter den Russen.

Wladimir I. aus der skandinavischen Familie Rurik's, des alten Heidenthums überdrüssig, ließ um das Jahr 1000 katholische sowohl, als griechische Priester vor sich kommen, die ihn mit de Satzungen ihres Glaubens bekannt machten Auch den Juden und sogar den Mohamedanern soll er anfänglich Gehör geschenkt haben und geneigt gewesen sein. Am Ende aber gefielen ihm und seinen Leuten am allerbesten der Pomp und die Ceremonien der griechischen Kirche, die damals übrigens bei anderen verbrüderten Slavenstämmen, z. B. den Bulgaren, bereits eingeführt war und Wladimir, der gewissermaßen als der Karl der Große der Russen zu betrachten ist, erhob dieselbe zur Nationalkirche seines Volks.

Die Russen, deren Haupt-Landesströme zum Pontus und zu byzantinischen Provinzen hinabführten, hatten schon von Anfang her mit Constantinopel, wie in kriegerischer, so in friedlicher Verbindung gestanden. Waaren, Kaufleute, Missionäre, andere Gäste, auch Prinzessinnen des kaiserlichen Hauses waren ihnen längst von dort zugeführt worden.

Die Annahme der griechischen Religion setzte sie nun mit dem griechischen Reiche in noch innigere Beziehung.

Die Russen stellten sich dadurch vielfach außerhalb des Kreises der Culturbewegung des westlichen Europa's.

Sie nahmen nun nicht an den enthusiastischen Anstrengungen der römisch-katholischen Völker zur Befreiung des heiligen Grabes an den Kreuzzügen, und auch nicht an den andern mannigfaltig belebenden und anregenden von der kunstliebenden Kirche Roms ausgehenden Impulsen Theil, welche das ganze abendländische Völkersystem, unter andern auch die Polen, die Tschechen und andern Westslaven durchdrungen und bewegt haben.

Nichts hat auf den National-Genius der Russen nachhaltiger eingewirkt, als die Einmischung der uralten byzantinischen Cultur und des starren griechischen Dogma's. Sie haben sich so sehr damit verwebt und verschwistert, daß man ihnen eben so leicht ihre Nationalität, als ihre griechische Religion nehmen könnte. — Die ersten Bischöfe der Russen waren geborene Griechen und Rußland wurde eine kirchliche Provinz des Patriarchats zu Constantinopel. Und wenn auch nicht mehr dieses Patriarchat, so ist doch die Einrichtung der griechischen Hierarchie und das griechische Kirchenrecht bis heute bei den Russen gültig. Auch wurden die russischen Klöster natürlich nach dem Muster der griechischen zugeschnitten und schon mehrere der religiösen Sekten, welche zuvor die orientalische Kirche in Griechenland gespalten hatten, alsbald nach Rußland verpflanzt.

Die Errichtung von Kirchen und Klöstern bewirkte die Einführung des byzantinischen Baustyls und mancher damit zusammenhangender Künste, der griechischen Malerei und der Kirchenmusik. Die Kirchen wurden in Rußland gebaut und ausgeschmückt nach dem Muster des berühmten Sophien-Tempels des Kaisers Justinian in

Constantinopel. Auch bauten in ihrer Residenz Kiew die russischen Zaaren Palläste und „goldne Pforten" im Styl der Gebäude der byzantinischen Kaiser. Und da die übrigen russischen Städte ihr heiliges Kiew eben so zum Muster nahmen, wie dieses die griechische Hauptstadt, so verbreitete sich dieß Alles über ganz Rußland.

Auch viel später noch, nach der Eroberung Constantinopels durch die Türken, ist den Russen wieder viel Byzantinisches zugeflossen. Da nahmen die russischen Großfürsten den Titel Zaren (Caesaren) an, den die byzantinischen Kaiser schon lange geführt hatten, und es wurde nun auch der zweiköpfige Adler des griechischen Kaiserreichs dem russischen Herrscher-Wappen einverleibt, so wie viele byzantinische Gebräuche beim moskowitischen Hofe angenommen. Byzantinische Prunksucht, Hof-Etikette und Hof-Würden lebten unter dem russischen Zaren Johann III., der sich auch mit einer griechischen Kaisertochter vermählt hatte, in Moskau wieder auf, da sie in Constantinopel selbst unter den Türken untergegangen waren. Die Ceremonien bei der Krönung der Zaren gestalteten sich nach dem byzantinischen Ceremoniale. —

Auch die frühesten Anfänge der russischen Literatur und Gelehrsamkeit sind Schößlinge aus griechischen Wurzeln. In den russischen Klöstern wurden zuerst die griechischen Annalisten und Kirchenväter übersetzt und der berühmte alte russische Chronist Nestor ist aus dieser griechisch-russischen Schule hervorgegangen. Da auf diesem Wege auch weltliche Kunde zu den Russen kam, z. B. Uebersetzungen der Geschichten oder der Sagen von Alexander dem Großen, so haben daher die Russen auch eigenthümliche russische Variationen dieser und anderer Traditionen und Sagen bei sich ausgebildet. —

Da in dem Rurikschen Fürstenhause der Grundsatz der Untheilbarkeit des Reichs nicht adoptirt wurde, so zerfiel mit Beihülfe der alten eingewurzelten Stamm-Verschiedenheiten das ganze von Rurik und Wladimir gestiftete und geeinigte Reich bald wieder in eine Menge kleiner Fürstenthümer, und diese erlagen dann im 13. und 14. Jahrhunderte noch einmal, wie es diesen östlichen Slaven in älteren Zeiten bereits wiederholt geschehen war, einem Sturme der Nomaden aus Asien.

Die Mongolen ergossen sich, wie einst ihre Vorgänger, die Scythen, die Hunnen, die Avaren, die Chazaren, über den ganzen europäischen Osten.

Sie kamen nicht, wie die skandinavischen Waräger, als bloße Hülfsvölker, Volksführer und Feldherren. Sie rückten mit dem ganzen Troß ihrer Karavanen und Hirtenstämme in Rußland ein. Sie richteten sich daselbst eine Heimath zu, in der sie die einzigen Herren blieben. Daher ist auch außer der Annahme des orientalischen oder griechischen Christenthums kein Ereigniß in Hinsicht auf die Ausbildung des russischen National-Geistes wohl bedeutsamer gewesen, als die letzte lange dauernde und tief in das Leben des Volks einschneidende Herrschaft der Tataren oder Mongolen.

Sie verkehrten das Land hie und da in eine Wüste, um Weideland für ihre Heerden zu schaffen. Sie schickten ihre Beamten und Tribut-Einkassirer in alle Ortschaften und Hütten. Sie zwangen die russischen Fürsten und Großen, in das Lager ihrer goldenen Horde an der Mündung der Wolga zu kommen, dort zu leben, dort ihre Weiber zu nehmen, und sich daselbst in Demuth und asiatischem Herren-Dienst zu üben.

Die Russen erscheinen daher vielfach als die Zöglinge der Mongolen, deren Nachfolger in der Bewältigung des Ostens sie nur werden konnten, indem sie sich selbst die seit dem Beginn der Welt dort geübten und eingewohnten rauhen Regierungskünste, das orientalische Regiment, und tatarische Disciplin aneigneten.

Die Großfürsten von Moskau sammelten den Tribut zuerst im Namen ihrer Oberherren der tatarischen Chane. So lange sie sich noch schwach fühlten, lieferten sie den Tribut auch an die Tataren ab. Als sie erstarkten, behielten sie ihn für sich. Die tatarische Art und Weise der Einsammlung und der Forderung des Gehorsams behielten sie bei. Das alte von Germanen regierte Rußland der Kinder Ruriks hatte Fürsten, die ein Duma (ein Rath der Großen) umgab, dabei eine sehr selbstständige Gemeindeverfassung und eine persönlich freie Grundbevölkerung gehabt. Sogar mächtige Republiken, wie Nowgorod und Pleskow, hatten sich aus seinem Schooße entwickelt. Das neue von den Mongolen umgewandelte Rußland streifte dies Alles bei den heftigen Anstrengungen, die es zu seiner Wiedergeburt machte, ab. Um Kraft und Einheit herzustellen, erzeugte es unumschränkte Autokraten, welche jenen Republiken den Garaus machten und die Gemeindefreiheiten unterdrückten. Und als die Wiedergeburtsbestrebungen bald in weitreichende Eroberungen ausarteten, da verfiel allmählich das ganze Volk in eine strenge Abhängigkeit und Leibeigenschaft.

Selbst in ihren kirchlichen Sitten und in der Art und Weise ihrer Religiösität scheinen die Russen Vieles, obgleich in christlicher Form, von den Orientalen angenommen zu haben. Ihr Wesen ist durchweg eben so, wie bei den Orientalen, ganz in religiösen Ernst getaucht. Sie nehmen es mit ihren Festen, Kreuzschlagen und ihren Kniebeugungen so genau, wie die Muselmänner mit ihren Abwaschungen und Gebeten. Das „Slawa Bogu" (Ruhm sei Gott), das den Russen täglich hundert Mal bei vielen Gelegenheiten auf die Lippen tritt, klingt in ihrem Munde oft nur wie eine Uebersetzung des türkischen „Allah ist groß." — Und in den Willen Gottes und des Geschicks zeigt der Russe kaum eine geringere (oft sehr nachahmungswerthe) Ergebenheit als der mahomedanische Fatalist.

Wie in ihren religiösen und politischen Sitten, so haben auch in der Sprache die Russen Vieles von den Nomaden und Asiaten beibehalten. Manche Zweige des Baumes der russischen Sprache sind, so zu sagen, ganz mit mongolischen Worten behangen, so namentlich mit Ausdrücken für solche Dinge und Künste, die den Nomaden eigenthümlich waren, z. B. unter andern für Vieles, was sich auf Viehwirthschaft, ferner fast Alles, was sich auf Lokomotion, Wanderung und Reisen, auf Reiten, Fahren, Pferde, Wagen und Geschirr bezieht. Auch die Ausbildung des eigenthümlichen russischen Post- und Courierwesens stammt aus der Zeit der Mongolen-Herrschaft. —

Mit den Mongolen kamen auch türkische und andere asiatische Völker unter die Russen, und überhaupt wurde durch sie das ganze slavische Reich völlig, so zu sagen, in die asiatischen Verkehrsbewegungen und Lebenskreise hineingesponnen. Es ist daher kein Wunder, daß auch viele türkische, persische und andere asiatische Sprach-Elemente, Sitten, Kunst- und Industriezweige unter den Russen zurückgeblieben und noch heutiges Tages über ganz Rußland verstreut sind.

Alle bei den Russen übliche Namen der Edelsteine sind orientalischen Ursprungs, was bei uns nur zum Theil der Fall ist. Mehrere Gartengewächse, z. B. die jetzt sogar in den Ostseeprovinzen gedeihenden Wassermelonen, haben sich mit den Asiaten durch ganz Rußland verbreitet und eben so der von den Russen angenommene asiatische Name derselben „Arbusi", so auch den asiatischen Namen mancher orientalischen Thiere, z. B. des Kameels (Werblud). Dafür sind umgekehrt einige slavische Namen für nordische Thiere, z. B. für den Biber, den Zobel ꝛc. bis nach Arabien und Persien ausgewandert. —

Im Handel, bei den Gewerben und in der russischen Industrie sind eine Menge Dinge und Ausdrücke asiatischen Ursprungs. So z. B. der Name und die Einrichtung der russischen Bazare. Nicht nur der Kaftan des russischen Kaufmanns, sondern auch sein leichter Pelz (Tulup), sein Gürtel (Kuschak), sein Geldbeutel (Kése), sein Reisekoffer (Sundúk), sein Magazin (Anbár) haben persischen oder türkischen Zuschnitt und Namen. Eben so auch der Bleistift (Karandasch), das Siegellack (Surgutsch). Selbst der allgemeine russische Ausdruck für „Handelswaaren" (Tawar) ist mongolisch. Auch das berühmte Rechenbrett, ohne welches kein russischer Kaufmann ein Geschäft abmacht, und welches man so bequem zum arithmetischen Unterricht fand, daß man es auch in einigen deutschen Schulen einzuführen versuchte, ist mongolischen Ursprungs. Es wird in derselben Form, in welcher die Russen es haben, sogar bei den Chinesen ganz allgemein gefunden. —

Viele in Rußland blühende und überall dort verstreute Industrie-Zweige sind ebenfalls (mongolischen, türkischen, bucharischen oder persischen) Ursprungs. So z. B. die berühmten Fabriken der goldgestickten 'Saffian-Pantoffeln und Stiefeln von Torjok, und die Fabrikation des sogenannten Bulak, d. h. des damascirten Stahles zu Slatoust. Der Garten- und Weinbau ist im südlichen Rußland vermuthlich zuerst von Orientalen eingeführt. Durch ihre althergebrachte künstliche Bewässerung machten sie dort manchen Landstrich fruchtbar, der es jetzt nicht mehr ist. Man nennt auch die Seifen- und Siegellack-Fabrikation als von den Asiaten nach Rußland verpflanzte Industrie-Zweige. Es ist interessant genug, daß man noch jetzt in Europa solche Erbstücke aus dem Oriente auf der einen Seite über Afrika bis nach Andalusien, auf der andern über den Kaukasus bis in die Gegend von Moskau verfolgen kann. —

Auch unsere westeuropäischen Armee-Einrichtungen weisen dergleichen Erbstücke aus tatarischer Zeit auf. Wir haben z. B. die Husaren von den Ungarn, die Ulanen von den Tataren bekommen. „Ulan“ (türkisch: „Oglan“), d. i. Knaben, Jünglinge hießen bei den Tataren vorzugsweise die junge Ritterschaft der Horde, welche des Chans Garde bildete und Lehne und Aemter von ihm erhielten. Ihr Name und ihre leichte Bewaffnung gingen von den Tataren zu den Russen und Polen über, und kamen von den Polen zu allen andern Völkern Europa's.

Endlich erinnert auch die heutige National-Physiognomie der Russen lebhaft an den tatarischen oder mongolischen Typus, ihre niedrige Stirn, ihre stark hervortretenden Backenknochen, ihre kleinen Augen, ihre eingebogene und etwas aufgestülpte Nase, die von der Adlernase der Römer oder von der geraden Nase der Griechen weit mehr entfernt ist, als die irgend eines anderen europäischen Volks.

Wenn auch bei allen Slaven von Haus aus etwas Ursprüngliches zum Grunde liegt, was wir Deutschen asiatischen Typus und Charakter nennen, so hat sich dies bei den Russen in Folge der Mongolenherrschaft noch mehr erhalten und befestigt, als bei ihren übrigen slavischen Brüdern. —

Ueber 200 Jahre hatte Rußland unter dem tatarischen Joche geseufzt, und was die Mongolen nicht hingenommen hatten, das eroberten im Westen die Lithauer und Polen und verbanden es mit ihrem Reiche, das damals um sich griff und von der Hülflosigkeit des russischen Nachbars vortheilte. Nur im Norden am Ilmen-See war in dieser Zeit ein selbstständiger russischer Staat, jene im 14. und 15. Jahrhundert blühende Republik Nowgorod noch bestehen geblieben.

Als sie am tiefsten gesunken waren und die Nachkommen Tamerlans in Uneinigkeit zerfielen, ermannten sich die Russen endlich und nun zum ersten Male aus eigener nationaler Kraft und ohne die Beihülfe der Germanen oder sonstiger Fremden.

Seit seinem ersten Triumphe über die Tataren auf dem berühmten Kulikow'schen Felde am Don im Jahre 1380 begann Rußland von seinem Herzen (von Moskau) aus allmählich alle seine alten Stammglieder wieder an sich zu ziehen. Am meisten half dazu, daß in diesem jungen Moskau von vornherein der Grundsatz der Untheilbarkeit des Reichs und der Einheit der Nation festgehalten wurde.

In einer Reihe glücklicher Siege und Eroberungen unter seinen grausamen, aber energievollen Zaaren Wassili und Johann Wassili's Sohn trieb es die Asiaten über den Don und die Wolga zurück, vereinigte das alte lang getrennte Nowgorod wieder mit seinem Körper, nahm — unter der Anführung seiner glücklichen Zaaren aus dem Romanow'schen Hause im Westen den Lithauern und Polen die Beute stückweise wieder ab und unter seinem großen Peter, dem Vollender der russischen Nationalmacht, schlug es auch die letzte Invasion der Skandinavier unter Karl XII., der, wie der Gothen-König Hermanrich und wie der Waräger Rurik, über die Ostsee gekommen war, zurück.

Und seitdem ist denn die politische Macht des russischen Volkes bis auf unsere Tage in einer fortschreitenden Entwicklung, in einem mächtigen Wachsthum gewesen.

Es ist seitdem aus seinen Wäldern wie ein Riese hervortretend zu allen den Meeren, die seinem Länder-Colosse gleich Fenstern oder Thoren eingesetzt sind, herangeschritten, wie im Norden zum weißen und baltischen, so im Süden zum Pontus und zum caspischen See.

Ja indem es seinen uralten Plager im

Osten völlig niederwarf und die Quellen der nomadischen Völkerwanderung auf ewig verstopfte, hat es sich dort sogar durch Sibirien hin die Wege bis an die Küsten des großen Oceans gebahnt. Im Westen hat es sich seine Bruderstämme die Lithauer und Polen, die zu Zeiten ihm selber Gesetze gegeben hatten, am Ende gänzlich unterwürfig gemacht und ist auf diese Weise wie durch ganz Asien hindurch geschritten, so auch mitten in das Centrum von Europa hineingerückt. Als (jetzt vor 400 Jahren) der Zaar Johann III. sein Amt antrat, herrschte er über ein Gebiet, das noch nicht viel größer war als unser jetziges Preußen. — Aber Peter d. Gr. schon gebot über ein Reich, daß mehr als sechsmal so groß war, als Deuschland, und das Reich der Kaiser Nicolaus und Alexander ist, wie Alexander v. Humboldt berechnet hat, an Flächeninhalt der uns zugekehrten Oberfläche der Mondscheibe gleich.

Wie die Russen während des lange dauernden Zeitraums ihrer Bedeutungslosigkeit und Knechtschaft von den über sie herrschenden Völkern viel Fremdartiges empfingen, so haben sie auch später wieder auf der Bahn ihres Siegeslaufes viele fremde Völker gefunden, die sie zwar zum Theil assimilirten, die sie so zu sagen in ihrer eigenen Masse aufwickelten, von denen sie aber dann auch während dieses Prozesses wieder selbst Einflüsse empfingen.

Fast alle zahllosen einst unabhängigen finnisch-uralischen Völker sind in den russischen National-Körper zerschmolzen. Kalmückische, baschkirische, samojedische Stämme sind ihnen beigefügt oder unterthan geworden, ebenso zahlreiche Völker des Kaukasus, Grusier, Tscherkessen und Armenier. Ferner haben sie die Länder der Lithauer, Polen und Walachen und auch manche deutsche Provinzen annectirt. Und alle diese Mischungen und Annectirungen sind nicht ohne Rückwirkung geblieben. Die interessantesten und merkwürdigsten Berührungen aber haben wohl mit den Deutschen statt gefunden. Denn nach den Griechen und nach den Tataren hat wohl kein Volk mehr Einfluß auf die Russen geübt, als die Deutschen, weniger freilich auf ihre Raçe, ihr Blut, ihr Temperament und die Modificirung ihrer Naturanlagen, desto mehr aber auf ihre Cultur und Geistesbildung sowie auf Staat und Wissenschaft. — Viele deutsche Künstler und Handwerker wanderten schon mit den hanseatischen Kaufleuten im 13. Jahrhunderte in die westlichen Partien Rußlands ein. In dem großen Nowgorod scheinen sie lange die vornehmsten Künstler gewesen zu sein. Selbst die berühmten kunstreich gearbeiteten Pforten der Nowgoroder Kathedrale, die man noch heutzutage bewundert und die man die Cherson'schen Pforten zu nennen pflegte, weil man sie lange für ein griechisches Kunstproduct aus Cherson hielt, stammen, wie man neuerdings entdeckt hat, aus Deutschland und bieten unter andern das Portrait eines deutschen Werkmeisters Wikmann aus Magdeburg dar. Ein russischer Chronist aus jener Zeit hebt es bei Gelegenheit eines großen Kirchenbaues in Rußland als etwas Besonderes hervor, daß derselbe allein durch Russen „ohne Hülfe deutscher Baumeister" zu Stande gekommen sei. Der Nachdruck, den er auf diesen Umstand legt, beweist, wie gewöhnlich damals die Beihülfe deutscher Baumeister gewesen sein muß.

Als die Großfürsten von Moskau emporkamen, da suchten sie auch alsbald wieder durch deutsche Beihülfe ihr Volk zu fördern. Die meisten Gesandtschaften der ersten Moskauschen Großfürsten an deutsche Fürstenhöfe hatten neben den politischen Verhandlungen vorzugsweise zum Zweck, durch lockende Versprechungen deutsche Handwerker, Künstler und Gelehrte aller Art zur Uebersiedlung nach Rußland willig zu machen. Schon im 15. Jahrhunderte gab es in Moskau ein eigenes Quartier, wo diese einberufenen deutschen Colonisten bei einander wohnten.

Seit Peter des Großen und Katharina II. Zeiten flossen deutsche Bevölkerung und deutsches Wesen in noch viel breiteren Strömen herbei. Ganze deutsche Provinzen, Curland, Lievland, Esthland wurden mit dem Reiche vereinigt, deren deutscher Adel seitdem Rußland mit Feldherren und Diplomaten versehen hat. Die mitten in diesen baltischen Provinzen erwachsende neue Kaiser-Residenz Petersburg wurde halb und halb eine deutsche Stadt. Auch am kaiserlichen Hofe war seitdem eine deutsche Partei immer mächtig. Manche Landstriche im Innern des Reichs wurden mit deutschen Colonisten besetzt, die den Russen als Muster und Sporn dienten, und fast alle russischen Städte bis nach Irkutzk in Sibirien hin haben allgemach einen kleinen Anhang von deutscher Gesellschaft, eine sehr ansehnliche deutsche Colonie erhalten.

Die innere Organisation dieser russischen Städte, ihre Zunftverfassung, ihre Magistratur, wie die Städteordnungen von Peter den Großen und Katharina II. eingeführt, waren nach deutschen Mustern construirt. Von 179 Journalen und Zeitungen, die in Rußland im Jahre 1858 publicirt wurden, waren nicht weniger als 30 also der 6. Theil in deutscher Sprache geschrieben. Auch in der Armee-Verfassung und in allen militärischen Institutionen hat Rußland immer von Deutschland gelernt. Selbst die herrschende Fürstenfamilie ist jetzt seit einem Jahrhunderte eine deutsche und ist durch beständige Zwischenheirathen mit deutschen Fürstenhäusern immer bei diesem Geblüt erhalten worden.

Indeß muß man dabei bemerken, daß Rußland fast Alles, was es aus Deutschland herholte, sich nach seiner Weise zuschnitt und nach seinen Bedürfnissen national ummodelte. Und auch die deutschen Individuen, die ihm zugefallen sind, von dem souveränen Herrscherhause abwärts, haben sich nur gar zu leicht und schnell auf russische Weise umschmelzen lassen.

„Die Vorzüge, die Energie und die Assimilationskraft dieses wundervollen Zweiges des slavischen Menschenstammes“ — sagt ein russischer Schriftsteller — „sind so entschieden, daß er in Berührung mit den ihn mehr oder weniger verwandten Völkern, diesen stets seine Mundart, seinen Geist und seine Gebräuche mittheilt.“ Wenn die Russen daher auch dem Gesagten zufolge viel von Anderen angenommen haben, so haben sie dabei doch in der Hauptsache ihren alten slavischen National-Charakter sich conservirt und ihn immer wieder durch das angelagerte Fremde hindurch schlagen lassen.

Ja die Größe ihres Landes, der Ruhm und das schließliche Glück ihres Volks, jetzt des einzigen Slavenstammes, der selbstständig und tonangebend in einem unabhängigen Reiche schaltet, haben dahin gewirkt, daß bei ihnen manchen slavischen National- und Stamm-Eigenthümlichkeiten und Ur-Anlagen, die bei ihren minder begünstigten und noch jetzt unterdrückten Brüdern schlummern mußten, ein freieres Feld zur Entwickelung und eine größere Energie gegeben wurde.

Die Russen mögen daher jetzt noch mehr als sonst irgend ein Volk als die Chorführer aller Slaven betrachtet werden.

Gleich mit ihrer Sprache stellen sie sich an die Spitze der Slaven. Das Russische ist unter allen slavischen Sprachen die schönste, die am meisten ausgebildete und kraftvollste. Es ist auch an und für sich eine der merkwürdigsten und reichsten Sprachen Europa's.

Es hat mehr Grundlaute, ein größeres Alphabet als irgend eine Sprache des Welttheils. Man hat daher auch gesagt, daß mit keinem anderen Alphabete sich die vielen Töne und Ton-Compositionen anderer Sprachen so bequem ausdrücken und niederschreiben ließen als mit dem an Zahl und Bestimmtheit der Charaktere so reichen Alphabete der Russen. Und die in der präcisen Behandlung dieser langen Tonscala geübte russische Zunge ist deßhalb zugleich so wohl vorbereitet und geschickt in der Nachahmung der Laute aller fremden Idiome, in denen der Russe nicht leicht eine Aufgabe oder ein Zungenkunststück zu lösen findet, auf das ihn nicht auch schon seine Muttersprache eingeübt hätte.

Ihre Grammatik ist sehr reich an Formen, ihr Wörterbuch insbesondere voll von Stoff zu onomatopoetischer Naturschilderei. Die feinsten Nuançen in dem Reiche der Farben und der Laute hat der Russe mit äußerst scharfem Sinne aufgefaßt. Eben so hat er eine große Fülle von Ausdrücken für die treffende Bezeichnung von Seelen-Regungen, von Neigungen und Anlagen des menschlichen Herzens und Geistes geschaffen.

Die Siege der Nation, ihre Größe, ihre Eroberungen haben mehrfach eine glückliche Einwirkung auf ihre Sprache gehabt. Im Verlaufe ihrer politischen Laufbahn durch so weite Länder wurden den Russen gar vielfache Verhältnisse zur Besprechung vorgelegt und ihre Sprache wurde daher fähig gemacht zur Behandlung der mannigfaltigsten Gegenstände.

Wie die Russen selbst, so hat auch ihre

Sprache eine Gewandtheit in der Aneignung und Verarbeitung des Fremden. Ihre große Biegsamkeit setzt sie in Stand, die fremden Worte ganz als eigene zu behandeln, sie festzuhalten und auf eigenthümliche russische Weise so umzugestalten, daß aus den angenommenen Schätzen, wie aus dem eigenen Urquell wieder neue Zweige und Worte entstehen.

Bis auf Peter d. Gr. gab es in Rußland verschiedene Dialekte neben einander, und als Schriftsprache in der Literatur herrschte die altslavische Kirchensprache. Er erst gab dem groß-russischen Dialekte das Uebergewicht, erhob ihn zur öffentlichen Geschäftssprache des Staats, setzte eigenhändig sein Alphabet fest und ließ die ersten Bücher in diesem Dialekte drucken. Seitdem hat Rußland mit Ausnahme der Theologie und Philosophie fast in allen Branchen der literarischen Thätigkeit nicht wenige ausgezeichnete mit Geschmack und Talent begabte Schriftsteller, Prosaiker und Dichter, Historiker, Lyriker, Dramatiker und Epiker producirt, mehr als in neuerer Zeit alle übrigen Slaven zusammengenommen. Und diese haben den von Haus aus so bildsamen Sprachstoff in allen Richtungen noch weiter ausgebildet. Die russische Sprache ist daher jetzt eben so geeignet für das Triviale, wie für das Erhabene, für das Launige und Komische, wie für das ernste und tragische Genre.

Sie besitzt nun eben so viel pompöse Kraft und ernsten Nachdruck für die Behandlung der Geschichte oder Gegenstände, der Wissenschaft, als feine Grazie und schneidende Schärfe für Fabeln und Epigramme. Sie ist nach dem Urtheil der Kenner besonders ausgezeichnet durch ihre Einfachheit und Natürlichkeit. An Reichthum und Geschmeidigkeit steht sie dem Griechischen nahe. Homerische Composita wie diese: „das weltumfluthende Meer“, „rossegepanzerte Männer“, „schöngelockte“ oder „rosenfingrige Göttinnen“, — hat man eben so gut im Russischen wie im Deutschen nachbilden können.

Manche von den in neuerer Zeit in Rußland auftretenden Dichtern und Autoren sind zwar so recht wie aus der Psyche der Nation geboren. Der geniale und originelle Derzawin, der Schiller der Russen, der die berühmte Ode an Gott dichtete, ist ein wahrhaft volksthümlicher russischer Dichter. Krylow der russische Boileau hat seinen Landsleuten Fabeln und Märchen in einer so klassischen Weise erzählt, daß sie bei ihnen allgemein populär geworden sind. Puschkin, der rusische Byron, dessen Gedichte das russische Leben, die Freude, den Schmerz, den Ruhm der Nation mit Wärme behandeln und lebhaft abspiegeln, hat sich unter dem Volke große Geltung verschafft. Der Kleinrusse Gogol, ein zweiter Goldoni, hat das russische Leben auch mit vieler Laune auf die Bühne gebracht. Und es wären den Genannten wohl noch viele andere, aus deren Werken der Volksgeist zu uns spricht, an die Seite zu setzen.

Im Großen und Ganzen muß man aber dennoch sagen, daß die Kunstpoesie der Russen, ihre höhere Literatur, nicht — oder doch noch nicht so national, wie z. B. die der Spanier oder Franzosen ist. Sie ist in der Mehrheit ihrer Erzeugnisse nur etwas Uebertragenes und von Außen her Verpflanztes. Sie lebt zum Theil wie eine Gewächshauspflanze ein von der Masse der Nation gesondertes Leben. Sie empfängt von dieser nicht so viel und wirkt auch nicht durch so viele Canäle auf diese zurück, wie in anderen länger cultivirten Ländern des Westens.

Weit charakteristischer und für unsere ethnographische Schilderung bedeutsamer ist dagegen die russische Volkspoesie, deren zahlreiche lebendige Geistesblüthen die eigentliche Offenbarung des Nationalcharakters sind.

Seit unvordenklichen Zeiten sind die Russen wie alle Slaven die größten Freunde der Musik und des Gesanges gewesen, für die ihre wohlklingende Sprache in so hohem Grade geeignet ist.

Schon im 6. Jahrhunderte nach Christo erzählten, nach dem Zeugniß der byzantinischen Chronisten, einige Abgesandte der nördlichen Slaven einem Kaiser von Constantinopel, daß Reim, Vers und Sang ihres Volkes vorzüglichste Erheiterung sei, und daß sie überall ihre mit Saiten bespannten Cythern mit sich herumführten, mit denen sie ihre im Chor vorgetragenen Lieder begleiteten.

Diese alten Cythern, von ihnen Gusle oder auch Balaleiken genannt, besitzen die

Russen noch heutiges Tages, und neben ihnen auch noch manche andere, ihnen eigenthümliche musikalische Instrumente.

Im Ganzen aber sind sie weniger Instrumentalisten als Vocalisten. Und dabei ist ihnen das Singen so gewohnt, so natürlich wie den Vögeln. Mit Gesang begleiten sie, so zu sagen, alle Verrichtungen ihres Lebens, nicht nur ihre Tänze, Feste und geselligen Vereine, sondern auch selbst ihre schwersten Arbeiten. Der russische Fuhrmann, wenn er mit seinem Dreigespann weit und breit allein durch die Steppe jagt, singt beständig, auch wenn ein frostiger Nordwind ihm in den Mund streicht. Der russische Holzhauer, wenn er mitten im Walddickicht einsam schaffend die Bäume fällt und sie zu Balken gestaltet, — er zwitschert oder murmelt dazu ein endloses Lied. Es ist, als wenn der Gesang das Selbstgespräch dieser Leute wäre.

Auf Chorgesang sind die Russen fast alle eingeübt; nicht nur die poetischen Hirten, Bauern und Waldbewohner, sondern selbst auch die Krämer und Handelsleute in den Städten. Die jungen Kaufleute sogar der kleinen russischen Marktplätze des Innern haben ihre Gesangvereine unter sich, in denen sie ihre Talente üben und ihrem musikalischen Drange Genüge schaffen.

Die Trupps der Landleute ziehen mit Chorgesang auf's Feld und mit Chorgesang ziehen sie wieder heim.

Ja selbst die Schnitter hört man, wenn sie mähend in langen Reihen sich durch die gefällten Aehren bewegen, recht mitten in der südrussischen blendenden Mittagshitze, mit Staub, Sonnenglut und Schweiß bedeckt, — dennoch sage ich, hört man sie die schwüle Luft mit schönen Chorgesängen erfüllen.

Dasselbe thun mit Eifer die armen geplagten russischen Soldaten auf ihren weiten Märschen. Dasselbe die Gesellschaften der Zimmerleute, die ein Haus errichten. Und so auch die in Rußland ihrer Grobheit wegen so viel verschrieenen sogenannten „Burlaken", d. h. die Schiffsleute und Barkenzieher, die zu vielen Tausenden längs der Ströme des Reichs vertheilt sind und dort wie Galeerensklaven mühselig arbeiten, die plumpen Flußschiffe auf- und abwärts schleppend. In Trupps zu 50 und 100 an ein Seil gespannt gehen diese derben Leute Schritt vor Schritt, Tag für Tag, ihre ungethüme Last ziehend, längs der mächtigen Stromadern. Fast unaufhörlich ertönen bei dieser einförmigen und schweren Arbeit ihre Lieder, die so lang gesponnen sind, wie die Ströme, und durch die sie sich gegenseitig ermuntern. Zuweilen, bei besonders schlechtem Wetter, oder wenn dem Schiff eine Stromschnelle entgegen braust, kommen die armen „Burlaken" so ganz von Kräften, daß sie keinen Schritt mehr vorwärts zu thun vermögen. Ihr Schiff fängt an abwärts zu treiben und die gewaltig angespannte Leine zieht die kräftigen Männer nach sich. Diese aber lassen sich doch nicht überwältigen und weichen nicht. Sie schwingen rasch ihre Gurten von der Brust auf den Rücken, drehen sie herum, setzen, oder legen und stemmen sich in dem sandigen Ufer fest und suchen so mit Gewalt den Abtrieb des Schiffes zu hemmen. In dieser Weise erholen sie sich ein wenig. Und zu seiner Verwunderung hört der Reisende selbst in dieser Lage noch jene unermüdlichen Sänger einen Gesang — jetzt zwar einen trübseligen — murmeln, der sich aber bald wieder, wenn es von Neuem vorwärts geht, in eine fröhliche Melodie umgestaltet.

Trittst du in eine russische Klosterkirche ein, die vielleicht gerade eben reparirt wird, so findest du wohl auf hohen Gerüsten einen Trupp Maler sitzen, welche die Kuppel der Kirche mit Farben und goldigen Bildern schmücken. Ihre fleißigen Pinsel bewegen sie den ganzen Tag und dabei eben so unermüdlich ihre Lippen, von denen die anmuthigsten Chorgesänge wie Engelsstimmen aus der Kirchen-Kuppel herabtönen. Wenn man dergleichen gehört hat, versteht man die griechische Mythe, der zufolge sich die Steine der Stadtmauer von Sardes nach dem Takte der Musik und des Flötenspiels zusammenfügten.

Alle russischen Kirchen und Klöster halten viel auf ein tüchtiges Sängerchor und das der kaiserlichen Kapelle in St. Petersburg ist das wundervollste und ausgezeichnetste seiner Art in der Welt.

Selbst die armen, alten, mit weißen Bärten bedeckten Bettler, die vor den russischen Kirchen sitzen, bitten nicht mit prosaischen Worten um eine Gabe. Singend sitzen sie da und ziehen die Aufmerksamkeit der Vorübergehenden durch den Vortrag eines frommen alten Kirchen-Chorals auf sich.

Unter den Russen selbst ist aber kein Stamm gesanglustiger und liederreicher als der der südlichen Malorossianen oder Kleinrussen, und vielleicht giebt es kein Volk in der Welt, daß einen solchen Ueberfluß von Nationalgesängen besitzt, wie sie.

Viele dieser kleinrussischen Gesänge, die sie „Dumen" nennen, sind in ihren tief melancholischen Melodien von ganz überraschender Schönheit und frappanter Originalität. Der Inhalt einiger aber soll von hohem Alter sein und eine historische Bedeutung besitzen. Es giebt deren, in welchen Heldenthaten besungen werden, die bei den alten Chronisten gar nicht mehr verzeichnet stehen, und andere, in denen selbst noch heidnische Gottheiten oder doch uralter Aberglaube figuriren.

Bei weitem die meisten sind aber wie bei den Kleinrussen und Kosacken, so auch bei den Russen überhaupt nicht historischen oder epischen, sondern lyrischen Inhalts. Das Epos hat unter den Slaven nur bei den kriegerischen Serben einiges Glück gemacht. Bei den Russen ist die Gefühlspoesie weit mehr vorherrschend. Sie erscheinen in ihren Volksdichtungen als von äußerst friedfertigem, stillem, man möchte fast sagen, zärtlichem und sentimentalem Charakter. Ihre Lyrik ist äußerst kindlich, ungemein leicht erregbar und empfänglich wie ein zartbesaitetes Instrument. Und sonderbar genug ist dieß selbst bei den russischen Kosacken der Fall, einem Volke, das doch gerade aus dem Kriege hervorging und ganz und gar für den Krieg organisirt wurde. Es ist, als wenn diese schmiegsamen und harmlosen Leute, deren Muse nichts von dem herben, trotzig männlichen und streitlustigen Charakter hat, der wohl anderen z. B. einigen germanischen Nationen eigen ist, nie aus Lust und Neigung, sondern nur durch die Verhältnisse zum Waffenhandwerke gedrängt worden seien. —

Sie zeigen sich in ihren Liedern stets in innigster Beziehung zu der sie umgebenden Natur und Thierwelt, und sie knüpfen ihre Strophen immer an die sich in Wald und Feld darbietenden Erscheinungen an. Die Linde, der Hollunder, der Ahorn, der Wachholder, der Salbei, die Raute und andere Pflanzen spielen darin eine große Rolle. Selbst unser kleines deutsches Vergißmeinnicht wird von diesen Kosacken nicht übersehen:

Traurig wandelt ich im Walde
Harmvoll auf der grünen Au
Pflückt Vergißmeinnicht zum Strauße,
Rief in Thränen diese Worte:
Nicht vergiß mein, du Geliebter
Nicht vergiß mein, traute Seele.
Freund vergilt mir meine Liebe,
Nicht vergilt sie mit Geschenken.
Ach, was soll dein Gold mir helfen,
Was sind Perlen, was Geschmeide?
Du vergilt mit sanften Worten,
An dein treues Herz mich drückend,
Sprich: nicht vergißmein traute Seele!

Der Kukuk, der den Frühling verkündet, die muntere kleine Lerche, die den Menschen: „warum so traurig?" fragt, die blaue Taube, der ein Mädchen, der helle Falke, dem ein Jüngling verglichen wird, und viele andere Geschöpfe spielen in den Kosacken-Liedern eine eben so große Rolle, wie die zarten Pflanzen.

Wie ein tiefes inniges Naturgefühl, so weht auch ein Geist der zärtlichsten Liebe zur Heimath und zu den Angehörigen durch diese russischen Volkslieder:

Kam aus der Ferne ein Kukuk geflogen
Flog durch Berg und Hain
War aus seinem Fittig eine Feder gefallen,
In die Donau hinein
O, gleich der bunten Feder,
Die der Strom fortreißt, —
Schwindet mein Leben im fremden Lande,
Einsam verwaist!

Das Liebesverhältniß zwischen Mutter und Sohn, zwischen Bruder und Schwester wird in jenen Liedern, in welchen der russische Kosack vorahnend sein nahendes Ende auf dem Schlachtfelde besingt, als ein häufig wiederkehrender Gegenstand sehr rührend ausgemalt:

Die Winde heulen, es wogt das Gras,
Der arme Kosak liegt sterbend und blaß;
Auf schwankendem Sträuchlein ruht sein Haupt,
Die Augen von blühender Haide umlaubt;
Ist zur Erde gefallen sein blank Geschoß,
Steht ihm zu Füßen sein schwarzes Roß;
Doch ihm zu Häupten im hohen Gras
Ein tausendfarbiger Vogel saß, 2c. 2c.

Da ist es fast ein stehender Schluß, daß der klagende Reiter verscheidend seiner Mutter oder seiner Schwester einen Brief oder eine Botschaft wenn durch Niemand anders, so durch sein „schwarzes Roß“ oder den „tausendfarbigen Vogel“ zusendet. Eins derselben endet mit folgendem allgemeinen Ausspruch:

Der Eltern Gebet führt uns durch Sturm und Noth
Macht von Todsünde unsere Seele rein,
wird uns Schutz zu Meer und Lande sein.

„Es kommt nicht selten vor“, sagt ein Kenner der russischen Volkspoesie, „daß man einen alten graubärtigen Russen von herkulischer Gestalt weinen sieht und laut jammern hört darüber, daß er allein stehe in der Welt ohne Vater und Mutter, oder auch sonst über ein anderes Mißgeschick“. „Wo ließe sich,“ fragt er, „in England oder Deutschland oder sonst in einem Lande der mehr energischen und weniger zärtlichen Germanen ein Seitenstück zu solchen Erscheinungen finden?“ Diese bärtigen Russen sind auch im Umgange viel lebhafter als wir. Alle Freundschaft und Liebe drückt sich bei ihnen viel beredter aus als bei uns. Alles umarmt und küßt sich vor und nach jeder Trennung, bei jedem hohen Feste. Selbst Männer und Greise küssen sich rechts und links nach vorgeschriebenen Regeln.

Diese ganze weiche und zärtliche Charakter-Anlage der Russen und der Slaven überhaupt, erklärt auch ihre demüthigende Unterwürfigkeit unter die Macht des Zaaren und der Kirche. Kein Volk germanischen Bluts würde jahrhundertelange Knechtschaft und Plackereien so geduldig ertragen haben, wie die gesanglustigen, leichtsinnigen, lyrisch-poetischen Russen. —

Andere Eigenschaften und Begabungen des russischen Volks-Naturells entdecken sich in dem reichen Schatze von Sprichwörtern, die im Laufe der Zeiten in ihrer Sprache ausgeprägt und in Cours gesetzt sind. Sie zeugen von scharfer Beobachtung, feiner Menschenkenntniß, und sind voll von pikanten energischen Ausdrücken und treffenden Vergleichen. Da sie theils alte auch bei uns in Sprichwörtern coursirende Lehren auf eine uns neue und überraschende Weise einkleiden, und theils russische Lebens- und Gemüthseigenthümlichkeiten sehr lebhaft darstellen, so mag ich hier aus jenem Schatzkästlein einige Preziosen auskramen. Ich will sie dem Leser ohne viel Zuthat von Bemerkung mittheilen. Er wird selbst Anwendung und Bedeutung heraus finden.

In manchen der russischen Sprichwörter ist, so zu sagen, mit zwei Worten eine ganze Fabel erzählt z. B. in diesem:

„Da man der Nachtigall Stimme lobte, fing der Karrengaul an zu wiehern.“ — Oder in diesem: „Ein albernes Schäfchen weinte vor Rührung, da der Hirt den Wolf mit der Keule erschlug.“ —

Wie scharf ist der thörichte Egoismus der Menschen in folgenden lakonischen Worten gezeichnet:

„O wie schade um mein schönes Schiff, rief der Fährmann, da er mit sammt seinen Fahrgästen untersank.“ — Und wie treffend sind die Gedanken und verborgenen Thaten des Geizigen in Folgendem verrathen:

„Nachdem der Habsüchtige den ganzen Wald verkauft hat, möchte er auch jeden Baum wieder besonders verhandeln.“

„Die Bienen sammeln zwar Wachs und Honig. Aber der Geizige möchte, daß sie auch gleich den Meth brauten.“

„Schenke dem einbeinigen Geizhals eine Krücke, er wird sie als Feuerung in den Ofen stecken.“ —

Dem, der seine Unfälle muthlos bejammert, ruft das russische Bauern-Sprichwort zu:

„Guck die Löcher in deinem Wamms doch nicht so betrübt an, sondern setz' ein paar Flecke darauf.“ — Und dem, der des Lebens Lasten und Freuden nicht in dem rechten Sinne nimmt:

„Iß den Honig, Väterchen, den du kannst, und trink den Wermuth, den du mußt.“ — Und den allzukritischen Tadler warnt es:

„Wenn du schon den Schnee schwarz schiltst, wie willst du dann den Ofen-Ruß nennen?“ —

Von der Gefährlichkeit der Lobhudelei spricht es:

„Auch dem Weisesten wachsen am Ende Esels-Ohren, wenn man ihn allzusehr lobt.“ — Und von unserer Erfindsamkeit in Umhüllung und Ausschmückung unserer Versehen:

„Zu Entschuldigungen ist auch der Dümmste klug genug;"
so wie vom Widerwillen, den wir hegen, wenn man das Glück uns aufzwingen will:

„Sperre den Wolf in einen Stall voll Schafe und er wird nur darauf denken, wie er in den Wald entwische." —

Auf die englische love in a cottage spielt es so an:

„Keine Liebe brennt so heiß, daß sie den Ofen hitze." —

In Anpreisung derjenigen Tugend, durch welche alle Slaven seit Alters ausgezeichnet waren, der Gastfreundschaft und Wohlthätigkeit, ist das russische Sprichwort unerschöpflich.

„Wie man's seinen Gästen giebt, so giebt man's Gott." —

„Wer den Spatzen die Brosämlein kürzt, dem wird der liebe Gott die Brode kürzen." —

„Erfülle deines Gastes Bitte, ehe er sie ausspricht." —

„Die letzten Schnitte Honig spare auf für einen späten Gast." —

„Füttere erst den fetten Gaul deines Gastes, darnach deine hungrigen Kühe." —
Unser „Strecke dich nach der Decke" heißt bei ihnen:

„Spinne Flachs Brüderchen, wenn du keine Seide weben kannst." —
Unser: „Wie der Herr, so der Knecht" so:

„An des Kindes Katze merkst du, wie viel Schläge dieses von seinen Aeltern empfängt."
Von dem ächten inneren Werthe und vom äußern Schein sagen sie:

„Das schmutzige Silber wird höher geschätzt, als das blanke Zinn." —
oder: „Messing! hättest du nur den Werth des Goldes, da du seinen Stolz doch besitzest." —
oder: „Die Gurke will für eine Tochter der Melone gelten." —

So recht aus dem Leben und der Sinnenwelt gegriffen ist auch, was die Russen von dem Vorwitz der jungen Gelbschnäbel sagen:

„Kein stolzeres Kupfer, als was eben aus dem Hammerwerke kommt." —
und was sie beim Umgange mit leidenschaftlichen Menschen anrathen:

„Wenn dein Freund wie Schießpulver ist, so stelle ihn nicht an's Feuer!" —
oder was sie von der Liebe bemerken:

„Der Platzregen, der die Liebenden trifft, besteht nur aus Thautropfen." —
oder was sie dem unnütz Auffahrenden und Brausekopf in's Gedächtniß rufen:

„Nessel, da du nicht garkochen kannst, warum brennst du denn?" —
Die Macht der Vorurtheile haben sie sehr richtig erkannt; denn sie sagen von ihnen:

„Man wird eher seine Gicht los, als seine Vorurtheile." —
Das Lithauische: „Mach dich zum Schaf, der Wolf wird bald da sein,"
heißt bei den Russen:

„Wer sich zum Gaul macht, dem will jeder den Sattel auflegen."

Und das Deutsche: „Das Ei will klüger sein, als die Henne" so: „Der Pilz möchte den Wald belehren."

Die Ohnmacht der guten Erziehung den eigensinnigen Natur-Anlagen gegenüber bezeichnen sie in folgendem Bilde: „Aus Enteneiern kann selbst ein Schwan doch nur Enten brüten."

Dem, der etwas zu beweisen sich abmüht, was sich von selbst versteht, rufen sie sehr verständlich zu: „Ja ganz richtig, mein Freund, in der Ebene haben die Berge ein Ende."

Diese kleine Blumenlese auf einem überreichen Felde muß uns hier wohl genügen und ich gehe zu einem andern Gegenstande über.

Wo nach dem, was ich sagte, bei einem Volke der Kalliope so eifrig gehuldigt wird, wie bei den Russen, da kann unmöglich ihre Schwester Terpsichore leer ausgehen, insbesondere bei slavischen Völkern nicht, bei denen jene beiden Musen, wie es überall sein sollte, als die intimsten Zwillingsschwestern erscheinen, bei denen Poesie, Gesang und Tanz viel häufiger als bei uns auf eine so anmuthige Weise verbunden werden.

Der Tanz war von jeher bei den Russen, wie bei allen Slaven die allerpopulärste Belustigung. „Slavus saltans", der tanzende Slave war schon bei den lateinischen Scribenten des Mittelalters sprichwörtlich. Ihr bewegliches Temperament, ihre körperliche Gewandtheit, führte sie auf sehr natürliche Weise zur Cultivirung dieser Kunst.

Das germanische und romanische Europa hat ja die Polonaise, die Polka, die Masurka und mehrere andere der Lieblingstänze seiner Gesellschaft von ihnen entlehnt, obwohl es sie freilich nur auf eine Weise nachahmt, die den Slaven selber sehr wenig genügt. Sie dagegen haben auch unsere Tänze angenommen und üben sie in ihren zahllosen und glänzenden Tanz-Reunionen, die im Winter durch alle ihre Städte bis an die Enden Sibiriens hinwirbeln, auf gefälligere Weise, als ihre eigenen Erfinder es vermögen.

Auch unsere deutschen Bauern, selbst unsere Friesen, tanzen jetzt zwar überall bei ihren Hochzeiten und an hohen Feiertagen. Doch beweist dieß nicht, daß der Tanz bei ihnen in der Weise populär und heimisch sei, wie bei den Slaven und insbesondere bei den Russen, bei denen Anlage und Neigung dazu so allgemein und so stets vorhanden ist, daß es gar keiner solchen bestimmten Verabredungen, feierlicher Veranlassungen, besonderer Locale &c. bedarf, um die Menschen zu symmetrischer Gruppirung, zu graziöser Bewegung, zu taktmäßiger Mimik, zu munteren Verzückungen zu veranlassen.

Der Russe tanzt, wie er singt, wann er Muße hat, und wo er einen Raum findet, um den Boden mit den Füßen zu schlagen.

Mitten auf der öden Steppe überrascht wohl der Reisende einen südrussischen Schafhirten, der für sich allein dort in der Wildniß, unter freiem Himmel — tanzt. Der junge langgelockte Bursche hat seinen aufgeblähten Dudelsack vor sich in's Gras geworfen, einen Stein darauf gelegt, so daß das Instrument von selbst forttönt, und er bewegt sich um diese Musik mit so lebhaften und zierlichen Pas herum, wie er sie herauszubringen vermag; von Niemandem dabei beschaut, als von seinem herumweidenden Vieh.

In den Landhäusern der russischen Großen hat man zuweilen Gelegenheit, die Diener in einem engen Loche unter der Treppe, oft den einzigen Winkel, den diese Armen zu ihrer Disposition haben, zu belauschen, wie sie ihre Balaleiken schlagen und wie sie in diesem, wenige Quadratschuhe großen und schwach erleuchteten Raume ihre Tänze aufführen.

Wiederum sieht man — und wohl zu seiner Verwunderung — die russischen Truppen, wenn sie von einem ermüdenden Marsche anlangen, alsbald zum Gesange, zum Tanze und zur Balaleika greifen.

Es ist Mittag, sie haben am Morgen schon eine Fußreise von fünf Stunden mit Sack und Pack durch Sumpf und Wald ausgeführt. Ihre Officiere geben ihnen ein Stündchen Rast. Der wohlwollende Gutsbesitzer und Grundherr des Schlosses, in dessen Nähe sie Station machten, hat Jedem des Regiments ein Gläschen Branntwein, ein Stückchen Brod und einen Käse dazu verabreichen lassen. Mit Begierde ist diese Wohlthat genossen. Alsbald ist das ganze Regiment, wie ein Wald nach einem frischen Regenschauer, erquickt, alle Plage und Mühe vergessen und in munteren Gruppen vertheilt bewegen sie sich jauchzend, singend und im Takte schwingend um die Bivouakfeuer und die aufgestellten Gewehre und schweren Tornister, die sie sich schon nach wenigen Minuten wieder aufladen müssen.

Dergleichen muß man erlebt, in solchen Lagen muß man die Leute überrascht haben, um urtheilen zu können, ob ihnen Tanzkünste recht angeboren und ob sie ihnen ein nationales Bedürfniß sind.

Geht man gar in ein russisches Dorf, da kann man noch idyllischere Scenen gewahren. Da ist zwar kein Wirthshaus, kein öffentliches Tanzlocal. Aber das ganze Dorf ist zu Zeiten ein Ballsaal.

Da ziehen dir wohl, namentlich wenn es eben um die Ostern- oder Pfingstzeit ist, lange Züge junger mit Blumen geschmückter Mädchen entgegen.

Es ist eine „Wesnänka" (ein Frühlingstanz), den sie aufführen. Sie haben sich mit den Händen verkettet. Das schönste Mädchen führt die anderen an und bestimmt die Figuren und Windungen, die der Kranz von Jungfrauen machen soll.

Bald bilden sie eine gerade, rasch vorhüpfende Linie, bald schließen sie den Kreis und weilen einen Augenblick, in der Runde sich schwingend, auf derselben Stelle. Bald verwirrt sich ihr Trupp in einen Knoten, den sie, ihren Gesang frisch erhebend, wieder zu einer geregelten Kette entfalten. — Es ist der poetische Urtypus der sogenannten Polonaise unserer Salons.

Das ganze Dorf wird dabei wach. Die

alten Leute setzen sich auf die Bänke vor den Häusern und erfreuen sich des Flors ihrer Töchter. Immer mehr junge Mädchen kommen lachend aus den Häusern hervor und schließen sich singend den Vorigen an. Auch die Kinder, die in den Reihen der Erwachsenen nicht Platz finden können, bilden wieder einen eigenen Reigen für sich und ziehen unter Scherzen und Schreien hinter den Großen her, indem sie ihre Evolutionen nachzuahmen trachten.

Gewöhnlich führt das weibliche Geschlecht diese anmuthigen Schauspiele allein auf. Doch kommen ihnen auch zuweilen von der andern Seite des Dorfs die Burschen des Orts in eben so langen Zügen entgegen. Auch sie tanzen singend und fügen noch zuweilen eine mittanzende Violine oder Schalmei hinzu. Vereinigen sie sich zuletzt, so entsteht alsdann die größte Heiterkeit und die Bildung der verschiedenen Figuren nimmt erst beim Mondschein ein Ende.

Manche der in den russischen Dörfern aufgeführten Tanz-Schauspiele und Volksbelustigungen wurzeln noch in den Mythen des Heidenthums. Ganz ohne Zweifel ist dieß z. B. der Fall mit einer hübschen Frühlings-Belustigung der jungen Mädchen in den Landschaften Weißrußlands bei Smolensk und Minsk. Dort wird noch die alte Göttin der Blumen und Früchte, die bei den Slaven Kupálo hieß, gefeiert. Die jungen Mädchen wählen die schönste und größte unter sich aus und machen sie zur Djewka-Kupálo (zur Kupálo-Jungfrau). Sie kleiden dieselbe von Kopf bis zu Fuß in Blumen und Kränze und führen sie tanzend in ein Gehölz, wo sie mit verbundenen Augen in eine Grube gestellt wird, die theils mit welken, theils mit frischen Blumenkränzen gefüllt ist. Die Kupálo-Jungfrau greift auf's gerathewohl hinein und vertheilt sie an die im Kreise stehenden Mädchen. Erhält eine einen frischen Kranz, so bedeutet es ihr Glück und Segen in Liebe, Ehe und Leben, und die Mädchen stimmen ein fröhliches Lied an und tanzen um die Blumengrube herum. Ist es ein welker Kranz, so setzen sie sich betrübt nieder und singen mit gedehnter Stimme ein flehendes melancholisches Lied. — Hat jedes Mädchen ihr Schicksal erfahren, so giebt am Abend die Kupálo-Jungfrau das Zeichen zum Aufbruch. — Dann stürzt das ganze Corps eilig nach Hause. Das Blumenmädchen aber springt aus der Grube und setzt ihnen nach, und diejenige, die sie erhascht, wird im Laufe des nächsten Jahres noch nicht heirathen können.

Wie überall, so entwickeln die Russen auch bei ihren Tänzen ein großes Talent zur Mimik und manche Tänze derselben sind daher geradezu kleine dramatische Darstellungen.

So z. B. die sogenannte Kasatscha, die von den Kosacken ihren Namen hat, aber in ganz Rußland verbreitet ist.

Dieser Tanz wird von einem jungen Paare ausgeführt. Der Bursche spielt dabei die Rolle eines feurigen Liebhabers, der um eine Schöne, seine Mittänzerin, wirbt. Er nähert sich ihr tanzend. Er macht nach dem Takte der Musik allerlei graciöse Bewegungen, ihren Beifall zu gewinnen, geräth, je nachdem ihm dieß gelingt oder nicht gelingt, in poetisches Entzücken und taktmäßige Verzweiflung.

Die Tänzerin spielt die Spröde, die lange zurückhält, wohl einmal kokettirend winkt, aber scherzend — spottend — immer aber tanzend wieder entschlüpft, endlich sich doch erobern läßt und zum Schlusse des Ganzen eine Umarmung und einen leisen Kuß — nach der Musik — entgegennimmt, worauf dann das vereinigte Paar mit rascher rückwärts trippelnder Bewegung sich zurückzieht.

Das Schmachten und die Anstrengungen des Liebhabers, das schüchterne und zweifelnde Schwanken der Geliebten, die eingewebten Episoden erheuchelter Abneigungen und launenhafter Zwistigkeiten beider, wie sie zwischen Geliebten vorzukommen pflegen, werden von den Tänzern oft mit einem bewunderungswürdigen Geschick ausgedrückt. Natürlich tanzen dabei nicht blos Beine und Füße — Hände und Arme, Augen und Gesichtsmuskeln, Alles spielt mit und bewegt sich nach den Schwingungen der Musik.

Alles dieß kann man jedoch noch besser bei den russischen Solotänzern beobachten. Solotänzer kommen bei uns im Alltags-Leben gar nicht vor, nur auf der Schaubühne. Bei den Russen dagegen übernimmt es oft ein Einziger, eine ganze Gesellschaft zu vergnügen. Wer Langeweile empfindet, mag seinen russischen Kammerdiener, seinen Laufburschen, den Soldaten, den er bei sich im Quartier hat, bitten, ihn den Abend mit einem Solotanze zu unterhalten.

Der Mensch erscheint ohne viel Zögerns geschmückt, bemalt, phantastisch decorirt und aufgeputzt mit den bunten Tüchern und Costüme-Lappen, die ihm zur Hand waren, und die Violine im Arm, — denn er ist auch selbst sein eigenes Orchester. Und giebst du ihm zwischen Tisch und Stuhl so viel Raum, wie ein Vogel in seinem Bauer zum Hüpfen hat, so bekommst du gewiß etwas zu sehen, das des Anschauens und auch deines Nachdenkens werth ist.

Der Acteur fängt damit an, seine Füße in alle nur erdenklichen Positionen zu bringen, taktmäßig zu bewegen, zu verschränken, zusammen und aus einander zu werfen. Darunter sind Pas, wie sie ein französischer Tanzmeister wohl nie seinen Zöglingen gelehrt hat. Er schnellt die Beine fort, als wollte er sie wegwerfen. Er holt sie zurück und läßt sie wieder einschnappen. Zuweilen knickt er plötzlich in die Knie bis auf den Boden. Man glaubt, er sei in die Erde gesunken. Aber schnell fährt er wieder aufjauchzend empor. Und bei allen diesen heftigen Bewegungen des Körpers geht ihm weder die singende Stimme, noch das accompagnirende Gedudel der Violine aus.

Auch alle übrigen Theile des Körpers nehmen an den taktgerechten Bewegungen Theil. Die Schultern werden auf und nieder gehoben. Der Kopf wird seitwärts und rückwärts geworfen. Ein Muskelzucken geht über den ganzen Körper. Es ist, als sollte jede Fiber einzeln geübt werden, als führe der Tänzer eine Gymnastik nach den Vorschriften jenes schwedischen Doctors auf.

Auch das Gesicht ist dabei nicht müßig, — der Mund wird hin und her geschaukelt, die Augenlider herunter und herauf gezogen, der Bart krümmt sich und spitzt sich, wie eine lebendige Schlange.

Zuletzt endet das Ganze mit einem nochmaligen Aufhüpfen, Fußstampfen, Jauchzen, Pfeifen, schließlichen Schlußstrich über alle Violinsaiten und dann steht der Tänzer für einen Augenblick gerade und fest da, wie eine Bildsäule, selbstgenügsam lächelnd und deinen Beifall erwartend.

Dergleichen Dinge in ihren Details zu beobachten ist für den Ethnographen nicht unwichtig. Man faßt dabei recht handgreiflich den ganzen sich darin abspiegelnden Geist dieses anstelligen, gewandten, unter Umständen unermüdlichen, schauspielerischen, dichterischen, in Wort und Geberde beredten russischen Volks, den Sanguinikern unter den Slaven, die munter bleiben unter den größten Entbehrungen, die sich zu helfen wissen in den übelsten Lagen.

Man versteht es hinterdrein, wie man aus solchen Tausendkünstlern im Tanze, aus solchen Kautschukmännern leicht Alles machen kann, was man Lust hat, Infanteristen, Kavalleristen, Trompeter, Paukenschläger, oder was sonst ihnen der Oberst auf den Rücken schreibt, — Handlanger, Handwerker, Handelsleute oder was sonst eben das Schicksal aus ihnen machen will, — Lakaien, Kammerdiener und durch die Kammerdienerschaft auch Staatsbeamte und zuletzt auch Grands Seigneurs, wozu eben Geist und Gabe helfen und wozu der Wille eines Mächtigen oder des Zaaren selbst sie fördern will.

Denn der Russe von leichtem, weichem und zähem Holze findet sich eben (recht im Gegensatz zu dem viel eigensinnigeren, eichenholzartigen Stoffe der Germanen) sehr behende in alle Situationen und Lagen. Es haben sich unzählige Russen von der niedrigsten zu der höchsten Stufe der Gesellschaft gewandt und elastisch emporgeschnellt. Mancher General, mit Orden geschmückt und mit Ehren überhäuft, erblickte das Tageslicht in der Hütte seiner leibeigenen Aeltern. Auch manche ausgezeichnete russische Dichter wurden unter dem Binsendach als Bauernkinder geboren. Lomonossoff war der Sohn eines Fischers am weißen Meere, Koslow der Sohn eines Hirten und Karamsin das Kind eines Tataren.

Glückt's ihm, so spielt der Bauerssohn den Edelmann, den Hofmann, den großen Herrn, als hätte seine Adelsbriefe schon Noah gerettet; und verbannt der Zaar einen Großen von seinem Hofe, oder steckt er ihn mit geschorenem Kopfe unter die Gemeinen seiner kaukasischen Regimenter, so weiß auch dieser Nachkomme Ruriks eine solche Rolle mit einer Ergebenheit, mit einer Resignation, mit einem gewandten Gehorsam zu spielen, die man bewundern möchte, wenn in solchen Dingen nicht gerade von dem Allen das Umgekehrte eher zu loben und zu wünschen wäre.

Es ist zwar wahrscheinlich, daß jene allen Russen mehr oder weniger eigene Anstelligkeit zum Theil ein Resultat ihrer Volkserziehung und Geschichte gewesen ist, die sie in den schwierigsten Diensten übte, der Gewalt ihrer Leibherren, die Alles von ihnen zu verlangen gewohnt sind, der Härte ihrer despotischen Herrscher, nach deren Launen sie leben und wandeln mußten.

Auf der anderu Seite aber war ihrem Charakter auch gewiß schon etwas solche Proteus-Natur angeboren und diese Uranlage mußte dann eben das Alles: Mongolenherrschaft, Leibeigenschaft, Zaaren-Despotie auch wieder erzeugen, fördern und leicht verwinden helfen.

Autokraten können sich eben kein besseres Volk wünschen, als Leute, aus denen man Alles machen kann, die nichts für zu schwierig oder unmöglich halten, die bei allen, selbst den größten ihnen in den Weg tretenden Hindernissen ihr Lieblingswort „Nitschewo!“ (Es ist nichts) auf den Lippen haben, die jede Rolle zu spielen wissen und unter denen man auch bei jedem Beliebigen, den man aus der Mitte herausgreift, ungefähr dieselben Anlagen und Talente finden oder wecken zu können erwarten darf.

Eine solche allgemeine Anstelligkeit ist vielfach ein Unglück für eine Nation. Wo alle gleich viel Witz haben, da, scheint es, thun sich auch großartigere Fähigkeiten, höhere und mächtigere Genies nicht so oft hervor.

Trotz dem, daß die Russen durch die Bank geborene Mimen sind, haben sie doch keinen Talma, Garrick oder Schröder auf die europäischen Bretter gebracht. Obwohl sie zum Tanze durchweg geschickter sind als wir, ist doch noch sogar eher unter den Deutschen als unter ihnen eine Elßler gefunden. Wenn auch jeder von ihnen einen leidlich ingeniösen Handwerker abgiebt, der sich mit Beil und Meißel, mit der Nadel und mit der Drechselbank geschickt zu behelfen weiß, so ist doch nie von ihnen eine großartige, Epoche machende, mechanische Erfindung gemacht. Zwar scheint der geringste unter ihnen mehr allgemeinen Mutterwitz, mehr dichterische Gabe zu besitzen, als die Mehrzahl unserer prosaischen gemeinen Leute, und doch haben sich diese Gaben bei ihnen nicht so in schöpferischen Geistern concentrirt, welche, über die Masse sich hinausschwingend, der Welt imponirt hätten. Es scheint, daß sie die ersten Schwierigkeiten leicht, nur zu leicht überwinden, dann aber sich gehen lassen und sich verlaufen.

Wie in ihren von der Sonne nie gänzlich verlassenen Sommernächten, wie in ihren vom Nordlicht beschienenen Winterabenden, ist zwar stets auch auf den Landschaften ihres Geistes ein allverbreiteter Dämmerschein, aber wenig kräftiger Schatten und strahlendes Licht. Selten verdichtet sich der Lichtstoff zu Diamanten, selten sammelt sich das Wasser zu tiefen Seen. Es ist wie eine einförmige Ueberschwemmung weit und breit.

Man bildet sich zuweilen in Rußland ein, daß diese ganze Masse von vielen Millionen Menschen in demselben Troge gebacken und gleichmäßig geknetet und geformt wäre. Das russische Volk erscheint Einem als die größte Anzahl gleichartiger, gleichbefähigter, gleichgestimmter und gleichgeneigter Menschen, die es in Europa giebt.

Diese großartige Ein- und Gleichförmigkeit des russischen Volksstoffs zeigt sich, wie in ihrer Körperbildung, — dieselben Physiognomieen begegnen dir im Urwalde wie am Hofe des Kaisers, hier nur rasirt und mit goldenen Uniformen geziert), — wie in ihrem Mutterwitze, — (dieselbe sarkastische, beißende, scharfsinnige und launige Art von Witz, vernimmst du in der Bauernhütte, wie in Petersburg, hier nur in's Französische übersetzt), — so auch in ihren geselligen Zuständen. Denn auch angeborene und aus der Geschichte erwachsene Stände und Classen-Verschiedenheiten giebt es in einem Lande eigentlich nicht, wo ein Kalmücke eben so leicht zu einem Geheimrathe und zum Edelmann ersten Ranges erhoben, als ein Fürstensohn zu einem namenlosen sibirischen Colonisten degradirt wird, — wo städtische Bürgerfreiheit nie aufkam, — wo der, den der Leibeigene seinen Herrn nennt, doch vor dem einzigen

Herrn im Lande nur wieder ein Knecht ist, — wo das Gebäude der Gesellschaft nicht nach dem Muster einer gothischen Kirche, mit vielen Abtheilungen, Stufen und Spitzen gebaut ist, wo vielmehr Alles nach dem Zuschnitt und Wuchse einer Pappel oder Tanne sich darstellt, eine Spitze, ein Stamm und alles andere nur mehr oder weniger kurze Zweige.

Dieser Mangel an Gruppirung, an Höhe und Tiefe, diese einförmige Färbung, die eine in dem russischen Wesen tief wurzelnde Naturanlage und ursprüngliche Tendenz zu sein scheint, zeigt sich unter anderem denn endlich auch darin, daß die Russen als Raçe gleich von Haus aus in so äußerst geringem Grade in Unterabtheilungen auseinander gegangen sind, sich so wenig in selbstständige, scharfgezeichnete Nebenzweige gespalten und abschattirt haben.

Es gibt innerhalb der weiten Heimath des russischen Volks weit weniger feste Stamm-Unterschiede und Dialect-Nüançen als in irgend einem Lande Europa's.

Welche Contraste finden wir nicht in unserem so viel kleineren Deutschland innerhalb der Grenzen derselben Sprache und desselben Stammkreises. Man stelle nur den langen Friesen neben den kleinen Erzgebirgler, den gesanglosen Niederdeutschen neben den poetischen Schwaben, den derben Baiern neben den manierlichen Sachsen, den gemüthlichen Oesterreicher neben den pflegmatischen Pommern. In allen unsern Staaten, Städten und Städtchen, welche außerordentliche Verschiedenheiten! allerdings lauter Variationen auf dasselbe Thema, aber lauter weit abweichende Variationen. Vergleicht man die Russen damit, so scheint es bei ihnen immer nur dasselbe Thema, aber kaum Variationen zu geben.

Unterschiede gibt es freilich auch in Rußland. Russische Ethnographen, mehr aber die früheren als die jetzigen, unterscheiden die Roth-, Weiß- und Schwarz-, die Groß- und Kleinrussen, die Nowgoroder, die Kriwitscher und Susdaler Russen und dergleichen mehr.

Allein theils waren diese Dialect- und Stamm-Nüançen gleich weitgestreckten Haidefeldern über weite Gebiete in langen Linien auseinander gezogen, theils waren sie im Grade so wenig differirend, daß, wenn man sie in Farben darstellen wollte, man doch immer nur, um nicht zu übertreiben, Grau in Grau malen, und etwa nur etwas verschiedene Nüançen des Grau wählen dürfte, während man die Auszweigungen anderer Völker mit Farben des Regenbogens bezeichnen könnte. Endlich sind aber auch jene Spaltungen jetzt zum Theil völlig verschwunden.

Der einzige Bruch, der in dieser sehr einförmigen Masse von alten Zeiten her und auch jetzt noch einigermaßen bedeutsam auffällt, ist der Gegensatz zwischen den sogenannten Ruthenen oder Kleinrussen und den Moskowitern oder Großrussen. Er läßt sich mit der Theilung in Oberdeutsche und Niederdeutsche in Parallele stellen.

Die Kleinrussen ziehen sich durch den ganzen Süden des europäischen Rußlands von den Karpathen bis zum Don. Die Großrussen erfüllen die ganze größere Mitte und Nord- und Osthälfte des Reichs, bis zum Eismeere.

Jene schließen sich mehr den westlichen und südlichen Slaven Oesterreichs und der Türkei an und haben in ihrer Sprache viele altslavische Formen und Bildungen bewahrt, die bei den Großrussen verloren gingen. Ihr Idiom ist der antiken russisch-slavischen Kirchensprache viel intimer verwandt. Die Großrussen werden von den Ruthenen als ein neuerstandenes Mischlingsvolk betrachtet und ihre Gelehrten möchten sie gar fast nur für slavisirte Finnen ausgeben. Die Kleinrussen gründeten das heilige Kiew, die älteste Wiege des russischen Staats, die Großrussen das neuere Moskau, wo jetzt die Hauptwurzeln des Landes liegen.

So ist denn auch der Kleinrusse im Ganzen etwas alterthümlicher und steifer als der Großrusse, von dem das, was ich oben von der Gewandtheit der Russen im Allgemeinen sagte, vorzugsweise gilt.

Der Kleinrusse liebt mehr den Ackerbau. Er rührt sich nicht leicht von der heimathlichen Scholle. Es fehlt ihm an Handelsgeist und industriellen Talenten. Das Reisen ist nicht seine Sache. Beide unterscheiden sich auch sehr merklich in ihrer äußern Erscheinung. Die Kleinrussen haben etwas Südlicheres, dunkle und blitzende Augen, bräunliche Gesichter, mit schwarzem Haar und verwilderten Bärten. Die Großrussen sind dagegen von frischerer Gesichtsfarbe, meist blauen Augen und hellerem Haar, wie die Finnen. Ihr Blick ist freier und ihr ganzes Wesen ist rühriger.

Wie stark die Abweichung unter diesen beiden auf so bestimmte Weise unter einander contrastirenden Hauptstämmen der Russen ist, beweisen unter anderm die kleinrussischen Sprichwörter, die sie oft anzuwenden pflegen, wenn von einem Großrussen die Rede ist: „Ja er mag ein guter Mensch sein, aber doch ist er ein Moskowit." — Sie sagen auch von diesem: „Schließe, wenn du willst, Freundschaft mit einem Moskowiter, aber jedenfalls halte einen Stein bei der Hand."

Im Ganzen genommen gibt der ungewöhnlich thätige und lebendige Großrusse im Reiche entschieden den Ton an. Er ist der in Rußland herrschende Volksstamm. Er hat seinen kleinrussischen Bruder überwältigt, und er überschwemmt das Land und die Städte mit seinen überall wuchernden Colonien. Er hat schon die Twerer und Nowgoroder Slaven und auch einen Theil der Weißrussen verschlungen und sie sich fast gänzlich assimilirt. Seinem Adel gehören vorzugsweise die Großen des Reichs an. Während das kleinrussische fast nur, wie unser Plattdeutsches, ein Dialect der Bauern geworden ist, ist die Mundart der Großrussen die Sprache der herrschenden Literatur, der Gesetzgebung, des Umganges der hohen und geringen Stände.

Es gibt keinen Volksstamm in ganz Europa, der in dem letzten Jahrhunderte so gewaltig angeschwollen, in Zahl und Macht so gewachsen wäre, wie der Großrussische. Die Kenntniß seiner numerischen Stärke zu verschiedenen Zeiten wäre sehr wichtig für die Philosophie der Geschichte. Als Peter der Große 1722 eine Zählung in seinem Reiche anstellen ließ, fand er in dem ganzen damaligen europäischen Rußland nur 12 Millionen Seelen. Ein russischer Statistiker, Herr Arseniew, berechnet die Anzahl des großrussischen Stammes allein für das Jahr 1850 auf 35 Millionen.

Von dieser moskowitischen oder großrussischen Centralmasse des ganzen Volkskörpers ging und geht noch beständig die merkwürdige Völkerbewegung vorzugsweise aus, die innerhalb der Grenzen des russischen Reichs circulirt, die das ganze nördliche Asien mit russischen Städten und Ansiedelungen besäet hat, die auch jeder deutschen Stadt an der Ostsee und jedem Stamme und Dorfe der zahlreichen finnischen Völker großrussische Colonisten angehängt, und die endlich auch bewirkt hat, daß so manche Gegenden und fremde Nationen in kurzer Zeit völlig russificirt sind.

Dieser merkwürdige, vorzüglich den Großrussen eigene Trieb zum Wandern und Schweifen erhält noch einen Impuls theils von der Regierung, welche bald hier, bald dort in einer entlegenen Gegend des Reichs Militär- oder Strafcolonien stiftet oder neue Städte baut, theils von den Grundbesitzern und Großen, die bald hier, bald dort neues Land aufbrechen, neue Bergwerke ausbeuten oder industrielle Etablissements begründen wollen, und auf deren Geheiß die großrussischen Bauern ihre einheimischen Dörfer verlassen und hunderte von Meilen von ihrer alten Heimath sich ansiedeln.

Endlich wird oder wurde er durch das Institut des sogenannten „Obrok" befördert, oder erst möglich gemacht. Das heißt dadurch, daß die Grundherren die Gewohnheit angenommen haben, ihren Glebae adscriptis gegen eine kleine jährlich einzusendende Geldabgabe die Erlaubniß zu geben, in die weite Welt hinauszuwandern, zu treiben, was sie Lust haben und sich ihren Unterhalt zu suchen, wie sie mögen.

Die betriebsamen Großrussen, die von sich das Sprichwort erfunden haben: „Setzt mich, wenn ihr wollt, in die Haide hinaus auf einen Stein. Gebt mir dazu nur zwei Pfennige in die Tasche, so werde ich meinen Weg durch die Welt schon finden," machen begierig von jener Erlaubniß Gebrauch, um dem, was sie „Promyschl" nennen, nachzuhängen.

Mit dem ächt russischen Worte „Promyschl", was unübersetzbar ist, werden alle möglichen Arten von Hanthierungen und Gewerben bezeichnet, besonders aber Krämerei, Waarenvertrieb und Kleinhandel. Die welche sich diesem „Promyschl" hingeben, die „Promyschlenniks", sind eine den Großrussen ganz eigenthümliche Klasse von Industrierittern, die ihren Sinn auf den Erwerb gerichtet, in die weite Welt hinausziehen, um sich dort mit ihrer Art, ihrer Flinte, ihrem Netze oder ihrem Spaten irgend eine Beschäftigung und ein Weiterkommen zu erobern. Oft könnten sie diese Beschäftigung recht wohl bei sich zu Hause finden, wenn sie ihren Garten und ihren Acker gut bestellten. Aber der mühsame Garten- und Ackerbau ist nicht eben nach dem Geschmack der Großrussen. Der „Promyschl" ist ihre Leidenschaft.

Sie fangen zuerst klein an, verdingen sich als Diener oder Kutscher, oder Handlanger bei Zimmerleuten oder andern Handwerkern, von deren Kunst sie etwas verstehen oder sich bald aneignen. Erwerben sie sich so ein kleines Capital, so legen sie es in einem Kramladen an, den sie bald in dieser, bald in jener Provinz aufschlagen, oder ziehen mit ihren Waaren bis an die Enden von Sibirien.

Ihr Glück und Geschick im Handel und Wandel ist meistens so groß, wie das der Juden, denen Peter der Große daher auch anempfahl, sich nicht unter seine Russen zu mischen, weil sie in ihnen ihre Meister finden würden. Und solche russische Krämer-Nomaden endigen daher nicht selten damit, daß sie sich schließlich als Millionäre in Moskau oder Petersburg oder Nowgorod oder Kasan seßhaft machen.

Andere von ihnen verlieren ihr Leben im Osten in den sibirischen Wäldern oder im Süden auf den kirgisischen Steppen, wo diese Promyschlenniks eben solche Pionniere oder Vorläufer der russischen Macht sind, wie die „Trapper" und Biberjäger in den Vereinigten Staaten. Von rastlosem Erwerbssinn und abenteuerlicher Wanderlust getrieben setzen sie sich im äußersten Norden des Reichs auf äußerst locker zusammengefügte Boote und wagen sich in das Innere des Eismeeres hinaus, indem sie die weißen Bären und Pelzthiere bis Spitzbergen und Nova-Zemlja verfolgen. — Diese Promyschlenniks, die auch den kostbaren Seeottern in der Südsee nachspürten, haben für Rußland Kamschatka und das Nordost-Ende von Amerika entdeckt, und haben auch die Grenzen des russischen Einflusses bis in China hinein ausgedehnt. Es ist, als wenn noch etwas von dem alten skandinavischen Wikinger-Geist in den Russen geblieben wäre.

Am merkwürdigsten hat sich dieser alte Wikinger-Geist in den russischen Kosacken offenbart und in den Vorgängen, welche die Bildung dieses Zweig-Volks der Russen begleiteten. Es scheint dabei ganz so hergegangen zu sein, wie bei der Abzweigung der isländischen, englischen, französischen und italiänischen Normänner von dem alten skandinavischen Ur-Stamme. Wie in Skandinavien die Wikinger oder Seekönige auf's weite Meer, so zogen die unternehmenden jungen Reiter der Russen auf die freie Steppe hinaus, associirten sich dort unter dem Namen Kasacken (d. h. „Ungebundene") zu kriegerischen, oft nur räuberischen Unternehmungen gegen die Tataren und andere Nachbarvölker und machten auch Streifzüge über's schwarze Meer hinaus ganz in ähnlicher Weise, wie die alten skandinavischen Wikinger sie vor ihnen gemacht hatten. — Da sie mit dem Verfall der Tataren-Herrschaft an Zahl und Einfluß wuchsen, so wurde die ihrige unter selbstgewählten Hetmans allen ihren Nachbarn gefährlich. Es verbanden sich mit den Kosacken sogar viele Tataren und Abtrünnige von anderen Völkern und aus diesem Gemische entstand denn ein wieder in vieler Hinsicht eigenthümliches Volk. Da die Kosacken aber die Sprache und die Religion der Russen unter sich beibehielten, so blieben sie in der Hauptsache ein Volk von slavischem und namentlich russischem Charakter und Typus.

Sowohl die Klein- als die Großrussen haben ihre Kosacken erzeugt, als wenn damit ein allen Russen innewohnendes Bedürfniß hätte befriedigt werden sollen. — Die sogenannten Saporogischen oder Wasserfall-Kosacken wuchsen aus dem Herzen von Kleinrußland längs des Dnieprs heraus. Und in ähnlicher Weise sproßten die sogenannten Donischen Kosacken aus dem Herzen von Großrußland hervor längs des Don herab. Doch wurden im Laufe der Zeiten diese letzteren wie die Großrussen selbst die wichtigsten. Von ihnen zweigten sich nach Osten wieder mehrere andere eigenthümliche Kosackenstämme ab.

Zuerst schon am Ende des 16. Jahrhunderts, als eine Räuber-Colonie die Uralischen Kosacken, die jetzt mit Tscherkessen, Tataren, Persern vermischt einen schönen und kräftigen Menschenschlag und ein kleines wohlhabendes Völkchen bilden, das keine Bettler besitzt, dagegen Leute unter sich hat, die 10 bis 20,000 Schafe besitzen und dem Zaaren mit Treue dienen.

Dann die Sibirischen Kosacken, die als bewaffnete Promyschlenniks unter ihrem Anführer Yermak zuerst das weite Sibirien erschlossen und indem sie sich auf der langen Strecke vom Don bis zum Amur in der Mandschurei mit mancherlei Völkern mischten, gar vielerlei Nüançen, sowohl in ihren Uniformen, wie in ihren Sitten und Wesen, darbieten.

Sehr merkwürdig aber ist es, daß jener Wandertrieb, der innerhalb der Grenzen des russischen Reichs die Krämer und Bauern, die Fischer, Jäger und Kosacken wie die Säfte in einem Baume, so lebhaft hin und hergetrieben hat und noch treibt, daß diese dort überall nomadisirende Völkerwanderung fast nie über die Grenzen des russischen Reichs hinaus schäumt. Fast nirgends findet man den Russen außerhalb seines Landes.

Wie der Römer, colonisirt der Russe die Erde nur so weit, als er sie erobert hat. Ueberall da, wo seines Kaisers Adler herrschen, und wäre es auch an den Grenzen China's, fühlt er sich zu Hause. Aber über diese seine große Heimath hinaus wagt er sich nicht.

Nur einige, durch fanatische Verfolgung versprengte religiöse Sektirer machen davon eine Ausnahme. Einige russische „Raskolniks" oder Schismatiker haben sich auch zu Zeiten in der Türkei, in Schweden und einigen andern Nachbarländern sporadisch angesiedelt.

Im Uebrigen zeigt sich sowohl in der neuen Welt, wo sich doch sonst alle Völker Europa's einfanden, als in den zahlreichen Staaten des westlichen Europa's, der Russe nirgends als Colonist, und in unsern Städten erregt der orientalische Turban und Kaftan oder auch der Neger weniger Aufsehen, als es das russische Nationalcostüm thun würde, das bei uns etwas ganz Ungewohntes ist.

Die Ursachen dieser Erscheinung mögen mannigfaltig sein. Theils ist dem Russen in seinem eigenen Reiche, das die halbe Welt umspannt, noch für lange Zeit ein weites Feld für neue Unternehmungen offen, theils würden wohl ihre Autokraten und Grundherren, so viel Bewegung sie ihren Leuten auch innerhalb der Kosacken-Linien gestatten, dem Triebe nach Außen bald einen Riegel vorschieben, theils sind alle Gewerbe, Künste und Talente des Russen, so geeignet sie für die einheimischen Verhältnisse sein mögen, bei uns wenig werth.

Die Russen und ihr Vaterland bilden in hohem Grade eine Welt für sich und hängen dieser ihrer heimathlichen Welt mit einer sehr entschiedenen Liebe und mit Patriotismus an.

Sie nennen ihr moskowitisches Vaterland, das eben so in politischer und nationaler, wie auch in religiöser Hinsicht eine so großartige Einheit bildet, wie es keine zweite mehr gibt, das „heilige Rußland" (Swätaya Russya).

Sie lieben dies heilige Rußland mit allen seinen Eigenheiten, Vorzügen und Mängeln. Sie sind sogar verliebt in sein Klima, und sie bemitleiden die Länder, wo es keinen Winter gibt, wie bei ihnen.

Eben so sind sie auch für die Größe und die unbeschränkte Gewalt ihrer Zaaren fast leidenschaftlich eingenommen und dünken sich selber groß in ihrem großen Gewalthaber.

Eine politische Constitution, welche ihren Zaaren beschränkte, würde dem ächten Moskowiter als eine Beknappung seiner eigenen Größe und Macht erscheinen.

Und diese Vaterlandsliebe, dieser Heimathsdrang, dieses starke Nationalgefühl durchdringt in Rußland alle Klassen der Gesellschaft in einem Grade, wie man es wohl bei gleichberechtigten römischen Bürgern zu finden erwartet, wie es aber auf den ersten Blick bei einem Volke von Herren und Knechten sehr seltsam ist.

Allein es ist ein Factum, nicht blos der weichgebettete russische Edelmann, auch der arbeitsmüde russische Bauer und der geplagte Soldat, so erniedrigt und gedrückt sie uns erscheinen mögen, nehmen an diesem das ganze Volk beseelenden Gefühle und an dem Ruhme der großen Nation ihren Antheil.

Die Polen und Tschechen.

Mitten durch unsern Welttheil von Norden nach Süden, von der Ostsee bis zum adriatischen Meere geht ein großer und scharf ausgeprägter Riß, eine ethnographische Linie, die verschiedene sehr stark von einander contrastirende Völker- und Sittenzustände scheidet. Es ist eine Spaltung Europa's, die sich schon in frühen Zeiten in der Sonderung der römischen Weltherrschaft in ein occidentalisches und ein orientalisches Reich bekundet hat, und zum Theil noch jetzt auf der Basis der verschiedenen Cultur-Verhältnissen dieser beiden Reiche beruht.

Alle Reisenden, welche von Westen kommend, nach Osten hin diese Linie überschreiten, werden von jenen Contrasten frappirt.

Sie mögen von der romanischen Welt, von Sicilien nach dem griechischen Peloponnes, oder von Venedig nach dem morlakischen Dalmatien schiffen, oder aus dem Germanen-Reiche von Wien her durch die Karpathenthore in das magyarische Ungarn, — oder von Berlin aus nach Polen, oder endlich von Stockholm und dem durch die Schweden germanisirten Finnland in eine moskowitische Provinz eintreten, überall wird der Wanderer glauben, in eine andere Welt gelangt zu sein, — einen Strich überschritten zu haben, der den Osten Europa's deutlich von seinem Westen trennt.

Wo immer man die von den mitteleuropäischen Romanen und Deutschen cultivirte Erde verläßt, da scheint es mit der allgemeinen Cultur eine tiefe Stufe bergabwärts zu gehen. Napoleon, als er von Frankreich und Deutschland kommend diese Stufe hinabmarschirte, sagte, er habe jenseits derselben ein neues Element entdeckt, in dem die Menschen dort lebten. Da versinkt man in Sümpfen, — oder verliert sich in dichten Wäldern, — oder irrt in Pusten und Steppen. Da beginnt das Paradies der Wölfe, der Bären und anderen noch zahlreicheren Gewildes. Da ist der Mensch sparsamer gesäet und lebt in kümmerlicheren und gedrückteren Verhältnissen. Er selbst, seine Behausungen, seine Ortschaften und Städte haben einen ganz anderen Charakter und einen in hohem Grade gleichartigen und ihnen allen mehr oder weniger gemeinsamen Typus, — von Petersburg bis Warschau und von Warschau über Pesth nach Constantinopel. — Ueberall schon spürt man dort die Nähe von Asien durch. So verschieden auch nach Sprache und Abstammung die Völker, die dieses östliche Europa bewohnen, sind, so wurden sie doch von Asien aus von jeher, so zu sagen, in gleichartiger Weise bearbeitet. Die slavischen Stämme, welche die weit verbreitete Grundbevölkernng jenes Ostens bilden, obwohl sehr alte Europäer, haben schon, wie ich oft bemerkte, von Haus aus eine etwas asiatische Beifärbung. Zu verschiedenen Epochen der Geschichte wurde dieser Osten ganz oder theilweise, mehr oder weniger lange von Persern, Türken, Hunnen, Tataren und Mongolen beherrscht, die sich mit der Urbevölkerung mischten, und auch Ueberreste ihrer Stämme hie und da zurückließen.

Die Türken und die halbasiatischen Magyaren beherrschen noch jetzt einige Partien dieses großen Abschnitts unseres Welttheils. Tataren und ihre Descendenten sind noch vielfach unter den Russen und Polen verstreut. Sogar die allverbreiteten asiatischen Schmarotzer-Völker, die Juden, die Armenier und die Zigeuner haben sich mit ihren Hauptmassen innerhalb dieser orientalischen Abtheilung unseres Continents festgesetzt. Die Juden haben ihre Burg in Polen, die Armenier auf der griechisch-türkischen Halbinsel, die Zigeuner in Ungarn und der Wallachei.

Die uralten heidnischen Traditionen und Mythen aller östlichen Slaven-, Finnen- und Türkenstämme fließen und verzweigen sich vielfach in einander.

Auch hat sich hier während der christlichen Zeit bei der Mehrzahl der Bevölkerung ein besonders gestaltetes Christenthum, die sogenannte griechische oder orientalische Kirche Bahn gebrochen, die anfänglich sogar auch in Böhmen, Ungarn und Polen Wurzel fassen zu sollen schien. Und selbst das occidentalische Christenthum, der römische Katholicismus und der Protestantismus, wo sie in diesen Osten eindrangen, haben sich daselbst mehr oder weniger eigenthümlich modificirt. — Ein polnischer Katholik ist ein von einem deutschen oder italiänischen Katholiken vielfach verschiedenes Wesen.

In Folge dieser Umstände sind viele Charakter-Eigenthümlichkeiten, Sitten und Gebräuche dem ganzen Osten von Europa mehr oder weniger gemeinsam geworden oder geblieben. Die Neugriechen, die Albanesen illyrischen Stammes, die Wallachen romanischer Herkunft, die Magyaren von der finnischen Familie, die Lithauer, die Russen und die anderen Slaven, sie werden alle von einem Netze historischer Fäden, gemeinsamer Erinnerungen und gegenseitigen Austausches zusammengehalten, und die allgemeine Physiognomie ihrer Zustände hat einen gewissen — natürlich mit Nuançen — gleichartigen Ton erhalten, der mit der allgemeinen Färbung der occidentalischen Völkern Europa's längs der oben angedeuteten Linie einen ziemlich bestimmt ausgesprochenen Gegensatz bildet und in Folge dessen sie sich unter einander viel besser verständigen, als mit uns.

Ein Grieche aus den südlichsten Halbinseln des Peloponneses fühlt sich bei den Russen in Archangel heimischer als unter uns Deutschen am Rhein. Der Serbe und der Pole, der Ungar und der Lithauer, sie sympathisiren alle unter einander uns Germanen und Romanen gegenüber. Ja die asiatischen Juden, Armenier und Zigeuner, von uralten nationalen Impulsen und Neigungen angetrieben haben sich bei allen Streitigkeiten der Polen und Magyaren mit dem Westen auf die Seite des Ostens gestellt.

Es gab eine Zeit, wo dieser europäische Orient viel tiefer in den Westen hineinragte, als jetzt.

Avaren und Magyaren herrschten im Anfange des Mittelalters längs der Donau weit über Wien hinaus; und die Slaven waren in breiten Massen bis über die Elbe hinaus und bis in die Alpen von Tyrol westwärts vorgedrungen. Im Laufe der Zeiten haben aber Romanen und Germanen die Grenze des höher cultivirten West-Europa's mehr nach Osten vorgeschoben und dem schöpferischen Geiste des Westens wieder mehr Terrain gewonnen.

Auf der ganzen Linie von der Ostsee bis zum adriatischen Meere zwischen jenem europäischen Oriente und Occidente haben sie im Verlaufe der Jahrhunderte und langwieriger Kämpfe zahlreiche Cultur-Schöpfungen hingestellt. Die Schweden im Norden auf dem Nacken der energielosen Finnen die wohlgeregelte Provinz Finnland. Die Italiäner im Süden, im Lande der stets rohen Illyrer, ihre Colonienländer von Istrien und Dalmatien, wo unter ihrem Einfluß solche blühende Republiken wie die von Ragusa hervorwuchsen.

Das meiste aber haben in der Mitte zwischen beiden die Deutschen gethan, die von den österreichischen Marken im Süden an, über Schlesien und die preußischen Marken bis nach Cur-, Lief- und Esthland eine ganze Reihe von hochcultivirten Reichen, Provinzen und Städtegruppen auf slavischem Untergrunde in's Leben gerufen haben. Diese Civilisirung, Umbildung und Germanisirung der westlichen Ausläufer der europäischen Ost-Völker haben einige deutsche Patrioten wohl „die größte That des deutschen Volks" genannt. Freilich war es eine That, die nicht ohne viel Härte, Grausamkeit und schreckliches Blutvergießen zu Stande kam.

Auf diejenige Branche dieser großartigen und jedenfalls höchst merkwürdigen Thätigkeit der Deutschen, welche hauptsächlich längs der Donau-Lande hinab gerichtet war, habe ich schon bei der Betrachtung der Schicksale der Magyaren und der südlichen Slaven, die davon betroffen wurden, aufmerksam gemacht.

Im Norden der Donau-Lande oder der Karpathen trafen die Deutschen auf einen anderen großen Zweig der slavischen Ost-Europäer, die sich in der Ebene zwischen jenem mächtigen Gebirgsstocke und der Ostsee festgesetzt und weit nach Westen hin verbreitet hatten.

Nach den Zeiten der großen Völkerwanderung, die das römische Reich zerstörte, wohnten diese Slaven unter dem Namen Lechen in der ganzen großen sarmatischen Ebene. Unter dem Namen der „Obotriten" und „Wagrier" waren sie bis in die Buchenhaine von Mecklenburg und Holstein eingedrungen.

Als „Wenden", „Pomeraner", „Lusitzer" und unter zahlreichen anderen Benennungen hatten sie alle die sandigen Gegenden inne, die jetzt Preußen beherrscht bis über die Elbe hinaus und in die Haiden von Lüneburg hinein. Die slavischen „Schlesier" besaßen das ganze Gebiet der obern Oder, und die „Tschechen" hatten nicht nur die Thalkessel von Böhmen und Mähren erfüllt, sondern waren von da aus auch noch westwärts in die lachenden Mainlande und südwärts unter dem Namen Slowaken in die Hügel-Striche Ober-Ungarns eingedrungen. — Ja viele Slaven waren sogar bis in die Rheinlande selbst bis Würzburg und Fulda gekommen, wenn gleich auch nicht als Eroberer und Herren, doch als Unterthanen, Colonisten und Feldbauer, von deutschen Bischöfen und Fürsten dahin verpflanzt.

Alle diese eben genannten Slaven haben in Sprache, Sitte und Naturell vieles Gemeinsame gehabt, und haben sich in allen diesen Beziehungen von ihren östlichen und südlichen Brüdern, den Russen, Serben, Illyriern und Bulgaren mehr oder weniger wesentlich unterschieden. Man hat sie daher unter einer Gruppe zusammengefaßt und stellt sie neben den Russen und neben den Südslaven als die dritte große Branche der weitverbreiteten Slaven-Familien unter dem Namen der „Vorderen" oder der „westlichen Slaven hin."

Das politische Geschick dieses Slaven-Zweiges ist ein besonderes melancholisches gewesen und ist bis auf die neuesten Zeiten herab bis auf die letzte Theilung von Polen so geblieben.

Viele der zu diesen „Westslaven" gehörigen Nationen sind vollständig vom Erdboden verschwunden. Keine derselben hat sich eine dauernde und bleibende National-Unabhängigkeit bewahrt oder wiedererrungen, wie unter den Ostslaven die Russen, wie unter den Südslaven die Serbier und Montenegriner. Die von ihnen gebliebenen Reste sind alle den Einflüssen fremder Staaten und Völker unterworfen.

Bei ihrem ersten Auftreten in der Geschichte (im 6. Jahrhunderte) erscheinen sie als eine Menge getrennter kleiner Stämme, die aus dem weiten Osten hervorziehen und, wie es scheint ohne viele Schwierigkeiten und Kämpfe von dem östlichen Germanien, das in der großen Völkerwanderung von den Deutschen entblößt war, Besitz ergriffen.

Den Acker bauend, ihre Heerden weidend, ihren Göttern in den Hainen Altäre errichtend breiteten sie sich in dem ganzen Gebiete der Oder, des größten Theils der Elbe und längst der Ostsee aus.

Sie scheinen mehr friedliebende als kriegerische Leute gewesen zu sein. Wir hören bei ihrer Ausbreitung in Deutschland nichts von gewaltigen Heerführern und Kriegshelden, nichts von solchen weitgreifenden Verwüstungs-Zügen, wie beim Einbruche der südlichen Slaven in's byzantinische Reich, oder wie später bei dem Auftreten der wilden Avaren und Magyaren.

Es scheint fast, als hätte sich die Ausgießung dieser Slaven über den Westen in ganz stiller Weise gemacht, indem sie einen Acker nach dem andern aufpflügten, einen Wiesen- und Weidestrich nach dem andern ihren Dorfcommunen zufügten.

Sie hatten kein gemeinsames Oberhaupt. Jeder Stamm hatte seine einfache patriarchalische Gemeinde-Verfassung. Doch herrschten über einige frühzeitig kleine Fürsten-Geschlechter.

Auch von ausländischen Schriftstellern werden sie als gutmüthige, fleißige, gastfreie Menschen geschildert, die Poesie und Musik liebten, übrigens aber sehr dürftig und barbarisch lebten. — Grausame Sitten, blutige Opfer, unmenschliche Gewohnheiten, wie unter den alten Celten und anderen Raçen von härterem Korn scheinen bei ihnen nicht gewaltet zu haben. Sie wohnten überall gesellig in stark bevölkerten Dörfern und Ortschaften. Einzelhöfe wie bei den der Isolirung holden Germanen waren bei ihnen nie bekannt. Sie trieben Bergbau, verstanden das Schmelzen der Metalle, verfertigten Leinwand, brauten Meth, pflanzten Fruchtbäume und führten nach ihrer Art ein fröhlich blühendes Leben. Sie bauten sogar, wohin sie kamen, hölzerne Städte, in denen nach den Berichten einheimischer Historiker Handel und Gewerbe gedeihlich aufzusprießen angefangen haben sollen.

Es war dies im Anfange des Mittelalters, das goldene Zeitalter dieser westlichen Slaven, in das sich ein slavischer Patriot so gern hineinträumt, wie wir Deutschen in die Zeit der Germanen, welche Tacitus schildert.

Mit Karl dem Großen endigte diese goldene Zeit der westlichen Slaven. Unter ihm erfolgte ein Rückschlag von Seiten der Deutschen. Dieser gewaltige Kaiser wandte das Angesicht Deutschlands, das seit der Gothen Zeiten auf den Süden und Westen gerichtet war, wieder nach dem Osten. Er und seine nächsten Nachfolger brachten auf der Spitze des Schwertes das Christenthum unter die westlichen Slaven.

Die Einführung des Christenthums aber ist überall in Europa das Zeichen zur Erweckung, zur Einigung, zur Begründung großer staatlicher und nationaler Gewalten gewesen. Die, welche es ergriffen, erfüllte das Christenthum mit einem heroischen Geiste. Die Errichtung bischöflicher und erzbischöflicher Sprengel waren überall das Gerüste, an dem die Staaten der getauften Heiden heraufwuchsen. Auch die Stämme und kleinen See-Fürstenthümer der Skandinavier krystallisirten sich unter dem Einflusse des Christenthums zu den großen Königreichen von Dänemark, Norwegen und Schweden. Auch die Ungarn gelangten erst zu einem Staate und einer festen Nationalität vermittelst des von den Deutschen unter ihnen gepflanzten Kreuzes.

So entstanden denn in Folge dessen unter den westlichen Slaven nach und nach mehrere große Reiche. Zuerst das berühmte großmährische Reich, das zur Zeit der Karolinger weit hin über die westlichen Stämme gebot, aber nicht lange dauerte. Dann das böhmische Reich, das eine Zeit lang unter diesen Slaven das angesehenste war. Endlich das polnische Reich, das sie alle überdauern und an Glanz übertreffen, aber am Ende auch wie sie hinfallen sollte.

Diejenigen Slavenstämme, bei denen das Gesäme des Christenthums keinen günstigen Boden fand, die hartnäckig bei ihrem alten Heidenthume verblieben, wurden in dem fortgesetzten Kampfe der bekehrungs- und eroberungslustigen Deutschen gegen sie im Laufe der Zeiten diesen unterwürfig und am Ende fast völlig von ihnen aufgerieben.

Dies Schicksal traf die Wagrier in Holstein, die Obotriten in Mecklenburg, die Pomeraner an der Ostsee, die Ukrer in der Ukermark, die Heveller in der Havelmark, die Polaben an der Elbe, — ja! wer nennt die Namen der kleinen heidnischen Slaven-Völker alle, die eigensinnig an ihrem alten Heiligthume und an der Verehrung ihrer Tschernobogs und Bielobogs festhaltend, im Laufe der auf Karl dem Großen folgenden Jahrhunderte, unzählige Male von den Deutschen niedergeworfen wurden, unzählige Male sich wieder befreiten, — sich unter einander verbündeten und wieder entzweiten, — es nie zu einer kräftigen nationalen Einigung bringen konnten, eins nach dem andern in von den den Deutschen gegründeten Grenzmarken und Bisthümern eingepferchte wurden und am Ende alle in dem großen Schmelztiegel der Germanisirung untergingen.

Die Sprache und Gesittung dieser westlichsten unter den Westslaven hat sich unter dem mächtigen Einflusse der Deutschen, die mit Burgen-, Kirchen- und Städtebau, und mit zahlreichen Colonisten und Bürgern in ihre Länder rückten, verloren.

In den meisten Gegenden zeugen von der einst im Osten von Deutschland existirenden Slaven-Welt nur noch die Namen der Dörfer, der Berge und Fluren, die, wie selbst die Namen mehrerer unserer größten Deutschen Städte (Dresden, Leipzig, Breslau) und auch die vieler deutschen Provinzen (Pommern, Lausitz, Ukermark, Schlesien) slavischen Ursprungs sind.

Ueberfall ist noch vieles von Alt-Slavischen Sitten und Aberglauben unter den verdeutschten Landesbewohnern in Sachsen und Preußen zurückgeblieben.

Dabei haben sich auch einige Reste ihrer Sprache den Deutschen im Osten beigefügt und selbst in der Aussprache des Deutschen im Munde der Berliner sind von Vielen die Eigenthümlichkeiten slavischer Sprach-Organe erkannt worden.

Hie und da (wie z. B. im Altenburgischen) ist nur noch bei übrigens völliger Verdeutschung der Sprache und Gesinnung, eine uralte slavische Nationaltracht übrig geblieben, wie wenn eine Schlange statt bloß die Haut abzulegen, diese beibehalten und das innere Mark umgetauscht hätte.

Die Fügsamkeit und anstellige Geschmeidigkeit des Bewohners des Königreichs Sachsen, die kein alt-germanisches Erbstück zu sein scheint, hat man der theilweise slavischen Herkunft der Sachsen zugeschrieben.

In Physiognomie, Körperbau und Raçen-Merkmalen blinkert uns das Slaventhum unter der deutschen Cultur, in Pommern und in andern Partien der transalbingischen Hälfte unseres Vaterlandes noch vielfach entgegen.

So unterscheidet man selbst noch heutzutage in Holstein in dem Habitus, Körperbau und Charakter der Bewohner ziemlich scharf die Grenze der zur Zeit Karls des Großen von Slaven besetzten Landstriche, von denen, welche die germanischen Sachsen inne hatten.

Ja selbst diesseits der Elbe im Königreiche Hannover im südöstlichen Theile, der Lüneburger Haide, giebt es noch jetzt einen Landstrich, den man „Wendtland" nennt, in welchem sich die slavische Sprache erst ganz neuerdings still verblutet hat, in welchem nun zwar Plattdeutsch gesprochen wird, obgleich Sitte, Kleidung, Bauart und die ganze Landes-Physiognomie noch vielfach slavisches Gepräge zur Schau trägt.

Das ganze östliche Deutschland, das Verbreitungsgebiet der westlichen Slaven, wurde mit deutschen Pflanzungen aus fast allen Provinzen der Rhein- und Weser-Lande überstreut. Viele dieser Pflanzungen hielten sich hie und da von vornherein reiner, — hie und da vermischten sie sich stärker mit Slaven. In manchen Strichen wurden die Slaven völlig vernichtet, in anderen blieben sie in Masse vorhanden und wurden nur zum Deutschthum, so zu sagen, umgetauft. Man kann sich daher denken, daß hier, obwohl deutsche Sprache und Gesinnung fast überall gesiegt haben, unter dem so entstandenen Deutschthum noch jetzt die mannichfaltigsten Nuançen und Abstnfungen des Slavismus zu erkennen sind.

Heutzutage giebt es hier mitten im deutschen Gebiete nur noch zwei Striche, in denen sich gleichsam wie in zwei Sprach- und Volks-Oasen oder Inseln das Slaventhum massenhaft erhalten hat. Nämlich erstlich an der Ostsee zwischen Stolpe und Danzig, westlich von der untern Weichsel in West-Preußen, eine Gegend, in welcher die Kassuben und ihnen verwandte Slaven wohnen und dann auf beiden Seiten der oberen Spree in der Lausitz unter preußischer und sächsischer Herrschaft das Land und Volk der sogenannten Sorben-Wenden.

Diese noch jetzt slavisch redenden, denkenden und fühlenden Sorben-Wenden liegen da, ganz herausgerissen aus dem Zusammenhange mit ihren übrigen Stammesbrüdern, rings umher von deutscher Volksmasse umgeben, als hätten beide sie vergessen, die Deutschen ihre Zerstörung und die Slaven ihre Rettung. Ihre schwache Nationalität, mit der wir uns hier nicht weiter zu beschäftigen brauchen, scheint auch wie die der übrigen westlichsten Vorderslaven unrettbarem Untergange gewidmet und dazu bestimmt, wie sie, sich allmählich zu verbluten.

Die einzigen der westlichen Slaven, welche bis auf den heutigen Tag dem Andrange der Deutschen und anderer Nachbarn in bedeutender Masse widerstanden haben, und noch jetzt, obwohl ohne staatliche Unabhängigkeit und nationale Selbstständigkeit, zwei compacte und zahlreiche Nationen bilden, — in denen auch noch immer nicht die Hoffnung auf eine Wiedergeburt erloschen ist, — die wir daher als einflußreiche und wichtige Partien der Bevölkerung Europa's hier etwas näher in's Auge fassen müssen, sind: die Tschechen und die Polen.

Das merkwürdige Land, das die Tschechen jetzt seit mehr als tausend Jahren bewohnen, hat eine so eigenthümliche Naturbildung, wie sie auf der Karte von Europa kaum zum zweiten Mal wieder vorkommt. Vier langgestreckte Höhenzüge schließen sich unter beinahe rechten Winkeln aneinander und bilden ein ziemlich regelmäßiges und geräumiges Viereck, das ein theils ebenes, theils wellenförmig gestaltetes Terrain in der Mitte umschließt.

Von allen Seiten fließen die Gewässer herab und einigen sich in der Mitte zu dem mächtigen Strome der Elbe, der im Norden durch die einzige Bresche, die den Gebirgswall durchbohrt, in die Ebene hinaus entflieht. — Man könnte das Land mit einem großen Fasse vergleichen, das nur ein Spundloch hat.

Das Ganze stellt sich dar wie eine gewaltige Bergfestung, die mitten in Deutschland vortritt. — Durch dichte Waldungen und unwirthbare Striche, welche an den Höhen des Grenzwalls haften, wird die Isolirung noch stärker.

Das fruchtbare Centralgebiet, die anmuthigen Thäler, die an mineralischen und anderen Schätzen reichen Gehügel, welche dieser Kessel in seinem Innern birgt, wurden vermuthlich schon Jahrtausende vor Christi Geburt von den uralischen oder finnischen Ur-Europäern entdeckt und hier wie anderswo sind viele Geschlechter untergegangen, von denen die Geschichte schweigt.

Das erste Volk, das uns im obern Elb-Becken genannt wird, die Bojen, soll celtischer oder gallischer Herkunft gewesen sein und von ihnen hat das Land seinen Namen Bojenheim, Böheim, Böhmen empfangen.

Zur Zeit von Christi Geburt, als die Germanen im ganzen südlichen Deutschland das Celtenthum vertilgten, wurde jenes Becken von einem Volke deutschen Stammes, von den Markomanen eingenommen, die es nun 400 Jahre behielten und die von ihrer Bergfeste aus unter ihren Marbods selbst die Kaiser Roms bedrohten und erschreckten.

Der Hunnen-Einbruch unter Attila brach auch die Kraft dieser Deutschen in Böhmen und führte die Blüthe ihres Volks auf die Schlachtbänke der katalaunischen Felder und der anderen Tummelplätze der durch die Völkerwanderung aufgeregten Nationen.

In den entvölkerten böhmischen Kessel zogen nun am Ende des 5. Jahrhunderts Sprößlinge der dritten großen Völker-Familie der Slaven ein. Natürlich fanden sie daselbst noch viele Deutsche vor, so wie zu ihrer Zeit auch die Germanen ohne Zweifel noch viele celtische Lager vorgefunden und sich unterthan gemacht hatten.

Die Slaven kamen aus der sarmatischen Ebene in mehreren Stämmen. Doch war unter ihnen ein Kern-Geschlecht, dessen Anführer „Tschech" geheißen haben soll. Dieser setzte sich in der Mitte des Landes fest, nahm eine gebietende Stellung ein und im Laufe der Zeiten schmolzen dann alle anderweitigen mit ihnen gekommenen Slavenstämme und vielleicht auch manche der im Lande von früheren Zeiten her gebliebenen Reste der Celten und Deutschen zu einem einzigen slavisch redenden Volke unter dem die Oberhand gewinnenden Namen der „Tschechen" zusammen.

Wie die Magyaren in dem ungarischen Becken, so nahmen auch die Tschechen von vornherein bei der Eroberung des böhmischen Kessels vorzugsweise seine ebenen fetten Triften und lockenden Hügellandschaften ein. Viele der von ihnen bedrängten Deutschen flohen in die Wälder und Verstecke des Gebirgskranzes umher, wo sie zwar allmählich den Tschechen unterthan wurden, aber doch im unbeneideten Grundbesitze der Felsthäler und Berg-Oeden blieben und daselbst auch ihre Sitte und Sprache beibehielten, ähnlich wie die celtischen Hochschotten in Caledonien, als Anglosachsen und germanische Normannen in ihre Lowlands einrückten.

Als später rings um Böhmen herum das deutsche Element über das slavische siegte, als deutsche Bergleute und andere deutsche Industrielle von den tschechischen Fürsten selbst in die Gebirge berufen wurden, um die mineralischen Schätze auszubeuten, die zu Mühlen und anderen Triebwerken dienlichen Berggewässer nutzbar zu machen, da vermehrte sich jener anfangs spärliche Stamm der deutschen Gebirgsvölker bedeutend, griff um sich, verdrängte oder verdeutschte die Slaven wieder auch da, wo sie anfänglich in die Gebirgsthäler vorgedrungen sein mochten und es gestalteten sich dann allmählich die Umrisse der Wohngebiete beider Stämme so heraus, wie sie heute noch bestehen. Die Slaven behielten das innere Hauptstück des Landes. Ein Kranz deutscher Weiler, Dörfer, Städtle und Gaue aber umzingelte sie rings umher durch das ganze Viereck der Gebirge und Wälder hin.

Unter allen westlichen Slaven haben sich von vornherein die Tschechen durch ihre Mannhaftigkeit und ihren hohen politischen Sinn hervorgethan. Sie sind diesseits der Oder-Linie in Deutschland die einzigen, die sich bis auf den heutigen Tag als ein compacter slavischer National-Körper erhalten haben.

Man hat sie von alten Zeiten her als die unnachgiebigsten unter den Slaven bezeichnet. Sie haben sich stets geschickt in Leitung der Staatsgeschäfte und einig in ihren vaterländischen Angelegenheiten bewiesen, und haben sich einen unbeugsamen Nationalgeist bewahrt.

Vielleicht ist dieß Alles eine von ihrem Urstamme und Blute anhängende Eigenheit. Wahrscheinlich aber wurde ihnen viel davon erst in Folge der geographischen Gestaltung des Landes, in das sie einrückten, zu Theil.

In jenem schönen Bergkessel, in dem alle Gewässer in eine Rinne zusammenliefen, mußten die Landeskinder sich auch selbst inniger aneinander schließen. Da mußte sich bald ein einziger, dominirender Lebenspunkt, ein politisches Centrum, eine Stadt, wie Prag, bilden. Es mußte eine kräftige Einherrschaft, ein einiger Staats-Organismus entstehen. Hinter ihren Bergen verschanzt, durch sie geschützt waren die Slaven in dieser merkwürdigen Position mehr als ihre Brüder in den nördlichen Ebenen im Stande, dem anfluthenden Deutschthum Widerstand zu leisten.

Dieser kräftige politische Sinn, mit dem die Natur ihres Landes die Tschechen inspirirte, ist ihnen für alle Zeiten geblieben, und er hat sich während der tausendjährigen Existenz ihrer Nation zu verschiedenen Epochen energisch bethätigt. Zu wiederholten Malen, — gleich unter ihrem ersten mächtigen Beherrscher Samo im 7. Jahrhunderte, — wieder unter ihrem weitgebietenden Herzoge Boleslaus im 10. Jahrhunderte, — abermals unter ihrem Könige Ottokar im 13. Jahrhunderte und wiederum ein Seculum später unter dem Kaiser Karl IV. bildeten das tschechische Bergkessel-Land und -Volk den Kern eines mächtigen Staats.

Die Hauptstadt des Landes, Prag, gab während dieser letzten Epoche in Pracht und culturhistorischer Bedeutsamkeit den wichtigsten Städten des Continents nichts nach. Ihre Universität zählte die berühmtesten Professoren und im Anfange des 15. Jahrhunderts 20,000 Studenten, unter denen die Slaven, Tschechen, Mähren, Polen die Mehrzahl bildeten. Prag war damals für die katholiche Slavenwelt, was Kiew für die griechisch-russische, ein weit leuchtendes Vorbild und Muster, eine heilige Tempel- und Musenstadt.

Zu wiederholten Malen geriethen die Angelegenheiten der Tschechen in Verfall, ebenso oft aber erhoben und einigten sie sich auch wieder, schlugen die Feinde aus ihren Grenzen zurück, brachen über ihre Gebirgs-Wälle in die Außen-Länder hervor und annectirten sie: Mähren im Süden, Schlesien im Osten, die Lausitzen im Norden, Franken im Westen, als

Nebenlande dem geschlossenen Hauptkörper ihres Reichs.

Die Tschechen führten, so zu sagen, alles an den äußern Fuß ihres Bergkessels angesetzte Land und Volk häufig im Triumphe mit sich fort. Zuweilen herrschten ihre Könige bis tief nach Ungarn hinein und bis an die Gränze Italiens, eben so, wie dies der Markomanne Marbod einst gethan hatte. Doch wurden ihnen dann immer wieder diese ihre sogenannten „Nebenlande" abgenommen und wie üppig ausgewachsene Zweige abgehauen. Sie beherrschten sie nie lange genug, um auch ihre slavische Nationalität, Raçe und Sprache bleibend dahin auszudehnen. Mit diesen blieben sie immer auf ihren Hauptkörper, das Ober-Elbe-Becken, beschränkt.

Aber auch in dem Innersten dieser ihrer Burg wurden sie im Verlaufe der Zeiten, vielfach mit deutschen Elementen gemischt, überzogen und durchwachsen. Da ihre geistlichen Führer und Kirchenlehrer häufig aus Deutschland kamen, da ihre Könige zu Churfürsten und Großwürdenträger des deutschen Reiches erhoben wurden, — da sie, besonders nach der Germanisirung Schlesiens im 13. Jahrhunderte, immer dichter in das deutsche Land eingesponnen wurden, da deutsches Recht und Gesetz vielfach bei ihnen zur Geltung gelangte, — da endlich nach dem Aussterben des alten slavischen Königsgeschlechtes der Przemysliden im Anfange des 14. Jahrhunderts deutsche Fürsten und Kaiser in der Hauptstadt Böhmens residirten, so füllten sich denn auch die Höfe der Fürsten, die Klöster, die Bischofssitze, die Städte immer mehr mit Deutschen.

Die Städte der Tschechen wurden wie die der Ungarn und Polen fast alle erst von Deutschen gebaut und mit deutschen Bürgern besetzt, die aber freilich mitten in dem alten Stockböhmen oft wieder zu Slaven ausarteten.

Die sogenannten Hussitten-Kriege, die im Anfange des 15. Jahrhunderts ausbrachen, mögen wohl als die letzte große nationale Erhebung der Tschechen und als ihr letztes mächtiges Auftreten in Deutschland bezeichnet werden.

Obgleich religiöse Streitigkeiten zu diesen furchtbaren Wirren die nächste Veranlassung gaben, so gewannen sie doch, da Huß und seine Ideen auf uraltem slavischem Grunde und Boden standen, und da auf der anderen Seite der Deutschen Reich und Kaiser sich zur rechtgläubigen Partei hielten, bald eine natinale Wendung.

Wie unter Samo, wie unter Boleslaus und Ottokar schäumten dabei die Tschechen wieder allseitig und mehr als 10 Jahre hindurch über ihren Gebirgskessel hervor, eroberten und verheerten unter ihren einäugigen und furchtbaren Ziska und ihren kahlköpfigen Prokopen die deutschen Lande im Osten, Norden, Westen und Süden um ihren Gebirgskessel weit und breit herum.

Dagegen mag man die Schlacht am weißen Berge, in welcher sich wieder wie häufig zuvor Deutsche und Tschechen gegenüber standen, und die darauf folgende furchtbare Reaction unter Kaiser Ferdinand II. als den letzten und schließlichen großen Triumph der Deutschen über die Tschechen betrachten.

Jene vor 250 Jahren gefochtene Schlacht wurde lange von den böhmischen Geschichtschreibern als das „Finis Bohemiae" beklagt, wie die Schlacht am Amselfelde, welche die Südslaven gegen die Türken verloren, als das Ende Serbiens, oder wie die Schlacht bei Maciejowice als der Untergang Polens.

Nach jener Schlacht wurde die deutsche Sprache mit Gewalt unter den Tschechen eingeführt. Die alten böhmischen Adelsgeschlechter starben aus. Ihre Güter wurden an deutsche Herren vertheilt. Mehrere im dreißigjährigen Kriege verödete Landstriche wurden mit deutschen Colonisten besetzt. Viele tausende tschechische Familien wurden aus dem Lande vertrieben und man findet ihre slavischen Familien-Namen noch jetzt unter den Bürgern Dresdens und anderer sächsischer und preußischer Städte. Das Tschechische wurde hinführo nur noch eine „Bauernsprache" genannt. — Auch legten damals die Tschechen ihre alte slavische Nationaltracht ab.

Das schließliche Ende des Volks ist es aber doch noch nicht gewesen. In den zwei Jahrhunderten, welche dem unheilvollen dreißigjährigen Kriege folgten und in denen Alles allmählich sich wieder besserte und erholte, haben auch die Tschechen sich nach und nach wieder besonders gemehrt und gekräftigt.

Und als nach dem Schlusse des völkerknechtenden Napoleon über alle Nationalitäten des Welttheils ein belebender Hauch wehte, da haben auch die Tschechen, wie die Ungarn, wie die Serben, wie die Walachen und wie die Griechen sich ihres Ursprungs von Neuem mit Wärme erinnert.

Patriotische Dichter, gelehrte Männer, geschickte Historiker und Alterthumsforscher sind unter ihnen erstanden und haben die Geschichte des Volkes verherrlicht, seine Literatur bereichert, seine alte Bauernsprache gereinigt und wieder zu Ehren gebracht.

Aus allen Verstecken des Landes, aus den alten Schlössern und Klöstern, sogar aus den Knöpfen der Kirchthürme haben sie die Spuren und Zeugen seiner ehemaligen Nationalgröße hervorgezogen. Im Kirchthurmsknopfe der böhmischen Stadt Königinhof haben sie einen Theil der berühmten Sammlung uralter slavischer Heldenlieder und Sagen gefunden, der den Tschechen in neuerer Zeit eben so werth geworden ist, wie uns unsere Nibelungen-Gesänge.

Auf dem alten Grunde ist nun eine neue blüthenreiche tschechische Literatur aufgesproßt, und diese hat sich noch weit über die Gränzen des alten Böhmer-Landes selber ausgedehnt, Geltung und Ansehen verschafft. Die slavischen Moraven in Mähren, die Slowaken im nordwestlichen Ungarn, welche von Anfang herein in Stamm und Sprache die nächsten Verwandten der Tschechen waren, und oft mit ihnen unter derselben Herrschaft vereinigt gewesen sind, haben sich diesen wieder mit ihren Sympathien, ihrem Patriotismus und ihren literarischen und poetischen Bestrebungen angeschlossen und haben sich gewöhnt, sich mit ihnen als ein Volk zu betrachten.

Sie haben das Idiom der Tschechen, dieser eifrigen Vorkämpfer der Nationalität ihrer gesammten Völkergruppe, als ihre Literatur-Sprache angenommen. Und so hat nun wieder Alles, was bei den Böhmen in Prag gesprochen, gedacht, geforscht und gedruckt wird, einen weiten Nachhall bei mehr als 8 Millionen Slaven gefunden, die sich als Brüder ansehen, und die bei verschiedenen Erschütterungen neuerer Zeit schon von der Wiederherstellung eines Groß-Mährischen oder Groß-Tschechischen Reiches geträumt haben, wie es einst zur Zeit Kaiser Arnulphs zwischen Donau und Karpathen, vom sächsischen Erzgebirge bis in die Nähe von Siebenbürgen bestanden hat.

Die Tschechen, — und was man von ihnen bemerkt, kann man dem Gesagten zufolge auch mehr oder weniger von den ihnen nahe stehenden Mähren und Slowaken gelten lassen, — betrachtet man unter den Slaven als die Repräsentanten des cholerischen Temperaments, während man den Polen und Russen das sanguinische, den Südslaven und Serben das melancholische zuschreibt.

Sie haben nicht das ritterliche Wesen und die heitere Lebenslust der Polen. Sie sind trüber und verschlossener als die Russen und besitzen nicht die Munterkeit und Beweglichkeit derselben.

Von den Deutschen werden sie starrköpfig, hartnäckig, verschmitzt und arglistig, finster und mißtrauisch gescholten. Zanksucht und Rechthaberei soll nach dem Urtheil der Deutschen ihr Erbfehler sein.

Der ausdauernde Fleiß, die hohe Bildsamkeit und Empfänglichkeit für Unterricht, die gemessene Reflexion, der größere Ernst, der düstere Trotz, welche die Tschechen vor den übrigen viel glatteren und leichteren Slaven auszeichnen, sind ihnen vielleicht zum Theil in Folge des Verkehrs und Kampfes mit den Deutschen eigen geworden. Doch rührt darin wohl nicht, wie Einige meinen, Alles von ihren fürchterlichen und tragischen National-Schicksalen her.

Denn schon im 9. und 10. Jahrhunderte, da unsere deutschen Jahrbücher ihn zu beachten anfingen, erblicken wir in dem Tschechen einen ernsten, tapferen und hartnäckigen Menschen. Viele fremde Schriftsteller haben in Bezug auf Energie, Kraft und Genialität unter allen Slaven den Polen den ersten Platz angewiesen. Ein ausgezeichneter Pole selbst aber, Maciejowsky, läßt diese Ehre den Tschechen und stellt sie noch über die Polen, indem er sagt, sie seien unter allen Slaven mit der lebhaftesten Einbildungskraft, mit dem größten Scharfblick begabt, „am fähigsten für hochherzige Empfindungen und schwunghafte Dichtkunst."

Ihr politisches Talent, das sich frühzeitig in der Schöpfung eines eigenen unabhängigen und ihrem deutschen Erbfeinde lange widerstrebenden Königreichs bewährte, findet noch heutzutage viel Verwendung in der großen österreichischen Monarchie, der sie angehören. Die Verwaltungs-Büreaus von Wien, Gallizien, von ganz Ungarn und seinen Nebenlanden sind mit einer Menge strebsamer und anstelliger Beamten aus Böhmen überschwemmt.

Daß sie, von ihrer großen Slaven-Familie abgerissen, ohne nationalen und geistigen Zusammenhang mit einem größeren Ganzen dennoch ihr eigenthümliches Wesen sich bewahrt haben, selbst unter dem oft schweren Drucke des deutschen Scepters, beweist wohl mehr als Alles, daß sie von einem urkräftigen, derben Grundstoffe sind, der noch fernere Entwickelung verspricht.

Wie alle Slaven sind die Tschechen der Musik und dem Tanze ergeben. Es gibt wohl kein Land in der Welt, aus dem jährlich so viel Musiker hervorgehen, wie aus Böhmen. In dem Pariser musikalischen Lexicon bilden unter den daselbst genannten Virtuosen die Böhmen die Mehrzahl. Unter 2650 musikalischen Celebritäten Europa's befinden sich 709 Böhmen, 701 Italiäner, 517 Deutsche, nur 134 Franzosen und gar nur 27 Spanier und Portugiesen.

Dabei ist jedoch zu bemerken, daß sie wohl Virtuosen, aber seltener Componisten erzeugen, wie denn bei aller Anstelligkeit und Bildsamkeit ihnen ziemlich allgemein das erfinderische Genie abgesprochen wird. Und dann freilich auch ist wohl eine große Zahl der dort „Böhmen" Genannten nicht den tschechischen, sondern den deutschen Böhmen beizuzählen, die von dem musikalischen Geiste ihrer slavischen Nachbarn inspirirt, ihrem eben so empfänglichen als erfinderischen Genius gemäß jene Kunst unter sich noch weiter ausgebildet haben.

In den Dörfern der musikliebenden Tschechen und Mähren erlebt man oft ähnliche Dinge wie in Rußland, wo zuweilen auch die schwersten Arbeiten mit Musik begleitet werden. In manchen Thälern der Karpathen ziehen sogar die zum Frohndienst versammelten Leute mit Violinen und Hoboen auf, und es musiciren einige ihrer Virtuosen während der Arbeit, die ihnen so leichter von statten geht.

Zuweilen läßt auch der Gutsverwalter den Schnittern während ihrer Ruhestunden ein Concert geben, was sie nicht selten zum Gesange und Tanze während der Arbeits-Pausen verlockt.

Die Leute betrachten daher wohl diese gesellige Frohndienstzeit nicht als eine Last, sondern vielmehr als eine Art munteren Festes, und es wird mit der Aufhebung der Frohnen in jenen Gegenden auch ein Stück Poesie aus dem Volksleben genommen.

Auch in Ungarn sieht man alljährlich die Slowaken, diese östlichsten Brüder der Tschechen und Mährer mit Gesang und Musik aus den Thälern der Karpathen in die reichen Donau-Ebenen hinabziehen, um dort den magyarischen Grundherren bei den Erndte-Arbeiten zu helfen.

Diese ungarischen Slowaken, obgleich sonst in ihrer Physiognomie, in ihrer Stumpfnase, ihren tiefen kleinen Augen, ihren starken Backenknochen ganz und gar Slaven, haben sich doch in ihrem Körperbau in dem südlichen üppigen Klima des Landes mehr ausgebildet. Die gedrungenen Formen des Großrussen und Tschechen sind bei ihnen geschwunden. Der ganze Körper ist länger und wohlgestalteter geworden. Man findet unter ihnen ausgezeichnete Figuren, die schönsten Männer-Gestalten.

In vielen kleinen Industrien sind sie ein äußerst betriebsames Volk. Als Krämer, als Tagelöhner, als Handarbeiter sind sie in ganz Ungarn verbreitet, und wo sie sich in größerer Menge einschleichen und festsetzen, da verdrängen sie leicht die vorgefundene Nationalität. Es gibt eine Menge ehemals deutscher und auch magyarischer Ortschaften, die jetzt, obgleich sie noch ihre alten deutschen und magyarischen Namen tragen, von den wuchernden und um sich greifenden Slowaken vollständig slavisirt sind.

Eine merkwürdige ethnographische Eigenthümlichkeit ist es, daß sie im übrigen Europa am meisten durch den Krieg bekannt geworden sind, den sie eifrig gegen gewisse kleine Plagegeister unserer Häuser führen. Als muntere, an wenige Bedürfnisse und Bequemlichkeiten gewöhnte Mäuse- und Ratten-Fänger und Maulwurfs-Vertilger, unter dem Namen „Topfstricker", oder „Drahtbinder", oder „Rastelbinder" oder „Draht-Slaven", durchziehen die Slowaken nicht nur ganz Deutschland, sondern auch den Norden und Westen unseres Welttheils und selbst Asien, und sind in dieser Kunst schon seit Jahrhunderten berühmt. — Sonderbar genug, daß auch solche so ganz specielle Talente sich nach den Nationalitäten vertheilt haben und daß auch solche kleinliche Rollen und Beschäftigungen in der europäischen Familie so ganz und ausschließlich in den Besitz eines gewissen Stammes gelangen konnten.

Die Slowaken sind nach Osten hin die letzten der zur tschechischen Gruppe gehörenden Slaven. Sie schließen sich an jenes andere große westslavische Volk an, welches als das Glänzendste unter allen Slaven betrachtet wird, und in der Welt eben so berühmt geworden ist durch seine brillanten Thaten und seinen heroischen Charakter als durch sein großartiges National-Unglück, an die Polen, mit denen wir die Betrachtung der slavischen Völker schließen wollen.

Von dem Lande, welches die Polen bewohnen, hat man, um seine erstaunliche Einförmigkeit zu bezeichnen, oft gesagt, daß wer einen Acker davon gesehen habe, das ganze Reich kenne. „Allenthalben", so sagt man, „die gleiche traurige Farbe in der Natur und in der Menschenwelt, durchweg dieselbe Art in Sitte, Sprache, Lebensweise der Bewohner, wie in Bodenbildung, Cultur und Fruchtbarkeit. Die Natur ist im ganzen Lande gleich hart. Den Menschen geht es überall gleich schlecht. Es ist ein unermeßlicher Sumpf, mit Steinen und Granitblocken überstreut, und mit dichten Waldungen bestanden, zwischen denen hie und da elende Behausungen und unheimliche Wohnorte verstreut sind."

Diese Definition und Schilderung haben, sage ich, Einige von dem Polenlande gegeben und haben geglaubt, damit Alles zu sagen. Ja die Franzosen gar, als sie einmal in dieses Land einrückten, warfen die berühmte Frage auf: Est ce, qu'on appelle ça une patrie? „Nennt man das ein Vaterland?"

Mit solchen allgemeinen Auffassungen, die so Vieles übers Knie brechen, ist es indeß ein mißliches Ding. Sie thun der schöpferischen Natur vielfach Unrecht und dem Patriotismus der Menschen wehe.

Selbst in Polen hat sich jene nicht unbezeugt gelassen, und auch dort hat dieser Dinge genug gefunden, welche er der Liebe und Bewunderung werth finden konnte.

Die poetischen Schauer der düsteren sarmatischen Urwälder haben den Byron der Polen, den Dichter Mizkiewitsch zu vielen schönen Sonetten begeistert. Und die oft lachenden Gefilde längs des Ufers der Ströme wären wohl nicht weniger dazu im Stande gewesen.

Im Süden heftet sich das Polenland an einen der großartigsten Gebirgskämme Europa's, an die Karpathen, welche von einigen als die ältesten Ursitze aller Slaven bezeichnet werden und denen es wahrlich nicht an Romantik der Geschichte und Natur gebricht.

Im Norden gegen die Ostsee hin schlängelt sich, wie in Preußen, so auch durch Polen, ein Kranz von kleinen und großen Seen, an deren Ufern Gehölze, Wiesen und geschmückte Hügel manch anmuthiges Naturbild hingestellt haben.

Selbst die weiten Steppen, in denen Polen im Süd-Osten gegen Rußland hin sich verliert, sind nicht ohne Reize. Da, in Volhynien und Podolien, dehnen sich vor dem Blicke unabsehbare Weidegründe mit einem unbegränzten Horizonte aus, die im Frühlinge mit dem schönsten Schmucke mannigfaltiger Blumen prangen.

Im dürren Sommer und stürmischen Winter sind sie zwar öde genug. Aber — mitten in diesen Einöden — wie überraschend ist da der Anblick der von den Gewässern des Dniepr und seiner zahllosen Nebenflüsse tief in das weicherdige Steppenplateau eingeschnittenen Thäler.

Diese Flußthäler der Steppen, von den Polen „jary" genannt, von der Natur wie breite Canäle ausgegraben, durchziehen das wüste Land wie ein Netz länglich gestreckter Oasen.

In diese Thal=Gräben, die oft eine Meile breit sind, und die gleich Souterrains Schutz gegen das Unwetter oder die Trockniß, die auf dem Steppen=Plateau herrschen, gewähren, concentrirt sich alles Leben und aller Naturschmuck der Gegend. Sie sind mit Gehölzen und Baumwaldungen von mancherlei Gattungen gefüllt, von einem überschwenglichen Reichthum von Vögeln und wildem Gethiere, wie von zahmen Heerden belebt.

In ihnen liegen, wie das Mark in den Knochen, alle Ortschaften und Städte des Landes, und in der Tiefe mitten zwischen dem Allen ziehen sich die Fäden klarer Bäche und ruhig fließender Ströme hindurch.

Solche Bilder ergreifen die Phantasie um so mehr, da sie in dem weit ausgebreiteten, einförmigen Steppenlande nur wie Goldfäden erscheinen und da sie noch dazu — von ferne nicht sichtbar — ungeahnt und unangemeldet vor den bezauberten Blick des Reisenden plötzlich hintreten.

Kurz auch ein Pole, der von Jugend auf alle diese und andere mannigfaltigen Reize und Formen, unter denen die Natur sich in seinem großen Vaterlande darstellt, in seine Seele und Phantasie aufgenommen hat, wird nicht in Verlegenheit sein, auf oben erwähnte bruske Frage der Franzosen eine Erwiederung zu finden.

Welche Race zuerst dieß weite Land zwischen Karpathen und Ostsee besetzt und bewohnt habe und in Folge welcher Umwälzungen und Ereignisse endlich die Slaven sich in demselben ausgebreitet haben, das liegt uns Alles in tiefem Dunkel begraben.

Wahrscheinlich aber hatte dasselbe auch wie das ganze östliche Europa als erste Bewohner finnische Jägerstämme. Zur Zeit der Römer scheinen deutsche Völker hier bis östlich sogar über die Weichsel hinaus gewaltet zu haben. Ob wir uns aber denken müssen, daß diese „Deutschen" dort als Grundbevölkerung die ganze Gegend inne hatten, oder ob sie vielmehr etwa nur als Herren und Eroberer, wie jetzt noch die Preußen und Oesterreicher über die Lande und die vielleicht schon damals slavische Grundbevölkerung schalteten und herrschten, bleibt ungewiß.

Auch asiatische Skythen und Sarmaten, d. h. Völker tatarischen Stammes mögen in den Zeiten vor den Römern und vor Christi Geburt von Osten her, wie die Germanen von Westen, gebietend in diese Länder vorgedrungen sein, in ähnlicher Weise, wie wir sie später unter Attila und dann unter Dschingis Chan und Batu Chan hier erscheinen sehen.

Die Slaven, von denen wir zu jener Zeit mit Sicherheit kaum eine Spur in diesen Gegenden nachweisen können, mögen unter dem Getümmel jener activen und gebietenden Racen nur eine leidende Rolle gespielt haben.

Erst nach der Völkerwanderung, welche das Römerreich zerstörte, und welche die Germanen west= und südwärts drängte, scheint hier das slavische Element erwacht zu sein, und nach der Zeit des Exodus der Germanen sehen wir dann alsbald, wie die Osthälfte Deutschlands, so auch das ganze Polenland von einer Menge frei gewordener Slavenstämme erfüllt.

Sie lebten Jahrhunderte lang ohne nationale Einigkeit und ohne einen gemeinsamen Namen in kleinen Fürstenthümern oder in Stammgemeinden mit patriarchalischer Verfassung, mögen aber schon damals die Keime zu denjenigen Eigenthümlichkeiten der Sitte und Sprache in sich getragen haben, durch welche sie sich später, als sie unter dem Namen „Lächen" oder „Polen" zusammentraten, vor den Russen, vor den Tschechen und vor den andern Slaven auszeichneten.

Die Wiege des polnischen Namens und die Wurzel des unter diesem Namen aufgewachsenen Volks und Staats liegen hart an der Gränze Deutschlands in dem jetzt dem Königreiche Preußen annectirten Posen.

Da ist der Schauplatz der ältesten Königssage der Polen, der Sage von den Piasten. Dort liegt auch der erste Fürstensitz, die älteste Stadt der Polen, welche sie selbst ihr Nest (Gnesno, — Gnesen) nennen.

Wie die Magyaren, wie auch die Skandinavier, bei denen ebenfalls das älteste und erste Königreich, das nordwärts hinausgreifende Dänemark, hart an der Grenze Deutschlands lag, so empfingen auch die Polen in dem Zusammenstoße mit den Deutschen das Christenthum und die ersten Impulse zu kräftiger National- und Staatenbildung.

Eine Zeit lang blieben sie sogar in jener ihrer westlichen Wiege des deutschen Kaisers Vasallen. Doch schritten sie bald aus ihrem „Neste" ostwärts hervor, wie die Dänen nordwärts, wie die Ungarn nach Süden.

Nach Westen hin, wo Deutschland die übrigen West-Slaven verschlang, wo es später sogar den Polen und ihren Piasten das ganze Oder-Gebiet abnahm und die schlesischen Provinzen germanisirte, wurden den Polen frühzeitig und im Laufe der Jahrhunderte immer wieder und immer mehr die Wege verrammelt.

Sie sind daher aus ihren Wurzeln von der Warthe von vornherein vorzugsweise in der Richtung zum weiten Osten hinausgewachsen. Dahin lag für sie das freieste Feld und dorthin haben sie von jeher ihr Antlitz gekehrt gehabt.

Dorthin ihr Gebiet auszudehnen, dahin die aus dem Westen erhaltene Cultur und Christuslehre weiter zu tragen, Europa gegen die von daher drohende Barbarei zu schützen, das wurde von den Polen alsbald als ihre Mission erkannt. Dem Westen sind sie zu allen Zeiten mehr freundschaftlich verbunden gewesen, zuerst als Vasallen des deutschen Kaisers, stets als Mitglieder der römisch-katholischen Kirche, fast immer als Schüler der deutschen Nation in Künsten und Wissenschaften, später häufig als Unterthanen von dort her aus Ungarn oder Schweden, aus Frankreich oder aus Sachsen hervorgegangener Prinzen und Könige, vorzugsweise aber als Verbündete gegen Mongolen, Tataren, Russen oder als Erretter aus der Türkennoth.

Mit dem Osten dagegen, mit den Russen, mit denen sie schon gleich im 10. Jahrhunderte unter ihrem ersten großen Herzoge Boleslaus, welchen Kaiser Otto III. mit der Königskrone schmückte, zusammenstießen, mit den Lithauern, die sie zum Christenthum bekehrten, mit den Tataren, denen sie mehr Schlachten lieferten, als irgend eine andere westeuropäische Nation, haben sie seitdem bis auf unsere Zeiten herab einen 800jährigen Kampf bestanden.

Zunächst und vor allen Dingen gewannen die Polen auf diesem Wege nach Osten, nachdem sie aus jenem ihrem engen Neste an der Wartha (Gnesen in Posen) hervorgerückt waren, die ganze Linie des Weichsel-Stroms, der von den Karpathen zum baltischen Meere hinabfließend den Osten und Westen scheidet.

In dem Gebiete dieses Stromes setzten sich die Polen ganz vorzugsweise fest. Dahin gingen sie, so zu sagen, über, wie in ihre zweite Wiege oder wie zu dem eigentlich großen geographischen Kern und Central-Canal ihrer ganzen staatlichen und nationalen Entwickelung.

Die Weichsel, oder wie sie im Lande selbst heißt die Wisla, ist den Polen dasselbe geworden, was uns Deutschen der Rhein, den Groß-Russen die Wolga, den Kleinrussen der Dniepr, den Ungarn und Südslaven die Donau gewesen ist — ihr vornehmster Lebensweg, die Haupt-Arterie ihrer Heimath und ihres National-Körpers, die Ausgangs-Linie ihrer Eroberungen und auch ihr Vertheidigungs-Graben in Zeiten der Bedrängniß.

In dichten Massen und als vorherrschende Grundbevölkerung haben sie sich auch nicht weit über das Strom-Gebiet der Weichsel ausgebreitet. Dagegen hat ihr Geschlecht diesen Strom von der Quelle bis zur Mündung und fast in allen seinen Nebenzweigen völlig erfüllt.

Weichsel-Land und Polen-Land sind daher zwei Namen, die man in geographischer und historischer Hinsicht fast ganz als gleichbedeutend nehmen kann.

In dem Thale der Weichsel — von ihren Quellen im Tatra-Gebirge herab bis zur Mündung liegen die berühmtesten Lokalitäten, die ältesten und jüngsten Königsstädte, die zahlreichsten Edelsitze, die gefeiertsten Wahlstätten, Kampfplätze und Parlaments-Felder, — an sie knüpfen sich die theuersten Erinnerungen der Polen.

Gleich da, wo der Strom das Gebirge verläßt, und wo die letzten Aeste desselben in die Ebene hinausragen, schaut von einer der äußersten Spitzen, „Wawel" genannt, dem Schauplatze uralter Sagen das einst prächtige, jetzt verödete Königs-Schloß der Jagellonen auf die berühmte Stadt hinab, welche am längsten die Haupt- und Krönungsstadt des polnischen Reiches gewesen ist.

Mit zahlreichen Thürmen, prächtigen Kirchen, alterthümlichen, an Monumenten reichen Gebäuden zieht sich Krakau am Fuße der Berge im Thale der Weichsel entlang. Alte Grabhügel, hoch wie die Pyramiden, liegen als stumme Zeugen einer großen Vergangenheit in der Landschaft verstreut, neben ihnen der dem letzten Polen (Kosziusko) errichtete, zu dessen Bau jeder Patriot und auch viele edle Patriotinnen ein Häuflein Erde herbeitrugen. Einst reiche und berühmte Abteien schmücken den Hintergrnnd dieser alten Persepolis der Polen.

Das ganze herrliche Landschafts-Panorama ist in der Ferne von den wildzerklüfteten Gipfeln des Tatra-Gebirges umstanden, in dem der schöne und kräftige Menschenschlag der sogenannten Goralen oder Gebirgspolen haust.

Zahlreiche Burgen, theils die Stammschlösser edler und hochberühmter Geschlechter, theils zur Vertheidigung des Landes von den Fürsten gebaut, treten in ihren Ruinen auf den Felsen aus den Wäldern hervor und ziehen sich in einem malerischen Kranze um den Fuß der Karpathen westwärts bis nach Schlesien und ostwärts gegen die Grenze von Rußland herum.

Weiter von Krakau abwärts strömt die Weichsel noch durch manches schöne Thal bis nach Sandomir, der Hauptstadt der alten Wojewodschaft gleiches Namens. Dort netzt sie die fruchtbarsten Waizenfelder der Welt. Die Stammhäuser der erlauchten Familien der Ossolinsky, der einst mächtigen Zborowsky, und viele alte Benediktiner- und Cisterzienser-Abteien schmücken den Strom, der auf seinem linken Ufer noch überall von malerischen Felsenabhängen begleitet wird.

Ein breites Hügel- und Bergland, weit entfernt davon ein niedriges Sumpfland zu sein, erfüllt hier noch den breiten Strich zwischen Weichsel und Oder. Die ganze reiche Gegend ist voll von geschichtlich denkwürdigen Orten.

Nicht weniger fruchtbar sind die von Sandomir flußabwärts liegenden Hügelebenen der früheren Wojewodschaft Lublin, in denen das Waizenkorn die reichste Erndte gibt, und in denen die alte einst volkreiche Hauptstadt gleiches Namens mit vielen Pallästen berühmter Adelsgeschlechter, Kirchen und Klöster geschmückt liegt.

An der Weichsel selbst folgt Kazimierz mit den Ruinen des von Kasimir dem Großen erbauten Schlosses und weiter abwärts das von den edlen Czartoryskis reich geschmückte, von dem französischen Horaz Delille besungene und von den Russen zerstörte, weltberühmte Pulawy und seitwärts an den Ufern eines Nebenflusses Sobieska Wola der Stammsitz Johann Sobiesky's, des Befreiers von Wien.

Ostwärts erhält die Landschaft einen anderen Charakter. An die Stelle der Hügel treten große Ebenen, die sich weiterhin in die Sümpfe Volhyniens verlieren. Es sind die großen Besitzungen mehrerer fürstlichen Familien, welche sich der Abstammung von einst unabhängigen slavischen Dynastien und Großfürsten rühmen.

Die Weichsel selbst tritt erst bei der Mündung der Pilica ungefähr in der Mitte ihres Laufs ganz aus den südlichen Landhöhen heraus. Nun erst verschwinden ihre bisher hohen, waldumkränzten, oft romantischen Ufer, und jetzt fließt sie in einer breiten Thalsohle mit ruhigem Laufe nach Norden.

Auf ihrer westlichen Seite erscheint nun auf angenehmen Hügeln gelagert die Residenz der spätern polnischen Könige, das prächtige und unglückliche Warschau, das stets wie ganz Polen selbst seine Stirn, (den befestigten Brückenkopf Praga) dem Osten zuwendete, und in dessen Weichbilde dem alten östlichen Erbfeinde so viele glänzende Treffen geliefert wurden.

Es gibt wenige Länder und Völker, deren ganze Geschichte und Entwickelung so um einen einzigen Fluß herum sich bewegt, wie — ich wiederhole es — das Leben der Polen um ihre „Wisla."

Von ihr, die ihnen in allen ihren Bewegungen, wie ich sagte, als Operations-Basis diente, setzten die Polen hauptsächlich in drei Richtungen aus, in denen sie ihren Einfluß weiter ausbreiteten.

Zuerst nach Südosten in der Richtung auf den Dniepr, wo sie sich in Volhynien und in dem anmuthigen Hügellande Podolien mehre kleinrussische Stämme und Fürstenthümer unterthan machten, wo sie das alte russische Kiew eroberten und lange beherrschten und den ruthenischen Adel des Landes polonisirten.

Alsdann nach Nordosten — zu den Waldungen und Sümpfen am Niemen und an der Düna, wo sie auf das noch lange barbarische und heidnische Volk der Lithauer stießen, das ihnen anfänglich durch zahllose verwüstende Einfälle verderblich war, das sie aber seit dem 14. Jahrhunderte immer mehr in die Kreise ihres nationalen Lebens hineinzogen. Die Polen erwarben sich neben den deutschen Rittern das Verdienst, diesen Gegenden und Völkern Europa's das Christenthum zu bringen. Sie vereinigten sie mit der römisch-katholischen Kirche. Die Großfürsten Lithauens, die Jagellonen, die durch Verheirathung mit der letzten Piastin Hedwig die polnische Krone erwarben, wurden dabei selbst zu Polen. Auch nahm am Ende im Laufe der Zeiten der ganze lithauische Adel die Sprache der Polen, der höher civilisirten Nation an, und da er am Ende in allen Beziehungen polnisirt wurde, so theilt er denn auch noch jetzt die polnischen Sympathieen und National-Sitten.

Die Christianisirung und Polonisirung Lithauens im Nord-Osten kann man vielleicht als den größten Sieg der polnischen Nationalität betrachten.

In direct östlicher Richtung endlich stießen die Polen auf die eigentlich russischen Kernlande. Hierhin sind sie längs der Neben-Arme des Dniepr auf derselben von der Natur vorgezeichneten Bahn, auf welcher auch der größte Eroberer unseres Jahrhunderts, Napoleon, den Osten angriff, unzählige Male hinausmarschirt und haben unter den Jagellonen und unter ihren heldenmüthigen Königen Stephan Bathory und Johann Sobiesky viele glänzende Siege gegen die Russen gewonnen.

In der Mitte und bis zum Ende des 16. Jahrhunderts hatte die Herrschaft der Polen ihre größte Ausdehnung erreicht. Damals waren sie, was jetzt die Russen sind, das mächtigste Volk im Osten Europa's. Damals hatten sie sogar die ganze Düna- und Dniepr-Linie inne. Der weiße polnische Adler breitete seine Flügel von der Ostsee bis zum schwarzen Meere aus. Damals schaltete und waltete die polnische Partei und Armee selbst in Moskau zu wiederholten Malen nach Gutdünken und mehr als die Hälfte der russischen Völkerschaften stand unter polnischem Einflusse.

Die Ausbreitung der römisch-katholischen Kirche, mit der auch viele russisch-griechische Bevölkerungen unter der Polen-Herrschaft unirt wurden und zum Theil noch heutzutage — nach der nur theilweise gelungenen Rückbekehrung der Unirten zur griechisch-russischen National-Kirche durch Kaiser Nicolaus, — unirt sind, mag als eine noch jetzt bestehende Folge dieser weiten Polen-Herrschaft betrachtet werden.

Vor allen Dingen aber die weite Ausbreitung polnischer Sitte und Sprache auf russischem Untergrunde. In dem ehemals von russischen Großfürsten beherrschten Galizien, in Volhynien und Podolien bis zum heiligen russischen Kiew hin, in der ganzen Westhälfte Kleinrußlands oder des Russinen-Landes hat sich die russische Nationalität in hohem Grade verwischt.

Von den Familien der russischen Theilfürsten, den Nachkommen und Nachfolgern Wlademirs des Großen ist keine Spur übrig geblieben. Polnische Sprache und polnische Sitten haben hier einen merkwürdigen, entscheidenden und bleibenden Sieg über das ältere Russenthum errungen, und haben allmählich alle höheren Stände und Classen der Gesellschaft durchdrungen. Selbst die griechisch-slavische Priesterschaft hat dort ihre russische Mundart vergessen. Sogar im vertrautesten Alltagsgespräche bedient man sich des Polnischen und der russische Dialekt ist nur das Eigenthum des ungebildeten Landvolks geblieben. Da sich dieß in verhältnißmäßig kurzer Zeit, nämlich seit 4 Jahrhunderten so gestaltet hat, so mag man darin wohl einen Beweis der geistigen Ueberlegenheit der polnischen Nationalität über die russische finden.

Damals, auch während des ganzen 16. Jahrhunderts in der glorreichen Zeit der Sigismunde der letzten Jagellonen, feierte die Sprache und Bildung der Polen ihre größte Glanzperiode, die als ihr goldenes Zeitalter bezeichnet wird. Die Wissenschaften erfreuten sich einer ungemeinen Pflege und Gunst. Könige und Magnaten stifteten Akademien. Die nach dem Muster von Prag eingerichtete Universität zu Krakau, deren Mitglied Copernicus war, hatte nicht weniger als über 50 Druckerpressen. Dort und auch im Auslande, in Deutschland, Frankreich und Italien besuchten die Polen die Hochschulen. Auch die polnischen Damen hatten ihre blühenden Schulen in den Klöstern, in denen selbst sie sogar die Dichter der Griechen und Römer lasen. Der Literatur und Dichtkunst widmeten die Polen sich mit eben so viel Liebe, wie den Waffen. Und als nach der Mitte des 16. Jahrhunderts einige dieser wohl gebildeten Polen in Paris erschienen, um den von ihnen gewählten König Heinrich von Anjou zu begrüßen, entwarf ein berühmter französischer Geschichtschreiber jener Zeit folgendes Bild von ihnen: „Das ganze Volk von Paris", sagt De Thou, „war erstaunt über die Erscheinung dieser polnischen Gesandten, über ihre feinen Pelze, ihre eleganten mit Edelsteinen besäeten Gewänder, über ihr würdevolles und mannhaftes Auftreten, ganz insbesondere aber über die Gewandtheit, mit der sie sich im Französischen, Deutschen, Lateinischen und Italiänischen ausdrückten. Diese fremden Sprachen waren ihnen so geläufig, wie ihre eigene. Sie redeten unsere französische Sprache mit solcher Reinheit und Präcision, daß man hätte glauben mögen, sie wären nicht an der Weichsel, sondern am Ufer der Seine geboren. Unsere französischen Hofleute schämten sich vor ihnen, wie Ignoranten, und die meisten von ihnen, wenn ihre polnischen Gäste mit ihnen über gelehrte Gegenstände zu reden anfingen, antworteten nur durch Zeichen und indem sie errötheten. Am ganzen französischen Hofe fand man nur zwei Männer, die im Stande waren, den Polen lateinisch zu antworten."

Ein eben so denkwürdiges Zeugniß gibt den Polen der damaligen Zeit einer der größten Gelehrten des 16. Jahrh. Muretus, den König Stephan Bathory aus Italien nach Krakau berief. „Unter den Italiänern", so sagt dieser berühmte Mann, „ist kaum einer unter hundert, der Lateinisch versteht oder Geschmack für die Wissenschaften hat. Unter den Polen dagegen findet man eine große Menge Männer, welche beide Sprachen vollkommen verstehen, und die eine so entschiedene Leidenschaft für die Wissenschaften und Künste haben, daß sie ihnen ihre ganze Existenz widmen."

Auch die Angelegenheiten der Städte und ihrer Bürger waren damals in einem verhältnißmäßig blühenden und geregelten Zustande, geschützt unter ihren Municipal-Rechten. Und selbst der arme Landmann war noch fern von der Erniedrigung, Armuth und Sklaverei, in die er später verfallen ist. Die Zeit des großen Kasimir, der sich (im 14. Jahrhunderte) den Ehrentitel „der Bauernkönig" erwarb, lag noch nicht fern. Manche haben sogar behauptet, daß damals im 14., 15. bis in's 16. Jahrhundert alle Ehren und Würden der Nation in Polen dem Wetteifer und der Theilnahme aller Classen zugänglicher gewesen sind, als in anderen Ländern Europa's. Viele der berühmtesten polnischen Männer jener Zeit gehörten ursprünglich dem Bauernstande an. Janicko, ein in Rom gekrönter Poeta Laureatus, war ein Bauer, desgleichen Kromer, im 16. Jahrhunderte Fürstbischof von Krakau. Dantiscus, ein polnischer Dichter, Diplomat und nachher Bischof, war ein Bürgerssohn aus Danzig.

Seit dem Aussterben des erblichen Königsstamms der Jagellonen (im Jahre 1572) ging es mit dieser Blüthe und Macht der polnischen Nation bergab, und während des 17. Jahrhunderts taumelten ihre Angelegenheiten einem raschen und immer schnelleren Verfall entgegen. Die Monarchie wurde ein Wahlreich. Es begannen die stürmischen Königswahlen, bei denen sich circa 200,000 Edelleute in Waffen auf dem Felde bei Warschau versammelten und dort wie erbitterte Parteien gespalten oft wie Landesfeinde in getrennten Lagern gegen einander campirten. Die Art der Wahl und die den Königen vorgelegten Capitulationen wurden beständig geändert. Neuerung folgte auf Neuerung. Und bei jedem Schritte weiter wurden die dem Ganzen und der Einheit so wohlthätigen Prärogativen der Krone geschwächt, und während sich über ihr die Macht und der Uebermuth des Adels immer mehr erhob, sanken unter dem Fuße des letzteren die unteren Classen des Volks in bodenloses Elend und völlige Schutzlosigkeit hinab.

Der Adel maßte sich so außerordentliche Privilegien und Freiheiten an, daß er am Ende untauglich wurde, etwas Gan=

zes und Festes zu bilden. — Auf seinem Grund und Boden besaß jeder dieser polnischen Edelleute wahre Souveränitäts-Rechte, war ein Herr und König. Die Gesetzgebung der Nation und des Staats betraf nur seinen Stand, die Adels-Corporation. Seinen Vasallen, Untergebenen und Leibeigenen gegenüber war er selbst Richter, Gesetzgeber und unumschränkter Souverän.

Der Staat, den die Polen bildeten und den sie eine „Republik" nannten, war zuletzt nichts als eine Conföderation einer Unzahl kleiner Despoten. Und diese Despoten waren unter einander nicht nur gegen ihre Leibeigenen, gegen den König und das Reich, sondern auch gegen die ihnen feindseligen Fractionen ihrer eignen Kaste verschworen.

Die merkwürdigste und verderblichste politische Institution von eigenthümlich polnischer Erfindung ist aber ihr berüchtigtes „freies Veto" traurigen Andenkens gewesen. Ihre Vorstellungen von dem Ideale persönlicher Freiheit und individueller Unbeschränktheit eines Edelmanns arteten so aus, daß sie den bei keinem andern Volke je erhörten Grundsatz aufstellten, ein Mitglied der Republik, d. h. ein Edelmann dürfe unter keiner Bedingung, selbst nicht von der Mehrheit der Nation, zur Annahme eines Beschlusses, eines Gesetzes oder einer Wahl gezwungen werden, dem er nicht seine freie persönliche Beistimmung geben wolle.

Sie gaben jedem Einzelnen das monstruöse Recht, sein „Nie pozwalam" (ich will es nicht) dem Willen der Majorität entgegenzusetzen, und ein einziges halsstarriges oder von fremdem Einflusse gewonnenes Individuen vermochte diese dadurch völlig wirkungslos zu machen. Die Geschichte zeigt uns kein Beispiel einer ähnlichen Staats-Einrichtung. Durch die immer fortschreitende Entwickelung und Ausbildung dieses unsinnigen Prinzips nahmen die Polen ihrem Staate alle Stabilität, machten ihn und sich, so zu sagen, unmöglich.

Ein Volk mit solchen wunderlichen Idealen im Kopfe mußte natürlich bald dem Untergange gewidmet sein. — Es wurde dadurch der Parteienzwiespalt im Innern und den Eingriffen fremder Gewalten von außen Thür und Thor geöffnet. Polen wurde ein nie ruhender Vulkan, der sich selbst beständig zerklüftete, die Fremden lockte und schließlich unter seinen eigenen Ruinen begraben wurde.

Die Polen verloren in Folge ihres wilden und völlig ausgearteten Unabhängigkeits-Sinnes alle Fähigkeit, sich mit vereinten Kräften einer Sache zu widmen. Ihre Heere, in denen es immer an Subordination fehlte, richteten viel weniger aus, als von der Tapferkeit der Soldaten und dem unternehmenden Sinne ihrer Anführer zu erwarten stand. Ihre ganze Geschichte wurde ein Gewebe von Leichtsinn, Unordnung und Unbestand. Es fehlte ihnen zuletzt gänzlich an der Disciplin und Selbstbeherrschung, wodurch man auch andere beherrscht.

Die Doppelgänger, Rivalen und Nachbarn der Polen, die Russen, die sich seit dem Anfange des 17. Jahrhunderts unter dem Fürstenhause der Romanows zu einer einigen und immer mächtiger um sich greifenden Einherrschaft erhoben, fingen nun an, in dem sie sich von dem Einflusse der Polen, die sie einst selbst überwältigt hatten, frei machten, ihnen eine ihrer östlichen Provinzen nach der anderen zu entziehen.

Kurz nach der Mitte des 17. Jahrhunderts erlangten sie die südliche Hälfte aller polnischen Striche östlich vom Dniepr, die Ukraine, das ganze Land der Kosaken, und zum zweiten Male Smolensk, das sie schon einmal im Jahre 1500 erobert hatten, — im Laufe des 18. Jahrhunderts durch die Reihe der sogenannten Theilungen des rasch versinkenden Polens, die sich Schlag auf Schlag folgten, zunächst im Jahre 1772, den Rest des Landes östlich vom Dniepr das Fürstenthum Witepsk; dann 1793 mit einem breiten Schnitt das Land westwärts längs des Dnieprs, Podolien und den Rest von Klein-Rußland, zwei Jahre darauf 1795 den Hauptkörper von Lithauen, nebst Kurland und Volhynien.

Das Weichselland, das eigentliche National-Polen kam bei diesen Theilungen auf eine kurze Zeit unter deutsche Mächte, unter Oesterreich und Preußen. Aber seit 1815 hat Rußland auch dies Hauptstück, den ganzen mittleren Central-Körper dieses alten national polnischen Weichsellandes, in Besitz genommen, und es sind nun seitdem bei weitem die meisten der von den Polen einst bevölkerten oder besetzten Landstriche ihren Rivalen den Russen unterthan. Den Preußen ist nur die kleine alte polnische Wiege an der Wartha und der Saum der Ostsee-Küste, den Oesterreichern aber der Kranz der schönsten polnischen Landschaften am nördlichen Rande der Karpathen-Mauer geblieben.

Bei allen ihren glänzenden Talenten, trotz ihres tapfern Muthes und ritterlichen Sinnes, scheinen dem Naturell der Polen von Haus aus und mehr als je in den letzten Zeiten ihrer politischen Existenz viele Eigenschaften gefehlt zu haben, die besonders geeignet sind, das Glück der Nationen und Staaten dauernd zu begründen.

Man hat sie den genialen aber extravaganten, den verschwenderischen, den verlornen Sohn der Mutter Europa genannt. Es scheint in ihnen insbesondere nichts von dem sparsamen, haushälterischen, industriellen und erwerbsamen Sinne, der die germanischen Völker auszeichnet, gesteckt zu haben. Sie haben von sich selbst das Sprichwort erfunden: auf der Jagd einen Hahn erlegen und beim Festessen einen Ochsen aufspeisen. Und der Ausdruck „polnische Wirthschaft" ist bei uns zur Bezeichnung einer nachläßigen Staats- und Haushaltung eben so sprichwörtlich geworden.

Obzwar der Poesie und Musik ergeben, haben sie Handel, Gewerbe und bildende Kunst nie mit Erfolg betrieben und haben auch unter sich nie die geduldigen, arbeitsamen, achtbaren Mittelclassen erzeugt, welche jeder menschlichen Gesellschaft so wohlthätig und nothwendig sind, die sie erst recht vollständig machen, ihren Hauptkörper bilden.

Sie sind immer den Extremen zugeflogen. Da kriegerischer Ruhm, Herrschaft, ein glanzvolles, schranken- und zügelloses Leben für sie den höchsten Reiz hatte, so mußten, damit dies Alles Einigen zu Theil wurde, viele zur Abhängigkeit und zu harter, sklavischer Arbeit herabgewürdigt werden. — Die sanften und bescheidenen Ideale von einem freien achtbaren Bauern, oder von einem ehrsamen fleißigen Bürger, das sind Dinge, die den Polen nie in den Kopf gewollt haben. Adel war Alles, was aus ihrem Sinn hervorging. Wer nur den geringsten Grundbesitz unter die Füße bekam, wollte bei ihnen gleich ein Edelmann und Magnat werden, schöpferische Handels- und Industrie-Colonien sind nie von den Polen ausgegangen; nur Adels- und Militär-Colonien.

Die Polen bildeten in diesen Tendenzen und Neigungen den größten Gegensatz zu den ihnen benachbarten Deutschen, die in allen Zweigen des menschlichen Könnens und Schaffens einen so ernsten, ausdauernden und arbeitseligen Sinn bewiesen und hauptsächlich dadurch über die Polen so merkwürdige Siege errungen haben.

Als rege und unternehmende Kaufleute haben die Deutschen den Polen namentlich den langen Küstenstrich längs der Ostsee weggenommen und hier von Danzig über Königsberg, Memel und Libau bis Riga längs der ganzen Küste des alten Polen-Reichs eine Reihe blühender deutscher Handels-Colonien gestiftet. Die Polen haben sich durch sie überall von dem belebenden Anhauche des Meeres ausschließen lassen.

Einmal (es war am Ende des 15. Jahrhunderts) haben sie zwar diesen deutschen Colonienstrich für einige Zeit zurückerobert, haben ihre Grenze wieder bis an's Meer ausgebreitet und sollen, als sie damals die baltische See erblickten, vor Freude getanzt haben. Sie tanzten wohl, die Polen, und sangen, aber sie machten keine Geschäfte am Meere. Die Deutschen fuhren fort, selbst unter der polnischen Ober-Herrschaft die Geschäftsleute und eigentlichen Besitzer und Ausbeuter des Meeresstrandes zu sein. Sie machten sich nach einiger Zeit auch wieder politisch unabhängig von Polen, und schnitten diese dann ganz vom Meere ab, indem sie längs der Küste Alles germanisirten und die Polen auf die Ebenen, Sümpfe und Wälder des Innern beschränkten.

Auch in viele Partien dieses Innern drängten die betriebsamen Deutschen sich ein und bildeten bei den Polen, wie bei den Tschechen und Magyaren ein wesentliches Element der städtischen Bevölkerung.

Mit den Deutschen, aber in noch weit größerer Zahl, als sie, kamen die Juden in's Land, und übernahmen vorzugsweise die Betreibung vieler der bürgerlichen Geschäfte, zu denen die Polen kein Talent oder keine Neigung hatten.

Sie, die Kinder Israel, fanden bei den Polen ein so günstiges Terrain, daß sie hier üppiger wucherten, als in irgend einem Lande Europas, in alle Städte, Dörfer und Weiler so weit Polen wohnten und herrschten, als Handwerker Künstler und Krämer in die große Lücke eindrangen, die sie in dem polnischen National-Wesen fanden. Sie bildeten, so gut als sie dies konnten, ein Surrogat für die den Polen abgehenden mittleren Klassen, und bilden noch jetzt gleichsam dort den dritten Stand des Volkes, — indem sie zwischen den übermüthigen Herren und den elenden unwissenden Leibeignen in der Mitte stehen. Sie sind eine fast unentbehrliche Plage des Landes geworden. — Der Umstand allein, daß die Juden unter den Polen gewuchert haben wie ein Waizenfeld, während sie bei den Russen überall auf steinigen Boden fielen, deutet wohl auf eine sehr bestimmte Verschiedenheit des Charakters und Wesens dieser beiden slavischen Brüder hin. Ebenso wird eine solche scharfe Grundverschiedenheit des Bluts der beiden verwandten Stämme dadurch bewiesen, daß die berühmte Krankheit Plica Polonica genannt, nie den Kopf und das Haupthaar eines Russen ergreift. Sie tritt nur aus dem polnischen Geblüte hervor.

Wie die Deutschen durch ihre überlegene Industrie und Bildung, so haben die National-Feinde der Polen, die Russen, im Laufe der Zeiten den Sieg über sie davon getragen durch die eine Qualität, des Gehorsams und der Unterordnung unter einen leitenden Willen, die sie sich in hohem Grade bewahrt oder angeeignet haben, obgleich sie im übrigen in ihrer ganzen natürlichen, geistigen und körperlichen Begabung nichts weniger als über den Polen stehen.

Nie haben die Russen solche Heldenfiguren erzeugt, die mit dem Reize der Schönheit in ihren Zügen und mit dem anmuthigen und schlanken Wuchse etwas so Imposantes und Energisches verbunden hätten, wie die Polen, welche schon seit Karls IX. von Frankreich Zeiten die Bewunderung der Salons durch ganz Europa waren.

Doch will es dem Beobachter im Lande fast erscheinen, als wenn unter den Polen zwei ganz verschiedene National-Typen durcheinander flössen und sich ineinander verzweigten. Neben jenem voll Schönheit und Adel — wie ihn z. B. das in Deutschland überall bekannte Bild des unglücklichen Fürsten Poniatowsky zeigt, welcher 1813 bei der Schlacht von Leipzig seinen Tod in den Fluthen fand, — existirt noch ein zweiter mit der eben so allgemeinen unschönen Kopfbildung des nur im Herzen edlen Kosziusko, mit gedrückter Stirn, tiefliegenden Augen, aufgestülpter Nase und Stirn — ein Typus, welcher vielleicht eine Verschmelzung der slavischen Polen und Mongolen andeutet und beweist.

Man hat häufig die Polen die Franzosen des Nordens genannt. Wie diese sind sie lebhaft, gewandt und bildsam, zu jeder Entwickelung fähig, dabei zwar auch unbeständig, wie diese. Immer sind sie auf dem Tanzboden, auf dem Fechtboden, bei Gelagen voran. Selbst die älteren Leute unter den Polen mit beschneitem greisen Haupte haben noch etwas von dem raschen Wesen eines Renommisten unserer Universitäten.

Wie die Franzosen, besitzen die Polen, — junge und alte, — eine Elasticität, die sich allen Verhältnissen anpaßt, alle Einflüsse aufnimmt, allen Eindrücken nachgibt und keinen unterliegt.

In ewigen Contrasten bewegt sich ihr Thun und Denken. Und wenn die menschliche Seele überhaupt, so weiß vor allen die des Polen die grellsten Widersprüche in demselben Busen zu vereinen.

Jahre lang leben sie nachlässig heiter auf der Oberfläche dahin, dann plötzlich raffen sie alle Kräfte für irgend einen sie begeisternden Zweck zusammen und wissen für Momente höchst energisch zu handeln.

Gleichgültig, obenhin, wegwerfend, betrachten und besprechen sie Menschen und Dinge, flammen dann aber auf einmal in Haß und Liebe für eine Person oder eine Angelegenheit auf. Heute feiern sie einen Festtag in Buße und Gebet, morgen einen rauschenden Carneval in Lust und Taumel. In einer Stunde sprechen sie begeistert für Freiheit und Menschenrechte, und in der folgenden verletzen sie dieselben vielleicht höchst unbedacht in der Behandlung ihrer Diener und Untergebenen.

Begeisterung und Apathie, Eifer und Nachlässigkeit, Nachgeben und Widerstand, Verschwendung und Geiz alle diese entgegengesetzten Eigenschaften treten in der Geschichte der Polen, wie auch in dem Alltagsleben der Gegenwart grell hervor. — Und eben so auch der unbändigste Trotz neben der wegwerfendsten Unterwürfigkeit. Von jenem zeugt hinlänglich das schon erwähnte „Nie pòswalam", das ein polnischer Edelmann im Gefühle seiner souveränen Größe den Beschlüssen des Parlaments und dem Willen seines ganzen Volks entgegensetzte. Von dieser die in Polen so beliebte Phrase: „Ich küsse Ihre Füße" oder gar: „ich falle ihnen unter die Füße", welche dort der bei allen Klassen eben so gewöhnliche Ausdruck des Danks ist, wie in Wien das uns wohl bekannte und viel maaßvollere: „Küß die Hand".

„Doch" — sagt eine geistreiche Dame, die über die Polen schrieb — „alle diese verschiedenen, wechselnden, in einander übergehenden, schillernden Eigenschaften des polnischen National-Charakters zu schildern, ist fast so schwer, wie ein Versuch, die Farben eines Schmetterlingsflügels zu analysiren. Schon beim Berühren verwischt man den zarten und bunten Schmelz."

Ein höchst elastischer und leichter Sinn, der sich über Alles hinwegsetzt, nicht vor der Zukunft bangt, die Vergangenheit nicht bedauert, die Kränkung, freilich oft auch die Wohlthat, schnell vergißt, gute Miene zum schlechten Spiel macht, lächelnd Alles erträgt, ist das Erbtheil aller Polen.

Mit Verwunderung sieht der Fremde in Polen selbst die Verwöhntesten unter ihnen die Unbequemlichkeiten einer Reise, die Mängel einer schlechten, temporären Wohnung, die Versehen ihrer bäurischen Dienerschaft, die Zudringlichkeit jüdischer Händler mit liebenswürdigster Laune ertragen. Sie machen das Beschwerliche zum Scherze, und amüsiren sich an dem, was andere, namentlich den ihnen gegenüber oft verweichlicht erscheinenden Deutschen erzürnen oder unmuthig machen würde.

Polnische Edelleute und Fürsten, die in ihren eigenen Häusern von allem möglichen Luxus umgeben, die meist viel gereist, mit allen Genüssen großer Hauptstädte bekannt sind, kann man con amore in den kleinen schmutzigen Judenstädtchen ihres Landes umher spazieren — in den unsaubern Wirthshäusern fürliebnehmen, in den engen dunklen Läden ihre Einkäufe machen, sich in den räucherigen Schaubühnen der größeren Städte an den elenden Aufführungen irgend einer herumziehenden Truppe oder am ohrenzerreißenden Spiel irgend eines ambulanten Virtuosen sich vergnügen, oder tageweit in harten Britschken auf holprigen Wegen zu Wolf- und Elennthierenjagden fahren sehen. Und dies Alles sieht man sie mit so viel liebenswürdiger Heiterkeit und Natürlichkeit thun, daß man sie, die da Blumen pflücken, wo andere nur dürre Oede erblicken, bewundern möchte.

Mit jener den Polen eigenen Elasticität hängt auch ihre Rastlosigkeit zusammen, die sie von der Stadt auf's Land, von einem Schlosse zum Anderen führt, ihnen eine beständige Reiselust eingeimpft hat, ja sie sogar im Innern ihrer Häuser unaufhörlich die Bestimmung und Anordnung ihrer Zimmer, die Stellung der Möbeln verändern läßt, und so ewig an die im Osten Europa's eingewurzelte Nomadennatur der Bewohner erinnert. — So glaubt man denn in einem polnischen Haushalte selbst schon ein Abbild im Kleinen von ihrer früheren Staatswirthschaft vor sich zu haben, in der sich auch wie in einem Kaleidoskope stets Alles durch einanderwarf.

Auch die Leidenschaft für das Spiel gehört zu denjenigen Schattenseiten im Charakter des Polen, die mit seinem leichten, flüchtigen, unstäten, abenteuerlichen, nach Aufregungen verlangenden Sinn zusammenhangen. Diese Leidenschaft scheint bei den Polen noch jetzt, wie zur Zeit des Tacitus bei den Deutschen, alle Klassen zu beherrschen. Nicht blos die Herren im Salon, auch die Diener im Vorsaal, die Soldaten in ihren Casernen, die Bauern vor ihren Hütten sieht man bei Würfel und Karten vertieft.

Nur eine Leidenschaft erringt über jene unglückselige und viel Familien-Glück zerstörende Neigung zuweilen den Sieg davon, die edlere und praktischere Lust und Freude am Tanz. Auch diese ist den Polen wie allen Slaven angeboren.

Sie nehmen sie aus der Jugend ins hohe Alter hinüber, und sie vermag selbst lebensmüde Füße noch für den rauschenden Wirbel der Masurka zu beflügeln, dieses lebhaften, anmuthigen, wechselreichen, alle Glieder elektrisirenden, alle Muskeln durchzuckenden, halb kriegerischen Nationaltanzes, der so recht der Ausdruck der erregbaren, in Leidenschaften aufblitzenden Polennatur zu sein scheint.

Die Gastfreundschaft der Polen, wie aller Slaven, ist von alten Zeiten her berühmt gewesen. Sie üben sie in der großartigsten Weise. Nicht blos ihre Lust an Verschwendung und Aufwand, ihre Freude an der Entwickelung von Pracht und Luxus, ihre Begierde, sich im Mittelpunkte eines von ihnen protegirten und dafür ihnen huldigenden Kreises zu sehen, sondern auch eine natürliche Gutmüthigkeit und großherzige Mittheilsamkeit treibt sie dazu.

Man findet daher diese National-Tugend im ganzen Lande bei den Kleinen, wie bei den Großen je nach Kräften und Umständen geübt. Selbst in den jetzigen abhängigen, gedrückten und zerrütteten Verhältnissen der Nation.

Im alten Polen herrschte die Sitte, — und auch jetzt ist noch genug davon übrig, — daß die reichen Magnaten oder Pane in ihren Häusern eine Menge von Edelleuten, Verwandten oder Vasallen mit ihren Frauen und Kindern bei sich aufnahmen, die sie „Residenten" nannten, und die weiter keine Obliegenheit hatten, als den ganzen Train des Schloßlebens mitzumachen und aufs beste zum Glanze der Hauptfamilie beizutragen.

Da gab es mitten in den polnischen Waldungen viele solcher weitläuftigen Palläste wie es z. B. der der berühmten Familie Pac war, der die stolze weit in die Felder hinausleuchtende Inschrift trug: „Pac ist dieses Pallastes, und dieser Pallast des Pac würdig," und in welchem zuweilen mit der Hauptfamilie, und mit den attachirten „Residenten", und mit den Soldaten, welche sonst die polnischen souveränen Magnaten um sich zu versammeln pflegten, wohl 2000 Menschen beisammen hausten.

So etwas giebt es freilich jetzt nicht mehr. Aber doch ist man noch jetzt und zwar nicht bloß bei den Pac und den Branitzkys, Potozkys oder Sapiehas, sondern auch auf den kleineren Edelsitzen zu allen Zeiten darauf gefaßt, ganze Familien mit ihrem Train von Dienern, Pferden und Wagen aufzunehmen, und dabei oft den eigenen gewohnten Bequemlichkeiten für die Fremden zu entsagen.

Auf jedem Mittagstische hat man Couverts für unerwartete Gäste bereit, und gern erspart man selbst dem kaum bekannten Durchreisenden das unangenehme Rasten im unbequemen Wirthshause. Und da sieht sich denn ein solcher vorüberziehender Wanderer zu seiner Verwunderung oft mitten in den polnischen Haiden und Steppen plötzlich wie durch Zauber in höchst anmuthige Kreise versetzt, in denen er für einige Zeit sich in einem Wirbel von geselligen Schloßfreunden, Jagden, Pferderennen, Tanz und Spiel, Theater, lebenden Bildern, geistreicher Conversation und anderen Lustbarkeiten auf polnische Weise dahin schaukeln lassen kann.

Die Polen sind an diesen Rausch der Gesellschaft so gewöhnt, daß sie ihn nicht mehr entbehren können. Und wenn man ihnen erzählt, daß in andern Ländern in England z. B. oft der Herr vom Hause allein mit seiner Ehefrau und seinen Kindern bei Tafel oder beim Theetisch Platz nimmt, so rufen sie aus: „Ah que c'est triste!"

Die Polen werden so zu sagen mitten in dem Geräusche und den Freuden der „Gesellschaft" geboren, und von der Wiege an in denselben und für dieselben erzogen. So wie ein junges polnisches Edelmännchen sich allein auf seinem Stuhle und auf seinen Füßen halten kann, tafelt, und tanzt, conversirt und jubelt er mit den Großen, vermuthlich nicht zum Vortheile seines Charakters, obwohl dadurch die allen so eigene große gesellige Gewandtheit erzielt wird.

Die Polen sterben auch nicht gerne in der Einsamkeit, wo möglich mitten in zahlreicher Umgebung. Davon wüßte ich einen merkwürdigen Fall, den ich selbst zum Theil mit erlebte: Eine vornehme polnische Dame, die achtzig Jahre lang mitten in den Wirbeln ihres großen häuslichen Kreises gelebt hatte, konnte am Ende nicht mehr in Person bei den Freuden erscheinen. Sie verlegte indeß ihr Krankenlager dicht neben dem brillanten Salon, in welchem ihre Gäste sich tummelten. Man ging zu Zeiten hinter den trennenden Vorhang zu ihr, um ihr zu erzählen, wer mit der schönen Gräfin T. die Musurka tanzte, wer mit dem Fräulein P. — und als sie den Tanz und die Musik nicht mehr ertragen konnte: welche stille Whistpartien sich gebildet hätten, wer gewonnen, wer verloren, und was weiter noch im Saal passirte. Eines Abends, als wie gewöhnlich wieder die Gäste eine Zeitlang bei einander gewesen waren, ging plötzlich ein leises Gemurmel unter diesen von Tisch zu Tisch herum. Die eleganten Herren legten die Karten bei Seite, erhoben sich und schlichen still davon. Die Diener bliesen die Lichter aus. Ihre alte Freundin und Herrin war so eben während der Soirée sanft verschieden.

Man darf nur kurze Zeit in einem solchen polnischen Hause zugebracht haben, um zu erfahren, wie großen Einfluß die Frauen in Polen ausüben. Sie sind fast allgemein durch huldvolle Anmuth und Grazie ausgezeichnet und theilen den lebhaften, leichten und auch den ritterlichen Sinn der Männer. Dabei haben sie häufig eine tiefere Bildung und sogar eine größere Willensstärke und Festigkeit als diese.

Sie sind die eigentlichen Gebieterinnen der Gesellschaft und stets eingeweiht in die wichtigsten Pläne ihrer Männer. Ja sie leiten dieselben oft mit größter Geschicklichkeit und Umsicht, was bis auf die letzte Zeit herab die politischen und blutigen Ereignisse in diesem Lande bewiesen haben, da sich die polnischen Frauen nicht nur an den Opfern, sondern auch an den Kämpfen ihres Vaterlandes eifrig betheiligten und keine Gefahr scheuten.

Allgemein bewundert und wegen ihres betrübten Endes betrauert haben wir in neuerer Zeit eine dieser schönen und edlen Kämpferinnen für's Vaterland, die heroische Gräfin Helene aus dem patriotischen Geschlechte der Grafen Plater. Man könnte aber ein Buch füllen mit den Lebensgeschichten zarter Polenfrauen, die, wie die Jungfrau von Orleans, zu Zeiten ihre Brust für das Vaterland gepanzert und die Ulanen-Lanze gegen die Russen und andere Feinde geschwenkt haben.

An uneigennütziger und hingebender Gesinnung haben diese polnischen Frauen immer die partei- und eifersüchtigen Männer übertroffen und ein französischer Schriftsteller hat daher wohl nicht ganz mit Unrecht gesagt, der Ruf: Finis Poloniae würde nie ertönt sein, wenn man den polnischen Frauen gefolgt wäre.

Dies Finis Poloniae ist ein Trauerruf, der oft wiederholt wurde, der aber nur Wahrheit und Bedeutung enthält in Bezug auf das alte politische Staatsgebäude der Polen. Dies ist zertrümmert und eingesargt. Als Volk aber sind die Polen noch keineswegs verdorben und gestorben. Ihre Race, als solche, ist nichts weniger als verkümmert und verkommen. Vielmehr werden bei ihnen überall wie früher die kräftigsten Frauen wie Männer geboren, und diese haben auch wieder im Laufe dieses Jahrhunderts sowohl außerhalb ihres Vaterlandes in Italien, Spanien und andern Ländern mit dem alten angestammten Muthe gekämpft, als auch innerhalb des Weichsellandes gegen die Russen und Kosacken, — so zu sagen unter unsern Augen, — Wunder der Tapferkeit verrichtet.

Eben so wenig wie in Hinsicht auf ihr Blut und ihre Race können die Polen in Bezug auf ihre moralischen Zustände, — etwa wie die zügellosen Römer zur Zeit der Auflösung ihres Reichs, — als besonders entartet oder verkommen betrachtet werden.

Die Religion, das wichtigste Element eines jeden „Vaterlandes", ist ihnen noch immer ein heiliges Gut. Religiöser Sinn offenbart sich bei ihnen in vielseitig frommer Thätigkeit und in vielen lieblichen Gebräuchen. Unter dem Aeußern eines heiteren Weltsinns fühlt man bei ihnen eine Fülle von Schwärmerei und Enthusiasmus verborgen. Man erkennt bei ihnen ein jugendliches Gefühl für das Erhabene, Geheimnißvolle, Wundervolle, in das sie so oft tief sich versenken können. Selbst die Greise bei den Polen, — „grau wie junge Tauben", — schwärmen noch oft, während bei andern Völkern oft Jünglinge wie Greise reden.

Die Götter werden bei den Polen noch nicht verachtet, wie bei den Atheniensern zur Zeit des Philipps von Macedonien, oder wie bei den moralisch herabgekommenen Franzosen vor den Explosionen der französischen Revolution.

Das katholische Christenthum erscheint vielmehr bei den Polen noch heutzutage in einer fast antiken, reinen und rührenden Gestalt. Die überfüllten Kirchen, die nie leeren Beichtstühle, die Strenge der Fasten, die Armuth ihrer Klostergeistlichen, das fromme, oft sehr streng ascetische Leben und Aussehen ihrer Priester, — dies Alles erinnert fast an die ersten Zeiten der christlichen Kirche und mag wohl geeignet sein, uns mit nicht geringem Vertrauen zu erfüllen zu dem „Jeschtscho Polsche ne poniala“ (Noch ist Polen nicht verloren), mit dem bis auf unsere Tage die Polen stets kühn und trotzig auf das traurige Finis Poloniae des Kosziusko geantwortet haben.

Am allerwenigsten aber zeigt sich ein eisernes Zeitalter oder ein Absterben in der Sprache oder Literatur der Polen, da sprachliche und literarische Verfall-Epochen doch sonst meistens mit politischen Schwächungen der Völker vereint erschienen sind. — Mitten in ihrem politischen Winter hat sich vielmehr für ihre Sprache und Literatur ein wahrer Frühling von Neuem hervorgethan.

Am Ende des vorigen Jahrhunderts war in ganz Polen sehr wenig geistige Bewegung. Ja manche Theile von Polen, z. B. Galizien, wurden noch am Anfange des jetzigen Jahrhunderts als ein literarisches China bezeichnet. Im ganzen Polenlande erschien kaum eine Zeitung, kaum ein periodisches Blatt, um der Welt zu beweisen, daß dort einmal ein Siegmundisches Zeitalter geblüht habe.

Seit Napoleons Zeiten, dann seit dem Jahre 1830, und wiederum seit 1848 — hat sich dies abermals bedeutend geändert. Obwohl auch in diesen Jahren bei vergebenen Anstrengungen neues politisches Mißgeschick auf die Polen gehäuft wurde, haben sie doch von Neuem ihre Leiern erhoben und es ist aus dem alten noch nicht versiegten Quell der Poesie und Liebe ein reicher Strom hervorgebrochen. Ihre Sprache hat sich beständig bereichert und veredelt. Was sie nicht in Polen selbst in dieser ihrer originellen und naturkräftigen Sprache bilden, denken, schreiben und drucken durften, das haben sie in Paris, London, Deutschland, Amerika und andern Ländern erscheinen lassen. Es giebt jetzt wenige Druckorte in der Welt, in denen nicht auch polnische Bücher gedruckt werden. Und so viele gerühmte Dichter, wie die Polen sie jetzt haben, haben sie kaum je zuvor gehabt. Alle diese Dichter, weit davon entfernt, an das Finis Poloniae zu glauben, verkündigen vielmehr mit Prophetensinn die Herrlichkeit, die Auferstehung und den kräftigen Ruhm ihres unglücklichen Vaterlandes. — Ja, der erste Dichter der Polen, ihr Byron Mickiewitz, ein ächter Sohn des Landes, bezeichnet sein Volk sogar als den zukünftigen Mittel- und den belebenden Brennpunkt des ganzen Slaventhums.

Dies Alles sind keine Merkzeichen eines inneren Verfalls des Geistes des Volks und eine Auflösung seines Blutes und seiner Race. Die Polen selbst sind auch so weit davon entfernt an eine Abgestorbenheit ihres Stamms zu glauben, daß unter ihnen vielmehr, wie auch unter den Tschechen und andern Slaven weit mehr die merkwürdige Ansicht verbreitet ist, die ein berühmter slavischer Gelehrter Kollar zuerst prophetisch aufgestellt hat, die Ansicht nämlich, „daß eben gerade vor Allen den Slaven die Thore der Zukunft geöffnet seien, und daß ihnen die Aufgabe zufallen werde, die veraltenden Elemente der Bildung zu ergänzen und das erstarrende geistige Leben der Menschheit weiter vorwärts zu bringen, — da (wie die Slaven sich vorstellen) das Blumenscepter der Cultur den germanischen und romanischen Stämmen bereits aus den Händen zu sinken anfange.“

Diesen in Polen, in Rußland, in Böhmen, an der Donau so sehr applaudirten Ausspruch mögen wir Deutschen und anderen West-Europäer zwar, soweit er über uns den Stab bricht, nicht zu unterschreiben geneigt sein, aber wir mögen ihn doch zugleich auch als einen Beweis der frisch fort glühenden Jugendlichkeit, Urkraft und des ungebeugten Selbstgefühls auch dieser europäischen Völker betrachten und uns in gewisser Beziehung darüber freuen.

Die Osmanen.

Wenn wir es auch als eine Fabel betrachten müssen, was byzantinische Geschichtschreiber wohl vorgegeben haben, daß die Türken directe Abkömmlinge von Priamus und Hektor seien, so ist es doch gewiß, daß die sogenannte orientalische Frage, die uns in diesem Jahrhunderte so viel beschäftigt hat, gewissermaßen schon so alt, wie die Geschichte unseres europäisch=asiatischen Orients selber ist.

Sie war eine Lebensfrage bereits für die alten Achäer, die unter dem Völkerfürsten Agamemnon nach Kleinasien zogen und dort am Skamander nicht etwa blos die Trojaner, sondern auch deren aus entlegenen Theilen Asiens herbeigeeilte Bundesgenossen bekämpften, — und noch mehr war sie es für die späteren Hellenen, als sie ihr Vaterland gegen den Perser=König, den Beherrscher des entlegenen Orients, vertheidigten.

In den zwei merkwürdigen Halbinseln Griechenlands und Kleinasiens, die nur durch enge Meere von einander getrennt sind, schauen sich die beiden Welttheile Europa und Asien gleichsam in's Angesicht.

Es ist, als wenn die Continente hier ihre nervigen Fäuste ausgestreckt hätten, entweder um sich zu umschlingen, oder aber um ihre Schwerter zu kreuzen.

Die Schicksale dieser beiden Halbinseln waren zu allen Zeiten unter einander verwebt. Die eine (die westliche) diente stets den Europäern als Burg und als Hafen gegen die asiatischen Nationen, die ihrerseits beständig die östliche als Brücke zu ihren Wanderungen und Märschen nach Europa benutzten.

Die Völker, welche über diese Länderbrücken hier aufeinanderstießen und zu Zeiten zu großen Reichen verschmolzen, waren im Großen und Ganzen genommen fast stets dieselben.

Auf der einen Seite die alten europäischen Insassen, die Griechen, die Illyrier, die Romanen, die Slaven mit mannigfaltig gestaltetem Völker=Leben; auf der andern die West=Asiaten, die Syrer, die Perser, die Araber &c. mit dem einförmigen Lebens=Typus, mit den starren despotischen Staats=Einrichtungen des Orients.

Nur die Hegemonie der beiden hier streitenden Parteien hat im Laufe der Zeiten gewechselt. Bald standen an der Spitze der Europäer, die Hellenen, dann die Macedonier, später die Römer. Und das Banner von Asien führten bald ein Perser=König, dann die Kalifen und endlich die türkischen Sultane.

Für die größere Dauer der Zeit haben

während dieses mehr als zweitausendjährigen Kampfes die Europäer den Sieg und das Uebergewicht behauptet. Den Achäern gelang es, nicht nur Troja zu zerstören, Kleinasien mit blühenden griechischen Colonien zu besetzen und später den Angriff des großen Königs von Iran abzutreiben, sondern unter Alexander dem Großen stürzten sie auch den Großherrn selber von seinem Thron am Euphrat und herrschten über das ganze westliche Asien für lange Jahrhunderte, zuerst unter den Nachfolgern des Macedoniers, dann mit und unter den Römern und endlich wieder unter den byzantinischen Kaisern.

Dauernd und weitgreifend hat ein großes west-asiatisches Reich und orientalischer Despotismus weder im Alterthum noch im Mittelalter, im östlichen Europa sich festgesetzt.

Erst zu einer uns viel näher liegenden Epoche hat das merkwürdige Volk der Osmanen jenen von den Atheniensern so sehr gefürchteten Triumph asiatischer Großherren diesseits des Hellesponts errungen.

Diese Osmanen gehörten ursprünglich nach Sprache, Blut und Sitte zu demjenigen großen Völkerstamme, der in Europa gewöhnlich der türkische heißt, und der wie die Mongolen, Tungusen und Finnen wiederum einen Zweig der noch größeren Völkergruppe bildet, die wir wohl als die tatarische oder die turanische, auch die hochasiatische oder altaische zu bezeichnen pflegen.

Die Ursprungs-Mythen und Traditionen aller dieser Völker weisen auf den Altai, das hohe Central-Gebirge Asiens an den Gränzen von China und Rußland hin. — Die Türken, die sich selbst als Verwandte jener Mongolen, Tungusen und anderer Nomaden Central-Asiens erkennen, haben über ihre Absonderung von ihren Brüdern folgende Sage, die zwar auf historischem Grunde beruhen mag, übrigens, wie man leicht sieht, von ihnen poetisch ausgeschmückt wurde.

Einstmals, so erzählen die Türken, bei der Zerstörung eines großen Nomadenreichs (nämlich desjenigen, welches die alten chinesischen Schriftsteller, das Reich der nördlichen Hunnen nennen), entrannen dem allgemeinen Blutbade nur zwei junge hunnische oder tatarische Prinzen, Namens Kaian und Nagos mit ihren Frauen.

Sie versahen sich mit den übrig gebliebenen Geräthen, Cameelen, Pferden und Heerden ihrer erschlagenen Freunde und zogen nach Nordwesten zu den hohen Gebirgsverstecken des Altai, um dort einen Zufluchtsort zu finden. Indem sie immer tiefer in diese mächtigen Berglabyrinthe hinein geriethen, entdeckten sie zuletzt einen äußerst schmalen Fußsteig, den das Bergwild ausgetreten hatte, und der so enge war, daß nur ein Reiter zur Zeit zwischen den Klüften und Abgründen durchpassiren konnte.

Der Gemsensteig, den sie verfolgten, führte sie endlich in eine angenehme, weite, von Bächen durchschnittene und wiesenreiche Hoch-Ebene hinaus. An diesem willkommenen und schwer zugänglichen Orte ließen sie sich mit ihren Heerden nieder, bauten ihre Hütten und Zelte, und lebten daselbst viele Jahre im Winter von Fleisch, im Sommer von Milch und wilden Früchten. Sie gaben ihrer Wohnstätte den Namen „Erkene-Kom", d. h. das Hochgebirgs-Thal.

Die Nachkommenschaft jener beiden Nomaden-Prinzen, von außen ungestört und der übrigen Welt ganz unbekannt, mehrte sich daselbst bedeutend und theilte sich in verschiedene Stämme und Horden. Nachdem sie so 400 Jahre lang in ihrem Verstecke gelebt hatten, und ihnen mit ihren zahlreichen Heerden dasselbe zu enge geworden war, beschlossen sie auf einer allgemeinen Volksversammlung, wieder, wie die Juden aus Egypten, in die weite Welt hinauszuziehen. Aber ihre Alten hatten die Lage des berühmten schmalen Bergpfads vergessen, auf dem ihre Vorfahren flüchtigen Fußes hereingekommen waren. Und alle Nachsuchungen darnach in den himmelhoch anstrebenden Felsenwänden, die ihr „Erkene-Kom," diese Ur-Wiege aller türkischen Stämme umgaben, waren vergeblich. Man mußte daher zu anderen Mitteln seine Zuflucht nehmen.

Ein Huffschmied, so erzählt die türkische Sage, nachdem er die Gebirgsmauern aufmerksam beobachtet, traf endlich eine Stelle, die ihm nicht so dick schien,, wie die übrigen, und durch welche auch um so leichter ein Durchgang zu machen war, da sich daselbst lauter eisenhaltige Felsen fanden. — Auf seinen Rath wurde hier ein großes Feuer angemacht. Siebenzig mächtige Blasebälge wurden aufgestellt, und mit Hülfe derselben schmelzte man das Metall hinweg, so daß sich eine Breche und ein schmaler Durchgang bildete, auf welches ein beladenes Cameel zur Zeit passiren konnte.

So zog nun die ganze Völkerschaft, unter Anführung ihres damaligen Chans oder Herzogs „Bertezena" genannt, in die Welt hinaus und brach wie ein lang gehemmter Bergsee hervor.

Draußen schickten sie Gesandte zu allen umwohnenden Stämmen und boten ihnen ihren Beistand und Schutz an, wenn sie ihnen Weideraum abtreten und sich ihnen unterwerfen wollten. Mehrere derselben, die sich zum Widerstande vereinigt hatten, schlugen sie zurück, und so wurden sie bald ein großes und mächtiges Volk, aus dessen Schooße viele berühmte Geschlechter und Gewalthaber hervorgingen.

Das Andenken an den wunderbaren Ausgang aus dem Thale „Erkene-Kom" wurde später bei allen türkischen Völkern noch lange durch ein jährliches Fest gefeiert, bei welchem sie in einem großen Feuer mit vielen Blasebälgen ein mächtiges Stück Eisen glühend machten, auf das der oberste Chan den ersten Hammerschlag, und nach ihm auch alle übrigen Häuptlinge der Horden ebenfalls einen Hammerschlag thun mußten.

Obgleich nun aber solche Erzählungen, — wie deren die asiatischen Völker von den Arten und Weisen ihres Ursprungs viele haben, — nicht in ihren Einzelheiten als Geschichte genommen werden können, so stellen sie doch in der Hauptsache gewiß ziemlich richtig dar, was sich unzählige Male ereignet haben mag, und sind selbst in ihren poetischen Ausschmückungen als bezeichnend für den Charakter und die Phantasie der Völker, die sich mit diesen Mythen herumtragen, der Beachtung werth. Auch besitzen sie als Gegenstände des späteren Volksglaubens wenigstens den Werth einer subjectiven historischen Wahrheit.

Von den auf die besagte Weise in die Länder im Westen des Altai ausgeschütteten Türken-Stämmen waren mehrere schon lange vor unseren Osmanen auf anderen Wegen nach Europa gekommen.

Die ersten Einfälle türkischer Völker in unseren Continent geschahen nicht über Kleinasien, sondern nördlich vom Schwarzen Meer durch Rußland. Die Cumanen, die Polowzer, die Petschenegen und nach ihnen mehrere andere Horden, die im 13. Jahrhunderte mit Tschingischan nach Europa kamen und dort mehr oder weniger dauernde Gewaltherrschaften stifteten, gehörten derselben weit verbreiteten Race der Türken an.

Aber die Namen dieser nördlichen Türken sind größtentheils längst verschollen und nur schwache Ueberreste von ihnen wohnen noch jetzt in der Krim, im Ural und an der Wolga. Von allen den verschiedenen türkischen Stämmen sind die Osmanen die einzigen, denen es gelungen ist, einen bleibenden Eindruck auf Europa zu machen, und sogar in dem europäischen Völker-Areopage Sitz und Stimme zu erringen, eben so wie auch von allen den zahllosen finnischen Stämmen die Magyaren als die ausgezeichnetsten und begabtesten in Macht und Ruhm vorangeleuchtet haben.

Die Vorgänger und Brüder der Osmanen in Asien, die seldschuckischen Türken, die dort im 11. Jahrhunderte ein mächtiges Reich aus den Trümmern des Kalifats aufbauten, sind nach Europa selber kaum hinüber gelangt, obwohl sie allerdings die Herrschaft der Europäer in Asien, noch ehe von den Osmanen die Rede war, schon sehr beschränkten.

Sie nahmen den byzantinischen Griechen viele ihrer kleinasiatischen Provinzen, die ihnen unter den arabischen Kalifen noch geblieben waren, hinweg. Auch waren es die von den seldschuckischen Türken gestifteten Reiche, mit denen die westlichen Europäer zur Zeit der Kreuzzüge in Streit geriethen.

Der große langdauernde Kampf der Europäer mit den Türken in diesen Gegenden begann also eigentlich schon im 11. Jahrhunderte im Innern von Kleinasien mit jenen Seldschucken, die auch schon den Halbmond auf ihren Fahnen führten, und von denen die Osmanen dies Zeichen erbten.

Die Kreuzzüge galten fast alle vorzugsweise türkisch-seldschuckischen Sultanen und da sie in Bezug auf ihren vornehmsten

Zweck, (die Christianisirung des westlichen Asiens) unglücklich waren, da sie die Hauptschutzwehr Europa's gegen Asien, das byzantinische Reich, noch mehr schwächten, so haben diese ungeschickt geleiteten Kreuzzüge gewiß nicht wenig dazu beigetragen, den Türken, dem Islam und dem Oriente die Thore unseres Welttheiles zu öffnen.

Den türkischen Eroberungs-Marsch nach Westen setzten die Osmanen da fort, wo ihre Brüder, die Seldschucken, die mitten auf der Bahn und bevor sie noch Europa erreichten, in sich selbst zerfallen waren, ihn aufgegeben hatten.

Selten hat ein gewaltiges Volk von einem so kleinen Gemeinwesen begonnen, und fast nie ist eines mit so raschen Riesenschritten zu welterschütternder Größe herangewachsen, wie das der Osmanen.

Die Sage, welche die Osmanen über ihren speciellen Ursprung und über ihre Abtrennung von den übrigen türkischen Stämmen haben, erinnert ein wenig an die ersten kleinen Anfänge Roms. Auch spielt eine Wölfin und ein Raub von Sabinerinnen darin eine Rolle. Ihre Vorfahren, so lautet diese osmanische Mythe, die als friedliche Heerdenbesitzer an den Ufern des westlichen Meeres (der Caspischen See) lebten, wurden von einem benachbarten wilden Stamme, der weder Alter noch Geschlecht schonte, angegriffen, aus ihren Sitzen vertrieben und zu Grund gerichtet. Nur ein einziger kleiner Knabe, den die Feinde für todt in einen See geworfen hatten, entkam dabei. Ein Thier der Wildniß, eine Wölfin, erbarmte sich des jungen im Sumpfe steckenden Wesens, zog ihn hervor und säugte ihn, der zum Stammvater der osmanischen Türken bestimmt war, wie einst auch eine Wölfin dem Romulus und Remus denselben Dienst erwiesen hatte. Unentdeckt lebte der junge Hirt mit seiner Wölfin in einer einsamen Höhle, wuchs zum Manne heran und erzeugte dann mit einem ebenfalls flüchtigen Weibe, die sich zu ihm gesellte, 10 Söhne. Nachdem diese nun erstarkt waren, raubten sie sich Frauen von den benachbarten Stämmen und mehrten ihr Geschlecht. Als das Thal von Bewohnern erfüllt war, brachen sie dann, einen Wolfskopf an der Spitze ihrer Fahnenstange, hervor gegen ihre Feinde und setzten unter diesem Zeichen die Gegend umher in Furcht. Dies geschah in uralten Zeiten.

Aber selbst noch im Anfange des 13. Jahrhunderts, 300 Jahre vor dem Zeitpunkte, wo sie sich zu einer drei Welttheile alarmirenden Macht erheben sollten, waren die Osmanen, wie einst das Volk Israel unter Abraham, weiter nichts als eine Horde von wenigen tausend berittenen Hirten und Hirtenkindern, die auf der Flucht vor den einbrechenden Mongolen sich aus der Provinz Korassan und aus der Umgegend des Caspischen Meeres her nach Westen auf den Weg machten und flüchtend über Armenien nach Kleinasien kamen.

Aus dieser geringfügigen Reitertruppe, die unterwegs noch durch Abtrünnige und Heimkehrende bedeutend zusammenschmolz, ging das große osmanische Reich hervor, wie aus den Mauern eines lateinischen Städtchens die den Erdball in ihre Kreise verwickelnden Römer, wie aus dem tief unten am Horizonte lauernden, einem schwarzen Punkte vergleichbaren Wölkchen ein unheilvoller den ganzen Himmel überziehender Sturm.

Wie bei vielen Flüchtlingen, die aus ihrer Heimath vertrieben, die weite Welt vor sich offen sahen und gleichsam von dem Anblick berauscht hineinblickten, so erwachte auch in dem Sinne dieses zwischen den alten Städten des Euphrat-Landes irrenden Häufleins räuberischer Hirten bald ein gewaltiger Drang nach Thaten, Ruhm und Schätzen. Die Führer desselben hingen schon frühzeitig, wie die Stammväter der Juden, schmeichlerischen Träumen und Eingebungen von der dereinstigen Größe ihres Volkes nach.

Ertoghrul, einer dieser oftgenannten Ur-Herren und ersten Horden-Führer der Osmanen, träumte einst auf der Heerfahrt, er sähe aus seinem Zelte einen schönen klaren Quell hervorsprudeln, der mit immer wachsender Gewalt im ungestümen Laufe zu einem großen Strome anwuchs und alsbald die Länder weit und breit überschwemmte. Einer seiner weisen Sheiks deutete das Gesicht dahin, daß dem Ertoghrul bald ein heldenmüthiger Sohn geboren werden solle, der das Volk zu großen Thaten führen werde.

Und noch schöner und bestimmter träumte bald darauf, als er erschien, dieser

Sohn selber, genannt Osman, das heißt zu deutsch, — ominös genug! — der „Knochenbrecher", (es ist der türkische Name eines Raubvogels, des Königsgeiers) — der gefeiertste Nationalheld des nach ihm benannten Volkes der Osmanen. —

Als Jüngling von Liebe zu der Tochter Edebalis, eines alten Sheiks, bewegt, schien es dem jungen Osman eines Abends nach Beendigung seines Gebets, als ob er den greisen Vater seiner Geliebten neben sich ruhen sähe, und als ob der wachsende Mond sich aus dem Busen seines Freundes glänzend erhöbe, um sich alsbald als Vollmond in seinem eigenen (Osman's) Schooße zu verbergen. An der Stelle aber, wo der Vollmond verschwunden, erhob sich ein herrlicher Baum mit weit ausgebreiteten Zweigen voll köstlicher Früchte, und unter ihnen ruhte das Weltall mit allen seinen Bergen und Thälern, reichen Auen und anmuthigen Flüssen, Provinzen und Städten, belebt durch eine geschäftige Bevölkerung, welche sich in dem Schatten des prachtvollen Baumes ihres Daseins zu freuen schien.

Im Vollgenusse dieses reizenden Gesichtes erwachte Osman und schilderte dasselbe erstaunt seinem alten Freunde. Dieser, der bisher seine Tochter dem jungen Abenteurer geweigert hatte, nun aber in dem Traume ein Wahrzeichen des Himmels zu Gunsten der Vereinigung seines Hauses mit dem Osmans und der wachsenden Größe des gemeinsamen Stammes erblickte, gab dann seine Einwilligung zu einer Verbindung, aus der in der That das glänzende Geschlecht der gewaltigen osmanischen Sultane, gleich einer Reihe von Meteoren, hervorging.

Fast alle Sagen und Erzählungen der Osmanen, welche sich auf die Kindheit ihres Volkes beziehen, sind sehr frommer, sehr phantasievoller und prophetischer Natur. — Auch haben ihre Geschichtschreiber (denn deren hat dies Volk immer sehr viele erzeugt) dafür gesorgt, daß wir die Entwickelung und den Weg der Nation von den Wüsten Turans über den Euphrat bis zum Bosphorus von Schritt zu Schritt, von Stufe zu Stufe besser verfolgen können, als die Anfänge und Fortschritte mancher anderer Völker.

Die noch jetzt im türkischen Reiche bekannten und vom Volke besuchten und verehrten Gräber ihrer ersten Sultane sind gleichsam die Mark- und Denksteine auf ihrer Siegesbahn. Suleiman, der Großvater Osmans, der sich zu Pferde in die Fluthen des Euphrat stürzte, um seiner Horde einen Weg zu bahnen, wurde an den Ufern dieses entlegenen Stromes begraben.

Seinem Sohne, dem oben genannten Etoghrul errichteten die Seinen das Grabdenkmal ein halbes Jahrhundert später schon 200 Meilen westlicher an den Ufern des Flusses Sangaris in der Mitte von Kleinasien, und der Enkel endlich, Osman, der Begründer der türkischen Macht, fand seine Ruhestätte bereits ganz nahe bei dem Rande des europäischen Meeres-Gestades, in dem sogenannten „silbernen Gewölbe" der alten bithynischen Stadt Prusa, deren Umgegend das erste feste Stammgebiet und das Wiegenland des osmanischen Reiches wurde.

Bis dahin hatte die Horde unter Verrichtung vieler Heldenthaten sich rastlos durch den nördlichen Theil von Kleinasien um die im Süden noch mächtigeren Staaten der Seldschucken und theils im Dienste derselben herumgeschlichen. Hier aber im alten Bithynien und an den Gränzen Asiens und Europa's, wohin der Arm der Seldschucken schon nicht mehr reichte, und wo die byzantinische Macht bereits nicht mehr blühte, nisteten sie sich ein und faßten als die frische Avantgarde der mürbe gewordenen Seldschucken zuerst in ihrer ältesten Königsstadt, jenem genannten Prusa, feste Wurzel, gleichsam wie ein Keil, der rechts und links beide Welttheile aus den Angeln heben sollte.

Von da aus haben sie um sich gegriffen, sowohl westwärts nach Europa, das vor ihnen lag; als ostwärts nach Asien in ihrem Rücken.

Da sie von vornherein dem Westen das Angesicht zugekehrt hatten, da sie anfänglich mit ihren Stammgenossen, den Seldschucken, in freundschaftlichen Verhältnissen standen, so wandte sich zunächst ihr Sinn und ihr Säbel vorzugsweise gleich gegen unseren Continent.

Nachdem sie die kleinen byzantinischen Statthalter und Lehnsfürsten und die griechischen Fürsten am Hellespont und an dem Mare di Marmora eine nach der andern überwunden hatten, setzten sie in der Mitte des 14. Jahrhunderts nach Europa selber hinüber.

Sie kamen dahin zunächst zum Theil als abenteuerliche Freibeuter, die hie und da Plünderzüge unternahmen und Privathändel der Byzantiner mit Waffengewalt schlichteten, zum Theil auch als Freunde und Trabanten der griechischen Kaiser, welche diese tapfern Reiter mitunter gegen ihre rebellischen Statthalter oder ihre Gegenkaiser in Sold nahmen. Zum Theil endlich auch als friedliche Einwanderer, die schon lange, bevor sie die Stadt einnahmen, in Constantinopel eine zahlreiche Colonie besaßen, — sehr bald aber, indem sie die Maske der Freundschaft abwarfen, als gebietende Eroberer, die schon im Jahre 1358 einem ihrer Fürsten, dem hoffnungsvollen Enkel Osman's Suleiman eine Grabstätte diesseits des Hellesponts, die erste dieser Art, erbauten.

Von dem Grabe dieses jüngeren Suleimans aus drangen sie alsbald, eine byzantinische Stadt nach der andern hinwegnehmend, tiefer in die europäischen Länder ein, und schon einige Jahre später, im Jahre 1361, erstürmten sie die größte Provinzstadt der Griechen, Adrianopel, woselbst sie ihren Sultanen ihre erste europäische Residenz bereiteten.

Dort nun beugten sich alsbald die griechischen und slavischen Provinzen umher vor ihrem Säbel, den schon jetzt einer ihrer Anführer einer Wolke verglich, welche über Europa heranziehend statt Regen nur Blut vergieße.

Von hieraus lösten sie dem alten griechischen Reiche, so zu sagen, alle Aeste und Wurzeln ab, bevor sie den Stamm (die dreifach ummauerte Hauptstadt) selber fällten.

Im Jahre 1389 vernichteten sie in der blutigen welthistorischen Völker-Schlacht auf dem Amselfelde die vereinte Macht der Serben, Bulgaren, Wallachen und Ungarn und streiften nun schon fast über das ganze große Halbinselland hin.

Endlich in der Mitte des folgenden Jahrhunderts, im Jahre 1453, nachdem sie die Stadt ringsumher umzingelt, das ganze Fahrzeug, so zu sagen, abgetakelt hatten, erstürmten sie den Rumpf des alten Byzanz, zertraten nun völlig das letzte noch zuckende Glied des römischen Reichs, das eben so hinter den engen Mauern einer einzigen Stadt, gleich einer Schnecke sich verkriechend, erlosch, wie es einst aus den engen Mauern einer einzigen Stadt über die Welt seine Fang-Arme ausgebreitet hatte.

Hier, am goldenen Horne, in dem Focus des Verkehrs zwischen Asien und Europa, wo die türkischen Sultane ihre zweite und schließlich europäische Residenz aufschlugen, wurde nun rasch jener brillante Traum des heldenmüthigen Hordenchefs Osman zur Wahrheit.

Der osmanische Staat wuchs unter einer Reihe kräftiger, talentvoller und glücklicher Regenten von Mohammed II. bis Selim II. während des Verlaufs eines Jahrhunderts, wirklich zu einem solchen riesigen Baume hervor, der die Völker dreier Welttheile, die berühmtesten und gesegnetsten Länder des Erdballs überschattete, so wie es Osman im Traume geschaut hatte.

Die anfänglich so geringfügige Horde von wenigen tausend Köpfen, — da sie sich theils in sich selbst vermehrte, — theils ihre Brüder, die seldschukischen Türken, deren Reiche eines nach dem andern verschlungen wurden, in sich aufnahm, — theils aber auch stets unter den unterjochten Völkern rekrutirte und viele zum Islam bekehrte mit dem Geiste der Osmanen erfüllte, und sie mit diesem Namen beehrte, — schwoll zu einem mächtigen Strome von mehreren Millionen an, die überall die Wohnsitze der Hingemordeten oder in die Sklaverei abgeführten Urbevölkerung einnahmen, — die sich als Grund-Eigenthümer und Bodenherren in den europäischen Reichslehen verbreiteten, die als Befehlshaber und Besatzungen in alle Städte Syriens, Mesopotamiens, Egyptens, ja der ganzen langen Nordküste von Afrika einzogen.

Zur Zeit ihrer größten Blüthe und Macht in der Mitte des 16. Jahrhunderts, — nachdem sie unter ihrem furchtbarsten Padischa Suleiman dem Prächtigen — auch Ungarn vernichtet und sogar die deutschen Kaiserstadt Wien bedroht hatten, und als der Hof des türkischen Sultans der glänzendste seiner Zeit geworden war, er=

streckte sich in Europa ihr Reich nordwärts bis an die Karpathen, westlich bis an den Fuß unserer Alpen und in die Nähe Venedig's und östlich über Siebenbürgen und die Moldau hinweg durch das ganze südliche Rußland, so weit die Reiterschaaren ihres Vasallen, des Chans der krimschen Tataren streiften.

Auf dieser Höhe erhielten sie sich etwa anderthalb Jahrhunderte, während des 16. und eines Theils des 17. Seculi. Von da an nahm ihre innere Energie wie ihre äußere Macht ab. Es erschienen unter ihnen wenig große und kräftige Männer mehr. Die Sultane verweichlichten im Harem, in dem sie erzogen wurden. Familienzwist und Brudermord befleckten häufig die Stufen des Thrones. Wie bei den Herrschern kein festes Thronfolgegesetz, so hatte sich im Volk kein conservatives Adelselement, auf Geburt und befestigten Grundbesitz begründet, ausgebildet. Habsucht, Raubgier, Bestechlichkeit fingen an, immer mehr und mehr unter den Türken zu grassiren, und untergruben die früher gelobte öffentliche Tugend.

So wie diese Stockung und Faulung im Innern eintrat, fingen nun die bisher bedrängten Nachbarn der Türken an, mit mehr Glück gegen sie zu operiren. Das ganze östliche Europa, die Deutschen, die Polen, die Russen traten energischer auf.

Kleine christliche Armeen schlugen nun zuweilen türkische Heere in die Flucht, die doppelt so stark waren. Selbst die sonst so gefürchteten Janitscharen waren nicht mehr schrecklich.

Oesterreich, welches Ungarn befreite, wiederherstellte und mit seinen Staaten vereinigte, brach ihre Macht im 17. Jahrhundert zuerst an der Donau.

Ihm folgte Rußland, das im Laufe des 17. und 18. Jahrhunderts, die tatarischen Fürstenthümer von Kasan und Astrachan erobernd, bis zum Kaukasus und zum schwarzen Meer vordrang, und am Ende sich auch die türkischen Vasallen in der Krim, so wie Alles, was die Türken jenseits des Pruth besaßen, unterthänig machte.

In unserm Jahrhundert wurden, — auch hauptsächlich mit Hülfe Rußlands — die Donau-Fürstenthümer Moldau und Wallachei, die Serben, die Montenegriner und endlich die Griechen innerhalb der Grenzen des alten Hellas von der Oberherrschaft der Türken befreit.

Und in allen diesen befreiten Ländern, die sie nur militärisch besetzt, wo sie neben den Eingeborenen nur als Soldaten gehaust hatten, ohne in die mannigfaltigen Gewerbe und Verhältnisse des bürgerlichen Lebens einzudringen, sind sie jetzt fast spurlos verschwunden.

Nur viele traurige Ruinen bezeugen dort ihre einstige Anwesenheit. Von Bauten und Kunstschöpfungen haben sie nichts hinterlassen, als hie und da das zerfallene Gemäuer einer ehemaligen türkischen Festung, oder auch auf den Märkten der Städte allenfalls Wasserleitungen und Brunnen, von welchen nützlichen Einrichtungen die Osmanen sehr große Freunde waren, an manchen Orten wie z. B. in Ofen mitten unter den wieder aufgeblühten christlichen Kirchen das Grab eines mohamedanischen Heiligen, zu dem noch jetzt wohl dann und wann ein frommer Türke an der Donau hinauf pilgert.

Lebendige Zeugen, ackerbauende Colonisten, bürgerliche Gewerbe treibende Gemeinden sind von ihnen dort unter der christlichen Herrschaft keine zurückgeblieben, wie dies bei ihren Stammgenossen, den türkischen Tataren in der Krim, in Kasan und Astrachan doch der Fall gewesen ist.

Merklicher wohl, wenn sich dies so deutlich nachweisen und von dem Angebornen unterscheiden ließe, würden wir die Eindrücke ihrer dereinstigen Anwesenheit in den Sitten, der Sprache und dem Charakter der ihnen unterwürfig gewesenen und jetzt von ihnen erlösten Nationen finden.

Sowohl in die ungarische, als auch in die wallachische, serbische und neugriechische Sprache haben sich eine Menge türkischer Worte eingeschlichen, und hiermit natürlich, da fremde Worte nie ohne fremde Begriffe kommen, auch manche türkische Vorstellung und Sinnesart.

Ungarische Schriftsteller des 17. Jahrhunderts klagen, daß in der Türkenzeit bei dem ungarischen und siebenbürgischen Adel, in seinen täglichen Gewohnheiten, in seinen häuslichen Einrichtungen Vieles türkisch geworden sei und davon möchte man auch noch jetzt wohl einige Ueberreste finden können.

Daß auch die Wallachen, die Griechen und Serben die Einwirkungen des despotischen Drucks der Türkenherrschaft in ihrem National-Charakter noch nicht ganz überwunden haben, ist gleichfalls oft beklagt worden.

Sogar in einigen der dem Sultan noch direkt unterworfenen Provinzen bekommt man jetzt nur noch selten einen ächten osmanischen Türken zu sehen. In dem von Slaven bewohnten Bosnien z. B. ist zwar der Adel des Landes mohamedanisch und in seinen Sitten türkisirt, aber der Abstammung und Sprache nach besteht dieser Adel doch aus eingebornen Slaven.

Auch in den übrigen europäischen Provinzen, welche die Türken noch jetzt inne haben, in Bulgarien, Macedonien, Thracien, Albanien etc. ist die Grund- und Land-Bevölkerung Slavisch, Griechisch, Albanisch etc., und die sogenannten Osmanen haben daselbst nur, so zu sagen, sporadisch vertheilte Wohnsitze.

Sie campiren in den Städten als Civil- und Militär-Beamte, und auf dem Lande als grundbesitzende Herren, nur selten als selbst arbeitende Dorfbewohner und industrielle Gewerbsleute.

Zusammenhangende von Osmanen ausschließlich bewohnte Landschaften gibt es in der ganzen europäischen Türkei kaum einige.

In den Städten mögen sie die Hälfte der Bewohnerschaft ausmachen. Und im Ganzen mag sich die Gesammt-Summe aller ächten Osmanen in Europa wohl schwerlich auf mehr als 1½ Million belaufen. Die größte Zahl derselben ist in Constantinopel zusammengedrängt. Es gibt daselbst beinahe eine halbe Million Bewohner, die den Osmanlis beigezählt werden.

Man kann daher sagen, daß die Türken in Europa sich jetzt in einer ähnlichen Stellung befinden, wie die Griechen zu der Zeit, als ihre Herrschaft vorzugsweise auf die *eine* Stadt, Byzanz, beschränkt war.

Versuchen wir es nun, die Sitten- und Charakter-Eigenthümlichkeiten dieses merkwürdigen Volks, — das einst zur Zeit seiner Blüthe ganz Europa erschreckte und erschütterte, und das uns auch jetzt noch, obgleich nicht sowohl durch drohende Macht als vielmehr bloß wegen der Frage, wer von seiner Schwäche vortheilen soll, so sehr beschäftigt, — zu zeichnen, so müssen wir dabei vor Allem immer unterscheiden, was sie ursprünglich in ihrem Heimathlande waren und was sie im Laufe der Zeiten bei ihrer Verbreitung durch so viele Länder und bei ihrer Berührung mit so verschiedenen Völkern geworden sind.

Das erste und wichtigste Angebinde, das die Osmanen nach ihren ersten Berührungen mit ihren west-asiatischen Nachbarn empfingen, war der Glaube Mohameds.

Die ursprüngliche Religion der Türken in ihren innern asiatischen Steppen war ein roher Naturdienst, bei dem sie vorzugsweise die vier Elemente: Feuer, Luft, Wasser und Erde verehrten, dann aber auch zugleich einem obersten Geiste des Himmels Pferde und Schafe zum Opfer darbrachten.

Der Islam kam zu ihnen durch die Vermittlung der Araber und Perser schon in ihrer Urheimath. Diese pflegten alle Gefangenen, welche sie bei ihren Kämpfen mit den benachbarten Räuber-Nomaden machten, zum Islam zu bekehren, und dieselben bekehrten dann wieder, wenn sie in die Heimath zurück kamen, ihre Stammgenossen. Schon um das Jahr 1000 nach Christi Geburt waren auf diese Weise mehrere noch nomadisirende Türkenstämme gute Mohamedaner geworden, während freilich manche noch dem alten Schamanenthum anhingen und wieder andere von den Chinesen sogar zu Buddhisten gemacht waren.

Unsere *osmanischen* Türken waren längst eifrige Anhänger des Propheten, als sie aus den Ebenen des caspischen Meeres nach Westen auszogen.

Sie haben von jenem religiösen Ernste, der alle Orientalen von jeher auszeichnete, durch den Islam *Vieles* überkommen. Wie bei den Hebräern, wie bei den Arabern tritt auch bei ihnen der Einfluß der Religion auf Sitte, Sinn und Thätigkeit der Nation weit auffallender hervor, als bei den europäischen Völkern, und wie bei jenen, war auch bei den Osmanen ihr ganzes Thun und Denken, so zu sagen, in Religion getaucht. Das religiöse Element war stets die Stärke ihrer Heere.

Mit Strenge und Gewissenhaftigkeit

erfüllten sie ihre religiösen Pflichten und die Beobachtung der mit diesen zusammenhangenden Gebräuche. Und selbst jetzt noch kann Nichts feierlicher sein, als die Gebete der Türken im Gotteshause, die sie in anscheinend demuthsvoller Weise und ganz erfüllt von ihrem frommen Vorhaben verrichten. Die tiefe feierliche Schweigsamkeit und der imponirende Ernst, die sie dabei beobachten, ergreifen selbst den christlichen Zuschauer. Ganz still, leise und barfuß wie Bettelmönche schleichen die Männer,— ehrwürdige, alte weißbärtige Greise und hinter ihnen her ihre gehorsamen Knaben und Jünglinge herein, sinken auf den Teppichen der Moschee in die Knie, schlagen sich wie büßende Sünder die Brust und verfallen in stumme Betrachtung und Anbetung des Unsichtbaren, oder lauschen andächtig den Gebeten und Reden ihres Imam. Die äußere Frömmigkeit hat sich bei ihnen fast unversehrt bis auf unsere Tage erhalten.

Ein ächter orthodoxer Türke betrachtet noch heute die Pest als einen Pfeil Gottes, dem auszuweichen unnütz und gottlos ist, trägt keinen Regen- oder Sonnenschirm, weil es ihm sündhaft scheint, den Segen Gottes von sich abzulenken, und zieht die Kleiderbürsten vegetabilischen Ursprungs den gewöhnlichen vor, weil der Koran die Berührung alles dessen, was vom Schweine kommt, verbietet. — Ihr Respect vor dem Koran ist so groß, daß sie der bloßen Lecture desselben allerlei Wunder zu schreiben. Das Lesen von Koranstellen vermag ihrer Meinung nach verschiedene Krankheiten zu heilen, und das Wunderbarste ist dabei, daß der psychische Einfluß, der fromme ernste Glaube an die Unfehlbarkeit ihrer heiligen Schriften wirklich oft eine merkliche Heilkraft übt.

Außerdem aber haben sie noch ihr ganzes Thun und Treiben in ein so gewaltiges Netz von frommem Aberglauben eingesponnen, daß sie sich vor guten und bösen Vorbedeutungen kaum zu bergen wissen. Unzählig sind die Mittel, die Zukunft zu erfahren, und eben so zahlreich die, sich vor bösen Einwirkungen zu bewahren. Sie übertreffen darin noch die heidnischen alten Römer von ächtem Schrot und Korn. Wie diese lesen sie Gutes oder Böses in den Eingeweiden frischgeschlachteter Thiere, — leiten Augurien ab aus dem Fluge der Vögel, — haben glück- und unglückbedeutende Stunden und Tage, die ernsthaft von den Astrologen in ihren Calendern bestimmt werden, und kein Osmane unternimmt eine Reise, einen Hausbau, eine Ehe oder sonst etwas Wichtiges, ohne über den Punkt der Gunst des Augenblicks und der Constellation der Gestirne in's Klare gekommen zu sein. Ist er krank, oder haben böse Träume ihn in Melancholie gestürzt, so verschafft er sich vom Imam einen Topf, dessen Inners mit vielen Koranensprüchen beschrieben ist, füllt ihn mit Wasser, läßt sich alle die daran verschwendete Tinte auflösen und verschluckt dann diese flüssig gewordene heilige Schrift mit dem tröstlichsten Vertrauen. Um noch sicherer zu gehen, schneidet er sich in solchen Fällen auch wohl ein Stück von seinem Gewande ab, befestigt den Lappen auf dem Grabe eines Heiligen, und hofft, daß so dieser das Unglück wie eine Last auf sich nehmen werde. — Das Dach seines Hauses, den Schnabel seines Boots, die Mütze seines Kindes, den Hals seines Pferdes, das Bauer seines Vogels, Alles behängt er mit Amuletten und Gegenmitteln gegen das böse Auge oder gegen anderen Zauber. Vieles von diesem Aberglauben mag noch aus der Steppe und aus der Zeit des heidnischen Nomadenlebens stammen. Aecht Mohamedanisch aber, und ihnen mit dem Islam überkommen ist jener, sie, wie alle Anhänger des Propheten, so auszeichnende und so unerschütterliche Glaube an ein unabwendbares Fatum, ein Glaube, der sie auf der einen Seite so mächtig und siegreich, auf der andern aber auch für fortschreitende Entwickelung so unempfänglich und starrsinnig gemacht hat und der sie so ganz beherrscht, daß man sich aus ihm fast die Hälfte alles Thuns und Treibens eines Türken deuten kann.

Die Ueberzeugung, daß ihn in der Mitte des Kugelregens der Schlacht kein Geschoß erreichen würde, welches nicht von Gott für ihn bestimmt sei, flößte dem Türken einen unüberwindlichen Muth ein. Doch machte ihn auch eben diese Vorstellung, daß Gott selbst hienieden Alles thue, verfüge und leite, gegen jedes menschliche Eingreifen abgeneigt, unthätig und indolent. — In glücklichen Tagen erhöhte dieser Glaube die Kraft des Eroberers, erfüllte ihn aber auch im Unglück mit solcher Resignation, daß er gleichgültig dem Zerfall und der Degradation seines Volks zusah.

Ergeben in Alles, was über ihn kommen mag, lebt der Türke ruhig dahin, — in dem Bewußtsein, daß ihm die Zukunft nur das längst Bestimmte bringen werde, seine größte Genugthuung, seinen sichersten Trost findend.

Macht ihn Unglück arm und zwingt es ihn, seit Jahren gewohnte Bequemlichkeiten aufzugeben, verliert er seinen einzigen Sohn, sein liebstes Kind: nie wird er murren. Gott ist groß! Er gab es, er nahm es auch.

Ein Minister stürzt, — einem Statthalter wird der Tod zugedacht. Ohne Widerrede giebt er seinen Posten und das Leben auf, und bittet nur um die nöthige Zeit, sein Gebet zu verrichten.

Obgleich sie zärtlicher Rührungen, tiefer Empfindungen, wie andere Menschen, fähig sind, nähren sie doch nie einen Schmerz auf eine der Gesundheit schädliche oder den Geist zerrüttende Weise, und dauernde moralische Leiden, bleibende Störungen der Geistesthätigkeit sind daher selten bei den Türken. Und die im Leben sich kundgebende Resignation verläßt sie auch in der schmerzlichsten Krankheit und in der letzten Stunde nicht.

Bei keiner Nation hat der Arzt so wenige Vorwürfe, wie bei den Türken, zu erwarten, wenn seine Mittel nicht anschlugen. Stets entschuldigen sie ihn damit, daß es nicht Allah's Wille war.

Im Widerspiel zu den talentvollen aber verschmitzten Byzantinern oder Griechen lobt man die einfache, ungekünstelte Geradheit und die aufrichtige Ehrlichkeit der Osmanlis, denen von Haus aus eine Tendenz sich ohne Umwege auszusprechen in hohem Grade eigen ist. Sie meiden die gewundenen Pfade, auf denen der schmeichlerische Orientale des Südens (der Araber und sein Nachbar, der Perser) so gern wandelt.

Sie reden wenig, und was sie sagen, sprechen sie langsam, volltönend und mit Ausdruck, daher auch mit ihnen alle geringeren Geschäfte kurz abgethan werden. Was z. B. der türkische Kaufmann sagt, gilt ihm gewöhnlich als das erste und letzte Wort, das Feilschen ist ihm unbekannt.

Man sieht es ihnen an, daß sie ein Herrschervolk waren. Eine unerschütterliche Ruhe und Zurückhaltung scheint den Türken ziemlich allgemein eigen zu sein.

Ihr Gang ist gravitätisch. In allen ihren Bewegungen sind sie abgemessen und feierlich. Nur selten verrathen sie äußerlich die innern Affecte ihrer Seele. Wo wir laut auflachen, da umschwebt den Mund des Osmanen ein leises Lächeln. Wenn wir heftig in die Hände klatschen, dann gibt er seinen Beifall nur durch ein leises Neigen des Kopfes zu erkennen oder bläst vielleicht ein Mal den Rauch seiner Pfeife etwas stärker heraus. Unser unruhiges Wesen und Leben scheint ihnen ein beständiger Rausch, das ihrige däucht uns ein langer Traum.

Der Mangel alles aristokratischen Kasten- und Klassen-Wesens bei den Türken bewirkt es, daß nicht blos den Hochgestellten, sondern auch selbst den Geringsten unter ihnen jener gewisse Anstrich von Vornehmheit eigen ist. Außerhalb der amtlichen Schranken sind sich alle Türken gleich; und keine Stellung ist so hoch, die nicht Jeder, wenn Glück, Talent und Umstände ihn begünstigen, auch erreichen könnte. Der Arme und Niedere unter ihnen ist von Haus aus urban, höflich und würdevoll. Er vergißt und überhebt sich nie. Er scheint das Bewußtsein zu haben, daß, obwohl in einer Hütte geboren, er in einem Palaste sterben mag. Und mit dieser Möglichkeit vor Augen scheint er immer so zu handeln, als hätte die Stunde der Umwandlung schon geschlagen. Diese Verhältnisse verschaffen dem geselligen Verkehr unter den Türken viele Leichtigkeit. Man sieht den Bei in der Stunde der Muße ohne Umstände neben dem Arbeiter, den Effendi neben dem Fischer Platz nehmen, als wären sie zu demselben Schicksale geboren. Bei jeder lustigen Gelegenheit, jedem Familien-Feste oder öffentlichen Feier stehen die Thüren der Reichen und Großen den Geringen und Armen viel offener als bei uns.

Obgleich die Grausamkeiten ihrer Soldaten sie bei uns übel berüchtigt gemacht haben, so läßt sich doch im Frieden dem Türken ein großer Hang zum Wohlthun und eine Geneigtheit zum Wohlwollen nicht absprechen. Für ihre Günstlinge sind sie fähig, Alles zu wagen. Ihre Sklaven behandeln sie wie ihre Kinder. Sie scheinen den alten Grundsatz der römischen Eroberer: „Debellare superbos et parcere subjectis“ bis in's Extrem auszuführen. Die Widerspenstigen werfen sie unbarmherzig nieder. Den Unterwürfigen liebkosen sie. Daher auch ihre große Liebe zu Kindern. Nicht zufrieden mit ihren eigenen Kindern, nehmen sie auch noch sehr leicht und häufig die hülfsbedürftigen Kinder Anderer und die Waisen an. Diese Adoptiv-Kinder nennen sie „Kinder der Seele.“ Auch die achtungsvolle Zärtlichkeit, die sie ihren Müttern widmen, fließt aus derselben Quelle. Die hohe Stellung der Mutter-Sultanin der sogenannten Sultanin Valide, im Serail ist ja allgemein bekannt.

Gegen ihre Glaubensgenossen sind sie äußerst mitleidig. Selbst der wenig Bemittelte wird keinen Armen ohne Unterstützung von sich weisen. Thiere zu martern sind sie, die im Kriege so viel Christenblut kaltblütig vergossen haben, unfähig. Sie haben ein natürliches Mitleiden mit allen stummen Creaturen, und außerdem gebietet ihnen der Koran selbst Bienen, Ameisen, Krähen, Schwalben und Frösche zu schonen. Wenn ein europäischer Reisender gelegentlich zu seinem Vergnügen mit der Büchse einen Vogel aus der Luft herunterbringt, so klagen seine türkischen Reisebegleiter ihn des Mordes an. Bei den Dörfern der Türken Kleinasiens findet man Stallungen oder Vogelbauer zubereitet, in denen alte Adler, die nicht mehr weiter können, oder Feldhühner, die flügellahm wurden, oder Störche, die sich den Fuß brachen, und die man einfing, auf öffentliche Kosten gepflegt und genährt werden. Ein Lamm, das noch nicht von der Milch entwöhnt wurde, scheuen sich die Türken zu schlachten, um nicht das Jammergeschrei der Schafmutter zu hören.

Die Pferde werden bei ihnen wie die Kinder erzogen und gepflegt, statt mit der Peitsche nur durch freundliches Zureden gewöhnt, auch sorgfältig an Hals und Mähne wie ihre Kinder mit Amuletten geschmückt, um sie gegen böse Einflüsse und Zauberei zu bewahren.

Daher war und ist auch noch jetzt ein widerspenstiges und störrisches Pferd eine große Seltenheit bei den Türken, und sonst war es bekannt, daß, wenn Pferde von diesem Charakter in den Kriegen mit den Ungarn, Deutschen, Polen und Russen eingefangen wurden, diese erbeuteten Wildfänge unter der vortrefflichen Zucht der milden türkischen Stallmeister bald so sanft und gelehrig wurden, daß sie ihrem Herrn vor Freude entgegen wieherten und vor ihm die Knie beugten, um ihn bequem aufzunehmen. Auch noch jetzt läßt sich ein vornehmer Türke, wenn er im Frühling auf dem Lande lebt, gern ein Zelt unter einem Baume am Rande seiner Pferde-Trift errichten, und schaut von da aus Tage lang behaglich dem Treiben, den Kämpfen und Spielen seiner Füllen und Stuten zu.

Eben so wenig haben die Türken als Schulmeister und Erzieher der Jugend einen harten tyrannischen Sinn gezeigt. Obgleich zwischen Vater und Sohn aus sehr begreiflichen Gründen bei ihnen, wie im ganzen polygamischen Oriente, nicht das zärtliche und innige Verhältniß bestehen kann, wie im Occident, obgleich die Kinder in ihrem Vater mehr nur ihren Herrn und Gebieter erblicken, und fast immer in bescheidener Entfernung mit gekreuzten Händen, ehrerbietig seiner Befehle harrend, vor ihm erscheinen, so haben sie doch selten von Ausbrüchen des Jähzorns, oder von harten Strafen zu leiden. Der türkische Lehrer und Vater ist gewöhnlich vorsichtig in der Aeußerung seines Wohlwollens, wie seiner Unzufriedenheit. Er prüft lange, urtheilt spät und nie läßt er sich herab, seine Kinder persönlich zu züchtigen.

Selbst in jenen merkwürdigen Erziehungs-Instituten der Trabanten des Sultans und der Janitscharen war zwar Zucht und Ordnung strenge, aber nicht unmenschlich. Dergleichen pädagogische Zwangsmittel, wie man sie damals, ja hie und da bis auf unsere Tage herab, in den gebildetsten christlichen Ländern für heilsam gehalten hat, Ketten, Klötze, finstere Löcher und schlechtes Lager bei Wasser und Brot kannten und kennen diese Barbaren nicht. Die einzige Strafe, die Bastonade, durfte nur sparsam und in beschränkter

Weise in Anwendung kommen, und die Prügelstrafen sind bei den Türken nie so rigorös gewesen und nie so unbarmherzig und verschwenderisch geübt worden, wie z. B. in Rußland, und es ist nicht selten vorgekommen, daß türkische Kriegsgefangene bei den Russen, wenn sie der dortigen Disciplin unterworfen wurden, laut nach der türkischen Justiz zurückverlangten und dieser Lobsprüche spendeten.

Ein sehr vortheilhaftes Licht wirft auch auf die Gemüthsgaben der Türken die Rührung und Innigkeit, mit der sie das Andenken ihrer Todten feiern. Ihre Kirchhöfe sind immer mit Blumen und üppig vegetirenden Cypressen geschmückt und gewöhnlich in reizenden Thälern oder auf anmuthigen Hügeln gelegen, wo wir eine Villa, ein Kloster oder einen Weingarten gebaut haben würden. An Feiertagen sind dieselben die gewöhnlichen Sammelplätze des Volkes, auf denen sich die Kinder neben den Gräbern ihrer Voreltern tummeln, während die Erwachsenen sich des Genusses der frischen Luft, der Pfeife und ihrer ernsten Erinnerungen erfreuen. Auch sind die Osmanen große Freunde von stillen Familien-Festen im Kreise der Ihrigen, und einige derselben, z. B. das jährlich in allen türkischen Häusern wiederkehrende Tulpenfest, sind von sehr anmuthiger Natur.

Den Namen führt dieses Fest daher, weil es zur Zeit der Blüthe der Tulpen gefeiert wird, die im Orient, wo jeder ein passionirter Blumenliebhaber ist, sehr häufig sind. Der Schauplatz desselben ist der Garten des Harems und die Zeit seiner Feier die Nacht. Ist ein Pascha oder gar der Sultan selbst der Gastgeber, so stehen die Vasen von jeglicher Art und Gestalt, mit natürlichen und künstlichen Blumen gefüllt aneinander gereiht, und werden von einer zahllosen Menge von Laternen und farbigen Lampen erleuchtet, durch eine Masse von Spiegeln in's Unendliche vervielfältigt. Boutiquen mit verschiedenen Kaufmannswaaren angefüllt, stehen unter Aufsicht und Leitung der Frauenzimmer, welche im anmuthigen Costüm die Kaufleute repräsentiren. Alle Sultaninnen, welche Schwestern, Nichten oder Verwandte des Großherrn sind, werden zu diesem Feste eingeladen, und sie sowohl als die Majestät kaufen in den prachtvoll eingerichteten Boutiquen kleine Gegenstände, Waaren und Stoffe, womit sie sich gegenseitig beschenken. Tanz, Musik und allerhand gesellschaftliche Spiele verlängern die Ergötzlichkeiten und verbreiten eine Fröhlichkeit und Ausgelassenheit in diesen Gärten und Mauern, die sonst daselbst nicht gefunden werden.

Wie das Gemüth, so hat die Natur auch den Verstand der Türken nicht vernachlässigt. Sie sind nichts weniger als ungelehrig und von plumpem Geiste. Vielmehr sind sie fast durchweg durch eine schnelle Auffassung und namentlich durch ein gutes Gedächtniß ausgezeichnet. Nicht ihre Unfähigkeit steht ihnen bei ihrer Civilisirung so sehr im Wege, als ihr Mangel an Rührigkeit. Die starre Indolenz, in die sie versunken sind, hält ihre Talente gefangen. Es fehlt ihnen nur an der Ausdauer in der Anstrengung, an dem Arbeitsdrange, an der rastlosen Neu- und Wißbegierde der Europäer, um mit ihren guten Gaben Großes zu leisten.

Sie pflegen nicht wie wir zu wetten und zu wagen, um das Glück zu erjagen. Fühlen sie sich von den Umständen gehoben und vom Winde begünstigt, so lassen sie es sich gefallen und leben gern in gemächlicher und leidenschaftsloser Behaglichkeit dahin, indem sie die Stürme der Welt um sich herum ausbrausen lassen.

Demzufolge sind sie auch dadurch ausgezeichnet, daß sie im Gegensatz zu den europäischen Nationen gar keine Glücks- und Hazard-Spiele kennen, wie sie doch häufig selbst bei ihren Unterthanen, den Griechen, Walachen und Slaven vorkommen. Selbst ihre Jugend treibt keine Wettspiele, kein Ringen, kein Versuchen der Kräfte in gymnastischen Kämpfen und Laufen.

Den Tanz halten sie ganz unter ihrer Würde. Sie lassen sich von ihren Frauen oder ihren Odalisken höchstens etwas vortanzen. Und eben so sind auch die anderen Künste, welche friedlichen Geist und geduldige Anstrengung erheischen, bei ihnen, die nur die Kunst des Kriegers übten, die, so lange sie blühten, von dem Fieber der Schlachten und der Eroberungen beherrscht wurden, gar nicht in Uebung gekommen, obwohl man nicht sagen kann, daß sie jene verachteten. Denn die Musik z. B. lieben sie leidenschaftlich. Aber Griechen und Armenier sind ihre Vorsänger und verwundert sehen es die türkischen Großen, wie die Gesandten unserer Könige in Constantinopel eigenhändig malen oder Clavier spielen und fragen sie: „warum sie sich denn selber damit bemühten, da sie doch reich genug wären, eine Trupp Musikanten zu besolden."

Nur in der Dichtkunst haben sie sich in eigner Person bemüht. Sie besitzen nicht nur viele hübsche Volkslieder, sondern sie haben auch manche ausgezeichnete Dichter und eine nicht arme Literatur hervor gebracht. Damit ich sie auch in dieser Hinsicht nicht zu tief setze, will ich hier nur aufführen, daß unser berühmter deutscher Geschichtschreiber der Türken, Herr von Hammer, eine vierbändige Blüthenlese aus nicht weniger als 2200 türkischen Dichtern zusammengestellt hat, die aber freilich nicht alle einer Krönung auf dem Kapitol würdig sein mögen.

Insbesondere aber haben sich die Türken — bei einen so thatenreichen Volke sehr natürlich! — in der Geschichtschreibung und Weltkunde häufig versucht und haben viele Historiker und Geographen hervorgebracht. Ja sie haben sogar seit 300 Jahren — und dessen kann sich nicht jeder christliche Staat rühmen — das stehende Amt eines Reichshistoriographen bei sich gehabt, dessen Pflicht es war, die Reichs-Begebenheiten, Kriege, Friedensschlüsse und innern Veränderungen zu verzeichnen. Doch haben auch diese türkischen Geschichtschreiber in ihrem Styl und ihrer Denkweise wenig für die Osmanen Charakteristisches. Sie schreiben die Geschichte wie ihre Gedichte in der den Persern, Arabern und überhaupt allen Orientalen eigenthümlichen Manier. Dies zeigt schon eine Durchsicht der blumenreichen Titel ihrer Werke. Was wir einfach ein Geschlechts-Register nennen, heißt bei ihnen: „ein Rosenkranz der Gerechten" oder „ein Blumen-Garten der Besten." Was wir blos ganz simpel eine Weltgeschichte von den ersten bis auf die letzten Zeiten betiteln, dem geben sie den entsprechenderen Namen: „Das hochwogende Meer und der reichströmende Brunnen in der Wissenschaft der ersten und letzten Dinge." — Eine Sammlung von Biographien wird bei ihnen verschönert zu „einem Rosenbündel aus den Gärten der Erkenntniß der Menschen." Und wenn wir ein Buch in 8 Capitel theilen, so theilen sie es lieber in eben so viele „Blumen-Beete" oder gar „Paradiese." Es ist derselbe prachtvolle und pompöse Styl, den sie auch in der Titulatur ihrer Beamten eingeführt haben, und dem zufolge bei ihnen z. B. was wir einen Hofpagen nennen: „ein Diener des Kleides der Glückseligkeit," oder ein Oberſthofmeister ein „Herr des Thores der Gnaden und Ehren" genannt wird.

Von der Art und Weise der bei den Türken üblichen historischen Kritik mag eine Stelle, die ich unserm türkischen Geschichtschreiber Herrn von Hammer entlehne, als ein Beispiel gelten. Der berühmte türkische Reichshistoriograph Scadeddin kritisirt darin den Styl und die historische Manier des Mecolana Idris, eines seiner Vorgänger, in folgender Weise: „Der Zauberkiel und der hochfliegende Genius des Mecolana Idris," so spricht der türkische Kritiker, „hat das herzgefällige Buch der acht Paradiese zu Tage gefördert. Obgleich ich in diesem Beete des Gartens des Styls wohl einige Gebrechen und Mängel den Blicken der Einsichtsvollen offen legen könnte, so ist es doch sonst auf alle Weise das vortrefflichste unter allen osmanischen Geschichtswerken. Denn dieses Werk treibt die Ausführlichkeit nicht bis an die Gränzen der Weitschweifigkeit, und der Saum seiner Verbrämung ist mit keinem Schlamm von Uebertreibung befleckt. Es ist eine vor allen Bücherbräuten durch erhabene Reize weit ausgezeichnete Cabinets-Schönheit, deren moschusdurchduftetes Haar (nämlich die kettenverschlungenen Zeilen) sie, wie Locken die Huris kleiden, und deren Antlitz mit dem rothen Anstriche der mit rother Dinte geschriebenen Koransverse und Ueberlieferungsstellen geschmückt ist."

Nüchterner und einfacher, als in ihren den andern Orientalen nachgeahmten Dichtungen und Geschichtsbüchern zeigen sich die Türken in den seit alten Zeiten unter ihnen gebräuchlichen Sprichwörtern, die einen Schatz praktischer Lebensweisheit darbieten und viele Beweise eines gesunden Sinnes, feiner Beobachtung und Menschen-Kenntniß enthalten. —

Namentlich zeichnen sich die echten alttürkischen noch aus der Nomaden-Zeit stammenden Sprichwörter, die man an Form und Inhalt leicht als solche erkennen und von denjenigen Lebensregeln und Weisheits-Sprüchen, die sie von den Arabern und Persern überkommen, unterscheiden kann, durch einen sehr kräftigen, treffenden und pikanten Witz und Ausdruck besonders aus.

Da sich Geist, Charakter und Sitte der Nation in ihren Sprichwörtern so vielfach klar und deutlich wiederspiegeln und von solchen Dingen bei uns, wenn wir von den Türken handeln, viel seltener die Rede zu sein pflegt als von ihren barbarischen Kriegssitten oder ihren blumenreichen Reimereien, so will ich den Leser hier zum Schluß noch auf einige bezeichnende türkische Sprichwörter aufmerksam machen, und eine kleine Sammlung derselben mittheilen.

Sehr zahlreich sind die Sprichwörter, in welchen der Osmane die Wahrheit anempfiehlt z. B.:

Sitze meinetwegen krumm, mein Sohn, sprich aber nur gerade!" —

„Wer von der Lüge sich entfernt, der nähert sich Gott." —

„Wandle nicht über die zerbrechliche Brücke des Lügners, besser mein Freund, schwimme durch den Strom!" —

Sehr charakteristisch sind die eben so zahlreichen Aussprüche, mit denen der schweigsame, vorsichtig redende Türke gegen die Zunge und Zungenfertigkeit zu Felde zieht.

„Die Zunge," so lautet eins derselben, „ist eine knochenlose Schlange, die dennoch Knochen zerbricht." —

„Eine Wunde vom Messer vernarbt, eine Wunde, welche die Zunge geschlagen hat, ist unheilbar." —

„Die Zunge hat mehr Menschen getödtet, als der Säbel." —

„Wer seine Zunge fesselt, der rettet seinen Kopf!" —

„Wer spricht, der säet, er weiß nicht was, wer höret, der ärndtet, und hat die Wahl." —

„Das Herz des Thoren ist auf seiner Zunge, die Zunge des Verständigen ist in seinem Herzen." —

„Höre tausend Mal, sprich ein Mal!" —

Verachtung des Geschwätzes, redseliger und verläumderischer Leute drückt in recht türkischer Manier folgendes Gleichniß aus:

„Der Hund bellt, der Wolf geht seinen Gang." —

und mit einer noch hübscheren Variation dieses:

„Der Hund heult, die Karawane zieht vorüber," was man manchem thörichten Bespötter alter ehrwürdiger Satzungen und Gewohnheiten zurufen könnte.

Manche in den türkischen Sprichwörtern enthaltenen Regeln der Moral möchte man den Aussprüchen unserer größten Kirchenväter an die Seite setzen, gewiß z. B. dieses:

„Thust Du was Gutes, so wirf es in's Meer, erfährt's dort der Fisch nicht, so weiß es der Herr!" —

oder dieses:

„Das Gute des Menschen birgt sich in engen Raum, das Böse aber wandelt auf breiten Spuren." —

oder folgendes:

„Thue Gutes demjenigen, der dir Böses anthut, dann wirst Du bei ihm und bei Gott Gnade finden." —

Von diesem letzten Spruche könnte man fast zu glauben geneigt sein, daß die Türken, die wir gewöhnlich dem alten „Auge um Auge," „Zahn um Zahn" so sehr zugethan halten, ihn von außen her empfangen hätten, wenn es nicht ausgemacht und nachgewiesen wäre, daß derselbe bei den türkischen Stämmen selbst schon in der Zeit vor Mohammed zu finden gewesen sei.

Nicht weniger mag es wohl verwundern, daß sogar das „Kenne Dich selbst" der Griechen von diesen osmanischen Barbaren so hoch geschätzt wurde:

„Wer sich selbst begreift," sagen sie sehr energisch, „der begreift Gott."

Welche schöne Hindeutung enthält auch dieser Ausspruch:

„Wer am Abend noch schlecht ist, der ist niemals gut." Er scheint uns einen frommen Mann zu zeigen, der nach seinem Abendgebete alle bösen und rachsüchtigen Gedanken des Tages aufgibt.

„Zorn ist Dein Feind, Ueberlegung Deine Freundin." —

„Wer zornig aufgesprungen, der nimmt beschämt wieder Platz." —

„Reiche dem Unglücklichen den Finger, und Gott reicht Dir seine Rechte." —

Die Undankbarkeit verdammen die Türken kräftig genug, denn „ein Undankbarer," sagen sie, „zählt nicht unter den Menschen." —

Keine Tugend wird häufiger von ihnen gepriesen, als geduldiges Ausharren; kein Fehler bitterer getadelt, als Uebereilung:

„Schnell gegangen, bald ermüdet." —

„Rasch gewachsen, bald verblüht." —

„Wandle ruhig, du überholst den Hasen." —

„Geduld ist der Schlüssel zu allen Freuden." —

Ihr fester Glaube an die Unabwendbarkeit des Schicksals drückt sich natürlich ebenfalls in vielen Sprichwörtern aus, wie z. B. in diesem:

„Den Pfeil vom Bogen des Schicksals wehrt kein Schild der Klugheit ab." —

„Der Mensch spricht, das Schicksal lächelt." („L'homme propose, Dieu dispose"). —

„Was Dir zugedacht ist, das sendet man Dir sogar aus Jemen!" (Aus dem entferntesten Orte der türkischen Herrschaft.)

„Wer Glück haben soll, fängt auch wohl mit einem Esel eine Gans, der Unglückliche aber selbst mit dem Königsfalken keine Maus." —

Viele der in ihren Sprichwörtern enthaltenen Klugheitslehren zeugen von einer höchst scharfsinnigen Beobachtung des Lebens und der Dinge:

„Mache Dich nur zum Schafe, die Wölfe werden bald bei der Hand sein." —

„Nicht die Reise schadet dem Menschen, wohl aber die Reisegefährten!" —

„Wenn Dir die Zeit nicht paßt, so passe Dich der Zeit an!" —

„Wer einen Freund sucht ohne Fehl, der bleibt ohne Freund." —

„Ein dummer Freund ist schlimmer, als ein kluger Feind." —

„Vor dem Feinde hüte Dich ein Mal, vor dem Freunde, mit dem Du umgehst, eintausend Mal!" —

„Wenn Dein Herr Dir auch nur Sand gibt, so steck es artig in die Tasche!" —

Schillers: „An das Vaterland, das theure, schließ Dich an, da sind die wahren Wurzeln Deiner Kraft" geben sie recht nomadisch, aber recht verständlich so: „Ein Hund ist am stärkstem in seinem eigenen Stall."

Unser: „ er schlägt den Sack und meint den Esel," umschreiben sie zierlicher:

„Meine Tochter, ich sprach zu Dir, aber die Schwiegertochter sollte es hören." —

Von dem Auge des Herrn sagen sie:

„Wo du nicht selbst bist, da sind keine Augen." —

„Die Liebe ist blind" lautet bei ihnen so:

„Der ist schön, den man von Herzen liebt." —

„Für den Liebhaber ist auch Bagdad nicht weit." —

Unser: „Ein neuer Flicken auf ein altes Kleid" heißt bei den Türken:

„Ein gesunder Ochse vor einem zerbrechlichen Pfluge." —

Die Zeit, in welcher die Türken diese und noch viele anderen goldenen Sprüche und Lehren, die ich hier übergehe, erfanden und aufstellten, liegt weit zurück.

Es gab eine Periode, in der sie auch nach güten Lehren handelten, wie die alten Spartaner nach ihren Gesetzen.

Es folgte eine andere, in welcher sich ihr Geist von innerer Kraft angetrieben gewaltig erhob und wo er alle seine Springfedern in Bewegung setzend fast mit römischer Energie die Welt anpackte und überfluthete. Wie kein anderes Nomaden-Volk haben die Türken es verstanden, mit Umsicht und Methode ihre Herrschaft über Europa, Asien und Afrika zu erweitern und zu befestigen. Dieser Umstand allein schon reichte hin, zu beweisen, daß neben der Ueberlegenheit ihrer kriegerischen Gaben ein gewisser ordnender Instinkt, neben der vernichtenden auch eine schaffende Kraft, dem National-Geiste der Türken, wie sie kein anderer Stamm asiatischer Weltstürmer besessen hat, inne gewohnt haben muß.

Jetzt aber gleichen sie wie gesagt, einem Baume, dem der Sturm das Laub geraubt hat. Der Stamm, die Aeste und die Wurzeln sind freilich noch da, und man erkennt noch den ganzen Bau, aber das Holz ist morsch und faul geworden. Und wenn auch sein endlicher Hinfall, die Austreibung der erkrankten Türken, wie man sich auszudrücken pflegt, aus ihrem europäischen Lager nach Asien, wahrscheinlich noch auf manchen Widerstand stoßen wird, wenn wir auch vor dem schließlichen Ende noch manches unvermuthete Aufflackern erleben mögen, so war doch bisher der Rückschritt so allmählich und dabei so constant, die innere Schwächung so sichtbar, daß ein Erlöschen der Flamme unvermeidlich scheint.

Die Türken haben keine Zukunft in Europa. Ihre Nationalität und ihre Religion sind starr in Wesen und Form, ohne belebenden Geist und ohne jene höhere Entwickelungsfähigkeit, die als erhaltendes Element eine den fortschreitenden Bedürfnissen der Zeit entsprechende Zukunft sichern könnte. Sie sind von einem Stoffe, der sich nicht biegen konnte, und daher brechen mußte.

Es scheint, daß sie einer sehr zähen, sehr vollständigen Niederlage entgegen gehen. Wenigstens haben bisher, wie ich sagte, alle die Staaten, welche sich von der Osmanen-Herrschaft befreiten, diese fremdartige Nationalität fast gänzlich ausgekehrt.

Wahrscheinlich werden die Staaten, die sich noch ferner über den Gräbern der Türken erheben werden, eben so verfahren, und ein späterer Ethnograph Europa's, wird dann von diesen Osmanen — nichts mehr zu berichten haben.

Die Armenier.

Die Armenier haben sich in Folge, — oder doch vorzugsweise in Folge — der von den Türken ihnen gegebenen Impulse soweit in Europa verstreut, und haben sich in manchen Gegenden unseres Welttheils, wie die Juden, so eingenistet, daß sie unter uns wahrscheinlich noch den Sturz des osmanischen Reichs überleben werden, und daß wir ihre Betrachtung daher gleich der Schilderung der Osmanen folgen lassen können.

Das Heimathland der Armenier in Asien, im Süden des Kaukasus, ist ein hoch gelegenes Alpenland voll schöner Viehtriften, das sich um den heiligen Berg der Noahs-Arche, um den Ararat gruppirt.

Der Ursprung des Volkes steigt in das graueste Alterthum hinauf. Doch sind die Berichte von einer frühzeitigen Blüthe, Macht und Unabhängigkeit des von ihnen gegründeten Staates sehr mythisch und fabelhaft. Die Geschichte zeigt sie uns fast immer in Abhängigkeit und Zerrissenheit.

Sie selbst nennen sich „Haik", nach ihrem Stammvater dieses Namens, der, wie Abraham, aus den Ebenen Mesopotamiens in die Gebirge hinaufgestiegen und da die Wiege seines Volkes bereitet haben soll.

Unzählige Male, bis auf den heutigen Tag herab wurde ihr Land von benachbarten Eroberern unterjocht und vertheilt.

Mit Bestimmtheit wissen wir nur von einer Periode sehr bedeutender armenischer National-Macht und Blüthe. Tigranes der Große, ein armenischer Fürst zur Zeit des Pompejus, unterwarf sich einen bedeutenden Abschnitt des westlichen Asiens.

Seitdem dieser große Tigranes von den Römern besiegt wurde, ist Armenien fast immer, obwohl zu Zeiten noch selbstständige und einheimische Regenten-Familien bei ihnen auftraten, ein Spielball der benachbarten Mächte, ein Hauptschauplatz der asiatischen Wirren und Kriege gewesen und bald ganz oder theilweise von byzantinischen, egyptischen oder persischen Satrapen, arabischen oder türkischen Paschas und russischen Gouverneuren regiert worden.

Bald von diesem, bald von jenem Machthaber wurden die Armenier, gleich den Juden, aus dem Lande vertrieben, oder in die Gefangenschaft entführt, oder zur Colonisirung entlegener Provinzen verpflanzt.

Dies traurige Geschick, sowie die Armuth ihrer eigenen Berge, aus denen sie oft auch freiwillig, wie unsere Alpenbewohner, die Helvetier, auswanderten, hat sie gewiß zu dem gemacht, was sie geworden sind, zu einem versprengten, in aller Welt speculirenden Handels-Volke.

Schon frühzeitig standen sie im Verkehr mit Babylon, wohin sie auf dem bei ihnen entspringenden Euphrat die Producte ihrer Gebirgsthäler verführten.

Auch nach Tyrus und andern phönicischen Städten sollen sie schon in ältesten Zeiten die Maulthiere und Pferde, die sie auf ihren Alpenwiesen züchteten, gebracht haben, sowie sie auch dem Hofe der alten Perser-Könige jährlich 20,000 Füllen von ihrer edlen und berühmten Pferde-Race lieferten.

Je mehr sie ihre Selbstständigkeit und ihren kriegerischen Charakter verloren, desto handelslustiger wurden sie, so daß sie sich zuletzt als Handels-Commissäre durch ganz Asien verbreitet haben.

Man findet sie bereits frühzeitig bis nach Hindostan hin, von wo uns schon im Mittelalter durch ihre Vermittelung der Rhabarber, die Seide, Edelsteine, Gewürze und andere kostbaren Waaren zugeführt und im Westen vertheilt wurden. Sie waren und sind in diesen orientalischen Handelszweigen gewissermaßen die Rivalen, erst der Juden und Araber und dann des andern von mir schon genannten und noch weiter ostwärts verbreiteten Volks, der Tadschiks oder Bucharen. Später hat sie der Handelsgeist sogar bis nach China im Osten und bis an die Quellen des Nils getrieben, wo uns die Geschichte in Abyssinien zu Zeiten einflußreiche Armenier zeigt.

Auch nach Europa selbst mögen diese asiatischen Industrie-Ritter besuchsweise schon frühzeitig gekommen sein.

Einzelne bereits mit den alten Phöniciern, Griechen, Persern und Römern. Die byzantinischen Kaiser verpflanzten seit dem 8. Jahrhundert viele aus ihrem Lande vertriebene Armenier, die schon frühzeitig eifrige Anhänger des Christenthums geworden waren, nach Europa und räumten ihnen Quartiere in thracischen und griechischen Städten ein.

Im Mittelalter, in den Zeiten der Kreuzzüge, mögen auch die Venetianer und Genueser sie im Orient kennen gelernt und auf ihre europäischen Märkte gebracht haben.

Doch sind sie hauptsächlich und in größerer Menge erst nach den Eroberungen der Polen, Russen und Türken im Orient zu uns herübergelangt, — und seitdem haben sie sich denn auch an vielen Puncten auf nord- und west-europäischem Terrain niedergelassen.

Eine der ersten festen armenischen Gemeinden, von der wir wissen, hat sich seit der Mitte des 13. Jahrhunderts in Lemberg in Galizien gebildet, wo sie von den Fürsten Galiziens sogar einen eigenen Magistrat erhielten, und wo sie noch heutigen Tages unter einem besonderen Bischofe stehen.

Von da aus haben sie sich in kleinen Genossenschaften oder Faktoreien durch alle Städte Polens verbreitet.

Obgleich sie dort ihre armenische Sprache vergessen haben und obgleich dort auch ihre Kirche sich der der Katholiken unirt hat, so erkennt man sie doch jetzt noch überall an ihrer eigenthümlich orientalischen Gesichts- und Körperbildung, wie auch an ihrem alten speculativen Sinn.

Wie in ihrem viehzüchtenden Alpenlande in Asien, betreiben sie in Polen hauptsächlich den Viehhandel und ziehen mit den Ochsen- und Pferdeheerden aus Podolien und Ukraine nach Warschau, Krakau und auch bis nach Breslau in Deutschland.

Auch haben sie in diesen Ländern

außerdem noch immer einen großen Theil des Handels mit türkischen und persischen Waaren in ihren Händen und machten deßhalb ehedem oft weite Reisen von den Grenzen Deutschlands bis nach Persien und tief in den Orient hinein.

Die Türken, die seit dem Ende des 15. Jahrhunderts fast ganz Armenien den Persern abnahmen, brachten das Volk wieder nach Constantinopel, wo seitdem die Armenier neben den Juden, Italiänern und Griechen zu den angesehensten und betriebsamsten Kaufleuten gehören.

Man findet sie nun auch als Krämer, Beamten, Zollpächter und auch sonst noch in den mannigfaltigsten Chargen in allen Städten der europäischen Türkei, in denen sie überall neben den Griechen und Osmanen die dritte Rolle spielen.

Namentlich sind sie die Bankiers der Paschas, und man kann sagen, daß fast alle Einkünfte der türkischen Provinzen durch ihre Hände gehen. Sie creditiren ihren Paschas in Constantinopel bei der Regierung, schicken dann aber auch ihre Agenten mit in die Provinz, um auf die Einsammlung des Tributes ein Auge zu haben. Der ganze Edelstein- und Perlenhandel der Türkei ist in ihren Händen. Sie sind die vornehmsten Juweliere und Geldwechsler der türkischen Hauptstadt.

Von der türkisch-griechischen Halbinsel aus verbreiteten sie sich denn auch mit den Türken in den Donaufürstenthümern Moldau und Walachei und in Ungarn.

In Siebenbürgen besitzen sie eine eigne Stadt: Armenopolis genannt, in der 400 armenische Familien wohnen, welche Handel mit Hornvieh und Fabrikwaaren betreiben.

In Ungarn haben sie fast die ganze Stadt Neusatz inne und in den Ebenen zwischen der Donau und Theiß pflegen sie die großen kaiserlichen Pusten oder Weiden in Pacht zu nehmen, auf denen sie Gestüte begründeten und wo sie, wie einst in der Zeit der alten Perser-Könige, in ihrem heimathlichen Alpenlande am Ararat, Pferdehandel betreiben. Sie sind überall in Ungarn, wie nach Dem, was ich schon sagte, auch in Polen die größten Landpächter, Viehzüchter und Ochsenhändler.

Als solche sind sie häufig reich und angesehen geworden und nicht selten in den Adel Ungarns, der Walachei, Moldau und Bukowina übergetreten.

Auch unter dem polnischen Adel findet man zuweilen Familien armenischen Ursprungs, wie es einst unter dem spanischen Adel so zahlreiche Familien jüdischer Herkunft gab.

In Verbindung mit den Türken hat die wachsende Macht der Russen zur Verbreitung der industriösen Armenier in Europa am meisten beigetragen.

Schon unter den Tataren waren sie an der Wolga in Astrachan angesiedelt. Als die Russen diese Stadt in der Mitte des 16. Jahrhunderts eroberten, fingen die Armenier alsbald an, gleich den Bucharen, Rußlands Handel mit dem des Orients namentlich Persiens zu verknüpfen.

Insbesondere war Peter d. G. eifrigst bemüht, die Armenier in ihren Bestrebungen zu fördern und gewährte ihnen dazu verschiedene Vortheile. Am Ende des 17. Jahrhunderts verlieh er ihnen große Privilegien und Freiheiten für ihren Verkehr in und durch Rußland.

Da die Perser selbst ihr Vaterland nicht leicht verlassen, und sich noch weniger gern zu weiten Reisen in nördliche Länder entschließen, so wurden die Armenier in Europa, wie in Asien ihre Faktoren.

Sie ließen sich nun nicht nur in größerer Anzahl in Astrachan, sondern auch in anderen südrussischen Städten nieder und bemächtigten sich nach und nach des größten Theiles des persischen Handels am caspischen Meere, und sie haben dort ihre Comptoire in beiden Welttheilen, auf einer Seite weit nach Iran, auf der andern ebenso weit nach Rußland hinein.

Da die Zaren in jenen Gegenden allmählich eine stabile Ordnung schufen und anfingen, ihre Banner über die Christen des Orients wehen zu lassen, so wanderten die Armenier auch bei verschiedenen Gelegenheiten, wenn sie in den Kriegen zwischen den Türken und Persern zur Verzweiflung gebracht wurden, in ganzen Schaaren nach Rußland aus.

In den achtziger Jahren des vorigen Jahrhunderts flüchteten ein Mal nicht weniger als 15,000 Armenier unter Anführung ihres Erzbischofs Argutinsky Dolgoruky über den Kaukasus nach Europa. Catharina II. wies ihnen verschiedene Wohnplätze an, von denen aus sie dann weiter wucherten.

Unter andern gründeten sie in den Sümpfen und Steppen am Don die nicht unbedeutende und wohl bekannte Stadt Nachitschewan, von der aus sich durch sie die Weinkultur und der Seidenbau im südlichen Rußland verbreitete.

In der Mündungsstadt der Wolga, in Astrachan, waren schon am Ende des 18. Jahrhunderts fast alle Fabriken und industriellen Etablissements im Besitze von Armeniern. Sie haben jetzt auch ihre Faktoreien und kleinen Colonien bis nach Moskau und bis an die Ostsee in Petersburg vorgeschoben.

Nachdem Rußland den Kaukasus überschritten, wurde dann auch ein bedeutender Abschnitt des alten Armeniens und mit ihm der heilige Berg Ararat selber, ihre alte Hauptstadt Eriwan und das berühmte Kloster Edschmiadzin, der Sitz des Oberhauptes der armenischen Kirche, von dieser europäischen Macht abhängig, und auch hiermit wurden denn diesem asiatischen Volke wieder viele neue Wege und Thore nach Europa hin eröffnet.

Man sieht sie nun auch in der russischen Armee häufig, zuweilen selbst als Offiziere. Auch haben sie sich in den russischen Adel eingeschlichen, und einige der bei uns bekanntesten Namen russischer Großen, — ich will nur die berühmte Familie der Grafen Lazareff erwähnen, — sind armenischen Ursprungs.

Auch im westlichen Europa hat sich dieses merkwürdige orientalische Handelsvolk in neuer Zeit noch weiter verzweigt.

Sie fehlen natürlich nicht auf dem Weltmarkte Londons. Man findet sie in Amsterdam, wie in Marseille, und eben so in der Kaiserstadt Wien. In den Lagunen Venedigs auf der kleinen Insel San Lazaro, welche der Senat im Jahre 1717 einer aus Morea vertriebenen armenischen Gemeinde schenkte, haben sie ein durch seine literarische Thätigkeit und seine armenische Druckereien und durch seine Erziehungs-Anstalt berühmtes Kloster begründet, das armenische Mechitaristen-Kloster von S. Lazaro, von dem aus die gesammten armenischen Colonien Europa's und auch das asiatische Heimathland selbst anderthalb Jahrhunderte lang mit Büchern und geschulten Missionären und Priestern versehen worden ist.

Aehnliche armenische Druckereien und gelehrte Institute hat es auch zeitweise in Marseille, in Rom, in Amsterdam, in Livorno, in Moskau und anderen Orten gegeben.

Denn trotz ihres traurigen National-Geschicks sind die Armenier von jeher, auch hierin den Juden ähnlich, sehr eifrige Forscher gewesen und haben sich überall eine lebhafte Theilnahme für die Literatur ihres Vaterlandes oder doch ihrer Religion bewahrt. Seit dem sie — schon im 2. Jahrhunderte nach Christi Geburt — zum Christenthum bekehrt wurden und die Bibel in ihre Sprache übersetzten, haben sie eine Menge von Theologen und Chronisten erzeugt und ihre Geschichtschreiber werden vor allen anderen Historikern der Orientalen als kritisch und geschmackvoll gelobt. Ihre Literatur ist eine reiche Fundgrube für die Geschichte der westasiatischen Völker, mit welchen die der Armenier beständig so innig verwebt war.

Die Sprache, in der sie schrieben, ist zwar reich und ausgebildet, aber wie ihre gebirgige Heimath, äußerst hart, voll von unbequemen Consonantenhäufungen und fast unerhörten Laut-Compositionen. Und darin bilden die Armenier einen auffallenden Contrast mit ihren Gebietern den Osmanen. Sie, ein weiches und biegsames Volk besitzen ein sprödes und rauhes Organ und Idiom. Diese dagegen, die Türken, ein Herrschervolk, eine äußerst sanfte melodische und wohlklingende Sprache, deren Accente man dem Murmeln des Wassers verglichen hat. Man hat lange darüber gestritten, welchem größeren Stamme jene armenische Sprache und das sie redende Volk beizuzählen sei. Wegen großer Aehnlichkeiten mit dem Syrischen und Altphrygischen hat man die Armenier früher mit den Juden und Arabern den semitischen Völkern beizählen wollen.

Viele Gelehrte wagten es jedoch nicht, sie entschieden den Semiten oder sonst einer anderen großen Gruppe unterzuordnen. Und unser großer deutscher Sprachforscher Adelung glaubte behaupten zu dürfen, daß das armenische Volk und ihre Sprache, die so viele anderswo nicht wieder zu findende Eigenthümlichkeiten habe, eine Nation und ein Idiom für sich seien, und ganz isolirt daständen.

Erst in neuerer Zeit ist man sich darüber einig geworden, daß die Armenier mit ihren Nachbarn, den Persern und Kurden, so wie auch mit den Slaven und Deutschen einen Zweig des großen Indo-Germanischen Völker- und Sprachen-Stammes bilden. Man hat in ihrer Sprache die wesentlichsten Elemente und Charakter-Merkmale dieses großen Stammes wieder erkannt, obwohl in dieselbe in den letzten 4. Jahrhunderten in Folge des beständigen Verkehrs des Volks mit den Türken und Arabern nicht nur viele türkische und arabische Worte eingedrungen sind, sondern sogar auch die ganze armenische Constructionsweise der Sätze sich nach den Gesetzen der Grammatiken dieser beiden Völker umgeändert hat.

Mit der Annahme der Indo-Germanischen Herkunft der Armenier stimmen denn auch sehr gut die Bemerkungen, die man über ihre körperliche Erscheinung machen kann. Die Armenier sind ein wohlgestalteter Schlag Menschen. Sie haben äußerst regelmäßige und rundliche Gesichtszüge, und bei dunklem Haar und schwarzen Augen einen schönen hellen kaukasischen Teint, und ähneln unter allen Orientalen am meisten den Persern, den ächten Brüdern der Indo-Germanen. Merkwürdig ist es, wie sehr sich alle Armenier unter einander gleichen, und wie bei ihnen fast jeder eben so hübsch und eben so wohl gebildet ist, wie der andere, als wären sie alle von derselben Familie.

Vieles in ihrem Wesen und Benehmen, und sogar in ihren Gesetzen und Gewohnheiten erinnert an die Juden. So haben sie z. B. mehrere jüdische Religions-Satzungen angenommen, namentlich die jüdischen Gebräuche beim Schlachten des Viehs, beim Fasten, und die mosaischen Ansichten über reine und unreine Speisen. Vielleicht deutet dies auf einen früheren historischen und ethnischen Zusammenhang beider Völker. Vielleicht aber haben die Armenier diese Dinge erst mit dem Christenthum und mit der dadurch bei ihnen bekannt werdenden Bibel überkommen. Das berühmte Königsgeschlecht der Bagratiden, welches Armenien im 9. und 10. Jahrh. beherrschte, soll jüdischer Herkunft gewesen sein.

Auch gibt es bei den Armeniern wie bei den Juden, — und darin sind sie wie andere Orientalen von den Indo-Germanen sehr verschieden, — keine Stände, keine Geburtsvorzüge, keinen Adel, keine Hörigkeit und Leibeigenschaft. Ihre Gemeinden haben eine sehr demokratische Verfassung, während bei ihnen, wie bei den Juden, eine starke patriarchalische Gewalt geübt wird.

Die Familienbande sind eben so fest bei ihnen, wie bei den Juden. So lange die Häupter, Vater und Mutter leben, bleibt stets die ganze Familie ungetrennt und ohne Vermögensscheidung zusammen in unbedingtem Gehorsam gegen das Haupt. In ihrem Heimathslande selbst ist es nicht selten, daß bei einem achtzigjährigen Patriarchen drei Generationen bei einander leben und wirthschaften, vier bis fünf verheirathete Schwiegersöhne und Töchter im Alter von 50 bis 60 Jahren, und dann noch Enkel von 30 Jahren und deren Kinder, die Urenkel.

Wie die Juden, so hält auch die Armenier vor Allen das gemeinsame Band der Religion zusammen. Dieses Band ist bei ihnen stärker als Sprache, Abkunft und alle übrigen Merkmale der Nationalität. Man hat sie oft die christlichen Juden genannt. Daher will der unirte Armenier lieber nach seinem Bekenntnisse „Katholik" als nach seiner Nationalität: „Armenier" genannt werden. Nur die der alten armenischen Kirche treu Gebliebenen nennen sich gern „Armenier", nicht aber weil sie der armenischen Nation, sondern weil sie der Armenisch-Christlichen Kirche, der sie ihre Cultur und ihre ganze nationale Erhaltung verdanken, angehören.

Nirgends sind die Armenier in Europa in so tiefes Elend versunken, wie vielerwärts die Juden, mit deren Schicksal das ihrige sonst eine so auffallende Parallele bildet. Man begegnet ihnen fast überall als wohlhabenden, oft sehr reichen und einflußreichen Bürgern. Zum Theil erklärt sich dies wohl daraus, daß diesen sehr intelligenten und geschäftsgewandten Leuten, als alten Christen nie ein so hartes Schicksal bereitet wurde wie den Juden, — zum Theil daraus, daß sie sich nie so ausschließlich, wie die Juden, dem Kleinhandel hingaben. Sie ließen sich willig auch als ackerbauende Colonisten ansiedeln und hie und da wurden sie geschickte Künstler und Fabrikanten.

Ueberall zeigen sie sich als ein stilles und ernsthaftes, beharrliches, unverdrossenes und unermüdetes Volk, blos erpicht auf den Gelderwerb. Mäßig im Essen und Trinken, halten sie wenig von Prunk und öffentlichen Vergnügungen. Ihnen ist am wohlsten, wenn sie mit den Ihrigen in ihren gewöhnlich sehr reinlichen und sorgfältig geschmückten Häusern eingeschlossen, ihren Gewinn überrechnen können. Unkriegerisch und furchtsam ziehen sie sich von allen Zänkereien, Unruhen und Aufläufen zurück, und zufrieden, ihre Geschäfte treiben zu können, zeigen sie sich als die unterwürfigsten Unterthanen. Sie haben nichtsweniger als Eroberungs- und Unabhängigkeits-Gedanken, keinen hochstrebenden Geist, keinen Enthusiasmus pour l'honneur! So lange ihr Geschäft gut geht, sind sie die ruhigsten Menschen von der Welt. Daher sie auch noch von den türkischen Ulema's, die Perle der Ungläubigen genannt werden.

Die ganze Summe der in Europa lebenden Armenier mag sich auf 600,000 Menschen belaufen. In Asien gibt es mehrere Millionen. Viel bedeutsamer aber noch würde sich dieses unter uns Europäern verstreute Volk darstellen, wenn wir für die Capitalien und Werthe, die sie bei uns in Bewegung setzen, einen zusammenfassenden Ausdruck gewinnen könnten.

Die Italiäner.

Von dem gewaltigen Gebirgs-Kerne Mittel-Europa's, den Alpen, löst sich südwärts der Zweig der apenninischen Berge ab und wirft sich in südlicher Richtung in die mittelländische See hinaus.

Mit den zahlreichen kleinen Plateaus und Thälern, mit denen er nach Osten und Westen abfällt, mit den größern Ebenen, die sich ihm zu beiden Seiten wie die Muskeln an den Rückgrat angesetzt haben, bildet er einen langen und breiten Länder-Damm, der gleichsam wie ein Pendel in die Mitte des Meeres hinaus hängt und von einem Triangel großer benachbarter Insel-Länder umgeben ist.

Es ist „la bella Italia, che l'Apennin divide e'l'mar circonda.“ — Es ist, wie ein deutscher Autor sagt, „das Indien unseres Welttheils, das Land eines beständigen Frühlings, das von den Nord-Europäern gepriesene Schooßkind der Natur, welches das allgemeine Samen- und Pflanzen-Beet des großen Zucht- und Gewächs-Hauses des ganzen westlichen und nördlichen Europa geworden ist und zugleich der große Sammelplatz, die breite Völkerbrücke, welche den Süden und Norden verband, eine Heerstraße, die nie von Wanderern leer geworden ist.“

Die Natur hat das Ganze als ein eigenthümliches Glied unseres Continents mit bestimmt ausgeprägtem, und trotz aller Mannigfaltigkeit des inneren Organismus gleichartigem Charakter und Wesen begabt.

Kaum hat man die Alpenmauer, welche diese Halbinsel im Norden umschlingt und sie von dem mittlern Hauptkörper Europa's trennt, überschritten, so glaubt man sich in einer andern Welt zu befinden.

Es wehen dem Reisenden mildere Lüfte aus dem mit tausend Reizen geschmückten Garten des Po-Landes entgegen. Es sproßt um ihn her alsbald ganz fremdartige Vegetation, die Produkte einer südlichen Flora.

Die Luft klärt sich von ihren nordischen Nebeln und Dünsten. Wir treten unter das azurne Gewölbe eines ungewohnt glänzenden Himmels. Die ganze Natur, Atmosphäre und Landschaft offenbaren einen neuen Charakter.

Und dieser Charakter, die Temperatur,

das Klima und alle örtlichen Verhältnisse bleiben auf der ganzen Länge jenes vulkanischen Dammes hin mit wenigen Nuancen in so hohem Grade dieselben, daß man doch wohl behaupten kann, daß alle südlichen und nördlichen, westlichen und östlichen Partien sich viel weniger unter einander unterscheiden, als die ganze Halbinsel in ihrer Totalität von andern großen Abschnitten des Continents jenseits der Alpen oder jenseits des Meeres.

In Bezug auf ihre äußeren Umrisse und Configuration ist die apenninische Halbinsel viel gedehnter und minder compact als das Pyrenäen-Land oder Frankreich im Westen, weit weniger zersplittert aber als Griechenland im Osten, und weit schlanker gestaltet und den Meeres-Einflüssen geöffneter als die zu ihm hinüberneigenden afrikanischen Länder im Süden.

Und außerdem contrastirt sie noch mit allen diesen ihren Nachbaren in vielen anderweitigen Beziehungen.

Sie bildet demnach einen sehr markirten in sich verbundenen Abschnitt unseres Continents, — einen von der Natur abgesteckten und umzäunten Garten, der von Haus aus dazu bestimmt schien, das Vaterland eines besonderen Geschlechts von Bewohnern zu werden.

Die von Nord-Westen nach Süd-Osten langgestreckte Kette der Apenninen theilt das Land in zwei Abschnitte. Eine Reihe von Thälern und Ebenen legt sich auf der Ostseite an. Sie ist dem adriatischen Meere zugewandt, den Einflüssen des Nordens und Ostens mehr ausgesetzt, liegt im Angesichte Illyriens und Albaniens und ihre südlichsten Extreme tauchen ganz in die nachbarlichen Gewässer Griechenlands hinab.

Eine andere Reihe von Thälern, kräuterreichen Bergabhängen, fruchtbaren Ebenen und wunderschönen Golfen und Baien schlingen sich auf der Westseite hinunter. Sie sind vor den Einflüssen des Nordens und Ostens mehr geschützt, dem sanften Süden und dem milden Westen mehr eröffnet. Sie haben einen größeren Reichthum an Häfen. Auf dieser Seite ist das Antlitz Italiens, die bedeutungsvolle Glanzseite dieses Lichtlandes, das im Osten seine Schatten- und Rücken-Seite hat.

Dort im Westen liegen seine reizendsten Landschaften, die lieblichen Thäler des Arno und der Tiber, das früh civilisirte Etrurien, weiterhin der Haupt-Mittelpunkt der Cultur und Macht-Entwickelung, Roma, dann das luxuriöse Campanien, das Paradies von Neapel und andere Brennpunkte italiänischer Lebenskreise. Die Küste zieht sich an dem Binnenmeere hin, welches man gewöhnlich das Tuscische nennt.

Es schwingen sich wie der Hauptkörper der Halbinsel selbst, so auch die großen italiänischen Inselländer Sicilien, Sardinien und Corsica um dieses Binnen-Meer herum und schließen es rings umher ein bis auf 4 große Straßen oder Wasserthore, durch die es mit dem übrigen Körper der mittelländischen See zusammenhängt. Man könnte dieses Meer als die wesentlich italiänische See bezeichnen in eben der Weise, in welcher man den Archipelagus das wesentlich griechische Wasser und Lebens-Becken genannt hat.

Die Halbinseln von Griechenland und Italien verhalten sich in geographischer Beziehung gerade umgekehrt. Jenes ist dem Osten aufgeschlossen und hat seinen Rücken im Westen in den Bergen von Albanien und Epirus. Dieses dagegen erschließt sich dem Westen und wendet seinen Rücken nach Osten. Die beiden sonst so verschwisterten und benachbarten Lande sind daher gleichsam von einander abgewendet. Aus diesen Verhältnissen ist es denn auch hervorgegangen, daß die Italiäner immer mehr dem Occidente, die Griechen — sei es als Diener, oder Herrscher — dem Oriente verbündet waren.

An Bewässerung hat Italien keinen Mangel. Die Quantität des atmosphärischen Niederschlags, die sich im Laufe des Jahres auf seine Oberfläche herabläßt, ist viel größer, als in den benachbarten Halbinseln von Griechenland, Spanien und Afrika. Es ist das am reichlichsten beregnete Land am mittelländischen Meere.

Aus den Gletschern der Alpen strömen nie versiegende Flüsse in seine lächelnde Ebenen hervor, und aus allen Abhängen quillt es aus zahllosen Brunnen, Bächen und Cascaden herab.

Viele Boden-Vertiefungen am Fuße der Alpen und längs der Kette der Apenninen sind daher mit reizenden Seen, — in dem trockenen Spanien eine große Seltenheit, — erfüllt.

Die Flüsse haben überall fette Marschen und feuchte Landstriche zwischen die Felsen-Nischen eingefügt, und es bietet sich allenthalben Gelegenheit zur natürlichen und künstlichen Bewässerung und Befruchtung der Thäler. — Unbezwingbare Wüsten oder nackte Felsen-Wildnisse gibt es in Italien nur ganz sporadisch und bei weitem nicht so massenhaft wie in Griechenland, Spanien oder gar dem nördlichen Afrika.

Dagegen erlaubt die geringe Breite des Landes keine großartige Bildung mächtiger Flüsse. Außer dem Po hat Italien fast kein in einigermaßen bedeutendem Grade schiffbares Gewässer. Es besitzt fast nur Bergströme, die nach allen Weltrichtungen hin auseinander fließen, und die Flußsysteme haben daher hier zur Verbreitung und Einigung eines eigenthümlichen Volkes weit weniger beitragen können, als z. B. in Ungarn, Polen oder Rußland, wo die Völker fast immer längs der Fluß-Adern hingerankt sind und wo einige von ihnen sich zugleich auf dieses oder jenes Flußgebiet beschränkt haben. — Auch hat der hohe und rauhe Rücken der Apenninen stets vielfache Sonderung und Scheidung veranlaßt. Er ist der Canalisirung beider Meere und Küstensäume hinderlich gewesen. Ja nur mit Mühe und nur an einigen Punkten hat er die Ausbildung bequemer Land- und Völkerstraßen von Osten nach Westen zugelassen. Durch ihre vielfache Verästelung kasten und theilen die Apenninen das Land in eine Menge kleiner oft sehr scharf geschiedener Abschnitte.

Jetzt ist das ganze Gewebe dieser schönen italiänischen Landschaften von den Abhängen der Alpen im Norden bis zu den südlichsten Spitzen Calabriens und Siciliens von einem und demselben Geschlechte bewohnt, das in allen seinen Zweigen sich als brüderlich verbunden und blutsverwandt empfindet, das durch eine große Gleichartigkeit der physischen und psychischen Anlagen zu einem Volke sich geeinigt hat. — Sie nennen sich alle mit demselben Namen Italiäner, sie sprechen alle dieselbe Sprache. Sie scheinen alle von denselben Gedanken, von denselben Sympathien beseelt zu sein. Wie sie alle schon seit einiger Zeit eine Seele bilden, so streben sie jetzt auch alle nach einem einigen Körper, einer sie Alle umfassenden politischen Verfassung.

So wie es jetzt ist oder werden will, das ganze Italien von den Alpen bis Malta ein Leib und eine Seele, ein Geist und ein Pulsschlag, durchweg dasselbe theure geheiligte Vaterland, so ist es früher fast nie und zu keiner Zeit gewesen. Namentlich sehen wir das Land, da die ersten Dämmerungsstrahlen der Geschichte auf dasselbe fallen, von kleinen Völkern von sehr verschiedenem Typus bewohnt, die weder von Fremden, noch von sich selbst unter einem allgemeinen Namen zusammengefaßt wurden. Sie waren unter sich so abweichend, daß sie sich nicht einmal durch ihre Sprachen verständlich machen konnten.

Sie lebten unter einander wie ganz fremdartige Menschen, ohne Einigung in unaufhörlichen Kriegen.

Dennoch aber waren sie, wenigstens die Mehrzahl in Mittel- und Süd-Italien, ihrer ursprünglichen Abstammung nach, dies haben neuere Forschungen bewiesen, unter einander verwandt.

Die Wurzeln ihrer Sprachen, die Formen ihrer Staatsverfassungen, der Geist ihrer Sitten beweisen, daß sie ursprünglich denjenigen Indo-Europäern am nächsten standen, welche auch die große Halbinsel im Osten bevölkert haben, den Vorfahren der Griechen, den sogenannten Pelasgern.

In allen Gebieten des menschlichen Thuns und Treibens läßt sich diese uralte Verschwisterung des Hauptstammes der Italiäner und Griechen nachweisen. Die Namen ihrer Götter sind ähnlich; ihre Rollen gleich vertheilt. Die Volks- und Stammsagen beider Völker sind dieselben. Der Wein- und Ackerbau hat bei beiden denselben Typus. Die Längen und Flächenmaße sind bei beiden dieselben. In der städtischen Gesetzgebung, in dem Münzwesen, in den bürgerlichen Ständen sehen wir trotz aller Verschiedenheit im Detail bei beiden sehr ähnliche allgemeine Verhältnisse und Bildungen.

Das alte griechische Haus, wie Homer es beschreibt, ist wenig verschieden von dem, welches in dem Herzen Italiens immer festgehalten wurde.

„Selbst in den einfachsten Elementen der Sitte und Kunst, in den Volksfesten, in dem Waffentanz, in dem Minnescherz, überall tritt die enge Verwandtschaft der Vorväter der Hellenen und der Stämme des alten Italiens hervor.“

Sie offenbart sich auch darin, daß, als später die Hellenen selbst als Handelsleute und cultivirte Städtegründer nach Italien kamen, diese alten Italer so leicht und sympathisch mit ihnen verschmolzen und daß am Ende sogar die Hälfte Italiens den Namen Groß-Griechenland bekam.

Die zahlreichen blühenden Städte und Staaten, welche die Griechen in diesen südlichen Enden der Halbinsel und auf Sicilien gründeten, bewirkten, daß die einheimischen Völker ihre angestammten Sprachen zum Theil verlernten und in Sitte und Cultur fast ganz zu Griechen wurden. — Auf Sicilien wurde die griechische Sprache fast allgemein und blieb es auch während der Römer-Herrschaft, ja bis tief in's Mittelalter hinein. Als die Römer mit ihren Eroberungen in diese Gegenden hinabtauchten, nahmen sie selbst sehr bald immer mehr und mehr von der griechischen Sitte und Cultur an.

Die Griechen sind zu diesen ihnen zunächst liegenden Partien Italiens fast zu allen Zeiten zurückgekehrt. Auch wieder nach dem Fall des weströmischen Reiches. Sicilien, Calabrien und mehrere andere Abschnitte Süd-Italiens waren noch bis in's 11. Jahrhundert in den Händen der griechischen Kaiser.

Selbst noch heutiges Tages ist in einigen Gegenden Süd-Italiens eine griechisch redende Bevölkerung übrig geblieben. Ja der italiänische Geschichtschreiber Botta behauptet, daß der ganze Charakter der heutigen Neapolitaner noch im Wesen Griechisch sei. Ihre Volksfeste, ihre Tänze, ihre Fröhlichkeit, ihr Leichtsinn, ihr Hang zu Sophismen, dies Alles, sagt er, sei ganz Griechisch. Die Lazzaroni in Neapel sollen die directen Nachkommen der alten, Griechen von Cumae und Neapolis sein, zweier griechischer Colonien, die schon 1000 Jahre vor Christi Geburt an der Bai von Neapel gestiftet wurden.

Manche der Völker, die auf Italiens Boden in alten Zeiten eine Rolle gespielt haben, sind uns bis auf den heutigen Tag in Bezug auf ihre Abstammung ein völliges Räthsel geblieben. So namentlich eins der bedeutendsten die alten Etrusker, die Urväter der heutigen Toscaner, die schon lange vor Roms Erbauung im Lande der Medici's einen Staat begründet hatten, in welchem Ackerbau, Städte und Künste blühten. So viel auch über sie schon geforscht und geschrieben ist, wir wissen doch noch nicht, aus welchen Quellen ihre Civilisation, die der Griechen parallel und zum Theil sogar noch vorauf ging, geflossen sein mag.

Ihre rauhe, konsonantenreiche Sprache wich weit von denen der andern Italer und Griechen ab. Der Mund der Römer und Griechen vermochte sie kaum auszusprechen.

Die etruskische Musik hatte einen ganz eigenthümlichen Styl für sich, ebenso ihre übrigen Künste. Sie kannten den Erzguß, die Metallskulptur und die getriebene Arbeit, und verarbeiteten Gold und Silber zu den zierlichsten Schmucksachen, zu einer Zeit, da die übrigen Italer von dem Allen noch nichts verstanden.

Eben so ausgezeichnet waren sie als Plastiker in Ton, und die Eleganz ihrer Vasen-Form wird noch heute bewundert und nachgeahmt. Die toskanische oder etrurische Säule, die älter als die dorische der Griechen ist, hat von ihnen den Namen. Ihre Religion, ihre Götterlehre und Mythen hatten nur wenig mit denen der übrigen Italer und Griechen gemein. Die Verfassungen ihrer Städte und Staaten waren eben so eigenthümlich und abweichend, und sie dienten in ihren bürgerlichen Einrichtungen den Römern zum Muster. Ihre Colonien waren vor der Blüthezeit der Römer so weit in Italien verbreitet, und ihre Nation so mächtig, daß fast die ganze Halbinsel ihren Einflüssen unterworfen gewesen sein soll.

Etrurien war neben Griechenland die zweite Pflanzstätte der Cultur unseres Welttheils. Und trotz alle dem sind wir, wie gesagt, völlig im Ungewissen über die Herkunft dieses Volks. Eine alte Sage hat sie als eine aus Lydien in Kleinasien gekommene und an Italiens Küste verschlagene Colonie betrachtet.

Die Neueren haben sie bald für Celten, bald für Iberer, bald für ein aus dem Oriente herbeigesegeltes semitisches Volk oder geradezu für Phönizier gehalten. Da sie sich „selbst Rasen" nannten und dieser Name dem der Raten oder Rhätier in den Hochgebirge Graubündens ähnlich ist, so haben andere sie wiederum über diese Gebirge aus dem neblichten Norden herabsteigen lassen. Hiermit stimmt die noch jetzt lebendige Tradition der heutigen sogenannten Romanen in Graubünden, welche behaupten, die Urväter der alten Etrusker zu sein, die aber von andern bloß als in die Berge geflüchtete Reste der Etrusker betrachtet werden.

Obgleich sie am Ende in der Masse der Italiäner zerschmolzen, so kann man doch den Geist der Etrusker als noch bis auf den heutigen Tag fortwirkend betrachten. Da bei der römischen Eroberung sich ihre Staatseinrichtungen und Religions-Gebräuche den Römern mittheilten und das ganze politische Leben der Römer begründen halfen, so wirken sie in abgeleiteten und entfernten Aeußerungen auch noch auf uns.

In der später im Lande der Medici's wieder aufblühenden Kunst und Cultur berühren sie uns näher. Denn höchst wahrscheinlich war dies nichts als eine zweite Erndte auf dem alten durch die verschollenen Etrurier gedüngten Boden. Mit Recht ließ man daher auch zur Zeit der Revolutionirung Italiens unter Napoleon den Namen „Etrurien" wieder aufblühen, und stets hat derselbe fortgelebt in der allgemein adoptirten Benennung des etrurischen oder tuscischen Meeres.

Wie die nachbarliche Verbindung Italiens mit seiner Zwillings-Schwester, der griechischen Halbinsel, so hat auch seine Annäherung an Afrika und die Heimath der Semiten ihm im Laufe der Zeiten zu wiederholten Malen Ankömmlinge aus der Fremde zugezogen.

Die Phönizier, die Vorgänger der Griechen in der Herrschaft des mittelländischen Meeres hatten ihre Colonien rings um Sicilien und Sardinien herum.

Nach ihnen bewältigten ihre Söhne, die Carthager, alle die großen italiänischen Inseln und besaßen sie Jahrhunderte lang. Diese Afrikaner kämpften sogar mit den Römern um die Herrschaft über ganz Italien.

Unter dem Namen Saracenen kamen die Kinder Sems im Anfange des Mittelalters wieder und verbreiteten ihre Herrschaft und Ansiedlungen abermals über dieselben Partien Italiens, und selbst noch im 13. Jahrhunderte marschirten Afrikaner als Hülfstruppen des Kaisers Friedrichs II. durch die ganze Halbinsel und lagen überall im Quartier, wie einst unter Hannibal oder Genserich.

Auch noch in späteren Zeiten ist unter mancherlei Formen ein Austausch der Bevölkerung zwischen Italien und Afrika fortgegangen, und man kann sich daher denken, daß einige Spuren davon im Charakter und in den Sitten der Italiäner zurück geblieben sein müssen.

In ihrer Sprache finden wir viele arabische Handels- und Schifffahrt-Ausdrücke. Eine Italiänisch-Saracenische Mischlings-Sprache und Raçe existirt noch auf der Insel Malta. Auch in Calabrien und auf Sicilien und den andern italiänischen Inseln verräth sich die Beimischung arabischen Bluts in dem lebhaften spitzigen Dialekte des Volks und in dem den Inselnbewohnern eigenthümlichen Kehlton. — Und Anklänge des Charakters der Mauren ihres edlen und ritterlichen Wesens, ihres nüchternen, melancholischen, aber leidenschaftlichen und rachsüchtigen Temperaments, welche auch den spanischen Volks-Charakter auszeichnen, lassen sich, wie der Italiäner Mariotti sagt, leicht bei den italiänischen Inselbewohnern entdecken, so wie auch ihre olivenbraune Hautfarbe und ihr bleiches Gesicht, an Phönizier, Karthager und Saracenen erinnern.

Wie durch sein südliches Vorschreiten in den breiten alten Canal der Civilisation in's mittelländische Meer hinaus mit den orientalischen, afrikanischen und griechischen Schiffer-Völkern, so kam Italien durch seine Verwachsung mit dem Hauptkörper unseres Welttheils, mit den nördlichen Continental-Völkern, mit den Celten, Germanen und auch ein wenig mit den Slaven in Berührung, und wir müssen daher hier, wo es uns darauf ankommt, die Elemente, nachzuweisen, aus denen die Nationalität der heutigen Italiäner erwachsen ist, auch die Einwanderungen dieser Stämme eine kurze Revue passiren lassen.

Die ersten, die Celten, die Vorväter der Franzosen, spielen dabei die älteste Rolle. Sie haben sich schon in den frühesten Zeiten in einem bedeutenden Abschnitte Italiens völlig heimisch gemacht. Sie haben als Grundbevölkerung das ganze schöne Po-Land zwischen Alpen und Apenninen besetzt. Es dauerte lange, bis dasselbe nur unter dem Namen Italien mitbegriffen wurde. Es hieß vor Christi Geburt Gallien und zwar zum Unterschiede von dem großen Gallien jenseits der Alpen das „diesseitige Gallien."

Vom Po aus sind diese Gallier häufig in Mittel-Italien eingebrochen und haben seine blühenden Städte, Rom und die anderen, bedräut und zerstört.

Sie waren aber dagegen auch die ersten Stifter von Mailand und anderen berühmten Orten Ober-Italiens.

Die Celten mögen zwar von vornherein in ihrem Raçen-Typus mehr Aehnlichkeit mit den alten Italern gehabt haben, als die Germanen und die anderen nordischen Nachbarn. Nachdem es aber den Italiänern unter Cäsar gelang, die Gallier in hohem Grade zu romanisiren, oder zu italiänisiren, da wurde dann während der 400jährigen Dauer der römischen Oberherrschaft eine geistige Verschwisterung zwischen beiden romanisch gewordenen Nationen hergestellt, welche bis auf unsere Tage herab reich an Austausch und Gemeinsamkeit der Gesinnung und Tendenzen gewesen ist. Zwar sind die Gallier und ihre Nachfolger, die Franken und Franzosen, wie ehemals unter ihrem Brennus dem Zerstörer Roms, so auch nachher noch oft unter Karl dem Großen, unter den Anjou's, unter Karl VIII. und in neuester Zeit unter ihrem Napoleon, unter dem Namen von Befreiern, als Beherrscher und Unterdrücker der Italiäner gekommen und diese haben dann in Schlachten und sicilianischen Vespern sich gegen ihre franzősirenden Einflüsse zu schützen gesucht.

Nichts destoweniger aber gibt es im Ganzen außerhalb des Ringwalls der Alpen kein Volk, mit dem die Italiäner als Nation so viel Gleichartigkeit der Gesinnung, so viele Sympathien und intime Beziehungen gehabt hätten, wie mit den Franzosen. Wie die provençalische Dichtkunst, wie in einer spätern Periode zur Zeit Ludwigs XIV. die sogenannte classische Literatur der Franzosen, so fanden auch alle anderen Vorgänge in Frankreich stets das bereitwilligste Echo in Italien.

Die französische Revolution am Ende des vorigen Jahrhunderts gab Italien eine neue Gestalt. Die durch Napoleon I. wieder angeknüpfte engere Verbindung Italiens mit Frankreich brachte die politischen Ideen der Franzosen dort im Umlauf und ließen einen so mächtigen Gährungs-Prozeß im Volke zurück, daß man fast sagen kann, die gegenwärtige Geistesbildung der Italiäner sei auf transalpinischen Boden erwachsen. Sie denken französisch über Staat, Religion und Philosophie und wenn nicht ihre Poesie, so ist doch ihre Prosa in hohem Grade französisch gemodelt.

Das alte Land der gallischen Allobrogen, Savoyen und die ligurische Grenzmark von Nizza, Landstriche, die eine französischredende und völlig celtische Grundbevölkerung haben, sind bis auf die neueste Zeit Jahrhunderte lang mit den Italiänern unter derselben Herrschaft verbunden gewesen.

Der Provinzial-Dialekt der Piemontesen und Lombarden hat noch jetzt viel französisches oder gallisches, z. B. einen Anflug von dem gallischen Nasenton und die dem toskanischen Ohre so unangenehme Aussprache des u zu ü. Und ein Engländer Herr Edwards, der sich durch phrenologische Untersuchungen in neueren Zeiten einen Namen gemacht, hat bei den heutigen Anwohnern des Po sogar dieselbe Schädel- und Gesichtsbildung gefunden, wie bei denen an der Rhone und Loire und hat geglaubt, darin nachweisen zu können, daß diese sogenannten Italiäner in Bezug auf Blut und Körper-Bau noch jetzt den Galliern oder Celten angehören.

Die Verbindung der Italiäner mit den Galliern ragt in unvordenkliche Urzeiten hinaus. Ihre erste Berührung mit den Germanen können wir nachweisen.

Es war nicht lange vor Christi Geburt, wo sie unter dem Namen der Cimbern und Teutonen von ihren Ursitzen an der Ostsee aufbrechend zum ersten Male südlich der Alpen erschienen.

Seit dieser Zeit aber sind die Italiäner so zu sagen stets mit ihnen in Kämpfen begriffen gewesen, ohne daß jedoch weder die Deutschen in Masse in Italien, noch die Italiäner bei den Germanen in der Weise einheimisch geworden wären, wie bei den ihnen viel näher stehenden Galliern.

Den Naturen beider so stark contrastirenden Länder und Stämme scheint eine tiefwurzelnde Abneigung inne zu wohnen. Die Italiäner vermochten das Rhein- und Donauland nie in dem Grade zu romanisiren, wie das Celten-Land. Sie wurden daraus durch mehr als eine Varusschlacht vertrieben.

Umgekehrt haben auch die uncultivirten Nordländer, so oft sie auch in das schöne Südland einbrachen, dort nirgends auf die Dauer ihre Raçe, Sprache und Sitte zur herrschenden zu erheben vermocht.

Italien, wenn auch besiegt, stand ihren verhältnißmäßig wenig zahlreichen Schaaren immer mit einer dichten Bevölkerung, mit einer alten Cultur und mit einer üppigen Naturfülle entgegen. Es verschlang und tödtete stets die einmarschirenden Deutschen an Leib und Seele. Es war zu allen Zeiten auf beiden Seiten der Alpen sprichwörtlich, daß Welschland bestimmt sei, das Grab der Teutonen zu werden. Und es bewährte sich bei diesen stets wieder und wieder das noch ältere Sprichwort: Graecia capta ferum cepit Victorem. Das unterworfene Cultur-Volk fing in seinen seidenen Netzen den wilden Sieger.

Die Heruler, die Alanen, die Gothen, obwohl sie ein Jahrhundert lang in Italien schalteten und walteten, sie sind alle wieder durch das Schwert und durch Krankheit umgekommen und ihr Name ist im Apenninen-Lande sehr bald völlig verschollen.

Nur die Longobarden allein machen davon in einem gewissen Grade eine Ausnahme. Diese Germanen übten in der That einen sehr merklichen und bleibenden Einfluß auf Italien. Sie werden als die freiesten, kühnsten und tapfersten unter allen den in Italien einrückenden deutschen Stämmen geschildert und man vergleicht ihre Einwirkung auf Volk und Land mit der der Franken in Frankreich und mit der der Anglosachsen in England.

Sie verbreiteten sich fast über die ganze Halbinsel. Selbst im Süden derselben stifteten sie das lange bestehende Herzogthum Benevent, das einen großen Theil des jetzigen Neapels umfaßte. Im schönen Po-Thale aber faßten sie am tiefsten Wurzel und schmiedeten dort die eiserne Krone, das Diadem der spätern sogenannten Könige von Italien, das noch jetzt an dem Orte liegt, an welchem die Lombarden es deponirten.

Da sie sich ganz in Italien einheimisch machten, so verschmolzen sie am Ende völlig mit den Bewohnern des Landes, und übten den stärksten Einfluß auf die Umbildung der alten römischen Sprache zu der neueren italiänischen. Sogar nachdem sie selbst schon zu Italiänern umgewandelt waren, erhielt sich noch die von ihnen eingeführte germanische Staatsform, das deutsche Recht und Lehnswesen. In dem berühmten lombardischen Städtebunde und in dem noch heute geltenden Namen der Lombardei für das Po-Thal hat sich ihr Volksname eben so erhalten, wie der der Angeln in England und der der Franken in Frankreich. Auch verrathen die Bewohner dieses Thales von Turin bis Ravenna und Rimini noch heutiges Tages nicht undeutliche Spuren einer germanischen Beimischung. Dort zeichnen sich die Leute nach dem Zeugniße eines berühmten italiänischen Ethnographen noch jetzt durch lichteres Haar, weißere Gesichtsfarbe, große helle Augen, schlanke stattliche aber selten feine Gestalten vor den übrigen Italiänern aus.

Auch ist daselbst die Mundart des Volks rauher und reicher an Consonanten, als da, wo der germanische Einfluß unbedeutend oder gar nicht vorhanden gewesen, wie in Rom, Toscana und noch mehr im südlichen Italien. Sie ist ausgezeichnet, sagt ein Italiäner, durch Kraft und gedrängte Kürze.

Wie die nordischen Sprachlaute, so ist auch der kriegerische Sinn des Nordens hier mehr zu Hause geblieben. Napoleon und nach ihm Oesterreich und jetzt Victor Emanuel rekrutirten im nördlichen Italien ihre besten Regimenter.

Am Ende finden wir denn auch dort noch auf den Wiesen-Plateaus und in den Waldverstecken einiger anmuthigen Berge bei Vicenza und Verona die einzigen noch jetzt ziemlich unverfälschten Ueberreste deutschen Volkes in der Mitte des Schooßes des italiänischen Stammes, die Hirtendörfer der sogenannten Tredeci und Sette Communi, die noch heutzutage einen alten deutschen Dialekt reden, und die sich rühmen Abkömmlinge der alten Germanen zu sein.

Nach der eigentlichen germanischen Völker-Wanderung im 5. u. 6. Jahrhunderte sind zwar Deutsche noch unzählige Male über die Alpen herübergekommen. Die fränkischen Könige und die deutschen Kaiser aus dem sächsischen, salischen und hohenstaufischen Hause haben mit Waffengewalt stets ein vielfach bestrittenes Herrscherrecht in Italien geltend gemacht.

Doch wurden durch diese von Zeit zu Zeit wiederkehrenden und wie der Nordwind einbrechenden sogenannten „Römerzüge" unserer Kaiser keine neuen germanischen Bestandtheile in Masse dem italiänischen Volke einverleibt. Es waren keine Völker-Einwanderungen. Die deutschen Kaiser erschienen nur vorübergehend an der Spitze ihrer kriegerischen Heerschaaren.

Oft kämpften sie nur mit italiänischen Truppen gegen die Italiäner, die Jahrhunderte lang in Parteien gespalten waren, und unter denen die Deutschen sich nur Gehorsam verschafften, so lange ihre Anwesenheit dauerte. Eine Germanisirung Italiens bewirkten sie nicht. Die deutschen Kaiser, wie z. B. unser Friedrich II., wurden dabei eher selbst zu Italiänern. Auch regierten sie das Land häufig durch italiänische Staatskünstler und Rathgeber und brachten diese wohl gar mit nach Deutschland herüber.

„Jedes Mal aber," so sagt ein italiänischer Schriftsteller, wusch der erste Frühlingsregen das bei diesen Römerzügen vergossene Blut wieder weg, die erste Ernte, üppig genährt von einem Boden, den die Leichen der Nordländer düngten, glich die Theurung wieder aus, welche die Verschwendung der hungrigen Söldner veranlaßt hatte, und die Söhne des Südens wischten sich die Thränen aus den Augen und griffen wieder zu ihrer Lyra und begannen zu singen, wie eine Schaar Vögel, wenn der Sturmwind vorüber ist, nach ihrer alten Weise." —

Daß diese Darstellung nicht sehr übertrieben ist, beweist unter andern die italiänische Sprache. Denn es ist zum Erstaunen, wie wenig deutsche Worte trotz aller der Schaaren von tausend und abertausend Deutschen, die nach Italien kamen, an ihr haften geblieben sind. Man muß sie in dem italiänischen Lexicon zusammen suchen, wie die Krystalle in einem Gebirge. Es sind wie guerra (Wehr) arnese (Harnisch) stivali (Stiefel) caccia (Jagd) fiasco (Flasche) bicchiere (Becher) fast nur Ausdrücke, die sich auf Jagd, Krieg, Trinkgelage und dergleichen Dinge beziehen.

Uebrigens sollen sich in den lokalen Dialekten einzelner Bergthäler, selbst in den Apenninen, solche deutsche Sprachbrocken häufiger erhalten haben, als in der italiänischen Haupt- und Schriftsprache.

Wie mit den Celten und Germanen, so sind denn endlich die Italiäner, wie ich sagte, auch mit der dritten großen Indo-Europäischen Völkergruppe, mit der der Slaven, in einige Berührung gekommen.

In dem nordöstlichen Winkel Italiens saß schon lange ein Volk, das die Römer illyrischen Ursprungs hielten und das sie „Veneter" und darnach ihr Land an der Spitze des adriatischen Meeres Venetia nannten. Wegen der Aehnlichkeit dieses Namens mit dem unserer slawischen „Wenden" und aus andern Gründen haben manche Historiker vermuthet, daß diese alten Veneter, von denen nachher die Stadt Venedig ihren Namen erhielt, ursprünglich Slaven gewesen, die erst nachher italiänisirt worden seien.

Noch jetzt sollen die dem venetianischen Munde eigenen Weichheiten, besonders im Gegensatz der harten lombardischen Weise, eine Folge dieser slavischen Verwandtschaft sein. Auch haben mehrere Namen der Venedig benachbarten, jetzt italiänischen

Städte „Triest," „Pola" „Grado" und andere ein slavisches Gepräge.

Daß zur Zeit der Völkerwanderung mit den Germanen, namentlich auch mit den aus Ungarn her einrückenden Longobarden, viele Slaven ebenso nach Italien kamen, wie in unseren Tagen mit den österreichischen Heeren, unterliegt wohl keinem Zweifel. Ihre Elemente sind dort aber unter germanischen Namen versteckt.

Ebenso ausgemacht ist es, daß die ganze italiänische Landschaft Friaul, die nordöstlichen Enden Italiens bereits im 7. Jahrhunderte von Slaven umzingelt war. Die slavische Sprache war damals sogar am Hofe des Herzogs von Friaul geläufig, und die Slaven brachen häufig über den Isonzo auf italiänischen Boden ein und gründeten dort Städte, Burgen und Dörfer, die jetzt noch existiren und die noch heutzutage doppelsprachig, halb slavisch und halb italiänisch sind. —

Auf einer ziemlich langen Linie längs den Grenzen von Kärnthen, Krain und Istrien mischen sich slavische und italiänische Elemente. Und diese Grenze ist durch die Eroberungen und Colonien der Venetianer in Illyrien und Dalmatien noch viel weiter ausgedehnt worden. Dadurch wurde Venedig selbst ein Lebens-Mittelpunkt für die Slaven, die dorthin als Soldaten und Matrosen kamen, deren vornehmere Geschlechter nicht selten gar der venetianischen Aristokratie einverleibt wurden und deren erweckte Geister zuweilen an den Kunst- und Cultur-Bestrebungen der Italiäner sich betheiligten.

Aus diesem Ueberblicke der von jeher in Italien eingedrungenen Bevölkerungen geht also hervor, daß dies Land in alten Zeiten vor Rom von den verschiedenartigsten Stämmen, man kann sagen von Partien fast aller Europa und das Mittel-Meer umwohnenden Rassen besetzt war, und daß es auch in der Folgezeit häufig wieder von allen diesen Stämmen, die dahin gleichsam wie zu einem geographischen Mittelpunkte convergirten, ergriffen wurde. Es entsteht nun die Frage, wie trotz allen diesen auf der Halbinsel von frühesten Zeiten her vorhandenen und immer wieder andringenden fremdartigen Elementen sich ein einiger Volksschlag hergestellt und in stetem Kampfe mit ihnen eine uniforme Nationalität entwickelt und erhalten habe.

Und da ist es denn wohl ausgemacht, daß die ersten und auch für alle Zeiten vornehmsten Begründer eines „Italia Unita" die Römer gewesen sind.

Sie waren vom altitalischen Stamme in der Mitte des langen Landes, wo sich stets und zu allen Zeiten das echte italiänische Wesen reiner erhalten hat, als in der dem Oriente zugeneigten Süd-Spitze und in den dem Norden die Hand reichenden Po- und Alpenthälern. Von dieser Mitte eroberten sie eine der italiänischen Landschaften nach der andern, zuerst die der ihnen verwandten Lateiner, der Sabiner, Umbrer und Samniten und die der so gänzlich von ihnen verschiedenen Etrusker.

Ihre Eroberungen führten nicht nur eine Umstürzung der alten Verfassungen, der unterworfenen Städte und Staaten herbei, sondern auch eine gänzliche Assimilirung in Blut, Sitte und Sprache. Bürger- und Militär-Colonien gingen aus den Mauern der Stadt hervor und uniformirten das ganze Land, über das sie sich verbreiteten.

Die großen Land- und Heer-Straßen, mit welchen die Römer die Apenninen in verschiedenen Richtungen durchbrachen, halfen dazu, die ganze Halbinsel in ein sociales Ganze zu verschmelzen. Die scharf ausgeprägten Volksthümlichkeiten schliffen sich überall ab.

Die alten sehr verschiedenartigen oscischen, etrurischen, ausonischen Idiome verschwanden überall, die römische oder die lateinische Sprache wurde die allgemeine.

In eben der Weise revolutionirend und colonisirend, drangen die Römer auch in das griechische Unter-Italien und Sicilien ein. Auch dort mußte griechische Sprache und Sitte der römischen weichen. Da hier aber die Römer in das Gebiet einer mächtigeren und älteren Cultur vorrückten, so konnten sie freilich nicht umhin, auch von ihr Vieles anzunehmen, und von da an ging daher mit der fortschreitenden vollständigen Latinisirung der Halbinsel auch die steigende Hellenisirung Hand in Hand.

Aus diesem Süden — wunderbar genug — nicht aus den Mauern ihrer Stadt, aus der sie doch sonst alles nahmen, holten die Römer den Namen des von ihnen geeinigten und umgewandelten Landes und Volks. Keine Benennung wäre natürlicher für dasselbe gewesen, als der Name „Romania" (Römerland); denn die Römer waren seine Schöpfer.

Statt dessen duldeten sie es, daß aus der Südspitze des Landes, wir können nicht mehr nachweisen wie, der ganz obskure Name eines armen Hirtengeschlechts, wie eine Schlingpflanze sich ausbreitete und die ganze Halbinsel überzog. In dem Landeszipfel an der Meerenge von Messina, den wir heutzutage Calabrien nennen, soll in alten goldenen Zeiten ein König „Italus" geherrscht haben, dem zu Ehren sich die Leute dort, die bis dahin Oenotri (d. h. die Weinbauern) hießen, „Itali" und ihr Land „Italia" nannten.

Nach anderen sollen die Calabrier diesen Namen ihrer schönen Weidetriften wegen, von jeher geführt haben; denn „Italia" verwandt mit dem lateinischen „Vitulus" (junges Rind) soll so viel als das Rinder- und Weideland bedeuten. Noch zu den Zeiten der Blüthe des alten Syrakus ging indeß dieser für so weiten Ruhm bestimmte Namen nicht über die kleine calabrische Halbinsel nordwärts hinaus. Allmählich seit dem 4. Jahrhunderte vor Christi Geburt umfaßte er bereits das ganze südliche Italien.

Am Ende dieses Jahrhunderts adoptirten ihn die Römer, als sie das südliche Italien eroberten, und sie führten ihn dann weiter nach Norden hinauf, anfänglich jedoch nicht bis über die Toscana umgebenden Apenninen hinaus.

Dort trennte der Rubico, ein kleiner Fluß im Süden von Ravenna, noch lange Das, was man „Italien" nannte, von der nördlichen Po-Ebene, die noch unter dem Namen „Gallien" begriffen wurde.

Erst nach den punischen Kriegen drangen die Römer auch siegreich, colonisirend und die alten cisalpinischen Gallier entnationalisirend in das Po-Land ein. Sie verbreiteten ihre Sprache und Sitte und die der nun mit ihnen vereinigten Italiäner des Südens, bis an den Fuß der Alpen, die ihnen als eine sehr natürliche Grenze ihrer erweiterten Heimath erscheinen mußte. Diese Italiänisirung des Po-Landes war aber schon längst halb vollendet, ehe man ihm noch dem Namen Gallien offiziell entzog.

Erst der Kaiser Augustus dehnte den Namen Italien, indem er dabei der öffentlichen Meinung, die schon damals allgemein bis an die Alpen ging, folgte, so weit aus, wie er dann später fast immer gegolten hat, bis an den Varus oder Var bei Nizza gegen Frankreich, bis nach Istrien gegen Osten, und bis an die Gletscher im Norden. Man muß dem Kaiser Augustus als dem Schöpfer des Begriffs Italien und Italiäner ansehen.

Die ganze sogenannte Bezwingung und Eroberung Italiens durch die Römer kann man als eine Einigung der Italer zu einem Staate unter echt italiänischem Banner, als eine Uniformirung und Verschmelzung alles Fremartigem auf italiänischem Boden zu einem Volke betrachten.

Die Italiäner haben durch die Römer unter allen Völkern in Europa zuerst den Vortheil errungen, daß sie als eine sprachlich, sittlich; social und politisch geeinigte Nation dastanden, zu einer Zeit, als noch alle anderen Rassen des Welttheils in Stämme und Clan-Geschlechter aufgelöst durcheinander lagen. Eine solche nationale Einigung war selbst den hochcultivirten aber stets gespaltenen Griechen nicht gelungen.

Das Werk der, so zu sagen, für die Ewigkeit bauenden Römer hat alle Wechselfälle der folgenden Zeitläufe überdauert. Die von ihnen niedergelegten Fundamente der italiänischen Einheit bilden noch jetzt die Basis der italiänischen Nationalität. Ihre im Verlaufe der Zeiten modificirte Sprache, der von ihnen dem Volke zwischen den Alpen und Sicilien gegebene Ton, die Erinnerungen an ihre Großthaten sind in allen Jahrhunderten bis auf unsere Tage herab der patriotische Kitt gewesen, der die Italiäner zu einem Volke verband und verbindet.

Nur durch ihre Vorarbeiten wurde es möglich,. daß was später ein Dante oder Petrarca am Arno sangen, gleich in dem ganzen Lande als etwas aus dem eigenen Herzen Hervorgegangenes empfunden wurde.

Das Gepräge, welches sie dem Volke bis an den Varus und bis an die Nordspitze des adriatischen Meeres aufdrückten, war so unauslöschbar und fest, daß es immer wieder durch alle später daraufgeschütteten Elemente hervorblickte und sich siegreich herausarbeitete, und daß zu allen Zeiten und noch jetzt wieder Italien strebte und strebt, sich politisch innerhalb derselben Grenzen zu einigen, die Kaiser Augustus ihm steckte.

Diese frühe von den Römern zu Stande gebrachte Einigung ganz Italiens zu einer gleichartigen Nation gab den Italiänern das große Uebergewicht in Europa, durch welches sie im Stande waren, unseren Welttheil zu erobern und den großen Einfluß auf seine Völker zu üben. Italien unter den Römern wurde in so hohem Grade und in so weitem Sinne das Lebens-Centrum von ganz Europa, wie es nach ihm kein anderes europäisches Volk wieder gewesen ist.

Das Blut und die Ideen der ganzen civilisirten Welt culminirten und centralisirten ein halbes Jahrtausend lang in Italien. — Rom empfing bei sich alle Fremdlinge, drückte ihnen seinen Stempel auf, und sandte sie als Römer wieder in die Welt hinaus.

Da sie ein so kriegerisches, kraftvolles, ernstes, consequentes, disciplinirtes, politisches und gesetzkundiges Volk waren, wie es kaum je in der Geschichte erschienen ist, so haben sie daher auch mehr Töchter-Völker und Töchter-Sprachen in Europa geschaffen als irgend ein anderes.

Sie brachten eine mehr oder minder vollständige Romanisirung oder Italiänisirung aller Länder und Völker von Schottland bis Cabylien, von der pyrenäischen Halbinsel bis zum Euphrat zu Stande. Die Landessprachen wurden von den welterobernden Lateinern nicht nur aus den Gerichtssälen und Verwaltungs-Büreaus des Reichs, sondern zum großen Theil auch aus den Zusammenkünften der gebildeten Gesellschaft verdrängt; die griechische Sprache war fast die einzige die sich daneben behauptete, und den Untergang des Weltreichs überlebte. Die Particular-Rechte und die alten politischen und socialen Verfassungen der Nationen wichen überall den allgemein in Geltung kommenden Rechten und Zuständen der römischen Universal-Monarchie.

Ueberall wo der römische Soldat sein Standquartier absteckte, der römische Colonist seinen Acker einfriedete, an der Themse, an der Donau, am Tigris und am Nil, siedelte sich auch der römische Banquier und der römische Handelsmann an, zogen auch aus Italien der Feldmesser und der Architekt, der Opferpriester und der Advocat, der Schullehrer, der Künstler und der Handwerker nach.

Ueberall wurden die Gegensätze nivellirt, welche die Nationalitäten sonst so streng geschieden hatten, und neben der äußeren Uniformität der offiziellen Sprache, des Geldes, der Rechtspflege und der Administration wurde das ganze Leben, Denken und Wesen der Völker mit römischen Elementen durchdrungen. „Unter allen Himmelsstrichen", sagt Prudentius, „lebten die Menschen nach römischer Weise, als wenn die ganze Welt nur eine italiänische Stadt wäre".

Trotz der später nachfolgenden endlosen Umwälzungen und Völkerwanderungen ist das Gepräge, welches die Römer einem großen Theile von Europa aufdrückten, im Laufe der Jahrhunderte nicht wieder verloren gegangen. Wohin wir blicken, da begegnen wir noch heutigen Tages ihren mächtigen und unvergleichlichen Einwirkungen. Sie hinterließen in unserem Welttheile die weitverbreitete Gruppe der nach ihnen sogenannten romanischen Nationen.

Wie der Nationalgeist und die Sprache der Italiäner selbst, so ruhen auch die der Spanier, der Portugiesen, der Franzosen, der Belgier, der weit an der Donau verbreiteten Walachen auf den von den Römern durch Romanisirung geschaffenen Fundamenten.

Aber ihr Einfluß auf die Cultur Europa's ragt weit über die Existenz ihrer politischen Macht und Blüthe hinaus. Selbst nachdem ihr Leib gleichsam längst todt war, ging der von ihnen in's Leben gerufene Geist in Europa noch rastlos umher, große Thaten verrichtend und fast noch mehr Völker bannend und erobernd, als ihre Legionen es gethan hatten.

Die mit den Römern erwachsene und von ihnen hoch cultivirte Sprache blieb noch länger als ein Jahrtausend nach der Auflösung des römischen Reichs die Sprache der Gebildeten, der Dichter, der Diplomaten, der Gesetzgebung und des ganzen allgemeinen Verkehrs unseres Welttheils.

Sie bürgerte sich nachträglich selbst in Gegenden ein, in welche römische Krieger nie gekommen waren, z. B. auch im ganzen, weiten Sarmatenlande und in Scandinavien. — Sie ist noch heutzutage neben der griechischen, ihrer Schwester, die Sprache der Gelehrten und der Wissenschaften in so hohem Grade, daß man selbst keine neue Erfindung, kein an den Enden der Welt aufgefundenes Pflänzchen wissenschaftlich placirt zu haben glaubt, wenn man es nicht unter einem lateinischen Namen einregistrirt hat.

Noch am Ende des Mittelalters wurden die Dichter vor Petrarca nicht für das, was sie in ihrer *eigenen* Sprache gesungen, sondern für ihre *lateinischen* Gedichte auf dem Capitol gekrönt, sowie auch noch jetzt unsere Gelehrten nur durch in römischer Sprache geschriebene Abhandlungen den Doctorhut erwerben können.

Obgleich die Römer keinen originellen Namen für den ewig jugendlichen Führer der Musen geschaffen, sondern den Namen Apollo unverändert von den Griechen angenommen haben, obgleich ihre ganze Philosophie und Poesie eine entlehnte war, zu der die Begeisterung von Griechenland herübertönte, so haben sie doch Alles, was sie von Griechenland empfingen, mit so großer politischer Macht gestützt, daß sie und ihre Sprache die Träger und Verbreiter auch der griechischen Cultur in Europa geworden sind.

Am wenigsten haben die steifen, harten, pünktlichen, tapferen, ganz von Herrschsucht erfüllten Römer für die schönen Künste geleistet. Sie waren Fremdlinge auf diesem Gebiete und bedienten sich auf demselben immer des Kopfes und der Arme der Griechen. Nicht in Folge einer warmen Begeisterung für Kunst, sondern zur Ausschmückung ihrer Kaiserstadt plünderten sie die eroberten Länder und führten ihre Kunstschätze nach Italien.

Auch in der Philosophie waren sie nur Nachbeter der tiefgeistigen Griechen. Man erkennt dies am besten in ihrer Sprache, die an philosophischen Ausdrücken und Kunstwörtern so arm erscheint, daß Plato und Aristoteles kaum in gutes Latein übersetzbar sind.

Dagegen haben sie als eine durch und durch zur Herrschaft geborene und herangebildete Nation in ihrer Sprache, wie in ihrem Geiste und ihrer Gesetzgebung alle bunt verwickelten Rechts=Verhältnisse des bürgerlichen Lebens besser durchdacht und verarbeitet als irgend ein Volk zuvor.

Ihr Recht hat zweimal die Welt-Angelegenheiten regulirt, einmal so lange ihre Kaiser noch das Scepter schwangen, durch die Stütze ihres siegreichen Schwertes und ein zweites Mal auf friedlichem Wege, in Folge der Huldigung, die man ihren Ansichten und Principien freiwillig zollte.

Das römische Recht war schon einmal zur Zeit der Stürme der Völkerwanderung gänzlich außer Gebrauch gekommen. Ja, der Justinianische Codex, die Quintessenz dieses Rechts, war eben so, wie einst zur Zeit der Maccabäer bei den Juden der mosaische Canon, völlig verloren gegangen. Er mußte in dem Schutt der Zerstörung wieder aufgefunden werden, wie die Laokoon=Gruppe, die Venus von Medici und die anderen antiken Statuen, und wie an diese ausgegrabenen griechischen Kunst=Schöpfungen sich eine neue Aera der Kunstgeschichte anknüpfte, so ging aus jenem wieder entdeckten römischen Gesetzbuche eine noch viel mächtigere, spätgeborene Herrschaft der bürgerlichen Verfassung der Römer hervor.

Diese merkwürdige zweite Eroberung der Welt durch das römische Gesetz ging im Mittelalter von der vornehmsten und ältesten Lehranstalt Italiens, von Bologna, seit unvordenklichen Zeiten der Mutter der Wissenschaften, aus. Ein gelehrter Mann, Irnerius, fing dort an im 13. Jahrhunderte die Pandekten zu lesen, zu studiren und zu erklären. Auf seinen Antrieb wurden darauf römische Rechtsschulen in ganz Italien gegründet, und bald nachher, da ihr Ruhm sich verbreitete, schickten die Völker von allen Seiten ihre lernbegierigen Abgesandten über die Alpen, wurden die geduldigen Schüler der aus dem Munde der italiänischen Professoren zu ihnen redenden Römer, und steckten noch einmal ganz freiwillig ihren Nacken in das für die Ewigkeit geschmiedete römische Joch.

Die Rechtsgelehrten der Römer brachten

da noch nachträglich die Unterjochung ganz Germaniens und vieler anderer Völker, die ihre Feldherren nicht hatten bändigen können, zu Stande und die Verhältnisse und Zustände jeder Stadt, jedes Dorfes in Europa wurden nach den Aussprüchen und Decreten der alten, längst verstummten römischen Prätoren und Kaiser geordnet.

Staaten vergehen,
Finstere Vergessenheit
Breitet die dunkel nachtenden Schwingen
Ueber ganze Geschlechter aus,
Aber der Fürsten einsame Häupter
Glänzen erhellet
Und Aurora berührt sie
Mit den ewigen Strahlen,
Als die ragenden Gipfel der Welt.

Dies Wort unseres Schillers, das er zum Preise großer Männer sang, mag man in noch höherem Sinne von dem Geiste solcher gewaltig auftretender und überlegener Völker, wie es die Griechen und Römer waren, gelten lassen. Sie werfen, wie der Montblanc, weite Schatten in die Länder hinaus, sie tragen das Licht noch lange leuchtend empor über die Landschaft, nachdem ihr Fuß schon in Finsterniß versank.

Sie sind unsterblich, und selbst wenn sie zu sterben scheinen, ist es eigentlich kein Tod, sondern nur eine Verpuppung und ein Wiederaufleben in anderer Form.

Schon während ihnen von den Barbaren das Schwert genommen wurde, hatten die Italiäner sich ein anderes Scepter der Weltherrschaft gebildet. Rom hatte den Samen des Christenthums in seinem Busen aufgenommen und der aus diesem Samen hervorkeimende Weinstock, die Macht des römischen Bischofs, war leise und allmählich an dem Baume des Kaiserthums empor gerankt und mit ihm aufgewachsen.

Nachdem die Barbaren die kaiserliche Eiche gefällt hatten, blieb die schwerer auszurottende Ranke der Kirche bestehen. Da sie das weltliche Scepter nicht mehr schwingen konnten, griffen die Römer zum Hirtenstabe, und mit ihm haben sie allmählich im Laufe des Mittelalters durch sanftere Künste, durch mildere Mittel und Wege, durch Wort und Ueberredung wieder alle Völker Europa's in ihre Netze gesponnen.

Unter den vielen Gaben, die wir von Rom und Italien empfingen, ist die bedeutungsvollste das Christenthum. Das große Werk der Christianisirung, das in Rom begonnen, es wurde von da aus durch die Söhne Italiens fortgeführt, trotz der Unterbrechungen durch das politische Mißgeschick ihres Vaterlandes.

Es gab eine Zeit in Europa — und sie dauerte lange, — wo Italiäner als Sendboten durch alle Lande des Welttheils pilgerten, als Missionäre der neuen Lehre, das Barbarenthum und Heidenthum zu beschwören, und wo Italiäner überall an den Höfen der Könige und in den Hauptstädten der Völker als Kirchenfürsten an der Spitze der geistigen Angelegenheiten standen.

Da sie als Soldaten und Prätorianer nicht mehr die Kaiserkrone vergeben konnten, so fingen sie nun an, es als Priester zu thun. Seitdem Karl der Große diese Krone um das Jahr 800 aus den Händen Leo's III. empfangen hatte, war Rom, die ewige Stadt, wieder die Capitale der Welt. Das große Uebergewicht der von den Italiänern gestalteten, gepflegten und großerzogenen päpstlichen Macht und christlichen Kirche bewirkte es, daß im Mittelalter wiederum, wie im Alterthum, die Geschichte Europa's Italien zum Brenn- und Mittelpunkte bekam, auf dem alle Kämpfe, die geistigen wie die Krieger-Schlachten, ausgekämpft wurden.

„Die römisch-christliche Kirche, ihr imponirender Ritus, die Pracht und der Zauber ihres Cultus, der die Sinnesthätigkeit auf erhabene Gegenstände führt und die Seele an die Andacht fesselt, ihre lieblichen Arien, ihre erschütternden Chöre, ihre glänzenden Geräthschaften, die weiten, majestätischen Räume ihrer Gotteshäuser, der reizende poetische Anhauch, der ihrem ganzen Gottesdienste ein so verklärtes Ansehen gibt, ihre anziehende Mystik, die das Gemüth in höhere Sphäre entrückt", das Alles ist ein Werk italiänischer Erfindung und Kunst.

In allen Ländern des westlichen und mittleren Europa's, nördlich bis an das Nordcap hin und östlich bis über die Grenzen Sarmatiens hinaus, verbreitete sich dieser von den Italiänern geordnete Gottesdienst und die von ihnen organisirte Kirchenherrschaft. „Der heilige Zauber des neuen Roms, wie der Schatten des alten, schwebten um den ganzen Welttheil und hielten seine Neigungen, Triebe und Strebungen in tausend Banden und Hüllen.

Ueberall diente man Gott nach italiänischer Weise und in der von Italiäner durch die Welt geführten Sprache. Italien war die Oberherrscherin im Reiche der höchsten Geistes-Angelegenheiten.

Im 11. Jahrhunderte, als dem gewaltigen Benedictiner-Mönch Hildebrand die dreifache Krone auf das Haupt gesetzt wurde, erreichte diese Universaltheokratie der Italiäner, die fast ganz Europa umfaßte, wie einst unter Augustus ihre Universal-Monarchie, ihre Vollendung.

Wie jener junge mongolische Pferdehirt, und noch mit mehr Recht, als Tschingis-Chan, konnte der geniale Sohn eines italiänischen Handwerkers sagen, „die ganze Welt drehe sich um ihn, wie um ihren Mittelpunct."

Die Kaiser hielten den hohen Priestern Italiens den Steigbügel und die Könige Europa's kamen, ihnen den Pantoffel zu küssen. Die Macht dieser italiänischen Kirchenfürsten hat noch länger gedauert, als die der römischen Consuln und die Reihe ihrer Regenten ist zahlreicher und glänzender, als die der römischen Imperatoren.

Und obwohl später auch diese italiänische Suprematie, wie einst die der Kaiser durch einen neuen geistigen Arminius in den Wäldern Deutschlands, gebrochen wurde, so liegt doch noch heutigen Tages ein großer Abschnitt unseres Welttheiles in ihren Fesseln und ist in Bezug auf kirchliches Leben und religiöses Denken als italiänisirt oder als von Italien aus beeinflußt zu betrachten.

Ja, das Terrain, welches dem Papstthum in Deutschland und im Norden Europa's verloren ging, wurde ihm reichlich ersetzt durch die gewaltigen Provinzen, welche ihm seine Missionäre, seine Dominikaner, Augustiner und Jesuiten jenseits des Oceans in den neuen Welten eroberten.

Und dieses Papstthum, diese von Italien aus fortwährend geübte geistliche Weltherrschaft hat ein so unverwüstliches Leben, daß ihnen auch bisher alle die großen Völkerstürme der Neuzeit, die französische Revolution, die napoleonischen Kriege, die Erschütterungen von 1848 und die neuesten Umwälzungen in Italien selbst, die alle, wie Luther in Deutschland, es mit der Wurzel ausrotten zu wollen drohten, noch wenig geschadet haben. Es schwankte, es lavirte in diesen Stürmen, aber es blieb vor Anker und gebietet noch jetzt, wie zuvor.

Die katholische Kirche und das Papstthum sind wohl die großartigsten und einflußreichsten aus dem Geiste des modernen Italiens hervorgetretenen Schöpfungen. Aber es sind nicht die einzigen.

Zugleich mit dem Aufbau der Kirche und zum Theil unter ihrem Schutze, den sie ihnen im Kampfe mit dem deutschen Kaiser gewährte, blühten in Italien eine Fülle von anderen Staaten, städtischen Cultursitzen und Republiken auf.

Eine Vorliebe, wenn ich mich so ausdrücken darf, für städtisches, bürgerliches und republikanisches Wesen scheint von jeher in dem Geiste der Italiäner gelegen zu haben. Sie mochte zum Theil durch den Charakter des vielfach abgekasteten Vaterlandes der Italiäner bedingt sein, die so städtisch sind, daß sie sogar die Bürgerschaft einer Stadt noch jetzt häufig eine Nation (una nazione) nennen. Wir sehen schon in den ältesten Zeiten das Land mit Städten bedeckt, das Volk, nicht wie die Deutschen, in bäuerlichen oder landbesitzenden Verbindungen, nicht wie die Slaven, in Familien-Stamm- und Blutsgenossenschaften, sondern in städtischen Communen oder Stadt-Staaten vereinigt.

Schon zu der Etrusker Zeiten ging in Italien Alles von den Städten aus. Alle die Kriege der alten Italiäner unter einander waren Städtekriege. Nicht von einem mächtigen Völkerfürsten-Geschlecht, wie etwa später die Karolinger es waren, sondern von den Bürgern einer Stadt wurde die römische Welt-Eroberung durchgeführt. Zur Zeit der Römer, wie ich schon sagte, schien ganz Italien, ja, die ganze Welt, nur eine einzige Stadt zu sein. Ganz Italien erhielt von ihnen bürgerliche Stadtrechte, das ganze Reich der Orbis terrarum, so zu sagen, eine städtische Einrichtung.

Durch den Einbruch der deutschen Könige und Adels-Geschlechter wurde diese in Italien tiefwurzelnde Tendenz zu städtischer Wirthschaft für eine Zeit lang unterbrochen. Denn die Germanen waren, so zu sagen, ein Volk von Hirten und Landleuten. Sie gaben den von ihnen eroberten Reichen eine königliche Familien= und Hausverfassung, die ihr Urmodell in der Einrichtung des Landsitzes eines Ländereienbesitzenden Edelmannes gehabt zu haben scheint.

Im späteren Mittelalter aber, nachdem die Barbaren sich italiänisirt hatten und den transalpinischen Kaisern in den Päpsten mächtige Opponenten erwachsen waren, da kamen die italiänischen Städte wieder zum Vorschein. Das ganze Land und Volk löste sich gleichsam wie eine Perlenschnur in eine Menge von städtischen Republiken auf, wieder mit so zahlreichen, blühenden und glanzvollen Bürger=Gemeinden, wie ehemals zur Zeit der Etrusker und Großgriechenlands. Es war, als wenn Italien sich mehr selbst überlassen, immer wieder seine alte ihm innewohnende Natur hervorkehrte.

Der von den Deutschen eingeführte Land= und Lehnsadel verschwand. In keinem Lande Europa's wurde das Feudal=System und der Ackerbau=Staat so früh abgeschafft, wie in Italien. Nur das südliche Italien und Sicilien machen davon eine Ausnahme. Das Ritterthum ging in den städtischen Republiken und selbst in den kleinen Monarchieen, zu denen sich nach einiger Zeit viele dieser Republiken umgestalteten, bald ganz unter. Denn diese neuen Monarchieen, ihre Herren und Herzöge waren, wie die Medici's in Florenz, wie die Dogen und die Patricier in Venedig und Genua, fast überall die Kinder des Bürgerthums und der Städte, so zu sagen Stadthauptleute.

Schon im 14. Jahrhunderte war der von der Fremde eingewanderte Rittergeist in Italien, wo er ohnedies nie tiefgewurzelt hatte, rein verloren. „Dieser überwiegende Einfluß der Städte im Mittelalter", sagt ein berühmter italiänischer Geschichtschreiber, Sismondi, „ist der Ursprung des *modernen* italiänischen Charakters. Daher haben die Italiäner lauter städtische Gewohnheiten. Daher ist bei ihnen fast alles Landeigenthum im Besitze der Städter, und der Cultivirer des Bodens ist kein unabhängiger Land=Edelmann mit seinen Sclaven, auch kein selbstbesitzender Freibauer, sondern ein Zeitpächter des städtischen Bürgers".

Daher auch die minder scharfe Trennung der Classen der Gesellschaft in Italien. Die höheren Classen, der Adel sind in Italien mit dem Bürgerstande in ihrer gesellschaftlichen Stellung ungleich mehr verwachsen, als in Deutschland oder Frankreich. Man hat ihnen die übermüthigen Anmaßungen des alten deutschen und französischen Hof= und Herren=Adels nie vorwerfen können. Auch ist der Adel in Italien nie mit so heftigem Hasse wie in Frankreich verfolgt worden, weil er in Blut, Gesinnung und Beschäftigung mit den Bürgerständen und den Städten viel enger verbunden war.

Nach Dem, was ich sagte, kann man aber alle diese Eigenheiten nicht nur den jetzigen *modernen* Italiänern zuschreiben. Im Gegentheil findet man sie, wie ich zeigte, schon bei den frühesten, und man mag daher wohl auch Das, was Sismondi als eine *Folge* des Ueberwiegens der Städte bezeichnet, umgekehrt, als die alte seit Jahrtausenden wirkende *Ursache* dieses Uebergewichts betrachten.

Gleich einem üppigen Orangenbaume mit einer Fülle von goldenen Früchten und Blüthen, so steht das mit blühenden Städten reichgeschmückte Italien des Mittelalters da. Es waren darunter mächtige Republiken, wie Venedig und Genua, die zuweilen gegen eine heilige Allianz europäischer Fürsten Stand hielten und die fast ein Jahrtausend hindurch selbstständig in die Weltereignisse und Geschicke der Völker eingegriffen haben.

Ging der Ritter= und der Feudalgeist in diesen italiänischen Städten zu Grunde, so entwickelten sich dagegen in ihnen desto schöner die städtischen Gewerbe. Ihre republikanische Verfassung förderte die Talente, vielseitige Geschicklichkeit und lokalen Patriotismus, vermehrte die Bevölkerung, die Reichthümer und machte die Künste und Wissenschaften blühen.

Wenn wir die glänzenden Schilderungen der italiänischen Zustände zur Zeit der höchsten Blüthe dieser ihrer städtischen Republiken, d. h. etwa während des 14. und 15. Jahrhunderts, lesen und dabei einen Blick thun auf die damaligen

Zustände in andern Ländern, so können wir uns kaum überreden, daß beide gleichzeitig waren. Dort, namentlich in Frankreich und England, ein trauriges Schauspiel von Armuth, Barbarei und Unwissenheit, überall Gewaltthaten ungebildeter Herren und im Elende verkümmernde Bauern. Mit Entzücken wenden wir uns von ihnen zu den reichen, aufgeklärten Staaten Italiens, zu den Apenninen, welche bis zur höchsten Spitze reicher Anbau bedeckt, zu ihren großen, prächtigen Städten, mit ihren lebensvollen Häfen, ihren Arsenalen, Villen, Museen, Bibliotheken, ihren Märkten, angefüllt mit allen Gegenständen des Luxus und Genusses, und ihren Factoreien, wimmelnd von kunstfertigen Arbeitern.

Handel und Schifffahrt waren die Quellen des Wachsthums dieser italiänischen Städte. Sie waren die Triebfedern ihrer Thaten und das Ziel ihrer Anstrengungen. Handelssinn erfüllte zu einer Zeit ganz Italien, selbst die Kirche und den Papst. Und dieser fein und verständig berechnende Sinn hat bei den Italiänern außerordentliche Resultate hervorgebracht.

In jenen von ihnen gestalteten Zweigen der Thätigkeit haben sie dem neueren Europa die ersten Gesetze gegeben. Den Handel cultivirten sie mit solchem Talente, daß sie darin die Muster und Lehrer von uns allen wurden. Die meisten mercantilen Kunstausdrücke, sowie die Buchführung des europäischen Kaufmannes, das Bankier- und Wechselwesen sind italiänischen Ursprungs.

Die Italiäner gaben der Welt das erste Muster eines Seegesetzbuchs. Auf ihren sogenannten Consolato's beruhen noch jetzt die freilich nun mehr entwickelten Rechte der seefahrenden Völker. Es gab eine Zeit, vom 12. bis zum 15. Jahrhundert, wo die Gesetze von Amalfi, Pisa, Genua und Venedig auf allen Meeren respectirt wurden. Kein Kreuzzug konnte ohne Beihülfe dieser italiänischen Städte zu Stande kommen. Bei der Eroberung des heiligen Landes, und nachher bei der von Constantinopel, spielten sie eine hervorragende Rolle, oder hatten doch jedenfalls von diesen Eroberungen den vornehmsten Nutzen.

Ihre Colonien und Küstenbesitzungen dehnten sich über alle Häfen und Vorgebirge des mittelländischen und schwarzen Meeres aus. Genueser und Venetianer hatten überall, auch in Spanien, in Barcelona, Sevilla und Lissabon, ihre blühenden Factoreien, und selbst in Egypten und Syrien ihre Comptoire.

Im südlichen Rußland, sogar im Innern von Kleinasien, findet man die Thürme, die sie damals zum Schutze ihrer Magazine oder ihrer Handelswege bauten. Dadurch ist es gekommen, daß die italiänische Sprache bis auf den heutigen Tag, selbst unter der Türkenherrschaft, die vornehmste Geschäfts- und Handelssprache der ganzen sogenannten Levante geblieben ist. Auch sind seitdem in dem ganzen übrigen Europa manche Handelszweige in den Händen der Italiäner geblieben. So z. B. der Handel mit orientalischen und südlichen Gewürzen, Früchten und Delicatessen. In Ungarn nennt man noch jetzt die Gewürzhändler gewöhnlich „Wälsche", in Deutschland „Italiäner".

Ihre Marco Polo's reisten im 13. Jahrhunderte Handel treibend und Geschäfte anknüpfend durch ganz Asien, bis an den Hof des Mongolen-Kaisers, bis China und Japan. Ihre Seefahrer, Astronomen und Kosmographen waren die geschicktesten in Europa und, wie die Kreuzzüge, so konnte auch die Entdeckung der neuen Welt und die Umsegelung der Erde ohne ihre Beihülfe nicht in's Werk gesetzt werden. Ein Del Cano, ein Columbus, ein Vespuccio, die meisten Pionniere der großen oceanischen Entdeckungen waren in der italiänischen Schule gebildet worden. Allen Theilen des Werkes der Erderforschung sind, so zu sagen, italiänische Spitzen aufgesetzt gewesen.

Wie Handelssinn und kaufmännische Tugenden, so mußten auch die Italiäner in ihren Städten mit so bunt gestalteten Verfassungen, mit leidenschaftlichen Parteiungen, zwischen denen politische Gegenstände beständig verhandelt und discutirt wurden, auch staatsmännische Gaben und politische Talente gewinnen. Sie gingen auch in dieser Hinsicht durch eine so allseitig sie prüfende Schule, daß Italien dadurch für eine lange Folgezeit das Land der Politiker wurde. Selbst in ihren schlechtesten und verfallensten Zeiten haben sie den meisten Großstaaten des übrigen Europa's unumschränkte Herrscher in Gestalt von Ministern gegeben. Namentlich im 17. und 18. Jahrhunderte hatten italiänische Staatsmänner fast an allen Höfen die Zügel in Händen. In Spanien die Orsini's und nach ihnen der berühmte Cardinal Alberoni. In Frankreich der kluge, äußerst gewandte, ja, man kann wohl sagen, der große Cardinal Mazarin, der Richelieu seinem Könige als den einzigen Menschen empfahl, welcher im Stande wäre, seine Leitung der Geschäfte fortzuführen, in Oesterreich der Prinz Eugen, der größte Staatsmann und Feldherr seiner Zeit, und Montecuculi, der einzige, der dem französischen Turenne die Spitze bieten konnte. Es gab eine Zeit, wo man solche einflußreiche Italiäner in allen Cabineten selbst in den kleinsten Staaten fand. Und war es nicht auch in neuester Zeit wieder ein Italiäner, gleichsam ein römischer Cäsar, der 20 Jahre lang Europa beherrschte?

Waren die Italiäner in der That, wie ich sagte, von Alters her echte Stadtmenschen, so mußten sie, wie den Handel das Kind zugleich und den Erzeuger der Städte, so auch vor allen Dingen die vornehmste städtische, die echt bürgerliche Kunst, die Architektur üben. Und in der That hat auch diese Kunst unter ihnen am längsten und immer geblüht, hat keine solche hoch auf- und tief absteigende Linien verfolgt, wie andere Künste, z. B. die Malerei, oder die Musik.

Die Italiener sind zu verschiedenen Epochen die Architekten Europa's gewesen. Es war die einzige Kunst, in der die alten Römer von vornherein excellirten, in der sie keine Nachahmer waren. Viele Zweige der Baukunst, z. B. die Wege, die Brücken und der Festungsbau, waren diesen Welteroberern besonders von Nöthen. Sie überstreuten die ganze gebildete Welt mit ihren für die Ewigkeit gebauten Werken, deren Trümmer noch jetzt lautredende Zeugen ihres großartigen Geschmacks und ihres Geschicks sind. „Ein Römerbau" ist bei uns eine sprichwörtliche Bezeichnung eines soliden Bauwerks geworden.

Selbst aus der spätern Kaiserzeit, als Poesie und Literatur schon im ehernen Zeitalter standen, haben wir noch solche großartige Römerbauten. Ja, sogar mitten in der Völkerwanderung, wo die Lyra völlig verstummte, sind unter gothischen und lombardischen Königen in Italien bewundernswürdige Bauwerke ausgeführt.

Und die Architektur ist auch wieder die erste Kunst gewesen, die nach den Zeiten der Barbarei schon im 10. Jahrhunderte in den Städten Italiens sich wieder regte, da die anderen Musen noch lange schlummerten. Wir können sie mithin vorzugsweise als eine echte, als eine eingeborne Tochter Italiens bezeichnen.

Wie die städte- und wegebauenden Altrömer, so hatten auch die als christliche Missionäre und als Sendboten des Papstes in die Welt hinausziehenden und Altäre weihenden Neurömer vor allen Dingen wieder die Baukünstler von Nöthen. Die in Rom sich aufbauende Kirche mußte vorzugsweise durch schöne Gotteshäuser imponiren. Sie wurde die Hauptpflegerin der Baukunst. Es entstand ein prachtvoller und weitverbreiteter italiänischer Kirchenbau-Styl.

Derselbe machte im Laufe der Jahrhunderte zwar mancherlei Phasen durch. Im Ganzen aber schloß er sich in seinen Säulen, seinen runden Bögen und seinen Kuppeln verschiedenen antiken, schon lange in Italien einheimischen Baustylen insbesondere dem etrurischen an.

Er contrastirte in allen Beziehungen stark mit dem von den germanischen Nationen später gepflegten, eckigen, spitzen- und thurmreichen Baustyle, der den eckigen, rauhen und hochstrebenden nordischen Barbaren aus der Seele gebaut zu sein scheint, der aber unter den der Anmuth mehr huldigenden, so zu sagen, mehr gerundeten Italiänern immer, obgleich sie ihn zuweilen nachahmten, etwas Fremdes geblieben ist.

Brunelleschi, der Meister des Palastes Pitti in Florenz, Bramante, der Umgestalter der Peterskirche von Rom, Palladio, der Erbauer zahlloser Dome und Fürsten-Residenzen, sind einige wenige der vielen italiänischen Baumeister, die in ihrem Fache durch die ganze Welt so berühmt geworden sind. Ja, es gab in Italien Geschlechter und Familien von Baumeistern, z. B. die Familien Lombardi in Venedig, in der diese Kunst und die ihr nöthigen Talente vom Vater auf Sohn erblich wurden. Und noch jetzt sind daselbst ganze Districte oder Thäler zu finden, aus denen alle Bewohner als intelligente Häuser- und Wegebauer in die Welt ausziehen, um die Städte und Straßen in Deutschland oder Frankreich bauen zu helfen.

Wie in Indien, Egypten und Griechenland, so hat die Religion, die Begeisterung für das Göttliche und für seine Versinnbildlichung unter den Menschen eben überall auch den anderen Künsten Schwung und Seele gegeben.

Schlug die christliche Kirche und Religion, die Mutter der Künste, ihren Hauptsitz in Italien auf, so mußte eben Italien, das Kirchenbau- und das Städteland, auch das Hauptland für alle übrigen Künste werden.

Die im Schooße der Kirche und der Städte erstehende Baukunst, die dieser anderen Künste zur Nachhülfe so sehr bedarf, die gleichsam nur das rohe Gehäuse und die Hülle liefert, welche die Bildhauer mit Sculpturen zu füllen und zu ergänzen, die Maler mit Farbendichtungen zu schmücken haben, die dem Gesange und der Musik in ihren Hallen und Gewölben das schönste Echo gibt, mußte daher bald den Flor auch dieser Künste nach sich ziehen.

Vor Allem kamen die echt christlichen, die echt religiösen Künste, die Musik und Malerei in Aufnahme und riefen herrliche Productionen in's Leben. Beide haben sich unter den Italiänern so heimisch gemacht, wie bei keinem anderen uns bekannten Volke der Welt, selbst nicht unter den Griechen des Perikles und Alexanders des Großen, obwohl diese, wie es scheint, in der Sculptur den Italiänern die Palme streitig machen.

Denn es ist bemerkenswerth, wie in Italien immer das Plastische und, man kann hinzusetzen, in der Poesie auch das Epische dem Pittoresken stets untergeordnet war. Schon die Römer, wenigstens ihre Dichter, z. B. Virgil, waren in der beschreibenden, malerischen Gattung am größten. In neuerer Zeit erzeugten Venedig, Mailand, Florenz, Rom, ja, fast alle Städte Italiens, ihre eigne Malerschule, mit ihrem besonderen Charakter, mit ihren eigenen unvergleichlichen Meistern an der Spitze.

In dem Künstler-Heroen aber, den man „den Göttlichen" genannt hat, in Rafael Sanzio brachte Italien das Unübertrefflichste hervor, was der gesammten Menschheit zu Theil geworden ist, einen Genius, in dessen Werken sich die reinste Anschauung des geistigen Adels der Menschennatur offenbart, welche je ein Mann besessen hat, und der sich in allen seinen Productionen auf der Höhe der feierlichsten und keuschesten Schönheit gehalten hat.

Zur Zeit Rafael's, des Makellosen, des Vollendeten, in der Periode des sogenannten Cinque cento des 15. und 16. Jahrhunderts, erreichte die Kunstblüthe in Italien ihren Zenith. Damals standen die Macht und der Reichthum aller italiänischen Städte und Staaten auf dem Gipfel. Damals schufen, wie seine Künstler, so seine Dichter ihre für ewig bewunderten Werke. Es war dies eine so brillante Zeit, wie sie, außer den Italiänern, nur noch ein Volk, das Hellenische zur Zeit des Pericles, je durchlebt hat.

Es gibt, merkwürdig genug, keine Völkerblüthe-Perioden in der ganzen Weltgeschichte, die sich in allen Zügen so sehr gleichen, wie bei den Griechen das fünfte Jahrhundert vor Christi Geburt und bei den Italiänern das Cinque cento nach Christi. Fast scheint die eine der beiden 2000 Jahre auseinander liegenden Zeitperioden nur eine Copie der anderen zu sein. In beiden Fällen eine Fülle glänzender Städte und Fürstenthümer, in beiden Fällen eine unvergleichliche Blüthe der Künste und der Poesie. In beiden Perioden Charaktere und Männer, die sich zuweilen wie Brüder ähnlich sehen. In beiden Fällen „eine Eroberung der Geisterwelt, eine Erstürmung des Olymp sonder Parallele."

Es scheint fast, als habe sich damals der italiänische Geist dem der Griechen, der ihm von vorrömischen Zeiten her urverwandt war, selbst inniger zugewandt, als dem, der die wirkliche Welt erobernden Römer, Italiens eigenen, aber in gewisser Beziehung entarteten Kindern. In der That zeigen sich in den modernen Italiänern zahlreichere Beziehungen zu den Hellenen, als zu jenen pedantischen, unliebenswürdigen, kriegerischen, halsstarrigen, ungeschmeidigen römischen Landesgenossen. — Man kann sie als die Griechen der Neuzeit bezeichnen.

Die Zeit der Rafaele ist zwar in Italien vorüber. Ihr Glanz war mit dem 16. Jahrhundert abgeschlossen und ob solche Genien unter den Italiänern je wiederkehren werden, ist wohl sehr die Frage. Die bildenden Künste und Kunstschulen sind seit zweihundert Jahren bei ihnen auf absteigender Linie. „Nichtsdestoweniger ist aber dem ganzen Volke als ein bleibendes Erbtheil, ein sehr allgemeiner und feiner Kunstsinn geblieben. Fast jeder Italiäner, selbst der gemeinste, hat einen eigenen Sinn für die vollendete Form und für das Malerische und selbst geringfügigen Dingen weiß er ein geschmackvolles Aeußere zu geben."

In manchen kleinen Zweigen der bildenden Kunst, z. B. in der Mosaik-Malerei, in der Stuckatur, in der Formung des Alabasters zu geschmackvollen Vasen, Urnen und Gefäßen, sind die Italiäner noch immer unerreicht und die Gyps-Figuren-Ateliers sind fast überall bei uns in ihren Händen.

Nur durch den beständigen Anblick der alten in ihren Städten so zahlreich gesammelten Meisterwerke, durch die fortgesetzte Uebung des Auges und Urtheils, mit einem Worte, durch das Aufwachsen in den Armen der Kunst, läßt sich wie früher in Griechenland, so jetzt in Italien jener künstlerische Instinkt erklären, der bei ihnen alle Classen beseelt, der selbst den gemeinsten Mann veranlaßt, seinen zerrissenen Mantel in malerische Falten zu legen, oder beim Spiele oder im Gespräche mit seinen Genossen graziöse Gruppen zu bilden, und der es auch bewirkt, daß auf ihren Straßen, in ihren Dörfern, in dem Innern ihrer Häuser, wo zwar Reinlichkeit und Ordnung nicht auffallend sind, fast Alles ein pittoreskes Ansehen gewinnt.

Vieles davon ist sogar in ihrem körperlichen Habitus und in ihre persönliche Erscheinung übergegangen und hat sich in ihrer leiblichen Gestalt und Physiognomie festgesetzt. Statt der ungeschlachten Züge, der eckigen Gesichter, der rohen Complexion und der schlecht gebauten, aber oft derben und muskulösen Körper, welche diesseits der Alpen häufiger sind, finden wir gleich jenseits der Gebirge schon bei den nördlichen Italiänern eine elegantere und leichtere Form, eine schlanke Figur, mehr erhobene und schön geformte Züge mit einem geistigeren und lebendigeren Ausdrucke im Antlitze. Allerdings aber sind dies Dinge, die man zum Theil wenigstens mehr Uranlage und Ursache als Wirkung nennen muß, und die freilich außerdem auch noch mehr oder weniger als ein altes Erbtheil alle Eingebornen Süd-Europa's im Gegensatz zu den Nordländern charakterisirt.

Wie könnten wir aber von dem den Italiänern eingebornen und anerzogenen Geschmacke und Kunstsinn reden, ohne vor Allem auch der Musik zu gedenken? Sie scheint auf dem italiänischen Boden schon so alt zu sein, wie die Baukunst. Wenigstens wurden bereits in vorrömischen Zeiten wie ich sagte, die Etrusker als ausgezeichnete Musiker gepriesen.

Durch die Herrschaft der unmusikalischen Römer, die in dieser Beziehung wie ein weit vom Stamme gefallener Apfel, wie ein talentloser Sohn in einer begabten Familie dastehen, erlitt zwar auch die Weiterbildung dieser Kunst eine Unterbrechung.

Mit der christlichen Kirche aber, mit den, dem einigen Gott erschallenden und den Engeln nachgesungenen Lobliedern und Psalmen zog auch die Musik wieder in Italien ein.

Sie hat daselbst mehrere sehr charakteristisch verschiedene Blüthen-Epochen durchgemacht und bis auf die neueste Zeit herab, darin von den andern Künsten verschieden, andauernd die brillantesten Früchte erzeugt. Nachdem sie lange fast nur der Kirche gedient hatte, machte sie seit dem 17. Jahrhunderte auch Versuche die Bühne zu betreten und es wuchs am Ende der eigenthümliche Zweig der Musik, das Kind Italiens, die Oper, heran, welche die Italiäner gepflegt und geschaffen haben, „die mit Hülfe ihrer Sänger und Componisteure so sehr den Geschmack und die Sinne aller Europäer beherrscht, daß man fast sagen kann, unser jetziger Kunstgeschmack sei dadurch charakterisirt."

Die italiänischen Operndichter Rossini,

Donizetti, Spontini, und zahllose andere sind noch unsere Zeitgenossen gewesen. Und man kann wohl sagen, daß die Italiäner das Primat in diesem Kunstzweige noch nicht abgegeben haben.

Italiänische Sänger-Colonien findet man in allen Hauptstädten der Welt. Sie haben in diesem Fache keine anderen Rivalen als die Deutschen, welche letztere ihnen aber in der Instrumental-Musik überlegen sind.

Die Charaktere der Musiken dieser beiden vornehmsten Musik-Nationen Europa's stehen ungefähr in demselben Gegensatze wie deutsche und italiänische Baukunst. In der deutschen Musik, wie in dem ganzen Wesen dieser Nation ist Alles tiefsinnig und hochfliegend, in der italiänischen dagegen findet sich als Grund-Element der reine Wohlklang, in ihr sind die klaren, sinnlich-schönen Melodien der Harmonie übergeordnet. Man möchte die italiänische Musik, wie das italiänische Volk selbst, vorzugsweise pittoresk nennen. Ihre Triller, Rouladen und Colloraturen scheinen an die Rundbögen, Kuppeln und Colonnaden der italiänischen Gebäude zn erinnern.

Wenigen Völkern ist Musik und namentlich Gesang ein so dringendes Bedürfniß geworden, wie den Italiänern, denen die Natur dazu die glücklichste Organisation gegeben hat, die schöne Stimme, das feinste Gehör und eine äußerst melodische Sprache. Gesang begleitet in Italien nicht nur alle Lebensverrichtungen, sondern er bezeichnet und accentuirt auch alle Gemüthsverfassungen bei heitern und freudigen sowohl, als bei traurigen und leidenschaftlichen Affekten. „Besonders unter dem weiblichen Geschlechte der unteren Classe," so sagt ein Reisender, „mag es in Italien wenige Individuen geben, die nicht in wilden Gesang ausbrechen, wenn ihr Zorn den höchsten Grad erreicht." — Ist diese Bemerkung richtig, so erklärt sich daraus, wie ein solches Volk die Oper erzeugen und wie lebensgetreu und natürlich es alle die in dieser Dramen-Gattung in Gesang ausgeschütteten Leidenschaften finden mußte, wobei einem unbefangenen nüchternen Nordländer so Manches gezwungen und künstlich zu sein scheint.

Ist die Kunstsprache des Handels in Europa wenigstens zum Theil, so ist die der Musik in der ganzen Welt durchgehend italiänisch, und die andern Völker haben diese italiänische Musiksprache so völlig adoptirt, daß sie sich nicht ein Mal die Mühe gegeben haben, für die Unterschiede eines Andante und Adagio, eines Allegro und Allegretto und hundert andere musikalische Kunstausdrücke entsprechende Wörter zu bilden und daß mit jenen italiänischen Wörtern unserer musikliebenden Jugend auch eine Liebe für die italiänische Sprache eingeflößt wird.

Diese anmuthige, wohlklingende Sprache nun ist selbst das gefälligste Monument, das sich der den Italiänern innewohnende Schönheitssinn gesetzt hat. Fast jedes ihrer hunderttausend Worte enthält in seiner Construirung Belege für die Feinheit ihres Ohres, für die Rundung ihres Mundes, die Glätte ihrer Zunge und das Melodische ihrer Stimme.

Es ist aber merkwürdig, daß alle diese italiänische Sprach-Musik sich erst im Laufe der Jahrhunderte immer mehr und mehr herausgestaltet hat. Denn in frühesten Zeiten scheinen unter den alten Italern nichts weniger als musikalische und weiche Sprachen obgewaltet zu haben; die Ueberreste, die von dem alten Oskischen und Umbrischen in Süd- und Mittelitalien noch auf uns gekommen sind, scheinen vielmehr, so weit wir aus Inschriften auf den Klang schließen können, auf äußerst holperige Idiome hinzudeuten.

Von den altem Etruskischen sagten die Römer selbst, daß es eine so unerträglich harte und rauhe Sprache gewesen sei, daß sie diese kaum hätten nachsprechen können. Ganz gut klingende römische Namen entstellten sich in dem Munde dieser kunstliebenden Etrusker zu sehr unlieblich und dumpftönenden Lauten, z. B. Tarquinius zu „Tarchnas", Alexandros zu „Elchsentre", Minerva zu „Menrva", Polydeukes zu „Pultuke" u. s. w. Und dies geschah in den Gegenden (im Florentinischen), in welchen später der reinste und gepriesenste italiänische Dialekt erblühte.

Auch das alte Celtische in Norditalien war nach den jetzigen celtischen Sprachresten zu urtheilen wohl nichts weniger als ein rundliches und vokalisches Idiom.

Das später die Oberhand gewinnende Römische oder Lateinische scheint in dieser

Beziehung vor allen übrigen italiänischen Redeformen den Vorzug gehabt zu haben, denn wenn es auch nicht eine besonders weiche Sprache genannt werden kann, viemehr als ein entschieden männliches, kraftvolles, volltönendes Idiom eines die Welt beherrschenden Volks bezeichnet werden muß, so ist es doch auch weit entfernt von einer unbequemen und ohrverletzenden Consonanten-Häufung, wie sie einen Südländer wohl in manchen Sprachen, so z. B. in den germanischen und slavischen, erschrecken.

Sie scheint zwischen dem neuen weichen italiänischen und den alten harten italischen Sprachen die Mitte zu halten, und ist wohl die ursprüngliche Quelle und Mutter alles Wohlklangs in allen heutigen romanischen Dialekten, nur daß diese im Laufe der Zeiten die majestätische Männlichkeit an jener Weltgebieter-Sprache abstreiften und das Sonore am Ende als die Hauptsache heraus kehrten und weiter cultivirten.

Beim Italiänischen, das wir hier allein betrachten, ist dies besonders auffallend. Den kurz mit scharfen Consonanten endigenden Worten des Lateinischen läßt der italiänische Mund in angehängten Vokalen sanft austönen, so z. B. in madre statt mater, imperatore statt imperator.

Das scharfe t erweicht er zu einem mildern d, z. B. lido statt litus, podesta statt potestas. Das heftig niederschlagende l in Consonant-Compositionen zerschmilzt er in ein i, z. B. „fiamma“ statt flamma, „piangere“ statt plangere. Eben so werden die Gaumenbuchstaben häufig zu schlüpfrigen Zischlauten zerquetscht, z. B. vox zu „voce“, occidere zu „uccidere“. Die anstrengenden Aspirate h zu Anfang von Worten klingt an in dem sehr bequemen u, z. B. „uomo“ statt homo. Ein eben solches milderndes u wird oft in der Mitte der Worte dem vollen und knappen O vorgesetzt, z. B. „suono“ statt sonum. Das weiche v tritt oft an die Stelle des harten p oder b, z. B. „tavola“ statt tabula, „avere“, statt habere.

Dies sind von den zahllosen Beispielen, die jede Pagina des italiänischen Lexikons darbietet, nur einige wenige, an die ich aber hier erinnern wollte, um fühlbar zu machen, daß das Italiänische fast überall eine Verschönerung, Auszierung und Zerschmelzung des Lateinischen ist und gewissermaßen das weibliche dieses männlichen Idioms darstellt.

Es mag sonderbar erscheinen, daß diese Abrundung, Ausschleifung und Verweichlichung des Lateinischen gerade nach dem Einbruche der germanischen Barbaren in Italien unter Rückwirkung dieser rauhredenden Menschen und während der Vermischung mit ihnen statt hatte. Es ist, als wenn die Italiäner durch diese zu ihnen hereinbrechenden rauhen Töne aus dem Norden sich, aus einer Art Opposition, des Wohlklanges um so mehr beflissen hätten. Manches darin mag sich aber aus dem dabei entstehenden Kampfe der beiden Sprachen herschreiben. Abschleifung und Abrundung mußten eine natürliche Folge dieses Ringens sein. Wie die Flußgeschiebe alle charakterlos abgerundet erscheinen, wie scharfkantig und verschieden sie auch ursprünglich nach der Natur der Gebirgsarten gewesen sein mögen, so rieben sich auch in jenem Sprachen-Kampfe die Worte aneinander ab.

Da die Italiäner unter der Herrschaft der Gothen und Lombarden zunächst überhaupt ein unkriegerisches, schwächeres und milderes Geschlecht wurden, so scheint es demnach wohl natürlich, daß sie auch die majestätische kraftvolle reiche Sprache der Weltgebieter in ihrem Munde ummodelten.

Auch die Kirche mochte bei ihnen, wie auf die Kunst, die Musik, den Gesang, so auch auf die Ausbildung einer vokalreichen klangvollen Sprache fördernd hinwirken.

Der Sitz der Kirche und des Papstes ist noch jetzt als der Sitz der klassischen italiänischen Aussprache und der „Bocca Romana“ berühmt.

Man hat der lieblichen melodischen Sprache der Italiäner den Flug der Lerche zugestanden. Man hat ihr den Schwung des Adlers abgesprochen. Daß dieses Urtheil eine Wahrheit enthält, daß damit auf Grund-Anlagen des italiänischen Geistes hingedeutet wird, beweist auch wieder der Charakter der literarischen Leistungen, welche in dieser Sprache erzielt wurden, der Charakter der italiänischen Poesie.

Ist die Poesie in eben so hohem Grade, wie die Sprache selbst der Ausdruck der innersten Seele einer Nation, das Auge ihres Antlitzes, der Spiegel ihres Lebens, ist ihre Geschichte die Geschichte der Volksseele mit ihrer ganzen Entwickelung, ihren Freuden, Leiden, Hoffnungen und Erinnerungen, so ist es für die gesanglustigen, kunstliebenden Italiäner wohl sehr charakteristisch, daß fast ihre ganze Poesie mehr oder weniger nur im Kreise der Lyrik geblieben ist.

In dieser Gattung haben die Italiäner, wie die Spanier im Drama, die meisten Dichter, die größten und unerreichten Meister aufzuweisen, unter welchen Petrarca den ersten Platz einnimmt. Sie haben nur einen Dichter von erhabenem Schwunge mit einem Adlerfluge erzeugt, den Dante, der aber ganz einsam dasteht, der keine Nachfolger gehabt hat, dessen Nachahmer alle verunglückt sind.

Petrarca dagegen hat bei den Italiänern ein zahlloses Heer von glücklichen Schülern gefunden. Im Lyrischen und Erotischen erreichte ihre Literatur und Sprache die höchste Ausbildung. Unsäglich waren deßwegen unter ihnen die Anstrengungen für Verfeinerung der Sprache, für Vermehrung lieblicher Ausdrücke und harmonischer Zusammenstellungen der Worte. Dem vollendet zarten Amintas des Tasso folgte bei ihnen der in mancher Hinsicht noch zartere Pastor fidor.

Als ein künstlerisches Volk haben sie dabei hauptsächlich die Form gepflegt und mit dem Stoff der Sprache künstlich gearbeitet, wie ihre Benvenuto Cellini's mit den edlen Metallen, Juwelen und Perlen. Alle ihre Dichtungen und Lieder scheinen weniger darauf berechnet, das Herz und den Geist der Leser zu heben, als vielmehr nur das Ohr der Zuhörer zu entzücken, ihre Sinne zu berauschen, oder dem Ausdrucke geselliger Fröhlichkeit zu dienen. Daher der leichte Inhalt und Charakter der italiänischen Poesie und dagegen ihre mannigfaltigen künstlichen und oft äußerst verwickelten Formen, in denen selbst ihre größten Dichter, ein Petrarca, ein Bocaccio sich abzumühen nicht verschmähten.

Fast alle Formen der lyrischen Dichtungs-Arten und die Namen, welche wir noch jetzt für sie brauchen: „Sonett" „Ballade" „Canzone" „Pasquill" etc. etc. sind ebenso Erfindungen der Italiäner, wie die Formen und Namen unserer mannigfaltigen musikalischen Kunstprodukte.

Als ächte Musiker und Maler haben die Italiäner immer nur mehr die malerische und musikalische Seite der Dichtkunst ausgebildet, als die plastische. Die Tragödie ging den mehr heitern als tragischen Italiänern, die darin einen so großen Gegensatz zu den ernsten Spaniern bilden, völlig ab, wogegen sie im Lustspiel Vortreffliches geleistet haben und als ein lebhaftes, in seinem ganzen Wesen theatralisches Volk auch namentlich die Pantomime mit Vorliebe gepflegt, ja diese von allen Völkern Europa's zuerst zu einem besonderen Kunstzweige gemacht haben.

Ueberall sind bei ihnen die weicheren und leichteren, und auch leichtfertigeren Gattungen der Poesie die echt nationalen gewesen und geblieben. Ganz besonders auch haben sie sich in der Satyre hervorgethan, worin sie namentlich zu dem ehrlichen und hierin armen Deutschen einen so großen Gegensatz bilden.

„Der Hang zum Scherz, zur Witz-Uebung, zu Sarkasmen und zum Spott liegt schon ursprünglich tief in der Natur des munteren Volks, und ihm wurde durch die Zerrissenheit der italiänischen Staaten und durch die unaufhörlichen Rivalitäts-Kriege, die einen allgemeinen Zug des Neid's und der Eifersucht förderten, eine reichliche Nahrung gegeben."

Es gibt kaum einen italiänischen Dichter, der sich in dieser Gattung nicht versucht hätte. Schon die alten Römer hatten diese Tendenz und sie erzeugten ja den größten Satyriker der Welt, Juvenal, der ein ursprünglicher italiänischer Poet und nicht wie Virgil und Ovid Nachahmer der Griechen war. Ganz Europa hat daher auch die Ausdrücke „Satyre," „Carricatur," „Travestie" und die damit etwas verwandten Begriffe und Worte: Charlatan, Harlekin, Bajazzo und ähnliche von den Italiänern empfangen.

Die allmähliche Heranbildung dieser satyrischen, witzigen, geistreichen, schönen, musikalischen, neuitaliänischen Sprache und Poesie ist ein sehr lange dauernder Prozeß gewesen, und daß sie endlich ein Gemeingut aller Italiäner, ein sie alle einigendes festes National-Band wurde, ist ein verhältnißmäßig erst ziemlich neues Resultat.

Den höchsten Gipfel ihrer Anmuth,

ihres Glanzes und ihrer allgemeinen literarischen, kirchlichen, diplomatischen und anderweitigen Geltung und Verbreitung über ganz Italien erreichte sie im 16. Jahrhunderte und erst seit dieser Zeit hat sie sich auf ihrer Höhe er halten und hat also jetzt erst etwa 300 Jahre hindurch zur Herstellung eines Italia unita mitgewirkt.

Nichts destoweniger aber ist sie dazu selbst auf der Höhe der Macht, auf welcher sie nun steht, noch bei weitem nicht ein so kräftiges Instrument, wie die allgemeinen, allmählich heraufgekommenen Schrift- und Conversations-Sprachen in Deutschland, Frankreich und England. Denn in keinem Lande Europa's sind die provinziellen Patoi's oder Mundarten so verschieden, wie in Italien, und in keinem sind sie mit solcher Liebe gepflegt worden und haben sich bei allen Ständen so fest eingenistet. Dies geht so weit, daß man nicht selten bemerkt, wie selbst dem gebildeten Venetianer, Lombarden oder Neapolitaner das „Italiänische" etwas unbequemes ist, und wie er sich freut, wenn er nach einer italiänischen Conversation zur Erholung wieder zu seinem mit der Ammenmilch eingesogenen Stadt- oder Thal-Dialekte, der seinen andern Landsleuten unverständlich ist, übergehen kann.

Diese Stadt- oder Thal-Dialekte sind in Italien alle fast mit derselben Sorgfalt wie eigene Sprachen cultivirt worden. Jeder von ihnen hat seine eigene reiche Literatur, nicht bloß poetische und prosaische Unterhaltungsschriften, sondern auch viele ernste Werke, philologische Arbeiten, Wörterbücher, Grammatiken. Namentlich sind diese lokalen Literaturen reich an Satyren, Spottgedichten und Volkskomödien, in denen die Nachbar-Städte und Gebiete lächerlich gemacht werden.

Dieser stark markirte Partikularismus in Sprache, Sitte und Wesen hat sich vermuthlich zum Theil im Mittelalter während des langen Bestandes der rivalisirenden Städte, Republiken und Staaten so eingenistet. Zum Theil aber ist er in Italien noch älter, wohl uralt, und ist eine Folge des langausgestreckten wenig compakten und abgerundeten Landes, das durch die Apenninen und ihre Arme in viele Thäler und natürliche Bezirke abgekastet ist.

Von Thal zu Thal, von Flußbecken zu Flußbecken finden sich da in Lebensweise, Physiognomie, Herkunft, Charakter und Gesinnung weit größere Contraste als man gewöhnlich ahnt. Viele dieser Dialekt- und Charakter-Verschiedenheiten beruhen vielleicht noch auf jenen alten schon vor den Römern in Italien eingesessenen Völkerschaften und Rassen, auf den Unterschieden der Umbrer, Ligurer, Samniten, Celten und wie sie alle heißen.

Denn wenn ich oben sagte, daß die Römer durch eine Romanisirung der ganzen Halbinsel den ersten Grund zu einem Italia unita legten, so darf man doch nicht wähnen, daß es ihnen gelungen sei, alle uralten und sehr naturgemäßen provinziellen Eigenthümlichkeiten verschwinden zu machen. Der Italiäner Lucchesini stellt sogar die Behauptung auf, daß die verschiedenen sogenannten italiänischen Dialekte keineswegs Töchter einer und derselben römischen Mutter, sondern noch die alten aus der Römerzeit herstammenden und durch sie nur etwas modificirten Volkssprachen selbst seien.

Außerhalb ihrer engen Grenzen sind selbst in Italien noch jetzt diese Mundarten äußerst unverständlich. Auch wird das eigentliche gebildete Italiänische von den Ungebildeten keineswegs allgemein gut verstanden, so daß die unteren Classen in Italien eigentlich gar keine sie alle umfassende allgemeine Nationalsprache besitzen und anerkennen.

Dieser Mißbrauch oder dieses Uebergewicht der Volksdialekte war in Italien immer das ernstlichste Hinderniß der Verbreitung eines gemeinsamen National-Typus der Sprache. Und eben so lange haben der damit zusammenhangende scharf ausgeprägte Lokal-Patriotismus, die leidenschaftliche Anmaßlichkeit der einen Stadt oder Provinz gegen die andere, das Aufkommen einer allgemeinen Volks-Erziehung und einer einigenden National-Gesinnung erschwert.

Seit dem letzten halben Jahrhundert hat allmählich eine mächtige Sehnsucht darnach, ein eigenes Volk für sich zu sein, ein eigenes freies mächtiges Vaterland zu besitzen, alle patriotischen und denkenden Italiäner mehr und mehr ergriffen. Wenige wollten an die Nachhaltigkeit dieser

Bewegung glauben. Spott und Klagen über den moralischen Verfall der Italiäner, über ihre Zerrissenheit, über ihren Mangel an kriegerischem Sinn und an starken Männern und Führern waren oft allgemein. Seit dem Einbruch der alten Gallier in das alte Rom hat man auf diese Weise unzählige Male den Untergang Italiens prophezeit und beklagt, und eben so oft haben die Italiäner die Welt mit einer unerwarteten Wiedergeburt überrascht. Und so sind wir denn auch in unsern Tagen wieder Zeugen einer solchen Ermannung dieses Volkes gewesen. Denn als die Stunde der Prüfung kam, haben die Italiäner sich in diesem Allen ganz wider Erwarten tüchtig bewiesen. Bei Curtatone, bei Magenta, bei Solferino haben sie für ihr Vaterland tapfer gestritten. Dort standen junge Patrioten aus den ersten Familien des Landes als gemeine Soldaten in Reihe und Glied, und aus der Reihe der gemeinen Soldaten traten entschlossene, geniale, freiheitsliebende und begeisterte Männer, wie Garibaldi, hervor und stellten sich an die Spitze ihres Volkes. Auch fehlte es, wie denn große Männer fast immer zu rechter Zeit und wunderbar pünktlich erschienen, nicht an großen Staatsmännern, wie Cavour, und nicht an heroischen Königen, wie Victor Emanuel. — Freilich muß man dabei beklagen, daß die Italiäner dies Werk ihrer Befreiung und Einigung nicht ganz aus eigener Kraft zu Stande brachten. Auch ist freilich die Arbeit noch nicht vollendet und muß erst die Prüfung der Zeit bestehen. Jedenfalls aber ist es doch schon etwas Großes, daß die Erreichbarkeit des Zieles uns in so unerwarteter Weise so nahe gelegt ist. Und namentlich müssen wohl wir, die Deutschen, den Erfolg preisen und wünschen, daß er durch einen schließlichen Sieg gekrönt werde. Mit der Befreiung und Stärkung Italiens wird ein Princip festgestellt, das vor Allem unserm zerrissenen Deutschland zu Gute kommen muß, dessen innere Verhältnisse mit denen der Italiäner so große Aehnlichkeit haben, das Princip nämlich, welches allen durch Sprache, Blut und Gesinnung geeinigten Völkern ihre Individualität, ihre politische Selbstständigkeit sichert. Aber auch für ganz Europa wäre ein kräftiges Italien innerhalb seiner natürlichen Grenzen, eine der größten Wohlthaten. Denn wenn irgendwo, so war das Gleichgewichts-System seiner Mächte auf der apenninischen Halbinsel, die von jeher den Zankapfel bildete, mangelhaft. Und außer Deutschland gibt es kein zweites Volk, das durch seine Einigung so kräftig, wie die Italiäner zur Anbahnung des allgemeinen Friedenszustandes mitwirken könnte, welcher das höchste Ziel aller Cultur ist.

Wenn wir zum Schluß auf den ganzen Gang dieser intelligenten und talentvollen Nation noch einen Blick werfen, so stellt sich dabei das Faktum hervor, daß sie nicht wie viele andere berühmte Völker nur einen entschiedenen Gipfel ihrer Blüthe erreicht, sondern so zu sagen, eine ganze Reihe von Perioden der Erhebung durchgemacht hat. „Der Pulsschlag geistigen Lebens hat in Italien seit den ersten Anfängen europäischer Geschichte nie völlig still gestanden." Wenn sich auch zu Zeiten ihre Sonne mit Wolken umzog, so ist sie doch nie, wie z. B. die der Hellenen, für lange Jahrhunderte ganz vom Horizonte verschwunden. Selbst in den oft langen Perioden tiefsten politischen Elends haben die Italiäner noch immer in der einen oder andern Richtung und Weise geblüht und sich Ruhm erworben, und das mag denn als das größte Zeugniß für ihre bewundernswürdige innere Lebensfähigkeit betrachtet werden, und in uns den Glauben an ihr ferneres Bestehen und Gedeihen stärken.

Die Walachen oder Rumänen.

Es klingt wie eine wundersame Mähr, daß, wie man berichtet, zur Zeit als das gewaltige Römer=Reich, wie der Thurmbau zu Babel, zusammenstürzte und sich in eine Menge kleiner Staaten und Völker auflöste, ein Rest römischer Bürger und Soldaten sich in ein entlegenes und wildes Gebirge zurückzogen, — in den Verstecken desselben die Stürme der Völkerwanderung auswetterten, — daß sie lange Jahrhunderte dort mit den Urbewohnern der Gegend vermischt zusammen hielten, — dann bei günstiger Gelegenheit aus ihren Thälern hervorbrachen — und die weiten Landschaften rings um den Fuß des Gebirges herum mit ihren zahlreichen Nachkommen wieder bevölkerten — und so der Nucleus oder Sauerteig eines neuen großen, weitverbreiteten Volkes wurden, welches noch bis auf den heutigen Tag existirt, und noch jetzt ziemlich deutlich, obgleich mit vielfachen Beimischungen und Modificationen, die römische Sprache redet, bei dem auch das Andenken und der Name der Römer erhalten blieb, — und daß noch dazu diese Conservirung des Namens und der Sprache der Römer gerade in einer Localität zu Stande kam, die vor allen übrigen ein großes Völkerthor, ein wahrer Passage=Platz der verschiedenartigsten Völkerfluthen war, in einer Localität, von der man also vorzugsweise hätte erwarten können, daß, wenn irgendwo, eben dort alles Römische und Alterthümliche bis auf die letzte Spur weggetreten und weggeschwemmt werden würde, — dies Alles sage ich, scheint fast unglaublich, und doch ist es die seit Alters überlieferte und geglaubte Geschichte deßjenigen merkwürdigen Volkes, welches wir Deutschen die Walachen oder Moldo=Walachen zu nennen pflegen.

Den Hauptkern der weiten Landschaften, welche dieses Volk bewohnt, bilden die bewaldeten Höhen und die grasreichen Alpen=Plateaus der südlichen Karpathen, die mächtigen und romantisch zerklüfteten Gebirge unseres heutigen Siebenbürgen, welche bei den Einwohnern selbst blos „Muntje“ (Montes), die Alpen genannt werden.

Von diesem hohen Berglande, das fast rings umher von weiten Ebenen umgeben ist und nur an zwei Punkten durch schmale, niedrige und noch dazu durchbrochene Bergrücken mit anderen Gebirgen, im Norden mit den polnischen Karpathen und im Süden mit den serbischen Bergen zusammenhängt, — fließen nach allen Seiten hin die Gewässer ab.

Nach Norden und Westen die zahlreichen Zuflüsse der Theiß, die dem ungarischen Flachlande zueilen, nach Osten, der Dniester, der Pruth und Sereth, die in das schwarze Meer ausmünden, und nach Süden die Aluta und viele andere kleine Flüsse, die sich in der Donau=Rinne sammeln. Der breite Canal der Donau umschlingt das Land wie ein natürlicher Grenzgraben auf der ganzen südlichen Hälfte und trennt es von den Ländern der großen griechischen Halbinsel.

Die inneren Theile des gebirgigen Länder=Kerns rivalisiren an natürlichen Reizen und Reichthümern mit den schönsten Partien unserer deutschen Alpen. — Da fällt der Blick in eine Fülle schauriger und gewaltiger Felsenklüfte, von den großartigsten Verhältnissen und Gestaltungen. Da ragen die alten Knochen der Erde in schwindelnder Höhe empor, als wären sie ein Werk der Titanen und ein Schauplatz der erhabensten Gedanken und Thaten — gleichsam versteinerte Phantasie=Gebilde.

In der Tiefe rauschen in Cascaden und Wirbeln die Bergströme. Die Terrassen und Flanken sind hie und da mit den schönsten und üppigsten Waldungen auf das malerischeste geschmückt. Oben auf dem emporgehobenen und weitgestreckten Rücken ziehen sich blumige Wiesen und grüne Triften hin.

Auf den einzelnen wie Thürme und Kuppeln vertheilten Gipfeln der Alles überragenden Bergkolosse aber bieten sich weite und entzückende Aussichten dar, im Süden bis zum Pontus und bis zu dem alten Haemus in Thracien, im Norden tief nach Polen und Ungarn hinein.

Auf lange Strecken ist das colossale Gemäuer dieser wundervollen Berge eine wahre Bergfestung, völlig unzugänglich dem Fuße des Menschen, oder doch den Karavanen, Heeren und Wanderzügen der Völker.

Hie und da aber ist die Festung von Natur=Breschen oder Thoren durchbrochen, durch welche die Gewässer und Winde wie auch die Völker seit alten Zeiten aus= und einflutheten, und diese Thore oder Pässe, „das eiserne Thor“, „der rothe Thurm=Paß“, „der Vulkan=Paß“ sind von jeher in der Geschichte des Landes berühmt gewesen.

Die Klüfte und Adern der Gebirge sind reich an Mineralien der mannigfaltigsten Art. Man findet in ihnen Bergharz, Steinkohlen, Eisen, Kupfer, Silber und Gold. Selbst das überall so seltene Quecksilber fehlt nicht. An ihren Rändern sind die ergibigsten Massen des reinsten Krystall=Salzes in großen Schichten niedergeschlagen.

Zur Ausbeutung vieler dieser Schätze ist ein Theil der Berge schon seit der ältesten Zeit durchlöchert worden. Vieles aber bergen sie in ihrem Schooße noch unbenutzt und unentdeckt.

An dem niederen Rande der Hochgebirge schlingt sich zunächst ein Kranz äußerst lieblicher Hügellandschaften, durch die obere Walachei und Moldau bis zur Bukowina rings dahin. In ihnen wechseln freundliche bequeme Thäler mit bewaldeten mäßigen Anhöhen, fruchtbare weite Ackerfluren mit grasreichen Flußmarschen auf das anmuthigste ab.

Helle Buchenwaldungen und duftende Lindengehölze sind in ihnen der häufigste Baumschmuck. Zwischendurch ziehen sich Rebhügel hinein. Wildwachsende Obst- und Fruchtbäume sehr mannigfaltiger Art, die hier im Frühling ganze Gelände mit einem Blüthenmeer bedecken, machen das Land einem angenehmen Garten ähnlich.

Während der Bär, der Luchs, die wilde Katze in den Schluchten der Hochgebirge hausen, sind jene Linden= und Buchen=Haine der hügelichten Partien von dem Gezwitscher aller Arten von Singvögeln erfüllt, die hier in einer so außerordentlichen Menge anlangen und nisten, wie kaum in irgend einem anderen Theile Europa's. Auch leben in den Wäldern verschiedene Gattungen von Hirschen und Rehen, ein Ueberfluß von Hasen, von wilden Schweinen und anderen Gewild.

Die Hügelstriche verlieren sich zuletzt in das Blachfeld völlig ausgeebneter Landschaften, die sich längs der Donau, am Pontus, am Dniester, an der Theiß rings um jenen Gebirgskern des Landes, wie ein weit ausgebreiteter Teppich herumlegen.

In diesen Ebenen haben die Flüsse seit dem Anbeginn der Schöpfung ihren fetten Schlamm niedergeschlagen und über das Ganze weite Schichten der ergibigsten Ackerkrume ausgebreitet.

Die Ernten lohnen hier im Mündungslande der Donau wie im Delta des Nils hundertfältig und die unerschöpfliche Fruchtbarkeit dieser Donau-Ebenen, die zu verschiedenen Zeiten die Kornkammern Constantinopels waren, und die sich zu der griechischen Halbinsel ähnlich verhalten, wie die Po-Landschaften oder die Lombardei zu der italiänischen, ist bei alten wie bei neuen Schriftstellern stets gepriesen und fast sprichwörtlich gewesen.

Ich kann dieses hier nur in den Hauptumrissen skizzirte Gemälde des jetzt von den Walachen bewohnten Abschnitts von Europa, der die sogenannten Donaufürstenthümer Moldau und Walachei, die russische Provinz Bessarabien, das österreichische Herzogthum Bukowina, das Königreich Siebenbürgen, das sogenannte Temeswarer Banat und bedeutende Abschnitte von Ungarn begreift, und an Ausdehnung der pyrenäischen Halbinsel gleichkommt, im Detail nicht weiter ausführen.

In Summa könnte man dem Gesagten nach aber wohl behaupten, daß dieser Länder-Complex von Haus aus alles darbot, was einem Volke an Rohstoffen zum Gedeihen und zur Entwickelung der Cultur und aller Künste vonnöthen war, und hätte man das Gebiet aus der Ländermasse, in der es vertheilt ist, herausschneiden und für sich als eine Insel in's Meer hinauslegen, oder sonst in eine günstige geographische Position bringen und dazu mit einem industriösen Urstamme bevölkern können, so hätte daraus eines der zu allen Zeiten blühendsten Reiche und Nationen werden müssen.

Voltaire hat irgendwo gesagt, daß das Klima zwar sehr viel Einfluß auf den Charakter der Nationen habe, zehn Mal mehr aber noch die Regierungsform und hundert Mal mehr als beides die Religion.

Er hätte aber noch hinzusetzen mögen, daß **über** dies **Alles** die geographische Position eines Landes und Volkes entscheidet, daß die Lage, die ihm in dem großen Länder- und Völkerkranze zu Theil geworden ist, die Art und Weise wie es in den weiten Länderteppich der Continente verwebt ist, vor Allem und Jedem in Betracht zu ziehen ist.

Das schönste Land der Erde wird nicht im Stande sein, eine blühende Gesellschaft, ein einflußreiches Geschlecht zu erzeugen und zu fördern, wenn die Stellung, die es auf unserm Planeten einnimmt, eine der Entwickelung ungünstige, wenn es von Hemmungen und traurigen Einflüssen in seiner Nachbarschaft umgeben ist.

Die fetten Aecker der Walachen grenzen und vermischen sich auf der einen Seite mit den unermeßlichen Steppen des südlichen Rußlands. Breite Bahnen ziehen sich aus diesen tief in's Land hinein.

Zwischen den südlichen Vorgebirgen der transsylvanischen Alpen und dem Pontus bleibt ein weites, stets offenes Thor, durch das die kalten Steppenwinde hereinblasen, die das Klima im Winter dem von Rußland fast gleich machen und hier in dem Breitengrade von Florenz die Donau und die andern Flüsse und das ganze Land für Monate lang unter einer dicken Decke von Schnee und Eis vergraben.

Wie die Nordostwinde, die im Lande sogenannten Crivans, so sind hier auch von jeher die barbarischen Steppenvölker hereingebraust und haben zu wiederholten Malen für lange Zeiträume die schönen Aecker in Wüsteneien verwandelt und nur als Pferdetriften benutzt.

Die majestätische Donau, der größte Strom Europa's, der wohl einer Vermählung mit dem Ocean würdig gewesen wäre, erleidet hier das Schicksal, von dem engen und abgelegenen Bassin des schwarzen Meeres verschlungen zu werden.

Da er quer über die nördliche Basis der großen griechischen Halbinsel hinläuft, so haben die Cultur-Reiche, welche auf dieser Halbinsel sich verbreitend, an der Propontis und am ägäischen Meer ihre Wurzeln hatten, ihn stets nicht sowohl als eine Lebensader, sondern vielmehr blos als einen Grenz-Canal und als ihren Schutzgraben behandelt, längs dessen sie ihre Militair-Grenzen und Vertheidigungs-Anstalten errichteten. Und so haben sie das Land jenseits der Barbarei und dem Norden preisgegeben.

Die Völker des Nordens und Ostens wiederum betrachteten diese Donau-Niederungen stets als das Ende ihres Gebietes, zu dem sie noch bequem reiten und weiden konnten, während der Süden sich daran festhielt, wie an das Aeußerste, das er noch zu vertheidigen vermochte.

Diesem nach war hier an der Donau fast nie ein entscheidender Centralpunkt des Völkerlebens. Nie entwickelte sich hier wie am Delta des Nils, des Rheins und anderer großen Ströme eine freie, mächtige und gebietende Nation. Es war hier zu allen Zeiten der Geschichte nur ein bestrittenes Grenz-Land, das immer ein die Herrschaft wechselnder Spielball der gewaltigen Nachbarn gewesen ist, gleichsam ein Busen, in den der Schaum der Völker — die äußersten Spitzen der Wellen — hineinbrandeten und verspritzten.

Es ist höchst wahrscheinlich, daß diese Völkerbrandung, dieser in den unteren Donauländern eingewurzelte und althergebrachte Misch-Zustand, wie wir ihn durch den Lauf der historischen Jahrhunderte verfolgen können, schon weit über die Zeit aller beglaubigten Geschichte hinaufgeht.

Die alten Schriften der Griechen, in denen diese Länder zuerst genannt werden, rechnen die Bewohner derselben den von ihnen sogenannten thracischen Stämmen bei, unter denen allmählich die Geten und die Daken oder Dacier als besondere, unsere Donaufürstenthümer und das siebenbürgische Alpenland bewohnende Nationen hervortreten.

Der letzte Name der Dacier behielt zuletzt bei den Römern die Oberhand, und blieb für lange Zeit eine bleibende Bezeichnung, die sogar auch jetzt noch wohl (wenigstens in gelehrten Werken) dem ganzen großen Walachenland beigelegt wird.

Die walachische Sprache hat noch heutzutage eine Menge Worte und Wurzeln, die wir weder aus der türkischen, noch aus der slavischen, noch aus der lateinischen, noch sonst aus einer andern jetzt benachbarten und bekannten Sprache, aus der sie Elemente empfangen hat, herleiten können, und die daher vermuthlich jenen von den Griechen und Römern als Urbewohner genannten thracischen Geten und Daciern angehören.

Wie in der Sprache, so mag das Volk auch sonst noch in seinem Blute und Stamme, in seinen Sitten und ganzem Wesen viel ursprünglich dacisches oder thracisches an sich haben.

Dieser Ansicht sehr geneigt wird der sein, der je Gelegenheit hatte, einen großen langgewachsenen und plumpen walachischen Hirten, mit seinen in Ziegenfell gehüllten Füßen, seinen von einem ledernen Gürtel zusammengehaltenen Beinkleidern, mit seinem Schaaffell auf dem Kopfe, mit seinen zwar nicht unschönen aber wilden Gesichtszügen unter dem Kalpac zu sehen, und diese Figur mit den dacischen Kriegsgefangenen verglichen hat, wie sie in Rom auf den berühmten und oft in Kupferstichen copirten Sculpturen an der Säule des Trajans dargestellt sind.

Die Figuren, die der alte römische Bildhauer dort vor 2000 Jahren in Stein ausmeißelte, sehen den lebendigen Gestalten, die wir heutiges Tages an der untern Donau in den Gebirgen des alten Daciens herumsteigen sehen, so ähnlich, wie ein gutes Portrait seinem Originale.

Auch von dem in den Lustspielen der Römer eingeführten Knechte, der immer unter dem Namen „Davus" den spitzbübischen und barbarischen Dummkopf spielt, hat man geglaubt, daß er eine Zeichnung nach den aus Dacien eingeführten Sklaven sei.

Andeutungen dieser Art, sage ich, lassen uns vermuthen, daß wir in den heutigen Walachen noch ein gut Stück von den alten Daciern vor uns haben.

Zur Zeit der höchsten Blüthe des römischen Kaiserreichs beherrschte die Dacier ein mächtiger König Decebalus genannt, der in dem alten berühmten, und noch jetzt in einigen Ruinen vorhandenen Sarmizegethusa, in einem der Alpenthäler Siebenbürgens residirte und von da aus das Land rings umher beherrschte.

Die Römer unter dem Kaiser Trajan überwanden diesen Völkerfürsten nach langen und hartnäckigen Kämpfen, bauten eine feste steinerne Brücke über die Donau, zogen Truppen und Colonisten in das Land, legten Chausseen und Bergwerke an, und verwandelten das ganze dacische Reich in eine römische Provinz.

Die unterjochten Barbaren erlernten die römische Sprache, die sie aber von Anfang herein mit dacischen und anderen Elementen gemischt haben mögen.

Obwohl schon der Kaiser Hadrian die feste Donaubrücke wieder abbrechen ließ, und dann auch unter dem Kaiser Aurelian die ganze unruhige Provinz Dacien bald wieder aufgegeben wurde, und obwohl die Römer dort höchstens hundert und fünfzig Jahre walteten, so haben sie doch in dieser kurzen Zeit den Eingeborenen den Stempel ihrer italiänischen Sprache so tief aufgedrückt, daß die Nachkommen derselben diese angelernte Sprache noch jetzt nicht vergessen haben, und noch heutiges Tages ihr Land Zara Rumaneski (Römer-Land) nennen.

Es ist bemerkenswerth, daß die Grenzen des heutigen Verbreitungs-Gebietes dieser Sprache und des walachischen Volks fast genau den Grenzen der römischen Provinz „Dacien" entsprechen.

Diese Provinz ging östlich bis zum Dniester, westlich bis zur Theiß, südlich bis an die Donau, nördlich bis wenig über Siebenbürgen hinaus, d. h. überall gerade so weit, als noch heutzutage die Walachen das Land als Urbewohner inne haben.

Es gibt schwerlich einen zweiten gleich starken Beweis für die Energie des Corporal-Stocks und die fast zauberische Wirkung des Schulmeisterstabes der Römer.

Ungezählte Jahrhunderte hausen die barbarischen Daken allein und ungestört in ihrer eigenen Weise in ihrem nordischen Lande. Sie lernen nichts von den Macedoniern, nichts von den Griechen, die wiederholt als Freunde und Feinde ihr Land besuchen.

Dann kommen aber diese unwiderstehlichen Länder-Bezwinger und Völker-Verderber, die Römer, und werden für die kurze Spanne von 150 Jahren ihre Lehrer und Herren, und obgleich die Dacier nachher wieder für fast 2 Jahrtausende gleichsam wie ein am Meeresufer wachsender Strauch von den mannigfaltigsten Völker-Brandungen und Stürmen herumgepeitscht werden, so haben sie das von den Römern Empfangene doch in so hohem Grade bewahrt, daß einem Reisenden bei ihnen das römische Element so zu sagen auf Schritt und Tritt unter den Füßen hervorquillt.

So viel Brücken auch seit des Milthiades und des Perser-Königs Darius Zeiten über die Donau geschlagen sind, so ist doch die römische von Trajan gebaute Brücke die einzige, welche jetzt noch (wenigstens in einigen von Hadrian nicht zerstörten Trümmern) vorhanden ist.

Von den römischen Chausseen gibt es noch heutzutage einige deutliche Spuren im Lande.

Obgleich die Römer in ihren Bergwerksgängen jeden Block mit dem Hammer und mit dem Eisen wegmeißeln mußten, so sind doch die von ihnen ausgehämmerten jetzt verödeten Stollen und Schachte, in denen man mit Verwunderung wandelt, viel zahlreicher im Lande als die, welche man später nach Erfindung des Pulvers weit bequemer aussprengen konnte.

Alle einigermaßen bedeutenden und interessanten Ruinen des Landes stammen von den Römern her, und die Münzen, Mosaiken und sonstigen Kunstwerke, welche man dort zahlreich aus dem Boden wühlt, tragen das Gepräge und die Bildnisse römischer Kaiser.

Das Volk selbst verschmäht alle anderen zahlreichen Namen, unter denen es der übrigen Welt bekannt wurde, pflegt mit Liebe bloß seine römischen Traditionen und Erinnerungen und hält keine National-Benennung für ehrenvoller, als die der Römer, „Rumunye" oder „Rumänen", die es sich noch jetzt beilegt.

Wer die Schriften der schönen und geistreichen Gräfin Dora d'Istria, einer Tochter des walachischen Fürsten Ghika, kennt, der wird sich erinnern, mit wie lebhaftem Patriotismus diese gelehrte Dame stets sowohl von der Walachei als von Italien, als wäre letzteres ihrer Väter Land, spricht, und wie warm sie mit den Freiheitsbestrebungen der Italiäner, die sie die Brüder ihrer Walachen nennt, sympathisirt. In den im Jahre 1849 an der Donau ausgebrochenen Nationalitäten-Kämpfen gaben sogar diese Walachen dem verwunderten West-Europa, das sonderbare Schauspiel, daß sie unter Anführung von „Centurionen" und „Dekurionen" ins Feld rückten und in ihren Fahnen und Wappen die classischen Buchstaben „S. P. Q. R." (Senatus Populusque Romanus) setzten.

Selbst in den Produkten ihrer National-Poesie gehen diese Rumänen noch heutzutage oft auf Rom zurück, als wenn dies Rom ihr eigentliches Stammland, ihre

Heimath, deren Verlust sie mit Wehe erfüllte, gewesen wäre. —

„Wohin ist Roma, das durch romanisches Blut
So viel vertheidigte, das nun aber Klagende?
Das Vaterland, das theure, wir haben es verloren!
Wehmüthig seufzen wir unter fremden Zungen.
Weinet, ihr Gebeine, ihr Gräber der Römer,
Ueber uns Fremdlinge in fremden Gebieten!
Weinet ihr Töchter und Söhne, ihr würdigen Sprößlinge
Aus des großen Romulus erlauchtem Stamm!
Hebet bis zum Himmel die Klage der Wehmuth,
Denn der romanische Ruhm ist auf ewig verschwunden!
Klaget auch ihr, ihr Hügel und Berge in Trauer!
Ihr Bäche und Quellen in das Thal hernieder!
Auch ihr kleinen Vöglein hört nimmer auf,
Mit uns insgemein die Trauerklänge zu singen:
Süßes Italien, du schönstes der Länder!
O, wie haben dich die Feinde von uns entfernt!“

Diese Seufzer und Verse fand ich einst in der elegischen Dichtung, die mir einer der patriotischen Nachkommen der römischen Colonisten in Dacien unweit der Ruinen jenes alten Königssitzes des Decebalus Sarmizegethusa präsentirte.

Und man muß demnach glauben, daß ein römisches National-Gefühl, ein römisches Heimweh sich durch die ganze bunte Geschichte der Walachen bis auf unsere Tage herabgezogen hat.

Lebhaft erinnert man sich bei solchen Versen der berühmten Elegien, die der römische Ovidius vor 1800 Jahren in eben diesem Lande, in welchem er in der Verbannung lebte, componirte.

Ist es nicht, als wenn des alten Naso Klagelieder in jenen Gegenden unter den römischen Colonisten von Hand zu Hand, von Mund zu Mund gegangen wären und sich bis zu unserer Zeit als uralte National-Trauergesänge wieder und wieder erzeugt hätten?

Und nun die Sprache, in der solche Lieder gesungen werden, und in der das ganze Volk redet, ist sie auch nicht ganz mehr die des Ovid, so blitzen Dir doch überall in der Masse völlig rein erhaltene oder nur wenig abgeschliffene römische Brocken aus ihr entgegen, wie der Quarzkrystall aus der Masse des Granit.

Nicht ohne Erstaunen kann sich der Reisende neben einem dieser Barbaren an den Ufern des Dniester oder Pruth niederlassen, und vernehmen, wie bei dem Gespräche, das er mit ihm über seine nomadischen Angelegenheiten anknüpft, ihm ein so heimathlich tönendes lateinisches Wort über das andere zwischen den rauhen Lippen hervortritt.

Er selbst, Dein walachischer Reisegefährte und Gesprächsgenoß gibt sich für einen „pescator“ (Fischer) aus, und Dich redet er „Domne“ (Domine, Herr) an und wünscht Dir ein „bundi“ (guten Tag) oder „bun avenit“ (von ad venire willkommen).

Welch wundersamer Willkommen, der von der Tiber bis zum Dniester und durch so viele Secula hindurchhallt! — Fragst Du ihn „Que es“ (Welcher Nation bist Du)? so antwortet dieser zottige schaafpelzige Nomade: „Eo sum Romanie.“ (Ich bin ein Römer.)

Das Gras auf dem ihr sitzt, nennt er „frunse värdje„ (frons viridis) „das grüne Laub.“

Fragst Du ihn nach den walachischen Namen des um Euch weidenden Viehs, so bekommst Du wieder lateinische Wörter zu hören. Es sind lauter „capras“ (Ziegen) „vaccas“ (Kühe) „boos“ (boves) (Ochsen) und der Hund der sie bewacht: „kine“ (canis, chien). Wie machten es nur die Römer, daß sie jene uralten Berghirten selbst diese längst gewohnten Dinge umtaufen lehrten?

Fängt er an, seine Thiere zu zählen, so ist es „uno, duo, tri.“ Auch nennt er diese Operation selbst, wie die Römer „numerare.“

Die wilden Birnenbäume, die mit Früchten behangen am laubgeschmückten Ufer des Pruth vor Euch stehen, betitelt er „pieras formassas“ (pirus formosa) und die schwarzen Pflaumen daneben „prungus negros (prunos negras) und die Nüsse „nukus“ (nuces). Zwischendurch auch spricht er wohl Manches von seinem „Imperatu nostru“ (Imperator noster) und Du wirst fast irre daran, ob er auf den alten Kaiser Trajan in Rom oder auf den Zaren Nicolaus in Petersburg hinzielen will.

Ist endlich die Unterhaltung und auch das Steppen-Feuer, das neben Euch loderte, erloschen, so ruft das Barbarenkind, wie sonst wohl ein römischer Centurio des Abends im Lager: „extinse fuoco“ (Unser Feuer ist erloschen) und geht mit Dir über den „podu de leno“ (den pons ligneus) der das Wasser überbrückt, zu seiner nicht weit entlegenen „casa.“ (Hütte).

Es mögen uns hier diese Beispiele, die man noch bedeutend vermehren könnte, genügen und ich mag im Allgemeinen bemerken, daß Diejenigen, welche die walachische Sprache in ihre Elemente zu zerlegen gesucht haben, zu dem Resultat gekommen sind, daß mehr als die Hälfte dieser Elemente römischen Ursprungs sei.

Sehr merkwürdig ist es, daß die walachische Aussprache der lateinischen Laute der der modernen Italiäner in hohem Grade gleicht. So z. B. um nur Einiges anzuführen sprechen die Walachen wie die Italiäner: „Tschitschero“ nicht Zizero (Cicero), eben so „dscheme“ nicht gemit (er seufzt), dschoku (Italien: gioco) dusche süß; noi, wir; voi, ihr; uovo (ovum), Ei. Das „gli“ der Italiäner haben die Walachen ganz auf gleiche Weise z. B. tagliare im walachischen und italiänischen für „schneiden.“

Man hat dies aus späteren Verbindungen der Walachen mit den jetzigen Italiänern herzuleiten versucht. Doch scheint es viel natürlicher, anzunehmen, daß die an die Donau verpflanzten römischen Bürger und bäurischen Soldaten in ihrer Lingua vulgaris schon damals Vieles so aussprachen, wie es noch jetzt die Italiäner thun, und das gleich aus Italien mit an die Donau herüberbrachten.

Nachdem die Römer Dacien verlassen hatten, fiel es (vermuthlich nicht ohne harte Kämpfe) zunächst unter die Herrschaft germanischer Völker, der Gothen und der Gepiden.

Germanen (die deutschen Oesterreicher) beherrschen auch jetzt wieder einen bedeutenden Abschnitt des dacischen Landes und Volks.

Die walachische Bukowina, Siebenbürgen, die östliche ganz walachische Hälfte Ungarns steht unter ihrer Herrschaft. Auch ist jetzt, schon seit dem zwölften Jahrhundert, das ganze innere gebirgige Dacien mit kleinen Landschaften deutscher Colonisten durchspickt und auch die Moldau und Walachei haben nicht wenige deutsche Ansiedler erhalten.

Es ist zwar wohl kaum ein Zweifel, daß auch solche Perioden deutscher Herrschaft und Beimischungen nicht ohne Einfluß auf die Ausbildung der walachischen Nationalität geblieben sind. Selbst aus gothischen Zeiten enthält die Sprache noch einige germanische Elemente, und auch heute mag wohl wieder der Walache mancherlei von seinen deutschen Nachbarn, seinen deutschen Gutsverwaltern, oder seinen deutschen Ortsrichtern adoptiren und lernen.

Allein derjenige Bevölkerungs-Zuwachs, der dem Dakenlande bald nach dem Abzuge der Gothen nach Westen und Süden von Seiten der Slaven zu Theil wurde, und die von diesen Slaven ausgehenden Einwirkungen sind doch in der Geschichte der walachischen Nationalität viel bedeutsamer und nachhaltiger gewesen.

Mit den Slaven, die ihnen von Haus aus einen höhern Grad von Verwandtschaft und Sympathie entgegenbringen mochten, sind die romanisirten Daken eine Verbindung auf viel breiterer Grundlage eingegangen.

Die Slaven, die auch wie die Germanen durch den Einfall des Attila und seiner Hunnen in Aufruhr gesetzt waren, rückten am Ende des 5. Jahrhunderts zur untern Donau heran und überschwemmten auch das alte Dacien, in welchem sie sich neben den von ihnen unterjochten Eingebornen niederließen.

Viele von ihnen blieben auch daselbst, als sie in den folgenden Jahrhunderten die Oberherrschaft des Landes an die finnisch-tatarischen Nomaden-Völker verloren, an die Bulgaren, Magyaren, Petschenegen und Kumanen, die eines nach dem andern aus dem Osten hervorstürmten und eines nach dem andern Dacien und die Donauländer für eine kürzere oder längere Zeit theilweise oder ganz bewältigten.

Gerade unter dem Druck dieser wilden Oberherren ging wohl erst die innige Vermischung des slavischen und dakoromanischen Elements vor sich. Das letztere behielt bei demselben zwar die Oberhand, vermuthlich weil die eingedrungenen Slaven doch gegen die alten Eingeborenen in der Minderzahl waren.

Daß aber die slavische Beimischung von

bedeutendem Gewichte und nachhaltig war, beweisen noch heutzutage in der Moldau und Walachei viele Verhältnisse.

Das Slavische tritt Einem dort eben so gut auf Schritt und Tritt entgegen, wie das Römische, sowohl in den Sitten, als in der Sprache und auch in der äußern Erscheinung des Volkes. In seinem ganzen körperlichen Habitus, seiner Physiognomie, seinem Wesen und Benehmen gleicht der Walache vielfach seinen slavischen Nachbarn in der Bulgarei und im südlichen Rußland.

Seine Wohnungen sind ganz ähnlich eingerichtet wie bei den Ruthenen und Kosacken. Seine Bienenzucht, seine ganze Acker- und Hauswirthschaft ist vielfach auf demselben Fuße wie bei jenen.

Vieles davon mag freilich nicht gerade direkt von den Slaven übertragen, sondern von der Gleichartigkeit der klimatischen Verhältnisse gleichartig erzeugt sein.

Auch in der Sprache dieser Walachen finden sich die deutlichsten Spuren eines dem Volke tief eingeprägten Slavismus.

Von derjenigen Hälfte des walachischen Wortschatzes, welche nicht aus Italien abgeleitet werden kann, ist nach der Behauptung des slavischen Gelehrten Schaffarik die Hälfte slavisch.

Ja, sogar mehrere eigenthümliche Grundlaute, Vokale, Consonanten und Laut-Zusammensetzungen des slavischen Alphabets sind in das Walachische übergegangen.

Wir vermögen aber nicht zu sagen, ob dies nicht auch zum Theil auf einer über alle Geschichte hinausgehenden Urverwandtschaft der slavischen mit der walachischen oder thracischen Race beruhen mag. Auch muß dabei bemerkt werden, daß der aus dem Slavischen entlehnte Wortschatz in dem Walachischen unassimillirt blieb, ohne Einfluß auf die Form und den Bau des Walachischen, und daß diese Sprache daher eine romanische, eine Schwester des Italiänischen geblieben und nicht eine slavische geworden ist, wie wohl Einige gemeint haben.

Zu verschiedenen Malen wurde die gesammte walachische Nation, oder wenigstens ein bedeutender Theil von ihr, mit slavischen Stämmen zugleich zu demselben Reiche oder zu derselben Knechtschaft zusammengeschmiedet. So z. B. im 8. und 9. Jahrhundert zu dem großen Walacho-Bulgarenreiche, in welchem Slaven die Hauptmasse der Unterthanen bildeten.

Und dann wurden oft von den tatarischen Gebietern Slaven in die walachischen Lande und vice versa Walachen in die slavischen Gegenden versetzt.

Auch später noch kamen die Walachen häufig unter slavische Obergewalt. Galizische (ruthenische) Fürsten herrschten im 12. Jahrhundert über einen großen Theil von Bessarabien und der Moldau.

Und so fielen denn auch die Walachen mit den südlichen Slaven derselben christlichen Kirche, dem griechischen oder orientalischen Patriarchate zu.

Lange Zeit, sogar bis in's 17. Jahrhundert, war demnach das Slavische nicht nur die Kirchen-, sondern auch die Staats- und Rechtssprache der Walachen. Alle Gesetze, alle Contracte wurden in der slavischen Sprache ebenso abgefaßt, wie in anderen Ländern in der lateinischen. Auch bedienen sich die Walachen zum Schreiben und Drucken ihrer Sprache noch bis auf den heutigen Tag des slavischen Alphabets.

Fast alle höheren Aemter und Würden beim Hofe, selbst der späteren walachischen Fürsten, bekamen und behielten slavische Namen und Titel. Die ganze Staats- und Kirchen-Einrichtung war gewissermaßen nach dem Muster der Slaven.

Auch die Bojaren, der höhere Adel der Walachen, sollen nach der Meinung Einiger, slavischen Ursprungs sein, was freilich diese Bojaren selbst nicht zugeben wollen. Sie selbst halten sich für echte Römer-Geschlechter.

Auch derjenige Nationalname der Walachen, unter dem sie am meisten in Europa bekannt sind, ist von den Slaven in Umlauf gesetzt. Die Slaven nannten von jeher alle Abkömmlinge oder Unterthanen der Römer Wlach oder Walachen. Italien selbst nannten sie auch das Walachenland. „Wlach" heißt noch jetzt im Polnischen ein Italiäner. — Es ist dasselbe Wort, daß auch die Deutschen in der Form: „Wälsche" gebrauchen. Durch diese slavische und germanische Benennung der Walachen wird also wieder die italiänische und romanische Herkunft der heutigen Bewohner Daciens gleichsam anerkannt, obwohl sie selbst diesen Namen nicht gerne hören.

Auch in ihren geselligen Sitten und Alltags-Gebräuchen zeigen die heutigen Rumänen vielfach eine außerordentliche Aehnlichkeit mit den Slaven und obwohl von den Gelehrten solche Dinge häufig übersehen werden, oder ihnen wenigstens kein so großer Werth beigelegt wird, wie z. B. der Forschung über Alphabete, Participien und Conjunctionen, so sollten doch auch sie als Hülfsmittel zum Beweise existirender Völkerverwandtschaften und eingetretener Mischungen aufmerksam beachtet werden.

Ich will hier nur Einiges beispielweise anführen.

Wie in den slavischen Ländern, so zieht auch im Dakenlande, einer uralten Sitte folgend, das Landvolk, wenn die Bäume blühen, aus seinen Winterbehausungen tanzend hervor. Die mit Blumen geschmückten Mädchen in besonderen Reihen und in anderen, die von ihren seidene Tücher schwenkenden Vortänzern angeführten Burschen. „Sie haben", sagt Demetrius Kantemir, einst selbst ein walachischer Fürst und einer der besten Kenner der Sitten seines Volks „hundert verschiedene Weisen und Tacte und einige höchst anmuthig darauf eingerichtete Tanzfiguren. Mit ihnen werden zehn Tage zwischen der Himmelfahrt Christi und dem Pfingstfeste in beständiger Bewegung zugebracht und alle Flecken und Dörfer tanzend und springend durchlaufen."

Dies ist fast genau so, wie bei den Kosacken und Bulgaren.

Auch die Art und Weise, wie bei den halbslavischen Letten und Lithauern der liebende Jüngling den Eltern seiner Geliebten einen schüchternen Freiwerber schickt, — wie dieser Freiwerber vorsichtig und mit hergebrachten Ceremonien und Reden, als wenn es sich darum handelte, einen Prinzen mit einer Prinzessin zu vermählen, seinen Antrag anbringt, — wie ausweichend ihm von den Eltern begegnet wird, wie man ihm, der, wie er sagt, ein verlorenes Lämmlein, ein aufgespürtes, aber verschwundenes Reh, — ein einst erblicktes, aber wieder entflohenes Täubchen zu suchen gekommen ist, — erst absichtlich die anderen Töchter präsentirt, — wie diese von ihm zwar gelobt, zugleich aber kritisirt und als Untergeschobene verworfen werden — und man dann endlich, wenn der Freiwerber dringender wird, mit dem echten Täubchen, das bereits in seinem Versteck auf's Schönste herausgeputzt ward, hervorrückt — und was dann noch weiter sich ereignet, — dies Alles stimmt so genau mit den walachischen Gebräuchen bei denselben Gelegenheiten überein, daß sogar die dabei hergebrachten Reden und selbst die Vergleiche und Bilder, deren sich die Redner bedienen, fast ganz dieselben sind, wie bei den halbslavischen Lithauern und Letten, die doch von den halbslavischen Walachen durch weite Länderstriche getrennt sind.

Wie dergleichen Sitten, so sind auch mehrere besondere Arten des Aberglaubens bei den Walachen ebenso eingewurzelt und verbreitet, wie in der ganzen slavischen Welt. So, — um auch hierfür unter vielen Beispielen nur ein sehr specielles anzuführen, — glauben die Walachen, daß die Sonne am Tage des heiligen Johannes des Täufers ihren Lauf nicht gerade fort, sondern in zitternder Bewegung hüpfend und springend beginne. Die walachischen Bauern stehen daher an jenem Tage früh vor der Morgendämmerung auf, um den Aufgang der Sonne und jene „zitternde Bewegung" an ihrer leuchtenden Kugel zu beobachten. Sie betrachten es als ein gutes Zeichen und als einen Antrieb zur Fröhlichkeit, wenn es ihnen gelang, diese Beobachtung zu machen. — Aus eigener Erfahrung weiß ich, daß auch in vielen ehemals slavischen Gegenden Deutschlands die jetzt deutschen Bauern diesen selben Aberglauben von ihren slavischen Voreltern überkommen haben und noch heutzutage von jener Begierde, die Sonne am Johannistage „hüpfen und springen" zu sehen, auf die ihren Dörfern benachbarten Höhen früh morgens hinausgetrieben werden.

Aehnliches ließe sich noch von vielen anderen Gebräuchen, Meinungen und Gewohnheiten der Walachen bemerken. — So haben sie auch, um noch eines anzuführen, die Wila, die Luft- und Wolken-Göttin der Slaven, in den Kreis ihres Aberglaubens aufgenommen, die darin ebenso haften blieb, wie von Kaiser Trajan's Zeiten her „die Zauberin Tina" oder Dina, d. h. die römische Diana.

Diese Dinge, sage ich, weisen gewiß ebenso bestimmt, wie Sprachwurzeln, grammatikalische Formen und gemeinsam gewordene Ausdrücke und Worte, auf eine sehr bedeutende und lange dauernde slavische Beimischung unter den Walachen hin, denn nur durch eine solche scheint es sich erklären zu lassen, daß dergleichen in alle Weiler- und Haushaltungen des Volkes eindringen und sich da als alltäglich geübte und ganz geläufige Weise und Form des Lebens festsetzen konnte.

Man zwingt den Völkern neue Gesetze, Religionsausübung und selbst vielleicht auch eine neue Sprache noch eher auf, als neue Familien-Gewohnheiten, Haus-Gebräuche und Dorf-Sitten.

Auch in neuester Zeit wieder haben die Slaven und zwar die Russen einen bedeutenden Einfluß auf die walachische Nation ausgeübt.

Sie haben eine große von Walachen bewohnte Provinz (Bessarabien) mit ihrem Reiche vereinigt und haben auch im Laufe dieses Jahrhunderts zu wiederholten Malen Jahre lang in anderen rumänischen Provinzen, namentlich in der Moldau und Walachei, wie Herren geschaltet und gewaltet und haben sie so durch von ihnen eingeführte Reformen ihrem eigenen Wesen vielfach ähnlich gemacht und assimillirt. Namentlich haben sich die rumänischen Bojaren in neuerer Zeit den russischen Adel mehrfach zum Muster und Vorbild genommen.

Diese fortgesetzten und oft wiederholten Einwirkungen der Slaven auf die Rumänen, die, wie ich sagte, schon von dem 6. Jahrhundert her datiren, wurden aber in diesem langen Zeitraume von vielen andern fremdartigen Einflüssen, welche von finnischen, mongolischen und turk-tatarischen Völkern ausgingen, ebenso wie in dem Heimathslande der Slaven selbst gekreuzt und modificirt.

Die nomadischen Reitervölker der Avaren, der Magyaren, der Bulgaren, der Petschenegen und Polovzer, dann die Mongolen und zuletzt die Türken fielen der Reihe nach über die zuerst mit Römern und dann mit Slaven vermischten Dacier her und incorporirten sie entweder ganz oder wenigstens theilweise ihren wechselnden, schnell aufgebauten und schnell zerfallenden Reichen.

Bei diesen blutigen Eroberungen und Wechseln der Herrschaft wurden häufig große Partien des Landes wüste gelegt, ganze Abtheilungen des Volkes vernichtet, zertreten, vertrieben und durch fremde Ankömmlinge ersetzt.

Wenn die alten Gebieter durch neuauftauchende Nomaden aus dem Sattel gehoben wurden, so verschwand zwar ihr Name aus der Geschichte, aber wahrscheinlich blieben doch hie und da Reste ihres Stammes und Blutes im Lande zurück, und dieselben kamen nun, wie die Rumänen, selbst in das Verhältniß von Unterthanen der neuen Herren und fügten sich der Masse der Gedrückten bei.

Jedenfalls blieb bei den Rumänen, sowie bei den Russen, Vieles von dem Geiste, den Sitten und der Sprache dieser Nomaden-Völker zurück.

In der Sprache der Walachen finden wir noch jetzt neben den altdacischen, gothischen und slavischen Elementen manche Wörter finnischen, türkischen oder tatarischen Ursprungs, die ohne Zweifel jener wechselnden Obergewalt orientalischer Nationen zuzuschreiben sind. Doch hat keines dieser erobernden Völker geistige Kraft genug besessen, um den frühesten Bewohnern des Landes die Sprache zu nehmen, die sie von ihren ersten kraftvollen Besiegern, den Römern, empfangen hatten.

Als eine Folge der Nomadenherrschaft ist auch wahrscheinlich unter Anderem der Umstand anzusehen, daß die Walachen, obschon sie das schönste Ackerbauland bewohnen, doch weit lieber Hirten als Landwirthe sind, und daß selbst ihre Agricultur, die keine Feldeinhegungen kennt, — bei der es nur offene Dreschtennen auf freiem Felde und keine anderen Dreschmaschinen, als die Hufen der Pferde gibt, soviel Nomadisches hat.

Als Bienenwirthe ziehen die Rumänen nomadisch, wie die Baschkiren in den Gefilden ihres Landes, umher. Wie diese und andere Halbnomaden betrachten sie das Wohnen im Hause gleichsam nur als einen Nothbehelf, und keinem Walachen fällt es ein, darin zu arbeiten oder zu schlafen, wenn ihn Regen oder Kälte nicht dazu zwingen.

Viehzucht ist ihre Leidenschaft und ein wohlhabender walachischer Bauer hat oft mehr Ochsen und Rosse im Besitz, als er selbst weiß und gezählt hat. Besonders scheint er als Schäfer an seinem Platze zu sein, wenn er, voran die friedfertigen Wollträger, die selbstverfertigte Hirtenpfeife im Munde, langsam über die Weiden dahinschreitet. Er ist gegen sein Vieh liebreich und gutmüthig, wie ein Vater unter ihnen. Daher dieses sich auch immer sehr zahm, willig und gehorsam zeigt, wie gute Kinder. Gilt es, sein Vieh vom Hungertode zu retten, so ist der Walache sogar kühn im Rauben und Stehlen, als geschehe es seiner selbst willen; daher auch St. Georg, der Schutzpatron der Heerden, bei ihnen der größte und gefeiertste Heilige des Kalenders ist.

Die walachischen Aelpler und Sennen treiben mit ihrem Vieh weit in der Welt umher. Sie gehen damit tief in die Türkei hinein, wo sie auf dem Balkan Triften und Weide-Gerechtigkeiten besitzen. Sie haben auch den ganzen Viehhandel vom Pontus von Odessa, die Donau hinauf bis Ungarn und Wien in Händen, wo man sie überall als rauhe Ochsentreiber bei den reisenden Heerden findet. Und dieses nomadisirende Hirtenleben ist nach tatarischer Weise so recht ihr Element und in allen europäischen Provinzen des türkischen Reichs ist ein „Wlach“ oder ein Hirt so ziemlich identisch.

In diesen türkischen Provinzen in Rumilien, Macedonien, Thessalien stoßen diese Wanderer aus den Donaulanden auch wieder auf sehr merkwürdige und weitverbreitete Ueberreste ihrer eigenen Nationalität, die sogenannten „Cutzo-Walachen“, die ihre Schafe und Ziegen sogar bis in den Peloponnes hineintreiben und die, wie einige glauben, die Nachkommen derjenigen Dako-Romanen sind, welche die römischen Kaiser nach dem Einbruche der Gothen südwärts der Donau verpflanzten.

Von allen eben genannten uralisch-asiatischen Nomaden-Völkern blieben die Magyaren, die sich seit dem 10. Jahrhundert in ein seßhaftes Donauvolk verwandelten, den Walachen am längsten auf dem Nacken.

Sie vereinigten einen großen Theil des alten Daciens, Siebenbürgen, das Banat und das ganze Theiß-Land mit ihrem Reiche und beherrschen unter Oberhoheit der Oesterreicher diese Striche noch jetzt. —

Sie sind nicht blos als Gebieter, Soldaten, Beamte, Oberherren und Lehns-Patrone, sondern stellenweise auch als Bodeneigenthümer und Grundbevölkerung in dies Land eingedrungen, so daß es nun auch mitten unter den Walachen ganze Landschaften und Thäler gibt, in denen die alte romano-dacische Bevölkerung völlig vernichtet und durch magyarisches Blut ersetzt ist, wie dies denn auch längs der ganzen Theiß hinab geschah.

Auch die Hauptmasse der rumänischen Bevölkerung selbst ist in jenen, der Krone Ungarn unterworfenen Walachen vielfach magyarisirt, namentlich die höheren Classen des Volks, die Gebildeten und der Adel. Alte Bojaren-Familien gibt es daher unter den $1^1/_2$ Millionen Walachen Ungarns und Siebenbürgens kaum. Der grundbesitzende Edelmann ist dort fast durchweg Magyar. Und das Volk besteht in diesem Abschnitte seines alten dacischen Stammlandes in der Hauptsache nur noch als ein Theil der sogenannten „misera contribuens plebs“.

Der letzte gewaltige Völkersturm aus Osten stürzte über die Dako-Romanen im Anfange des 13. Jahrhunderts dahin, als die Nachfolger Dschingis-Chans (1233 bis 1241) sich aufgemacht hatten, den Westen der bewohnten Welt zu erobern, wie er selbst schon den Süden und Osten unterjocht hatte.

Die Herrschaft der Mongolen war aber in diesen westlichen Gegenden, in denen sich nun die festen Kaiser- und Königreiche der Deutschen, der Polen und der Magyaren gebildet hatten, nur von sehr kurzer Dauer.

Sie beschränkte sich alsbald ausschließlich auf das östlichere Europa, das jetzige Rußland, und da nun nach ihnen keine neue uralische Völker-Einwanderung weiter erfolgte, so waren denn darnach die Walachen in den oft erneuerten Versuchen zur Errichtung einer unabhängigen Nationalität einigermaßen glücklich und erfolgreich.

Bald nach dem Zurückweichen der Mongolen, nach der Mitte des 13. Jahrhunderts, standen unter den, in den Bergthälern Siebenbürgens zusammengeflüchteten Rumänen zwei Volksführer auf und leiteten die Ihrigen in die von den Mongolen verwüsteten Donauländer am Fuße der Gebirge zurück.

Der eine derselben, Dragosch mit Namen, zog wie die walachischen Historiker sich ausdrücken, „mit der jugendlichen Blüthe des römischen Volks" von der Marmarosch an den Quellen der Theiß aus, ostwärts. Das erste östlich fließende Gewässer, das er unter sehr abenteuerlichen Umständen — die einheimischen Schriftsteller haben sie zu einer hübschen Mythe ausgeschmückt, — erreichte, hieß Moldava, und Dragosch gab demnach dem Lande, das er eroberte und wieder mit Rumänen bevölkerte, und dem Staate, den er begründete, den Namen der „Moldau".

Der andere rumänische Staaten-Gründer Radul oder Rudolph der Schwarze mit Namen, der an den Quellen der Aluta in einem Thale Siebenbürgens gewohnt hatte, welches seit alten Zeiten Fogarasch genannt wird, war in ähnlicher Weise schon einige Zeit vor Dragosch aus den Bergen hervorgebrochen, und südwärts längs dieses Stromes gegangen, indem er die alten Landschaften der Daken dort zurückeroberte, von Neuem bevölkerte, bebaute und zu einem Staate vereinigte, der nun „die Walachei" par excellence genannt wurde.

Auf diese beiden merkwürdigen Staatenbildungen des Dragosch und Radul, die bis auf unsere Tage herab, wenn auch nur mit einer sehr unvollkommenen und stets angefochtenen Selbstständigkeit und meistens nur als Vasallenthümer von Nachbarreichen sich erhalten haben, blicken die Rumänen mit besonderem Wohlgefallen als auf die Periode der Wiedergeburt und Erneuerung ihrer Nationalität, die, wie sie meinen, einst unter Decebalus und Trajan ihr goldenes Zeitalter gehabt, dann während der tausendjährigen Völkerwanderung in den Bergwiegen von Fogarasch und Marmarosch geschlummert, aber still der Väter Sprache und Sitte gepflegt hatte, und nun unter jenen oben genannten Nationalhelden auf ein Mal wie ein entfesselter Bergstrom brausend und befruchtend in die Ebene wieder hinausfloß.

Damals wurden mehrere Striche des alten Daciens an der Donau und am Pontus wieder dacisirt oder walachisirt, und das unter der Asche glimmende rumänische Volks-Element, das natürlich auch unter den Tataren nie gänzlich erstorben war, wurde wieder nach Oben gebracht.

Damals im 14. und 15. Jahrhundert rauften sich die Walachen tapfer mit den Polen und Ungarn und andern Nachbarn, die sich immer in ihre Angelegenheiten mischten, herum. Damals hatten sie ihre Alexander, ihre Stephans und andere Fürsten, denen ihre Annalisten wie neuerwachten Decebals, die Beinamen „der Guten" oder „der Großen" u. s. w. beilegten.

Doch dauerte auch diese nationale Selbstständigkeit nicht lange. Denn schon seit der Mitte des 15. Jahrhunderts stand ein anderes Ungewitter, die über Kleinasien und Constantinopel heranziehende Macht der Türken, am südlichen Horizonte Daciens.

Die Walachen riefen diese neuen asiatischen Nachbarn anfänglich selbst in ihr Land, da sie hofften, sich ihres Beistandes gegen die Ungarn bedienen zu können, und die Türken ihrerseits schonten sie so lange, als die Macht der christlichen Nachbarn zu respektiren war.

Als aber in der unheilvollen Schlacht bei Mohacz (im Jahre 1526) dem Magyarenreiche ein Ende gemacht und der Halbmond in Ofen und bis Wien hin aufgepflanzt wurde, da kamen auch die Walachen allmählich gänzlich unter die Füße der Türken. Es wurde ihnen anfangs kleine, mit den Jahren aber stets größere und wachsende Tribut-Pflicht aufgelegt.

Die einheimische Fürstenwürde, die nach Erlöschen der alten Herrschergeschlechter des Dragosch und Radul, von einem erblichen in ein wählbares Amt verwandelt worden war, wurde bald nun unter dem immer mehr direkten Einflusse der Sultane besetzt und zuletzt, wie die Paschas, mit der Auszeichnung von drei Roßschweifen beehrt, wurden dann diese walachischen Fürsten auch, wie die Paschas nach Gutdünken ernannt und abgesetzt.

Anfänglich nahmen die Sultane noch die Rücksicht, daß sie diese ihre fürstlichen Vasallen aus den alten eingeborenen Bojaren-Geschlechtern der Walachen wählten.

Allmählich aber verließen sie auch diese Gewohnheit und fingen an, fremde Abenteurer aus Epirus und Albanien, die das Meiste dafür boten, auf den Thron zu berufen, und seit dem Anfange des 18. Jahrhunderts wurde es ein bleibender Gebrauch der Sultane, die walachischen und moldauischen Fürsten, die ihre Grenzwächter und wie einst Milthiades für Darius, ihre Donauaufseher und Donaubrückenbauer geworden waren, aus den in Constantinopel lebenden griechischen Familien zu nehmen und gewöhnlich zu dieser Würde denjenigen Griechen zu ernennen, der ihnen als Staatsdolmetscher zu ihrer Zufriedenheit gedient hatte.

Die Sultane pflegten in dem herkömmlichen Ernennungsdekrete diese zu Fürsten der unteren Donau-Lande erhobenen Dolmetscher in ihrem blumenreichen, aber doch sehr bezeichnenden orientalischen Style „eine von ihrer Hand erbaute Pflanze, eine leuchtende und von ihnen angezündete Kerze" zu nennen. Sie bliesen diese Kerzen ohne Umstände aus, wenn es ihnen gut dünkte, und so sah denn die Walachei allein seit der Einführung dieses Systems im Laufe eines Jahrhunderts nicht weniger als 40 verschiedene Griechen auf ihrem Throne erscheinen und wieder verschwinden.

Diese „griechischen Hospodare" brachten nun zu allen den unter den Rumänen schon eingedrungenen Nationalitäten und Sprachen auch die griechische hinzu.

Das Griechische wurde nicht nur die Hofsprache der Hospodare, sondern es wurde auch die Conversations-Sprache der Gebildeten und die Alltagssprache aller vom Hofe mehr oder weniger abhangenden Bojaren, die unter der Herrschaft der Türken in hohem Grade graecisirt oder byzantinisirt wurden.

Die griechische Sprache wurzelte sich so ein, daß sie sogar jetzt noch selbst unter den walachischen Edelleuten der österreichischen Provinz Bukowina die gewöhnliche Sprache der Conversation und Correspondenz ist, wie in Petersburg etwa das Französische.

Manche griechische Worte und Elemente sind daher auch in die Dako-Romanische Sprache und Nationalität übergegangen.

Erst seit dem Anfange dieses Jahrhunderts hat Rußlands eingreifende Uebermacht den Einfluß jener von den Türken geförderten griechischen Familien gebrochen. Mit seiner Hülfe sind wieder eingeborene walachische Geschlechter auf den Thron gelangt und dann haben auch die Russen in der vornehmen Gesellschaft der Fürstenthümer nebst ihren Sitten die französische Sprache vielfach an die Stelle der Griechischen gesetzt.

Der stete Wechsel der Regierung, die Unbeständigkeit der Gegenwart, die Ungewißheit der Zukunft, während der ganzen Periode der von den Türken eingeführten Griechenherrschaft mußte bei den Walachen jede dauernde Unternehmung und nützliche Reform unmöglich machen. Die dann und wann aufkommenden Keime der Industrie wurden immer wieder erstickt, der Handel und alle national-patriotischen Bewegungen gelähmt und unterdrückt. — Das von den Griechen, wie Peru von den Spaniern ausgebeutete, mit despotischem Regiment geplagte, und mit Abgaben überhäufte Volk mußte, wie die Peruaner, in seinem Elende und seiner Knechtschaft unbeweglich bleiben, während alle Nachbarn umher Fortschritte machten.

Da noch dazu, wenn man die Volksgeschichte der Walachen im Ganzen und Großen überschaut, jener Wechsel und jene Ungewißheit seit uralten Zeiten hergebracht und so zu sagen, das beständige betrübte Loos dieses wie gesagt, in eine so ungünstige geographische Position gebrachten Volks gewesen sind, so kann man sich denken, daß unter solchen Verhältnissen sich weder eine sehr großartige und glückliche, noch eine sehr tugendhafte, oder eine sehr regsame und industriöse Nation ausbilden konnte.

In der That glaubt man, wenn man unter die Walachen kommt, man mag nun aus Westen von den energischen und rührigen Magyaren, oder aus Osten von den ebenfalls minder indolenten Kosacken, oder aus Süden von den kriegsmuthigen und rüstigen Serbiern, zu ihnen reisen, einen großen Schritt bergab gethan zu haben.

Obgleich die Natur im schönsten Schmuck strahlt, so ist einem bei der Betrachtung des Menschen und seiner Werke doch zu Muthe, als wenn man in einen argen Sumpf hinabgerathen wäre.

Die Wege, auf denen der Reisewagen von einer kleiner mit Stricken daran gebundenen Heerde wilder Rosse fortgerissen wird, sind je nach der Jahreszeit, entweder ein tiefer Morast, oder ein staubiger Wüstenstrich.

Die Häuser der Bewohner oder vielmehr ihre Strauch- und Schilfhütten, ihre Erdlöcher und zerlappten Sommer-Zelte und ihre elenden Winterhöhlen, die man kaum wahrnimmt, weil sie sich immer furchtsam abseits von der Heerstraße ins Innere des Landes verkriechen, und noch dazu die Augen gleichsam im Rücken (ich meine die Fenster auf der vom Wege abgekehrten Seite haben,) sind noch unheimlicher als die der Ungarn und Kosacken, die Aecker noch mehr verwildert und vernachlässigt. Man sieht es wohl, daß sie von Leuten bestellt wurden, die 200 Heiligentage in ihrem Kalender haben, die sehr lässig pflanzen, sehr wenig säen und nichts destoweniger in Folge der üppigen Natur ihres Landes gewohnt sind, viel zu erndten.

Die Gestalten der Menschen von denen man sich umgeben sieht, die Hirten, die ihr gehörntes Vieh, welches im Vergleich mit ihnen wohlgefällig, reinlich, zierlich und fast möchte man sagen civilisirt aussieht, mit rauhstimmigem Hallo vorübertreiben, — die plumpen Ackersleute, die mit einem Gespann von 6 Ochsen langsam einen miserabeln und höchst urthümlichen Pflug durch die vom Fett glänzende Ackerkrume schleppen, — die Postillone, die Pferdeknechte, die Gastwirthe und ihre Gehülfen, die den Reisenden bedienen, und die ihr struppiges Haar mit Speck gesalbt haben — sie alle schauen so wild und düster drein, daß er glaubt, er sei in das Land der ungehobelten Cyklopen gerathen. Selbst in dem Schulmeister im Dorf und in dem Pfarrer der Kirche möchte er eher einen Heiducken als ein sanft leuchtendes Licht der Gemeinde erkennen.

Es ist unmöglich, daß es bei den Unterthanen des Decebalus, die einst Ovid beklagte, ärger aussehen konnte, und man hält den Ausdruck des moldauischen Fürsten Kantemir, der seine bäuerischen Landleute „für die elendesten Dorfbewohner unter der Sonne erklärt“, für treffend genug.

Sieht man sich die wilden Köpfe, die Einem umgeben, an, und sucht die auf dem Antlitz der Bewohner dieses Landes verzeichnete Schrift zu lesen, so entdeckt man keine Züge, die man eben sehr charakteristisch nennen könnte, kein bestimmtes, nationales Gepräge.

Man begegnet den schwarzen Haaren und den dunklen Augen des Orientalen und dem blonden Haar und dem matten Blicke des Slaven. Die mongolisch hervorstehenden Backenknochen und die gerundeten Wangen der Kaukasier, die Habichtsnase der Tataren, die gerade Nase der Griechen und die aufgeworfene der Russen scheinen unter allen Classen der so vielfach mit fremden Elementen gemischten Rumänen gleich gemein zu sein.

Alle diese Stämme, aus denen sie zusammengeflossen sind, scheinen bei ihnen in gewissem Grade noch jetzt neben einander zu bestehen, obgleich sie alle dieselbe Sprache reden, und obgleich sie allerdings auch alle in ihrem Wesen wieder etwas Gemeinsames besitzen, wodurch man sie sogleich von denjenigen Völkern, die ihre Mischung und Umwandlungen nicht mit durchmachten, unterscheiden und als Walachen erkennen kann.

Energische, entschiedene und großartige Männer, starke und edle Charaktere findet man bei diesem Volke selten, obwohl sie alle verwegen und sehr aufgelegt sind, Händel anzufangen und dabei ob ihres lebhaften Temperaments in ihren Leidenschaften sich oft ungemessen und rachsüchtig zeigen.

Das Herz haben sie nicht weit vom Munde, aber so wie sie die leicht aufgeregten Feindseligkeiten schnell vergessen, so halten sie auch nicht lange treue Freundschaft.

Sie sind mehr schlau und verschmitzt, als verständig und überlegsam, und wissen in ihrem unsteten Sinn von keiner Mäßigung ihrer Gefühle.

Wenn es ihnen wohl geht, überlassen sie sich dem Uebermuth und der ausgelassensten Lustigkeit. Im Unglück aber entfällt ihnen völlig der Muth.

Nichts scheint ihnen beim ersten Angriff schwer zu sein; kommt aber ein widriger Umstand dazwischen, so gerathen sie in Verwirrung und wissen nicht, was sie thun sollen.

Gegen Ueberwundene und Untergebene sind sie bald gütig, bald grausam.

Treue ist bei ihnen selten „und soll ich es rein heraussprechen," sagt der Fürst Kantemir, dem ich hier als einem unparteiischen Kenner lieber als mir selber oder andern Berichterstattern folge, „so finde ich an dem Charakter und den Sitten der Walachen, meiner Landsleute, nicht leicht etwas zu loben, als ihre ihnen allen angeborene Gastfreiheit und ihre strenge Rechtgläubigkeit."

Gegen alle Neuerungen sind sie im höchsten Grade eingenommen, was freilich sehr begreiflich ist, da alles Neue, was ihnen von außen kam, fast immer nur neue Plage und neue Tyrannei war.

Alle Industrieen, Gewerbe, Künste und Wissenschaften werden bei ihnen von Fremden, von den bei ihnen angesiedelten Deutschen, Russen, Franzosen, Armeniern und Juden betrieben.

Sie selber sind nicht nur keine Liebhaber und Bewunderer der Künste und Wissenschaften, sondern fast alle, wie der genannte Fürst behauptet, hegen nur Verachtung gegen dieselben, ebenso wie gegen die „fremden Abenteurer" selbst, von denen sie sie betreiben sehen. Für einen echten Walachen, denken sie, genügt es, wenn er seine gehörnten Ochsen, seine Pferde, Schaafe und Bienenstöcke in seine Register mit Strichen und Kerbschnitten in den Stock, der ihr Conto-Courant-Buch vorstellt, einzutragen verstehen. Alles andere scheint ihnen überflüssig.

Am wenistens hat man von jeher die Bojaren und überhaupt den Adel der Walachen loben wollen. Er theilt sich in verschiedene Classen, neben dem eingeborenen Dakoromanen haben sich viele reich gewordene Griechen, Armenier, Juden, Polen, Tataren, ja sogar Tscherkessen in den Land-Adel der Fürstenthümer eingedrängt. Er ist daher wohl noch bunter zusammengesetzt als das gemeine Volk selbst.

Die Mißhandlungen, denen diese Bojaren entweder als Höflinge der Hospodaren oder als Diener des türkischen Sultans ehemals ebenso gut ausgesetzt waren, wie ihre eigenen von ihnen wieder gedrückten und geplagten Bauern, haben auch bei ihnen viel Unempfindlichkeit gegen die edleren Genüsse des Lebens und gegen die feineren Regungen der Seele bewirkt.

Sie haben zwar in neuer Zeit ihre alte National-Tracht abgestreift, und haben West-Europäische Moden und Gewohnheiten meistens auf dem Wege über Rußland zum Theil auch über Oesterreich und Wien bei sich eingeführt.

Dabei aber sind sie nichts destoweniger in ihrem Wesen, in ihren Neigungen und Liebhabereien noch vielfach die Alten geblieben, französisch redende europäisch sich geberdende Orientalen.

Sie haben eine ziemlich große Abneigung gegen alle Anstrengung des Körpers wie des Geistes. Jede Bewegung welche Beschwerde verursacht, ist ihnen zuwider. Man sieht sie fast nie zu Fuße. Das Reiten und andere körperliche Uebungen, sogar die Anstrengungen der Jagd, die bei so vielen höheren Classen anderer Völker zu den Lieblingsbeschäftigungen gehören, sind ihnen unliebsam. Sie bewegen sich fast nur in bequemen Kaleschen.

Der Kleider-Aufwand ist unter den Frauen wie den Männern ungemein groß und wird den Familien- und Vermögens-Verhältnissen verderblich. Sie wollen alle mehr scheinen, als sie sind. Ihr Hang zur Verschwendung kommt ihrer Begehrlichkeit gleich. Dabei werden sie aber bald von unbegrenzter Prunksucht, bald von einem ängstlichen Geize beherrscht.

Dem Luxus, den sinnlichen Genüssen und den bequemen Freuden der Geselligkeit ergeben, haben sie namentlich sehr wenig Sinn für die wundervolle Natur ihres Landes. Sie wollen nur in den Residenzstädten der Fürsten leben, in denen von jeher Gnaden und Aemter, Titel und Pfründen vertheilt wurden und zu erhaschen waren.

Die herrlichsten Striche ihres Vaterlandes sind daher vereinsamt und vernachlässigt, die großartigsten Thäler und die schönsten Landschaften, in denen Ritter und Könige ihren Sitz aufschlagen könnten, sind neben den Bären und Adlern nur von armen rohen Hirten bewohnt.

Zuweilen wohl fällt es ihnen ein, sich hie und da schöne Landhäuser zu bauen. Doch führen sie fast nie die oft kundgegebene Absicht, dieselben zu bewohnen, aus, und so verfallen dieselben in kurzer Zeit wieder in Trümmer. Nur selten vermögen sie es über sich, ein Mal, welche Jahreszeit es auch sein möge, die Städte zu verlassen, deren Cirkel für sie von einer unwiderstehlichen Anziehungskraft sind.

Große originelle Genies und hohe Gedanken leben so wenig unter ihnen, wie erhabene Tugenden und aufopfernde Gefühle. Aber was sie schnell lernen können, eignen sie sich mit Begierde und auch mit Leichtigkeit an, da sie durchweg nicht ohne Talent sind.

Dies sind melancholische Betrachtungen, die aber fast Alle, welche den Nachkommen der alten Dakoromanen in ihrem Lande einen Besuch machten, angestellt haben. Allerdings dürfen wir nicht außer Acht lassen, daß man sich bei generellen Völkerschilderungen zu hüten hat, die Feder zu tief in die dunklen Farben zu tauchen, da es überall des Tadelns und Beklagenwerthen so viel gibt.

Der, welcher den schwierigen Versuch macht, die Züge eines Volkes oder einer Gesellschaft mit wenigen, schwachen und allgemeinen Pinselstrichen darzustellen, darf nicht vergessen ein wie großes und mannigfaltiges Wesen ein zahlreiches Volk ist, das in mehreren Millionen über einen weiten Flächenraum vertheilt wohnt.

Da gibt es nun viele Schattirungen und Abstufungen der Zustände, die man nur durch eine in's Detail gehende Schilderung erkennen lassen könnte. Da zeigen ganze Gemeinden, ja ganze Stämme eine Physiognomie, die bedeutend abweicht von derjenigen, die man als die allgemeine bezeichnet hat. Da gibt es viele Ausnahmen von der Regel einzelne edle Individuen, die sich hoch über die allgemeine Mittelmarke, welche der Ethnograph bezeichnet hat, emporgehoben, und die sich Tugenden, Geschmack und Bildung, zu der man der ganzen Masse eine Hinneigung absprechen mußte, wirklich in hohem Grade angeeignet haben.

So haben denn auch die Walachen, trotz der geringen Achtung, die sie nach den Zeugnissen ihres alten Fürsten Kantemir für die Wissenschaften hegen, diesen gelehrten Fürsten selber erzeugt und neben ihm noch manche andere wissenschaftliche Celebritäten, unter denen ich wohl auch wieder an die liebenswürdige geistreiche und gelehrte Gräsin Dora d'Istria erinnere, die in unsern Tagen mit so rührender Pietät ihr viel erschüttertes Vaterland und die Lichtseiten ihrer so vielfach getadelten Landsleute gepriesen hat.

So rühmen sich die Walachen, unter vielen andern gefeierten Helden, einst auch die Ungarn mit ihrem großen Johann Hunyades (dessen Mutter wenigstens eine Walachin war) und seinem Sohn Mathias Corvinus beschenkt zu haben.

Mehrere in der Geschichte oft genannte Fürsten der Bulgaren waren walachischen Stammes, und selbst die römischen Kaiser Aurelianus und Galerius sollen geborene Dako-Romanen gewesen sein, und von den walachischen Patrioten werden sie daher mit Stolz als ihre Landsleute betrachtet.

Ebenso findet man im Walachenlande hie und da nette und stattliche Wohnungen, die jenem von mir gegebenen allgemeinen Bilde der dort sonst gewöhnlichen „Strauchhütten und Erdhöhlen" gar nicht gleichen. In den Gebirgen bieten sich zuweilen Dörfer dar, in denen die Leute sogar ihren Obstgärten eine recht gute Pflege widmen, besonders den Zwetschen-Bäumen, der Lieblings-Obstgattung der Walachen. Da sieht man sie wohl mit Weib und Kind zur Zeit der Reife der Zwetschen hinaus ziehen, um sie Tag und Nacht zu hüten, oder aber auch, im Grase liegend das Kinn auf beide Arme gestützt, des lieben Segens sich zu erfreuen.

Hat das harte Schicksal, das stets über ihrem Lande waltete, sie indolent und träge gemacht, da sie selten der Früchte ihres Fleißes theilhaftig werden konnten, so hat die beständige Kriegsnoth und Beraubung sie auch gelehrt, auf Gewinn und Besitz mit Leichtigkeit Verzicht zu leisten. In's Verlieren schickt sich niemand leichter als der Walache mit seinem oft wiederholten lakonischen Rufe: „Wie Gott will!" Hart und bedürfnißlos wie sie aufgewachsen, lassen sie sich durch ein Unglück selten ganz niederwerfen. Hagelschlag, Ueberschwemmung, Feuersbrunst und dergleichen sehen sie einfach als „von Gott kommend" an, weßhalb sie auch nicht viel klagende Worte darüber verlieren. Selten auch ergeben sie sich der Bettelei.

Ihre Gastfreundlichkeit, die, wie ich schon erwähnte, auch ihr kritischer Dichter und Richter, der Fürst Kantemir, als ihre hervorstechendste Tugend lobt, tritt überall zu Tage. Wo nur ein Paar Walachen zusammen sitzen und sparsam an einem trocknen Maisbrode nagen, indem sie dazu, als einzige Würze, zu Zeiten von einem fingerlangen Knoblauchsstengel etwas abbeißen, da ist der Reisende sicher, von ihnen freundlich zur Theilnahme am Mahle eingeladen zu werden. Bei ihren Hochzeiten und anderen Festlichkeiten, wo es hoch hergeht, hat der einsprechende Wandersmann allemal einen Theil, und bei ihren Begräbnissen wird immer eine Anzahl Arme im Hause des Verstorbenen gespeist und nach Vermögen beschenkt.

Ueberhaupt weiß oder ahnt schon jeder, der einmal die Lüneburger Haide durchreiste, und in dieser traurigen Gegend, die im Ganzen sehr wahr, als eine „Wüste" geschildert wird, doch so manches freundliche, ja reizende Naturbild entdeckte, daß auf den Haiden des walachischen Volksgeistes auch noch so manches Anmuthige und Wohlthuende gefunden werden mag.

Wie treu und fest war, — trotz der seinem Volke im Allgemeinen zur Last gelegten leichtsinnigen Vergeßlichkeit, der alte Avram Babecz, dem ein deutscher Reisender einst in der Walachei begegnete und der 12 Jahre lang um seinen früh verstorbenen Sohn nach walachischer Sitte trauerte, d. h. stets mit entblößtem Haupte einherging. Wie viele ähnliche Züge könnte man dem wohl noch zur Seite setzen.

Wie höchst wohlklingend und ansprechend sind nicht viele der bei den „barbarisch" gescholtenen Walachen einheimischen National-Gesang-Weisen, welche, wie die der Slaven, immer in Molltönen klagen.

Wie rührend und poetisch sind nicht häufig die unter der Nation verbreiteten Lieder und Dichtungen. Ich habe mir selbst einige derselben auf meinen gelegentlichen Reisen unter den Walachen gesammelt. Was kann wohl zarter sein als folgende Verse, die ein geborener Walache als ein Volkslied seiner Nation mitgetheilt und „Impartire a florilor" (die Vertheilung der Blumen) überschrieben hat:

Florilor, o florilor
Di Livada reserite!

Blumen, o ihr Blumen,
Dem Wiesengrund entsprossen!
Töchter der Natur,
Mit Farben geziert,
Mit den Farben der Sonne,
Gelb, grün und röthlicht;
Mit dem Blau des Himmels;
Aus Aller Kranz
Geb' ich jedem Mädchen eine.

Milde Augen und holder Mund,
Lächelnde Anmuth und ein sanfter Tritt,
Dich schmücken sie, o liebenswerthe Flora,
D'rum schenk' ich Dir das stille Veilchen.

Rose, Rose, wie bist Du voll Feuer!
Dir gebe ich eine auf der Stelle, Iliana.
Empfange sie, theure Herrin!
Ich weiß, daß das Feuer Dir brennt in dem Busen.

Maria, Dein Herz ist so rein und klar,
Gleich dem Thau, der am Grase hängt!
Selbst bist Du eine Blume ohne Dorn,
Liebliche, die Du ohne Wissen
Füllest die Seelen mit Entzücken:
Deine Gabe sei eine Lilie,
Welche, wenn sie sich entfaltet,
Die ganze Schöpfung umher erfreut.

Solche Dinge sind denn wohl im Stande, uns mit dem bäurischen Volke, das sie erfand, wieder auszusöhnen. Und wer die höchst merkwürdigen walachischen Volksmärchen gelesen hat, welche vor einigen Jahren von einem Deutschen gesammelt und publicirt wurden, der wird nicht umhin können, den Walachen einen hohen Grad von Phantasie zuzugestehen.

Endlich, kann uns denn bei der traurigen Betrachtung des Mißgeschicks und der Verwahrlosung dieser Nation auch noch der Umstand ein wenig erfreuen, daß in allerneuester Zeit, wenigstens zwei Glieder dieses, ärger als Polen, verstückelten Volkskörpers, sich wieder brüderlich zusammengefunden haben, und daß die Moldau und Walachei wenigstens einen Versuch zu einer Vereinigung und nationalen Erstarkung gemacht haben.

Es ist wohl seit des Decebalus Zeiten das erste Mal, daß so viele Dacier wieder, wie jetzt, unter einem von ihnen selbst erkorenen Fürsten zusammenstehen.

Ob dies der Anfang ist zu einer solchen Wiederherstellung des alten Daken-Reiches in seinem ganzen, weiten Umfange, von der die rumänischen Patrioten träumen, die vor ihren berauschten Blicken die wege- und stegelosen Steppen und Wälder der Walachei sich „mit goldenen Saaten, von Chausseen und Eisenbahnen durchschnitten, mit Fabriken besäet, von 10 Millionen gebildeten Römlingen" bevölkert sehen — das kann erst eine spätere Zukunft lehren.

Die Hoffnung zu einer Verwirklichung dieses Traumes kann man indeß schwerlich auf der trüben Geschichte der Vergangenheit des Landes und Volkes bauen. Manche Nationalitäten scheinen sowohl ihrer natürlichen Anlage, als der Weltstellung ihres Wohnortes nach dazu verurtheilt zu sein, fortwährend nur eine untergeordnete und schwankende Rolle zu spielen.

Auch mag man kaum ohne Schrecken an die blutigen Wege und furchtbaren Erschütterungen denken, mit deren Hülfe allein es gelingen könnte, alle die walachischen Stammesgenossen, auf deren Rücken in Rußland, in Galizien, in Ungarn und Siebenbürgen andere Völker und Staaten sich angebaut haben, unter dem Schutt und aus der Vermischung hervorzuziehen.

Wie sie seit dem Anbeginn der Geschichte ein Zankapfel zwischen Römern und Gothen, Slaven, Byzantinern und Tataren gewesen sind, so werden sie auch jetzt noch immer die Eifersucht jener benachbarten Mächte reizen. Welche Wege aber auch der Himmel dies Volk führen mag, für uns Deutsche wird die Frage ihrer Nationalität und Selbstständigkeit immer von großem Interesse sein, weil sie an die Mündung der Donau gestellt sind, längs welcher ein großer Theil unserer heimischen Gewässer, unserer Auswanderer, unserer Bildung und unserer Volkskräfte einen Ausgang sucht.

Finnen, Lappen und Samojeden.

Durch die unermeßlichen Waldungen, an den zahllosen Seen, über die weiten sumpfreichen und öden Ebenen des Nordens von Europa, — in den Gebirgen, welche unsern Welttheil von Asien scheiden und in den äußersten Enden der skandinavischen Alpen, so wie an den Küsten des Eismeeres sind eine Menge von merkwürdigen Völkern und Völkerresten verbreitet, die sämmtlich in Körperbau, Sprache, Sitten und Cultur mit einander verbrüdert, eben so aber von ihren Nachbarn sehr verschieden sind, und die man daher als zu einer und derselben großen Menschen-Gruppe gehörend betrachtet.

Schon der Vater der Geschichte, Herodot, scheint eine dunkle Kunde von diesen Kindern des Nordens, vielleicht durch die Vermittelung der weithandelnden griechischen Kaufleute am schwarzen Meere, erhalten zu haben. Denn er sagt, daß jenseits der ackerbauenden Scythen in den Ländern, wo die Sonne nicht mehr schiene, ganz wilde, ganz fremdartige Nationen lebten, die ihre eigene Sprache redeten, die nichts mit den Scythen gemein hätten, die sich ohne gesellige Ordnung in den Wäldern jagend umhertrieben, und von denen er unter anderen einen Stamm hervorhebt, von ihm die „Melanchlänen" (die Schwarzmäntler) genannt.

Auch was Tacitus in seiner Schilderung Germaniens uns von seinen „äußersten Europäern" mittheilt, und was diesem Römer wohl durch Vermittelung der Germanen zu Ohren kam, ist nur wenig und sagenhaft.

Doch nennt Tacitus zum ersten Male den Namen der Fennen oder Finnen, und sagt von ihnen, daß sie von Kräutern lebten, sich in Thierhäute kleideten, keine Pferde besäßen, des Eisens entbehrten und daß sie in „erstaunenswerther" Wildheit, in „schnödester Dürftigkeit" (mira ferocitas, foeda paupertas) lebend, keine Götter zu verehren schienen.

Der Name Finnen, der von dem germanischen „Fenn" (marschige, sumpfige Aue) abgeleitet scheint, ist demnach eine uralte Bezeichnung der Deutschen für ihre in den nördlichen Sumpfstrichen wohnenden Nachbarn gewesen. Wir haben ihn bis auf den heutigen Tag beibehalten und auf den ganzen weit verbreiteten finnischen

Völkerstamm übertragen. — Von allen Germanen haben von jeher die Skandinavier diesen Finnen, die auch zum Theil mit ihnen dieselbe Halbinsel bewohnten, am nächsten gestanden.

Die ältesten skandinavischen Traditionen erwähnen ihrer als roher, sich gegenseitig befehdender Stämme, als „Söhne der Felsen," als das „Volk der Erdklüfte," und bezeichnen ihr Land mit dem Namen „Jötunheim," die Heimath der Jötunen oder Jätten, — „der Bergwölfe" und „der das Licht hassenden Zauberer." — In ihren spätern historischen Schriften geben die Schweden und Norweger ihnen auch, wie die Deutschen, den Namen Finnen oder Fennen.

Außer den Deutschen und Skandinaviern kennen wir in der historischen Zeit sonst kein anderes europäisches Volk, das mit diesen Finnen in so breite Berührung gekommen wäre, als die östlichen Slaven, die jetzigen Russen, deren Sitze sich seit unvordenklichen Zeiten auf einem langen weiten Striche neben denen der Finnen hin erstreckten.

Auch sie scheinen in diesen ihren Nachbarn das den Slaven Fremdartige und das ihnen unter einander Gemeinsame frühzeitig erkannt zu haben. Denn sie hatten und haben für sie eine uralte umfassende Benennung. Sie nennen sie „Tschuden," ein Wort, dessen Ableitung dunkel ist, vermuthlich aber bloß so viel bedeuten soll, als „Fremde," „Nichtslaven." Wegen der Aehnlichkeit dieses alten russischen Worts Tschuden, mit dem Namen des von Herodot genannten Volks der Scythen, haben einige Gelehrte die Vermuthung aufgestellt, daß diese berühmten Scythen der Griechen unsere heutigen Finnen seien.

Als die Russen bei der Ausdehnung ihrer Eroberungen zum Ural vordrangen, fanden sie auch dort überall diese fremdartigen („tschudischen") Stämme, und weil man nun dieses ganze lange Gebirge, das die Finnen Ogur, d. h. die „Höhe" nannten, von ihnen besetzt fand, und weil man glaubte, daß sie von den Thälern dieses asiatischen Grenzgebirges, wie von ihren Ursitzen aus, gleich den dort entspringenden Strömen, sich über das nördliche Europa verbreitet hätten, so hat man ihnen darnach auch wohl den Namen des ogurschen, ugrischen oder uralischen Völkerstammes gegeben.

Bei den Finnen selbst sind natürlich alle diese ihnen von Fremden beigelegten Namen unbekannt. Da sie in ihrer weiten Verstreuung alle ihre Stamm-Brüder nie kennen gelernt, da sie nie eine zu gemeinsamen Thaten und unter derselben Staatsleitung verbundene Nation gebildet haben, so besitzen sie auch keinen sie alle umfassenden Namen.

Jeder kleine Stamm hat seine besondere Benennung für sich. Doch kehrt bei vielen der Name „Suomalaiset" oder etwas dem Aehnliches wieder, welches nach der Meinung deutscher Forscher, eben so wie das deutsche Wort Finnen, so viel als Wassermänner oder Sumpfleute bedeuten soll, und man könnte ihn gewissermaßen, als den echten einheimischen mit der sumpfigen Natur ihrer Heimath zusammenhangenden National-Namen der Finnen betrachten. Man hat bemerken wollen, daß noch jetzt in Gegenden, wo Finnen und Russen untermischt wohnen, jene sich am liebsten an den tiefliegenden Ufern und Gründen der Flüsse, in Marschen und sumpfigen Gegenden, diese dagegen auf Hügeln anbauen.

Die Zeit, in welcher die Verbreitung der „Finnen" oder „Tschuden" oder „Suomen" vom Ural aus statt gefunden haben mag, geht über den Ursprung aller Geschichte, ja aller Sagen unseres Welttheils hinaus, sie hat sich selbst weder durch Sprachforschung, noch durch andere künstliche Operationen und Schlußfolgerungen bestimmen lassen.

Weil wir indeß in der historischen Zeit die Slaven sowohl, als die Germanen immer vom Süden her, gegen die Finnen vordringen und dieselben fortschreitend weiter nach Norden zurücktreiben sehen, so glaubt man, daß die Finnen als die allerfrühsten Ankömmlinge, als die eigentlichen Urbewohner Europa's, oder doch eines großen Abschnitts von Europa, und daß Germanen sowohl, wie Slaven als spätere Eindringlinge auf ihrem Gebiete zu betrachten seien.

Demnach sollen nach der Ansicht mehrerer berühmter deutscher und skandinavischer Historiker diese Sumpfleute sich einst viel weiter südlich herabgezogen, nicht nur ganz Rußland und die skandinavische Halbinsel bewohnt haben, sondern auch in Dänemark und selbst in Deutschland, ja sogar in England und in Frankreich, wo man, wie auch neuerdings in der Schweiz, Spuren und Monumente der Existenz der Finnen entdeckt und nachgewiesen zu haben glaubt, als die eigentlichen vorhistorischen Ureinwohner anzusehen sein, deren kleine Rauchhütten in unseren Wäldern und Sumpfstrecken und an unseren Flüssen verstreut waren, und über deren Gräber wir Indo-Germanen, wir Deutschen, Celten, Slaven alsdann unsere Städte bauten und unsere Culturstaaten errichteten.

Diese Ansicht wird unter andern auch durch die Bemerkung, welche einige Sprachforscher gemacht haben, unterstützt, daß die finnische Sprache mit der der in Europa auch uralten Iberer und Celten, mit denen sich die Finnen dereinst in den Besitz des Welttheils theilten, weit mehr Gemeinsames habe, als mit den Sprachen der jüngeren Germanen und Slaven. Auch englische Sprachforscher haben in dem Idiome der Briten einige finnische Elemente entdeckt.

Auch jenseits des Urals in den unermeßlichen Länderstrecken des nördlichen und mittleren Asiens hat man die Spuren untergegangener finnischer Völker verfolgt.

Zwischen dem Ural und den Grenzgebirgen von China findet man unzählige Denkmäler verschiedener Art: Grabhügel, Erdwälle, Ruinen, Reste von Schachten und Bergwerken, von denen die jetzt dort wohnenden tatarischen Völker selbst sagen, daß sie weder von ihnen, noch von ihren eigenen Vorfahren, sondern vielmehr von einer untergegangenen Raçe herrührten. Man betrachtet daher diese Werke als Zeugnisse für die Anwesenheit eines dort weit verbreiteten Volks, und die Russen, welche jetzt jene Gegenden beherrschen, glauben, daß auch dieses Volk ein tschudisches oder finnisches gewesen sei. Sie nennen alle jene Werke: Tschuden-Gräber, Tschuden-Festungen, Tschuden-Schachte.

„Es gibt oder gab also," sagt schon unser deutscher Schlözer, „eine große Finnenwelt, die in Ansehung ihrer Ausbreitung eine der allergewaltigsten in der Menschheits-Geschichte ist, und gegen die selbst die mächtige Slaven-Welt, so weit wir ihre ursprüngliche Grenzen kennen, einst eine Kleinigkeit war."

Vielleicht findet diese „Finnenwelt" ihre beste Parallele in der jetzt vor unsern Augen untergehenden Indianer-Welt Amerika's. Vielleicht bildeten die Finnen in derselben Weise die rohe primitive Bewohnerschaft unseres Welttheils, wie die Indianer als der Urbevölkerungsstoff über die neue Welt verbreitet sind, und vielleicht sind wir Germanen, Slaven, Celten, Romanen in Europa eben solche eingedrungene Colonisten und Neulinge, wie die Spanier und Engländer in Süd- und Nord-Amerika.

Jetzt liegt jene große einst blühende Finnenwelt in Trümmern und Ruinen, und wenn ein Volk in Europa ein Recht hat, ein goldenes Zeitalter, ein verlornes Arkadien zu beklagen, so sind es die Finnen, die sich denn allerdings auch oft genug darin gefallen, die lebendige Frische ihres längst entschwundenen Lebens-Morgens, die Zeit, wo jeder Finne frei, stark, weise und glücklich war, wo ihm Honig von den Aesten seiner Eichen träufelte und Milchbäche seine Erde berieselten, in ihren Sagen auszumalen. Es sind jetzt nur noch einige dürftige lebendige Aeste des großen einst so weit verzweigten Baumes übrig, und obgleich sie jetzt von einer geringen politischen Bedeutung sind, so geht doch aus obigen Andeutungen schon zur Genüge hervor, von wie großem Interesse in anderen Beziehungen das Studium und der Versuch einer Charakteristik dieser finnischen Völkertrümmer für uns Europäer sein müsse.

Wie in Asien die ehemaligen finnischen Völker zu Grunde gingen, und welche Ueberreste von ihnen noch jetzt dort in Sibirien und am Altai zu finden sein mögen, haben wir hier nicht zu untersuchen. Unserem Vorhaben gemäß, bleiben wir mit unserer Betrachtung ganz auf der westlichen Seite des Urals.

In den südlichen Partien dieses Wald-Gebirges, an der mittleren und oberen Wolga und ihren Zuflüssen haben in alten

Zeiten diejenigen finnischen Stämme gesessen, deren Namen in der Weltgeschichte am meisten bekannt geworden sind. In diesen Gegenden waren die Ursitze der Spalen, Skamaren, Sabiren und nach ihnen der noch berühmteren Avaren, Bulgaren, Chazaren und Magyaren, die man alle in der Hauptsache für Völker uralischen oder finnischen Ursprungs hält.

Ich sage in der Hauptsache. Denn da diese südfinnischen Stämme alle in der Nähe jenes großen Völkerthores zwischen dem Ural und dem caspischen Meere und neben jener großen Nomadenstraße aus Asien nach Europa saßen, so ist es wahrscheinlich, daß sie schon von der ältesten Zeit her durch die auf dieser Straße einziehenden Mongolen und Tataren in ihren Sitzen beunruhigt, affizirt und von da in die große Strömung hinabgerissen wurden.

Bei allen andern echten und unverfälscht gebliebenen Finnen, so weit wir sie noch jetzt beobachten können, bemerken wir keinen starken Wanderungs- und Eroberungs-Trieb. Vielmehr erscheinen sie uns überall nur als stille, schwache, vielzersplitterte Stämme, als leidende Opfer und Unterthanen Fremder und nicht als deren Bewältiger und Gebieter.

Vielleicht erhielten daher die besagten südlichen Finnen jenen weitgreifenden Schwung bloß durch eine Vermischung mit den aus Asien vordringenden Nomaden, und wir haben mithin in ihnen nur tatarisirte oder mongolisirte Finnen, — Bastardvölker zu erkennen, die von den wilden asiatischen Nomaden vom Ural, wo sie wurzelten, losgerissen und fortgeführt wurden, und die, von ihnen mit einem höheren Unternehmungsgeiste inspirirt, dann selbstständig für eine mehr oder weniger lange Periode eine große Rolle in der Geschichte des östlichen Europa's spielten.

Einige dieser uralischen oder finnisch-tatarischen Mischvölker haben sich nur auf eine kurze Zeit bemerklich gemacht.

So jene jetzt kaum noch genannten Spalen, Skamaren und Sabiren. Sie sind bald wieder verschwunden und ihre Namen stehen theils nur noch in den ältesten russischen Annalen verzeichnet, theils leben sie noch, aber nicht ohne üble Nebenbedeutung, im Munde slavischer Völker, bei denen z. B. „Skamare" so viel, als ein Schurke, „Sabire" so viel, als ein Knecht, „Spale" oder Spole so viel, als ein Unhold oder „Räuber" bedeutet.

Andere von diesen finnisch-tatarischen Misch-Völkern sind aber zu größerer und bleibender Macht gelangt.

Die Avaren

die wir in Europa zuerst an der untern Wolga und am Don erscheinen sehen, folgten bald den Hunnen des Attila auf ihrem Zuge nach Westen, und gründeten ein mächtiges Reich an der mittlern Donau im jetzigen Ungarn, von wo aus sie gleich den Hunnen in viele Theile des westlichen Europa hineinstreiften. Sie erlagen aber den Deutschen unter Pipin und Karl dem Großen, von denen sie im Westen, und ihren eigenen ihnen nachrückenden Stammgenossen, von denen sie im Osten angegriffen wurden. Die Reste ihres Volkes im Donaulande haben sich später mit den Magyaren vermischt.

Die Chazaren

gründeten nach den Avaren an den untern Partien der Wolga und des Don ein großes Reich, das seine Blüthe und weiteste Ausdehnung zu der Zeit Karl's des Großen erhielt.

In diesen für den Welt-Handel so günstig gelegenen Gegenden waren die der Cultur nicht ganz unzugänglichen Chazaren eine Zeitlang die thätigsten Vermittler des Waaren-Verkehrs zwischen Europa und Asien; und der natürliche Handels-Canal der Wolga trug von ihnen im Oriente lange Zeit den Namen: „Chazaren-Fluß."

Doch wurde ihre Macht im 9. Jahrhunderte von den Russen, die unter ihren normannischen Führern in die erste große Blüthen-Periode ihrer Geschichte eintraten, gebrochen und sie verschwinden darnach spurlos mitten in den später hier brausenden Völkerwogen. Sie gingen völlig in den türkischen Stämmen auf, welche schon seit dem Anfange des 9. Jahrhunderts durch das uralisch-caspische Völkerthor in Europa einbrechend, die Kette der finnischen Völker am südlichen Ural zerrissen hatten und die Chazaren gleichsam verschlangen.

Die Bulgaren,

die an der mittlern Wolga zu Hause waren, stifteten darnach dort ein mächtiges und zur Zeit der Kreuzzüge blühendes Reich, dessen Mittelpunkt in der Nähe des heutigen Kasan an der Vereinigung der Kama und Wolga lag, in dem sich neben Ackerbau und Viehzucht auch Handel und Industrie entwickelten, das aber im 13. Jahrhunderte von den Mongolen unter Batu-Chan vernichtet wurde.

Eine Abtheilung dieser finnisch-uralischen Bulgaren an der Wolga war schon zur Zeit Karl's d. Gr. von dem westlich gerichteten Völkerzuge mit fortgerissen, wahrscheinlich von den Chazaren, an die untere Donau getrieben, und hatte dort auf dem Rücken unterjochter Slaven ein zweites Bulgarenreich, das für lange Zeit dem byzantinischen Kaiserthume lästig und gefährlich wurde, gegründet.

In diesem westlichen Bulgaren-Reiche ging aber die finnisch-tatarische Nationalität, Sprache und Sitte unter der Mehrzahl der Slaven bald völlig zu Grunde.

Es ist von ihnen dort heute nichts mehr übrig, als der Name der Provinz „Bulgarien."

Die Magyaren

endlich, die ihre Ursitze im mittleren Ural an den Quellen der Kama hatten, und die hier von den türkischen Petschenegen aufgestört wurden, folgten wiederum ihren Brüdern in dem allgemeinen Zuge nach Westen und setzten sich, wie sie, im mittleren Donaulande fest. Sie sind von allen finnisch-uralischen Stämmen die einzigen, welche sich bis auf unsere Tage herab dauernd als ein mächtiges und historisch sehr bedeutungsvolles Volk erhalten haben.

Der gewaltige tatarisch-mongolische Einbruch unter Dschingis-Chan und seinen Nachfolgern im Anfange des 13. Jahrhunderts, der wieder so viele türkische Stämme über den ganzen Osten Europa's ausschüttete, und der, wie ich sagte, auch das letzte blühende Finnen-Reich, das der Bulgaren an der Wolga vernichtete, scheint allen ursprünglich finnischen Völker-Bewegungen im südlichen Ural ein Ende gemacht zu haben. Von nun an hören wir von keinen Avaren oder Magyaren, oder andern ganz oder halb finnischen Stämmen mehr, die von da ausgezogen wären.

Die ganze Gegend im südlichen Ural, an der untern Wolga und am Don erscheint nun fast ganz tatarisirt oder mongolisirt. — Heutzutage finden wir daselbst noch die Tschuwaschen, Teptjären, Metscherjäken und Baschkiren, lauter jetzt zum Islam bekehrte Finnen, die rings von echten Tataren umgeben sind, und außer der Religion derselben auch ihre Sitten und ihre Sprache angenommen haben, und daher fast eben so gut den Tataren beigezählt werden können, wie z. B. unsere germanisirten Slaven in Sachsen den Deutschen.

Die zahlreichsten und bekanntesten unter diesen zu Mohamed bekehrten und jetzt turk-tatarisch redenden Finnen sind die

Baschkiren

oder wie sie sich selbst nennen, die „Baschkurt," die unter dem Namen „Pascatir," schon in sehr alten Zeiten dort genannt wurden.

Sie wohnen im alten Stammlande der Magyaren, in den Gegenden, die einst Groß-Ungarn hießen, an den obern Quellen des südlichen Hauptzweiges der Kama, in den Thälern und auf den Hügeln der südlichen Partien des mittleren Ural im Norden von Orenburg, wo alle Höhen, alle Flüsse und Bäche baschkirische Namen haben und weithin bekunden, daß das Volk dort seit uralter Zeit heimisch gewesen sei. Man glaubt, daß schon Herodot die Baschkiren dort gekannt habe und daß sie dasselbe Volk seien, welches dieser Grieche „Agrippäer" nannte.

Ihr jetziger Name „Baschkurt," der schon bei den arabischen Schriftstellern genannt wird, soll so viel bedeuten als „die Bienenwirthe," und deutet auf eine ihrer Lieblingsbeschäftigungen, die Pflege und Ausbeutung der im Ural so häufigen wilden Bienen hin.

Sie haben zwar etwas Ackerbau, und Einige von ihnen sind ganz ansässig gemacht. Doch wohnen die Meisten nur im Winter in festen Häusern, und genießen auch nur im Winter Brot. Im Sommer nomadisiren sie mit ihrem Vieh und ihren Pferden umher und leben von deren Milch, wie die Mongolen.

Obwohl, wie gesagt, ursprüngliche Finnen, haben sie jetzt selbst ihre alte Sprache, die noch im 13. Jahrhunderte der der finnischen Magyaren sehr ähnlich gewesen sein soll, — (Rubruquis, der berühmte Reisende und Gesandte des französischen Königs an den Chan der Mongolen, bemerkt, daß zu seiner Zeit die Baschkiren noch dieselbe Sprache mit den Magyaren geredet hätten,) — ganz gegen die der Türken oder Tataren vertauscht, sind diesen sogar auch in der Gesichtsbildung und in der dunklen Farbe des Haares ähnlich geworden, und haben von ihnen endlich auch die mahomedanische Religion angenommen.

Einen Beweis für ihre ursprünglich finnische Abstammung findet man jedoch unter andern noch darin, daß sie bei ihren tatarischen Nachbarn von alten Zeiten her „Sari-Ueschtek" (rothhaarige Ostjaken) genannt werden. — Sie müssen also wohl ehemals wie meistens die Finnen blond oder rothhaarig gewesen sein.

Von den sogenannten

Metscherjäken und Teptjären,

die neben und zum Theil unter den Baschkiren wohnen, kann man fast alle über diese gemachten Bemerkungen gelten lassen. Mit den genannten zusammen sollen die Baschkiren im Stande sein, ein Heer von 100,000 Reitern aufzubringen, und die Russen sagen von ihnen, daß sie in Bezug auf Tapferkeit und rauflustigen Sinn nach den uralischen Kosacken die erste Stelle unter den Völkern der orenburgschen Gegend einnehmen.

Den Baschkiren und Metscherjäken reihen sich ihre Nachbarn die

Tschuwaschen

an, die ebenfalls ursprünglich zwar ein finnisches Volk, jetzt aber in so hohem Grade tatarisirt oder vertürkt sind, daß sie von mehreren Ethnographen ganz den Tataren beigerechnet werden. Bei der Vermischung mit den Tataren scheinen sie ihre alte finnische Sprache völlig eingebüßt zu haben. Bei einigen ihrer Stämme soll dieselbe zu drei Viertheilen türkisch-tatarisch sein. Ein deutscher Sprachforscher, Schott, der eine Grammatik dieser Sprache herausgegeben hat, hält sie in ihrem ganzen Bau für wesentlich Tatarisch.

Die Tschuwaschen haben auch, ähnlich wie die Baschkiren und anders als die übrigen echten, wie gesagt meist blondhaarigen Finnen, dunkle Haare und Bärte erhalten, und selbst in ihrer ganzen Körperbildung und Lebensweise Vieles von den Tataren angenommen, die sie selbst in ihren Liedern ihre „Brüder" nennen. Schweinefleisch ist ihnen, wie den Tataren, ein Gräuel, obwohl sie zum Theil Christen geworden sind, und nie Mohamedaner waren.

Nichts destoweniger aber unterscheiden sie sich doch wieder ganz merklich von den echten und eigentlichen Turktataren. Sie haben nicht das tatarische Costüm. Sie wohnen scheu und gesondert in ihren eigenen Dörfern und besitzen nicht, wie die Tataren, die Gewohnheit, mit den Russen zusammen in den Flecken und Dörfern zu hausen. Städte, sagt ein russischer Schriftsteller, scheuen die Tschuwaschen, wie die Pest. „Sie sind auch viel phlegmatischer und apathischer, als die weit mehr geweckten und neu- und wißbegierigen Tataren, die, wenn sie eines Fremden ansichtig werden, gleich Alle, groß und klein vor die Thür laufen und ihn mit tausend Fragen belästigen. Ganz anders die Tschuwaschen, die einem Fremden, wenn sie ihm begegnen, kaum eines Blickes würdigen."

Sie lassen sich auch sonst noch so leicht von den gänzlich vertürkten Baschkiren und echten Tataren unterscheiden, so daß daher viele russische Gelehrte sie noch immer den finnischen Völkern beirechnen. Sie sind in der Mehrzahl noch Heiden und beten einen obersten Gott an, den sie fast wie die Skandinavier ihren Donnergott: „Tora" nennen. Ihr tägliches Gebet zu diesem Tora, das ich hier mittheilen mag, weil es geeignet ist, einige Blicke in den Charakter und das Leben dieses Volkes thun zu lassen, lautet so:

„Tora sei uns gnädig! Tora verlaß uns nicht! Bewahre den irdischen König! unseren Söhnen und Töchtern gib Trinken, gib Essen, gib Gesundheit, Brot und Honig! Tora fülle mit gesundem Vieh unsere Höfe! mit Pferden den Stall! mit Kühen die Wiese! mit Schaafen das Feld! Tora gewähre den Wanderern, weitherkommend und müde vom Wege, in's Haus zu kommen! Tora gib uns immer! und vom Teufel befreie uns und verjage ihn o Tora!" Dies heidnische Gebet hört man unter ihnen noch oft. Doch bezeichnet es wohl den jetzigen Verfall ihres Heidenthums, daß sie ehemals ihren Göttern lebendige Pferde zum Opfer darbrachten, während dieselben sich jetzt mit Pferdchen aus gebranntem Teige begnügen müssen.

An Neigung zur Dichtkunst und an poetischer Auffassung der Natur fehlt es den Tschuwaschen eben so wenig, wie den echten finnischen Völkern. — Wenn z. B. einer von ihnen in den Wald fährt, so besingt er seine Umgebung ohne Vorbereitung und wie es ihm gerade einfällt. Er erwähnt, wie er da gelustwandelt, welche Abenteuer er bestanden, was für Blumen er daselbst gepflückt oder seiner Schönen gebracht habe. Ein anderes Mal, wenn er längs des Flusses spaziert, an welchem seine Auserkorene Wäsche spült, besingt er sie von Kopf bis zu Fuß. Doch haben solche aus dem Stegreif verfaßte Lieder alle, wie bei den Letten und Russen, eine sehr wehmüthige Melodie. Als ein Pröbchen der einfachen tschuwaschischen Muse, und zugleich auch als Beweis von der zärtlichen Heimathsliebe dieses Volks mögen folgende Verse dienen, welche von tschuwaschischen Rekruten in der Fremde gesungen wurden:

„Wirbelnd fliegt des Schnee's Flocke. Unsere Locken fliegen auch so. Rauschend fällt der Regen nieder, unsere Thränen eben so. Längs der Wolga treiben abwärts die Eisschollen, unsere Gedanken gleichfalls! Ach mein Vater, ach meine Mutter, wär ich doch ein Vogel' Ueber unsere Dörfchen würde ich flattern. Wäre ich doch nur des Dorfes Thor. Wenn die Bauern kämen, von selbst würd' ich mich öffnen, auch von selbst mich schließen! Oder wär' ich die Hofthür unseres Hauses. Wenn Vater oder Mutter kämen, von selbst würde ich mich aufthun, von selbst mich wieder zuthun!"

Auch an muntern geselligen Festen fehlt es den Tschuwaschen nicht. Dasjenige, was bei ihnen mit der größten Ungeduld, etwa wie bei uns das Weihnachtsfest erwartet wird, ist das Kohl- oder Sauerkraut-Fest. Im Herbste, wenn das Kraut reif ist, laden die wohlhabenden Hauswirthinnen einige Mädchen, oft an dreißig ein, um das Kraut zu schneiden, wie man am Rhein zur Weinlese einladet. Die Ernte selbst dauert gewöhnlich nicht lange, denn das Abendbrot und die Gesellschaft ist die Hauptsache. Von Männern werden nur die Verwandten eingeladen. Die übrigen jungen Leute des Orts, die gern dabei sein möchten, zeigen sich erst schüchtern am Fenster, wünschen der Wirthin einen guten Abend, gratuliren zum neuen Sauerkraut und treten erst ein, wenn diese antwortet: Ich danke viel Mal und bitte, uns Gesellschaft zu leisten. Die Burschen bringen allerlei Backwerk mit, spielen mit den Mädchen allerlei Gesellschaftsspiele Pfänder, Blindkuh etc.

In den tschuwaschischen Dörfern ist es um diese glückliche Zeit immer lebhaft. Denn aus allen Häusern hört man die willkommene Sauerkraut-Musik, die von den taktmäßigen Stößen der Stampfe und Schneidewerkzeuge herrührt, mit denen der Kohl geschnitten und gestampft wird. — Die jungen Elegants des Dorfs ergehen sich dabei mit ihren Schönen vor den Häusern, indem sie allerlei muntere Lieder singen.

Die Tschuwaschen sind noch jetzt ein ziemlich volkreicher Stamm und sollen an 400,000 Köpfe zählen, die in der Gegend von Kasan, Simbirsk und Pensa in den Wäldern und Ackerfluren, an der Wolga als friedliche Ackerbauer und Bienenzüchter vertheilt sind.

So bedeutsam die Rolle war, welche die von den Tataren inspirirten, von ihnen in Bewegung gesetzten und mit ihnen vermischten südlichen Finnen in alter Zeit spielten, so traurig und wenig glänzend war das Schicksal ihrer mehr nördlichen Brüder.

Von alle denjenigen Urstämmen dieser Sumpf- und Waldleute, auf welche die Skandinavier, Slaven und auch andere Indo-Germanen bei ihrem ersten Eindringen gestoßen sein, und welche sie ausgerottet haben mögen, schweigt alle Geschichte. Sie sind vom Strome der Ereignisse verschlungen worden, ohne auch nur eine bedeutende Spur ihres Daseins, oder eine Inschrift auf ihren Gräbern hinterlassen zu haben.

Zu der Zeit, in welcher authentische Geschichte zu dämmern beginnt, finden wir ihre Ueberreste schon weit nach Norden zurückgedrängt und ihre indogermanischen Nachbarn mit ihnen auf einer langen Linie in steten Reibungen und Kämpfen.

Da die Skandinavier weit früher als die Slaven im Norden von Europa eine hervorragende Macht entwickelten, so erhalten wir daher auch von dieser Seite her die erste bestimmtere Kunde über sie.

Die Vorfahren der Normannen und Schweden sehen wir von vornherein auf ihrer Halbinsel in einem stetigen Fortschreiten von Süden nach Norden begriffen; in einem fortwährenden Eroberungskriege gegen die finnischen „Jotunen," die sie Schritt vor Schritt immer weiter in die Norden=den ihres Halbinsel=Landes zurück= und zusammendrängen.

Mehre finnische Völker werden uns ferner deutlich genannt als solche, welche der gothische König Hermannarich bei seinen Eroberungszügen in's weite Ostland im 4. Jahrhunderte sich unterwürfig machte, und die er mit seinem großen, zwischen Pontus und Ostsee gestifteten Reiche verband. In ähnlicher Weise wurden im 9. Jahrhunderte von den skandinavischen Warägern unter Rurik mehre finnische Völker zu Unterthanen der nördlichen Germanen gemacht.

Selbst die allernördlichsten Finnen an den Ufern des weißen= und Eis=Meeres wurden schon frühzeitig von normannischen Seefahrern besucht. Diese betrieben dort in der Gegend des jetzigen Archangel einen blühenden Handel, bei dem namentlich ein finnisches Volk, die Biarmier oder Permier, als eifrige Vermittler dienten. — Nach ihrem einst im Norden so berühmten Namen wird noch jetzt das russische Gouvernement Perm genannt.

Seit der Mitte des 12. Jahrhunderts zur Zeit der Kreuzzüge fingen unter ihrem Könige Erich die Schweden, von dem Missions=Geiste der Kreuzritter ergriffen, an, die Partien des finnischen Ostlands, welche ihnen zunächst lagen, nämlich die große Halbinsel zwischen dem botnischen und finnischen Meerbusen zu erobern, bleibend zu besetzen und mit Colonisten zu versehen.

Es wohnten hier seit alten Zeiten die finnischen Stämme der „Tawasten," „Cajanen" oder „Quänen," „Carelen" oder Karjalaiset (d. h. der Heerdenleute) und der Ingern, nach denen noch jetzt die Provinzen Tawasteland, Quäneland, Ingermanland und Karelien genannt werden. Die Schweden behielten das Land 500 Jahre, machten seine Bewohner zu Christen, und unter ihren milden Colonial=Gesetzen hat sich dort in diesem par excellence sogenannten „Finnlande" noch heutzutage die zahlreichste Masse der Finnen erhalten.

Auch in den Colonien=Ländern, welche die Dänen und die deutschen Ritter an der Ostsee gründeten, wurde ein finnisches Volk, die sogenannten „Esthen" unter germanische Botmäßigkeit gebracht.

Vor allen aber drangen seit der Stiftung eines mächtigen russischen Staates unter Rurik die Slaven auf das Gebiet der uralischen Stämme unterjochend und vernichtend ein. Sie kämpften mit den „Wessen," mit den „Meren" den „Muronen" und andern finnischen Völkern.

Namentlich waren die weit um sich greifenden Bürger der russischen Republik Nowgorod, in deren jungem Staate die Meren einen Hauptbestandtheil bildeten, den Finnen verderblich, und von den eben genannten finnischen Völkern existirt jetzt nichts mehr, als ihre in den russischen Annalen Groß=Nowgorods verzeichneten Namen.

Die Russen besetzten und colonisirten ihre Länder und nahmen die finnischen Urbewohner derselben in den Schooß ihrer eigenen Nationalität auf. Sie drangen auf diese Weise umgestaltend von Nowgorod aus in nördlicher Richtung zum weißen Meere vor und verwischten auf diesem Striche gleich einem Lawastrom längs der Dwina alle finnischen Urbewohner. Wie ein breiter Kiel drängte sich hier das slavisirte Land zwischen die unter den Schweden stehenden Finnen und die finnischen Urstämme am nördlichen Ural ein.

Diese Decimirung, Aufwickelung und Slavisirung finnischer Stämme durch russische Colonisation hat bis auf die neuesten Zeiten herab gedauert und hat bei der fortschreitenden Vergrößerung des russischen Reiches auch in nordöstlicher und östlicher Richtung um sich gegriffen.

Hier sind einst berühmte finnische Völker, z. B. jene alten Permier, fast völlig verschwunden. Die Wotjäken, Syrjänen, Tscheremissen, Wogulen und andere sind auf wenige weit verstreute Einöden=Bewohner zusammengeschmolzen.

Die Großrussen sandten zu ihnen nicht nur ihre Soldaten und Handelsleute, sondern auch eifrige Missionäre und Bischöfe, die in den russischen Annalen als berühmte Apostel und Märtyrer unter den heidnischen Finnen gepriesen werden. Fast Alles, was sie taufen und zur griechischen Kirche bekehren konnten, nahm auch allmählich die russische Sprache, Kleidung und Sitte an.

Und darnach ist ein großer Theil von dem, was wir jetzt „Russen" nennen, nichts weiter als bekehrte und slavisirte Finnen, in derselben Weise, wie ein bedeutender Theil der jetzigen „Deutschen" und verdeutschte Slaven betrachtet werden muß.

Seit der Eroberung Sibiriens durch die Russen im 16. Jahrhunderte, seit der Annectirung mehrerer Ostseeprovinzen unter Peter d. Gr. und endlich seit der Erwerbung Finnlands im Anfange dieses Jahrhunderts, sind fast sämmtliche finnische Nationen, mit einziger Ausnahme der Magyaren und eines Theils der von Schweden abhängigen Lappen, unter das Principat der Russen gekommen.

Um nun Das, was nach allen diesen Vorgängen von der einst so großen Völker-Familie auf europäischem Boden noch übrig geblieben ist, bequem zu überblicken, können wir dem Gesagten nach das Ganze in drei Gruppen zusammenstellen und folgende 3 Abtheilungen annehmen:

1) Die Reste finnischer Völker auf der skandinavischen Halbinsel, die durch das Baltische Meer von ihren Brüdern im Osten getrennt sind.

2) Die Reste finnischer Stämme am nördlichen und mittleren Ural und an der Kama und Wolga herab, die von ihren Brüdern im Westen durch einen breiten völlig slavisirten Länderstrich getrennt sind.

3) Die finnischen Völker in der Mitte zwischen jenen beiden Partien, die im Westen durch das Baltische Meer und im Osten durch den breiten slavisirten Länderkeil von ihren Brüdern getrennt sind.

Die Reste finnischer Bevölkerung in Skandinavien oder

die westlichen Finnen

sind jetzt von diesen drei Gruppen die schwächsten und am wenigsten bedeutsamen.

Durch das ganze Innere der schwedischen Halbinsel zieht sich südwärts bis zum Wener-See ein Strich herab, in welchem die Bevölkerung noch mehr oder weniger mit finnischen Elementen durchwebt ist, und zum Theil auch noch die finnische Sprache redet.

Sogar in einer der südlichsten Provinzen von Schweden, in Gothaland, gibt es noch jetzt mehrere sogenannte „Finnenhaiden" oder „Finnenwälder," in denen sich einzelne Ueberbleibsel finnischer Bevölkerung aus den ältesten Zeiten her erhalten haben.

Die schwedischen Könige haben auch zu Zeiten diese alte finnische Bevölkerung ihres Reichs durch neue Colonien verstärkt, indem sie finnische Landleute von jenseits des Botnischen Meerbusens aus dem eigentlichen Finnland herbeiholten und sie in Schweden ansiedelten.

In der alten skandinavischen Zeit waren die finnischen Bewohner der Halbinsel besonders berühmt in der Verfertigung von Schmiede-Arbeiten. Finnische Schwerter spielen eine Hauptrolle bei den schwedischen Helden. Auch sollen nach der Sage die wichtigsten Bergwerke in Schweden von Finnen entdeckt worden sein. Jetzt aber haben diese schwedischen Finnen nicht mehr den Charakter eigenthümlicher Stämme oder Völkerschaften. Sie besitzen keine nationale Stammnamen mehr, leben unter den schwedischen Bauern zerstreut, sind natürlich schon seit lange lutherische Christen und verstehen meistens auch die schwedische Sprache.

Auch die im hohen Norden Skandinaviens, wie Beduinen wandernden

Lappen

werden von den Norwegern und Schweden gewöhnlich „Finnen" genannt, und obwohl die Lappen sich von den eigentlichen Finnen sowohl durch ihren Körperbau, als durch ihre Lebensweise und ihren Charakter vielfach scharf unterscheiden, so scheinen doch die Untersuchungen über ihre Sprache und andere Umstände den Beweis geliefert zu haben, daß sie nur ein verschiedenartig entfalteter Zweig einer und derselben gemeinsamen Wurzel sind.

Die Lappen sind im Ganzen klein von Statur. Die eigentlichen Finnen hingegen so groß, wie andere europäische Völker. Die Lappen haben fast durchgängig schwarzes Haar, eine stark gelbliche Complexion, ein eckiges Gesicht, platte Nase, längliche Augen, hohe Backenknochen, breiten Mund, spitzes, bartloses Kinn, dicken Kopf, von pyramidalischer Schädelform und scheinen sich in diesem allen dem asiatisch-mongolischen Typus in sehr hohem Grade zu nähern.

Ihre finnischen Nachbarn und Brüder dagegen haben meistens helle Haare, rundlichere Gesichtszüge, eine frischere Complexion, und überhaupt in geringerem Grade die Kennzeichen der mongolischen Raçe.

Beide haben ein mehrfach verschiedenes Temperament. Den eigentlichen Finnen zeichnet durchweg ein bestimmtes kraftvolles Wesen, ein reiferer Verstand, ein oft düsterer Ernst und tiefe Melancholie aus. „Der Lappe dagegen ist ein völlig wildes sorgloses Naturkind, ein wunderliches Gemisch von Mißtrauen und kindischen Launen und Affekten."

Endlich ist der Lappe ein eingefleischter Nomade, stolz auf seine Rennthierheerden, von ächter Beduinen-Natur, und läßt sich fast gar nicht in einen ansässigen Colonisten verwandeln. Kann er als Heerdenbesitzer nicht mehr existiren, so greift er in der Noth zum Fischer- und Jägerhandwerk, nie zum Ackerbau.

Sein Nachbar der Finne dagegen ist fast durchgängig ein seßhafter Ackerbauer und als solcher wird er von den leidenschaftlich nomadischen Lappen verabscheut. Diese sind vor den Ansiedlungen der Finnen überall auf der Flucht. Und daß diese Antipathie, dieser Nationalstreit zwischen Lappen und Finnen schon ein sehr altes Verhältniß sei, beweist das berühmte alte finnische National-Epos Kalewala, das hauptsächlich den Gegensatz und Kampf zwischen den alten Göttern und Heroen der Finnen und Lappen zum Thema hat.

Daß aber trotz allen diesen sehr starken Verschiedenheiten die Lappen mit den Finnen dennoch zu demselben großen Völkerstamme gerechnet werden müssen, erhellt, wie gesagt, aus mehreren anderen Verhältnissen und Umständen. Zuerst daraus, daß beide Stämme seit unvordenklichen Zeiten nachbarlich neben einander gewohnt haben. Wir finden keine andere europäische Familie, der die Lappen näher verwandt wären, als der finnischen. Ihre Sprache hat den Bau und die Wurzeln der finnischen, und daß ihnen diese finnische Sprache mit Gewalt aufgedrungen sei und eine andere ältere bei ihnen vertrieben habe, ist nicht glaublich, weil wir nichts davon hören, daß Finnen je die Gebieter und Lehrmeister der Lappen gewesen wären.

Die Sagen und Mythen der Lappen sind trotz des Kampfes zwischen ihren Göttern und Heroen innig mit denen der heidnischen Finnen verwebt. Man hat unter ihnen kürzlich epische Gedichte entdeckt, die denen der Finnen sehr ähnlich sehen. Und als Thaumaturgen und Zauberer stehen die Lappen bei den Finnen in eben so hohem Rufe, wie diese selbst bei den Skandinaviern und Slaven. Und endlich spiegelt sich auch trotz der angedeuteten Verschiedenheit ihres Temperaments im Grunde genommen der finnische Volks-Charakter in dem Lappen wieder ab, nur daß der Finne dabei mehr von dem Vater, der Lappe mehr von der Mutter geerbt zu haben scheint.

Daß die Skandinavier beide Völker unter demselben Namen „Finnen" begreifen, möchte in dieser Hinsicht zwar nicht sehr beweisend sein, wohl aber der Umstand, daß die Lappen sich selber einen Nationalnamen geben, der in Form und Bedeutung ganz mit dem übereinstimmt, den auch die Finnen sich beilegen.

Diese nennen sich, wie ich sagte, Suomalaiset, jene „Sabmeladt," und beides bedeutet dasselbe: „Sumpfmenschen". Dazu auch sind alle die eben angedeuteten Abweichungen und Contraste zwischen den zwei Nationen nicht so groß, daß sie nicht als innerhalb derselben Abstammung bestehend gedacht werden könnten. Schwarze Haare kommen ausnahmsweise auch bei einigen andern Stämmen vor, die doch ganz entschieden finnisch sind. Die kleinere Statur der Lappen mag aus dem rauheren Klima und der verschiedenen Lebensweise hervorgegangen sein. Weit mehr als das Leben der Finnen wechselt das der Lappen zwischen höchstem Ueberfluß und bittersten Mangel, zwischen größter Hitze und unbarmherzigster Kälte, zwischen äußerster Anstrengung und völliger Unthätigkeit. Von Moskito's verfolgt eilen sie seit Jahrhunderten jeden Sommer zum Meer hinab, um sich und ihre Heerden in Seeluft und Salzwasser zu baden, und von Hunger getrieben eilen sie im Herbste zu den Bergen, wo ihr Rennthiermoos wächst, zurück.

Daß verschiedene Zweige desselben Stammes sich der eine dem Ackerbau, der andere dem Nomadenleben widmen und sich dann trotz der Verbrüderung große Contraste, und tiefe Antipathien zwischen ihnen erzeugen, ist in der Völkergeschichte eine häufige Erscheinung.

Ja unter den Spaltungen und Unter-Abtheilungen der Lappen selbst existiren fast ebenso starke zum Theil unerklärliche Abneigungen. Die Lappen von Umea z. B. haben einen so tiefen Abscheu vor den Lappen von Luleah, daß sie, obwohl beide nomadische Blutsfreunde sind, gar nicht mit einander verkehren und sich nie unter einander verheirathen.

Das an Zahl schwache Volk der Lappen ist in vereinzelten Familien in den wilden Thälern und Klüften, an den zahllosen Seen und Fiorden eines weiten und unfruchtbaren, aber an Naturwundern reichen, und wenig bekannten Ländergebietes zerstreut, das sich durch das nördliche Schweden und Norwegen und durch einen Theil von Rußland bis zum weißen Meere hinzieht.

Die kahlen Felsen und Eis-Gebirge ihrer Marken, und ihre unzähmbare Natur stellen keine Hoffnung in Aussicht, daß je Ackerbau, Cultur und dichte Bevölkernng bis in diesen Winkel Europa's sich erstrecken werden. Rennthiere und Lappen ist das Beste, was es dort geben, das Einzige, was dort existiren kann.

Und nach Verlauf von Jahrhunderten werden sich vermuthlich diese Verhältnisse noch so darstellen, wie sie jetzt sind. Allerdings ist dabei noch in Betracht zu ziehen, daß eine gewisse langsame Germanisirung der den Schweden und Norwegern unterworfenen Lappen um sich gegriffen zu haben scheint. Wenigstens haben sprachliche Untersuchungen ergeben, daß bereits ein drittel der Worte ihres Sprachschatzes skandinavischen Ursprungs oder doch bloße Uebersetzung aus dem Schwedischen und Norwegischen ist. Bei den den Russen unterworfenen Lappen mag ein ähnlicher Prozeß der Slavisirung vor sich gehen.

So viel von den Finnen im Westen oder auf der schwedischen Halbinsel.

Die zweite oder östliche Gruppe finnischer Völkerreste, am nördlichen und mittleren Ural und an der Wolga, bietet eine sehr große Mannigfaltigkeit von weit vertheilten Stämmen und Namen dar. Es gehören zu ihr die von Süden nach Norden neben einander hausenden Tscheremissen, Mordwinen, Wotjäken, Permier, Wogulen, Ostjäken, Sirjänen und in vieler Hinsicht auch noch die am Eismeer ihr kümmerliches Dasein fristenden Samojeden.

Die südlichsten von diesen östlichen Finnen sind

die Tscheremissen.

Sie stehen den Tschuwaschen am nächsten, sowohl in Bezug auf ihre Wohnorte, als ihre Stammverhältnisse.

Sie hausen, wie die Tschuwaschen, in der Umgegend von Kasan, doch mehr nördlich als jene und an den Ufern der untern Kama.

Da sie, wie die Tschuwaschen, den Tataren oft und lange unterworfen waren, so haben auch sie von ihnen Manches, obschon viel weniger, als jene, angenommen.

Sie sind ein uraltes finnisches Volk, von dessen Namen wir schon seit tausend Jahren einige Spuren in den russischen Annalen finden. Die meisten der Tscheremissen sind jetzt Christen, doch gibt es unter ihnen, wie unter vielen andern dieser östlichen Europäer, auch noch Heiden, welche aber neben ihren Götzen, sowohl die russischen Heiligen, als auch Mahomed anrufen und sowohl mahomedanische, als auch christliche Feiertage, und heidnische Gebräuche beobachten.

Dies letztere mag insbesondere die Art und den Grad der hier an der Wolga statt gehabten Völker-Mischungen charakterisiren. Ihre physische Natur, ihr helles Haar, ihr dünner Bart, ihr ehrlicher, aber störrischer Charakter, ihr scheues Wesen, dieß Alles bezeichnet die Tscheremissen als Finnen.

Auch sind der bei ihnen übliche Kleiderschmuck, wie die Einrichtungen ihrer Wohnungen und ihrer Haus-Wirthschaft ganz auf dem finnischen Fuße.

Die heidnischen Tscheremissen nennen ihren obersten guten Gott „Juma“, was wieder ein unter den finnischen Völkern sehr weitverbreiteter Name ist. Denn „Juma," oder „Jumala," oder Jummal," oder „Jbmel" ist fast bei allen Finnen der Name Gottes oder des Himmels. Dieser Juma, sagen die Tscheremissen, sei der Schöpfer der Natur und der Menschen und regiere das Weltgebäude.

Sie glauben auch an ein böses Princip, das sie „Keremet" oder „Keremiet" nennen. Bei Erschaffung der Welt und des Menschen war dieser Keremet dem Juma zur Hand. Es kam dabei der Hochmuth über ihn und er wollte es dem Juma gleich thun. Da er ihm aber an Kraft nachstand, so verdarb er nur des Juma's Schöpfungen. Als dieser z. B. das trockene Land schaffen wollte und dem Keremet befahl, in Gestalt eines Enterichs auf den Gewässern herumzuschwimmen und in das Wasser hinabtauchend, die Erde heraufzuholen, da that dies Keremet zwar, aber er gab nicht alle Erde, die er gefaßt hatte, dem Juma ab, sondern behielt einen Theil davon im Schnabel und als die schöne Oberfläche der Landschaft fertig war, da spuckte er das Zurückbehaltene aus, und wohin es fiel, da entstanden Berge und andere üble Dinge.

In demselben Breitengrade mit den Tscheremissen, doch mehr westlich auf der rechten Seite der Wolga, sind die Ueberreste der

Mordwinen

verstreut. Sie werden in diesen Sitzen, d. h. in dem großen Länderzirkel zwischen der Oka und mittleren Wolga schon von den byzantinischen Schriftstellern und bereits als Unterthanen des Westgothen Königs Hermannarich genannt.

Wie uralt sie schon in diesen Gegenden sein müssen, beweist unter anderen der Umstand, daß sie noch heutiges Tages die Wolga mit demselben Namen nennen, unter dem sie schon den Griechen und Römern bekannt wurde. Sie nennen sie „Ràwa", was dem Namen der Alten: Rha gleich ist.

Als der Hauptmasse der slavischen Bevölkerung Rußlands sehr benachbart, haben sie jetzt schon mehr von der Lebensweise des russischen Landvolks angenommen und kommen auch in ihrer Körperbildung und ihrem ganzen Wesen den Russen näher.

Doch haben auch sie Einzelnes von den Tataren adoptirt, namentlich manche Ausdrücke in ihrer Sprache, wie denn viele türkisch-tatarische Worte und Elemente an der untern Wolga herauf sich durch die ganze nordische Finnenwelt verstreut haben.

Man hat alle die soeben genannten Finnen-Stämme auch wohl unter dem Namen der Wolga-Finnen zusammengestellt, weil sie sich alle längs der Ufer und Zweige dieses Stromes gruppiren. Und die Wolga selbst, an deren mächtiger Puls-Ader sich einst das Leben der Finnen so bedeutsam und welthistorisch entfaltete, — an der die oft von mit genannten finnischen Bulgaren und Chazaren ihre blühenden und nicht ganz uncivilisirten Reiche gründeten, — von der die finnischen Awaren und Magyaren nach West-Europa ausgingen, — diese Wolga selbst, sage ich, hat man wohl als das große National-Gewässer der Finnen bezeichnet, ebenso, wie man den Dnieper vorzugsweise den Slaven-Fluß, und den Rhein den Germanen-Strom genannt hat. Wie nach dem Gesagten der griechische Name für die Wolga „Rha," so soll auch der tatarische Name für diesen Strom „Jtil" nicht tatarischen oder slavischen, sondern finnischen Ursprung's sein. Die Tataren nahmen den Finnen die Wolga hinweg, und jetzt freilich ist sie, nachdem auch die Macht dieser Tataren unterging, die Haupt-Lebensbahn der Großrussen und Kosacken geworden und hat daher auch allgemein den slavischen Namen Wolga angenommen.

Nordostwärts von der Wolga und von Kasan, an der von ihnen benannten Wiatka, kommen zunächst

die Wotjäken,

uralte und noch jetzt ganz echte Finnen, die sich selbst „Udmurdi" d. h. Männer nennen.

Sie sind in allen Dingen den Finnen im jetzigen Finnlande sehr ähnlich. Doch sollen sie ihr früheres nomadisches Leben erst seit der russischen Herrschaft, d. h. etwa seit dreihundert Jahren, mit einem seßhaften vertauscht haben. Sie werden jetzt als sehr fleißige und geschickte Ackerbauer gelobt. Kaum ist der Winter zu Ende, so verläßt der Wotjäk seine warme raucherfüllte Jsba, in welcher er die kalte Jahreszeit in Gesellschaft seiner Kälber, Gänse und Enten gemüthlich verlebt hat, bezieht in ganz durchräuchertem Zustande mit kranken Augen die lichte Sommerstrohhütte und beginnt sein thätiges Leben, ackert, pflügt, eggt und säet aber freilich nicht eher, als bis das ganze Dorf sich berathen und die dazu nöthigen günstigen Vorbedeutungen erlangt sind, bis der Himmel beobachtet und die Erfahrung der Greise eingeholt ist. Sie sind bei den Russen berühmt wegen ihrer wirthschaftlichen Knauserei, aber auch wegen ihrer Ehrlichkeit. Was sie einmal vertragsmäßig zu geben versprochen haben, das geben sie unfehlbar, wie alle Finnen. Ihre Nachbarn, die Tataren, scheinen sie von alten Zeiten her zu fürchten. Denn sie haben unter sich das Sprichwort: Der Tatar ist ein Wolf, der Wotjäk ein Haselhuhn.

Zum Theil sind sie noch Heiden und verehren, wie die meisten noch heidnischen Finnen, einen Erdgott (das gute Prinzip) und einen Wassergott (das böse Wesen) und über beide einen Obergott, den sie „den Alten" nennen.

Ihre Weiber, die sich wie die Frauen aller finnischen Völker durch eine größere Eigenthümlichkeit ihrer Nationalkleider vor den Männern auszeichnen, tragen hohe Mützen aus Birkenrinde, die sie mit gewebten Stoffen überziehen und mit Silbermünzen ausschmücken.

Nördlich von diesen Wotjäken wohnen

die Sirjänen

und östlich von ihnen die Permier. Die 30,000 Sirjänen (zu deutsch: Grenzleute), sind in den nördlichsten Partieen der weiten Waldungen des nordöstlichen Rußlands, die das mächtigste Nadelholzmagazin von ganz Europa bilden, versteckt.

Sie leben dort meistens von der Jagd und den Waldprodukten. Sie sind berühmt als sehr geschickte Jäger und namentlich als kühne Bärenjäger. Schon ihre kleinen Kinder bitten die Aeltern um nichts dringender als um ein „Knall-Spielzeug" (eine Flinte). Von Jugend auf im Waidwerk geübt, werden sie so sichere Schützen, daß bei ihnen fast kein anderer Schuß gilt, als der in die Schnauze des Thieres, damit der Pelz unversehrt bleibe. Schießpulver, das in ihren dichten Wäldern stets ein rarer Artikel ist, erscheint ihnen so kostbar, wie Goldstaub. Nur unter den dringendsten Umständen theilen sie davon andern mit und machen dann immer die Bedingung, daß es durchaus in natura, Pulver gegen Pulver, zurückbezahlt werden müsse. Wenn sie in den Wald ziehen, zählen sie sorgfältig die Anzahl der Patronen oder Schüsse, die sie mitnehmen, und berechnen darnach die Anzahl der Pelze, die sie zurückbringen werden. Auch der mit Pulver handelnde Kaufmann weiß genau, wie viele Otter- oder Hermelin- oder Fuchspelze er für jedes Pfund Pulver, das er einem Sirjänen creditirte, zurückerwarten darf.

In ihrem National-Charakter verrathen sie noch jetzt ihre intime Verwandtschaft mit dem finnischen Mutter-Stamme. Bedächtigkeit, Ernst, Geradheit und Zuverlässigkeit zeichnen den Sirjänen eben so aus, wie die anderen Finnen, und wie unter andern auch nach Dem, was ich früher einmal bemerkte, die Magyaren. Im Uebrigen aber sollen auch sie jetzt schon angefangen haben, sich der Weise der russischen Bauern zu nähern. — Rußland verwandelt oder verschlingt jetzt alle diese finnischen Völker, wie die Anglosächsische Raçe die Indianer Nord-Amerika's.

Dasselbe läßt sich über die nicht zahlreicheren

Permier

sagen, die in der Umgegend der nach ihnen benannten Stadt Perm wohnen. Einst waren diese Permier, als der Name eines thätigen finnischen Handelsvolks weit im Norden und bei den skandinavischen Seefahrern berühmt, und man hat auch wohl die Sirjänen und Wotjäken und überhaupt alle nordöstlichen Finnen unter dem gemeinsamen Namen des „permischen Finnenstammes" befaßt, indem man sie unter dieser Benennung von den südlichen „Wolga-Finnen" unterschied.

Jetzt aber, wo die Russen viele hölzerne Städte unter ihnen gebaut haben, ist der Glanz des Namens der Permier erloschen, ihre Anzahl auf 30,000 Köpfe zusammengeschmolzen und ihre Nationalität der der Slaven verähnlicht.

Kaum haben sich von der in den alten Annalen der Skandinavier und Russen so oft besprochenen Zeit, wo die Permier als ein halbcivilisirtes Volk den Handel des europäischen Nordens mit dem Orient vermittelten, wo sogar arabische und indische Waaren hier durchpassirten, unter ihnen einige Traditionen erhalten.

Noch weiter östlich von den permischen Finnen hausen

die Wogulen

und neben ihnen die Ostjaken, deren unter sich verwandte Sprachen beweisen, daß sie ebenfalls zu dem finnischen Stamme gehören.

Doch fallen diese Völker in der Hauptsache schon ganz außerhalb der Grenzen unserer Betrachtung. Denn sie stehen, so zu sagen, nur noch mit einem Fuße auf europäischem Boden. Ihr weitestes Verbreitungsgebiet dehnt sich jenseit des Urals aus, längs der westlichen Zuflüsse des Irtisch und Ob. Auch gehen sie am Ob tief in Sibirien hinein bis Tomsk, und weiter.

Sie sind reine Jägervölker, der Mehrzahl nach noch Heiden und der sogenannten magischen Form der Naturreligion oder dem Schamanismus ergeben, welcher das allgemeine religiöse Bewußtsein aller nördlichen und insbesondere der finnischen Völker bildet.

Ein Studium dieser noch jetzt ursprünglichsten Finnen würde uns wahrscheinlich am besten das Bild eines alten Ur-Europäers, wie er vor der Einwanderung der Celten, Slaven und Germanen beschaffen war, vor Augen führen.

Nördlich von den Finnen, in Perm und am Ob, in den allerödesten und von der Natur am dürftigsten ausgestatteten Partien unseres Welttheils, auf völlig kahlen und baumlosen Gebieten, und in selten aufthauenden Morästen, den grauenhaften sogenannten „Tundren", an den Ufern eines fast stets mit Eis erfüllten Meeres treiben sich endlich die armseligen Stämme der

Samojeden

herum. Sie gehören in der Hauptsache zwar Asien an, haben dort (am Altai) auch ihr altes Stammland, von welchem aus sie durch unbekannte Ereignisse und Revolutionen in die äußersten Norden-Enden der Welt hineingetrieben sein sollen.

Doch führen ihre Jagden auf die wilden Rennthiere und ihre Wanderzüge sie auch auf europäisches Gebiet, sogar bis in die Nähe von Archangel, wo sie zuweilen jenem andern Europa ganz angehörenden Wandervolke, den Lappen, begegnen.

Wie die Lappen, und in noch höherem Grade als diese, sind die Samojeden von ihren finnischen Nachbarn im Süden in Sprache und Wesen abweichend. Nach Pallas gleichen sie in ihrer Kopfbildung, in ihren breiten platten Gesichtern, „welche aber bei ihren jungen Frauen zuweilen sehr angenehm sein können", in ihren aufgeworfenen Lippen, in ihrem schwarzen borstigen Haar am meisten den Tungusen, dem großen Völkerstamme des nordöstlichen Asiens. Nichts desto weniger aber sind sie auch wieder mit ihren finnischen Nachbarn verschwistert, wie dies ein neuerer unermüdlicher Erforscher dieser Gegenden und Völker, der treffliche Gelehrte und Reisende Castrén, bestimmt nachgewiesen hat.

Sie kleiden sich, wie die finnischen Ostjaken in Rennthierfelle. Ihre Sprache zeigt in den Wurzelwörtern eine bedeutende Uebereinstimmung mit den finnischen Dialekten an der Wolga. Ungezählte Jahrhunderte hindurch haben sie mit diesen finnischen Völkern in nachbarlichen, wirthschaftlichen und verwandtschaftlichen Verhältnissen gestanden. Auch in ihren Sitten und Gebräuchen findet sich oft eine große Uebereinstimmung mit denen der Finnen. So, um nur eins anzuführen, in den Gebräuchen bei Verlöbnissen. Bei den Samojeden fährt ein Heirathslustiger mit seinem Freiwerber zum Hause der Erkorenen. Der Freiwerber geht hinein und bringt bei dem Vater oder Vormund der Braut den Antrag an. Während dessen muß der Freier selbst draußen in der Kälte bei dem Schlitten und den Pferden ausharren, bis ihm die Einwilligung herausgemeldet wird. Dies und alle ferneren dabei vorkommenden Details des Benehmens und Verfahrens finden sich genau so auch bei den 500 Meilen entfernt wohnenden finnischen Esthen in den deutschen Ostseeprovinzen wieder.

Ja sogar der Name Samojeden oder Samogiten, unter dem sie von jeher bei allen Völkern, auch bei den Mongolen, bekannt waren, scheint finnischen Ursprungs. Dieser Name begegnet uns in den verschiedensten Gestalten durch die ganze finnische Welt bis zu den Grenzen Deutschlands. Ich sagte schon, daß die Lappen sich Sabmelads, die Finnen Suomalaiset nennen. In Litthauen finden wir eine alte Provinz Samogitien, und sogar in Preußen noch ein Sameland. Es sind lauter Worte, die einen gemeinsamen Ursprung zu haben scheinen.

Allerdings aber dürfen wir die Samojeden nicht in demselben Grade und Sinne, wie die Wogulen, Mordwinen und die andern genannten den Finnen beizählen. Sie sind von ihnen doch wieder so sehr verschieden, daß viele Gelehrte aus ihnen lieber eine eigene Völkergruppe, „die samojedische", gemacht haben, die sie den Finnen und Tungusen und Tataren als verschwisterte Zweige eines größeren Ganzen, welches sie die altaische Völker-Familie nennen, an die Seite setzen.

Am deutlichsten offenbart sich die Verwandtschaft der Samojeden und Finnen in dem verwandten Genius ihrer Sprache und National-Poesie. Bis in die Mitte des vorigen Jahrhunderts hatte man in dem vielfach dünkelhaften Europa so grobe und unphilosophische Vorstellungen von den Samojeden, daß man glaubte, dieses Volk bediene sich statt der Sprache „eines gewissen thierischen Knurrens und Zischens." Es ist erst ein Resultat neuerer sehr erfreulicher Forschungen, daß auch die Samojeden nicht nur eine sehr kunstvolle und entwickelte Sprache mit verschiedenen Dialekten besitzen, sondern in dieser Sprache auch allerlei Märchen, hübsche Erzählungen und Lieder gedichtet haben.

Ein großer Kenner der finnischen Völker sagt, daß selbst das berühmte finnische Epos Kalewala, von dem wir weiter unten etwas mehr mittheilen werden, nur als eine Entwickelung der Samenkörner zu betrachten sei, die auch schon in der samojedischen Sprache verborgen liegen. Die Rapsodien des Epos Kalewala und der samojedischen Heldenlieder scheinen aus denselben Quellen geflossen. — Heldengesänge dieser Art stehen bei den Samojeden in hohem Ansehen. Mit beinahe religiöser Andacht lauschen die Zuhörer auf jedes Wort, das von des Sängers Lippen kommt. Sie lassen ihn gewöhnlich mitten in der Stube seinen Sitz nehmen, während die Zuhörer sich im Kreise umherplaciren. Der Sänger selbst ist nicht selten während seines Vortrages so gerührt, daß bei sehr ergreifenden Stellen sein Körper zittert und die Stimme bebt. Er sucht durch seine Geberden Theilnahme an dem Schicksal seines Helden an den Tag zu legen. In der Rechten hält er einen Pfeil, dessen Spitze dem Boden zugekehrt ist. Mit seiner Linken bedeckt er das thränenvolle Auge. Die Zuhörer sitzen mehrentheils stumm umher. Bei anregenden Stellen und Momenten der Erzählung aber, — wenn der Held des Gedichts, der schon in der Wiege liegend daran denkt, daß es Zeit sei, sich eine Hausfrau zu nehmen, dann wie Herkules aus der Wiege gleich stark sich erhebend auszieht, die Königstochter auf der kupferbedeckten Burg zu gewinnen, — wenn er nach siebenwöchentlicher abenteuerlicher Fahrt unter der Erde weg am Ziele ankommt, — dort in einen Zobel verwandelt auf den Bäumen und Mauern hüpfend alles ausspäht, — wenn er mit seinen Nebenbuhlern in Kampf geräth, — seinen Zauberpfeil zwischen sie schießt, der, noch kräftiger als der schwirrende Pfeil des Odysseus, auf dem Hinwege 20 dieser Nebenbuhler tödtet und auf dem Herwege, indem er zu seinem Herrn gehorsam sich zurückwendet, wieder 20 durchbohrt, — wenn dann aber auch der Kämpfer selber entweder fällt oder stirbt, oder sich siegreich mit seiner eroberten Geliebten auf einem Adler reitend emporschwingt, — dann drücken jene samojedischen Zuhörer bei allen diesen Stellen der Erzählung laut und einstimmig ihren Beifall aus.

Uebrigens halten es die Samojeden, — so sagt wenigstens Herr Castrén, — für eine geringe Sache, ein Lied zu dichten, denn die Fähigkeit dazu spricht sich Keiner unter ihnen ab. Aber ein Lied gut singen, rührend vortragen zu können, das gilt bei ihnen als ein seltenes und hochgeschätztes Talent. Man kann auch wohl hier wieder sagen: tout comme chez nous. Denn auch bei uns stehen sich die Sänger und Akteurs besser als die Dichter.

Nachdem wir so die Welt der Finnen bis zu ihren äußersten nordöstlichen Ausläufern und Stammverwandten verfolgt haben, wollen wir nun nach Westen zurückkehren, wo wir mitten innen zwischen den Finnenresten der skandinavischen Halbinsel und zwischen den zum Theil vertürkten oder verrussten Finnen des Urals längs der östlichen Küsten des Baltischen Meeres, die bei weitem größte Anzahl ächter Finnen in einer Hauptmasse dicht gedrängt beisammen finden.

Es sind dies erstlich die Finnen in der jetzt vorzugsweise Finnland genannten russischen Provinz, dann die Karelier im Osten und Norden, die Ingern im Süden von Petersburg, und endlich die Esthen in Esthland.

Alle diese Stämme sitzen als die Urbewohner des Landes zu beiden Seiten und rings um den langgestreckten Meerbusen herum, der mit großem Rechte nach ihnen der Finnische genannt worden ist.

Sie stellen zusammen eine Menschenmasse von über 2 Millionen Seelen dar und übertreffen daher an Zahl bei weitem sämmtliche andere eben betrachtete schwache und dünngesäete Finnenstämme im Osten, Norden und Westen, die sich in Summa wohl kaum auf eine Million belaufen mögen.

Die südliche Grenze, bis zu welcher diese baltischen Finnen die Grundbevölkerung bilden, geht jetzt bis zu einer Linie, welche vom Süd-Ende des Peipus-Sees westwärts durch die Mitte von Liefland gezogen werden kann.

Früher gingen auch hier die Finnen viel weiter südlich, in vorgeschichtlichen Zeiten wahrscheinlich, wie ich sagte, bis tief in Deutschland und den Westen Europa's hinein, nachweislich und selbst noch in historischen Zeiten aber — wenigstens nach der Meinung Einiger — noch über das ganze Liefland und Curland hinaus.

Wie von den Skandinaviern im Westen, von den Slaven und Tataren im Osten, so scheinen auch hier in den Ostseeprovinzen die Finnen von ihren Nachbarn, den indogermanischen Letten oder Litthauern, die sich am Niemen und an der Düna festgesetzt hatten, angegriffen, überwältigt, aus ihren Sitzen vertrieben oder ihrer Nationalität beraubt zu sein, und vielleicht deutet auf diese Ereignisse noch der jetzige Name, welchen die Letten den Finnen geben, der Name „Iggaunis", der so viel als „die Vertriebenen" heißt. Derselbe steht in sehr bedeutungsvollem Gegensatze zu dem Namen, den diese Finnen sich selber geben, nämlich zu dem Namen: „Tallopoig", „Söhne der Erde", oder „Maamees", „Männer des Landes".

Es ist, als wenn diese Ur-Europäer mit dergleichen National-Namen wie „das Volk", „die Männer", „die Leute", „die Menschen", die häufig bei verschiedenen ihrer Stämme wiederkehren und die darauf hinzudeuten scheinen, daß sie sich als das eigentliche wahre ursprüngliche europäische Menschengeschlecht betrachten, gegen die Eingriffe der eindringenden Indo-Germanen hätten protestiren wollen.

Es gibt in der nördlichsten Spitze von Curland und auch im südlichen oder lettischen Theile von Liefland einige kleine Bezirke, in denen mitten unter den Letten Ueberreste der alten finnischen Curen und Lieven bis auf die neueren Zeiten herab lebten.

Doch gewinnt jetzt auch bei diesen finnischen Ueberresten lettische Sprache und Sitte die Oberhand. In der Hauptsache existirt hier nichts mehr von ihnen als die Ländernamen Curland und Liefland, die nicht von den Letten entlehnt, sondern finnischen Ursprungs sein sollen.

Die Finnen, die jetzt noch die Haupt-Grundbevölkerung des nördlichen Lieflands und der Provinz Esthland ausmachen, werden bei den Deutschen gemeiniglich

Esthen

oder Oesthen (d. h. Ostländer) genannt.

Es ist ein uralter Name, den die Germanen zur Bezeichnung aller ihnen im Osten liegenden Küstenvölker des baltischen Meeres gebrauchten, den schon Tacitus kannte, und der jetzt in der eben angegebenen engen Begrenzung noch in Schwung geblieben ist. Die sogenannten Esthen selbst kennen ihn natürlich nicht.

Sie zählen wohl an 600,000 Seelen. Ehemals waren sie ein kühnes und freies Jäger-, Fischer- und Seeräuber-Volk; doch haben sie seit lange in einer harten Knechtschaft und Leibeigenschaft der deutschen Ritter und Bürger geseufzt, die ihr Land unter sich vertheilten und noch jetzt in vielen Edelsitzen, Städten und Flecken unter ihnen oder besser gesagt über ihnen wohnen. Vieles von der ihnen angeborenen Nationalität mag in dieser Knechtschaft verwischt worden sein. Manches hat sich vielleicht gerade durch sie eigenthümlicher erhalten. Als germanisirt, wie es wohl hie und da geschieht, kann man sie keineswegs betrachten.

Sie sprechen vielmehr noch immer ihre alte finnische Sprache, die zu den andern finnischen Idiomen in so intimen Verhältniß steht, wie etwa Sächsisch zu Bairisch. Sie haben ihre alten Sagen, Märchen, Traditionen, Sprichwörter, Dichtungen gemeinsam mit den übrigen Finnen.

Auch scheinen sie einer uralten finnischen Volkskleidung von jeher treugeblieben zu sein. Da sie bei dieser ihrer Nationalkleidung gewöhnlich dunkle schwarze Farben wählen, so haben manche Gelehrte geglaubt, daß diese Esthen die obengenannten „Melanchlänen" (Schwarzmäntler) des Herodot seien. — Man hat bemerkt, daß in einem gewissen Distrikte Esthlands die Leute weiße und in einer gewissen anderen Gegend schwarze Strümpfe tragen, und man hat gefunden, daß in den ältesten schon vor 500 Jahren geschriebenen Chroniken des Landes, diese Distrikte „Mustjalla" (das Land der schwarzen Strümpfe) und Waldjalla (das Land der weißen Strümpfe) genannt werden. Zeigt sich in den Strümpfen eine so große 500jährige Beständigkeit, so ist es nicht ohne Grund, wenn man für die schwarzen Mäntel ein tausendjähriges Bestehen wahrscheinlich findet.

Die Ingren und Karelier in Ingermannland und Karelien im Süden und Norden von Petersburg sind schon so lange unter der Herrschaft russischer Oberherren und Gutsbesitzer, daß von ihrer Zahl und Nationalität nicht viel mehr übrig geblieben ist.

Doch besteht ein nicht unbedeutender Theil der Bevölkerung von Petersburg selbst, das auf uraltem finnischen Boden gebaut ist, aus Finnen (Kareliern, Ingern u. s. w.), die dort mancherlei Gewerbe betreiben.

Die Finnen endlich in dem par excellence sogenannten Finnenlande sitzen nun eigentlich, so zu sagen, so recht im Centrum der ganzen so weit verstreuten finnischen Trümmerwelt.

Sie sind auch an Zahl allen übrigen bei weitem überlegen. Sie bilden beinahe die Hälfte aller Finnen. Sie sind auch unter der verhältnißmäßig milden und gerechten schwedischen Regierung und Verfassung, die sie nicht, wie die deutschen Ritter in Esthland, zu Leibeigenen machte, und die dem Lande, auch unter russischer Hoheit, belassen ist, mehr als anderswo bei ihrem alten angestammten National-Charakter verblieben.

Nur in Bezug auf ihre Religion mußten sie sich dem lutherischen Christenthum unterwerfen, und wurden durch den Einfluß schwedischer Schulen auf eine höhere Stufe der Gesittung erhoben, als die war, auf der sie ursprünglich standen. Auch haben sich alle die neueren Lebens-Aeußerungen, die seit dem Anfange dieses Jahrhunderts, wie bei allen Völkern Europa's, so auch bei den Finnen erwachten, nirgend mit so großer Energie kund gethan, wie bei den Finnen in Finnland. Von diesem Finnland sind die meisten patriotischen und nationalen Bestrebungen zur Rettung des finnischen Volkslebens, zur Erforschung ihrer Sprachen und Sitten, zur Herstellung und Ausgrabung ihrer poetischen Schätze ausgegangen. Hie und da ist daraus eine wahre Finnomanie hervorgeblüht. Und diese Begeisterung für das Finnenthum ist von Seiten Rußlands nicht wenig gefördert worden.

Aus diesem Allen ist ersichtlich, daß die Finnen in Finnland selbst die beste Gelegenheit geben, um an ihnen die Eigenthümlichkeiten des Nationalcharakters der Finnen überhaupt, namentlich freilich seine Lichtseiten, zu zeigen. — Man findet in Finnland die Schweden in größerer Menge nur an den Seeküsten, woselbst sie zahlreiche Hafenstädte gebaut haben, und wo daher auch die Finnen unter ihnen mehr vertilgt, oder zu Schweden verwandelt sind. Im Innern des an Felsenklüften und Seen reichen Landes haben sich die Urbewohner in größerer Reinheit erhalten.

Dort kann man sie noch in ihren alten Schwarz- oder Rauchstuben, jenen aus rohen Balken ohne Fenster und Schornstein gezimmerten Behausungen sehen, welche dunklen Holzhöhlen gleichen, in denen als nordisches Haupt-Möbel sich ein gewaltiger Ofen, die Ruhestätte der Familie, erhebt, aus denen dem Eintretenden ein stets feuchter und heißer Dunst entgegenschlägt, und in denen beständig ein dichter Rauchschleier bis auf 3 Fuß vom Boden herabhängt. Diese berühmten sogenannten „Porten," in welche die Finnen so verliebt sind, daß sie dieselben nicht blos da, wo sie seit Alters zu Hause sind, sondern auch da, wo sie, wie in einigen Gegenden Schwedens, später als neue Colonisten hinkamen, überall wieder nach demselben alten Muster construirt haben, wie die Schwalbe ihr Nest.

Dort kann man auch noch den Urtypus der berüchtigten nordischen Schwitzbäder sehen, in deren heißen und berauschenden Dämpfen die Finnen ihre schönsten Tagesstunden verschwitzen, in denen sie einen nicht geringen Theil ihres Lebens verbringen, die auch, wie die Bäder der Mahomedaner, vielfach mit ihren religiösen Sitten und Anschauungen zusammenhangen, — die endlich, wie der Schamanismus, bei allen nördlichen Völkern der Erde, sogar bei den Indianern Nordamerika's, in derselben Weise üblich sind, und deren Gebrauch von den Finnen erst später zu den russischen Slaven überging.

Dort kann man ebenso noch die eigenthümlichen finnischen Weibertrachten studiren, auf deren auffallende und originelle Zierrathen so mancher Reisende aufmerksam gemacht hat, jene hohen aus Birkenrinde gebauten und mit Münzen und Bändern umwundenen Mützen, — ferner die colossalen sogenannten „Preesen" oder silbernen Schnallen, mit denen die Frauen ihre Mäntel zusammenhalten, die aber durch Hinzufügung von allerlei Schmuck von Münzen, Crucifixen, Corallen, Bernsteinstückchen, Goldflittern und Schellen zu einer solchen Größe angewachsen sind, daß sie die Brust der Weiber, wie ein Harnisch bedecken und die dann als Pracht-Erbstücke in der Familie von Mutter auf Tochter übergehen, — endlich auch die mit zierlichen rothen Fäden ausgenähten und geränderten Hemden, die in ähnlicher Weise, obwohl nach den mannigfaltigsten Mustern und Variationen bei allen finnischen Nationen, bis zu den Samojeden hinauf, sich wiederfinden.

Dort auch in dem finnischen Kernlande gilt noch das alte finnische Kraft-Sprichwort: „Am Horn den Ochsen, beim Wort den Mann," das den festen, biedern und zugleich halsstarrigen Charakter der Finnen sehr richtig bezeichnet.

Finnischer Eigensinn ist bei den Schweden wie bei den Slaven zum Sprichworte geworden, und diese eckige Sprödigkeit, diese abstoßende Verschlossenheit und Widersetzlichkeit muß ein Grundzug sein, der durch die ganze Finnenwelt geht, denn man könnte eine Menge von deutschen, russischen und andern Autoren herrührende Schilderungen der genannten Tscheremissen, Mordwinen, Wotjäken u. s. w. vorlegen, die überall, auch bei diesen Stämmen die scheue Unzugänglichkeit und Unbiegsamkeit ihres Wesens und ihren Eigensinn, als eine auffallende Eigenthümlichkeit hervorheben.

Dasselbe ist es mit dem den Finnen so allgemein zugeschriebenen trübsinnigen Temperamente. Selbst die in Skandinavien angesiedelten Finnen werden von den Schweden Melancholiker gescholten. Und sogar diejenigen Russen, die längere Zeit unter Finnen angesiedelt waren, — es gibt mitten in Finnland einige alte russische Gemeinden — „haben nicht mehr", (wie Rühs, ein früherer Geograph Finnlands sagt) „die russische Munterkeit." An der melancholischen Färbung ihres Wesens erkennt man ihre finnischen Connexionen.

Es ist wohl sehr begreiflich, daß sich eine solche trübe Färbung als Grundzug in der Seele eines Volks tief festsetzen mußte, das eine frühe Beute unternehmender Nachbarn geworden ist, und keine andern als Verzweiflungs-Kämpfe gekämpft, nie freudige Triumphe errungen hat.

„Schwarz wie Theer ist meine Seele
Mein Herz nicht weißer als die Kohle"

so klagt in einem Gedichte ein finnischer Poet.

„Mein Hemd ist gewebt aus bösen Tagen,
Mein Kopftuch aus dem Gespinnste des Grams"

so heißt es in einem andern Volksliede der Finnen, deren Gedichte man alle „Gewebe der Weh- und Schwermuth" überschreiben könnte. Selbst bei denen, die einen heiteren Einschlag haben, ist der Aufzug aus Seelenschmerz:

„Harpan ar af sorgar bildad,
Och ut af bekümmer danad,
Kupan ut af harda dager.
Strängarne af smärter spunna,
Og af andra widrigheter,
Skrufvarna i harpens ända."

(Meine Harfe ist von Sorge gebaut, — und aus Bekümmerniß gestaltet, — ihr Körper ist aus harten Tagen, — die Saiten sind aus Schmerz gesponnen, und aus anderen Widrigkeiten bestehen die Schrauben an der Harfe Ende.)

Die Lieder, die einer solchen nordischen Harfe entlockt werden, sind trüben, neblichten Herbsttagen vergleichbar, an welchen ein Sonnenblick nur selten das Gewölk durchdringt. Welch schwarzer Trauerflor zuweilen das Gemüth der Finnen umhüllt, zeigt sich auf recht pikante Weise in dem Einfalle, den einer ihrer Dichter in einem Liede besingt. Da er seine innere Pein, seinen ihm am Herzen nagenden „Gram-Vogel" nicht los werden kann, so kommt er auf den Gedanken, ihn in den See zu werfen. Dabei steigt ihm aber dann wieder der Skrupel auf, daß sich seine Betrübniß den muntern Fischen mittheilen, daß davon die ganze Natur angesteckt werden könnte:

Alle Fische würden traurig.
Barsche senkten auf den Grund sich.
Große Hechte würden bersten,
Forellen sich vor Leid verzehren,
Rothaug überkäme Schwermuth.
Schwärzen würde jeder Fisch sich.
Von dem Schmerz des Tiefbetrübten
Von des schwarzen Vogels Gram.

Mit dieser Melancholie und mit jener Halsstarrigkeit der Finnen hat wahrscheinlich viel ihr tiefwurzelnder Aberglaube und ihr seit ältesten Zeiten berühmter Wunderglaube zu schaffen.

Die Finnen gelten überall bei ihren Nachbarn für Hexenmeister. Selbst in Stockholm wendet man sich an die erste beste finnländische Magd, wenn man einige Beihülfe aus dem Geisterreich nöthig zu haben glaubt.

Je weiter nach Norden die Finnen wohnen, desto größer ist in dieser Hinsicht ihr Ruf. Doch selbst die erprobtesten unter ihnen glauben, daß die Lappen ihnen allen weit überlegen sind. Von einem wohlerfahrnen Schwarzkünstler pflegen sie selber zu sagen: das ist ein ganzer Lappe. Und in jedem wunderlichen Wirbelwinde glauben sie, stecke eine lappische Hexe. Eben so gelten im Osten die dortigen Finnen in diesen Künsten den Tataren für überlegen, und die nördlichen Samojeden wieder den südlicheren Finnen.

Es ist merkwürdig genug, daß die Finnen in ihren abergläubischen Gesichten und Vorstellungen und selbst in den diesen Aberglauben begleitenden Erscheinungen, — dem Enthusiasmus, — den Verzückungen ihrer von den Geistern ergriffenen Zauberer und in den dabei beobachteten Gewohnheiten, — ihren Zauberformeln und Zaubermitteln eine so große Aehnlichkeit mit vielen andern nordischen Völkern verrathen. Die Wunderthäter der Finnen, die Schamanen der Tungusen, die Angekoks der Grönländer, ja sogar die Jongleurs der Canadier in Amerika, sie verfahren bei ihren Opfern und Beschwörungen alle ganz nach denselben Methoden und Principien.

Es sind daraus sogar — dies mag ich nebenher bemerken — bei weit entlegnen Nationen ganz gleichartige Bezeichnungen dieser verschiedenen Zauberer hervorgegangen. Weil die canadischen Jongleurs die Reliquien, Zaubermittel, Medicamente und Geräthschaften, welche sie für ihre Beschwörungen nöthig zu haben glauben, immer in einem Sacke aus Thierfellen mit sich herumtragen, so haben die Franzosen ihnen den Namen Medizin-Sack-Männer oder Medizin-Männer (Gens de médecine) gegeben. Weil die Zauberer im schwedischen Finnland einen eben solchen Sack mit sich herumschleppen, haben sie auch dort den Namen „Kuckoromies" d. h. „Sackmänner", erhalten.

Es gab wohl und gibt noch jetzt zum Theil durch den ganzen Norden der Welt, von Amerika durch Asien bis Europa, eine gewisse religiöse Anschauungs-Weise, die sich über einen größeren Erdraum hinzieht, als selbst der Buddaismus, und die man vielleicht noch nicht scharfsinnig genug untersucht hat, um entscheiden zu können, ob seine fast wunderbare Gleichartigkeit sich bloß psychologisch erklären läßt, oder ob man dabei an die Geschichte und Ethnologie appelliren muß.

Wie bei den Indianern Amerika's und wie bei den sibirischen Völkern, so steckt auch bei den Finnen die Hälfte und der älteste Theil ihrer National-Poesie in ihren sogenannten „Zauber-Runot" (Zauber-Gesängen). Doch war ehemals eine allgemeinere Neigung zur Dichtkunst über das ganze Volk verbreitet und sie verschönerten damit auch andere Dinge und Verhältnisse des Lebens.

Jeder finnische Sumpfbewohner verfertigte Lieder und Gesänge, und vor allen übte das weibliche Geschlecht diese liebliche Kunst. Vorzügliche Dichter führten unter ihnen den Ehrennamen Runo-niekat (Liederkünstler) und genossen ein allgemeines Ansehen. Ihre Poesie bestand meistens aus lyrischen Dichtungen, welche sie Runot (Runen) nannten.

Doch ist uns neuerdings auch ein großes episches Gedicht aus dem Lande der Finnen zugekommen, — das in kurzer Zeit unter uns berühmt gewordene, aus nicht weniger als 50 Gesängen und 20,000 Versen bestehende Epos Kalewala, welches man die finnische Edda oder Iliade nennen könnte.

Dieses Gedicht scheint seit alten Zeiten, wie die Rhapsodien des Homer, von den Barden der Karelier, Tawasten und Esthen vorgetragen zu sein, und lange im Munde des Volkes existirt zu haben. Einer kannte eine Partie, der andere eine andere, wenige das Ganze. Einzelne Abschnitte desselben wurden schon im vorigen Jahrhunderte bei verschiedenen Gelegenheiten aufgeschrieben und durch den Druck im übrigen Europa bekannt.

Aber erst in neuerer Zeit hat ein eifriger finnischer Gelehrter, der hochverdiente Lönnrot, alle Stücke dieser bewunderten Dichtung, wie die Trümmer einer schönen Statue zusammengebracht und das Ganze vor uns ausgebreitet.

Dieses äußerst merkwürdige finnische Epos hat seinen Namen von Kalewa, dem Gotte des Gesangs, der auch Wainämoinen genannt wird. Kalewala bedeutet so viel als Land des Kalewa oder Land des Gesanges, womit Finnland gemeint ist: „Das schöne Land, deß Sonn' aus tausend Seen auf deiner Fahrt dich freundlich anlacht."

Es besingt die Abenteuer und Kriegszüge Kalewa's oder Wainämoinens und seines Bruders des Luft- und Windgottes Ilmarine, und die Heldenthaten anderer alter finnischer Halbgötter und Heroen. Viele interessante Schilderungen der alten Zeiten und Sitten sind darin enthalten.

Die Kreuzzüge dieser finnischen Helden gehen fast alle in das Nordland „Pohjola" genannt, womit Lappland gemeint ist, und es handelt sich dabei meistens um die Gewinnung einer schönen Prinzessin, wie im trojanischen Kriege um die Helena, so wie auch um die Erlangung eines gewissen kostbaren Schatzes oder Talismans, Sampo geheißen, der in dem finnischen Epos ungefähr dasselbe zu sein scheint, was das goldene Vließ in der Argonauten Sage oder was der Nibelungen Hort in dem deutschen National-Epos vorstellt.

Auch werden dabei den Helden ähnliche Aufgaben oder Arbeiten gegeben, wie dem Herkules bei den Griechen. So muß z. B. der gewaltige Lemminkainen, der gewissermaßen der Ajax oder Achilles dieser finnischen Iliade ist, die feuerschnaubenden Rosse des Heisi zügeln, den flüchtigen Hirsch von Pohjola einfangen, den Schwan, der auf dem Flusse von Tuonela (der Unterwelt) schwimmt, erlegen. Bei diesem letzten Unternehmen wird er zwar getödtet, in Stücke gehauen, und in den Strom der Unterwelt versenkt und verstreut, allein seine Mutter, welche der Sonne von dem Schicksale ihres Sohnes Nachricht gibt, fegt mit einer langen Harke alle Stücke des Leichnams ihres Sohnes aus dem Wasser, fügt sie wieder zusammen, macht ihn mit Salbe und Zaubersprüchen wieder lebendig und reist mit ihm nach Hause, um ihn nach einiger Pflege zu neuen Thaten ausziehen zu lassen.

Es ist merkwürdig wie außer den genannten auch sonst noch so viele poetische Thema's und Erfindungen in dieser finnischen Epopöe eben so wiederkehren, wie in den Dichtungen der Griechen oder anderer Völker. So z. B. entzückt Wainämoinen mit seinem Gesange die gesammte Natur in eben der Weise wie Orpheus, und versammelt um sich, wie dieser, alle Thiere des Waldes. So verzaubert er die Feinde und schläfert sie ein mit dem Spiel auf seinem „Kantelet" (Harfe) eben so, wie Oberon mit seinem Zauberhorn.

Im Ganzen waltet in diesem finnischen National-Epos ein viel milderer Geist, als in den altnordischen Sagen der Germanen, wo Ströme Bluts fließen und Gräßliches sich häuft. Alle Familien-Verhältnisse werden in ihm mit besonderer Vorliebe behandelt. Mann und Weib, Aeltern und Kinder, Brüder und Schwestern, Braut und Bräutigam, mit einem Worte alle Gestalten, in welchen sich das häusliche und sittliche Leben offenbart, werden in ihm mit den feinsten Pinselstrichen dargestellt. Sehr merkwürdig ist der Schluß des Gedichts. Derselbe macht dem ganzen abenteuerlichen Thun und Treiben damit ein Ende, daß eine untadelhafte Jungfrau Mariatta (Maria) mit Namen auftritt. Dieselbe ist mit ihrem neugebornen Kindlein aus einem fernen Lande vom grausamen Könige Ruotas (Herodes) vertrieben worden. Sie kommt darauf nach Tapiomäki in Finnland, wo sie einen Stall bewohnen muß und ihr Kind in einer Pferdekrippe schlafen läßt. Als sie wünscht, es taufen zu lassen, widersetzt sich Dem zwar Wainämoinen der finnische Gott des Gesanges, indem er behauptet, daß man den kleinen Fremdling nach einem alten finnischen Gesetze das Haupt spalten müsse. Allein das erst 2 Wochen alte Kind thut den Mund auf, redet mit Wainämoinen und beweist ihm, daß er das Gesetz falsch ausläge, läßt sich taufen, bleibt im Lande mit seiner Mutter Mariatta. Und Wainämoinen aus Schreck und Scham darüber setzt sich in ein kupfernes Schiff und segelt für ewig fort zu den äußersten Enden der Welt, indem er nur seine dennoch unvergeßlichen Gesänge und sein Kantelet (seine Harfe) den Finnen zurückläßt. —

Man sollte nach diesem Schlusse dafür halten, daß das Gedicht zur Zeit der ersten Einführung des Christenthums in Finnland im 13. Jahrhunderte gemacht sei. Es ist aber wohl möglich, daß auch nur das Ende des Gedichts damals entstand, und daß seine ersten ganz heidnischen Gesänge schon früher existirten. —

Der Hang und das Talent zur Dichtkunst und was damit zusammenhängt sind unter den Finnen auch jetzt noch nicht ausgestorben.

Bei den Esthen, wie bei den Tawasten, bei den Quänen und auch wohl andern finnischen Völkern gilt noch jetzt das alte Sprichwort: „den Tag verlängert die hinzugefügte Nacht und Gesänge verdoppeln das kärgliche Mahl," und noch heutzutage lebt in allen diesen Völkern die Sehnsucht, sich aus der trüben Wirklichkeit auf Flügeln des Gesanges in das Reich der Phantasie zu schwingen, eine Sehnsucht, die sich in den schönen Einleitungs-Versen des eben erwähnten Gedichtes Kalewala sehr anmuthig ausspricht, in welchem der Dichter also anhebt:

Es verlangt meine Seele,
Denkt daran stets mein Gedanke,
Sagensänge zu besingen,
Anzuhören den Gesang.
Bruder, goldnes Brüderchen,
Edler Sprachgefährte,
Selten treffen wir zusammen,
Selten kamen wir zu sprechen. —
Hier in diesen öden Grenzen,
In des Nordens nacktem Lande
Legen wir die Hand in Hand
Wie den Haken in den Haken.
Lasset uns das Gute singen
Und das Beste vorerzählen,
Daß es diese Goldnen hören,
Diese Lieben es vernehmen,
Diese Jugend, die emporsprießt,
Dieses Völkchen, das heranwächst.
Nämlich jene hundert Worte
Jenen Segen, den wir fanden
Auf des Nordens fernsten Feldern
Kalewala's Felsenland.

Zur Erklärung der Anrede in diesen charakteristischen Versen an das „goldene Brüderchen," an den „edlen Sprachgefährten" und des „Einlegens der Hand in die Hand, wie den Haken in den Haken," mag die Bemerkung dienen, daß die finnischen Dichter meistens zwei zu zwei improvisiren, und dabei mit eingeschlagenen Händen, Knie an Knie, wie verkettet einander gegenüber sitzen. Während der eine seine Strophe singt, denkt der andere darauf, was er antworten will, und beide wiederholen darnach vereint und sich zum Takte vor- und rückwärts schaukelnd den letzten Vers ihres „edlen Sprachgefährten."

Dies sind sehr merkwürdige und sehr ausgeprägte poetische Sitten. Auch eignet sich die finnische Sprache ganz vortrefflich zur Dichtkunst. Sie ist äußerst melodisch und klangreich. Selten stoßen in ihr zwei Mitlauter und viele Zisch- und Rauschlaute, wie im Deutschen und Russischen, zusammen und die meisten Wörter endigen sich auf volltönende Vokale. Nie kommen in ihr solche Consonanten-Häufungen vor, wie z. B. im Deutschen: „du sprichst" oder gar: „du stampfest." Wenn harte germanische Worte von den Finnen in ihre Sprache aufgenommen werden, so untergehen sie im Munde derselben einen Verschönerungs-Prozeß. Der kurze schwedische Name „Olof" zerschmilzt zwischen ihren Lippen zu „Wuolaba." Das eben so knappe schwedische „Konge“ (König) dehnen sie zu „Kuniga.“ Unser deutsches „Petersburg“ wird bei ihnen zu „Pietapori.“ Aus unserem rauhen deutschen „Fähndrich“ machen sie „Wänteriki“. Die wohltönenden Namen der bekannten russischen Seen Onega und Ladoga auch der Newa sind finnischen Ursprungs. Wie lieblich klingen auch jene von mir schon genannten Namen der Lieder= und Luftgötter „Wainämoinen“ und „Ilmarinen“!

Wenn sie gut gesprochen wird, ist der finnischen Sprache eine gewisse feierliche Fülle eigen. Sie ist reich an Diphtongen und Vokalen und ist dieserwegen mit dem italiänischen verglichen worden. Man hat es oft erzählt, wie ein russischer Gesandter aus Esthland einst am spanischen Hof, als von sonoren Sprachen die Rede gewesen, und man den Wohlklang des Portugiesischen, des Italiänischen und Spanischen gelobt, mit einigem Pathos folgende esthnische oder finnische Worte citirt habe: „**Pois ssaïda tassa ülla sülla**“ mit der an die Anwesenden gerichteten Bitte, ihm zu sagen, von welchem Genre sie den Inhalt dieser Worte hielten. Jene riethen auf den Anfang eines lyrischen oder epischen Gedichtes, und sahen sich nicht wenig überrascht, als der Nordländer ihnen die Redensart übersetzte, die nichts weniger und nichts mehr bedeutet, als: „Hallo! dummer Bursche, fahr langsam über die Brücke!“ — eine Phrase, die man auf den schlechten Straßen jener Länder dem Postillon oft genug zuzuschreien sich veranlaßt sieht.

Daß die Finnen selbst auch in hohem Grade von der Vorzüglichkeit ihres Idioms überzeugt sind, beweist die alte Sage von dem Kochen der Sprachen, mit der sie sich herumtragen, und in der sie sich und ihre Sprache als die Lieblinge des Wainämoinen darstellen.

Als dieser finnische Apollo, so heißt es in jener Sage, wünschte, daß die Menschen sich auf Erden in verschiedene Nationalitäten verbreiten und jedes sein besonderes Idiom haben möchte, richtete er auf einem hohen Berge einen Zauberkessel auf, und machte ein Feuer darunter, um die Sprachen für die Völker, die er berief, zu kochen.

Die gehorsamen Finnen folgten dem Rufe ihres Gottes am schnellsten und erschienen schon so zeitig, daß Wainämoinen noch nicht einmal mit seinen Vorbereitungen fertig war.

Erfreut über ihre außerordentliche Pünktlichkeit, sagte der Gott ihnen daher, da er die Sprachmasse für die Menschen noch nicht richtig gemischt habe, so wolle er denn ihnen, den Finnen, seine eigene göttliche Sprache geben und sie sollten auf Erden sein erstes und auserwähltes Volk sein. Er entließ sie vor Allen beehrt mit diesem Bescheide nach Hause. Die Sprachen der andern später kommenden Nationen aber wurden aus dem Zischen, Rauschen, Knistern, Quicken, Flackern und aus dem Schaume des Sprachen=Gebräus im Kessel gebildet. Die Italiäner selbst hätten keine treffenden Satyre auf die harten und mit Konsonanten überfüllten Sprachen der Germanen und Slaven ausprägen können.

Mit dem Wainämoinen, ihrem Musagetes, den sie aber nicht, wie die Griechen, ewig jung und schön, sondern von seiner Geburt an mit grauem Bart, weißem Haupte, aber mit jugendlichem Herzen, hoher Weisheit und dichterischer Begeisterung begabt, darstellen, — (es ist charakteristisch genug, dies mag ich noch in Parenthese bemerken, daß während die Hellenen sich alle Götter jung dachten, diese nordischen Völker die ihrigen alle als Alte und Greise darstellen,) — mit jenem Wainämoinen sage ich, — beschäftigen sich außer dem Gedichte Kalewala noch viele andere finnische Sagen und Gesänge, in denen erzählt und zuweilen umständlich und malerisch beschrieben wird, wie er das Kantelet, die finnische Cither, erfand und baute, wie er den Vögeln und dem Echo und den Menschen die Musik lehrte, wie er selber sang und wie er von seinen eigenen Melodien berauscht und gerührt dicke Thränen vergoß, die ihm, wie Thautropfen in seinen Bart hinabrollten, und von dem Bart auf die Kniee und von den Knieen in's Meer, wo sie zu echten Perlen wurden.

Auch die Eindrücke der Natur, der großen Wesen=Mutter, an deren Busen diese stillen Völker sich so viel inniger anschmiegen, als die thatendurstigen, politischen und geselligen Nationen des Südens, an dem sie sich vor den über sie hin brausenden Kriegs=Stürmen gleichsam verborgen haben, finden bei ihnen in jenen Sagen und Gesängen ihre reinsten Ausdrücke.

Das Gemüth dieser vereinsamten in weiten Gebieten spärlich verstreuten Kinder des Nordens fühlt sich zum Umgange mit der Natur mächtig hingezogen und dichtet Allem, selbst den geringfügigsten Gegenständen, Seele und Leben, Gedanke und Sprache an. Die Finnen, wie auch ihre Nachbarn, die Letten, beide von den Menschen so oft mißhandelt, halten zu ihrem Troste trauliche Zwiegespräche mit Vögeln, Fischen und anderen Thieren, mit Blumen und Bäumen, ja mit Flüssen, Seen und Teichen. Aus dem jeder Menschenbrust eingepflanzten Bedürfnisse und Triebe nach Geselligkeit, die sie, weil bei ihnen die Menschen so sparsam gesäet sind, selten befriedigen können, knüpfen sie sogar mit Baumstümpfen, Steinen und Granitblöcken, die sie oft anreden, eine poetische Freundschaft an.

Wo und bei welchen Gelegenheiten sie noch heutzutage ihre Liederchen componiren und wie sie dieselben von einem zum andern überliefern, davon gibt wieder der Dichter ihrer Kalewala selber die treueste Schilderung in einer Art von Prolog, in welchem er auf sehr hübsche und naive Weise allegorisch andeutet, wie er seinen Sagen- und Ideenschatz zusammenbrachte:

„Ein'ge," so heißt es dort, „sang mir einst mein Vater,
Als er sich den Beilstiel schnitzte,
Andre lehrte mir die Mutter,
Als sie ihre Spindel spinnen;
Ihre Spule wirbeln ließ.
Auch sind drunter andre Worte,
Die ich an dem Wege pflückte,
Von der Haidekrautflur rupfte,
Von des Waldes Dickicht abbrach,
Von den Sträuchern heim mir holte,
Als ich in die Hütung hüpfte,
Zu der Heerd' als Hirtenknabe,
Auf die waldbewachsnen Hügel,
Auf die goldnen Bergeshöhen.
Dorther holt' ich hundert Worte,
Tausend Lieder zu verfert'gen."

Wie die Naturschildereien, so hat denn natürlich vor Allen auch die Liebe in jenen finnischen Volksdichtungen ein sehr umfassendes Gebiet. Aelterliche, kindliche, geschwisterliche Zuneigung riefen bei ihnen einen Theil der reizendsten lyrischen Ergüsse in's Dasein.

Die Liebe ist bei ihnen wie auch bei den Letten viel geistigerer Natur. Eine reine, tiefe und zärtliche Innerlichkeit liegt in ihren Liebesliedern; so, um aus tausend Beispielen eins zu nehmen, in folgendem Liedchen, in welchem eine Finnin den Schmerz der Trennung von ihrem Geliebten ausspricht:

„Hörst Du es, mein trauter Freund,
Merkst Du es, mein Erdbeern-Herz,
Wenn ich singend um Dich klage?
Scheiden mußtest Du von mir,
Harren mußt' ich hier nach Dir. —
Du zog'st fort in ferne Lande
Ich blieb zurück bei fremden Leuten!
Wohl war's herbe, hinzugeben,
War verwundend, — zu entlassen,
Schmerzlich, — auf den Weg zu senden!
Bist gar oft mir im Gemüthe,
Mir im Herzen, wenn ich esse, wenn ich träume,
Immer ist vor mir Dein Antlitz,
Immer ist vor Dir das meine!
Treffen je wir traut zusammen?
Bei der Linde, in dem Thale?
An dem Ufer, in dem Thaugras?
In den Saaten, unter Blumen?
In des Himmels Paradiese?
In des großen Vaters Garten? —
Ja! da treffen wir uns endlich wieder,
Leben ewig mit einander!"

Wohl könnte man bei Betrachtung solcher Lieder versucht sein, einem berühmten Kenner und Liebhaber der finnischen Poesie beizustimmen, der enthusiastisch für seinen Gegenstand behauptet, „daß die ächte innere Gluth und Stärke der Gefühle nicht im warmen Süden, bei den Italiänern und Spaniern, sondern im kalten Norden, bei den Finnen zu Hause sei, und daß dem nordischen Literaten, Alles was ihm von südeuropäischen Völkerstimmen zur Kenntniß komme, im Vergleich mit ähnlichen Productionen des Nordens frostig erscheinen müsse."

Bemerkenswerth ist es dabei noch, daß der Geist der finnischen Poesie sich auch vielfach der Muse der in Finnland wohnenden Schweden mitgetheilt hat. Alle schwedischen Dichter Finnlands, sind im Gegensatze zu den schwedischen Dichtern in Schweden durch große Einfachheit, tiefes Gefühl, idyllische Richtung ausgezeichnet. Sie sind in gewissem Grade finnisirt.

Die Finnen sind auch, wie die arabischen Beduinen, große Freunde von Wortspielen und poetischen Scherzen.

An Sprichwörtern sind ihre Sprachen und Literaturen sehr reich.

Ein deutscher Gelehrter hat kürzlich unter den Landeskindern am Peipus-See, bei Dorpat und in verschiedenen Theilen von Esthland eine Menge höchst trefflicher und merkwürdiger finnischer Sprichwörter eingeärndtet und eine Auswahl aus dieser Sammlung, die ich mittheilen will, wird geeignet sein, sowohl den Scharfsinn als den philosophischen Geist dieser Leute zu bezeugen:

„Erst Säen, dann Mähen."

„Sitzt das Glück mit Einem im Kahne, so braucht er nicht nach dem Kompaß zu blicken."

„Der Mann schüttelt die Würfel, das Glück gibt die Augen."

An einen sehr stummen Menschen: „Sprich doch Söhnchen, die Lippen fallen dir ja nicht ab."

An die Großthuer: „Auch der höchste Berg kann nicht über seinen Gipfel hinaus."

Statt unseres: „Caviar fürs Volk," sagen sie: „Gib dem Esel Rosen, er sehnt sich nach Disteln."

„Der Geizige möchte erst die Mühle verkaufen und dann noch den Wind."

„Wer Unglück haben soll, der zerbricht auch wohl den Spiegel, indem er blos hineinschaut."

„Für den Glücklichen sind die Berge ebener, als für den Armen das Thal."

„Brate den Bären nicht eher, als bis du ihn erlegt hast."

„Danke Gott für das Stroh, wenn er dir Korn versagt hat."

„Sein Kätzchen lobt, wer Rinder entbehrt."

„Hüpfe nicht über, bevor du zum Graben kommst."

„Wer bei der Windstille schläft, muß im Sturme rudern."

„Auch die klügste Schlange bringt's nie zum aufrechten Gange."

„Weit erschallt des Frommen Glöcklein, viel weiter noch die böse Rede."

„Wer grundlos grollt, versöhnt sich ohne Sühne."

„Weit sieht der Weise, doch weiter denkt er."

„Die Zeit fragt nicht nach dem Manne, wenn der Mann nicht nach der Zeit fragt."

„Hat die Maus zum Gähnen Zeit, wenn sie der Katze schon im Maule sitzt?"

Wenn bei einem Volke ein solcher Schatz von kerniger Lebens-Weisheit sich ausbilden konnte, von dem das Gegebene nur einige Splitterchen sind, so mag man wohl behaupten, daß nicht moralische Schwäche und Verkehrtheit, sondern nur Mangel an politischer Klugheit und an staatlicher Tüchtigkeit sein trauriges Schicksal herbeigeführt habe.

Auch die Wortspiele und Räthsel, mit denen sich die Finnen zur Uebung des Verstandes so gern zu thun machen, sind ganz eigenthümlicher Art.

Ein Ei wird darin als „ein Tönnchen mit zweierlei Bier" definirt, ein Kohlkopf, als „ein kleines rundes runzliches Weib, ihr Haupt in hundert Tücher gewickelt." „Der Vater ist noch nicht geboren und der Sohn ist schon auf dem Dache," das ist der Rauch, ehe die Flamme sich zeigt. „Ein rothes Hundchen bellt durch einen knöchernen Zaun," das ist die böse Zunge zwischen den Zähnen. „Sie haben keine Füße und laufen doch bis an's Ende der Welt," das sind die Wolken, die Segler der Lüfte.

Nur flüchtig konnte ich hier auf alle diese so interessanten und charakteristischen Dinge hinweisen, die man übrigens auch bis jetzt noch in ihren Einzelheiten blos bei zwei finnischen Völkern, bei den vielbesprochenen Esthen und den Finnländern mehr in Detail verfolgt hat.

Wahrscheinlich aber ziehen sich diese Räthsel, jene Sprichwörter, jene lyrischen „Runot", wie die Wainämoinen-Sagen und Poesien, weit über den Norden durch alle Haide-, Wald- und Sumpf-Länder der Tscheremissen, Wotjäken, Wogulen und Samojeden hin, und da alle diese Dinge zum Theil mit sehr alten heidnischen Mythen zusammenhangen, so ist es eben so wahrscheinlich, daß auch die oben genannten jetzt verschollenen Kuren, Lieven, Wessen, Meren und die andern zahllosen verschwundenen Finnenstämme, von denen uns nicht einmal der Name geblieben ist, von einem ähnlichen Geiste beseelt waren, und daß also, wenn ich von einer unter unsern Füßen untergegangenen Finnenwelt redete, darunter nicht nur zerstörte Jäger- und Fischerhütten und Rauchstuben zu verstehen sind, sondern auch, was noch interessanter und ergreifender ist, ein ganzes Reich origineller Ideen, eigenthümlicher Sagen, Mythen, Poesien, Sitten und Gebräuche, über deren Trümmer wir jetzt wandeln.

Die Lithauer und Letten.

Mitten inne zwischen den Deutschen im Westen, den finnischen Stämmen im Norden, den slavischen Polen im Süden und den Russen im Osten wohnt seit uralten Zeiten in Europa ein Volksstamm, den man nach dem Namen seiner beiden am meisten bekannten Unterabtheilungen den Lithauischen oder auch wohl den Lettischen genannt hat.

„Litwa" oder „Ljetuwa" (Lettland) scheint wohl der alte und einheimische Name ihres Landes zu sein. Unter anderen Benennungen verkappt mag uns das Land und Volk schon in den frühesten Jahrhunderten der Geschichte vorgeführt werden.

Jetzt bewohnen diese Lithauer oder Letten die unteren Gebiete der großen Flüsse Düna und Niemen, längs der Ostsee die ganze Halbinsel Curland, einen Theil von Ostpreußen bis in die Nähe von Königsberg, die südliche Hälfte von Liefland nördlich hinauf bis in die Nähe von Dorpat, beinahe die ganze nach ihnen benannte russische Provinz Lithauen und ein Stückchen vom Königreich Polen zwischen dem Niemen und der preußischen Grenze bis Augustowo.

Es ist ein weites mit Wäldern, Sümpfen, Haiden und Sandstrecken und untermischten fruchtbaren Fluren, erfülltes Gebiet, etwa von der Größe des Königreichs Ungarn, mit einer Bevölkerung von ungefähr 3 Millionen Menschen. —

Die Lithauer oder Letten, obwohl sie von allen ihren oben genannten Nachbarn, mit denen sie häufig in Krieg und Frieden gemischt waren, von denen sie zuweilen beherrscht wurden, und die sie auch zu Zeiten selber beherrschten, Vieles in Sitten und Sprache angenommen haben, sind doch ein von ihnen sehr verschiedenes und ganz besonderes Volk geblieben.

Daß sie' indo-europäischen Ursprungs sind und daher mit den Slaven, Griechen,

Lateinern und Deutschen einem und demselben großen Urstamme angehören, darüber ist Niemand in Zweifel. Ihre Sprache, die in Bau und Wurzeln alles Wesentliche mit den Sprachen des großen Indogermanischen Stammes gemein hat, bekundet es hinlänglich.

Auch ist es wohl ziemlich eben so gewiß, daß sie unter allen jenen Stämmen in ihrem ganzen Wesen den Slaven am nächsten stehen, obwohl wir uns diese Verwandtschaft wieder keineswegs so denken dürfen, daß wir uns dadurch etwa berechtigt glaubten, die Lithauer in eben der Weise, wie die Tschechen oder die Slavonier oder Kroaten den Slaven beizugesellen.

Die Lithauer sind nicht in der Neuzeit und nicht auf europäischem Boden aus dem Slaventhum hervorgetreten. Es ist eine uralte und markirte Trennung, die schon in dem asiatischen Mutterlande vor sich gegangen sein mag, und die über alle Forschung hinaus geht.

Von ihren deutschen Nachbarn im Süden aber weichen die Lithauer allerdings mehr ab, als von den Slaven, und eine noch größere Kluft scheidet sie von ihren Nachbarn im Norden, den Finnen, wenigstens in dem ursprünglichen Stamm, Sprache und Wesen. Denn was sie sonst in ihrer äußeren Erscheinung, in ihren Sitten und auch in ihrer Denkweise und Seelenstimmung mit den Finnen gemein haben, mag in der Hauptsache eine Wirkung des gemeinsamen Klimas und der harten Schicksale sein, welche seit alten Zeiten alle diese Völker des Nordens mit einander theilten. Zum Theil freilich auch eine Folge statt gehabter Mischungen.

Wie und wann diese Lithauer aus dem indo-germanischen Asien zu ihrer jetzigen nördlichen Heimath an der Ostsee hinaufgeführt sind, ist uns ebenfalls ein unerforschliches Geheimniß. Daß sie sich unter heldenmüthigen Anführern dahin durchgeschlagen haben, ist nicht wahrscheinlich, denn ihre Sagen und Dichtungen haben so wenig Heroisches und deuten eben so wenig auf eine großartige Vorzeit hin, wie der jetzige durchaus nicht hochstrebende Charakter dieser Leute, die schon von einem der alten Schriftsteller, als ein „pacatum hominum genus omnino“ (äußerst friedfertiges Geschlecht von Menschen) bezeichnet werden.

Sie wurden wohl von andern Völkern in der großen vorgeschichtlichen Wanderung dahin gedrängt, wo sie jetzt sitzen und wo sie dann wunderbarer Weise trotz aller ferneren Bedrängniß seit Jahrtausenden sich ihre Eigenthümlichkeit bewahrt haben.

Sie liegen gleichsam da wie ein erratischer Block, vereinzelt und abgerissen, mitten zwischen lauter fremden, oder doch nur sehr entfernt verwandten Stoffen. Wir erkennen wohl das entlegene Gebirge, von dem dieser Block entnommen wurde, aber die bunten Wege, auf denen derselbe im Choas der Völkerströmungen herabkam, verräth uns selbst die Sage kaum mit einem Fingerzeige.

Wie häufig die unterdrückten und in ihrer eigenen Fortentwickelung gehemmten Völker, so haben auch die Lithauer und Letten das Ursprüngliche und Alte vielfach reiner bewahrt, als andere Nationen von kräftigerem Leben und energerischerem Fortschrittsdrange.

Ihre Sprache deutet noch heutzutage den asiatischen Ursprung klarer an, als die der Germanen und Slaven. Sie hat die früheren Formen und Wurzeln der alten indo-germanischen Ursprache viel unveränderter bewahrt, als z. B. das jetzige Deutsche oder Russische.

Die Gottheit, die Sonne, die Elemente, die Theile des menschlichen Körpers und viele andere wesentliche und auf der ganzen Erde gleichen Dinge werden von den lithauischen Bauern noch heutigen Tages mit Namen bezeichnet, die fast ganz dieselben sind, wie wir sie in den heiligen Sanskrit-Schriften der weisen Braminen finden. Und im Ganzen genommen gibt es in Europa vielleicht keine Sprache, die der alten Ur-Mutter näher stände, als die Lettische. Viele Laute und Worte derselben hat die Tochter fast unverändert conservirt.

„Esmi“ (ich bin) sagt der Lette, „asmi“ (ich bin) sprach der Himalaja-Bewohner; „eimi“ (ich wandle) heißt es an der Ostsee, „aimi“ (ich gehe) lautete es in Indien; „Diewas“ (Gott,) „sunus“ (Sohn,) „wissa“ (Alles) klingts am Niemen; „Dewas“ „sunas“ wiswa,“ tönt's am Ganges wieder.

Ja man hat wohl versucht, einige sanskritische Redensarten zusammenzusetzen, die ein lithauischer Düna=Anwohner, wenn man sie ihm vorlegte, ohne viel Mühe so gut verstand, wie die Sprache seines Hausnachbarn.

Es ist eine höchst bewundernswürdige Nachbarlichkeit in der Bildung der Sprachen, welche räumlich durch viele hundert Meilen und zeitlich durch Jahrtausende getrennt sind. Es ist ein Phaenomen, aus dem Manche einen Beweis dafür haben herleiten wollen, daß die Lithauer sich später als alle übrigen Europäer ihren asiatischen Ursitze entwunden hätten und unter den Indo=Germanen die letzten Ankömmlinge auf europäischer Erde gewesen seien. —

Doch ist dieser Beweis trügerisch, vielleicht erklärt sich die Sache zum Theil daraus, daß die lithauische Sprache nie geschrieben wurde, und daß sie daher, wie alle literaturlosen Sprachen, die sich nicht weiter entwickelten, unverändert und erstarrt, — mehr als das Slavische und Deutsche auf dem anfänglichen Punkte stehen blieb. Auch bei dem literaturlosen Flämischen, um zum Vergleiche ein Beispiel anzuführen, sehen wir häufiger die alten Formen der niederdeutschen Mutter bewahrt, als bei dem Holländischen, das sich in Grammatik, Prosa und Poesie weiter entfaltete und verjüngend umwandelte. —

Wenn auch etwas weniger ungewiß, so doch fast eben so dunkel, wie ihre Urzeit ist die spätere Geschichte der Letten und Lithauer, dieser „inter septemtrionales populos obscurissimi" (der unter den nördlichen Völkern allerobskursten) wie sie ein alter slavischer Schriftsteller nennt, in ihren Sitzen in den Sumpf= und Wälder= Winkeln an der Ostsee.

Ein ackerbauendes Volk scheinen sie von jeher gewesen zu sein. Denn schon die ersten griechischen und römischen Nachrichten über sie aus der Zeit vor Christi Geburt, erwähnen ihrer Kornscheuern, die sie mit großen Oefen erwärmen, um das Getreide ihres stets feuchten Bodens schneller zu trocknen, und die Römer beschrieben diese Getreidedarren ungefähr eben so, wie man sie noch heutzutage im Curland und Lithauen sehen kann.

Sie lebten, wie es scheint, unter der Herrschaft eines gemeinsamen Oberpriesters, einer Art von Papst, Kriwe oder Kriwe-Kriweito (d. h. der Richter der Richter) genannt, der mit seinen Weideloten (Unterpriestern) die Angelegenheiten des Volkes verwaltete. — Alte ehrwürdige Eichenhaine, der berühmte von Romowe in dem jetzigen Ost=Preußen, und andere werden als Residenzen solcher lithauischer Priester und der heidnischen Gottheiten, in deren Namen sie regierten, genannt. Waidawut, eine Art Moses der Lithauer, soll der erste jener Kriwes und der Stifter der Priester=Herrschaft gewesen sein. Der Kriwe-Kriweito war der Gesellschafter der Götter, die im Donner und Ungewitter vorzugsweise zu ihm sprachen.

Er verkündete dem Volk ihren Willen, und stand in solcher Verehrung, daß ein Mensch, den er mit seinem oberpriestlichen Stabe irgendwo hin sandte, wie eine heilige Person empfangen ward. Vielleicht kam ursprünglich auch diese Priesterherrschaft, wie die Sprache der Lithauer direkt aus dem Braminen=Lande.

Auch ihre Religion und ihre Mythen, so viel wir davon wissen, athmen einen ganz indischen Geist. Da die Lithauer so spät zum Christenthum bekehrt wurden, ihre alten heidnischen Ansichten noch jetzt bei ihnen eine nicht unbedeutende Rolle spielen und noch vielfach in Phantasie und Dichtkunst der Landeskinder fortleben, so scheint ein flüchtiger Blick auf ihre Mythologie hier ganz am Platze.

Wie die Slaven und andere Indo=Germanen vergötterten die alten Lithauer und Letten die Natur. Der Himmel, die Sonne, der Mond, die Sterne, der Blitz und alle auffallenden atmosphärischen Erscheinungen waren ihnen Gegenstände der Anbetung. Und ihre Phantasie und Poesie schuf aus denselben lebendige und persönliche Gestalten.

Sie scheinen vor allen eine allgemeine Mutter der Natur unter dem Namen Karaluni, Göttin des Lichts, in der sich der ganze Himmel mit allen seinen Phänomenen verkörperte, verehrt zu haben. Sie dachten sich diese Karaluni als eine schöne Jungfrau, deren Haupt mit dem Diadem der Sonne geschmückt war. Sie trug den blauen Himmels=Mantel mit Sternen besät, und auf der Schulter mit dem Monde, wie mit einer Brosche zugeschnallt. Der farbige Regenbogen war ihr Gürtel. Ihr Lächeln war die Morgenröthe. Wenn es aber beim Sonnenschein regnete, dann „weinte Karaluni."

Bei weiterer Entwickelung der religiösen Ideen zerfielen dann wieder die einzelnen himmlischen Erscheinungen zu besonderen Gottheiten. Sonne, Mond und Sterne wurden eigene Götter für sich. Die Sonne war eine Göttin, die in einem Wagen über die Welt hinfuhr, mit drei Pferden bespannt, einem goldenen, einem silbernen und einem diamantenen. Ihr Palast lag im Osten, in jenem Lande, wohin die Seelen tugendhafter Menschen nach dem Tode zurückkehren, um, nachdem sie den hohen glatten Himmelsberg erklettert haben, eine ewige Glückseligkeit zu genießen. Zwei Sterne, „Auschrinne" und „Wakarinne" (Morgen- und Abendstern) zündeten der Sonne das Feuer an, richteten ihr das Bad zu und bereiteten ihr das Lager.

„Holde Sonne, Gottestochter!
„Wer zündet Dir am Morgen
„Das Feuer an? Und wer bereitet
„Am Abend Dir das Bette?
„Der Morgenstern thuts und der Abendstern,
„Der Morgenstern legt Feuer an,
„Der Abendstern macht Dir das Bette,
„Ach! Du hast viele Kinder,
„Und unzählige Schätze!"

So wird noch heutzutage in den lettischen Volksliedern gesungen. Die Sonne war die Gattin des Mondes. Wenn dieser Ungetreue aber dem rosigen Morgenstern den Hof macht, dann ergreift Perkunos, der Gott des Donners, das Schwert, und verstümmelt zur Strafe dem Monde das volle Antlitz, indem er ihm zuruft:

„Warum hast Du die Sonne verlassen?
„Warum dich in die Morgenröthe verliebt?
„Warum bist du des Nachts allein umhergeirrt?

Die Sterne waren der Sonne und des Mondes Kinder, „die nur eine kleine Mitgift von Licht zur Hochzeit mit bekamen." Diese spärlich ausgestatteten Sommertöchter verheiratheten sich mit Göttersöhnen und daraus entstanden dann wieder die kleinsten und allerkleinsten Sterne, deren Mitgift noch bescheidener ausfiel.

Die Sterne wurden von der Mythologie der Lithauer auch mit der menschlichen Seele, die sie sich als einen Funken des göttlichen Lichts dachten, in Verbindung gebracht. Mit der Geburt jedes Kindes auf Erden, so glaubten sie, erglänzte auch ein neuer Stern am Himmel. Eine Parze hängt diesen Stern am Himmelsgewölbe auf und befestigt daran das Ende vom Lebensfaden des Neugebornen.

Die Parze oder Schicksalsgöttin, bei ihnen „Laima" genannt, spinnt den Lebensfaden und webt dem Menschen daraus ein Gewand, das er nach seinem Tode zur Erinnerung an die Freuden und Leiden seines irdischen Lebens tragen muß.

Von der „Laima maminja" (dem Schicksals-Mütterchen) singen sie noch heutiges Tages in ihren Liedern, in denen zuweilen solche Redens-Arten wiederkehren, wie diese: „Gestern saß ich die ganze Nacht mit der Laima redend."

Merkwürdig, aber freilich nicht unnatürlich ist es, daß die Sommergottheit bei den Letten, wie Helios auf Sicilien, auch der Hüter und Beschützer der Vieh-Heerden war:

O Gott mit den goldenen Locken!
Weide meine Kuh,
Weide meinen Ochsen und meine Schäfchen!
Laß nicht ein den diebischen Wolf!
Lado! Lado! o Sonne!

So etwas singen die Hirten in Lithauen noch heutiges Tages.

Außer der heerdenhütenden Sonnen-Gottheit und der das Leben leitenden Schicksals-Mutter haben sie auch noch eine „Wald-Mutter," eine „Blumen-Mutter" eine „Garten-Mutter," eine „Wind-Mutter. Am häufigsten aber hört man sie von der „Semmes - Mahte" (dem Erdmütterchen) reden. Diese waltet unter der Oberfläche der Erde. Ihre Gehülfinnen heißen „Swehtas meitas" (die heiligen Mädchen,) welche bei ihnen die Stelle unserer Elfen vertreten, und die ohne Zuthun des Menschen Alles in der Natur über Nacht fertig machen. Von der Erdmutter sagen die lettischen Landleute noch jetzt scherzweise, wenn sie etwas verloren haben, z. B. ein Mädchen eine Nadel: „Erdmütterchen gib mir meine Nadel wieder."

Einer ihrer mächtigsten Götter, ihr Donnerer, ihr Zeus, hieß Perkun. Er spielte bei ihnen ungefähr dieselbe Rolle wie Thor bei den Skandinaviern. Ihm war die Eiche heilig, und ebenso galt jeder Gegenstand für heilig, den seine Blitze trafen. Auch wer von seinem Blitze getödtet wurde, war der Seligkeit gewiß. Den Perkun hatten die Lithauer mit den Slaven gemein, und wie diese brachten sie ihm Pferde zum Opfer dar. Sonst waren ihre Opfer in der Regel weder sehr blutig, wie z. B. die Opfer der Celten, noch ihre Götter sehr grausam und schrecklich, wie die mancher ostasiatischen Völker.

Nur eines der bei ihnen üblichen Opfer verdient eine besondere Beachtung, weil es beweist, welches heroischen Patriotismus doch auch diese Leute fähig gewesen sein müssen. — Wenn ein Krieg oder sonst eine öffentliche Calamität die Nation bedrohte, so pflegte sich Einer unter ihnen zur Sühne freiwillig dem Untergange zu weihen, stürzte sich in die Reihen der Feinde, oder gab sich auf andere Weise den Tod.

Wenn sich sonst Niemand fand, trat zuweilen ein Priester im Schmucke hervor, und widmete sich öffentlich dem Flammentode zum Heile des Vaterlandes. Dieser Zug erinnert an ähnliche Begebnisse aus der Geschichte der Römer und Schweizer.

Solchen Traditionen und Mythen nachhängend, und die genannten Götter verehrend, mögen die Lithauer sich während ungemessener Zeiträume in vielen von keinem Annalisten beschriebenen Kämpfen und Kriegen mit ihren slavischen, finnischen und deutschen Nachbarn herumgetummelt haben. Nur die mit Waffen und Gebeinen gefüllten Todtenhügel, die man hier und da in den Wäldern und an den Flüssen ihres Landes findet, zeugen von solchen Ereignissen.

Obwohl sie, wenn gereizt, ihre heiligen Haine, ihre väterlichen Aecker zuweilen tapfer und hartnäckig genug vertheidigen, so zeigt die Geschichte sie uns doch meistens bald dem einen bald dem andern jenes Nachbarn unterliegend. Selbst die finnischen Stämme, die Kuren, Lieven und Esthen haben zu Zeiten lettisches Land und Volk bewältigt und beherrscht, und die beiden ersten haben sogar den in der Hauptsache lettischen Provinzen Curland und Livland ihren Namen aufgeprägt.

Viel hatten sie von Alters her von ihren Nachbarn auf der andern Seite des Oceans von den Gothen oder germanischen Skandinaviern zu dulden, deren großer König Hermanrich sie schon im 4. Jahrhundert nach Christo eben so unterjochte und mit seinem weiten Reiche verband, wie er dies mit ihren Nachbarn, den Finnen und Slaven that.

Schon damals mögen manche arme Letten auf die Schlachtfelder der Gothen geschleppt, als gezwungene Rekruten an der Völkerwanderung und der Eroberung Roms Theil genommen haben, wie sie noch heutiges Tages in den Regimentern des Kaisers von Rußland bei Austerlitz und Leipzig, an der Donau und am Kaukasus ihr Blut verspritzen müssen für eine Sache, die sie nichts angeht. — Manche Gelehrte haben die Begleiter Odoaker's, der dem römischen Kaiserreiche ein Ende machte, „die Heruler" für Lithauer halten wollen.

Ein zweiter Hermanrich, der Normanne Rurik, verschmolz sie oder wenigstens einen Theil von ihnen in ähnlicher Weise im 9. Jahrhundert mit dem von ihm gestifteten russischen Reiche und schon seitdem haben die Russen diese Lithauer und Letten und ihr Land als ihre Unterthanen betrachtet, obwohl sie keinesweges seitdem immer in dem Besitze der Oberherrschaft über sie gewesen sind. Skandinavische Ein- und Anfälle auf das Lettland wiederholten sich bis in die neuesten Zeiten herab. Der letzte bedeutende, denen von Hermanrich und Rurik etwas ähnliche war im Anfange des 18. Jahrhunderts unter Carl XII. von Schweden.

Viel entscheidender für den jetzigen Zustand dieses Volksstammes als jene zahllosen aber vorübergehenden schwedischen Einfälle über's Meer, sind seine Berührungen mit den Deutschen und Slaven, von denen ihn kein Meer trennte, gewesen. Schon in den ältesten Zeiten scheinen die Lithauer häufig unter dem Einflusse und der Botmäßigkeit deutscher und slavischer Völker gestanden zu haben. Doch wollen wir die frühern dunklen und zweifelhaften Vorgänge übergehen. Seit dem Anfange des 13. Jahrhunderts aber drängten die deutschen Ritter und Colonisten, die an der Ostsee festen Fuß gefaßt haben, von zwei Seiten auf sie ein, ein Mal von der Düna und ein Mal von der Weichsel her, an deren Mündungen sie sich niedergelassen hatten.

Hier im Süd-Westen rotteten sie im Verlaufe lang dauernder und blutiger Kriege einen alten Stamm der Lithauer den der „Porussen", bis auf einige noch jetzt existirende Ueberreste aus, und germanisirten mehrere Striche des Landes bis zum Niemen hin, in denen von den alten Lithauern wenig mehr übrig blieb, als der berühmte Name der untergegangenen porussischen Vaterlands-Vertheidiger, welcher zu „Preußen" umgewandelt auf ihre Todfeinde überging und nun noch als der Name eines großen deutschen Staates blüht.

Dort im Nord-Osten an der Düna machten sich die Deutschen den Stamm der im engeren Sinne par excellence so genannten „Letten" unterthänig und vertheilten sein Land unter die Ritter des Schwert-Ordens, deren Nachfolger dort noch bis auf den heutigen Tag die Grundbesitzer sind.

Das ganze lithauische Volk wurde auf diese Weise damals im 13. und 14. Jahrhundert so sagen auf zwei Flügeln von den Deutschen gepackt, und es scheint, daß eben dadurch wenigstens der Kern und Hauptkörper des Stammes, — das in der Mitte liegende eigentliche „Lithauen" — zu einer Einigung gedrängt wurde, und sich zu einer, wenn auch nur kurze Zeit dauernden, welthistorischen Bedeutung erhob.

Es erwachte in Folge jenes Drucks von Außen im dreizehnten Jahrhunderte eine kriegerische und ländereroberude Leidenschaft unter diesen „pacatum genus." Das bis dahin — wenigstens in dem Angriffe (wahrlich nicht in der Vertheidigung seines Vaterlandes) schläfrige Lettengeschlecht ermannte sich nun und bäumte auf wie ein Pferd, dem auf zwei Seiten die Sporen in die Seite gesetzt wurden.

Da damals die russischen Angelegenheiten unter der Herrschaft der Mongolen im betrübtesten Verfall waren, so dehnte sich jene mächtig auftauchende Herrschaft der gereizten Lithauer vornehmlich in dieser Richtung aus. Sie machten Eroberungen auf russische Kosten; lithauische Heere drangen bis zum Dniepr, bis Kiew vor, ja kämpften gegen Tataren und Russen am Ufer des schwarzen Meeres. Und so stand denn am Anfang des 14. Jahrhunderts ein großes weithin gebietendes lithauisches Königreich da, dessen wilde Fürsten Gedemin, Olgherd, Witoft und Jaguel (Jagello) in ganz Europa berühmt und den russischen Annalisten nur zu bekannt wurden.

Auf diese Weise hat denn auch dieser „obskureste" und sonst immer unterdrückte Stamm der europäischen Familie wenigstens einmal einen hellen Silberblick gehabt, oder eine einflußreiche Rolle gespielt, freilich nur ein einziges Mal und freilich nur für eine kurze Zeit. Denn schon seit dem Jahre 1386, nachdem sie durch die Verheirathung der Königin Hedwig und des Großfürsten Jagello mit Polen verschmolzen wurden, verloren die Lithauer allmählich wieder ihre nationale Selbstständigkeit und wurden von einer andern und energischeren Nationalität überschattet.

Eigenthümliche Blüthen höherer Bildung trieb das Volk auch zur Zeit seiner politischen Erstarkung und Selbstständigkeit nicht. Die Lithauer blieben sogar heidnisch bis zum Anfange des 15. Jahrhunderts. Im Lande Smudz oder Samogitien wurden sie gar erst im Anfange des 16. Jahrhunderts getauft. Von allen größeren europäischen Völkern sind die, Sonne, Mond und Sterne anbetenden, Lithauer am spätesten zum Christenthum bekehrt worden. Jagello der lithauische Fürst selber galt sogar in Polen für einen heidnischen Barbaren. — Wie dunkel es daselbst in den Augen der Russen ausgesehen haben muß, beweist unter andern der Name, den die Russen seit Alters den von Lithauern bevölkerten Wald-Einöden und Sumpflandschaften gaben, diesen Wildnissen, die nie der Sitz einer Cultur gewesen sind, in denen sich noch bis auf den heutigen Tag wilde Heerden der sonst überall ausgestorbenen Auerochsen erhalten haben. Die Russen nannten sie „Schwarz-Rußland."

In jener Vereinigung mit einem höhergebildeten und längst christlichen Volke wurden die herrschenden Classen unter den Lithauern entnationalisirt, polonisirt und wenigstens dem Namen nach christ-katholisch gemacht. Seitdem sind der Adel und die Städtebewohner in jenem Hauptkörper Lithauens in Sitte, Gesinnung und Sprache völlig polnisch geworden, und sind auch selbst nach der Ausbreitung der russischen Herrschaft über das ganze Land bis jetzt polnisch geblieben.

Wie in Lithauen viele eingeborene

Geschlechter im Polenthum aufgingen, so sind im Letten-Lande d. h. in Cur- und Liefland wenigstens manche im Deutschthum untergegangen. Die Deutsch redende bürgerliche Bevölkerung der Städte dieser lettischen Provinzen ist zum Theil lettischen Ursprungs. Ja auch unter dem lievländischen Adel, dessen Vorväter sonst meistens in Westphalen, im Bremischen, und in anderen Gegenden Norddeutschlands zu Hause sind, befinden sich einige ursprünglich lettische Geschlechter. So z. B. sollen die Fürsten Lieven von einem lettischen Helden Kaupo, der seinen Sitz lange gegen die deutschen Ritter vertheidigte, abstammen.

Nur die Grundbevölkerung des platten Landes in den genannten Gegenden ist der uralten Sprache und Weise des Stammes unverändert treu geblieben, und lebt noch, obwohl sie in tiefer Abhängigkeit und Beschränkung erhalten wird, und auf der einen Seite vom deutschen Wesen überzogen, auf der anderen von polnischen und russischen National-Elementen überschüttet ist, ein ganz eigenthümliches und in Indien wurzelndes Leben, ähnlich den Ameisen, Spinnen und anderen Geschöpfen niederer Gattung, die unter einem auf sie herabgefallenen Felsen ihr Wesen treiben. Trotz des bei ihnen eingeführten Christenthums ist in ihren Sitten und Gebräuchen noch viel Uralt-Heidnisches. Auch hierin erinnern die Lithauer und Letten an Indien. Wie die Hindu's haben sie fast immer unter fremder Herrschaft gestanden, und haben dennoch wie sie, wenigstens in den unteren Volksschichten, ihre Sitten und ihren uralten Glauben mit hartnäckiger Zähigkeit Jahrtausende lang festgehalten, trotzdem, daß sie keine welthistorische Energie besaßen, und es ihnen daher auch nie gelang, ihren National-Typus irgend einer andern Nation aufzudrücken. In Folge des Mangels dieser Energie hatten daher die obern Classen der Lithauer, ihre Großen und Fürsten und deren Hof sogar während der Zeit der politischen Größe ihres Stammes, russische Sitten und Sprache angenommen.

Obwohl sie in Lithauen selbst der katholischen Religion, in Preußen, Cur- und Liefland aber dem Protestantismus zugefallen sind, und obwohl unter ihnen selbst manche Stammesverschiedenheiten und zahllose Variationen in Dialekt, Kleidung und Gebräuchen existiren, so sind doch noch heutiges Tages alle Beobachtungen, die man über sie gemacht hat, sowohl über diejenigen Lithauer, die vor den Thoren von Königsberg wohnen, als über die an der Düna und dem Peipus See, als auch über die bei Wilna und am Niemen, so äußerst übereinstimmend, daß man wohl erkennt, man habe hier überall die Späne desselben Blocks, ein und dieselbe Nationalität vor Augen.

Die Nüancen ihrer Sprache sind nicht größer, als die unter den verschiedenen Dialekten des Deutschen. — Ihre Poesie hat überall eine gleichartige Grundstimmung, behandelt ähnliche Gegenstände in ähnlicher Weise, und deutsche Literaten, welche ihre Traditionen in Gumbinnen in Ostpreußen sammelten, stießen auf eben dieselben Dichtungen und Sagen, ja oft auf buchstäblich dieselben Verse, Ausdrücke, Ideen und Wendungen, wie die russischen Liebhaber, die am Peipus See dergleichen lettische oder lithauische Blumenlesen anstellten.

In ihrer Kleidung, so häufig sich diese in den Details auch von Gau zu Gau abwandelt, haben sie doch in der Hauptsache überall dieselbe Vorliebe für gewisse Farben und Formen, denselben National-Geschmack und Schnitt, der von dem der Russen, Polen, Finnen und Deutschen sehr abweicht.

In der Bauart ihrer Häuser, in der Einrichtung ihrer Geräthschaften ist überall ein gewisser gleichartiger Styl, welcher mit dem bei den Russen und anderen Nachbarn herrschenden so contrastirt, daß man z. B. auf der Stelle ein russisches Wohnhaus oder Dorf von einem lettischen oder lithauischen unterscheiden kann.

Dasselbe läßt sich von ihren Gebräuchen und Sitten bei Hochzeiten, Begräbnissen und andern Lebens-Vorfällen behaupten, und man kann daher von ihnen wohl sagen, daß, wenn wir auch nur ein Stück von diesem Stamme richtig dargestellt und erkannt haben, damit auch der ganze Baum gekennzeichnet sei.

In ihrem physischen Habitus erscheinen die Lithauer und Letten als ein wohlgebildeter Menschenschlag. Sie sind im Ganzen genommen größer als ihre Nachbarn, die Finnen, und es gibt viele lange, hohe Gestalten unter ihnen.

Ihre Gesichtsbildung hat fast nichts von dem mongolischen Typus, der bei den Russen so stark ausgeprägt erscheint. Auch besitzen sie nicht die den Russen und anderen Slaven eigenthümliche Gewandtheit und Geschmeidigkeit des Körpers. Ihre Weiber sind meistens von frischer anmuthiger Farbe und von einer sanften und anziehenden Schönheit. Ihren ganzen Körperbau nach möchte man die Letten eher den Germanen als den Slaven beizählen.

In ihrer Kleidung sind sie vermuthlich so alterthümlich, wie nach dem, was ich oben sagte in ihrer Sprache. Was die deutschen Chronisten vor 500 Jahren von der Kleidung der alten lithauischen Preußen berichteten, gilt noch heutiges Tages. Es ist dies sehr natürlich bei einer Nation, die keine Kleiderkünstler hat, bei denen nicht nur die Gewinnung und anfängliche Zubereitung des Stoffs, sondern auch seine Façonirung und Zurichtung eine Familien-Angelegenheit ist, wo die Töchter des Hauses singend wie Kalliope die Webstühle umgehen und die Frauen selber, wie die Gemahlin des Odysseus, die schmucken Gewänder fertigen, die Brüder und Väter sich eigenhändig die Pelze gerben und die Knaben ihre Schuhe selber schnitzen und flechten. Könnten wir Deutsche nur unsere Schneider abschaffen und wollten unsere Schwestern, Töchter und Gattinnen für uns wieder spinnen, weben und nähen, so würden wir auch wohl bald ein festes nationales Costüm erhalten.

Es ist von den nackten wilden Nationen bemerkt worden, daß die, welche sich besonders prächtig tättowiren, gewöhnlich auch einen stolzen und kühnen Geist besitzen. Bei den bekleideten Völkern mag in Bezug auf ihre Gewandung etwas Aehnliches gelten. Die kühnen Ungarn, die unternehmenden Russen, die lebhaften Polen haben alle ein sehr hochgeschmücktes und glänzendes National-Costüm producirt.

Die National-Kleidung des „pacatum genus“ der Lithauer und Letten, so alt sie ist, hat nichts Ausgezeichnetes, nichts Elegantes und Schwunghaftes in Farbe und Schnitt. Ihre Lieblingsfarbe ist jetzt noch, wie in dem heidnischen Zeitalter, weiß und hellgrau. Nicht nur die Männer, sondern auch die Weiber kleiden sich durchweg in matte Farben. Sie stehen darin in großem Contraste mit den sanguinischen Russen, welche durchweg bunte Farben lieben und sogar lieber grün und roth gefärbte Hemden statt weißer tragen.

Dieser Mangel alles Grellen, diese Farblosigkeit im Costüm scheint ein Reflex des lauen, weichen, wenig sanguinischen und wenig leidenschaftlichen Wesens des Letten. Wenn er etwas von dem Feuer in sich hätte, das seinen Nachbarn eigen ist, so würde sich davon wohl einiges in der Färbung und kecken Haltung seines Gewandes zeigen, wie beim Tiger in seinem gefleckten Fell.

In ihrer Beschuhung sind sie nicht weiter vorgeschritten, wie die Indianer von Canada, sie besteht gewöhnlich nur in einem weichen Stücke Leder, das durch eine Litze um den Fuß geschnürt wird, oder auch nur in einem Geflechte von Linden und Weidenbast, welches sie „Passeln“ nennen. Leichtfüßig laufen sie damit dahin über die Sümpfe ihres Landes, in denen der schwerfällig bestiefelte Pole oder Deutsche oft stecken bleibt.

Für eine solide Bekleidung der Hand sorgen sie dagegen fast mehr als für die des Fußes, und es gibt schwerlich eine andere Nation auf Erden, bei der die Handschuhe eine so große Rolle spielen, wie bei den in dieser Hinsicht sehr eigenen Letten und Lithauern. Die Hüterjungen, welche hinter den Ochsen und Pferden herlaufen, der Holzhauer im Walde, ja auch der Bursche im Stalle, sie sind alle immer bien ganté. Wo sich ein Lette einem andern verdingt, da wird auch jedes Mal die Zahl der zu liefernden Handschuhe festgesetzt, vier Paar jährlich dem Gänsejungen, acht Paar dem ersten Knecht ꝛc.

Handschuhe sind daher bei ihnen auch eine stehende Festgabe geworden. Namentlich werden sie bei den Hochzeiten den Gästen als Gastgeschenk wie ein Orden an den Oberrock gesteckt, gewöhnlich in Verbindung mit dem ebenfalls häufigen zierlich mit rothen Fäden ausgenähten Handtuche, dem Symbol der Reinlichkeit. Und eine Braut muß für den Hochzeitstag wohl einige Hundert Paar Handschuhe und Handtücher fertig halten.

In ihren Wohnungen sind sie vermuthlich nicht weniger primitiv und uralt als in ihrer Kleidung. Ich bemerkte schon oben, daß in den Schriftstellern der Alten einige Andeutungen über ihre Gebäude vorkommen, die noch heute Geltung haben. Sie hausen gewöhnlich in einzelnen verstreuten Gehöften. Denn der geringe Associations-Trieb dieser Leute ließ sie nicht einmal zur Bildung von Dörfern und Dorf-Communen gelangen, wie deren bei den Russen und bei allen Slaven doch von je hergebracht gewesen zu sein scheinen.

Fern von den Schlössern und Gärten, welche die polnischen, russischen und deutschen Edelleute bei ihnen bauten, abseits von den Heerstraßen, welche die fremden Eroberer bahnten, da, wo die Wege und Stege des Landes nur an kaum sichtbaren Spuren der Wagen und Pferdehufen über dem Moose hin zu erkennen sind, und sich in die Wälder und in die Sümpfe verlieren, da fängt die eigentliche Heimath der Landeskinder an, da liegen ihre kleinen niedrigen Gehöfte unter dem Schutze einiger alten Eichen und Birken oder von hohen Fichten statt blühender Obstbäume umgeben.

Wie überall im Norden, auch bei den Russen und Schweden, sind ihre Häuser aus übereinander gelegten und in einander verschränkten Balken gebaut, doch wiederum ganz anders construirt als bei jenen.

Die ganze Wirthschaft liegt zusammenhängend in einem enggeschlossenen Zirkel um einen runden Hof in der Mitte herum. Alles recht niedrig, recht klein, mit Stroh gedeckt, nach außen ohne Schmuck und ohne Fenster, auch nach innen nur mit wenigen. Es sieht aus, wie eine kleine hölzerne Burg für scheue Leute, die sich in ihrem Gehäuse gegen die Unbill des Klima's (und der Menschen?) wie die Schnecken inwärts zusammenzogen. Auf einem schmalen holprigen Wege, zu dessen beiden Seiten hohe Holzzäune stehen, gelangt man zu dem aus Balken zusammengeschlagenen Thore des Gehöftes.

Drinnen sieht es bunt genug aus, und alles ist in einem recht kleinlichen Styl wie bei den Lilliputern.

Der Gebäudering zerfällt in eine Menge kleiner Abtheilungen, Kämmerchen und Winkel. Da ist das gemeinsame Wohnhäuschen, das sich durch ein paar Fenster etwas hervorthut, daran schließt sich ein anderes Häuschen „Kleete“ genannt, für die Kleider, Leinwand, Butter, Flachs und Korn-Vorräthe des Hausherrn, ein anderes „Kleetchen“ für die Mobilien des Knechts, ein drittes für die Mägde; da ist ein kleiner Schuppen für die Schlittchen und Wägelchen, wieder ein Schuppen für die roh gestalteten Pflüge und Ackergeräthschaften, ein apartes Häuschen, wie ein Taubenhaus, für die Trocknung der Käse, dann vor Allem eine Getreide-Darre, eine sogenannte „Rige“ für das Trocknen und Dreschen des Korns, ganz gewöhnlich auch eine Dampfbadestube für den kalten Winter, wie bei den Finnen und Russen, und recht häufig auch ein Eiskeller für den heißen Sommer.

Außerdem noch eine Menge anderer Zellen und Räume, zusammengepfercht wie die Kajüten auf einem Schiffe, ein Ställchen für die Schafe, ein anderes für die kleinen mageren meist hornlosen Kühe, und wiederum andere für die eben so kleinen aber unglaublich geplagten und dabei dauerhaften Pferdchen, ein besonderes Ställchen für das Reitpferd des Hausvaters, ein anderes für die Pferde des Knechtes und noch eins für sonstige Pferde. Denn die Pferde und das Reiten und Fahren spielt bei diesen Leuten noch eine so große Rolle, als wären sie eben erst aus Asien nach Europa hineingeritten.

Zu ihren Feldarbeiten ziehen sie zu Pferde oder mit Schlitten und Wagen aus. Zur Kirche kommen nur die nächsten Nachbarn zu Fuße, die meisten auf Wägelchen und Rößlein. Wenn irgendwo eine Botschaft auszurichten ist, dann setzen sich die Burschen und auch die Mädchen, die hier fast eben so viel reiten, wie die Männer, in den Sattel und galoppiren dahin, wo wir fußgängerischen Deutschen — schon Tacitus bezeichnet die Deutschen als solche, — wie Merkur, die Sandalen, oder Wasserstiefeln anlegen würden. Schiebkarren, Tragkörbe, Handwagen, Kraxeln und dergleichen deutsche Erfindungen kommen in der Hauswirthschaft der Letten nicht vor, während man bei uns Deutschen die Leute mit Schiebkarren und Tragkörben oft weite Reisen machen und ganze Waarenlager auf dem Rücken transportiren sieht.

Die Letten transportiren selbst die kleinen Milchportiönchen, die ihre mageren Kühe geben, das Pfündchen Butter, das Häufchen Flachs, das Bündelchen Holz, das sie als Holzdiebe im Busche ihres Herrn ernteten, auf dem Wagen, und um ein paar Hasen auf den Markt zu bringen, spannen sie zwei ihrer Pferdchen vor.

Ehemals, so geht die Sage unter diesem Volke, waren die Menschen von viel mächtigerer Statur, wahre Riesen, und dabei baumstark, und „sie schleppten solche Lasten, daß man kaum davon zu sprechen wagt." Nachdem aber wurden die Leute von Jahr zu Jahr schwächer und „wir werden noch dahin kommen, daß wir uns in schwache Zwerge verwandeln, und sieben an einem Strohalm schleppen müssen." — Mit ähnlichen Sagen tragen sich zwar auch andere Völker herum. Aber bei den jetzigen Letten erscheinen dieselben, weil anscheinend schon halb in Erfüllung gegangen, besonders am Platze.

Auch ihre Todten tragen sie nicht wie wir auf den Schultern zu Grabe, sie setzen sie auf den mit Pferden bespannten Schlitten und entführen auf ihm die Entseelten nicht selten im Fluge über die Schneefläche und durch die Wälder zum Kirchhofe hin. Trauernde Männer und Weiber traben und jagen zu Pferde mit murmelnden Klagegesängen hinterdrein.

Beständig und bei allerlei Gelegenheiten sieht man daher Schlitten- und Wagen-Karavanen durch das Land ziehen und berittene Männer, Burschen und Weiber durch die Felder sprengen. Und zwar gilt dies Alles nicht nur von Cur- und Livland und dem russischen Lithauen, sondern man gewahrt dieselben Scenen und Sitten auch in Ostpreußen.

Wie unter den Thieren das Pferd, so spielt unter den Bäumen die Birke die vornehmste Rolle in der Haushaltung und Oekonomie der Letten. Ihre Tische, ihre Krüge, Eimer, Fässer, kurz der größte Theil ihrer Geräthschaften sind aus dem dauerhaften Birkenholz gemacht, das sich zugleich so leicht und schön auf der Hobel- und Drechsel-Bank bearbeiten läßt. Ihre Schlitten rutschen auf Leisten von Birkenholz, ihre Radfelgen sind aus demselben Stoffe gefertigt. An den elastischen Birkenzweigen werden auch die schaukelnden Kinderwiegen aufgehangen.

Die Rinde und der Bast der Birke sind sehr zähe und lassen nicht leicht Wasser durch. Sie treten daher in vielen Fällen an die Stelle des Leders. Körbe, Schläuche, Flaschen und Trinkgefäße werden aus ihnen verfertigt. Und zur Bedachung der Häuser wird die Birkenrinde in so großen Quantitäten, wie bei den Indianern Nord-Amerika's, verbraucht. Auch enthält sie den kräftigen Gerbestoff, der dem nordischen Juchtenleder seine vielgerühmten Eigenschaften gibt. Die krankhaften Auswüchse der Birke, ihre Schwämme, Knorren und die maserigen Verknöcherungen ihrer Pflanzenfasern dienen mehrfach der Industrie des Landes. Zunder, Stöpsel, Schüsseln und mancherlei andere Kleinigkeiten werden aus ihnen bereitet.

Der Frühlings-Saft der Birke wird zwar auch bei uns aus den Bäumen gezogen, doch mehr nur zum Scherz. Bei diesen Nordländern wird die Sache ernsthafter betrieben. Denn im Frühling ist das süßliche Birkenwasser nicht nur ihr gewöhnliches Getränk, sondern sie gewinnen daraus auch ihren Essig, und wissen es wieder auch hie und da zu einem Syrup zu verdicken, der ihnen statt des Zuckers dient.

Im März oder April, wenn die Säfte aus den Wurzeln aufzusteigen pflegen, werden daher alle kräftigen Birkenbäume angebohrt, und mit großen Eimern, Fässern und Kübeln ziehen die Mädchen und Burschen in den Wald, die begehrte Flüssigkeit in ihre Vorrathskammern zusammenzuschleppen. Sie sind dabei so geschäftig wie unsere Winzer bei der Traubenernte. Durch Beimischung von Gewürz wissen sie den Birken-Saft eine Zeitlang zu conserviren, und um Ostern oder Pfingsten haben dann die Armen, denen Meth oder Bier zu kostbar ist, kein anderes Festgetränk als diesen Palmwein des Nordens.

Die Birke geht so zu sagen mit Blut und Knochen in die Wirthschaft dieser nordischen Völker über. Aus den fetten Wurzeln des Baumes gewinnen sie ihren Theer, seine ersten, jungen, etwas bitter schmeckenden Knospen sammeln sie, um mit ihrem heilsamen Pflanzen-Aroma ihren Gichtkranken die Glieder zu stärken, — aus den frischen, hellgrünen, eben entfalteten Blättern bereiten sie eine schöne gelbe Farbe,

— und im Herbste sammeln sie wieder die trocknen Blätter dieses Baumes, um ihre Divans oder doch ihre Bettkissen damit zu polstern.

Dazu noch ist die Birke der vornehmste Schmuck der lettischen Landschaft. Sie umsäumt als lichter Vorwald überall die dicken Tannenwälder, und ist der am meisten verwendete Baum in den Gärten des Nordens, wo man sie gerne pflegt, weil sie im Frühling das erste Gewächs ist, das zum neuen Leben erwacht, und schon bald nach der Schneeschmelze mit seinem zarten frischgrünen Blätterschleier geschmückt dasteht.

Auch im Herbste noch spielt ihr Laub vor dem völligen Erbleichen und Verwehen eine ganze lange Skala von violetten, schillernden, braunrothen, goldgelben Farbentönen durch. Wie in den Gärten das Gewächs der Freude, so ist sie als Hängebirke auf den nordischen Gräbern der mit den Menschen sympathisirende Baum der Trauer.

Hie und da bildet die Birke selbstständige große heitere Gehölze, von den Letten „Behrsen" genannt, in denen ein Ruysdael die lieblichsten Ansichten und Durchblicke für seine Gemälde gewinnen könnte. Sie gleichen oft von der Natur angelegten Parks.

Diese „Behrsen" sind die Lieblingsaufenthalte der zahlreichen Singvögel des Landes, die sich in die finsteren Urwälder nicht hinein wagen. In ihnen hausen der Birkhahn und vielfach auch die Rehe und die Riesenhirsche des Nordens, die Elennthiere, die gern das junge Laub des Baumes abweiden.

Die Letten selbst lieben ihre Behrsen nicht weniger. In ihren Liedern singen sie oft das Lob der Birkenhaine, die im Frühlinge und im Sommer an Sonn- und Festtagen ihre gewöhnlichen Tummelplätze sind, in denen sie sich ergehen, tanzen, und wo sie an den Bäumen auch ihre Schaukeln aufhängen.

Für diese Schaukeln, die im Frühjahr so regelmäßig in den nordischen Birkenwäldern erscheinen, wie die Blätter selbst, haben die Letten eine eben solche nationale Leidenschaft wie die Russen. Wenn es nichts zu thun gibt, bringen die Mädchen singend und in den Bäumen auf- und niederschwebend stundenlang während der hellen Sommernächte darin zu. Aehnlich mögen sich ihre Vorfahren in den Palmenhainen Indiens geschaukelt haben.

Wie in allen diesen genannten Dingen, in ihrer Kleidung und ihren häuslichen Einrichtungen, so scheint auch sonst in ihren Gewohnheiten, in ihren Lebens-Ansichten, in ihrem Aberglauben, in ihren Gebräuchen bei Begräbnissen, Hochzeiten und anderen Ereignissen Vieles uralt und sehr eigenthümlich.

Ihre Hochzeitsgebräuche namentlich werden in den ersten und ältesten deutschen Berichten über die heidnischen Preußen in den Hauptzügen eben so beschrieben, wie man sie noch heutiges Tages in Curland und Lithauen mit erleben und ansehen kann, und ich mag sie hier beispielsweise etwas mehr im Detail schildern.

Die jungen Töchter der Letten und Lithauer fangen schon bei Zeiten an, sich auf den Eintritt einer Verheirathung, ein Ereigniß, das ihnen allen droht und das sie Alle im Stillen herbeiwünschen, vorzubereiten.

In ihren Mußestunden spinnen, nähen und weben sie fleißig und schaffen sich im Verlaufe der Jahre einen kleinen Brautschatz von Handschuhen, Tüchern und anderen nützlichen Hausrath.

Erfährt nun ein junger heirathslustiger Bursche von einem solchen fleißigen, sittsamen und nicht selten auch hübschen Mädchen, hat er auch ausgekundet, wie viele Pfund Wolle sie aufgespeichert, wie viele warme Socken u. s. w. sie fertig, wie viele Lämmer sie sorgsam großgezogen hat, und vor allem, ob auch ein paar Kühe dabei sind, und hat er sich dann, nachdem er dies Alles erwogen, der Neigung seiner Geliebten vergewissert, so schickt er zunächst in das Haus der Erwählten einen Brautwerber, der unter allerlei Ceremoniell, mit Räuspern, Husten und verlegenen Complimenten an den Hausvater eine Rede richtet. Mit vielen Umschweifen pflegt derselbe zu sagen, daß ihm für einen Freund eine Jungfrau, ein gutes fleißiges Mägdlein von nöthen sei zum Spinnen, zum Weben, zum Bleichen, zum Waschen, zum

Stricken und Nähen, zum Melken und Buttern. Er habe noch nirgends die Rechte finden können, er glaube aber in diesem hochgeachteten und vielgerühmten Hause müsse sie sein.

Der Hausvater oder Wortführer der Braut bedankt sich dann für das Zutrauen und die Ehre und stellt dem Werber die Mädchen des Hauses vor. Hier sind Mädchen genug. „Such dir die Deinige und nimm sie."!

Da die Rechte, auf die Alles abzielt, die sich aber schüchtern wie Aschenbrödel versteckt hält, gewöhnlich nicht darunter ist, so lobt zwar der Brautwerber alle Präsentirten. „Aber," sagt er, „diejenige, nach der er verlange, sei doch nicht dabei. Er habe gehört, daß noch ein zartes Wesen im Hause sei, ein anderes holdes Täubchen, ein friedliches Lämmlein, ein munteres Reh, ein zierliches bezauberndes Goldpüppchen, und diese meine er eigentlich."

Nach vielen Entschuldigungen, daß man nichts von ihr wisse, und nach mancherlei zudringlichen Bemühungen und Nachforschungen des Anwerbers wird dann die Gesuchte doch endlich aus ihrem Schlupfwinkel an's Licht gezogen.

Entdeckt und überwunden tritt sie schüchtern und schamhaft hervor, und nachdem sie das Jawort gegeben, und auch noch einige andere wichtige Punkte festgesetzt sind, reichen sich dann alle Parteien die Hände und thun sich Bescheid mit einem Glase Meth, das den Vertrag besiegelt.

Einige Zeit nach diesem vorläufigen An- und Vertrage erscheint dann der Freiersmann selbst auf bunt herausgeputztem Pferde und stattet seinen Besuch ab, die Bestätigung zu holen und zu geben.

Steht endlich die Hochzeit bevor, so ladet die Braut in Person alle ihre Verwandten dazu ein, und ebenso der Bräutigam die seinigen.

Zu der Trauung kommen beide von ihren berittenen Sippschaften umgeben, in zwei gesonderten Zügen an, die sich an der Kirche treffen und nach der Feierlichkeit zunächst zu der Wohnung der Braut begeben.

Das Hochzeitshaus ist mit Tannenzweigen, im Sommer auch mit Birkenlaub und mit allerlei phantastischen Zierrathen, welche Kronleuchtern und Kränzen ähnlich sehen, geschmückt. Sie wissen dergleichen aus Gras und Strohhalmen sehr zierlich zusammenzusetzen, und rothe, gelbe und weiße Beeren vertreten dabei die Stelle der Edelsteine, Glas-Krystalle oder Blumen, an denen es allerdings im Lettenlande gebricht.

Im Brauthause tritt der Brautführer, zu dem sie einen der hübschesten und gewandtesten Burschen erwählt haben, auf, und hält eine Anrede an sie, und dann geht es zum Schmause und Feste, das nicht selten drei Tage und drei Nächte währt.

Bei diesem Feste spielt zwar die Braut selber die vornehmste, aber auch die trübseligste Rolle. Mit ihrem vollen Putze angethan, geht sie beständig und pflichtgemäß die angenehme Wirthin machend, zwischen den Gästen umher. Aber, indem sie ihnen den Meth kredenzt, vergießt sie häufige Thränen, buhlt um ihr Mitleiden und zeigt sich so traurig, als stünde ihr das Schlimmste bevor.

Der Schmerz darüber, daß sie ihr mütterliches Haus, den Wohnort ihrer Jugend nun verlassen soll, tritt viel näher an ihr Herz und bewegt sie weit mehr, als die Freude darüber, daß sie jetzt dem Geliebten angehören werde.

Die unverheiratheten Mädchen, ihre Freundinnen, sind indeß fleißig um sie bemüht und suchen sie zu trösten. Von den verheiratheten Frauen werden sie dafür verspottet, in Versen, welche dieselben improvisiren und im Chor absingen.

Die Jungfrauen antworten den Matronen wieder in Versen, die sie ebenfalls im Chor absingen, und es entspinnen sich auf diese Weise förmliche Gesangschlachten und poetische Wettkämpfe, die sie sich an langen Tischen sitzend einander liefern.

In den Versen der einen Partei wird die Ehe und der Stand der Hausfrauen gelobt und mit Ungestüm gefordert, daß die Braut von den Jungfrauen herausgegeben werde.

In den Liedern der andern Partei werden dagegen die Jugend und der Jungfrauenstand gepriesen, die rauhen Ehemänner als hart und grausam gescholten und die Matronen getadelt.

Zuweilen geraden die Sängerinnen

dabei in so großen Eifer, daß sie von ihren Sitzen aufspringen und stehend peroriren, indem sich dann die ganze Reihe schwankend nach dem Tempo des Liedes auf und nieder bewegt, oder hin und her schüttelt. Zur kräftigen Betonung und Markirung des Gesanges stoßen sie dabei mit einem kleinen mit Eisen beschlagenen Instrumente, das mit Schellen und Metallstückchen behangen ist, auf den Tisch.

Kommt endlich die bittere Stunde der Trennung der Braut vom mütterlichen Hause und die Ueberführung in das des Bräutigams, so erreicht ihre Betrübniß den höchsten Grad. Sie meidet dann den Schwarm der Gäste, zieht sich zurück, versteckt sich, und ist der Reiseschlitten endlich bereit, so entdeckt man sie schließlich in der Schlafkammer ihrer Mutter auf dem Bette weinend.

Auch das Pferd ist mit Tüchern, bunten Bändern und Federbüschen geschmückt, und die helltönenden Schellen und die das Ganze umtaumelnde Reiterschaar verkünden jedem Vorübergehenden, daß es eine Braut sei, die man entführe. Auch dies Alles, wie denn auch die weiteren herkömmlichen Vorgänge im Hause des Mannes werden noch von bilderreicher Rede, Anfrage und Erwiderung und von poetischen Ergüssen begleitet.

In solchen poetischen Ergüssen, in ihren Volksliedern (Dainos genannt), malen die Letten überhaupt alle ihre Lebensverhältnisse mit sehr mannigfaltigen Variationen aus. Vor allen Dingen jenes Haupt-Thema aller Dichter und Sänger, die Liebe, bei ihnen zwar nur Liebe in der Hütte.

Die Letten behandeln aber dies Thema mit großer Zartheit und poetischem Geschmacke und Takte. Es spricht sich in ihren „Dainos“ eine reine Sittlichkeit, eine hohe Achtung für Anstand und Schicklichkeit aus, die Einen besonders im Hinblick auf das Wenige, was Kunst und Erziehung dabei gethan haben, wirklich mit Bewunderung erfüllt.

„Auch nicht ein einziges Lied,“ dies ist der merkwürdige Ausspruch des bekannten Professor Rhesa, der 13 Jahre lang unter den Lithauern Lieder gesammelt hat, „nicht ein einziges,“ sagt er, „findet sich darunter, welches man roh nennen könnte, oder welches auch nur im Geringsten die Grenze der Zucht und Sitte überschritte. — Vielmehr kommen überall darin Züge der größten moralischen Feinheit vor, welche die edle Gesinnung des Volks und den reinen Grundton seiner Stimmung verbürgen.“

Die Liebe ist bei ihnen nichts weniger als eine wilde Leidenschaft, vielmehr eine sehr zarte, keusche, heilige Empfindung, und ihre Braut- und Liebeslieder beweisen, wie jene unverdorbenen Menschen geahnet haben, daß etwas Höheres und Göttliches in dieser wunderbaren Seelen-Neigung liege. Eine sanfte Melancholie, eine rührende Wehmuth verbreitet eine eigenthümliche wohlthuende Färbung über den ganzen Garten ihrer Liebes-Lieder.

Lebhafte Schilderungen der Reize der Geliebten, wie z. B. bei den südlichen Dichtern kommen in den lettischen Dainos gar nicht vor. Es ist, als wenn diese schüchternen und verschämten Liebhaber des Nordens kaum zu dem Gegenstande ihrer Verehrung aufzublicken wagten. „Feurige“ oder „schmachtende Blicke,“ oder gar ein „Kuß von rosigen Lippen,“ wie dergleichen unsere Poeten ohne Weiteres in ihren Versen zulassen, würden diesen nordischen Dichtern als viel zu starke Gefühlsäußerungen erscheinen, und sie entfernen dies Alles aus ihren Liedern, wie die griechischen Tragiker alle nervenerschütternden und die Augen verletzenden Ereignisse von der Bühne.

„Ja die Liebe selbst hat kaum einen Namen bei ihnen, und ist noch jenes heilige Geheimniß der Natur, das der Empfindende nicht auszusprechen wagt. Und doch ist Alles in ihren Gedichten eben so wahr gedacht, als tief empfunden und moralisch gehalten.“ Man hat etwas Aehnliches von dem Geiste angemerkt, der eine andere nordische Muse, die der Finnen, beseelt. Es ist merkwürdig, daß dieser Geist bei zwei ihrer Abstammung nach so verschiedenen Völkern, so ganz derselbe ist. Sollen wir darnach glauben, daß wir darin weiter nichts, als eine Wirkung und ein Wiederspiel des nordischen Klima's, seiner trüben Atmosphäre, seiner Dämmernächte, und seiner zauberischen, aber feuerlosen Nordlichter zu erkennen haben?

Zum Beweise des Gesagten mag ich hier einige Pröbchen von solchen bescheidenen und graziösen Dainos oder Liebesliedern der Letten, die ich einst selbst unter jenem Volke zu sammeln mich bemühtė, mittheilen.

Ich bemerke dabei noch zuvor, daß die Geliebten sich in diesen Liedern gewöhnlich „Schwesterchen" und „Brüderchen" nennen. Auch den Namen „Geliebte" scheinen sie also nicht zu haben. Ihre Zuneigung ist so sanft, wie Geschwisterliebe.

„Schwesterchen! Schwesterchen!" — so seufzt ein lettischer Liebhaber in einem Verse:

„Komm und schau!
In meine Wohnung tritt ein und sieh!
Wie ich mich gräme in Wachen und Schlafen.
Alles ist in Thränen gebadet — um Deinetwillen.

Daß sie jedoch dabei, wie auch andere Leute, sehr wohl zwischen Geschwisterliebe und jener anders gearteten Empfindung zu unterscheiden wissen, zeigt unter anderen folgender Vers, in welchem ein Liebhaber seine eigentliche Schwester und seine Geliebte vergleicht:

„Süß, süß ist das Heidelbeerchen,
Süßer noch das Erdbeerchen,
Lieb, lieb ist mir meiner Mutter-Tochter,
Theurer aber meines — Volkes Mädchen."

In der häufigen Wiederholung solcher kurzen Verse schwelgen die lettischen Liebhaber.

Durch einen auch bei andern Dichtern üblichen poetischen Kunstgriff legen sie häufig die Gefühle, von denen sie selbst beseelt sind, Gegenständen in der Natur bei, mit denen sie umgehen, den Blumen und Bäumen, unter denen sie einsam wandeln. Dies geschieht z. B. in folgendem Verschen:

„Ich belausche meinen Apfelbaum, wie er also betete:
„„Wenn der Herbst kommt, o dann laß das liebe Mädchen
Das Obst von meinen Zweigen sammeln
Und ihr Garn an meinen Aesten aufhängen zum trocknen.""

Eigenthümlich und zart, — aber psychologisch sehr naturgemäß, — ist der Grund und die Veranlassung zur Liebe, die ein Mädchen in folgenden Versen angibt:

„Strickend strick ich ein paar Handschuh.
Soll ich sie meinem jungen Brüderchen geben?
Nein, ich will sie dem Jünglinge mit den Nebelaugen geben,
Denn — meine gute Mutter sprach neulich so freundlich von ihm!"

Sie lassen in ihren Dainos Vieles errathen, was sie nicht ausdrücklich sagen, wie z. B. in folgenden Versen geschehen ist, in welchen ein von Liebes-Schmerz und Sehnsucht erkranktes Mädchen durch den Besuch des Geliebten und die schließliche Einwilligung, Erklärung und Verlobung geheilt wird.

„Durchs Birkenhölzchen, durchs Fichtenwäldchen, trug mich mein Pferdchen, mein braunes, zu Schwiegervaters Höfchen. „Schön Tag, schön Abend, geliebte Schwieger! Was macht mein Schwesterlein? was macht mein junges Mägdelein?" — Krank ist das Mädchen, krank Ach! so sehr! drüben in der neuen Kammer, in ihrem weißen Bettlein." — Da! übern Hof ich, und vor der Thüre stillweinend, wischt ich die Thränen, ihre Hand ergriff ich, steckt ihr an das Ringlein. „Nun wird so Dir nicht besser, mein Mägdlein?" „Ha! wird Dein Herz Dir nun nicht genesen?"

Die vielen in jenen Versen wiederkehrenden Diminutiva sind überhaupt bei den Letten außerordentlich beliebt. Diese zärtlichen etwas weichlichen Leute, die, wie ich sagte, auch in ihrer Wirthschaft so viel lilliputisches haben, bei denen Alles, Gedankenschwung, Gesichtskreis, Phantasie und Gefühl in einem kleinen Styl ist, die von Allem hier auf Erden nur ein klein wenig besitzen, bei denen auch in Natur und Land Alles so dürftig und nichts in Fülle ist, die dabei auch nach ihrer schüchternen Weise so gerne schmeicheln und liebkosen, sind die größten Freunde von Verkleinerungsworten.

Sie haben eine Menge Anhängsel in ihrer Sprache entwickelt, um Diminutiv-Formen zu bilden, und sie verkleinern damit Alles: Substantiva, Verba, Adjectiva und Adverbia.

Wenn man ihnen zuhört, ist es Einem oft, als wenn sie die ganze Welt durch eine Verjüngungsbrille ansähen. Sie verkleinern selbst noch diejenigen Worte, die schon an und für sich das Kleine anzeigen, und ihre Bettler z. B. bitten nicht um „ein wenig

Brot," sondern viel gewöhnlicher um „ein klein weniglein Brötchen."

Sie verkleinern auch noch wieder die Diminutive selbst und haben so viele Doppel-Diminutiva, wie sich deren schwerlich in einer anderen Sprache finden. So z. B. heißt „Mathe" bei ihnen „Mutter," und davon machen sie durch verschiedene Anhängsel die Diminutiven: „Mahtite" „Mahminja" (Mütterlein) und „Mahmulite" (Mütterleinchen). Von diesem letztern bilden sie dann wieder das äußerst schmeichlerische dreifache Diminutiv „Mahmulinja" (klein Mütterleinchen). — Dasselbe ist es mit „Meita," „Meitscha" und „Meitschinja" (Magd, Mägdlein und klein Mägdeleinchen). Ja, die Sprache läßt denen, die à la Lette zu kosen, zu liebeln und zu schmeicheln Lust haben, so viel Freiheit, in der Bildung von Diminutiven, daß man solche Reihen fast bis in's Unbestimmbare fortsetzen könnte.

In den Dichtungen nun sind die Diminutiven durchaus von Nöthen. Durch sie werden die Worte, so zu sagen, erst sangmäßig. Die Verse erhalten durch die Diminutiv-Endigung etwas Zartes und fein Malerisches, das wir in unserer Sprache kaum nachahmen können. So z. B. kann der Lette, indem er den Zeitwörtern „bücken" und „spähen" eine Diminutiv-Endigung anhängt, es sehr hübsch und kurz mahlen, wie Jemand, etwa ein Jäger hinter dem Busche sich stille und leise verbirgt und vorsichtig und wiederholt auf und niederduckend und hin und herlugend nach dem Wilde umherspäht. Die lettische Sprache drückt dabei mit einem Worte aus, wozu wir viele Adverbien nöthig haben.

Ich sprach oben von dem Gram der lettischen Braut beim Abschiede von ihrem mütterlichen Hause. Dieses Thema ist von ihnen natürlich in vielen rührenden Versen behandelt, von denen ich hier noch einige Proben geben mag, z. B. folgendes:

„Warum lehnst Du hier, mein Mädchen?
Warum aufgestützt Dein Köpfchen, mein liebes Mägdlein?
Sind nicht holde Jugend Deine Tage?
Ist nicht leicht und frisch Dein junges Herz?"
„„Sind gleich holde Jugend meine Tage,
Ist auch frisch und leicht mein junges Herz noch,
Dennoch ist mir leid um diese Tage
Heute geht zu Ende meine Jugend.
O mein Kränzlein, Du mein bunter Brautkranz!
Weit von hinnen wirst Du mit mir gehen!
Lebe wohl, mein liebes Mütterchen!
Lebet wohl nun, theure Brüder!
Lebet wohl, ihr vielgeliebten Schwestern!""

Oder auch folgendes, in welchem der Schmerz der Braut noch unbestimmter allgemeiner und daher poetischer angedeutet wird:

„Was kreischt der Wind, was seufzt der Wald?
Was schwankt die Lilie hin und her?"
„„Nicht kreischt der Wind, nicht seufzt der Wald,
Nicht schwankt die Lilie hin und her.
Das Mägdlein weint, die Jungfrau zart,
Ihr Brautkranz schwanket hin und her!
Ist Dir denn leid um die alte Mutter?
Ist Dir denn leid um Deine Schwester?
Oder ist Dir leid, Du holdes Kind, um Deine jungfräulichen Tage?"
„„Nicht ist mir leid um die theure Mutter,
Nicht ist mir leid um die liebe Schwester,
Es ist mir leid, es ist mir leid nur um meine jungfräulichen Tage.""

In zahllosen Versen dieser Art und mit mancherlei Variationen klingt so die der frohen Hochzeitsfeier beigemischte traurige Saite an und wieder. Es scheint aber überhaupt, daß in der Psyche dieses stets so unglücklichen und hartbedrängten Volkes, eben wie in der der Finnen ein tiefmelancholisches Element wurzele. Ihre halbe Literatur besteht aus sogenannten „Raudas" oder Klageversen, Abschiedsliedern, Grabesgesängen und versificirten Seufzern.

Sie scheinen so recht eigentlich in der poetischen Betrachtung der wehmüthigen und schmerzlichen Seiten und Ereignisse des Lebens zu schwelgen.

In den Trauerliedern an ihre Todten pflegen sie diese umständlich anzureden und ihnen viele Vorwürfe darüber zu machen, daß sie die Ihrigen im Stiche gelassen:

„Warum bist Du gestorben, mein Mütterchen,
Ach hattest Du nicht ein lebendes Töchterchen?
Warum bist Du geflohn, mein Mütterchen,
Ach pflegte Dich nicht Dein sorgsames Mädchen?
Ersteh! ersteh! mein trautes Mütterchen.
Ich werde abheben den Rasen Deines Grabes."

Und dann erwachen die Todten aus dem Grabe und suchen die Zurückgebliebenen zu ermahnen und zu trösten:

„Wer weint um mich da oben?
Wer kniet auf meinem Grabeshügel?
Geh' heim, meine Tochter!
Dort wird eine andere Mutter
Dir kämmen Dein Haupthaar,
Dort wird ein schöner Jüngling
Dir reden Liebesworte und Dir trocknen Deine Thränen."

Zu einer sehr reichen Fülle von elegischen Dichtungen unter den Letten hat namentlich eine jetzt regelmäßig alle Jahre wiederkehrende Calamität, die russische Rekruten-Aushebung Veranlassung gegeben. Obgleich sie sich, wie ich schon sagte, im Fall der Noth und wenn es ihre Heimath galt, tapfer genug, ja ganz wild geschlagen haben, so ist doch dies äußerst friedsame Hirten- und Ackerbauer-Volk von freien Stücken und von Haus aus sehr wenig kriegerisch und unternehmend. Sie haben, wie ich bemerkte, fast gar keine Traditionen von früheren Helden. Ihre Poesie ist so rein idyllisch, wie die der griechischen Schäfer in Arkadien. Wie Naturkinder hangen diese völlig unpolitischen Leute an dem beschränkten Kreise ihrer Heimath und ihrer Familie.

Wenn daher der russische Werber seine Trommel rührt, um die Landeskinder unter des Kaisers Fahne zu sammeln und sie in die weite Welt hinaus zu führen, dann erzittert so zu sagen, das ganze Land. Alles Volk ist in Thränen gebadet und es gibt überall die rührendsten und herzzerreißendsten Scenen, die Der, welcher sie einmal mit ansah, nie wieder vergißt.

Es mag auch unter den polnischen Königen, auch zu Rurik's, auch zu jenes Hermanrichs Zeiten, wo, wie ich sagte, diese von Fremden stets mißhandelten Friedensleute gezwungen an der damaligen Völkerwanderung Theil nahmen, nicht anders gewesen sein.

Der Hergang in den Trauerliedern beim Abschiede der widerwillig in den Krieg ziehenden Jünglinge ist gewöhnlich der, daß die Schwestern klagend in den Garten gehen, des Bruders Hut zum letzten Male mit Blumen schmücken. Indem sie ihn schmücken, fragen sie ihn weinend, wann er wiederkommen wolle, und der verzweifelnde Bruder antwortet ihnen in trostlosen Bildern: dann werde er wiederkommen, — wenn die Zaunpfähle blühen, wenn die Steine faulen, — wenn die Kiesel auf's Wasser gestiegen — und die Federn auf den Boden gesunken. Er nimmt also Abschied auf ewig.

Als Probe eines solchen Liedes mag den Lesern das folgende dienen, in welchem indeß der Hergang etwas anders ist, in welchem die Schwestern das Schicksal des Bruders prophetisch voraussehen und die Schrecken der Schlacht, als schaueten sie Alles in einem Traumgesichte, ausmalen, wobei ich nur noch bemerken muß, daß die darin erwähnte „Meise" häufig der prophetische Vogel der Letten ist.

„Klagend tönt der Meise Sang.
Nahe an des Bruders Kammer?
Geh' hin, Schwester horch' auf!
Welch ein Liedlein singt die Meise?"
„Dieses Liedlein singt die Meise:
In den Krieg soll unser Bruder. —
Geh' denn, Schwester, in den Garten,
Schmücke unsers Bruders Hut. —
Singend thut sie's, aber weinend."
„Weine nicht, lieb Schwesterchen!
Sollst mich ja wohl wiedersehn?
Wirst Du mich auch nicht erharren.
Wieder siehst Du doch mein Rößlein."
„Zurücke kommt das Rößlein wohl,
Doch nicht wieder kehrt der Bruder.
Wenn es heimgelaufen kommt,
Mit den staubbedeckten Füßen
Frage ich das Rößlein aus:"
„Sprich wo blieb Dein lieber Reiter? —
„Dort ist mir der Reiter blieben,
Wo das Blut in Strömen fließet,
Wo Gebeine Brücken bilden,
Aufgethürmt die Todten sind!
Ach! wo die Männer wie gefällte Bäume liegen!"

Selbst die alltägliche Sprache der Letten ist voll von klagenden Interjectionen, Seufzern und Jammerrufen, reich an Ausdrücken für Elend, Sorge, Gram, Wehmuth, Kummer und Noth, reich an Fleh- und Bittworten.

Da sie selbst stets ein trauriges National-Schicksal hatten, da sie fast zu allen Zeiten fremde gestrenge Herren über sich sahen, deren Gnade und Erbarmen sie anflehen mußten, so ist bei ihnen unter Anderen z. B. die Phrase: „Erbarmen Sie Sich" zu einer stereotypen und geläufigen geworden, und sie wird dann selbst da angewandt, wo gar kein „Erbarmen" in Anspruch zu nehmen ist und wo andere sonst einen andern Ausdruck gebrauchen würden. Sie sagen z. B. „Erbarmen Sie Sich! wie das heute regnet!"

oder auch: „Erbarmen Sie Sich! Sie machen ja Witze zum Todtlachen!"

Ihren Herren und Gebietern selbst gegenüber ist ihre Art sich auszudrücken so voll von schmeichlerischen und besänftigenden Bitt- und Flehworten, daß ihre Unterredungen dann fast immer wie ein Gewimmer und Gewinsel klingen.

Dabei ist ihre Stimme von Natur nicht volltönend und männlich. Wenn man ein paar lärmige, resolute und sanguinische Russen dazwischen drein reden hört, so klingt es wie Bärengebrumme zwischen dem Gezirpe von Vögeln.

Ja selbst die sogenannten Jubellieder der Letten, welche Freude ausdrücken sollen, sind oft von mehr oder weniger melancholischen Melodien begleitet, die fast wie Trauermusik klingen. In den hellen Sommernächten, um Johanni herum, wo auf allen Hügeln und an allen Flußufern die singenden Mädchengesellschaften sitzen, wo die Hirten singend das Vieh auf einsame Wiesen treiben, wo die Pferdehüter singend sich um Mitternacht um ihre Feuer am Waldessaum versammeln, da ziehen diese murmelnden Melodien über die Landschaft weit und breit dahin, wie im Kosakenlande das Klagegeschrei der Grillen und Unken, und die ganze Gegend erscheint dann wohl dem, der diesem Gemurmel — unbewußt, daß es hier höchster Freudeausdruck sei — lauscht, wie in einem dunklen Trauerflor musikalischer Klagen tief eingehüllt.

Freilich darf man dies Alles nur so im Ganzen und Allgemeinen nehmen. Ich deute hier natürlich nur den Grundton an, der sich durch das Ganze zieht, und die vorherrschende Färbung. Denn so von Gott und der Natur verlassen ist keine Nation, daß es ihr gänzlich an Heiterkeit des Geistes gebräche. Zwischen jenem nächtlichen Gemurmel hindurch vernimmt man dann wohl zuweilen wieder ganz muntere, sehr gefällige und äußerst anziehende Weisen und Melodien, die aber wunderlich genug, noch Niemand in Noten gesetzt hat. Auch in ihren Sprichwörtern und in den epigrammatischen Spottgedichten, der ensie so viele erzeugen, bekunden es die Letten hinreichend, daß es ihrem Geiste nicht ganz an Kernigkeit, ihrem Verstande nicht an Schärfe und Salze fehle.

Sie haben die Augen sehr offen für die Erspähung der Schwächen, Untugenden und Lächerlichkeiten ihrer Mitmenschen, besitzen wie alle Unterdrückten, z. B. auch die Juden, einen entschiedenen Hang zu satyrischen Bonmots, zu kleinen Moquerieen und zum Bewitzeln Anderer, und sind darin äußerst sinnreich, erfinderisch, zuweilen sehr beißend.

In folgendem Verse z. B. bespöttelt ein lettisches Mädchen einen jungen Mann, der ihren Vater beleidigte, auf eine höchst pikante, sehr lakonische und treffende Weise:

„Mit den bösen Hinterpfötchen
Schlug ein Häschen meinen Vater.
Ach ich hätt' ihn gern gerächt, —
Nur — vor Lachen konnt ich's nicht."

Viele ihrer Sprichwörter sind voll scharfer und sarkastischer Satyre und zeugen von einer sehr gesunden Lebens-Philosophie. Aus hunderten die sich darbieten greife ich nur einige heraus:

„Laßt den Teufel nur erst in die Kirche, so will er auch sofort die Kanzel besteigen," lautet eins, das die Frechheit des Mephistopheles, der im Dienste der Hölle sogar das Wort Gottes zu verkünden sich erfrecht, sehr treffend bezeichnet.

Einen einfältigen und erfahrungslosen Simplicius kann man kaum besser stempeln, als wie es in folgender sprichwörtlichen Redens-Art der Letten geschehen ist: „Der gute Mann scheint in einer Tonne erzogen und dabei durch das Spuntloch gespeiset."

In einer anderen Redensart drücken sie recht naiv und lebendig unser „Schuster bleib bei Deinem Leisten" aus. Sie sagen: „Das Schaaf wünscht sich Hörner, aber der Hirsch ja! — der gibt sie ihm nicht."

Das Lettische: „mit einer goldenen Angel Fische fangen" erinnert an unser Deutsches: „Mit einem silbernen Spinnrocken spinnen."

Daß man den Bösen nicht an die Wand malen soll, lehren sie in folgenden Spruche: „Rufe den Wolf nur, schon ist er da."

Unser Deutsches „aus dem Regen in die Traufe" heißt bei ihnen nicht weniger bezeichnend und landesthümlich: „Er flüchtete vor dem Wolfe und lief dem Bären in's Maul."

Von einem Hunde, der viel bellt und sich dadurch den Wolf auf den Hals zieht, so wie von einem Menschen der großen Aufwand macht und dadurch die Aufmerksamkeit seines habgierigen Grundbesitzers auf sich zieht, sagen sie: „Er ruft seinen Erbherrn." Von diesen Erbherren, welche nach ihrer Meinung die Bauern nur füttern, um sie zu verspeisen, sagen sie sehr lakonisch: „Selbst sind sie die Hirten, selbst auch die Wölfe!" —

Unser Deutsches: „Schreib die Schuld in den Schornstein". heißt bei ihnen: „Das bezahle die Schaufel" (nämlich die Grabesschaufel, der Tod).

Wenn Salomo die Rede einem zweischneidigen Schwerte vergleicht, so sagen die Letten von ihr: „Die Zunge haut um wie ein Beil, die Zunge hängt auf wie ein Strick." — Den, der ein altes Verhältniß leichtsinnig brechen will, warnen sie mit dem sehr verständlichen und aus dem Alltagsleben gegriffenen Bilde: „Abgeschnitten Brod klebst Du schwer wieder an."

Nicht wenig pikant sind noch folgende sprichwörtliche Redensarten der Letten:

„Zeige ihm Dein offenes Herz, er wird Dir seinen Rücken zeigen," (von Einem, der sein Herz einem Hartsinnigen ausschüttet).

„Erbitt' Dir vom Wolfe das Lamm" (bei einer vergeblichen Bitte, die man an einen Unbarmherzigen richtet), oder auch ähnlich:

„Du gibst dem Windgotte Ohrfeigen"

„Er sucht das Pferd, auf dem er reitet" (von einem Unbefriedigten, der sein Glück verkennt).

„Da bleibt des Reichen Goldberg, da bleibt des Armen Bettelsack," sagen sie von dem Alles ausgleichenden Grabe. —

Studirt man diesen von den Letten ausgeprägten Schatz von Lebensweisheit, — betrachtet man die Feinheiten, die ihre Sprache darbietet, Feinheiten, die nur der Ausdruck einer eben so feinen Volks-Psyche sein können, insbesondere auf die schönen treuen und angemessenen Farbentöne zur Schilderung der Natur, die zahllosen Onomatopöetika, an denen sie so reich ist, — erwägt man die vielen echt dichterischen Anklänge in ihren Liedern und „Dainos," die aber wie membra disjecta, wie verstreute Rollsteine im Lande herum liegen — entdeckt man auch die zahlreichen Talente und Gaben, die sich bei diesen Leuten in vielen Keimen deutlich zu Tage legen, ihre allgemeine Anstelligkeit, ihr großes Nachahmungstalent, ihren in kleinen Dingen so erfinderischen Sinn, ihr gelenksames, weiches, empfängliches, rasch fassendes Wesen, so mag man sich wohl wieder mit Recht fragen, wie es gekommen, daß bei diesem Volke alle solche schönen Anlagen nie zu einer kräftigen Entfaltung gediehen, daß jene membra disjecta nie zu einem imponirenden Ganzen zusammengewachsen sind? —

Viele ihrer Weisheitslehren sind eines Eulenspiegels oder Aesops, ja wohl eines Sokrates nicht unwürdig. Manche ihrer poetischen Bilder und Erfindungen sind so treffend, so völlig dichterisch, daß kein Ovid oder Tibull sich ihres Gebrauches zu schämen hätte.

Ja, wenn man die Summa alles Dessen, was diese 3 oder 4 Millionen Letten oder Lithauer täglich gedacht, beobachtet und ausgesprochen haben, zusammenfaßte, so überträfe sie wohl bei weitem den Ideenschatz vieler großer Geister und Individuen.

Mehr als ein großer Dichter scheint so zu sagen in dieser ganzen Masse aufgelöst vorhanden, gleichsam wie die Perle in dem Becher der Kleopatra. Und doch ist nie weder ein Shakespeare, noch ein Goethe, noch ein Tibull oder Ovid unter ihnen geboren, aus der Masse concentrirt und niedergeschlagen worden.

Nirgends hat sich der überall gleichmäßig verbreitete Perlenstoff zu einer Perle krystallisirt. Ich sage der überall gleichmäßig verbreitete Stoff, denn — und dies macht die Sache noch wunderbarer, — Apollo scheint ihnen Allen gleich günstig zu sein.

Bei uns gibt es ein paar Millionen dumme, stumme und prosaische bäurische Seelen und dann wieder einen Uhland oder einen Schiller, wie einen Blocksberg in der Ebene. Bei jenen scheint das dichterische Blut allverbreitet, fast jeder hat mehr oder wenig Talent dazu, dabei aber gibt es keine hervorragenden, keine Epoche machenden Genies. Es ist Alles wie zerzupft und zerzaust. Ein Schneegestöber von Flocken und doch kein Gletscher. Es ist wie ein weites Feld mit niedrigem Buschwerk, in dem die Finken zwitschern. Nirgends aber erheben sich hohe Bäume, in denen Adler horsten.

Die curischen, livländischen und polnischen Herren sind in ihren Alltagsgesprächen immer voll von hübschen Anekdoten über ihre lettischen und lithauischen Bauern, erzählen viel von den witzigen Einfällen und scharfsinnigen Aussprüchen, welche dieselben gethan haben, von den erfinderischen Weisen und Künsten, mit denen sie sich gewandt aus Verlegenheiten gezogen haben, Vorfällen, bei denen einem deutschen Bauern, so zu sagen Hände und Füße im Wege gestanden hätten, — von rührenden Zügen, in denen sie die größte Anhänglichkeit, Treue und Liebe und andere schöne Anlagen des Herzens offenbarten.

Ja mancher Bewunderer des Lettenthums ist wohl zu der Behauptung gekommen, daß unter günstigeren Umständen, bei einem mehr grausamen Schicksale dieses Volk von der Natur zu der Entwickelung der herrlichsten Humanität und Cultur bestimmt gewesen scheine.

Nichts destoweniger aber ist trotz dieser vielfachen Begabung jene höhere Humanität und Cultur nie bei ihnen zum Durchbruche und zur Aufgipfelung gekommen. Das Volk ist immer in Europa ein obscures und niederes schwaches Rankengewächs geblieben.

Trotz der vielen weisen Alten, die man wie Plato's Schüler redend unter den Letten gefunden hat, ist doch nie ein Plato unter ihnen erstanden. Trotz ihrer schönen Sittensprüche und Lebensregeln haben sie nie einen Lykurg oder Solon erzeugt, der ihnen ein festes und selbstständiges National-Wesen und Staatsgebäude geschmiedet hätte.

Bei aller ihrer Anstelligkeit und ihrem erfinderischen Genie ist doch nie etwas Nachhaltiges und Durchgreifendes bei ihnen erfunden wurden.

Trotz ihres Hanges zur Freiheit und Unabhängigkeit, der ihnen wie allen Menschen eigen ist, trotz der erstaunlichen Hartnäckigkeit, mit der sie in alten Zeiten zuweilen ihre Freiheit gegen Slaven und Deutsche vertheidigt und auch später noch oft wieder zu erringen versucht haben, trotz der heldenmüthigen Tapferkeit, deren sie unter Umständen fähig waren, haben sie doch keinen Miltiades gehabt, der das Vaterland rettete, keinen Moses und Josua, der dem Volke ein eigenes und dauerndes Haus baute oder eroberte.

Es hat ihnen dazu ein höherer Schwung, eine stark concentrirte Energie, ein mächtiger Associationstrieb, kurz ein gewisses Etwas gefehlt, was erst aller schönen Naturanlage einer Nation ihre Geltung und Fassung gibt, und was die großen und mächtigen Völker constituirt. Wie sich dies erkläre, und wie dies komme, das läßt sich schwer sagen. Auf die Frage, warum ein Volk mächtig, herrlich und gebieterisch wird, und warum das Andere sich nie aus seinen Sümpfen und Wäldern zum Tageslicht hervorarbeitet, finden wir oft keine genügendere Antwort, als auf die, warum das eine Gewächs in der Natur ein blüthenreicher Dorn-Strauch bleibt, und das andere zu einer Eiche oder einem früchtetragenden Obstbaum wird.

Ein lettisches Sprichwort selber sagt: „Wer sich zum Lamm macht, den zerreißt der Wolf." Haben sie geahnt, daß dieses Wort auf ihr ganzes Volk paßt, und daß dasselbe deswegen eine Beute Anderer wurde, weil es nicht, wie die Dauben eines guten Weinfasses, mit eisernen Reifen beschlagen und gefaßt war?

Wie jenes Sprichwort, so könnte man auch die vielen poetischen Klagen und Trauerlieder, welche die Letten den armen Waisenkindern widmen, wohl auf die ganze Nation anwenden. „Arme verlassene Waisenkinder, an die Niemand Liebesworte richtet, die keinen Fürsprecher haben, die im Sturm und Schneegestöber weinen und klagen, denen nur die Sonne die Thränen trocknet," sind Bilder und Scenen, die in ihren oben von mir erwähnten elegischen Raudas sehr häufig wiederkehren.

Die Nation scheint in ihren Waisenkindern gleichsam sich selber zu besingen: Eine dieser lettischen Waisen-Kinder-Raudas lautet so:

„Wir armen Waisenkinder, gelagert am schnellfließenden Bächleins-Ufer, harren unserer Mütter. O, wir trauernden Mädchen, verlassene Waisen, gewohnt, zu darben im bittern Elend! Keiner weiß es, wo wir trübselig weinen. Nur die Sonne weiß es, die mit warmen Strahlen unsere Thränen trocknet. Nur unser Tüchlein weiß es, mit dem wir unsere Augen wischen. Ach, werden die Mütter nicht mit dem Strome herabschwimmen? — Ewig strömt es, ewig rauscht es. Aber die Kindlein warten vergebens und schluchzen. Seufzend und klagend schleichen sie ihres Weges."

Jenen Waisenkindern, die sie so oft besingen, sage ich, ist dieses ganze in Europa vergessene, verwaiste und unterdrückte und thatenlose Volk der Letten vergleichbar. Sie harren der rettenden Mütter den Strom der Zeiten herab. Aber nimmer kommen sie geschwommen.

Die Niederländer.

Der ganze mittlere Haupt-Körper der europäischen Halbinsel besteht in Bezug auf Oberflächen-Beschaffenheit aus zwei Abschnitten, aus einer von Gebirgen durchfurchten Südhälfte und aus einer unermeßlichen Niederung im Norden.

Diese Nord-Europäische Ebene beginnt mit einem breiten Ost-Ende in Sibirien und Rußland, zieht sich durch Polen und Deutschland, indem sie sich mehr und mehr abschmälert, und hört endlich im Norden von Frankreich und des Ardenner-Waldes auf, wo sie so tief hinabsinkt, daß sie theilweise sogar unter dem Niveau des Meeres liegt.

Mehrere große Flüsse, der Rhein, die Maas, die Schelde fließen zu diesen niedrigen Gegenden hinab. Deutsche und Franzosen haben ihnen daher den Namen der „Niederlande" gegeben, und dieser Name ist nicht nur in alle übrigen europäischen Sprachen übersetzt, „Netherlands," „Pays Bas," „Paeses Baxos," sondern auch von den Eingeborenen des Landes selbst als ein National-Name (sie nennen sich selbst „Nederlanders)" adoptirt worden.

Die Natur scheint auf den ersten Blick wenig für dieses Land gethan zu haben. Natürliche Reize, sogenannte romantische Schönheit besitzt es kaum. In großer Einförmigkeit strecken sich die theils sandigen, theils morastigen Ebenen dahin. Alle Anmuth, die wir jetzt in ihnen finden, wurde ihnen durch Kunst und Menschenhand gegeben.

Kaum schien die das Chaos ordnende Schöpfung hier vollständig zu Ende gebracht worden zu sein. Die Elemente, die dicke Luft, das trübe Wasser und die schlammige Erde mischten sich noch so, daß man, wie der Römer Tacitus sagte, in den meisten Fällen kaum zu behaupten wagte, ob man Festland oder Wasser vor sich habe, oder daß, nach dem Ausdruck eines geistreichen Holländers, des berühmten Hugo Grotius, „alle Dinge, die ein Land constituiren in den Niederlanden nur angedeutet, nur skizzenhaft vorhanden zu sein scheinen."

Das Wasser nur eine Skizze, sich verlierend und vermischend mit Sand und Moor, nicht, wie in einem Berglande, in tief ausgegrabenen Flüssen ausgegossen, oder in festgebauten Seebecken gesammelt. Das Land auch nur eine Skizze, kaum aus dem Wasser sich erhebend, überall von Ueberschwemmung triefend. Sogar der Himmel nur eine Skizze, nicht ein schönes scharfgezeichnetes ätherisches Rund-Gewölbe, wie in Italien, sondern mit Nebeln und Dünsten versetzt und fast immer mit Wolken-Vorhängen verhangen. Der Mensch erst mußte mit schöpferischer Hand in diese gestaltlosen Elemente hineingreifen, um ein bewohnbares Vaterland herauszubilden.

Auch von werthvollen und dem Menschen willkommenen Natur-Producten wüßte man fast keine zu nennen, die das Land von Haus aus in Fülle geliefert hätte. Von Gold und Silber und anderen solchen kostbaren Dingen, welche einzelne Länder berühmt gemacht haben, zu geschweigen, hatte es theilweise nicht einmal Wälder oder Steinbrüche, um durch Holz, oder Bausteine, oder Metalle sich unter seinen Nachbarn beliebt zu machen.

Alles, was dem Menschen frommt und was eine bedürfnißreiche Gesellschaft fördert, mußte hier erst mit Mühe angepflanzt oder aus der Ferne herbeigeschafft werden.

Ja sogar die Häfen für die Schiffe mußten die Bewohner sich erst künstlich bereiten. Denn merkwürdig genug besitzen diese Niederländer, die eine so große Rolle in der Handelswelt spielen sollten, kaum einen oder zwei von der Natur einigermaßen gut gestaltete Häfen.

Auch in dieser Beziehung sind sie von vornherein stiefmütterlicher ausgestattet, als die meisten anderen Länder Europa's, mit sandigen, flachen, buchtenlosen Küsten, mit Untiefen und gefährlichen Einlässen, ohne Schirm und Schutz für die Fahrzeuge.

Allerdings aber gibt es keine Wunder in der Geschichte. Und wir entdecken daher auch in den Niederlanden wieder mancherlei natürliche Gunst und Gaben, welche jenen Mängeln das Gleichgewicht halten. Der Mensch gedeiht ja da eben so wenig, wo die Natur völlig undankbar und karg Alles versagte, als da, wo sie üppig Alles von selbst gewährte, am besten dagegen da, wo sie den höchsten Preis für die größte Anstrengung ausbot. Und dies eben ist vorzugsweise in den Niederlanden der Fall.

Sehr Vieles verdanken sie zunächst dem Umstande, daß sie das Mündungs-Gebiet jener von mir genannten großen Flüsse, (namentlich) des Rheines bilden. Dieselben kommen aus den Gebirgsländern mit beruhigtem Laufe als schiffbare breite Canäle hervor. Sie führen den Detritus der oberen Gegenden als fetten Schlamm mit sich und bilden in den Niederlanden, wo sie sich in's Meer ergießen, ein Delta, dessen Boden, wenn man ihn gegen die Elemente zu schützen vermag, alle Anstrengungen so reichlich lohnt, wie Egypten, der dann die schönsten Wiesen und kräftige Heerden und alle Ackerbau- und Garten-Producte in größter Vollkommenheit erzeugt.

Die Flüsse bringen zugleich die Waaren und Erzeugnisse der oberen Gegenden eines weiten herrlichen und schönbegabten Abschnittes von Europa, die hier einen Auslaß in den Ocean und eine Vermittlung mit dem Welt-Verkehre suchen, mit sich herab. Sie zertheilen sich in eine Menge Arme, die das ganze Land wie Adern durchziehen, und die, indem sie überall seine natürlichen und künstlichen Canäle speisen, in alle Landeswinkel die Aufforderung zu Verkehr und Schifffahrt hintragen.

Schon als die natürlichen Mündungslande, als das Haupt und Ziel, zu dem Rhein und Maas und Schelde hinabeilen, mußten daher die Niederlande als ein bevorzugtes Gebiet erscheinen. — Eben so wichtig aber ist es, daß der Erguß dieser Flüsse gerade in einem Punkte stattfindet, dessen geographische Position in Folge der Configuration unseres ganzen Continents sehr bedeutungsvoll erscheint. Alle großen Flüsse des östlichen Europa's jenseits des Rheins und der Elbe, die

Donau, die Weichsel, die Oder u. s. w. verlieren sich in geschlossenen Meeresbecken.

Die Ströme der Niederlande sind westwärts die ersten, welche den freien Ocean und zwar in der Nähe des großen Meeres-Canales erreichen, welcher die nördlichen und südlichen Seegewässer unseres Continents verbindet. Ihre Mündungs-Gebiete (eben die Niederlande) liegen gleichsam auf der Grenze des Nordens und Südens unseres Welttheils, im Mittelpunkte der langgestreckten Küsten der europäischen Halbinsel. Der Verkehr und Austausch des Nordens und Südens begegneten sich hier am natürlichsten. Es ist dieselbe Position, die auf der anderen Seite dieses Canals auch England und London groß gemacht hat.

Es ist darnach begreiflich, daß bei so großen Aufforderungen zur Thätigkeit, wie die Naturverhältnisse sie neben allen den bezeichneten Mängeln darboten, sich hier ein tüchtiges Volk ausbilden mußte. Merkwürdiger Weise haben auch die Umstände und Ereignisse von vornherein ein Geschlecht von Menschen hierher geführt, das schon von Haus aus viele Qualitäten besaß, wie sie sowohl zur Benutzung der natürlichen Vortheile, als zur Besiegung der natürlichen Hindernisse dieser Gegenden wünschenswerth waren.

Der ernste, geduldige, ausdauernde, praktische, freiheitsliebende Stamm der Niederdeutschen, der sich in der ganzen Westhälfte der Nord-Europäischen Ebene ausgebreitet hat, hat auch alsbald das merkwürdigste Stück dieser Ebene ihren westlichsten Zipfel an Schelde und Rhein in Besitz genommen, und hat einige seiner kräftigsten Zweige dahin versetzt.

Die Römer, deren Schriftsteller das erste Licht auf die Bevölkerung der Niederlande werfen, trafen hier auf germanische Völker, ihnen ganz als besonders tapfer und kernig erschienen.

Unter den vielen Namen, die sie nennen, leuchten die der Friesen und der Bataver am hellsten hervor. Sie, die die Nordhälfte der Niederlande bewohnten, werden von den Römern als reine ungemischte Germanen bezeichnet. Von den Batavern hörten sie, daß sie aus den Weser-Gegenden eingewandert seien. In der Südhälfte des Landes aber fanden schon die Römer ein solches Gemisch von germanischen und celtischen Stämmen, wie wir es noch jetzt dort sehen und für welches der alte Name der Belgier geblieben ist.

Wahrscheinlich stritten mithin die Celten (die Einwohner Frankreichs) und die Germanen schon lange vor der Römer-Zeit um die Herrschaft des Landes. Und auch lange nach ihnen, bis auf die Neuzeit herab hat sich dieser Kampf fortgesetzt, so daß man fast die ganze ethnographische Geschichte der Niederlande als einen zuweilen unterbrochenen Krieg der Germanen und Celto-Romanen um den Besitz der so wichtigen Rhein-Mündungen betrachten kann. — Es ist ein Streit, der freilich viele Wechselfälle darbietet, bei dem aber doch meistens das Beste, was in jenen Gegenden geleistet wurde, von dem germanischen Geiste ausging.

Zunächst verschafften freilich die Römer dem Süden die Oberhand. Sie machten den südlichen Theil der Niederlande bis an den Rhein zu einer römischen Provinz und zwangen selbst die tapferen Bataver und freien Friesen im Norden des Rheins mit Waffen und Politik zur Bundesgenossenschaft.

Wie später Napoleon, benutzten die Römer die Niederlande und die Rheinmündungen zur Basis ihrer Angriffe auf das nördliche Deutschland. Doch hatten sie daselbst Aufstände der freiheitsliebenden Eingebornen zu bekämpfen, die wie der unter dem berühmten Bataver Claudius Civilis, dem späteren Aufstande und Kampfe der Holländer unter Wilhelm von Oranien gegen die Spanier in vieler Beziehung ähnlich waren.

Die Römer, die das Canal- und Deichwesen im Nil-Thale in Egypten kennen gelernt hatten, sollen diese Künste, welche später von den Landeskindern so hoch cultivirt wurden, zuerst in die Niederlande eingeführt haben.

Dem Rückzuge der Römer folgte in den Niederlanden wie überall in Europa ein Uebergewicht der deutschen Raçe. Aus denselben Gegenden, aus welchen den

Niederlanden ihre erste germanische Bevölkerung zugeflossen war, von der Weser und vom mittleren Rhein her, aus dem alten Katten- und Brukterer-Lande, kam ein neues deutsches Volk, die sogenannten salischen Franken, das die Friesen, die Bataver und die anderen deutschen Stämme der Niederlande vom Römerjoche befreite und sie in einer deutschen Monarchie, der Fränkischen, vereinigte.

Diese Franken waren selbst wie die alten Bataver ursprünglich ein Niederdeutsches Völker-Gemisch. Sie verschmolzen leicht mit den Eingebornen und brachten deren alte Gesetze und Sitten, die mit ihren eigenen eins waren, wieder zur Geltung. Wie die Römer gegen Nord-Deutschland, so machten nun die Franken bei ihrem Vorrücken gegen den Süden oder Gallien die Niederlande zu ihrer Angriffs-Basis.

Man kann die Stiftung der großen fränkischen Monarchie in Frankreich als von den Niederlanden ausgegangen, gewissermaßen als eine niederländische Eroberung betrachten. Merwig, der Stifter des merowingischen Königsgeschlechts, ist ein niederländischer Name, so wie auch der Name der sogenannten salischen Franken in den Niederlanden (an der Yssel) wurzelt. „Heristall," — „Landen" sind niederländische Orte, von denen Pipin von Heristall und Pipin von Landen, die Stifter der karolingischen Dynastie, ihre Namen haben, wie denn auch die Könige dieses Geschlechts, selbst Karl d. Gr. ihre Residenzen und ihre Haus- und Familien-Güter hauptsächlich in den Niederlanden oder in ihrer Nähe besaßen.

In dem fränkischen Zeitraume wurde der Grund zu dem gegenwärtigen Zustande und Geiste der deutschen Niederlande gelegt. Es verbreitete sich deutsche Grundbevölkerung an den Zweigen der Schelde hinauf bis tief in gallisches Gebiet hinein und längs der Küsten bis nach Calais hin. In jener Zeit hat sich die Einheit derjenigen germanischen Sprache und des Volksschlags aus einer Verschmelzung der alten Bataver mit Friesen, Franken und Niedersachsen hergestellt, welche die Einheimischen jetzt mit dem Worte „Neerlandsch" oder „Nederdütsch" bezeichnen, und welche man jetzt in zwei freilich sehr wenig verschiedene Abschnitte, den flämischen und den holländischen Zweig, zerfallen läßt.

Doch ging die Germanisirung des Landes unter den Franken nur so weit, als das eigentliche Flach- oder Niederland reichte. Sie brach sich an den Wäldern und Gebirgen der Ardennen. In diesen Ardennen, in ihren Felsenschluchten und in den tief eingekasteten Flußthälern der Sambre, der Lys und der mittleren Maas erhielt sich ein Theil der von den Römern romanisirten celtischen Bevölkerung, das Volk der sogenannten Wallonen, die zwar meistens in die politischen Schicksale ihrer deutschen Nachbaren verflochten worden sind, und von ihnen manchen modelnden Einfluß erfahren haben, in der Hauptsache aber noch immer als ein romanisches Volk von besonderem Schlage und eigenthümlichen Sitten dastehen, von gedrungenem mittelgroßem Wuchse, mit tiefliegenden feurigblitzenden Augen, mit schwarzem Haupthaar, mit lebhafterem Sinne, von größerer Beweglichkeit, aber von geringerer Stetigkeit und mit einer Sprache, die nur eine Unterabtheilung des Dialekts des nördlichen Frankreichs ist.

Diese Wallonen, von denen die Flamingen das alte Sprichwort hatten: **Wat Walsch is Falsch** is oder von dem sie auch wohl sagen: **de Flamingen mogen den Walschman met soout, noch smout** (die Flamingen mögen den Wälschen weder mit Salz, noch mit Schmalz), haben vielfach störend in die Entwickelung der Niederlande eingegriffen, und es wäre für letztere wohl heilsam gewesen, wenn sie dieses fremdartigen Tropfens hätten ledig werden können. Die wallonischen Provinzen haben zu verschiedenen Epochen der niederländischen Geschichte die Mißvergnügten gespielt.

Sie waren in den Zeiten der Kirchen-Reformation die Hauptstütze des Katholicismus und halfen den Jesuiten, die Reform in dem südlichen Theile der deutschen Niederlande rückgängig zu machen. Die wallonischen Regimenter haben sich in spanischen und österreichischen Diensten auf eine den Norddeutschen nicht willkommene Weise berühmt gemacht. Es waren auch in der Neuzeit hauptsächlich wieder die

Wallonen, welche als Führer die Zustände Belgiens in das französische Gleise brachten, und die dort für französische Sprache und Sitte mit den Lenkern der flämischen oder deutschen Bewegung stritten und noch jetzt streiten.

Wie die Gruppirung der beiden Haupt-Bevölkerungs-Massen der Niederlande, so stammen aus jener fränkischen und namentlich aus der karolingischen Zeit auch die noch jetzt fortdauernden vielen Unter-Abtheilungen des Landes. Die Könige der Franken setzten über verschiedene Distrikte Statthalter und Grafen, deren Aemter bald in den von ihnen begründeten Fürsten-Geschlechtern erblich wurden. Auf diese Weise entstand die Grafschaft Flandern, das Herzogthum Brabant, die Grafschaft Holland, so auch das Bisthum Lüttich, das Erzbisthum Utrecht und alle die anderen kleinen merkwürdigen Länder, die noch jetzt als Provinzen der Königreiche Belgien und Holland bestehen.

Zur Zeit der Blüthe der deutschen Macht unter den sächsischen und hohenstaufischen Kaisern waren fast alle diese niederländischen Fürsten Vasallen des deutschen Reichs, bildeten in eben der Weise einen Theil desselben, wie Schwaben oder Sachsen und wurden unter dem Namen Nieder-Lothringen zusammengefaßt. Auch nahmen damals die Niederländer Antheil an Allem, was das deutsche Volk bewegte. Grafen von Holland zogen unter dem Banner unserer deutschen Kaiser in's Gelobte Land, und Herzöge von Brabant werden in der Geschichte unserer Literatur unter den deutschen Minnesängern genannt.

Nur die Grafschaft Flandern machte meistens eine Ausnahme davon, da sie bis an die Schelde gewöhnlich von den Königen von Frankreich in Anspruch genommen wurde.

Diese Vasallenschaft hinderte jedoch die niederländischen Fürsten und Stämme nicht, zuweilen sowohl mit den deutschen Kaisern, als auch mit den französischen Königen zu streiten und ihnen für ihre Gerechtsame die blutigsten Schlachten zu liefern. Auch lagen, wie im übrigen deutschen Reich, und noch ärger als dort, die Niederländer unter einander in beständigem Hader, Flandern mit Brabant, Hennegau mit Lüttich, Holland mit Friesland und die aufstrebenden Städte mit ihren Grafen, Herzögen und Bischöfen.

Das ganze Mittelalter hindurch thaten sich dabei am meisten die südlichen oder belgischen Niederlande hervor. Von den Nördlichen oder den Holländern war damals weniger die Rede. Vor allen standen die an der Seeküste wohnenden tapferen, mannhaften Flanderer oder Flamingen an der Spitze, von denen daher auch der Volks-Name für alle südlichen Niederländer deutschen Stammes entlehnt ist. — Die Franzosen nennen alles Niederländische (auch das Holländische) Flämisch (Flamand).

Die flandrischen Städte Gent, Brügge und viele andere wurden frühzeitig durch den Handel reich an Volk und Gütern. Bei ihnen fingen die Gewerbe, Manufakturen und Künste an, so schöne Blüthen zu treiben, wie außerhalb Italien damals sonst fast nirgends in Europa. In ihren Kämpfen mit den Königen von Frankreich stellten sie Heere auf, die so zahlreich, und lieferten ihnen siegreiche Schlachten, die so blutig waren, daß man über solche Riesen-Anstrengungen in einem so kleinen Lande mit Recht erstaunt, und daß selbst der in der Schlacht der Goldenen Sporen und in anderen Rencontres von ihnen oft geschlagene König von Frankreich, Philipp der Schöne, einmal ausrief, ihm dünke, daß dieses kleine Flandern Kriegsleute speie und regne.

Die Grafen von Flandern, die meistens Balduin hießen, gehörten zu den angesehensten und reichsten Fürsten von Europa. Sie, wie alle belgischen Niederländer spielten eine hervorragende Rolle in den merkwürdigen Expeditionen der Europäer, welche man die Kreuzzüge nennt. Gottfried von Bouillon und die ersten Könige von Jerusalem waren Belgier von Geburt und ein anderer Balduin, Graf von Flandern, setzte sich die Kaiserkrone in Constantinopel auf.

Als das deutsche Kaiser-Reich mit dem Verfall seiner Macht seinen Einfluß und seine Besitzungen jenseits des Jura's und der Vogesen allmählich verlor, erhob sich hier unter dem Sohne eines Königs von Frankreich das Haus der Herzöge von Burgund, das so glücklich war, theils durch Heirathen und Erbschaften, theils durch Eroberung im Verlaufe des 15. Jahrhunderts alle niederländischen Landschaften, bis an die Grenzen von Ostfriesland zu erwerben und zu einem einzigen großen Staate zu vereinigen.

Es war seit der Merowinger Zeiten zum ersten Male, das alle Niederländer unter einem Herrscher den Hauptkern und die wichtigste Masse eines aufstrebenden Reichs bildeten.

Die burgundischen Herzöge waren ihrem französischen Ursprunge gemäß der französischen Sprache und der französischen Sitte geneigt und ihre Herrschaft hat am meisten dazu beigetragen, beiden in den südlichen Niederlanden Eingang zu verschaffen, besonders bei dem Adel und den Fürsten des Landes, obwohl das Volk noch oft und lange dagegen Opposition machte und sich den Gebrauch seiner niederdeutschen Sprache in öffentlichen Verhandlungen zusichern ließ.

Sämmtliche damals 16 niederländische Provinzen wurden zwar vom Kaiser Maximilian I., dem sie durch seine Gemahlin, Maria von Burgund, nach dem Aussterben des burgundischen Mannsstamms zufielen, unter dem Namen des **Burgundischen Kreises** mit dem deutschen Reiche wieder verbunden. Doch war diese Verbindung fast nur nominell und sehr vorübergehend und in Bezug auf die Stärkung der deutschen Nationalität in den Niederlanden ohne Einfluß. Denn schon jenes deutschen Kaisers Enkel, Karl V., vereinigte sie 40 Jahre später, als ein, wie er sagte, auf ewig unzertrennbares Land mit der Krone von Spanien.

Unter diesem Kaiser, der ein geborner Niederländer war, der mit Vorliebe die niederländische Sprache redete, und den daher die Niederländer noch jetzt mit Stolz einen ihrer größten Landsleute nennen und gewissermaßen als einen belgischen Herrn betrachten, („als eine der schönsten Perlen," wie sich ein patriotischer Schriftsteller ausdrückt, „in Belgiens Ruhmeskranz") unter diesem Karl V., sage ich, und zum Theil auch noch unter seinem Sohne Philipp den II. blieben alle Niederländer wie unter den Herzögen von Burgund unter einer Macht vereinigt. — Die Dauer dieser Einigung umfaßt einen Zeitraum von ungefähr 150 Jahren. — Es war die Periode der höchsten Blüthe ihrer Gesammtheit.

Damals war in den südlichen Niederlanden, zuerst während der burgundischen Zeit in Brügge, dann während der spanischen Zeit in Antwerpen, der Welthandel fast in der Weise concentrirt, wie er es jetzt in London ist. Dort waren auch die fabricirenden Manchesters des damaligen Europa.

Es gab in Belgien Städte, wie Ypern, die jetzt kaum mehr genannt werden, in denen man zur burgundischen Zeit 200,000 Handwerker und Künstler zählte. Nicht weniger rechnete man in der Stadt Löwen. Gent allein besaß 40,000 Webstühle. Die Stadt Damme, jetzt ein Dorf, war damals so stark, daß König Carl VI. von Frankreich, der sie belagerte, zu ihrer Eroberung vergebens ein Heer von 80,000 Mann verwendete.

Die Bürger dieser flämischen Städte entwickelten eine Pracht, daß eine Königin von Frankreich (Johanna, Philipps des Schönen Gemahlin), als sie einst nach Brügge kam, verwundert ausrief, sie hätte geglaubt, hier die einzige Königin zu sein, und sie fände sich unter den städtischen Bürgersfrauen wie von hundert Königinnen umgeben; und als später die spanischen Soldaten dies Land und seine dicht gedrängten Ortschaften zu sehen bekamen, meinten sie und berichteten nach Spanien, das ganze Niederland sei nur eine einzige Stadt.

Damals wurden auch von den flämischen Niederländern einige der interessantesten und für die europäische Cultur einflußreichsten Erfindungen gemacht, oder in der Welt verbreitet.

Webereien waren uralt unter diesem industriösen Volke. Tapeten- und Teppich-Webereien blühten namentlich nirgends so, wie dort, und haben sich von den Niederlanden nach Deutschland, Frankreich und England verbreitet.

Auch die Kunst, in die Leinwand alle Arten von Figuren einzuweben, hat in Flandern ihren Ursprung genommen.

Und wem sind die Brabanter Spitzen unbekannt, diese ganz eigenthümliche Erfindung der Niederländer, in der noch keine andere Nation sie erreicht hat, und mit deren kostbaren und geschmackvollen Produkten sie seit der burgundischen Zeit alle Schönen der großen Welt und die Häupter aller Länder geschmückt haben.

Ludwig Berken aus Brügge erfand die Kunst, die Diamanten mit ihrem eigenen Staube auf eisernen Platten zu schleifen.

Auch die Steinkohlen, ein Stoff, der jetzt eine so große Rolle in der Welt spielt, sind von den Niederländern zuerst entdeckt, gegraben, und verwandt, und der Flaming Beukels hat durch seine Erfindung, die nach ihm (wie einige wenigstens behaupten) das Bökeln oder Einbökeln genannt wird, die in allen europäischen Haushaltungen so wichtigen Häringe erst nutzbar gemacht und den Häringsfischereien ihre selbst in der Politik hervorragende Bedeutsamkeit gegeben.

Von den flämischen Kaufleuten wurden die in Italien erfundenen Wechsel zuerst in den Nord-Europäischen Handel eingeführt. Sie hatten schon im Anfange des 14. Jahrhunderts Assekuranz-Gesellschaften (Kamers van Verzekering), die ersten, welche sich in Europa bildeten. Auch hat die kaufmännische „Börse" von einer flämischen Familie, den Herren van Beurse, in deren Hause die Kaufleute von Brügge zuerst ihre Zusammenkünfte hielten, ihren jetzt in ganz Europa geltenden Namen erhalten.

Aus den Quellen des Reichthums und behaglichen Luxus floß ein reges Leben durch die Kunstadern des Volks. Die schönsten Kirchen stiegen wie durch Zauberei aus dem Boden des Landes empor. Die Baukunst, die Malerei, die Musik haben an der Schelde und am Niederrhein eine ihrer vornehmsten Wiegen gehabt. Die Städte strotzen dort noch jetzt von einer Fülle prachtvoller Gebäude im Style der Architektur des Mittelalters.

Die Herzoge von Burgund, von denen damals für einige Zeit die Mode Europa's beherrscht wurde, die im 15. Jahrhunderte in Tracht, Kunst und Industrie den Ton angaben, waren große Freunde der Musik, die während ihrer Herrschaft von den flämischen Belgiern mit mehr Glanz als von andern Nationen geübt wurde. Es waren Niederdeutsche oder flämische Belgier, die in Frankreich und Italien die Musik als eine Wissenschaft einführten und als Kapellmeister an den Höfen der Könige, selbst an denen der entfernten Herrscher von Arragonien, glänzten.

Johann van Eyk, ein Zeitgenosse des burgundischen Herzogs Philipps des Guten, einer der größten Maler aus der älteren flämischen Schule, erfand die Oelmalerei, oder führte sie doch allgemein ein und gab dadurch den Farben, die man früher mit Gummiwasser, Eiweiß oder Wachs gemischt hatte, den frischen Glanz, den wir jetzt nicht bei ihnen entbehren mögen. Auch verbesserte er die Glasmalerei so sehr, daß er sie zu einer ganz neuen Kunst umschuf.

Wie in den städtischen Künsten und Gewerben, so erreichten die Niederländer auch im Ackerbau schon frühzeitig eine große Vollkommenheit, und sie wurden deßhalb schon im 12. Jahrhunderte so berühmt, daß sie häufig in fremde Länder berufen wurden. Der ursprünglichen Natur ihres Landes gemäß wurden sie besonders geschickt in der Urbarmachung wässriger und sumpfiger Distrikte. Es fehlte in ihren stürmischen und von Parteiungen zerrissenen Gemeinwesen nie an verfolgten und gedrückten Classen der Gesellschaft, die gern solchen Einladungen in's Ausland folgten.

Schon in dem besagten 12. Jahrhunderte gingen Holländer, Seeländer und Flamingen in großer Menge zur Havel und Spree. Ihre Colonisten nahmen den größten Theil der jetzigen preußischen Altmark ein, wo sie Tangermünde, Seehausen, Stendal und andere Städte stifteten. Auch sollen von ihnen Köln an der Spree und andere Theile Berlins gebaut sein.

Von dem größten Einflusse waren diese niederländischen Colonisten auf unsere Niederungen an der Ems, Weser und Elbe. Man kann sagen, daß die ganze norddeutsche Ebene bis nach Pommern und Kopenhagen hin mit ihren Ansiedlungen durchwebt wurde.

Viele unserer Marschländer brachten sie zu der Blüthe, in der wir sie noch jetzt sehen. In unserem Deich- und Canal-Wesen, bei unseren Veen- und Moor-Colonien haben wir sie beständig zum Muster genommen. Bei unseren Chausseen und Wasserbauten haben wir sie in der Neuzeit nachgeahmt und ihrer Beihülfe uns bedient.

Als die Spanier die Freiheit und Lebenskraft der südlichen Niederländer brachen, floh ein großer Theil ihrer Fabrikanten und Handwerker nach England hinüber, wohin sie ihre Künste verpflanzten und seitdem erst fing statt der Niederländer England an, an die Spitze der europäischen Industrie zu treten. Vielfach sind die Engländer die Schüler und Zöglinge der Niederländer gewesen.

Der bis zur burgundischen und spanischen Zeit einige niederländische Volksstamm wurde in Folge der Kirchen-Reform in eine südliche oder belgische und in eine nördliche oder holländische Hälfte gespalten.

Zuerst schienen zwar aus uralter Sympathie sämmtliche Niederländer deutschen Stammes den von ihren norddeutschen Nachbaren und Brüdern ausgehenden Impulsen folgen zu wollen. Auch in Flandern und Brabant wurden, wie in Holland und Friesland, zu Luther's Zeit die Bilder gestürmt und der Gottesdienst geläutert.

Allein der König von Spanien stellte doch mit Hülfe der Wallonen und eines Theils des romanisirten Adels seine und des Papstes Autorität in den südlichen Gegenden wieder her. Und diese blieben seitdem auch unter den den Spaniern folgenden Oestreichern der römischen Welt zugewandt, und ihren niederdeutschen Brüdern im Norden, die ihre Kirchen-Reform durchsetzten und ihre Freiheit behaupteten, abgekehrt.

Bedeutende Abschnitte des alten Flanderlandes wurden in den blutigen Kriegen, die Ludwig XIV. um ihren Besitz erneuerte, sogar ganz von den Niederlanden getrennt, von dem Körper Germaniens gelöst und unter französischer Herrschaft fast ganz französirt. Aber auch der Rest der südlichen sogenannten spanischen oder österreichischen Niederlande wurde nun in noch höherem Grade als es zur burgundischen Zeit geschehen war, in das Netz französischer Sitten- und Sprachen-Bande hineingezogen, theils in Folge der freiwilligen Bewunderung, welche die gebildeten Stände des Landes der blühenden Literatur und Kunst des glänzenden Nachbarn zollten, theils in Folge des häufigen Verkehrs der Armeen und Beamten der Franzosen, die das ganze Land zu wiederholten Malen eroberten und auf französischen Fuße organisirten z. B. einmal im österreichischen Erbfolgekriege von 1744 bis 1748 und wieder einmal zu Napoleon's Zeit von 1794 bis 1814.

Seitdem ist das südliche Niederland oder Belgien wieder fast in so hohem Grade romanisirt, wie zu den Zeiten der alten Römer selbst. In Glaubenssachen empfängt es Befehle von Rom. Sein Gesetzbuch ist der vom gallischen Imperator gegebene Code. Die höheren Classen des Volks bedienen sich durchweg der französischen Sprache, welche die Sprache der gebildeten Gesellschaft, der Gesetzgebung, des Parlaments und der Gerichtshöfe geworden ist.

In dem Charakter der Masse zeigen sich zwar überwiegend die Eigenthümlichkeiten des germanischen Niederländers. Doch läßt sich auch bei ihr eine starke französische Beifärbung nicht verkennen. „Diese Belgier bieten ein seltsames Gemisch von Bequemlichkeit und Fleiß, von Gutherzigkeit und Pfiffigkeit, von abergläubischer Dummheit und Feinheit dar." Ein Engländer sagt von ihnen etwas hart: „Sie hätten das Verschlagene des Franzosen, aber nicht dessen Gefälligkeit; — den Stolz und die Bigotterie des Spaniers, aber nicht dessen Ritterlichkeit; — die äußere Formlosigkeit der Deutschen, aber nicht ihre Treuherzigkeit." — Wenn man an diesem Urtheile die Schärfen abrundet, behält man vielleicht ein treues Portrait der Belgier in Händen.

Das niederländische oder flämische Deutsch, in dem sonst so viel Glorreiches verhandelt wurde, und das dem Volke, wie ich sagte, sogar einst so lieb war, daß es seine Könige lernten und sprachen, sank zu einer illiterarischen Bauernsprache herab, in der nur noch die brabanter Spitzenklöpplerinnen ihre alten Lieder sangen. Zu ihrer Wiederbelebung hat sich aber in neuester Zeit eine kleine Schaar für alles Germanische begeisterter flämischer Patrioten erhoben, die nun wieder den Holländern das allgemeine niederländische Nationallied singen:

Wien Neerlandsch bloed in de aders vloeit
Van vremde smetten vrij
Hy stell mett ons vereend van zin
Met onbeklemde borst
Het godgevallig feestlied in
Voor Vaderland en Vorst

und die auch sogar mit uns Deutschen einstimmen in das Lob von der „Brüdertreue aller deutschen Stämme" und des großen Vaterlandes.

En gy Bels, blyv toch gedürig Duitsch alst oude voorgeflacht
Wees Duitsch in sprak en Zeden Houdt aenit groote Vaderland.

So sangen die flämischen Patrioten auf dem großen flämisch-deutschen Sängerfeste zu Brüssel im Jahre 1846. Und die Leser haben in diesen kurzen Sprachproben, die ich hier mit Fleiß einschob, zugleich einen kleinen handgreiflichen Beweis dafür, daß diese uns in der Politik so ferngestellten Belgier in anderer Beziehung uns noch immer so nahe stehen.

Gegen das auf die besagte Weise durch Spanier und Franzosen in Süd-Niederland siegende Romanenthum standen am Ende des 16. Jahrhunderts die Holländer unter ihrem Prinzen von Oranien auf, wie einst die Bataver, ihre Vorfahren, unter Claudius Civilis. Es ist sehr bemerkenswerth, daß schon an diesen alten Batavern die Römer manche Eigenschaften lobten, derentwegen wir noch heute die Holländer preisen. Sie erschienen ihnen als höchst achtbare Leute, von mehr passivem, als aktivem Muthe, die sich auf eine tapfere Vertheidigung ihrer Gränzen und ihrer Freiheit beschränkten.

In einem fünfzigjährigen, wechselvollen Kriege mit den Spaniern, den damaligen Herren der Welt, in welchem sie siegreich ihre Unabhängigkeit behaupteten, bewiesen die Nachkommen der Bataver, wie stark die patriotische diesem edlen niederdeutschen Stamme angeborene Freiheitsliebe ist.

Die ganze Herrlichkeit und Kraft dieses Stammes ging nun in eben so bewundernswürdigen Blüthen und Früchten auf, wie einst im alten Flandern im Kampfe mit Frankreich. Alles ächt Niederländische sammelte sich gleichsam unter den Fahnen der Holländer. Die flämischen Dichter und Freiheitsmänner, ihre Gelehrten, ihre Kaufleute und deren Kapitalien flüchteten sich von Gent, Brügge und Antwerpen nach dem Norden, der jetzt der Nachfolger des Südens wurde. Die Holländer wurden nun (nachdem sie den Spaniern und Portugiesen einen großen Theil ihrer Colonien abgenommen hatten), was ihre südlichen Brüder, die Flamingen, früher gewesen waren: die Bankiers, die Geschäftsleute und Schiffsführer von Europa und machten ihr Land zu dem großen Magazine des Welttheils. Man kann sagen, das Primat in Handels-Angelegenheiten sei drei Mal bei dieser niederländischen Race gewesen, einmal im 14. und 15. Jahrhunderte zur burgundischen Zeit in Gent und Brügge, ein zweites Mal im 16. Jahrhunderte unter Carl V. und Philipp II. in Antwerpen und ein drittes Mal während des 17. und 18. Jahrhunderts in dem auf Pfählen in einem Sumpfe gebauten Amsterdam.

Die Holländer steckten das Banner der Unabhängigkeit nicht blos für sich heraus, sie ließen vielmehr die Freiheitsfarben hoch in ganz Europa flattern. Alle von Despoten Verfolgte flüchteten (wie einst die Venetianer vor Attila zu den Lagunen) unter den starken Schutz der gastfreien und toleranten holländischen Marschbewohner.

Wie ihre eigenen Landsleute aus Antwerpen und Brabant, so nahmen sie auch die von denselben harten Königsdecreten gedrückten Juden aus Portugal und Spanien unter sich auf, die seitdem eine sehr wichtige Colonie unter ihnen gebildet haben. Der dreißigjährige Krieg brachte ihnen vielen Zufluß von Kräften aus dem damals so unglücklichen Deutschland. Und als Ludwig XIV. in Frankreich das Edict von Nantes aufhob, strömte eine so große Menge französischer Protestanten, Künstler und Gelehrte nach Holland, daß diese Einwanderung sogar ein wenig dem Deutschthume der Holländer schadete, und französisches Wesen unter ihnen einbürgerte. Viele berühmte französische Gelehrte und bedeutende Männer fanden Schutz und Anerkennung bei ihnen. Einer der größten Denker der Franzosen, Des Cartes, schrieb unter den Holländern fast alle seine scharfsinnigen und von der Welt bewunderten

Werke, die seinen Namen unsterblich gemacht haben.

Auch die Religions-Unruhen in England trieben verfolgte Sektirer zahlreich nach Holland und von hier aus und mit holländischen Schiffen segelten jene englischen „Pilgrim-Väter" aus, welche die merkwürdigen Staaten von Neu-England in Amerika stifteten. Und sogar die feste Begründung der neuen Freiheit im alten England selbst kam nicht ohne Mitwirkung der Holländer zu Stande. Es war ein Holländer von Geburt und von Charakter, Wilhelm III., der dem Willkür-Regimente der Stuarts in England mit holländischen Truppen ein Ende machte und dem die Engländer ihre Revolution, die endliche Feststellung ihrer kirchlichen und politischen Freiheit zu verdanken haben.

So kann man denn auch sagen, daß die Niederländer häufig (vorzugsweise aber zwei Mal) die Vorfechter politischer Unabhängigkeit für ganz Europa gewesen sind, einmal in alten Zeiten unter den Flamingen, denen der Ruhm gebührt, schon im Mittelalter den Grundstein bürgerlicher und städtischer Freiheit im nördlichen Europa gelegt zu haben, und ein zweites Mal unter den Holländern, deren Freiheitskriege gegen die Spanier und später gegen Ludwig XIV. so viel Aehnlichkeit mit den Kämpfen der Flanderer mit den alten Königen von Frankreich darbieten.

Die Einrichtungen, welche die Holländer zur Behauptung ihrer wieder errungenen Freiheit bei sich trafen, gingen von einem bewundernswürdigen Geiste der Ordnung und Umsicht aus. Nicht nur ihre Flotte war zu ihrer Zeit die bestorganisirte, sondern auch, was man von einem kaufmännischen und See-Volke nicht so leicht erwarten sollte, in der Kunst Land-Truppen zu werben, zu discipliniren und in gehöriger Subordination zu halten, wurden sie anderen Nationen ein Muster. Ihre klugen Aufmunterungen, ihre pünktliche Auszahlung des Soldes verschaffte ihnen die besten Offiziere und Soldaten. Sie erwarben sich den Ruhm, in modernen Zeiten auch in militärischen Dingen zuerst eine gute Disciplin geschaffen zu haben.

Das Verhalten ihrer See- und Landmacht war so musterhaft, daß Christian V. von Dänemark, Gustav Adolf von Schweden und andere Könige viele Grundsätze über Kriegs- und Heer-Wesen von den Holländern annahmen. Sogar der große Despot des Nordens, Peter d. Gr., eilte von Bewunderung für dies freie Volk ergriffen zu den Holländern, um ihr Schüler zu werden, und rief sie in sein Land, um mit ihrer Hülfe seine neue Residenz, seine neue Flotte zu bauen und sein junges Rußland zu organisiren.

In anderen Dingen, namentlich in ihren finanziellen und gewerblichen Einrichtungen hatten sie schon lange vor jenem großen Zaaren fremden Königen und Staatsmännern zum Muster gedient. Auch Heinrich IV. von Frankreich war ein Bewunderer der Holländer gewesen und sein großer Minister Sully hatte sie bei seinen Wege-, Canal- und Hafen-Bauten und seinen anderweitigen Einrichtungen und Reformen in Frankreich vielfach, wie später jener Zaar, zu Hülfe gerufen.

Man hat die Niederländer in Bezug auf die Ordnung in ihren Geschäften, mit Rücksicht auf ihre Handels-Prinzipien, militärischen und Flotten-Einrichtungen und in manchen anderen Punkten häufig mit den Karthagern verglichen. Und man hat namentlich auch bemerkt, daß die Holländer neben den Karthageniensern das einzige Volk in der Geschichte gewesen sind, unter welchem Reichthümer ihre gewöhnliche Wirkung, nämlich, Luxus Verschwendung und Sittenverfall herbeizuführen, nicht gehabt haben. Ein Geist der Enthaltsamkeit, der Sparsamkeit und Besonnenheit ist den Holländern stets eigen geblieben, selbst als sie Herren eines großen Theiles von Indien waren, eben so wie er den Karthagern stets eigen war, selbst als ihnen aus Spaniens Bergwerken die edlen Metalle in Masse zuflossen.

In Hinsicht auf Das, was sie für Wissenschaften und Künste geleistet haben, stehen sie aber weit über jenen alten Puniern. An großen Gelehrten hat es den Holländern seit ihrer Selbstständigkeit nie gefehlt, doch sind dieselben allerdings mehr durch Sammelfleiß, eine Qualität, die allen deutschen Stämmen anklebt, als durch geniale neue Gedanken ausgezeichnet gewesen. Classische Bildung war bis auf die neueste Zeit herab bei den Holländern besonders beliebt. Als Philologen haben sie lange an der Spitze gestanden.

Am meisten aber haben den Holländern, denen, wie allen Niederdeutschen, ein lebhafter Natursinn eigen ist, die Natur-Wissenschaften zu danken. Ihre Swammerdams, ihre Boerhaves, Drebbels, Huygens haben sich Ruhm durch ganz Europa erworben. Und selbst der größte Naturforscher des vorigen Jahrhunderts Linné studirte und lebte in Holland und schrieb dort einen Theil seiner besten Werke.

Es gibt wohl kaum ein Land, in welchem naturhistorische Sammlungen so zahlreich und so selbst in allen Privathäusern zu finden sind, wie in Holland. Auch mag es in dieser Hinsicht charakteristisch sein, daß einige der den Naturwissenschaften vorzüglich nützlichen Erfindungen, die des Teleskops, des Mikroskops und des Thermometers in Holland gemacht wurden. Daß eine andere für die gesammte Bildung und Wissenschaft überhaupt so entscheidende Erfindung, nämlich die Buchdruckerkunst, ebenfalls von einem der ihrigen, nämlich von Laurens Coster in Haarlem, ausging, wird in Holland (freilich nicht in Deutschland) allgemein geglaubt.

In keiner Kunst aber haben nicht nur die Holländer, sondern alle Niederländer seit den frühesten Zeiten ihrer Cultur mehr geleistet, als in der Malerei. Sie nehmen in diesem Fache den zweiten Platz nach den Italiänern ein, denen sie in Bezug auf Reichthum der Talente und Fülle der Productionen fast gleich kommen, mit denen sie aber in Bezug auf den Charakter ihrer Maler-Schulen in einem beachtenswerthen Contraste stehen.

Die schöne zarte Grazie, die schwungvolle Idealität in der Gruppirung und malerischen Dichtung der begeisterten Italiäner haben die derben Holländer nicht. In der Darstellung der Natur und des wirklichen, sie umgebenden Lebens zeigten sie ihre Hauptkraft. Ihre großen Maler van Veen, van Dyck, Rembrandt waren in der Auffassung des Individuellen, als Nachahmer der Natur-Erscheinungen, als Porträt-Maler am größten. Selbst von Rubens sagt man in dieser Hinsicht bezeichnend genug, daß er seine schönen Gattinnen, die ihm so oft saßen, viel besser darstellte, wenn er sie blos porträtirte, als wenn er sie idealisirte.

An Thiermalern und Landschaftern haben die Niederländer einen außerordentlichen Ueberfluß. Das sogenannte bei ihnen so beliebte „Stillleben" ist eine der für sie charakteristischen Kunstbranchen und die Blumen-Malerei haben diese sinnigen, naturkundigen, emsigen Leute, eben so wie die Blumenzucht, mit einer Vorliebe betrieben, wie kein anderes Volk. Die Originale jener gemalten Stillleben-, Baum- und Blumenstücke sieht man noch in tausend gefälligen Formen bei ihren Landsitzen, ihren geliebten „Boitenplaatsen" die ihrem Umfange nach nur Hütten, im Innern aber Paläste sind, in denen ein Geist von Reinlichkeit und netter Zierlichkeit jeden Gegenstand verschönert und denen sie so schmeichlerischen Lieblingsnamen wie „Myn Landlyst" oder „Myn Wollust" oder „Myn Genoegte" (mein Entzücken) oder „Myn Landsigt" (Fernsicht) geben, als wenn sie nicht in dem platten aussichtslosen Holland, sondern romantischen Thälern oder in Eden's Garten lägen.

Am wenigsten haben sich die Niederländer in der Poesie hervorgethan, wie darin überhaupt alle Niederdeutschen nicht nur den übrigen Völkern, sondern auch insbesondere den oberdeutschen Stämmen nachstanden. Sie besitzen zwar natürlich wie alle Nationen ihre alten Volkslieder und auch ihre Maerlants, Kats, Tollens und andere an der Schelde und Yssel gefeierte Musen-Jünger. Aber keiner von ihnen hat gleich einem portugiesischen Camoëns oder einem italiänischen Petrarca oder einem englischen Shakespeare die Lyra so laut und schön geschlagen, daß man sein Echo auch in anderen Ländern hell und auf die Dauer vernommen hätte. Ich sage hell und auf die Dauer. Denn allerdings dürfen wir Deutschen es nicht vergessen, daß doch eine kurze Zeit lang (im 17. Jahrhunderte) unser Poesie so niedrig und die der Holländer so hoch stand, daß damals unser Opitz und die anderen ersten Begründer unserer modernen Literatur nach den Niederlanden wanderten, um an der holländischen Hyppokrene zu schöpfen.

In dem beständigen Kampfe mit den Elementen, zu welchem sie die Natur ihres Landes, seine feuchten Nebel, die, wenn man nicht beständig putzt und scheuert, Alles mit Rost und Schimmel bedecken, seine Fluthen, die, wenn man nicht fleißig gräbt und pflastert, Alles in Schlamm versinken lassen, zwangen, haben die Niederländer Alles, was Verstand, Umsicht und Besonnenheit heißt, zusammennehmen müssen. Zucht, Ordnungsliebe, Reinlichkeit, Klarheit des Urtheils, Nüchternheit der Ueberlegung sind auf solche Weise tief in ihr Wesen eingedrungen.

„Darum haßt dieser berechnende und praktische niederländische Mensch alles Verschwimmende und Unbestimmte in Gefühl und Gedanken," das er eben so, wie die Engländer es thun, uns Deutschen vorwirft. Doch entgeht ihm dabei eben auch viel von unserem Schwunge für das Ideale und er verfällt dabei nicht selten in Engherzigkeit und Nüchternheit, wie wir zuweilen in Schwärmerei und Verworrenheit.

Alle Triebe und Begierden sind bei den Holländern etwas matt und kühl, was sie bei den Völkern Europa's in den Ruf großer, abgeschlossener, einsylbiger Phlegmatiker gebracht hat. Glühende Rache, Eifersucht und andere Leidenschaften sind nach der Meinung eines Spaniers bei ihnen unbekannt. Ihre Liebe flammt nicht sondern glimmt nur wie ihr Torffeuer. Ehre gilt bei ihnen weniger, als Geld. Da aber, wo es auf den Erwerb von Geld ankommt, sind sie darauf so erpicht, wie die Römer auf eine Eroberung. Sie haben mehr gesunden Menschenverstand, als Witz und Geist, mehr natürliche Gutmüthigkeit, als warmes Gefühl, und sie streben mehr nach Dem, was sie Gemächlichkeit — (Gemakkelykheit, eins der größten Worte in ihrem Dictionär) — nennen, als nach den heitern Freuden des Geschmacks und der Geselligkeit. Ihre Vergnügungen sind einfach und schränken sich größtentheils auf den Zirkel ihres Hauses, ihrer Familien und ihrer Freunde ein.

Man findet bei ihnen mehr Leute, die man achten muß, als solche, für die man schwärmen möchte, und ihr Land, das dem Beobachter so viel Merkwürdiges und Belehrendes darbietet, ist lohnender zu bereisen, als angenehm zum Bewohnen.

Ihr National-Charakter ist aus einer gleichen Mischung von Arbeitsamkeit, Redlichkeit und Pedanterie zusammengesetzt. Wenn man ihr kühles Blut, ihr steifes, stilles, langsames Wesen betrachtet, verwundert man sich, wie solche Phlegmatiker so große Dinge haben zu Stande bringen können. Aber die ihnen eben so eigene Beharrlichkeit, die ihnen natürliche männliche Tapferkeit im muthigen Ertragen von Unfällen und in der standhaften Bekämpfung von Hindernissen ist ihnen sowohl in ihren Privat- als in ihren öffentlichen Verhältnissen am meisten behülflich gewesen dazu, daß sie, — ein Völkchen, welches kaum je mehr als 2 Millionen Menschen zählte, — so hoch und fest gestanden, so tief eingewirkt und so weit um sich gegriffen haben, wie kaum viele der zahlreichsten und größten Nationen. Wenn man, wie der berühmte Sir William Temple berichtet, in Holland einst Leute finden konnte, die 24 Jahre an der vollkommenen Polirung eines Globus, — oder gar 30 Jahre an dem Mosaik-Werke einer Tischplatte arbeiteten, — oder, wie die Kunstgeschichte lehrt, Landschaftsmaler, die drei Tage lang nur an der getreuen Darstellung eines Besenstils malten, — oder auch Naturforscher, die ihr Leben und ihre ganze Gelehrsamkeit darauf verwendeten und auch die Kupferstecherkunst darum lernten, um eine einzige Art von Raupe in allen ihren Verrichtungen und ihrem ganzen Organismus schildern und porträtiren zu können, so begreift man wenigstens, daß solche Leute etwas Solides, Genügendes und Bleibendes schaffen mußten.

In allen ihren öffentlichen Verhältnissen haben die Holländer auch eine große Gerechtigkeitsliebe bewährt. Denn kaum gedenkt die Geschichte einer Regierung, die wegen ihrer unparteiischen, unbestechlichen und über alle Klassen ohne Ansehen der Person sich verbreitenden Gesetzgebung und Justiz-Verwaltung berühmter gewesen wäre, als die der Niederländer.

Nichts weniger aber sind sie als Schwätzer. Sie verachten oder belächeln das Deklamatorische, den Prunk und Pomp an ihren Nachbaren, den Franzosen. Die alte holländische Bank war berühmt dafür, daß sie nie mehr Banko=Zettel in Cours setzte, als wofür sie die baare Münze besaß. Großthuerei ist kein holländischer National=Fehler. Sie haben nie „Magnaten" und „Granden" unter sich gehabt. Diese Namen haben wir aus Ungarn und Spanien erhalten. Die niederländischen Großen, Reichen und Mächtigen sind von jeher durch Bescheidenheit ausgezeichnet gewesen. Ihre Mächtigen gebrauchten ihre Macht nur, wo sie nöthig war, aber haben wenig davon, wie es wohl in andern Ländern geschieht, in's Privatleben übertragen. Sogar als sie über die Schätze Indiens geboten, sah man ihre Staatsmänner, deren Einfluß zuweilen dem von Königen gleichkam, ohne Bedienten und zu Fuße wandern. Und auch sie nahmen, wie die Uebrigen, wenn sie Thee tranken, das Stück Zucker vorsichtig in den Mund, um es für so viele Tassen, als möglich reichend zu machen. Und auch jetzt noch leben bei ihnen die Reichen, obwohl nicht ohne einen sehr soliden Luxus, doch geräuschloser und für gewöhnlich einfacher und sparsamer als anderswo.

Zum größten Dank aber ist die Welt den Niederländern dafür verpflichtet, daß sie in ihrer Geschichte den sonnenklarsten Beweis für die Weisheit lieferte, daß eine Nation, selbst die kleinste, durch einstimmige Denkungsart unüberwindlich wird und daß überhaupt bei allen menschlichen Anstrengungen Standhaftigkeit und Fleiß nie ihres Endzweckes verfehlen.

Die auswärtige Machtstellung der Holländer ist zwar jetzt bei weitem nicht mehr so groß, wie sie war. Sie gleichen einem altberühmten Handelshause, dessen Stützen, morsch geworden sind. Dennoch aber sind bei ihrer jetzigen Beschränkung ihre Angelegenheiten, ihre Sitten, ihr Volks=Charakter, ihr Wohlstand keineswegs in solchen Verfall gerathen, wie dies z. B. bei den Portugiesen, mit denen man das Geschick der Niederländer in mancher Hinsicht wohl vergleichen kann, der Fall gewesen ist.

Sie haben sich vielmehr ihre Selbstständigkeit, ihre haushälterische Sinnigkeit und Besonnenheit fast unverändert erhalten, und die große Ruhe, welche während der letzten politischen Stürme in Europa bei ihnen geherrscht hat, scheint ein Zeichen dafür zu sein, daß sie jetzt wenigstens nicht unglücklicher sind, als zu den Zeiten, da ihre Tromps und Ruyters triumphirend und siegreich, den Besen am Mastbaume, auf den von ihnen rein gefegten Meeren einherfuhren, oder als ihre Oldenbarneveldts und De Witts noch mächtig in den Rath der europäischen Souveräne eingriffen.

Die Schweizer.

Von den Niederländern wende ich mich nun zu den schweizerischen Alpenbewohnern, von den Fluthen am Meeresstrande zu den Bergen und ihren Wolkenstegen.

Auf den ersten Blick scheint dies vielleicht ein gewagter Sprung zu sein. Und doch zeigt er sich bei näherer Betrachtung nicht so groß. Denn wunderbar genug haben sich nicht nur die politischen Verhältnisse, sondern auch die Volks-Anlagen in den hohen Alpen und in den niedrigen Marschen in vielen Punkten so ähnlich gestaltet, daß man fast an eine geheime Wahlverwandtschaft zwischen beiden glauben möchte.

Geographisch sind sie schon durch den Rhein verknüpft, der bei den Schweizern entspringt und bei den Holländern in's Meer geht. Die Quellen wie die Mündungen dieses großen Stromes waren von jeher ein Schauplatz merkwürdiger Mischungen und Kämpfe der Celtisch-Romanischen und der germanischen Race, so daß wir daher in den Niederlanden, wie in der Schweiz, fast zu allen Zeiten der Geschichte, Theile beider großen Stämme zu demselben nationalen oder politischen Ganzen vereinigt sehen.

Die vielen breiten Strom-Arme und Meerbusen, die das Niederland in eine Menge Inseln und Gaue theilen, haben dort denselben Effekt gehabt, wie in der Schweiz die Felsen und Gebirgsrücken, die das Oberland eben so bunt abkasteten, und in beiden Gegenden hat sich dadurch ein vielseitiges Leben und Streben kleiner Freistaaten neben, mit und wider einander erzeugt.

Die Sümpfe und Ueberschwemmungen in den Niederungen halfen die Freiheit der Bewohner eben so vertheidigen, wie es in den Hochgebirgen die unzugänglichen

Eisfelder und Felsenwüsten thaten, und jene haben bei den holländischen Fischern einen eben so eifersüchtigen Unabhängigkeitssinn erzeugt, wie es diese bei den armen Hirten der Alpen thaten. Auch hat die Beschaffenheit der Landes-Natur, der Kampf mit den Elementen, dort mit dem Meere, hier mit den Schnee- und Gletscher-Phänomenen beiderseits ein ausdauerndes und tapferes Geschlecht heranwachsen lassen und zugleich hat bei beiden die ursprüngliche Armuth des Landes den Handelssinn und Unternehmungsgeist der Bewohner geweckt.

Die Schweizer, an den Grenzen und Gebirgspässen zwischen dem Norden und Süden, an dem Ausgangspunkte großer Ströme postirt, wurden auf dem Festlande eben so eifrige Zwischenhändler, wie die Niederländer auf dem Meere, auch haben diese in ihre Gebirgsthäler, wie jene auf ihre Dünen und Haiden, eine Menge Industrie-Zweige verpflanzt, durch die sie wohlhabend und culturhistorisch bedeutsam geworden sind.

In den republikanischen Sitten, in dem religiösen Sinne, in den kirchlichen Verhältnissen beider Nationen finden sich manchmal (zuweilen bis in's Detail) die überraschendsten Aehnlichkeiten, die sich oft kaum erklären lassen, und auf die ich bei weiterer Ausführung der ethnographischen Skizze der Schweizer, eben so wie auf die natürlich daneben existirenden Contraste und Verschiedenheiten noch etwas mehr aufmerksam machen werde. Vorläufig aber wird das Gesagte genügen, um eine Nebeneinanderstellung der räumlich so weit von einander entfernten Niederländer und Schweizer, die einst auch auf ähnliche Weise mit dem deutschen Reiche verbunden waren, so wie sie sich auf ähnliche Weise von ihm trennten, zu rechtfertigen.

In Bezug auf die allerfrühesten Bewohner der Schweiz hat man bekanntlich in den jüngst verflossenen Jahren höchst merkwürdige Forschungen angestellt.

In einigen sehr regenlosen und trockenen Sommern, in welchen sich die Schweizer Seen weit von ihren gewöhnlichen Ufern zurückzogen, hat man an ihren Rändern uralte im Wasser stehende Pfahlbauten entdeckt, und neben diesen Pfählen auf dem Boden der Seen versunkenen Geräthschaften, Werkzeuge, Waffen, Haustrümmer, Fischerböte von der rohesten und eigenthümlichsten Gestalt gefunden.

Man hat diese Dinge einem alten Urvolke zugeschrieben, welches lange vor den Römerzeiten als dürftige und barbarische Fischer- und Wasserleute die Uferränder und Inseln der schönen Seen bewohnte, in ähnlicher Weise wie noch jetzt die Samojeden an den Gewässern des sibirischen Nordens hausen.

Wahrscheinlich war dieses Volk der schweizerischen Pfahlleute verwandt und gleichzeitig mit den primitiven Raçen, von denen man auch in Dänemark, Frankreich und England jüngst so interessante Spuren aufgefunden hat, und von denen Manche vermuthet haben, daß es finnische Stämme gewesen seien, die einst (vielleicht schon mehre Jahrtausende vor Christi Geburt) das ganze noch in Sümpfen und Wäldern steckende nördliche und mittlere Europa bewohnten.

Als die Römer, (die ersten Lichtbringer in der Geschichte des nördlichen Europa's), jenseits der Alpen erschienen, war das ganze Land, wie Gallien und andere Nachbarländer, von „Celten" bewohnt, die wahrscheinlich aus Osten längs der Donau über den Boden-See erobernd hereingerückt waren, jene alten samojedenartigen Urbewohner vernichtet hatten, und die in der Schweiz den Namen Helvetier führten.

Merkwürdig genug fanden schon die Römer diese alten celtischen Helvetier innerhalb derselben Gränzen, innerhalb welcher sich noch jetzt unser Schweizer Bundesstaat abschließt, nämlich zwischen dem Genfer-See im Westen, dem Boden-See im Osten, dem Jura im Norden und den Alpen im Süden.

Man kann daher wohl diese Boden-Verhältnisse als die natürlichen Gränzen des Schweizerlandes betrachten und mag dieses in der Hauptsache als dasjenige große, schöne 40 Meilen lange und 10 Meilen breite Thal definiren, welches im Norden vom Jura und Schwarzwald umgeben, im Süden die Alpen zur Mauer hat, und das im Westen von den beiden genannten Seen abgeschlossen wird.

Dieses Thal, welches der Rhein und seine

Zweige durchfließen und das man auch wohl das große Obere Rhein=Becken nennen könnte, bildet den Hauptkörper der Heimath der Helvetier oder Schweizer. Freilich haben sie diesen Hauptkörper nicht zu allen Zeiten als ein ethnographisches oder politisches Ganze besessen und haben auch bald diese bald jene der zahlreichen Nachbarthäler als Glieder oder Theile mit ihm verbunden.

Die Römer unter und nach Cäsar eroberten das große Thal, gründeten daselbst, wie in den übrigen Celtenländern, Colonien und Städte, führten ihre Sprache ein und romanisirten das ganze Helvetien. Bei dem Untergange ihrer Macht aber brachen ebenso (wie in das niederländische Belgien die niederdeutschen Franken), so hier in Helvetien die Ober=Deutschen Alemannen (Sueven oder Schwaben) ein, verdrängten die romanisirten Celten und setzten für die ganze Folge=Zeit deutsche Grundbevölkerung und Sprache an ihre Stelle. Doch gelang es ihnen nicht, diese Germanisirung des Helvetierlandes ganz und in allen Thälern durchzuführen.

Wie in den Niederlanden, so blieb auch hier ein Theil des Romano=Celtischen Volksstammes bestehen. Und selbst in der Deutsch gewordenen Osthälfte der Schweiz tragen viele Lokalitäten und Hauptorte noch jetzt Römisch=Celtische nur etwas auf deutsche Weise umgewandelte Namen so die Städte Zürich (Thuricum), Constanz (Constantia), Bregenz (Brigantium) Solothurn (Solodurum), Basel (Basilea) und andere.

Als nach den Stürmen der Völkerwanderung sich nun große germanische Reiche bildeten, wurde das Helvetierland zerrissen. Die größere östliche oder deutsche Hälfte bis zu einer von Neufchateler zum Genfer=See laufenden Linie blieb seit dem 5. Jahrhunderte fast immer ein Theil des großen Herzogthums Alemannien oder Schwaben, und fiel mit diesem unter die Macht der fränkischen Könige und nachher der deutschen Kaiser. Diese lange dauernde politische Vereinigung mit dem Schwabenlande hielt die östlichen Schweizer fest bei ihrer deutschen Sprache und bei ihrer Alemannischen Nationalität.

Die kleinere westliche Hälfte Helvetiens fiel dagegen dem großen burgundischen Reiche zu, das überall auf romanischem Urboden stand und in dem die eingewanderten deutschen Burgunder sehr bald wieder romanisirt wurden.

Es bildete unter dem Namen „Burgundia Minor" (Klein=Burgund) fast 600 Jahre lang einen Theil dieses Reichs, das eine Zeitlang zwar auch unter der Hoheit der deutschen Kaiser stand, in Bezug auf Sprache und Bevölkerung sich aber stets überwiegend als ein romanisches Land darstellte. Die westlichen Schweizer blieben daher auch dieser Nationalität ergeben und bildeten ihre romanische Sprache und Sitte in Verbindung mit den Burgundern und, wie sie verschiedene Phasen durchmachend, am Ende zu dem Neu=Französischen um.

So lassen sich aus diesen Ereignissen im Ganzen wohl die ethnographischen Erscheinungen und Verschiedenheiten in der Schweiz ableiten, obgleich im Einzelnen dabei Vieles wunderbar und unerklärlich bleibt, z. B. wie und warum die große deutsche Völkerfluth in das eine Thal eindrang, in ein anderes nicht, — wie die Germanisirung oft mitten in der Ebene stehen blieb, und da ohne alle natürliche Veranlassung mit dem romanischen Elemente schroff absetzte, ja mit ihm sogar hie und da dieselben Thäler theilte, und wie es zuweilen z. B. in einigen Monte=Rosa=Thälern sporadisch und inselartig sich vorschob.

Von der Entstehung nur einiger weniger solcher Einzahnungen und Verschiebungen der einen Nationalität in die andere können wir den historischen Nachweis liefern z. B. von einigen kleinen deutschen Thal=Bevölkerungen im romanischen Graubünden, welche unsere Hohenstaufischen Kaiser dort als Grenzwächter gegen Italien anpflanzten.

Eine der merkwürdigsten unter diesen Singularitäten bleibt immer das sechshundertjährige Beisammenleben einer französischen und einer deutschen Bürgerschaft innerhalb der Mauern derselben Stadt (Freiburgs), ohne daß ein einiger Volkskörper daraus geworden wäre. Noch heutiges Tages spricht man in der hohen Partie dieser Stadt auf ihren Felsen romanisch und in der Thalhälfte am Flusse deutsch, ohne daß alle Bewohner beide Sprachen verstünden.

Nach dem Untergange der alten Helvetier ist auch während des ganzen Mittelalters bis zum vierzehnten Jahrhunderte von einem eigenthümlichen schweizerischen Volke von einer schweizerischen Nation in diesen Gegenden nicht die Rede. Die Gaue und Bevölkerungen, welche sich heutzutage als Theile dieser „Nation" ansehen, gingen damals in anderen größeren politischen Körpern auf.

Genf, Waadtland und das halbe Wallis bildeten Dependentien von Savoyen, Tessin gehörte zum Herzogthum Mailand, Graubünden oder Rhätien hatte seine ganz aparte Entwickelungs-Geschichte für sich. Ueberall gab es kleine Dynasten und Fürsten und neben ihnen blühten, wie im ganzen deutschen Reiche, freie Städte und Bischofssitze auf, zwischen denen weiter keine politische Einigung bestand, als die sehr lockere, welche der deutsche Reichsverband vermittelte. Nur während des 11. und 12. Jahrhunderts läßt sich eine gewisse Einheit der Schweiz darin erkennen, daß die Herzöge von Zähringen wenigstens den größern Theil des Landes als erbliche Statthalter des deutschen Kaisers beherrschten.

Erst im Anfange des 14. Jahrhunderts wurde der Grundstein zu demjenigen Staatswesen gelegt, welches nach und nach alle Theile des alten Helvetiens wieder zu einem Ganzen vereinen sollte und da zuerst wurde der Name des anfangs sehr kleinen Landstrichs genannt, den allmählich alle Mitbürger dieses Staats als ihren National-Namen annehmen sollten.

Dieser Name soll, (so behauptet eine alte Sage,) aus Schweden stammen, und von einer Schaar normännischer Abenteurer herrühren, die im frühesten Mittelalter, den Rhein hinauffahrend, sich um den Vierwaldstädter-See ansiedelten und einen dortigen Gau „Suitia" oder Schwyz" nannten.

Schwyz war der größte an den drei gegen Kaiser Albrecht's despotische Landvoigte aufstehenden durch Eid verbundenen deutschen Urkantone, die sich selbst anfänglich bloß „die Eidgenossen" oder auch nach dem Beitritte Luzerns „den Bund der vier Waldstätte" nannten. Schwyz blieb auch später für längere Zeit die Seele dieses Bundes und gab daher endlich dem Ganzen seine Farben, weiß und roth, und seinen Namen, der indeß erst seit dem 16. Jahrhunderte allgemein und allen Eidgenossen zu Theil geworden ist.

In einem fast 200jährigen Kampfe gegen Oestreich, der eben so reich an glorreichen Siegen der freien Schweizer Gebirgsbewohner ist, wie der 60jährige Streit der Niederländer gegen Spanien, behaupteten sie ihre Unabhängigkeit, erwarben sich Ruhm und Macht und dadurch viele Bundesgenossen unter den ihre Berghöhen umgebenden Städten und Landschaften.

Nach jedem großen Kriege erweiterte sich ihr Bund und sein Gebiet. Gleich nach dem ersten Siege bei Morgarten, noch im Anfange des 14. Jahrhunderts, traten ihm die Städte Luzern, Zürich, Zug, Bern und Glarus bei und vermehrten dadurch die Anzahl ihrer „Orte" (oder Cantone) auf 8, welche später die acht „Alten Orte" genannt wurden.

Wiederum nach einer Reihe von Spartaner-Schlachten bei Sempach, bei Näfels und bei St. Jacob, am Ende des 14. und am Anfange des 15. Jahrhunderts, in denen sie ihre Unabhängigkeit gegen Oestreicher und Franzosen behaupteten, breitete sich ihr Gebiet abermals aus, — über Aargau und Thurgau.

Als der mächtige Burgunderherzog, Carl der Kühne, der mitten zwischen Deutschland und Frankreich eine große Monarchie durch alle westlichen Rheinlande hin begründen und die Schweizer mit den Niederländern unter seinem Scepter zu einer Herrschaft verbinden wollte, in den Heldenkämpfen von Grandson, Murten und Nancy gestürzt war, da nahmen die Eidgenossen auch Freiburg und Solothurn in ihren Bund auf, und nachdem sie abermals in einer Reihe blutiger Triumphe am Ende des 15. Jahrhunderts gegen Kaiser Maximilian sich behauptet hatten, da kamen noch Basel, und Appenzell und Schaffhausen hinzu und auch die sogenannten „Grauen Bündte" der Thalbewohner Rhätiens traten jetzt mit der Eidgenossenschaft in Verbrüderung.

Von nun an, d. h. vom Ende des 15. Jahrhunderts, gab es denn wieder zwischen Jura und Alpen, — zum ersten Male seit dem Untergange der alten Helvetier, ein wenn auch noch nicht in hohem Grade geeinigtes Schweizer Volk, so doch einen Anfang dazu, ein unabhängiges Gemeinwesen, das sich nun ganz vom deutschen

Reiche löste und sich als eine politisch immer wichtiger werdende europäische Macht hinstellte.

Der Ruf ihrer Tapferkeit machte alle Fürsten nach den Beistande der abgehärteten Krieger der Schweiz begierig. Da ihr Land arm war, so waren solche Hilfs-Völker für Geld leicht von ihnen zu erhalten. Sie hatten bei Theilung der reichen burgundischen Beute gelernt, wie man Schätze durch das Schwert und den Streitkolben jenseits ihrer Gebirge gewinnen könne. Von dieser Zeit her schreibt sich das berüchtigte sogenannte Reislaufen der Schweizer, der Militärdienst geldgieriger Helden bei den fremden Mächten, der ein Jahrhundert hindurch mehr Alpensöhne durch die ganze Welt geführt und auch hie und da einheimisch gemacht hat, als sonst irgend ein anderer Trieb. Und in dieser Beziehung bilden denn die Schweizer mit den Niederländern, mit denen sie in anderen Dingen so manche Aehnlichkeit haben, einen recht auffallenden Contrast. Denn diese, die Flamingen und Bataver wurden, wie ich früher bemerkt habe, zu derselben Zeit, in der die Schweizer, vom Kriegseifer getrieben, ihre Razzias in Europa ausführten, nur durch friedliche Künste als Städte- und Ackerbauer in verschiedenen Ländern ansässig.

Wo sich immer die Boten der Eidgenossen versammelten, da erschienen mit Säcken voll blanker Thaler die glückwünschenden Gesandten, die für den Kaiser von Deutschland, oder für den König von Frankreich, für den Pabst oder den Beherrscher von Ungarn, oder für die Reichsstadt Nürnberg, oder für sonst eine zahlungsfähige Macht der Welt Bündnisse und Söldlinge suchten.

Der Bauer verließ den Pflug, der Künstler seine Werkstätte und begab sich in fremde Kriegsdienste, wo nur immer Geld und Beute zu hoffen war. Freie Schweizer „Rusticorum mascula militum proles“ (bäurischer Krieger männliche Sprößlinge) dienten, gleich den türkischen Albanesen unserer Tage, jedem Machthaber, der sie besolden wollte. Sie lieferten für Geld die blutigsten Schlachten, eroberten für Geld von den Franzosen das schöne Po-Thal für den Herzog von Mailand, so lange er zahlte, und wenn er dies nicht mehr konnte, eroberten sie dasselbe Po-Thal von den Herzog von Mailand zurück für die Franzosen.

Da sich zuweilen zwei streitende Parteien Schweizer-Bundesgenossen verschafft hatten, so standen diese nicht selten ihren Brüdern auf den Schlachtfeldern feindlich gegenüber. Weil Raub- und Beutelust diese unbesiegbaren Gebirgs-Truppen beseelte, weil sie auch zahlungsfähigen Despoten und Tyrannen dienten, so hat nichts mehr, als dieser aus ihren glorreichen Freiheitskämpfen hervorgehende Unfug des ausländischen Militär-Dienstes die Schweizer bei den übrigen Völker unbeliebt gemacht. Das Sprichwort „Point d'argent, point de Suisse“ wurde seit dieser Zeit in alle Sprachen übersetzt. Geldgier und Gewinnsucht sind seitdem Eigenschaften gewesen, die man den Schweizern häufig zum Vorwurfe gemacht hat. Auch stammt vielleicht von daher eine gewisse trotzige Härte ihres Wesens und Benehmens. Zum Theil aber auch rührt wohl diese Härte wie auch ihre äußerst rauhe Sprache aus dem gebirgigen Charakter ihres rauhen Landes. Mich däucht, selbst in dem Style der schweizerischen Schriftsteller spiegelt sich etwas davon ab. Ich erinnere den Leser nur an die tacitanische Schreibweise des großen Schweizer-Historikers J. von Müller. Auch der Schweizer Zschokke in seiner Geschichte Helvetiens hat etwas davon, und es will oft scheinen, als spüre man bei jedem Schweizer, Redner und Schriftsteller ein wenig, freilich nicht immer classische Tacitus-Manier, Mangel an Glätte und Gewandtheit, etwas Fels- und Lawinen-Gepolter.

Der fremde Militärdienst war ein Krebsschaden, der auf hundertfache Weise an dem Capital des National-Charakters der Schweizer zehrte, und ihr Gemeinwesen in ähnlicher Weise für eine Zeitlang zerrüttete, wie es einst das Praetorianer-Wesen in Rom gethan hatte. Erst in allerneuester Zeit ist es durch vielfache Anstrengungen und Verbote den Gesetzgebern geglückt, diese böse National-Gewohnheit auszurotten und ihre Quellen zu verstopfen.

Trotz der im Anfange des 14. Jahrhunderts erfolgten Trennung der Schweizer vom deutschen Reiche, blieb doch der Kern und Geist dieses Volks im wesentlichen Deutsch. Von den deutschen Schweizern, den sogenannten Urkantonen, ging nicht nur die erste Begründung der Eidgenossenschaft aus, von ihnen auch die Ausdehnung des Gebiets, deßgleichen später die Kirchen-Reformation und noch andere derjenigen Bewegungen, die dem Schweizer-Volke seinen eigenthümlichen Charakter gegeben haben.

Mit Ausnahme der alten rhätischen Romanen in Graubündten, und etwa der Stadt Genf, ist fast alles nichtdeutsche Gebiet und Volk durch die von den deutschen Schweizern ausgehende Eroberung zu der Eidgenossenschaft gekommen. So das französische Wallis durch die Unternehmungen der Deutschen im Ober-Wallis, so das französische Waadland, durch die kriegerischen Berner, die es den Herzögen von Savoyen abnahmen, so das italiänische Tessin durch die tapferen deutschen Hirten aus den Urkantonen, die es von Mailand eroberten, so mehrere andere italiänische Gebiete durch die deutschen Mitglieder des Gotteshaus-Bundes und der Grauen Bünde.

Diese fremden Unterthanen wurden von den deutschen Schweizern, ihren Herren, Jahrhunderte lang durch Landvoigte fast eben so despotisch und hart regiert, wie sie selbst ehemals von den Statthaltern der österreichischen Fürsten regiert worden waren. Und außerdem gab es auch innerhalb der Staatsgemeinden der deutschen Schweizer selbst, bis auf die Neuzeit herab, so viele Ungleichheit der Berechtigung, so viele eroberte, unterdrückte und zum Theil leibeigen gemachte Unterthanen, so viele bevorrechtigte Herren und Stadtbürger, so viele kleine ganz oder halbsouveräne Staaten, die, ohne die Eidgenossenschaft zu fragen, oft unter einander, zuweilen sogar mit fremden Mächten Bündnisse schlossen, daß von einer einigen schweizerischen Nation oder Gemeinde noch immer kaum die Rede sein konnte. Etwas der Art hat sich erst in unserem Jahrhunderte ganz allmählich herausgebildet.

Die französische Revolution, Napoleon und die ihm folgenden nationalen Befreiungs-Kriege haben auch dazu, wie zu dem Aufblühen anderer europäischer Nationalitäten den Impuls gegeben. Man darf von den Franzosen behaupten, daß sie das Verdienst hatten, die romanischen Knechte der deutschen Ur-Schweiz in Wallis, im Waadtlande, in Tessin etc. von ihren deutschen Landvoigten zu befreien und sie mit den übrigen Schweizern in einer alle alten Vorrechte und Ungleichheiten nivellirenden Verfassung auf gleichem Fuße zu vereinigen.

Freilich mußten die Schweizer sich nachher erst wieder wie das übrige Europa von der Herrschaft der Franzosen befreien, und darauf sich selbst dann auch wieder aus dem reaktionären Rückfall, durch den nach Napaleon bei ihnen wie anderswo Alles auf mittelalterlichen Fuß zurückgebracht werden sollte, herausarbeiten.

Doch entwickelten sich die von den Franzosen eingefädelten Reformen im Laufe des letzten halben Jahrhunderts fort und führten endlich, in Folge der durch die Juli-Revolution veranlaßten Weckung, dann nach Ueberwindung des Sonderbundes in den vierziger Jahren, zu einer immer größeren nationalen Ausgleichung, Versöhnung und Einigung.

Zahllose verhaßte Schranken, welche Schweizer von Schweizern trennten: die Privilegien der Städter, die Vorrechte der verschiedenen Bürgerklassen, die Gewalt der Patricier und Herren, die Ketten der Landleute, die Erbrechte fremder Fürsten, z. B. des Königs von Preußen in Neufchatel, die Verkehrs-Mauern von Staat zu Staat sind gefallen.

Ein einiges Handelsgebiet, eine politische Gleichberechtigung aller Bürger und aller Landestheile und ihrer Sprachen ist nun durchweg eingeführt, und endlich das ganze Werk im Jahre 1848 gekrönt durch die so glücklich durchgesetzte Verwandlung des ehemaligen lockeren Staaten-Bundes in einen einigen Bundes-Staat mit kräftiger Oberleitung.

Der Umschwung dieser letzten Zeiten, die politische Freiheit und das Heil, das er herbeiführte, hat nun durch die ganze Schweiz eine große Harmonie der Gesinnung, des Patriotismus und der gegenseitigen Sympathien hergestellt, so daß man hier trotz der bunten Verschiedenheit in Abstammung, Blut und Sprache eine einige, durch die Staats-Verfassung zusammengehaltene Nationalität erkennt.

Die Schweizer bieten das merkwürdige und in Europa fast einzige Schauspiel dar, daß bei ihnen auf jener Raçen-Verschiedenheit keine Nationalitäts-Verschiedenheit beruht, aus ihr keine Antipathien, Reibungen und Kämpfe hervorgehen. In Preußen und Oesterreich stehen sich Slaven, Deutsche und Magyaren feindlich einander gegenüber; in Dänemark Deutsche und Skandinavier, in Schweden sehr feindlich sogar die bloßen Nuancen des großen skandinavischen Stammes, die Norweger und Schweden, in England die Anglosachsen und celtischen Iren, die darnach streben, — zwar stets gegebens! — sich auch den Körper eines gesonderten Staates zu schaffen. In Belgien existirt der Zwiespalt der flämischen und der wallonischen oder französischen Bewegung.

Fast nichts der Art gibt es in der Schweiz. Da haben sich große Bruchstücke von ganz verschieden gearteten Stämmen tief in die Gebirge hinaufgeschoben, in einander nachbarlich verkeilt und lassen sich ganz friedlich und geduldig von demselben Staate in Eins zusammenfassen. Da reicht der celtische Genfer und Waadtländer dem germanischen Berner und Baseler die Bruderhand. Es fällt ihm nicht ein, des Blutes oder der Muttersprache wegen mit dem Franzosen etwa in der Weise zu sympathisiren, wie es der Schleswig-Holsteiner mit dem Deutschen thut. Obgleich sie mit dem Gallier Sprache und Literatur theilen, so sind diese französischen Schweizer doch in nationaler und politischer Hinsicht Schweizer durch und durch.

Da fügt sich auch der italiänische Tessiner willig ein in den Bau der Eidgenossenschaft. Obwohl er ein von seinem französischen und deutschen Mitbürger in hundert Beziehungen abweichender Mensch ist, obgleich er mit allen übrigen Italiänern für Petrarca und Tasso schwärmt, und obwohl er allein mehr für Kunst gethan hat, als alle anderen Schweizer zusammengenommen, so will er doch schon seit lange nichts als ein „Suizzero" sein. Zwar hat natürlich der Schmerzensruf Italiens ein Echo bei ihm gefunden. Aber dies Gefühl hat doch keine Trennungs-Gelüste bei ihm rege gemacht. Sogar schon im Jahre 1798 protestirten die Tessiner, die damals doch erst kaum der Tyrannei ihrer Teutsch-Schweizerischen Eroberer entgangen waren, eifrig gegen eine Einverleibung in die transpadanische Republik der Italiäner, die Frankreich beabsichtigte und erklärten einstimmig, daß sie bei der Schweiz bleiben wollten.

Eben so fest auch steht der alte Rhätier, dessen ladinische Sprache doch selbst in der übrigen Schweiz Niemand versteht und der von dem Geschlechte der alten unerforschten Etrusker abzustammen sich rühmt, zum Bunde und zum Schweizer Volke.

Da es keine Rivalität und keinen Hader der Raçen gibt, so gibt es auch keinen Sprachenkampf in der Schweiz. Vielmehr gleichen sich die verschiedenen Sprachen dort im hohem Grade unter einander aus und theilen sich gegenseitig ohne Widerstreben mit. Die deutschen Schweizer eignen sich gern das Französische an und es gibt in der Schweiz mehr Franzosen, die auch das Deutsche erlernt haben, als irgendwo sonst auf dem Gebiete der celtischen Raçe. Viele Schweizer sind geradezu doppelsprachig, ähnlich wie die Belgier in Flandern, so z. B. die meisten Gebildeten in dem ganzen westlichen Theile der deutschen Schweiz.

Der deutsche Schweizer hat zwar von jeher innigen Antheil an allen literarischen, religiösen und wissenschaftlichen Bestrebungen Deutschlands genommen.

Schon in der ersten Blüthezeit unserer Poesie waren einige unserer berühmtesten Minnesänger aus dem Alpen-Lande gebürtig. Und später bei dem zweiten modernen poetischen Aufschwunge in Deutschland trat wieder eine schweizerische Schule von Dichtern und Gelehrten neben der sogenannten sächsischen Schule maßgebend an die Spitze dieser deutschen Bewegung. Die Bodmers und Breitingers in Zürich bahnten unserer neuen hochdeutschen Sprache den Weg in die Alpen.

Unsere Kirchen-Revolution im 16. Jahrhunderte fand bei den deutschen Schweizern sofort einen eben so großen Anklang, wie in dem übrigen Deutschland und weckte dort Männer wie Zwingli und Oekolampadius, die man den Luther und den Melanchthon der Schweiz genannt hat, und welche diejenige Branche des Protestantismus (die sogenannte reformirte Kirche) in's Leben riefen, die man beinahe wohl den schweizerischen Protestantismus nennen könnte.

Denn derselbe trägt in seiner republikanischen Kirchen-Verfassung und in seinem kühlen, nüchternen, bedächtigen Geiste ganz das Gepräge der deutschen Schweizer, die vielleicht durch nichts, was sonst von ihnen ausging, so einflußreich in der Welt geworden sind, als durch diese von ihnen zuerst organisirte Glaubens- und Kirchenreform, welche sich von Zürich aus durch Calvin den französischen Schweizern mittheilte und dann durch Frankreich, Holland, Schottland und viele andere Länder tonangebend verbreitete.

Auch in der Wissenschaft und Kunst haben die Schweizer von jeher mit den Deutschen ihre großen Männer und Ideen ausgetauscht. Ihre Hallers haben bei uns Deutschen gewohnt, wie unsere Okens bei den Schweizern willige Aufnahme fanden.

Bei dem Allen aber halten sich diese uns sonst so verbrüderten Schweizer in politischer Hinsicht scharf von uns getrennt, und stehen in dieser Beziehung ganz zu ihren Mitbürgern französischer, italiänischer oder rhätischer Abstammung.

In Folge dieses innigen politischen Zusammenhaltens aller der verschiedenen Raçen in der Schweiz, in Folge der ihnen gemeinsamen Erinnerungen und republikanischen Staats-Verfassungen, so wie in Folge des langen nachbarlichen Nebeneinanderhausens und Umganges hat sich denn auch unter ihnen in vielen anderen Punkten eine gewisse Gemeinsamkeit des Wesens, ein gewisser allgemeiner National-Typus herausgebildet, der bei ihnen als etwas Anerzogenes, vom Staate Ausgegangenes erscheint, während er bei anderen Völkern angeboren ist und im Blute steckt.

Viele eigenthümliche sociale Sitten und bürgerliche Gewohnheiten haben sich in der ganzen Schweiz verbreitet. Eine gewisse republikanische Rauhigkeit, herbe Nüchternheit und Steifheit fällt den Franzosen an den französischen Schweizern eben so auf, wie uns Deutschen an den deutschen Schweizern. Auch der französisch redende Menschenschlag in der westlichen Schweiz hat etwas Germanisches, vielleicht noch von den alten Burgundern her.

Das Verhältniß zwischen den beiden Geschlechtern, zwischen Männern und Frauen, steht in dem östlichen Graubündten ungefähr auf demselben Fuße, wie am West-Ende des Genfer-Sees. Bekannt ist es z. B., daß die junge Welt sich hier wie dort einer großen Ungenirtheit des Umgangs erfreut, welche mit der in Frankreich hergebrachten klösterlichen Erziehung und Beaufsichtigung in hohem Grade contrastirt.

Der sparsame, erwerblustige, industriöse Sinn hat alle Stämme der Schweiz gleichmäßig ergriffen. Und er hat in der französischen Schweiz ganze Gebirgszüge mit den geschicktesten Uhrmachern der Welt, wie in der deutschen Schweiz die Thäler mit höchst emsigen Holzschnitzern, Strohflechtern, Stickerinnen und Mousselin-Webern erfüllt. Auch die innige Vaterlandsliebe, die berühmte und rührende Schweizer-Seelenkrankheit, das Heimweh, ist allen freien Alpensöhnen, welche Sprache sie auch reden mögen, gemein. Nicht nur bei den Deutschen, sondern auch bei den Truppen aus der französischen Schweiz, die in der Fremde dienten, war es unter harten Strafen verboten, den Kuhreigen zu spielen, um in den Leuten keine störende Sehnsucht nach der Heimath zu erwecken.

Der daneben existirende Wandertrieb ist ein altes Erbtheil aller Schwaben oder Sueven, die vom „Schweifen" ihren Namen haben sollen. Der Schweizer Gouvernante aus dem Waadtlande, dem Kuchenbäcker aus dem Engadin, dem Künstler aus dem Tessin begegnet man überall in der Welt und neben ihnen bis nach China und Ostindien hin dem Schweizer Handelsmann aus Zürich, Basel oder Genf. Es ist fast keine Stadt in der gebildeten Welt, die nicht eine kleine Colonie von Schweizern besäße. Sie haben allerwegen ihre Vertreter, Agenten und Consuln, und spielen heutzutage als Beförderer des Handels und der Industrie in unserer ganzen europäischen Völker-Familie eine sehr willkommene ausgleichende und friedliche Rolle, die zu der kriegerischen Weise, mit der sie früher als bezahlte Lands-Knechte in die Geschicke der Völker unseres Welttheils eingriffen, im wohlgefälligsten Contraste steht.

Trotz ihrer geringen Volkszahl, —

(die Summe aller Schweizer beträgt nicht viel mehr, als 2 Millionen, d. h. soviel, als die Anzahl der Bewohner des kleinen deutschen Königreichs Sachsen), — haben die Schweizer vermöge ihrer geographischen Stellung in Europa und in Folge ihrer patriotischen Freiheitsliebe und Energie sowie in Folge ihrer Kirchen-Reform zu Zeiten den weitreichenden Einfluß einer Macht ersten Ranges besessen und geübt, und auf ihrer großen wundervollen Alpenburg an den Grenzen Italiens, Frankreichs und Deutschlands, an den Quellen des Rhein, des Po und der Rhone postirt, behaupten sie auch noch jetzt eine höchst bedeutsame und einflußreiche Stellung.

Druck von Bär & Hermann in Leipzig.

Inhalt.